《红楼梦》双解 第一解

文本特点与诠释困境

奇光暖心 ◎ 著

光明社科文库

光明日报出版社

图书在版编目（CIP）数据

《红楼梦》双解：全2册 / 奇光暖心著. --北京：光明日报出版社，2018.7

ISBN 978-7-5194-4354-2

Ⅰ.①红… Ⅱ.①奇… Ⅲ.①《红楼梦》研究 Ⅳ.①I207.411

中国版本图书馆CIP数据核字（2018）第160872号

《红楼梦》双解：全2册

《HONGLOUMENG》SHUANGJIE：QUAN 2 CE

著　　者：奇光暖心	
责任编辑：杨　茹	责任校对：赵鸣鸣
封面设计：中联学林	责任印制：曹　净

出版发行：光明日报出版社

地　　址：北京市西城区永安路106号，100050

电　　话：010－67078251（咨询），63131930（邮购）

传　　真：010－67078227，67078255

网　　址：http：//book.gmw.cn

E － mail：yangru@gmw.cn

法律顾问：北京德恒律师事务所龚柳方律师

印　　刷：三河市华东印刷有限公司

装　　订：三河市华东印刷有限公司

本书如有破损、缺页、装订错误，请与本社联系调换，电话：010－67019571

开　　本：170mm×240mm

字　　数：609千字　　　　　　　印　张：31

版　　次：2018年8月第1版　　　印　次：2018年8月第1次印刷

书　　号：ISBN 978-7-5194-4354-2

定　　价：98.00元（全2册）

版权所有　　翻印必究

东汉著名文学家蔡邕,在曹娥碑阴题有八个字:"黄绢幼妇,外孙齑臼"。曹操初次读到,不知所云。一般读者恐怕都会有此反应,但若静心品读,似乎也能品味出点意思来:一个穿着黄绢的年轻妇女,带着小外孙舂制齑粉。这种解读方法叫常训法,以常训法解读曹娥碑阴文十分勉强,难免牵强附会。

弘农才子杨修一眼看出,它不是普通文字,而是隐语(谜语)文学,当即便解了出来,它意隐"绝妙好辞"四字,称赞邯郸淳诔文绝佳。这种解读方法,笔者称之为隐训法。隐训法从来就是绝学,精通者寥寥,世人大都不知。

《红楼梦》也是一部隐语文学,无论是红楼梦正文还是脂砚斋批语,皆明确告知读者此书藏有秘密,当以隐训法解之,但大家所熟习的方法却是常训法。笔者撰写《〈红楼梦〉双解》使用了两种方法,其一用常训法,其二用隐训法,两相对照,孰优孰劣,一目了然。朋友们阅读拙著,定有惊喜!

一解序言

《红楼梦》无疑是我国最非凡而伟大的文学作品,却也是最隐晦难解的莫名其妙的作品,俞平伯先生云:"我常说自己愈研究愈糊涂,遂为众所诃,斥为巨谬,其实是一句真心话,惜人之不察。"[1](214)俞平伯先生实话实说,承认自己读不懂《红楼梦》,且越读越糊涂,虽然当时多数人并不理解,但刘梦溪先生在系统地研究了红学史之后,得出了完全相同的结论:"(红楼梦)研究了一百年,在许多问题上还不能达成比较一致的结论,甚至形成许多死结,我想无论如何不能说这是这门学科兴旺的标志。所谓真理越辩越明,似乎不适合《红楼梦》。倒是俞平伯先生说的'越研究越糊涂',不失孤明先发之见。"[2](11)周思源先生也不同程度地认可了俞氏的观点,他写道:"曹雪芹塑造了一大批古代小说中从未出现过的艺术典型。他的手法似是而非,似非而是,虚虚实实,真真假假,不用说光是读了一遍的读者,就是对《红楼梦》有相当研究者,有好多内容也还是拿不准,甚至弄'错'了。我之所以要将这个'错'字打上引号,因为我自己也没有把握到底谁对。"[3](18)事实恰如诸位先生所言,按照惯常的语法和阅读规则,《红楼梦》通篇都显得似是而非,似非而是,真真假假,假假真真,模棱两可,漏洞百出,除非穿凿附会或断章取义,否则,读者根本无法正常读懂它。譬如璎珞在第八回是项圈,可在第五十三回里,它被写成了桌屏;又譬如舅姑关系,在第二十回指舅舅与姑妈两方子女之间的关系,而到了第七十九回,它竟变成了薛蟠与夏金桂这种八竿子打不着的老亲关系;又譬如秦可卿的年龄,她死时年仅20岁上下,铭旌上却写成"享强寿";又譬如七出之条,这是旧中国一千多年未曾改变过的休妻条件,而《红楼梦》第七十五回写贾珍的妻子尤氏犯了七出之条,是"过于从夫",完全颠覆了我们的常识;又如学名和小名有别,王熙凤从未上过学却有学名,而不见小名。贾宝玉经常上学,却只有小名而无学名;又如守制,这是针对男性的制度,规定他们在父母、祖父母逝世期间,不得应酬、任官、嫁娶、应考等。林黛玉是一个年仅五六岁的小女孩,竟然也要为母亲"守制";再如第六回写刘姥姥"从千里之外"来到荣国府,而她实际上就住在天子脚下,长安城郊,早上从家里出发,中午到王熙凤处用膳,一天便可走一个来

回……如此种种荒诞无稽之言，《红楼梦》处处皆是，整部书都是如此，真不愧是"满纸荒唐言"。[4](6)

满纸荒唐，错谬百出

"荒唐"一词多义，"满纸荒唐言"也被诠释出多种不同的含义，笔者通过对《红楼梦》文本的系统分析，证明《红楼梦》全书存在似是而非、似非而是、真真假假、假假真真、自相矛盾、漏洞百出的文本问题，其逻辑与词义之复杂混乱，令人瞠目结舌，请再看下述三例：

其一，关于贾宝玉的身份。绝大多数读者朋友只注意到贾宝玉是一个纨绔子弟，一个爱心泛滥、颇有才艺的青少年。而细心的读者却发现，贾宝玉的前身是神瑛侍者，神瑛造劫历世，应劫下凡，即为衔玉而诞的贾宝玉。这就是说，贾宝玉是应劫而生的。贾雨村说："天地生人，除大仁、大恶两种，余者皆无大异。若大仁者，则应运而生；大恶者，则应劫而生。运生世治，劫生世危。尧、舜、禹、汤、文、武、周、召、孔、孟、董、韩、周、程、朱、张，皆应运而生者；蚩尤、共工、桀、纣、始皇、王莽、曹操、桓温、安禄山、秦桧等，皆应劫而生者。大仁者修治天下，大恶者扰乱天下。"[4](18)据此，则贾宝玉并不只是一个纨绔子弟，他也是一个扰乱天下的帝王级别的大恶人，一个成王败寇之人。如此，便有了两个截然不同的贾宝玉。

其二，关于贾宝玉对女子与男子的态度。作者在第二回借冷子兴与贾雨村两人之口，介绍了贾宝玉与甄宝玉两人的秉性，他们都极其喜爱女儿而厌恶男子，贾宝玉说："女儿是水做的骨肉，男人是泥做的骨肉。我见了女儿，我便清爽；见了男子，便觉浊臭逼人。"[4](17)甄宝玉更把女儿推向极端，他竟然说："这女儿两个字，极尊贵、极清净的，比那阿弥陀佛、元始天尊的两个宝号还尊荣无对的呢！"[4](18)甄宝玉是贾宝玉的影子，曹雪芹如此描写甄宝玉，当然是为了衬托贾宝玉的女儿观，至第四十三回贾宝玉祭金钏，他仍然极爱女孩子，而讨厌男子，仍然希望来生做一个女孩子。然而第七回贾宝玉初见秦钟，却自思道："天下竟有这等人物！如今看来，我竟成了泥猪癞狗了。"[4](63)贾宝玉对秦钟赞不绝口，喜爱得不得了，可以说是一见倾心，从此与他形影不离，直到秦钟去世为止。有一些聪明的读者辩解说，贾宝玉喜爱秦钟，还有香怜和玉爱，是因为他们长相似女孩般清秀。这种辩解没有说服力，因为贾宝玉还极其喜爱蒋玉菡、柳湘莲和北静王水溶，曹雪芹并没有说这三个人也长得似女孩。况且，曹雪芹在第五回直截了当地写道："那宝玉……视姊妹弟兄皆出一体，并无亲疏远近之别。"[4](40)同时，贾宝玉也并不是对一切女孩子或女性都好,他残忍地伤害过茜雪等女子,对年老色衰的婆子更是深恶痛绝,还扬言要将他那倚老卖老的奶妈李嬷嬷赶走。所以,一些专家把贾宝玉奉为女权主义者,结论明显过于武断。

其三,关于贾宝玉对读书做官的态度。专家们普遍认为贾宝玉厌恶仕途经济,不愿读"四书五经"等正经书,这当然是有充分文本依据的,不过,它仍然是一个断章取义的结论,因为另一些文字表明,贾宝玉极其喜爱"四书五经"。譬如第三十六回写宝玉烧书,他将别的书通通烧了,只留下"四书"[4](283);第二十八回写贾宝玉与众人喝花酒猜谜,他要求以"四书"、"五经"、古诗、旧对为词;第七十三回更告诉读者,贾宝玉能带注背诵"四书五经"的大部分篇章;贾宝玉初见秦钟便问他读什么书,初见黛玉时也问同样的问题,并表示只有"四书"不是杜撰的,是真正的圣贤之言。这些文本亦可充分证明,贾宝玉极其喜爱"四书五经"等正经书,他对科举考试的内容可能有浓烈的兴趣。

总之,整部《红楼梦》读来皆是似是而非、似非而是、真真假假、假假真真、模棱两可、前后矛盾、漏洞百出的,这种作品是难以被正常解读的。它之所以能够在当下流行,得益于红学家们的努力和红学研究的火热。红学家又是怎样"读懂"《红楼梦》的呢?

断章取义,穿凿附会

断章取义和穿凿附会在红学领域极为普遍,普通读者和专家学者皆如此,甚至红学大家也不例外,连鲁迅先生也是如此,譬如他说贾宝玉"爱博而心劳",这就是一个断章取义的结论,因为根据通灵宝玉降生的过程及贾雨村的人类分类理论,贾宝玉既是造劫历世、成王败寇的大恶人,又是爱博而心劳、秉两赋而来的纨绔子弟,鲁迅先生只说其一不言其二,当然是断章取义。

这里且以张庆善先生为例,张先生的学问人品一流,笔者崇敬景仰之至,但笔者与他的红学思想却有根本分歧。张庆善先生红学观最突出的问题是对马哲阶级论的滥用,他把贾宝玉和林黛玉解释成所谓反封建争自由的叛逆青年,把《红楼梦》拔高成反封建的现实主义小说。关于宝玉与黛玉之间的爱情,张先生写道:"要知道宝黛的爱情是建立在青梅竹马和共同情趣、共同思想基础之上的。他们不缺少爱,恰恰缺少'父母之命,媒妁之言',这在那个时代是违背传统封建制度的,是不被认可的。"[5](16)张先生这一看法恐怕也是广大读者的看法,贾宝玉与林黛玉青梅竹马,又有着共同情趣和共同思想,故而深深相爱,矢志不渝,一个非宝玉不嫁,另一个非黛玉不娶,但贾府为利益所驱,棒打鸳鸯,生生拆散了这一对生死不渝的爱侣。张先生在这里表达了这么几个观点:其一,宝玉与黛玉志趣相投;其二,宝玉与黛玉自小青梅竹马;其三,宝玉与黛玉不缺少爱。下面,就让我们简要地讨论一下,看看真实的宝黛关系究竟是什么样子。

第一,贾宝玉与林黛玉志趣相投,有着共同思想基础,是吗?答案似乎是肯定的,但又是否定的。张先生所谓宝玉与黛玉有共同思想基础,首先就是对读书和做官的态度,曹雪芹对此的描写是自相矛盾的:一方面,贾宝玉多次表示,林黛玉从不说混账话,从不劝说他追求仕途经济,所以深敬黛玉。不比史湘云、袭人和薛宝钗等人,总是没完没了地规诫于他,令他十分烦恼。但这只是事情的一个面,它还有另外一面,另外一面是,林黛玉不仅自己喜欢读书,也希望贾宝玉读书做官,光耀门楣。这方面的证据也有很多:

一方面,林黛玉并不认同贾宝玉的做法与为人,她多次规劝宝玉别吃胭脂,别参禅,要重视贺吊往还,但宝玉总听不进去,依然我行我素。贾宝玉行为偏僻性乖张,哪管世人诽谤!众人把贾宝玉当怪胎,林黛玉也是如此看法,第三十六回写道:"且说林黛玉当下见了宝玉如此形象,便知是又从那里着了魔来,也不便多问"[4](287)。贾宝玉在林黛玉眼中成了着魔之人,这表明林黛玉与贾宝玉在思想上格格不入。

另一方面,林黛玉也劝说贾宝玉读书科举。林黛玉出身于真正的书香门第,父亲林如海是前科探花,师傅贾雨村中进士后飞黄腾达,她的书房大得惊人,且天资聪颖,过目成诵。林黛玉平时看的均为正经书,极少读杂书,《西厢记》是偶尔从贾宝玉那里读到的,《牡丹亭》的戏文则是从贾府戏班的排练中听来的。这样一个林黛玉,她怎么会瞧不起读书人而反对科举呢?贾宝玉去塾学上学,林黛玉很高兴,笑着恭祝道:"好!这一去,可是要'蟾宫折桂'了!"[4](76)贾宝玉与蒋玉菡交往,遭其父毒打之后,林黛玉两眼哭肿了,劝道:"你从此可都改了罢!"[4](269)贾宝玉被打主要有三宗罪,其中之一是"荒疏学业",林黛玉叫他"都改了",自然也包括"荒疏学业"这一宗。在程高续写的第八十二回中,林黛玉劝说宝玉道:"我们女孩儿家虽然不要这个,但小时跟着你们雨村先生念书,也曾看过。内中也有近情近理的,也有清微淡远的。那时候虽不大懂,也觉得好,不可一概抹倒。况且你要取功名,这个也清贵些。"[4](649)依程高两位先生的意思,林黛玉也是主张贾宝玉读书做官的。如此说来,则林黛玉与薛宝钗并无立场上的显著差异,故在续《南华经》中,贾宝玉将林黛玉也骂了进去:"焚花散麝,而闺阁始人含其劝矣;戒宝钗之仙姿,灰黛玉之灵窍,丧灭情意,而闺阁之美恶始相类矣。彼含其劝,则无参商之虞矣;戒其仙姿,无恋爱之心矣;灰其灵窍,无才思之情矣。彼钗、玉、花、麝者,皆张其罗而邃其穴,所以迷惑缠陷天下者也。"[4](167)吊诡的是,曹雪芹对薛宝钗的描写同样是自相矛盾的,她一方面劝说宝玉读书做官,另一方面却又说道:"男人们读书不明理,尚且不如不读书的好,何况你我。连作诗写字等事,这也不是你我分内之事,究竟也不是男人分内之事。男人们读书明理,辅国治民,这便好了。只是如今并听不见有这样的人,读了书倒更坏了。这是书误了他,可惜他也把书糟蹋了,所以竟不如耕种买卖,倒没有什么大害处。"[4](333)薛宝钗不仅反对女人读书,也反对男人读书,认为只有耕种买卖才是分内事,她家的情况就是如此,薛蟠和薛蝌都做生意,没有一人读书做官的。

对于宝、黛、钗三人的关系,有一句脂批写道:"钗与玉远中近,颦与玉近中远,是要紧两大股,不过粗心看过。"[4](166)依此条脂批,真正与贾宝玉心心相印的人,不是林黛玉,而是薛宝钗。许多读者感觉,贾宝玉对林黛玉很宽容,而林黛玉很小性,动不动生气淌泪。然而,细心的读者会发现,情况似乎相反,贾宝玉对林黛玉很苛求,曹雪芹写道:"(宝玉对黛玉)既熟惯,则更觉亲密;既亲密,则不免一时有求全之毁,不虞之隙"[4](40)贾宝玉与林黛玉确实很熟悉,然而,正因为如此,他对林黛玉求全责备,林黛玉动辄得罪,因此痛苦不堪,常常哭泣。

第二,贾宝玉与林黛玉自小青梅竹马,是吗?答案似乎是肯定的,又是否定的。首先看肯定的方面,第五回写道:"便是宝玉黛玉二人之亲密友爱处,亦自较别个不同,日则同行同坐,夜则同止同息,真是言和意顺,略无参商……那宝玉也在孩提之间,况自天性所禀来的一片愚拙偏僻,视姊妹弟兄皆出一体,并无亲疏远近之别。"[4](41)这段话的意思是说,贾宝玉与林黛玉自"孩提"即童年时期便在一起生活。第二十回又写贾宝玉对林黛玉说:"咱们两个一桌吃,一床睡,从小儿一处长大的,他是才来的,岂有个为他远你的呢?"[4](161)这两处都写贾宝玉与林黛玉从小一起长大,可谓是青梅竹马。然而,另一些文本却表明,贾宝玉与林黛玉儿童时期从未见过面,林黛玉进贾府时,王熙凤问她几岁了,她答曰"十三岁了"[4](25)(梦觉本和己卯本),黛玉比宝玉小一岁,则宝玉是在14岁那年才首见黛玉,14岁左右的孩子不是儿童了,应该算是青少年了,已经不能骑着竹马弄青梅了。况且,宝玉与黛玉也并不像宝玉所说的,是睡在一张床上长大的,他们俩从一开始就是分床的,黛玉住在碧纱橱里,宝玉住在碧纱橱外。更加吊诡的是,薛蟠打死冯渊那年,薛宝钗年仅十三岁,他们兄妹当年就进了贾府,宝钗的年龄比宝玉还大,这意味宝钗进贾府比黛玉还早。《红楼梦》文本就是如此"荒唐"。

第三,贾宝玉与林黛玉之间不缺少爱,是吗?答案似乎是肯定的,又似乎是否定的。一方面,我们可以找到许多证据来证明,贾宝玉与林黛玉是相互爱恋的,例如,贾宝玉在梦中说,和尚道士的话信不得,什么金玉良缘,我偏说木石姻缘;他与黛玉在桃树下共读西厢;宝玉进家学,只与黛玉告别,不愿见宝钗;贾宝玉被其父暴打,林黛玉两眼哭肿了;贾宝玉曾亲口对黛玉说,除了老太太、老爷和太太,他心中的第四个人就是林黛玉;在程高续作中,王熙凤设计调包计,骗贾宝玉娶了薛宝钗,但宝玉心中只有黛玉,不愿跟宝钗一直过下去,最后出家为僧了。

然而,我们同样可以在文本中读到,贾宝玉与林黛玉并不那么相爱。譬如说,贾宝玉一直希望早死或出家为僧,如果他真正爱恋着黛玉,他舍得弃黛玉而去或舍得黛玉跟他受苦吗? 早在第三十一回,林黛玉就取笑贾宝玉说:"作了两个和尚了。我从今以后都记着你做和尚的遭数儿。"[4](251)第34回写他想道:"我不过挨了几下打,他们一个个就有些怜惜悲感之态露出,令人可玩可观,可怜可敬! 假若我一时竟遭殃横死,他们还不知何等悲感呢! 既是他们这样,我便一时死了,得他们如此,一生事业纵然尽付东流,亦无足叹惜了。冥冥之中若不怡然自得,亦可谓糊涂鬼祟矣。"[4](268)贾宝玉这些奇怪的想法表明,他感到孤独,渴望爱怜和关怀,他甚至宁愿以横死来换取群钗们的泪水,他精神上是何等的孤独。在第三十六回,贾宝玉对袭人说:"……比如我此时若果有造化,该死于此时的,如今趁你们在,我就死了,再能够你们哭我的眼泪流成大河,把我的尸首漂起来,送到那鸦雀不到的幽僻去处,随风化了,自此再不托生为人,就是我死的得时了!"[4](287)这段话中的悲观厌世情绪就非常明显了,他不看好未来,世间也没有值得他留恋的东西。到第五十七回,宝玉对紫鹃说:"我只愿这会子立刻我死了,把心迸出来,你们瞧见了,然后连皮带骨一概都化成一股灰。灰还有形迹,不如再化一股烟。烟还可凝聚,人还看见,须得一阵大乱风,吹的四面八方都登时散了,这才好!"[4](449)看看贾宝玉就死的决心有多大、多决绝! 他有多讨厌这个世界! 多讨厌这些人!

另外,张先生说,宝黛相爱,可惜没有媒妁之言,父母之命。这种说法没有根据,贾府上下几乎都知道宝黛相爱,而贾母也有意让他们结为夫妻,王熙凤甚至说嫁妆都准备好了。王熙凤与薛姨妈都有心做媒,但贾母态度不定,一会儿林黛玉,一会儿薛宝钗,再一会儿又是薛宝琴,有一次还托张道士给做媒。而贾宝玉的态度也不定,一会儿对林黛玉海誓山盟,一会儿又与史湘云和香菱等暗通款曲,甚至暗恋薛宝钗"雪白的臂膀"。贾宝玉似乎并不打算迎娶林黛玉,他在第二十三回对林黛玉说:"好妹妹,千万饶我这一遭,原是我说错了。若有心欺负你,明儿叫我掉在池子里,叫个癞头鼋吞了去,变个大王八,等你明儿做了一品夫人,病老归西的时候,我往你坟上替你驮一辈子的碑去。"[4](187)贾宝玉竭力贬低自己,抬高林黛玉,但明眼人应当看得出,贾宝玉宁愿给林黛玉驮碑,也不愿娶她为妻。贾宝玉的性意识也是如此,一会儿滥淫如西门庆,一会儿坐怀不乱如柳下惠。总之,曹雪芹的描写总是前后矛盾,模棱两可,真假难辨。

然而,红学家们并没有注意到《红楼梦》文本的"荒唐"特点,他们只见树木不见森林,一叶障目不见泰山,都不由自主地变成了断章取义的高手、穿凿附会的圣手、无中生有的能手。在学养深厚的大学者们身上,同时发生这种事情,实在是匪夷所思,足可见曹雪芹创作艺术之高超。总之,不是同志们太无能,而是曹雪芹太狡猾,我们都上了曹雪芹先生的当了。

藏头露尾,烟云模糊

红学专家公然断章取义和穿凿附会,却感觉不到自己的错误,是什么使得他们心安理得地犯错呢?答案有二:其一,曹雪芹用笔狡猾,藏头露尾,烟云模糊。他将一些内容描写得详、显而明,而将另一些内容描写得简、隐而晦,令人防不胜防;其二,大家不相信《红楼梦》是一部真正的"满纸荒唐言"作品,曹雪芹不可能写出一部没有阅读价值的作品。尽管曹雪芹开宗明义,开卷即告诉读者说,《红楼梦》是"满纸荒唐言",可是,没有一人相信曹雪芹真会写出荒唐言来,他们纷纷对"满纸荒唐言"作了另解。金启华与王冰两位先生自问自答道:"'满纸荒唐言',是作者对自己作品的真实评价吗……与蒲松龄的《聊斋志异》、纪昀的《阅微草堂笔记》借狐鬼以抒己见一样,曹雪芹以宝、黛的爱情故事为主线,展示了封建制度濒于崩溃和灭亡的历史趋势。这被卫道士们视为荒唐的作品,却正是曹雪芹一生血泪的结晶。因此,'一把辛酸泪',才是他真实思想的流露。"[6](4)金、王两位先生认为,"满纸荒唐言"并不是作者对自己作品的真实评价,《红楼梦》不可能是满纸荒唐言,所谓"满纸荒唐言"云云,是曹雪芹揣摩封建卫道士的心理而得出的结论。俞平伯先生不得不承认说:"红楼梦简直是一个碰不得(的)题目",越研究越糊涂,但他并不否定《红楼梦》的价值,而建议大家把它当作小说来读。目前红学家基本上接受了俞氏的建议,相信《红楼梦》毕竟只是一部小说,大家全都成了小说评论派了,似乎《红楼梦》一旦变成了小说,一切红学难题便迎刃而解了。

笔者同样坚信《红楼梦》是可读的,但并不认为阅读小说就可以肆无忌惮随心所欲,文本诠释应该遵循某些客观原则,相对主义并不可取。诠释学相对主义在国学中比较盛行,人们津津乐道于条条大道通罗马,一千个读者便有一千个哈姆雷特,对《红楼梦》的诠释更是言人人殊,莫衷一是。他们连演绎和归纳等基本逻辑方法都不遵循,随意信口开河,因此,所谓红学实际上并非真正意义上的科学。对此,王蒙先生有深刻研究,他说:"红学是一门非常特殊的学问,它与我们接受新学以后引用的以拉丁语名词为本源的许多概念,比如地理学、物理学、哲学等都不一样,它是非常中国化的一门学问。不是一门严格的科学。它不完全用严格的逻辑推理的方法,如归纳或演绎,也不完全用验证的方法来研究。更多的时候采用的是一种感悟,一种趣味,一种直观、联想、推测或想象,而这些都是不那么科学的。"[7](289) 不讲演绎和归纳,以心得体会方式注解红楼,这是传统国学的特点,也是红学的特点,这样的"红学"能叫科学吗?

红学诠释过程及其结论应当是客观的,意大利诠释学家贝蒂的理论值得我们借鉴。贝蒂在1955年出版《作为精神科学一般方法论的解释理论》,被誉为诠释学经典之作,它建立了诠释方法论与具有可操作性的方法规则体系,并将其概括为诠释的四个原则:诠释的客体之自主性原则;整体原则;理解的现实性原则;诠释意义之和谐原则[8](136-140)。这四个原则的第一个,诠释客体的自主性原则,要求诠释者尊重诠释对象的独立性、客观性,不能穿凿附会,更不能无中生有。诠释者的任务只是阐明含有意义的形式本身蕴含的内容,他应排除自己的旨趣和意向中的随意性,尊重文本所赖以形成的时尚和伦理价值观,把握事实真相。第二个是整体原则,要求对诠释对象有整体性把握,它既要求我们把诠释对象作为一个有机整体,又要求诠释结论的整体性,使任何单一意义的实现,不会危害整体意义。第三个是理解的现实性原则,要求诠释符合时代特点及现实条件,不能无故拔高或贬低。第四个是诠释意义的和谐原则,要求各种层次的诠释之间,必须相互协调和谐,若合符节,不能相互抵牾。从贝蒂的诠释学四原则来看,《红楼梦》的文本特点决定它存在巨大的诠释学困难,它真真假假,似是而非,模棱两可,红学家很难遵循贝蒂四原则进行解读。

笔者毫不怀疑《红楼梦》的伟大,也无意抹杀红学家们的贡献,拙著的目标是要以系统的研究告诉人们:按照当前通行的语法和逻辑,《红楼梦》恰恰就是作者所言的"满纸荒唐言",《红楼梦》是一部非常规作品,现有的研究范式根本解读不了它,要想科学揭秘《红楼梦》,就得另辟蹊径,另觅他法,这是本书的第一个结论。

开诚布公 纯为学术

红学是一门众说纷纭、莫衷一是的学问,只要一谈到《红楼梦》,便会爆发争论,且没完没了。清末明初学者邹弢就有过此种经历,他在己卯年与老友许伯谦谈《红楼梦》,"一言不合,遂相龃龉,几挥老拳",幸得另一老友毓仙排解,两人才最终没有打起来,邹弢与许伯谦相约从此不谈红楼,以免做不成朋友[9](13)。俞平伯老先生也曾感慨地说,红学是一个碰不得的题目,一碰便有没完没了的官司。

是故,红学派别之间和红学家之间经常论辩,时有交锋,不足为奇。

20世纪新红学的第一场论战,发生在考证家胡适与索隐家蔡元培之间。蔡元培与胡适皆是北大教授,蔡元培任北大校长,胡适则是他十分赏识和引进的人才,两人的关系原本是非常融洽谐和的,谁想在红学上竟发生了持续终生的分歧与辩争。1916年,蔡元培发表《石头记索隐》,说它是康熙朝政治小说,宝玉是代表皇权的玉玺,《石头记》是反满作品云云。《石头记索隐》乃索隐派集大成之作,社会反响很大,短短数年便重版十余次。这引起了胡适先生的注意,血气方刚的他对索隐法十分反感,他在1921年前后出版《红楼梦考证》一文,观点针锋相对,他以考证材料为依据,认定《红楼梦》乃是曹雪芹的自叙传,强调红学研究的重心应当放在作者家世的考证上。胡适点名批评蔡元培的《石头记索隐》,对索隐法尽情嘲讽,说它形同于看八字算命相,完全是穿凿附会。

胡适将《红楼梦考证》一文呈送蔡元培,蔡元培并不认输,他于1922年《石头记索隐》第六版自序中回应了胡适的嘲讽和质疑,自序副标题是"对于胡适之先生红楼梦考证之商榷",他否认自己的研究走错了路,不接受胡适"大笨伯""笨谜"和"很牵强的附会"等批评,他认为自己的研究是很审慎的,与随意附会者不同。接着,他从几个方面与胡适展开了商榷,主要是为自己的研究辩护,同时也间接批评胡适重作者不重内容的方法不可取,认为不能将作者身世与作品内容等同起来。对于蔡元培先生的辩护和反击,胡适不以为然,他于同年作《跋红楼梦考证》,其第二部分的标题便是"答蔡孑民先生的商榷",再次嘲讽蔡氏的索隐方法,重申作者生平研究的重要性。蔡、胡二先生的红学争议持续多年,胡适先生逝世前几日,仍与友人谈及《红楼梦》,批评蔡元培的误读。他逝世后,灵堂上出现了这么一副挽联:"先生去了,黄泉如遇曹雪芹,问他红楼梦底事?后辈知道,今世幸有胡适之,教人白话做文章。"[10](166)从上联可以看出,胡适的红学观是成问题的,人们多不看好,事实上,现在无论是蔡元培先生,还是胡适先生,他们的基本红学观已被证实是错误的。

蔡、胡皆是谦谦君子,皆极有雅量,尤其是蔡元培先生,特别值得称道。蔡先生是长辈,又是顶头上司,对胡适有知遇之恩,拔擢之情。然而,胡适本着吾爱吾师、吾更爱真理的精神,公然实施笔战,且火力十足,口不择言,颇有不逊。但是,蔡元培先生不愧是"兼容并包,思想自由"的提倡者,他不但丝毫不以为意,还帮助胡适搜集于己明显不利的史料,将《四松堂集》送到胡适手中,并且,一如既往地重用胡适,真是难能可贵,令人感佩。而胡适虽然不赞成蔡先生的红学观,对蔡先生的人品道德却是尊重有加的,每每谈起蔡先生,他总是充满感激和崇敬之情。蔡胡二人的学术论争,为我们提供了君子和而不同的光辉典范。

笔者在拙作里,也展开了与冯其庸、张庆善、马瑞芳、周思源、陈维昭和蒋勋六位先生的商榷和论辩,笔者的行为是纯粹学术性的,笔者对于六位先生的学问人品是极其敬佩和景仰的,只是不敢苟同于他们的基本红学观而已。六位先生皆是当前知名红学家,影响力巨大,左右着红学的氛围与方向,冯其庸先生更被推崇为新时期红学研究的"定海神针"[11](91),可以说代表着红学的主流。这原本不是问题,泱泱学术圈完全可以容纳几个学术大师,问题在于他们的红学观存在严重偏差,并且对红楼梦的研究和阅读产生了消极影响。无论是《红楼梦》正文,还是脂砚斋批语,皆明确告诉读者,《红楼梦》中藏有秘密,适趣闲文之下藏有一部"追踪蹑迹""不敢稍加穿凿"的"真传",此书正背皆有喻,但正面是假,背面才是真,读者不可读错。然而,主流红学家拒不承认"真传说",坚持《红楼梦》只是一部小说,他们不厌其烦地反复陈说:"《红楼梦》是一部文学作品,是一部讲人生、讲爱情、讲情感的书,红学研究只能以一种文学的眼光和文学研究的方法,去挖掘《红楼梦》深邃的思想艺术内涵,而不能作索隐的方法把《红楼梦》变成清宫秘史或是别的什么史。学术就是学术,不能娱乐化,更不能戏说。"[12]平心而论,无论是周汝昌的曹学,还是刘心武的秦学,在学术上都不成立,对它们展开学术辩论,以澄清事实,这是完全必要的,这也不是问题。问题在于主流红学因噎废食,做过头了,曹学和秦学虽然属索隐派,但它们不能代表整个索隐派,曹学和秦学错误,并不意味着整个索隐派都错误,这是逻辑常识。主流红学对索隐派采取绝对排斥的态度,明显违背党的百花齐放、百家争鸣方针。

问题还在于,主流红学的研究方法也不科学。依照笔者的经验,凡是隐语(谜语)文学,皆有正背两面,其正面皆比较混乱,晦涩难读,若非断章取义和穿凿附会,断难理解。《红楼梦》作为"满纸荒唐言"是作者自承的,它真真假假、虚虚实实、模棱两可、前后矛盾之处甚多,十分混乱。主流红学在解读中,普遍存在着断章取义和穿凿附会的情况,几乎没有例外。然而,主流红学家根本意识不到自己的错误,陶醉其中,乐此不疲。在此情况下,与他们展开正面交锋,不仅必要,而且不可避免。

笔者再次重申,笔者对六位先生的学问人品是极为敬佩和景仰的,笔者在书中与之商榷辩难,实仍不得已之举,是纯粹学术性的,笔者也没有借打压名家以拉抬自己的企图。大家无须怀疑笔者用心不良,只需看看笔者的研究在学术上是否成立即可,切望六位先生,或其家人、朋友、学生谅解。红学家们当前的当务之急,是反思和验证自己的作品是否存在断章取义和穿凿附会的情况,有则改之,无则加勉。

注释：

[1] 俞平伯：《红楼梦研究》，上海古籍出版社2015年版。

[2] 刘梦溪：《红楼梦与百年中国》，中央编译出版社2005年版。

[3] 周思源：《周思源看红楼》，长江文艺出版社2013年版。

[4] 〔清〕曹雪芹：《脂砚斋批评本〈红楼梦〉》，凤凰出版社2010年版。

[5] 张庆善等：《红楼梦中人》，中华书局2008年版。

[6] 贺新辉、贺梅龙主编：《红楼梦诗词曲赋鉴赏辞典》，黄山书社2012年版。

[7] 王蒙：《讲说〈红楼梦〉》，人民文学出版社2014年版。

[8] 潘德荣：《智慧的探索丛书 诠释学导论》，广西师范大学出版社2015年版。

[9] 〔清〕邹弢：《三借庐笔谈》卷十一"许伯谦"条，昌明书局石印本1913年版。

[10] 子通主编：《胡适评说八十年》，中国华侨出版社2003年版。

[11] 中国人民大学国学院主编：《国学的传承与创新：冯其庸先生从事教学与科研六十周年庆贺学术文集（上册）》，古籍出版社2013年版。

[12] 《红学会长再轰刘心武》，载《南方都市报》，2006年11月3日。

2017年11月30日于湖畔佳苑

二解序言

《红楼梦》不可能是不可解的,它不可能是真正的"满纸荒唐言",这是红学家们共有的信念。秉此信念,笔者经过艰苦探索和总结,终于找到了一个禁得起检验和质疑的解读《红楼梦》的科学范式——隐训法。

1. 一镜两面,一击两鸣

笔者曾经见过一幅十分诡异的照片,名叫"玛丽莲·爱因斯坦",是由美国麻省理工学院的神经科学家和英国格拉斯哥大学的专家们共同制作的,其神奇与诡异之处在于,它近看是爱因斯坦,远看则是玛丽莲·梦露,如果你有视力,不管是正常视力或是近视、老花,只要你站在远近不同的位置上看它,都会达到同样的效果,即一会儿是爱因斯坦,往后退几步又变成了玛丽莲·梦露。

科学家解释说,这幅照片之所以能够产生这种离奇的效果,只不过是利用清晰和粗糙的线条"欺骗"了人类的大脑。科学家称,人类大脑分析清晰图像的速度,要比分析模糊图像的速度更快,这幅画中的爱因斯坦头像已经经过电脑修改,只有一部分面貌仍然保持清晰状态,譬如鼻子皱纹等;但远距离看,这些部分将变得模糊,而玛丽莲·梦露的头像则会显现出来,因为玛丽莲的头像全都采用了粗糙的特征,而本属于爱因斯坦的胡子,在远看时则变成了玛丽莲张口微笑的艳唇。[1]

"玛丽莲·爱因斯坦"呈现出两个完全不同的人像,首先是爱因斯坦,它与爱因斯坦本人几乎一模一样,只是线条和光线有变化而已。其次是梦露,也很像。"玛丽莲·爱因斯坦"证明了一个基本事实,即一幅画可以同时表达两个不同的场景,高明的画家完全可以做到画中有画,画中作画。笔者在网上还读到了更多神奇的画作。这些画作初看都是山水植物和桥梁,细看之后,或换个角度之后,又呈现出人像,并且都不止一人,而有数人之多。如第一幅有三人,第二幅至少也有三人,第三幅则有七人。据新闻报道,达·芬奇、梵·高、毕加索等大师的作品,在高科技手段下,均显现出了"画中画"现象。事实一再表明,画中作画不仅可能,而且方法极多。

绘画可以做到的事,作文也能够做到。我们也可以做到文中作文,弦外有音。这里也举一个例子。二战时期,汪精卫投靠日本,成为日本帝国主义侵略中国的工具,蒋介石欲除之而后快,国民党特务戴星炳等人受戴笠派遣,化装潜入上海,伺机刺杀汪精卫。戴星炳企图策反伪上海市市长傅筱庵,结果反遭出卖,他被76号特务逮捕。李士群、丁默邨了解到戴星炳的身份后,决定通过他与戴笠联系,目的是使76号与军统停止互相厮杀。戴星炳答应了李士群、丁默邨的要求,当即给戴笠拍发电报,向他报告李士群、丁默邨希望停战的意愿。不久,戴笠写来回信:

"电悉。请示校长同意后,同意所请,渝沪可互相谅解。目前时局更加艰难,战事日益紧张。敌我双方,互有消长。唯日人灭我之心不死,后患无穷,望好自为之,与汪共处。前所计划之事,一切作罢。以后可保持电讯联系。"[2](206)

李士群和丁默邨读完戴笠的回信,大喜过望,他们没有想到事情进展得如此顺利。同时,李士群又觉得事有蹊跷,他把这封信给戴星炳看过后,当场又收了回去,仔细研究。特工出身的李士群眼光敏锐,他发觉信里有几个字的笔迹较粗,写得似乎与其他字不同,因此顿起疑窦。经过反复研究,李士群发现,把这封信中粗笔迹的字连在一起竟然是:加紧消灭汪。很明显,这是一条密令,它指示戴星炳假意与汪伪合作,实则要继续寻机暗杀汪精卫!李士群、丁默邨破译此信后,始则极为震惊,继而恼羞成怒,当即将此案报告汪精卫。汪精卫一向对企图谋刺自己的国民党特务极为痛恨,于是大笔一挥,立予枪决。1940年,国民党军统少将戴星炳,被汪伪76号特务残酷杀害。

戴笠的回信就是典型的文中作文、弦外有音作品,信有表里两层意思,表层意思答应了汪伪特务的要求,假!里层内容则是一道密令,敦促戴星炳继续执行刺杀任务,真!

《红楼梦》也是这样一部文中作文的隐语文学,曹雪芹告诉读者,《红楼梦》又名《风月宝鉴》,它的正面是勾人魂魄的王熙凤,而背面则是恐怖瘆人的骷髅,意思是从正面阅读,《红楼梦》基本上是一部色情小说,其中描写了许多美丽多情的女子及其性爱情节;而背面则隐藏着一部血腥的历史。它是一篇文字,两部大书,表面上是一部小说,而在小说的下面则又隐藏着一部历史。脂批提醒我们:"此书表里皆有喻""观者记之,不要看这书正面,方是会看""好知青冢骷髅骨,便是红楼掩面人"[3](95-96),脂批的意思非常明确,就是《红楼梦》有两幅面孔,正面是假面孔,背面才是真面孔,假面孔是一个个迷人的美人,而真面孔则是一具具瘆人的骷髅。

2. 隐训之法,加密之学

隐语文学作为一种特定的文学类型,它有自己的独特语法,与常训法迥然不同。脂批中有无数个"字法""语法""句法""章法"和"书法"等词,它们是作者不厌其烦的暗示:阅读《红楼梦》需要启用特定的语法系统。这套特定的语法系统,笔者称之为隐训法,它实际上是由传统所谓猜谜、射覆发展来的,可视为猜谜或射覆的升级版。要真正掌握隐训法,就必须首先弄明白隐语是怎样制作的。这里举一个例子,明太祖结发妻子马秀英的脚长得很粗大,俗称马大脚,时人以为丑,遂制作隐语画进行嘲讽,隐语画的内容是:"乃画一妇人,赤脚怀西瓜,众哗然。"谜底是"淮西妇人好大脚"[4](215),马太后祖籍淮西。谜面和谜底都清楚了,作者使用了些什么语法呢?谜语界对此没有研究,从未有人进行语法分析,笔者试着分析如下:

(1)谜语制作

从谜面"乃画一妇人,赤脚怀西瓜,众哗然"来看,制作者将谜底"淮西妇人好大脚"七字分成了"淮西""妇人""好大"和"脚"四词进行隐写,首先采用移字法,打乱字序,将它们重新组合为"妇人脚淮西好大",重新组合的句子不成其为句子,需要改造或添加新成分。故第二步,在"脚"字前加一个"赤"字,变成"赤脚",这叫嵌字法。第三步是改变"淮西"两字,先用谐音法将其变成"怀西",再用嵌字法,使之变成"怀抱西瓜"。第四步是隐写"好大"二字,作者用了"众哗然"三字,意指众人惊愕于马脚之大也,这是义隐法。经过如此四步,谜底"淮西妇人好大脚"就变成了谜面"乃画一妇人,赤脚怀西瓜,众哗然。"读者看到的谜面并不是图画,而是用文字描述的画,即文字画。《红楼梦》中的册画全是文字画,文字画的好处在于不容易被歪曲和误读。

制作这则隐语,作者使用了四种手法:移字法、嵌字法、谐音法和义隐法。这实际上是我国先人创造的一种多重加密方法,使用一种手法的隐语是一重加密,使用两种手法的隐语是两重加密,依次类推,可进行多重加密。加密越多,越难解读。"淮西妇人好大脚"这则隐语经过四重加密,解读的难度是非常之高的,若非《剪胜遗闻》同时给出了谜底,后世普通读者是绝难猜中的。

(2)脂批演示隐训法

关于隐训之法,脂砚斋与曹雪芹皆有明言和暗示,先看脂批,第十四回有如下一段原文及脂批：

"那时官客送殡的，有：镇国公牛清之孙、现袭一等伯牛继宗，理国公柳彪之孙、现袭一等子柳芳，齐国公陈翼之孙、世袭三品威镇将军陈瑞文，治国公马魁之孙、世袭三品威远将军马尚，修国公侯晓明之孙、现袭一等子侯孝康。缮国公诰命亡故，其孙石光珠守孝不曾来得。这六家与宁、荣二家，当日所称'八公'的便是。【眉批】牛，丑也。清，属水，子也。柳，拆卯字。彪，拆虎字，寅字寓焉。陈，即辰。翼，火，为蛇，巳字寓焉。马，午也。魁，拆鬼，鬼，金羊，未字寓焉。侯、猴同音，申也。晓鸣，鸡也，酉字寓焉。石，即豕，亥字寓焉。其祖曰守业，即守镇也，犬字寓焉。——所谓十二支寓焉。"[3](109)

依照常训法，我们只知宁荣两家是当年为朝廷立下汗马功劳的"八公"之二，却不知其中竟然隐藏着十二地支（生肖）：子鼠、丑牛、寅虎、卯兔、辰龙、巳蛇、午马、未羊、申猴、酉鸡、戌狗和亥猪，十二生肖都是畜生禽兽，多亏脂砚斋提醒。曹雪芹与脂砚斋写下上述文字，主要有两个目的：其一，辱骂宁荣两府是禽兽畜生之家。既然宁荣两公与镇国公、理国公、齐国公等同为"八公"，而镇国公、理国公和齐国公等六公皆是畜生禽兽，则宁、荣两公也是畜牲禽兽无疑，宁、荣两公既为畜牲禽兽，则他们的子孙后代当然也是畜牲禽兽。这样的推理应该是成立的。其二，暗示隐训语法。脂批提示过于言简意赅，笔者详析如下：

子与丑："牛清"之"牛"，本为姓氏，若为生肖，则与"丑"时对应，在十二地支中排位第二。如何从"清"字训解出地支"子"来呢？这就得结合五行、五色、二十八宿理论了。"清"可拆解为"氵"和"青"，氵者，水也，水主北方，而北方七宿有"牛金牛"和"虚日鼠"两个星宿涉及地支，因为牛丑已经训解出来了，故"牛金牛"可排除，唯一可选择的就剩虚日鼠了，虚日鼠位于北方七宿正中间位置，鼠即子，故"清"对应的时辰为子时。这里用到了形训法、嵌字法和义训法。

寅与卯："寅""卯"两个时辰藏匿在"柳彪"中，拆彪得虎，"虎"即"寅"，拆"柳"得卯。这里用到的是形训法。

辰和巳："陈翼"含"辰"和"巳"两个地支，因为"陈"是"辰"的谐音，"翼"作为星宿名，它是南方朱雀七宿之第六宿，东南方，称"翼火蛇"，"蛇"即"巳"。这种解读用到了音训法和嵌字训法两种。

午和未："马魁"含"午"和"未"两个地支。"马"即是"午"时。"魁"可拆出"鬼"字，"鬼"作为星宿，是南方七宿的第二宿，西南方，称"鬼金羊"，"羊"即"未"时。这里用到了形训法和嵌字训法。

申和酉：这两个时辰隐藏在"侯晓明"三字中，"侯"与"猴"谐音，而"猴"即"申"。"晓明"用音训法得"晓鸣"，而早晨打鸣是公鸡的职责和功能，故从中可引申出"鸡",而"鸡"即"酉"。此处使用了音训和义训两法。

戌和亥:首先看"亥"藏在那里,"石光珠"之"石",与"豕"谐音,而豕即猪,于地支为亥。再看"戌"时,其生肖为犬,家犬的最大功能是看守,故"戌"义即"守"。石光珠的奶奶死了,他在家守灵,即正在行使"守"的职责,故可从中训解出"戌"字,这是义训法。恰好,脂批作者知道石光珠的爷爷名"守业",其中含"守",也可训解出"戌"字,这也是义训法。

"八公"和"国公"。曹雪芹总是不厌其烦地告诉读者,宁荣两府乃是大清朝廷、皇宫,在此处,他又以"八公"和"国公"两词履行着告知义务。首先看"国公",北周开始置"国公"爵,居于郡公、县公之上,隋唐元明清各朝皆设此爵,清朝专设"镇国公""辅国公""不入八分镇国公"和"不入八分辅国公"四种国公宗室爵位。换句话说,在清朝,凡称国公者,皆为宗室。曹雪芹写了八公,包括"宁国公""荣国公""镇国公""理国公""齐国公""治国公""修国公"和"缮国公",除镇国公外,其余均为杜撰,为何杜撰?隐训可知端倪。将八个国公的第一字连缀起来是"宁荣镇理齐治修缮",移字为"缮荣镇理修齐治宁",其谐音词为"选用清吏,修齐治平",选用清廉官吏,以实现修齐治平的目标,显然,这是大清朝廷或皇帝才拥有的权力。

再看"八公"。笔者检阅清史,清朝并无"八公"之设,只有"入八分公"和"不入八分公"之名。此外,八旗旗主合称"八家",清史中有"八家公议""八家公赠"和"八家公养"等词,八旗旗主皆为宗室,地位贵显,但并非八公。历史上,西汉淮南王刘安有八大门客,称"八公";晋武帝时设"八公";北魏明元帝设八大人官,世号"八公"。这些都与《红楼梦》扯不上关系,但自魏晋以来,《神仙传》《录异记》等道家著作以刘安好方技,遂附会八公为神仙,王维《赠焦道士》诗云:"海上游三岛,淮南预八公。"八公为神仙,"神仙"与"圣上"谐音,故曹雪芹以"八公"为"圣上"之隐语,意思是说,宁荣两府乃是大清皇帝的家。

(3)曹雪芹留密钥

对于高明的学者来说,根本无须阅读脂批,便可掌握隐训之法,因为曹雪芹本人也为我们提供了隐训语法,它们集中于金陵群钗的判词和册画中,请看如下两例:

其一,晴雯姓名的隐写。晴雯判词的第一句是"霁月难逢,彩云易散。"这句判词中的"霁月",指雨雪停止,月亮出来,这是"晴"的本意。"彩云"则是"雯"的本意。两者连缀起来便是"晴雯"。作者在制作"晴雯"这个隐语的时候,使用了两种手法,第一是义隐法,作者根据字义,分别用"霁月"和"彩云"取代"晴"字与"雯"字。第二是嵌字法,将"霁月"和"彩云"两词分别镶嵌在两个句子中。

其二，袭人姓名的隐写。袭人姓花，原名花珍珠，是贾宝玉的大丫头，她列名于金陵十二钗的又副册，其册画和判词排在晴雯之后。袭人的册画是："一簇鲜花，一床破席。"判词是："枉自温柔和顺，空云似桂如兰。堪羡优伶有福，谁知公子无缘。"[3](43)"花袭人"三字隐写在册画里，而"花珍珠"三字则隐写在判词里。

①花袭人

专家们几乎一致认为，由于判词中有"花"和"席"两字，这幅册画和判词便是花袭人的。笔者感到非常奇怪，怎么就没有专家质疑"人"字的去向呢？"花袭"能与"花袭人"等同吗？按照我们中国人的称呼习惯，可以单称姓氏、名字，或名字里的特殊字眼，而没有把姓氏和双名中的一个字连缀称呼的做法。

索隐出"花袭人"三字的关键，是要能够正确理解"鲜花"和"破席"两词的含义。专家们几乎一致认为，"鲜花"是褒扬，"破席"是贬抑，至于褒扬与贬抑的具体内容，则莫衷一是。有专家说，"鲜花"形容袭人是鲜花一般的少女，"破席"则贬抑她被异化了，有奴性。有一位奇葩专家竟说，"破席"是指袭人与宝玉睡过了，已破瓜，已是一只破鞋。

实际上，"一簇鲜花，一床破席"这幅画，只含有"花袭人"三字，没别的意思。为什么是鲜花而不是枯花？为什么是破席而不是新席？鲜花与枯花的区别是什么？破席与新席的差异在哪里？认真想想这些问题，就会得到答案。鲜花比枯花更加香气浓郁，更能香气袭人。席子之所以破，乃是被人睡破。所以，鲜花里暗含一个"人"字，破席也暗含一个"人"字。如此一分析，我们就不仅有"花""席（袭）"两字，还找到了那个"人"字，"花袭人"三字齐活了。曹雪芹制作这个隐语，用到了义隐、音隐和嵌字隐三法。

②花珍珠

有红学家认为，"空云似桂如兰"寓示了花袭人的姓名，这种猜测似是而非，因为这句话隐藏着的不是"花袭人"，而是"花珍珠"，怎么理解呢？首先，桂和兰是两种花卉，暗含"花"字。其次，"桂"又名"金桂"，暗含一个"金"字，"金"与"珍"谐音。最后，桂又是树名，暗含"树"字，而"树"与"珠"谐音。如此一来，"花珍珠"三字便都有了。作者制作这个隐语虽然只用了义隐和音隐两法，但解读难度极大。

3. 荒唐之文，科学之事

胡适先生以谜语"无边落木萧萧下（谜底：日）"为例，尽情嘲讽索隐法的荒唐和穿凿,博得考证派的一片喝彩。此事实在幼稚可笑,世上以偏概全、一叶障目的错案太多,不值一驳,然隐训法于读者委实少见,难免多怪。笔者在此要强调的是,优秀的隐语文学作品是科学的结晶,而杰出的隐训作品同样也是科学的,二者是加密和解密的关系,总体上可称之为密码学。这里分别以人物姓名与地址方位的隐写为例,来说明红楼梦隐写方法的严谨科学性。

(1) 人物姓名的隐写

《红楼梦》是经过多重加密的一部文献,方法之多、手法之巧、隐藏之深,可谓空前绝后,这里先举一个人名例子。明清换代之际,吴三桂是一个极其重要的关键人物,《红楼梦》多次写到他,其中之一是隐写在有关娇杏的情节里。"娇杏"者,脂批曰"侥幸",娇杏作为丫环是够幸运的,吴三桂当初似乎也很侥幸。但"娇杏"更准确的训解当是"狡臣"或"狡人",吴三桂是一个非常狡猾之人,奸狡之臣,他并不忠诚于任何一个皇帝,而是一个政治投机分子,企图在明朝、李自成和大清之间投机,以捞取最大好处。"吴三桂"三字隐写在娇杏瞧见贾雨村的举止中。当时,娇杏在院中摘花,看了贾雨村三回,第一回是偶然抬头瞥见,然后又两次回头顾望,共三回。一个未出阁的姑娘家,对一个陌生男人看了又看,这是严重错误的行为,作者在诗中也批评说"偶因一着错",娇杏错了三回,"错"与"误"同义,故"错三回"即是"误三回","误三回"与"吴三桂"谐音。分析至此,历史人物吴三桂初显峥嵘,但仅据此尚不能肯定娇杏背后隐藏的历史人物就是吴三桂,因为历史上有一个三笑的故事,秋香三次冲唐寅嫣笑,导致唐寅误会而追求她,可见秋香也误了三回,但她身后绝对不可能隐藏吴三桂,那时吴三桂尚未降生。可见,隐语文学是有缺陷的,歧义颇多,容易误读。为避免误解,曹雪芹将吴三桂其他字号称呼也一并进行了隐写。

历史上吴三桂尚有二个字号,一为月所,一为长伯。另有两个封号,崇祯封其为平西伯,这是明朝给予他的最高爵位;顺治封其为平西亲王,这是清朝赐予的最高爵位。还有一个庙号,1678年,吴三桂叛清称帝,国号周,不久崩逝,庙号周太祖。曹雪芹对它们都进行了隐写,为此,曹雪芹虚构了这样的情节:娇杏的主家遭遇火灾,无法生存,甄士隐便带着家眷搬去岳父的处所,哪知,岳父封肃待人极其凉薄,不仅对甄士隐冷嘲热讽,还哄骗女婿的钱财。不久,甄士隐病了,然后便走失了,跟着一个跛足道士跑了。甄士隐走得十分遽然,没跟家人打招呼就飘飘而去。甄士隐走失后,娇杏一直跟着主母住在甄士隐岳父的处所里,"岳父的处所"缩写便是"岳所",与"月所"谐音。"凉薄"与"长伯"谐音。"甄士隐病后走失,跟着跛足道人跑了",这个情节里镶嵌着"病""失"和"跛"三字,连缀起来是"病失跛",其谐音为"平西伯"。甄士隐走得太遽然,以致没来得及跟家人打招呼,其中含"走太遽"三字,谐音便是"周太祖"。在娇杏嫁给贾雨村之后,贾雨村的嫡妻生病死亡,娇杏随即被扶册为"正室夫人"。这个情节可概括出"正妻生病死亡"的意思来,其中镶嵌着"病""死""正"和"亡"四字,连缀起来则是"病死正亡",其谐音为"平西亲王"。如此,吴三桂的三个名号、两个关键性的封号及一个庙号,便都隐训出来了,世上同时拥有这六个称号者,仅吴三桂一人,如果再结合甄士隐与跛足道人的身后隐藏着明朝皇帝崇祯,贾雨村的身后隐藏着清朝皇帝顺治的训解,吴三桂的身份便是板上钉钉,确定无疑了。曹雪芹隐写人名的方式大概类此,李煦、曹寅、敬谨亲王尼堪等历史人物,都是这样隐写的。

(2)地点方位的隐写

"金陵"作为地名,令专家们颇为头痛,所谓"金陵十二钗",并非都是江苏省南京市人,她们当时也都不住在南京,而住京城贾府中,然而,她们还是被统称为"金陵十二钗",令人百思不得其解。实际上,"金陵"一词内涵极大,它泛指整个中国。清朝崛起于白山黑水的辽东,这里世世代代都是金人生活生存的地方,可简称为"金地"。而明朝与金人为邻,可谓邻居,亦可简称为"金邻"。不管是"金地"还是"金邻",皆与"金陵"谐音。故"金陵"既可隐指辽东,又可隐指明朝统治下的广大地区。曹雪芹开篇写道:

这东南一隅,有处曰姑苏,有城曰阊门者,最是红尘中一二等富贵风流之地。这阊门外有个十里街,街内有个仁清巷,巷内有个古庙,因地方窄狭,人皆呼作葫芦庙。[3](6)

粗读起来,这些地名似乎都是指苏州,作者也有意如此误导读者,当今专家和读者一致认定甄英莲、林黛玉和妙玉都是苏州人,从无怀疑,这实际上是误读。这里的"姑苏"是"穷儒"贾雨村"寄住"的地盘,而甄士隐则住在"庙旁",与他为邻。因辽东本属明朝辖地,金人乃明朝子民,金人造反了,辽东便成了动乱之地,这段引文所写地名,便是辽东的隐写形式。曹雪芹开篇便隐写辽东,因为明亡清兴便是从此处拉开序幕的,他们在此处进行了半个多世纪的较量。容笔者细细解读。

"东南一隅"是"动乱之处"的谐音词,明朝后期,女真人在东北造反,东北这一隅地区成为明朝的动乱之源,"姑苏""阊门""仁清巷"和"十里街"等,皆隐写着辽东地名:

姑苏——扶余　　　　　阊门——长春
十里(街)——吉林　　　仁清(巷)——盛京、兴京
葫芦庙——胡房巢　　　东南一隅——动乱之处

东北乃古扶余国旧地,文献中扶余又被写成夫余、夫徐、扶徐等,扶余大约建立于西汉初期,其王城约在今吉林市附近,现在吉林省西北部还有一个扶余县。

"扶余"的发音与"姑苏"相谐,《红楼梦》上的"姑苏"二字即指古扶余国旧地,算起来扶余人也是满人的祖先,至少是满族血缘的重要来源。

"阊门"与"长春"谐音。长春在上古时期被叫作"茶啊冲",夏朝时称喜都,商朝称龙城,两汉称天罡城,唐朝设书山府,渤海国设隆州府,辽称耶律德光城,金朝先后设龙州白龙府、宽城府(宽城子),蒙元崛起,此城被彻底摧毁成一片废墟。辽朝和金朝时期,都设有长春州。清朝乾隆皇帝到长白山祭祖,路过此地,发现它气候宜人,作诗颂云:"长白千载古喜州,春光无限在宽城",乾隆的诗中隐含"喜州""宽城"和"长春"三名。公元1800年,嘉庆帝在此设长春厅,置理通判,隶属于吉林将军。笔者注意到,如细细体会,"茶啊冲""宽城"和"长春"三个称呼彼此相谐,而"阊门"恰巧也与"茶啊冲""宽城"和"长春"三名相谐,故笔者认为,"阊门"乃隐今日之长春城。长春城历史悠久,曾为肃慎都城,蒙元与金朝曾在此城进行过一次惨烈的战争,女真人死伤惨重,以至整个城市都被夷为平地。所以,于女真人而言,这是一个重要的不可忘却的城市。[5](150-152)苏州有阊门,但无阊门城,若真以之指苏州,则谬矣。

十里街的"十里"二字,与"吉林"谐音,清朝于公元1644年入关之后,东北作为清朝的龙兴之地,不设行省,而设盛京(后为奉天)、吉林和黑龙江三个将军府管理,此事说明,"吉林"之名在清初已经存在,并且是后金和大清极其重要的地方。

仁清巷的"仁清"二字,与"盛京"和"兴京"谐音。"兴京"又名赫图阿拉、赫图阿喇、黑秃阿喇,意为横岗,万历四十四年(1616),努尔哈赤称汗,定都赫图阿拉,直到1621年迁都辽阳为止,天聪八年(1634),尊赫图阿拉为兴京。盛京即今日辽宁省沈阳市,它在公元1625至1644年期间是后金的都城。

"葫芦庙"与"葫芦岛"谐音,葫芦岛是位于辽宁省中部的一个海岛,毗邻河北与北京,名称始见于《全辽志》,《全辽志》卷一山川宁远卫条目下,列有葫芦岛、觉华岛和桃花岛,明清兴替之际,葫芦岛是一个战略要地。明朝天启三年,中极殿大学士、兵部尚书孙承宗《奏报关东情形疏》,就提到了葫芦岛。但是,《红楼梦》提到的葫芦庙却不能训解为葫芦岛,而应训解为"胡虏巢",此词的意思是告诉读者,《红楼梦》里的"姑苏"并不是指江苏省苏州市,而是女真人的家乡东北,亦即胡虏的巢穴。

所以,上述引文当训译为:明朝动乱之地,是扶余国旧地,包括长春、吉林、盛京和兴京,它们是胡虏的巢穴。脂砚斋特意在"姑苏"后批曰"金陵",读者多不明就里,专家强行解读为今江苏南京,难以自圆。"金陵"者,"金地"也,金人(女真人)的土地也,还是指辽东。作者在这里同时使用了假唐借汉法、谐音法和缩写法等手法,解读难度还是很大的,所以,200多年来,少有读者参透。

有读者可能要质疑了:既然金陵指辽东女真人的地盘,那么,如何解释"最是红尘中一二等富贵风流之地"这句话呢?答案是,这句话也是隐语,也须用隐训法来理解,所谓"富贵风流",它是"胡贵风流"的谐音词,意指辽东是胡人贵族创造丰功伟业的好地方,女真人属于胡人的范畴。

以上表明,曹雪芹对人名和地名的隐写是很严谨的,再结合人物事迹和历史事件,便可确保准确无误。曹雪芹也曾自夸口说:"至若离合悲欢,兴衰际遇,则又追踪蹑迹,不敢稍加穿凿,徒为供人之目,而反失其真传者。"[3](5)曹雪芹说他对人物事迹的描写,绝无丝毫穿凿,完全是实录真传,说明《红楼梦》是一部非常严谨的历史著作,但我们用常训法只能读到一部小说,要读出那部严谨的历史来,非隐训法不可。

4. 弘扬国学人人有责

将《红楼梦》写成一镜两面、寓真于假的隐语文学,曹雪芹是不得已而为之,他解释说:"市井俗人喜看理治之书者甚少,爱看适趣闲文者特多……今之人,贫者日为衣食所累,富者又怀不足之心,总一时少闲,又有贪淫恋色,好货寻愁之事,那里有工夫去看那理治之书?所以我这一段故事,也不愿世人称奇道妙,也不定要世人喜悦检读,只愿他们当那醉余饱卧之时,或避世去愁之际,把此一玩,岂不省了些寿命、筋力?就比那谋虚逐妄,却也省了口舌是非之害,腿脚奔忙之苦。"[3](5)这段文字以隐晦而曲折的方式告诉读者:其一,严肃的"理治之书"是没有几个人喜欢的,大众喜读的是适趣闲文,所以,我不得不将一部"理治之书"隐藏于"适趣闲文"中,借适趣闲文流传于世;其二,《红楼梦》以适趣闲文的面目示人,可以免去口舌是非之害、腿脚奔忙之苦,不会遭受当局迫害。看来,曹雪芹早就预见到,广大读者朋友会将《红楼梦》当小说(适趣闲文)来读,《红楼梦》因此而得已流传于世,但他创作的真正目的显然是嘲讽和谴责清皇,他希望后世有人能够明白他的良苦用心。所以,曹雪芹在将《红楼梦》写成"满纸荒唐言"的同时,又在凡例、楔子和《风月宝鉴》三处提醒读者,本书有两面,正面为假,背面为真,读正面无益,还是读背面吧!脂批也复如此提示。

因此,普通读者把《红楼梦》当作小说来读是正常现象,不值得大惊小怪,人们有权利按照自己的意愿理解《红楼梦》。俗话说,一千个读者,便有一千个哈姆雷特,读者心目中的宝黛钗当然也可以如此。但是,作为科学,红学应该是有统一标准和规范的,红学家不应该像普通读者那样随意。是的,条条大路通罗马,但通向罗马的大路皆有统一标识;杀猪杀屁股,各有各的刀法,但让二师兄不再喘气应是不二法门。一千个读者可能会有一千个哈姆雷特,但真正符合作者创作意图的哈姆雷特,却只有一个,且只能有一个。对于《红楼梦》,人们可以有自己独特的理解,但我们也应该清醒地认识到,我们所理解的《红楼梦》,未必是曹雪芹的《红楼梦》;如果要证明那也是曹雪芹的《红楼梦》,那我们就必须讲文本、讲逻辑、讲语法、讲史实、讲证据链,总之,要讲科学。

  毁损《红楼梦》并不是笔者的初心,笔者的小目标是保护和弘扬国学,促进国学现代化,将堆积于《红楼梦》上的尘诟拭去,还原本色。《红楼梦》的真正价值在于它是一部无与伦比的隐语文学,而不是所谓现实主义文学的顶峰。它远比人们想象的伟大,也远比人们想象的荒唐,它的伟大寓于荒唐之中,世人为之目乱神迷也正在此。

  世上已无程伟元高鹗,隐语文学欣赏在19世纪初已成绝响,虽然笔者正竭力诠释,奈人微言轻,杯水车薪,仍恐无济于事。古语云:上邪下难正,众枉不可矫。红学之误积重难返,隐语之奇少见多怪,悠悠之口积毁销金。一种新思想、新学说甫一问世,人们往往会习惯性地拒斥它,何况大家对《红楼梦》的误解已经形成,并且根深蒂固。因此,为使《红楼梦》的真相早日大白,广大专家学者们的科学精神与客观态度尤其重要,笔者欢迎广大读者与专家群策群力,共同努力!

注释:

[1] 这位是爱因斯坦还是玛丽莲·梦露? http://tech.qq.com/a/20070731/000212.htm.

[2] 樊绍烈:《76号特务实录》,北方文艺出版社2013年版。

[3] 〔清〕曹雪芹:《脂砚斋批评本红楼梦》,凤凰出版社2010年版。

[4] 王余、李北星:《灯景灯品灯情——历代诗词曲中的灯彩世界》,西南交通大学出版社2013年版。

[5] 沈健:《历史上的大移民:闯关东》,北京工业大学出版社2012年版。

目 录
CONTENTS

第一解

第一卷 模棱两可的贾宝玉 ··· 1

1. 贾宝玉究竟是什么人 ·· 1
2. 贾府究竟是公府还是皇宫 ··· 9
3. 贾宝玉究竟是皮肤滥淫还是意淫 ······································ 14
4. 贾宝玉对男人与女人的态度到底如何 ································ 19
5. 贾宝玉究竟爱读书还是讨厌读书 ······································ 24
6. 贾宝玉究竟上过学还是没上过学 ······································ 30
7. 读书与否对贾宝玉的生活水平有影响吗 ······························ 34
8. 贾宝玉究竟是何时上学的 ··· 36

第二卷 面目不清的林黛玉 ··· 38

1. 贾宝玉是林黛玉的恩人还是仇家 ······································ 39
2. 林黛玉是贾母嫡亲还是非嫡亲 ··· 42
3. 林家是富有还是贫穷 ·· 46
4. 林黛玉从不说混帐话还是经常说混帐话 ······························ 52
5. 贾府是否禁读《西厢记》和《牡丹亭》 ······························ 57
6. 宝黛情感上情投意合还是话不投机 ···································· 61
7. 木石前盟究竟是水债还是姻缘 ··· 67
8. 余论 ··· 70

1

第三卷　自相矛盾的薛宝钗 ························· 78

　1. 薛家的富有与贫穷 ································· 78

　2. 薛宝钗的美丽与丑陋 ······························· 83

　3. 薛宝钗的罕言寡语与高谈阔论 ················· 86

　4. 宝钗的冷酷无情与乐于助人 ···················· 91

　5. 薛宝钗的理性与冲动 ······························· 93

　6. 薛宝钗赞成还是反对读书 ························ 95

　7. 薛宝钗的随分从时与孤高自许 ················· 97

　8. 薛宝钗维护封建还是反封建 ··················· 102

　9. 薛宝钗是山中高士还是世间俗人 ············ 106

　10. 通灵宝玉及金锁的灵与不灵 ·················· 111

　11. 金玉结局的矛盾 ···································· 113

第四卷　满纸荒唐言 ······································ 116

　1. 女水男泥之惑 ·· 117

　2. 残稿与完稿之惑 ···································· 127

　3. 数学常识错误 ·· 135

　4. 语文常识错误 ·· 141

　5. 逻辑常识错误 ·· 154

第五卷　与当代名家商榷 ································ 161

　1. 评冯其庸先生的《论红楼梦思想》 ········ 162

　2. 评陈维昭教授的《红楼梦精读》 ············ 174

　3. 评《马瑞芳说红楼》 ······························ 184

　4. 评《周思源论红楼梦》 ·························· 195

　5. 评《蒋勋说红楼梦》 ······························ 203

　6. 小结 ··· 214

第二解

第一卷　一手而二牍的隐语文学
1. 凡例与楔子并存 ····················· 221
2. 绛树两歌 ························· 227

第二卷　古代中国的加密和解密法 ········ 234
1. 汉语加解密法 ······················ 236
2. 汉语多重加解密法 ·················· 249
3. 图册判词藏解法 ···················· 253
4. 脂批演示隐训法 ···················· 264

第三卷　林黛玉本人本事揭秘 ·········· 274
1. 木石前盟 ························· 276
2. 林如海延师 ······················· 285
3. 贾敏之死 ························· 292
4. 林黛玉进贾府 ····················· 296
5. 不足之症 ························· 303
6. 黛玉见贾母 ······················· 308
7. 两弯似蹙非蹙罥烟眉 ················ 314
8. 混世魔王孽根祸胎 ·················· 321
9. 小耗偷香芋 ······················· 332
10. 贾宝玉药方揭秘 ··················· 338

第四卷　薛宝钗本人本事揭秘 ·········· 350
1. 薛家身份揭秘 ····················· 351
2. 薛蟠进京与宝钗待选揭秘 ············ 359
3. 葫芦僧乱判葫芦案揭秘 ·············· 366

4. 从黛玉春困发幽情到葬花 …………………………………… 374
5. 柳湘莲暴打薛蟠揭秘 …………………………………… 381
6. 薛宝钗管理才能揭秘 …………………………………… 390
7. 冷香丸揭秘 …………………………………………… 398
8. 金钏投井与金玉良姻揭秘 ……………………………… 407
9. 贾宝玉井台祭金钏揭秘 ………………………………… 414
10. 薛宝钗生日揭秘 ……………………………………… 423
11. 薛蟠女儿歌揭秘 ……………………………………… 429
12. 冷美人揭秘 …………………………………………… 436

附录　红学"三大死结"略解 …………………………… 443

后　记 ……………………………………………………… 455

第一卷

模棱两可的贾宝玉

贾宝玉是《红楼梦》的男主角,是大观园这个女儿国里的男青年,衔玉而诞,小名宝玉。但贾宝玉究竟是一个秉两赋而来的纨绔子弟,还是一个应劫而生成王败贼的大恶人?是喜爱清净洁白的女儿还是须眉浊物的男子?是喜读"四书五经"还是厌读"四书五经"?是皮肤滥淫之西门庆,还是坐怀不乱之柳下惠?曹雪芹对这些问题的描写是模棱两可的,其中似乎有两个完全不同的贾宝玉。

1. 贾宝玉究竟是什么人

贾宝玉的身份十分神秘,他口衔通灵宝玉出生,其前世是西方灵河岸边的神瑛侍者。"瑛"指玉的光彩或像玉的美石,神瑛即神石。可见贾宝玉与石头有不解之缘,但石头对贾宝玉究竟意味着什么?却没有人说得清,有说是玉玺,有说是顽石,不一而足。作者关于贾宝玉及贾府的描述,大都自相矛盾、模棱两可、似是而非,读者们竟不知贾宝玉到底是何人物,贾府是何家庭。

1.1 纨绔子弟贾宝玉

仔细阅读文本,你会发现,竟然有两个贾宝玉,一个是善良无害、秉两赋而来的纨绔子弟贾宝玉,另一个是成王败贼、造劫历世的贾宝玉。两者皆有文本依据,铁证如山,难以否认。我们先来看看秉两赋而来的纨绔子弟贾宝玉吧。

贾宝玉降生在金陵世家贾府,贾府乃天下望族。贾府的创立者为宁国公贾演与荣国公贾源,兄弟俩出生入死,战功显赫,分别被朝廷封为宁国公与荣国公,并敕建宁国府与荣国府,他们为子孙后代创下了一份十分丰厚的家业。贾宝玉是贾源的重孙,贾府第四代,其伯父贾赦承袭官爵,为一等将军。父亲贾政蒙皇上格外开恩,赐了一个主事之衔,进入仕途,如今做到了工部员外郎。姐姐元春入宫做了皇帝的妃子,贾府拥有大量房产与地产,十分富贵。另有几门阔亲戚,非富即贵,相互扶持遮饰,同荣同损。贾宝玉出生在这样一个既富且贵的大家庭,过着钟鸣鼎食、仆从成群、佳丽环绕的生活,除了读点书之外,父母对他没有别的要求。

贾宝玉生活在罗绮丛中,自称绛洞花主,宝钗称他为"无事忙",后改为"富贵闲人",整天混迹脂粉丛中,与姑娘们为伍。他真心喜欢女孩儿,声称:女儿是水做的骨肉,男人是泥做的骨肉。我见了女儿,我便清爽;见了男子,便觉浊臭逼人。他最喜欢做的事情之一,是帮助姑娘们调制胭脂,并蹭吃她们嘴巴上的胭脂,脸上因此常常留下血红色的印痕。

贾宝玉很年轻,林黛玉13岁进贾府,贾宝玉比林黛玉大一岁,则贾宝玉应当14岁,但直到第二十五回,贾宝玉仍然是13岁,证据是那个神秘的和尚,将与贾宝玉一同降生的通灵宝玉擎在手中,说"青埂峰一别,展眼已过十三载矣!"至前八十回,晴雯她们几个也就16岁,据此推测宝玉也就16岁左右。在程伟元高鹗续写的后四十回,贾宝玉19岁中举,尚未参加工作,然后就悬崖撒手出家为僧了,余生始终在僧房度过。可见,贾宝玉终其一生,都是一个普通人,对社会没有太大的影响,也谈不上有多大的危害。

冷子兴与贾雨村专门讨论了贾宝玉的来历与身份,他们的讨论从贾宝玉周岁之时开始。贾宝玉周岁时,其父贾政测试他的志向,让他抓取桌上摆放的各样物品,小宝玉不要书籍纸笔,不要干戈武器,却将一些脂粉钗环抓在手中,贾政大怒,断定他将来必定是酒色之徒。长大以后,贾宝玉果然亲近女孩,爱吃胭脂,冷子兴因此也认定,贾宝玉将来必定是色鬼无疑。贾雨村则表达了完全不同的看法,而且态度异常坚决,他立即严厉制止冷子兴,并说出了下述一遍长话:

天地生人,除大仁大恶两种,余者皆无大异。若大仁者,则应运而生,大恶者,则应劫而生。运生世治,劫生世危。尧、舜、禹、汤、文、武、周、召、孔、孟、董、韩、周、程、张、朱,皆应运而生者。蚩尤、共工、桀、纣、始皇、王莽、曹操、桓温、安禄山、秦桧等,皆应劫而生者。大仁者,修治天下,大恶者,扰乱天下。清明灵秀,天地之正气,仁者之所秉也,残忍乖僻,天地之邪气,恶者之所秉也。今当运隆祚永之朝,太平无为之世,清明灵秀之气所秉者,上至朝廷,下及草野,比比皆是。所余之秀气,漫无所归,遂为甘露,为和风,洽然溉及四海。彼残忍乖僻之邪气,不能荡溢于光天化日之中,遂凝结充塞于深沟大壑之内,偶因风荡,或被云摧,略有摇动感发之意,一丝半缕误而泄出者,偶值灵秀之气适过,正不容邪,邪复妒正,两不相下,亦如风水雷电,地中既遇,既不能消,又不能让,必至搏击掀发后始尽。故其气亦必赋人,发泄一尽始散。使男女偶秉此气而生者,在上则不能成仁人君子,下亦不能为大凶大恶。置之于万万人中,其聪俊灵秀之气,则在万万人之上,其乖僻邪谬不近人情之态,又在万万人之下。若生于公侯富贵之家,则为情痴情种,若生于诗书清贫之族,则为逸士高人,纵再偶生于薄祚寒门,断不能为走卒健仆,甘遭庸人驱制驾驭,必为奇优名倡。如前代之许由、陶潜、阮籍、嵇康、刘伶、王谢二族、顾虎头、陈后主、唐明皇、宋徽宗、刘庭芝、温飞卿、米南宫、石曼卿、柳耆卿、秦少游,近日之倪云林、唐伯虎、祝枝山,再如李龟年、黄幡绰、敬新磨、卓文君、红拂、薛涛、崔莺、朝云之流,此皆易地则同之人也。[1](18)

贾雨村说世上有三种人,并提出了判断的标准:第一种为应运而生者;第二种为应劫而生者;第三种为秉两赋而来者。应运而生者秉清明灵秀之正气,乃大仁之人,修治天下。尧、舜、禹、汤、文、武、周、召、孔、孟、董、韩、周、程、张、朱,皆应运而生者。应运而生者包括两类人,从尧帝至召公是第一类,他们都是天子或摄政王级别的政治家,从孔丘至朱熹是第二类,他们都是政治理论家,封建社会统治思想的阐释者。应劫而生者秉残忍乖僻之邪气,乃大恶之人,扰乱天下。蚩尤、共工、桀、纣、始皇、王莽、曹操、桓温、安禄山、秦桧等,皆应劫而生者。这些应劫而生的人物,有造反称王者,有篡权夺位者,有迫害忠良者。第三种人则兼有正气和邪气,他们是所谓秉两赋而来之人。秉两赋而来之人,上自皇帝,下至娼优,什么身份的都有。他们上不能成仁人君子,下亦不能为大凶大恶。置之于万万人中,其聪俊灵秀之气,则在万万人之上,其乖僻邪谬不近人情之态,又在万万人之下。若生于公侯富贵之家,则为情痴情种;若生于诗书清贫之族,则为逸士高人;纵再偶生于薄祚寒门,必为奇优名娼。

按照贾雨村的分类标准,并根据贾宝玉一向的表现,我们可以肯定,贾宝玉应当是秉两赋而来者,理由是:(1)贾宝玉既不是大政治家,也不是大政治理论家,他只是一个小人物,没干过惊天动地的大善事,没法与尧、舜、禹、孔子、朱子等人相比,他不可能是应运而生的大仁之人;(2)贾宝玉没有大凶大恶的行为,虽有小恶,没法与蚩尤、共工、桀、纣等人相比,他不可能是应劫而生的大恶人;(3)贾宝玉聪明灵秀,又是情痴情种;(4)贾宝玉颇具爱心,尤其是对女孩子,鲁迅先生说他"爱博而心劳",用贾雨村的话说是"其乖僻邪谬不近人情之态,又在万万人之下";(5)贾雨村在与冷子兴结束谈话之前,最后说了这么一句话:"你我方才所说的这几个人,都只怕是那正邪两赋而来一路之人,未可知也。"[1](20)

在曹雪芹创作的前八十回里,贾宝玉年不过十六岁,毫无名利之心,也不愿与为官做宰者接谈经济仕途的学问,既没有参加科举考试,也不曾出仕为官,纯粹一个白身纨绔。贾宝玉多愁善感,感情脆弱,心地善良,虽然晴雯与金钏的死都因他而起,但他并无害人之心。所以,这个贾宝玉总体上可以判定为:一个善良无害、秉两赋而来的纨绔少年。

1.2 成王败贼、造劫历世的大恶人贾宝玉

然而,《红楼梦》的某些文字,与其他文字格格不入,这些文字虽然十分隐晦,但我们仍然能够辨别出,在善良无害的纨绔少年贾宝玉之外,还有一个令阎都判官恐惧的成王败贼、造劫历世的大恶人贾宝玉,主要文本证据如下:

第一,贾宝玉是应劫而生的大恶人。

草蛇灰线,伏脉千里,曹雪芹常常采用这种写法来隐瞒真相。粗读起来,贾宝玉似乎是秉两赋而来之人,但若结合通灵宝玉降生的原因和过程,便会发现,贾宝玉竟然是应劫而生的大恶人。

我们来梳理一下贾宝玉及通灵宝玉降生的过程吧。那天,甄士隐在书房中做了一个梦,梦中见一僧一道远远而来,且行且谈,甄士隐听到了他们的谈话内容。道人问僧人,把这蠢物(通灵宝玉)带到哪里去投胎?僧人回答说,现有一桩风流公案,正该了结,这一干风流冤家尚未投胎转世,我准备将通灵宝玉夹带其中。道人明白了,原来近日风流冤孽又将"造劫历世"[1](6),便又问,这是一干怎样的风流冤孽?他们将落于何方何处?僧人回答道:说来可笑,竟是千古未闻的罕见之事。在那西方灵河岸边、三生石畔,有一棵绛珠草,得到赤瑕宫神瑛侍者以甘露灌溉,修炼成一个女体,名绛珠仙子。绛珠仙子受了神瑛侍者的恩惠,总想着报答,苦无机会。近日打听得,神瑛侍者凡心偶炽,意欲下凡,"造历幻缘"[1](7),绛珠仙子便也要下凡,以泪还债,她已经在警幻仙子宫中挂了号。"造历幻缘"之"造历",乃是"造劫历世"的缩写,就是制造累世劫难的意思,因为神僧与神道相约,三劫后相见,那时仍将通灵宝玉送回青埂峰,由此可见,通灵宝玉与贾宝玉将在人世间呆三劫约90年之久,若它(他)在这期间一直制造劫难,自然就是累世劫难了。神瑛侍者是贾宝玉的前身,绛珠仙子是林黛玉的前身,贾宝玉降生的过程说明,他是应劫而生的。既然是应劫而生,按照贾雨村的分类标准,贾宝玉就是大恶之人,扰乱天下之人,是与蚩尤、共工、桀、纣、始皇、王莽、曹操、桓温、安禄山、秦桧等人相提并论的大恶人。

既然是造劫累世的大恶人,贾宝玉肯定坑害了很多人,他具体坑害了谁呢?答案是,他坑害了金陵十二钗,金陵群钗都受他之害。从神瑛与通灵宝玉下凡的过程,我们可以看到,绛珠仙子即林黛玉是被神瑛侍者带下人间的,接着,一干风流孽鬼都被带至人间,陪着神瑛与绛珠了结水债案。可见,金陵群钗归根结蒂都是被贾宝玉(神瑛侍者)带到人间来的。金陵群钗来到人间的结局如何呢?作者在第五回"梦演红楼梦"作了预演,她们的结局全都很悲惨,极少有例外的。换句

话说,贾宝玉把金陵群钗都给坑害了。

第二,贾宝玉是成则王侯败则贼之人。

贾雨村高谈阔论,说了一大通,为贾宝玉辩护,其重点放在秉两赋而来之人身上,以贾宝玉一贯的表现来看,他大概符合秉两赋之人的特征。然而,冷子兴却总结说:"依你说,'成则王侯败则贼了'。"贾雨村肯定地回答说:"正是这意。"[1](18) 成则王侯败则贼,简单地说,就是成王败寇,贾宝玉既是成王败寇之人,当然就是那种造反称王者,如安禄山、史思明、黄巢、李自成、张献忠、元昊、努尔哈赤之流。这些人成则为王,如元昊、努尔哈赤,败则为贼,身死国灭,如安禄山、史思明、李自成、张献忠。凡造反称王者,无不杀人如麻,如果贾宝玉真是造反称王者,自然是大凶大恶之人。

读者朋友也许有反对意见,认为贾宝玉未必是造反称王者。因为成王败贼这个词也可以是比喻用法,不一定是指那种造反称王者,干其他大事而冒极大风险的人,也可称之为成王败贼。读者朋友的怀疑是有些道理的,但我们从文本中看不出贾宝玉干了其他什么冒风险的大事,无非是读书、喝酒、玩女人、捧戏子,这是些大事吗?有巨大风险与巨大利益吗?这些事既不能帮他称王,也不能逼他为寇。

第三,贾宝玉行为偏僻性乖张而残忍。

贾雨村在谈到秉两赋而来之人的特征时说,他们"置之于万万人中,其聪俊灵秀之气,则在万万人之上,其乖僻邪谬不近人情之态,又在万万人之下",这就是说,如果贾宝玉是秉两赋之人,则他应该是聪明绝顶、万中挑一的聪明人;如果他是秉两赋之人,则他应该是很正常的一个人,极少有乖僻邪谬不近人情之态。依此两点来看,贾宝玉显然不属于这种人,因为论聪明灵秀,他仅比薛蟠、贾环等少数人强些,若跟柳湘莲、蒋玉菡、秦钟等人相比,贾宝玉毫无优势可言,若与林黛玉、薛宝钗这些女子相比,那就差得更远了。而要说"乖僻邪谬不近人情之态",则贾宝玉要说天下第二,就没有人敢说天下第一人了。既然贾宝玉是天下最乖僻邪谬不近人情者,则他无疑就是应劫而生的大恶人了,因为大恶之人应劫而生,他们"秉残忍乖僻之邪气"。

所谓"乖僻",即"行为偏僻性乖张",这恰是贾宝玉的特点,曹雪芹作《西江月》二首形容贾宝玉,其词曰:"无故寻愁觅恨,有时似傻如狂。纵然生得好皮囊,腹内原来草莽。潦倒不通世务,愚顽怕读文章。行为偏僻性乖张,哪管世人诽谤!富贵不知乐业,贫穷难耐凄凉。可怜辜负好韶光,于国于家无望。天下无能第一,古今不肖无双。寄言纨绔与膏粱:莫效此儿形状!"[1](29) 依据贾雨村的描述,应劫而生的大恶人,其最显著的特征是"秉残忍乖僻之邪气","乖僻"即"乖张偏僻",

而贾宝玉恰恰就是"行为偏僻性乖张"的。所谓"僻"或"偏僻",指待人接物有偏见,不能持平处理,总是与众不同。所谓"乖"或"乖张",意为乖谬、乖戾、乖僻或乖张,指性情、言语、行为别扭,不合情理,不和谐。所谓"无故寻愁觅恨",意指宝玉是一个惹是生非的主,而非守常用中之人。"腹内原来草莽"似暗讽贾宝玉乃草莽英雄,与"成则王侯败则贼"若合符节,当然,一般人将其理解为肚子里没有学问。

贾宝玉的偏僻乖张主要体现在水与泥、女与男、少女与老妇关系的看法上,他坚持认为泥脏、男脏、老妇自私;而认为水清净、女孩子洁净、少女纯洁可爱。至于贾宝玉善良与否,曹雪芹的描写也是自相矛盾的,一方面他显得爱博而心劳,为众人操碎了心。另一方面,他显得相当心硬而残忍,譬如说,仅为一杯茶,他将茜雪赶出大观园;仅因为开门晚了一会儿,他一脚便把袭人踹得吐血;白金钏因为他的原因而死,他是王夫人的心肝宝贝,他想保护谁都没有问题,然而,他"一溜烟跑得无影无踪了";秦钟是他与柳湘莲的好朋友,柳湘莲很穷,但仍然设法筹措银子帮秦钟修坟,贾宝玉富贵无比,却自称钱财是父母的而一毛不拔。这些无一不说明贾宝玉的残忍。

第四,贾宝玉是运旺时盛的天下官管天下事之人。

秦钟临死前,与鬼使及都判官有一番对话,这番对话透露了贾宝玉非同寻常的身世:

那秦钟早已魂魄离身,只剩得一口悠悠余气在胸,正见许多鬼判持牌提索来捉他。那秦钟魂魄哪里肯就去,又记念着家中无人掌管家务,又记挂着父亲还有留积下的三四千两银子,又记挂着智能尚无下落,因此百般求告鬼判。无奈这些鬼判都不肯徇私,反叱咤秦钟道:"亏你还是读过书的人,岂不知俗语说的:'阎王叫你三更死,谁敢留人到五更。'我们阴间上下都是铁面无私的,不比你们阳间瞻情顾意,有许多的关碍处。"正闹着,那秦钟魂魄忽听见"宝玉来了"四字,便忙又央求道:"列位神差,略发慈悲,让我回去,和这一个好朋友说一句话就来的。"众鬼道:"又是什么好朋友?"秦钟道:"不瞒列位,就是荣国公的孙子,小名宝玉。"都判官听了,先就唬慌起来,忙喝骂鬼使道:"我说你们放了他回去走走罢,你们断不依我的话,如今只等他请出个运旺时盛的人来才罢。"众鬼见都判如此,也都忙了手脚,一面又抱怨道:"你老人家先是那等雷霆电电,原来见不得'宝玉'二字。依我们愚见,他是阳,我们是阴,怕他们也无益于我们。"都判道:"放屁!俗语说的好,'天下官管天下事',自古人鬼之道却是一般,阴阳并无二理。别管他阴也罢,阳也罢,敬着点没有错了的。"[1](124)

旧时迷信有一种说法,认为人是由肉身与魂魄共同组成的,人之将死,阎罗王就派遣鬼使来把人的魂魄勾走。秦钟临死之时,便有许多鬼判持牌来捉他的魂魄,秦钟不舍得死,苦苦求情,鬼判们断然拒绝道:我们阴间上下都是铁面无私的,你难道没有听说过"阎王叫你三更死,谁敢留人到五更"的俗语吗?但是,秦钟仍不死心,他还是苦苦求情,说他好朋友贾宝玉来了,他一定要回去告别的。这一次,都判官的反应有些异常,他听到"宝玉来了","唬慌"起来,显得手足无措。而且,鬼使们注意到,都判官一向雷霆电雹,行事果决,这次听到"宝玉"二字却失了分寸。都判官的反应,连鬼使们都感到奇怪,可见此种事不常发生。事实上也是如此,鬼判们是持牌提索,奉命公干,何怕之有?对于都判官"唬慌"的原因,作者提到了两点:其一,宝玉是"运旺时盛的人"。迷信的说法,认为阴间的鬼都害怕生命力旺盛的人。不过,作者在此处用的词是"运旺时盛",不是"血气旺盛"。作者的意思显然不是指贾宝玉生命力旺盛,而是指他鸿运当头,时运极佳,风头正健;其二,宝玉是"天下的官管天下的事"之人。鬼使们都注意到都判官极度害怕"宝玉"二字,他们说,你老人家先是那等雷霆电雹,原来是见不得"宝玉"二字。依我们的看法,他是阳,我们是阴,我们不用怕他。鬼使们的话表明,"宝玉"应该是阳间的神奇力量,是什么神奇力量呢?都判官说,天下官管天下事,阴阳一理,人鬼一途,敬着些"宝玉"没有错的。都判官的话表明,"宝玉"是阳间的一个大官,并且大得惊人,能管天下之事,都判官闻之发抖。一个令都判官闻之发抖的大官,当然也是一个鸿运齐天的人。所以,"运旺时盛的人"与"天下官管天下事"的人,二者没有冲突,可以合二为一。

当然,一些读者朋友可能又有异议了,因为通灵宝玉有除邪祟的功能,阴间的鬼魂当然见之害怕。不过,请读者朋友一定要注意,都判官解释得很清楚,他之所以害怕"宝玉",是因为贾宝玉"运旺时盛"和"天下官管天下事",与除邪祟没有半毛钱关系。而且,通灵宝玉之除邪祛祟的功能也是似是而非的,因为它并没能保佑贾宝玉不受马道婆的魇魔术之害。

第五,贾宝玉是手中掌印的混世魔王。

《红楼梦》对贾宝玉还有一些令人困惑的描写。林黛玉初进贾府时,王夫人嘱咐她说:"但我不放心的最是一件:我有一个孽根祸胎,是这家里的混世魔王"[1](27)。在《红楼梦》之前的《水浒传》《西游记》《隋唐英雄传》三部书里,都有一个混世魔王。《水浒传》中的混世魔王樊瑞是芒砀山的一个山寨大王,本领高强,曾打败宋江,后被公孙胜收服。《隋唐英雄传》中的混世魔程咬金,是一个在瓦岗寨称王的起义领袖。《西游记》中的混世魔王,是一个妖怪,曾经霸占孙悟空的巢穴花果山,后被孙悟空以分身法击杀。贾宝玉不可能是妖精,他莫非是樊瑞、程咬金之流的造反称王者?笔者还注意到,袭人称贾宝玉的降生为"落草"[1](31)。

对于这种反常用词,红学专家歪曲地解释说,女真人生孩子时地上垫着干草,孩子生下来落在草堆上,故称"落草",这种解释是望文生义式的推测,毫无事实依据。

第三十二回提到贾宝玉弄丢了一个金麒麟,史湘云批评他说:"幸而是这个,明儿倘或把印也丢了,难道也就罢了不成?"宝玉笑道:"倒是丢了印平常,若丢了这个,我就该死了。"[1](256)我们只知贾宝玉身上有一块通灵宝玉,却不知还有个印,难道这个通灵宝玉真如蔡元培先生所分析的那样是一块玉玺不成?第四十六回写贾赦逼娶鸳鸯,鸳鸯不愿嫁,贾赦便怀疑她想嫁给贾宝玉,鸳鸯便发誓说,管他宝金、宝银、宝天王、宝皇帝,她都不嫁,一辈子不嫁人。[1](364)贾宝玉有"印",又是"天王""皇帝"。另外,贾宝玉在贾府的地位也很反常,整个贾府都围着他转,林黛玉和薛宝钗等人都想着嫁给他。他是贾政的嫡子,将来有可能承袭家业,成为荣国府的当家人,可贾蓉、贾蔷等人也是嫡子,他们也是承袭家业之人,姑娘们为何没围着他们转呢?贾雨村在讨论贾宝玉的来历时,还用到了"万万人之上""万万人之中"和"万万人之下"等词,似有寓意。因为人们常常称皇帝为"万岁",称宰相为"一人之下,万万人之上"。此外,作者用了"万金小姐""万金之躯"等词形容惜春和贾珍之妻尤氏,这间接证明,贾宝玉身份十分特殊。

1.3. 两个贾宝玉

以上讨论表明,有两个贾宝玉:一个是善良无害、秉两赋而来的纨绔少年贾宝玉;另一个是成王败贼、运旺时盛的大恶人、混世魔王贾宝玉。

如果贾宝玉有双重身份,则贾府也应该有,因为如果贾宝玉仅仅是一个纨绔子弟,则贾府就只是一个功勋之家;如果贾宝玉是成功取得皇位的人,则贾府就一定是皇宫了。真相到底如何呢?请看下节"贾府究竟是公府还是皇宫"

注释:

[1]〔清〕曹雪芹:《脂砚斋批评本红楼梦》,凤凰出版社2010年版。

2. 贾府究竟是公府还是皇宫

贾宝玉的身份令人迷惑,贾府的身份同样令人不解。基本情节表明,贾府乃国公之家,朝廷功臣之后,五世簪缨,极其煊赫;金陵王家、史家和薛家也都是贵族家庭,与贾府联络有亲,一损俱损,一荣俱荣。然而,某些情节又透露出,贾府并非一般功勋贵族之家,而是皇室,两者皆有文本依据,而彼此相互矛盾。

2.1 贾府是公府之家

贾宝玉降生在贾府,贾府是一个功勋之家,公爵之家,钟鸣鼎食,诗书簪缨。"冷子兴演说荣国府"对贾家的宁、荣两府来历及世系有详细交代:贾府的创始人乃是宁国公贾演与荣国公贾源同胞兄弟俩人,宁、荣二公皆为国公爷,他们的府第是敕建的,有皇帝的赠匾与玺印。宁国公贾演居长,生有四子,宁国公死后长子贾代化袭了他的官爵,贾代化生两子,长子贾敷早夭,次子贾敬袭爵。贾敬是乙卯科进士(一说丙辰科),一味好道,只爱烧丹炼汞,余者一概不放在心上。贾敬生有一子名贾珍,袭了他的官爵。贾珍也生有一子名贾蓉,在他媳妇秦可卿办丧期间捐了个官,为五品龙禁尉。荣国公死后,长子贾代善袭了官,娶金陵史侯家的小姐为妻。贾代善死后,长子贾赦袭官,次子贾政先被赐了个主事之衔,任员外郎,后又被外放为学政。贾政生有三子,长子已死,次子贾宝玉即那个衔玉而诞的神奇人物。贾政的长女贾元春做了皇帝的妃子,为迎接她省亲,贾家倾力打造了大观园。

焦大是宁国府的下人,常喝酒骂人,宁国府上下拿他没办法,因为他曾经跟随贾演打天下,救过贾演的命,将贾演从死人堆中背出来,讨了一碗水给贾演喝,自己喝马尿。正因为如此,焦大以贾府功臣自居,想骂谁就骂谁,大家拿他没辙。这个情节表明,宁国公曾身经百战死里逃生,亦可见宁、荣兄弟俩是因军功而封公爵的,子孙世袭的爵位等级是递减的。贾珍、贾赦和贾政的官位其实并不高,贾珍和贾赦皆袭武官,其实已是闲差,贾政起初是员外郎,后放学政,估计为六品左右。所以,总体上,贾珍、贾赦和贾政都是中级官员,其地位和影响甚至不如林黛玉的父亲林如海。贾府也算不上书香之族,那么大一个家族,近一百年里仅有贾敬中进士,这种情况在明清时期是比较普通的。贾元春最初只是一个宫中女吏,不久封为凤藻宫尚书,加封贤德妃,在皇帝的三宫六院中,她也只是一个较普通的角色。

贾家上下皆为朝廷臣民,见了比自己官位高的官员就得毕恭毕敬甚至下跪,譬如说秦可卿出殡时,北静王水溶来了,贾府不敢怠慢,合府上下连忙隆重迎接,以国礼相见,而"水溶在轿内欠身含笑答礼,仍以世交称呼接待,并不妄自尊大。"[1](100)贾珍、贾赦和贾政等以国礼相见,而北静王仅在轿内欠身,还说他并不妄自尊大,可见贾氏官爵与水溶相差巨大。为替儿子捐官,贾珍给宫中大太监戴权写了一张履历表:"江南江宁府江宁县监生贾蓉,年二十岁。曾祖,原任京营节度使、世袭一等神威将军贾代化。祖,乙卯科进士贾敬。父,世袭三品威烈将军贾珍。"[1](101)这张履历表至少表明,贾府是军功之家,他们是朝廷功臣之后。

总之,基本上和总体上,贾府在《红楼梦》里,是作为贵族之家、功勋之家、朝廷功臣之后而存在的,自宁、荣二公至贾蓉贾兰,贾家已经发展至第5代,行将百年,已是末世。对于这些,相信读者朋友是没有怀疑的,也没有什么争议。

2.2 贾府是皇宫

读《红楼梦》,读者无不感到贾府非比寻常,既富且贵,绝非寻常功勋之家可比,据说乾隆皇帝也读这部作品,他读后认为,《石头记》所写乃纳兰明珠家事。而纳兰明珠家是当时大清第一豪富之家,财富之多仅次于大清朝廷。事实上,有许多证据表明,贾府不是普通人家,而是皇宫,证据如下:

其一,贾敬死了,"忽见东府中几个人慌慌张张跑来,说:'老爷宾天了!'。"[1](500)"宾天"是君主或储君死亡的专用说法,在曹雪芹之前还没有人用"宾天"来称呼普通人之死的。贾敬并非皇帝,亦非皇储,把他的死说成"宾天"究竟是怎么回事呢? 读者朋友或许猜测,这是曹雪芹一时笔误。但这个猜测不对,因为《红楼梦》是曹雪芹披阅十载、增删五次的精品,脂砚斋更明确提醒"一字不可更,一语不可少"[1](47),虽然有夸张之嫌,但至少反映了作者的基本立场:《红楼梦》不可能有重大性错误。读者朋友或许又猜测,这是某个下人不懂事乱说,这个猜测也不成立,因为宁国府前来报丧的人不是一个,而是"几个人",他们都说"老爷宾天了",而且,后文还用了这两个字。

其二,贾家居然住在宫殿里。在封建时代,官品不同,住宅的名称规制也不同,皇帝的住处称宫殿;王爷以下高级官员的住处称府第,如王府、公府、侯府等;中下级官员的住处称宅第。贾家始祖是公爵,其住宅应是府第,绝不可能是宫殿。然而,贾家却的的确确住在宫殿里,第53回写道:"五间正殿前,悬一闹龙青匾"[1](416),"正殿"即位于正中的主要宫殿。贾家的台阶称"丹墀",如第7回写道:"尤氏等送至大厅,只见灯烛辉煌,众小厮都在丹墀侍立。"[1](64)第53回又写道:"左昭右穆,男东女西;俟贾母拈香下拜,众人方一齐跪下,将五间大厅,三间抱厦,内外廊檐,阶上阶下两丹墀内,花团锦簇,塞的无一隙空地。"[1](416)"丹墀"古时指宫殿的石阶,因其以红色涂饰,故曰丹墀。贾府乃公爵之家,哪来的宫殿和丹墀。贾家若把府第建成宫殿的形制,那就是逾制,朝廷是要治罪的,谁敢僭越?

其三,宁国府竟然有九道门,如天子之家。第五十三回写道:"大门、仪门、大厅、暖阁、内厅、内三门、内仪门并内塞门,直到正堂,一路正门大开"[1](416),"一路正门"意味着这九条门皆是正门,并且都在一条直线上。一般贵族家庭哪有这样的规模派头,只有天子之家才有可能,否则就是逾制,《礼记·月令》载"毋出九门",郑玄注云"天子九门"。[2](719)历史上关于天子九门的记载,名称不一,但共同的特点是,只有天子之家才能在一条轴线上建筑九道正门。当然,曹雪芹在这里提到的"暖阁""内厅""内三门"和"内仪门"都是内屋小门,不应该是正门,故所谓"一路正门大开"也是似是而非,不能作寻常之文来诠释。

其四,护官符表明贾府乃是皇宫和朝廷所在地。护官符第一句话"贾不假,白玉为堂金作马"写贾府,中含"玉堂"和"金马"两物,它们典出《汉书》卷87《扬雄列传下》,分别指汉朝的玉堂殿和金马门,后世即以玉堂金马喻指朝廷和皇宫。贾宅是功臣府第,非豪商大宅,功臣之家的特点是贵而不是富,所以,我们不能将"白玉为堂金作马"理解为贾府很富有,用白玉建造宅院,用黄金制作马像。而应该理解为"玉堂""金马"之家。当然,如此一来就有些不可思议了,贾府怎么可能是朝廷所在地?

其五,给贾府看病的医生中有真正御医,他们随叫随到。在诊疗秦可卿的过程中,宁国府的一个婆子说:"如今我们家里,现有好几位太医老爷瞧着呢,都不能说得这么的当真切。"[1](85)谁家里能养着这么多太医呢?有学者找到证据说,"太医"是民间对医生的尊称,被称为"太医"者未必都是太医院的医生。那么好,请读第四十二回,那个王太医王济仁身穿六品官服,是太医院的御医,此处,曹雪芹将"太医"和"御医"两词混用。王太医有个族叔祖叫王君效,也是太医院医生,也曾给贾府瞧过病。至第五十七回贾宝玉发痰症,王太医又来瞧病,贾母居然威胁王太医说,如果看不好病,就要拆了太医院大堂,贾母为何敢如此嚣张?第五十一至五十三回写晴雯病了,王太医又被叫了来,几乎是随叫随到,天天给晴雯把脉。贾宝玉问及诊疗费,婆子告诉道:"王太医和张太医每常来,也并没个给钱的,不过每年四节一大跫送礼,那是一定的年例。"[1](402)这意思是说,王太医是贾府养着的,他拿贾府的年例。王太医在贾府表现得极其谦恭,走路不敢走甬道,只走旁阶;给诸女眷瞧病,他始终低着头不敢抬起。王济仁可是六品朝官,职务与贾政贾赦兄弟相当,却几乎变成了贾府的奴才,岂不奇怪?

其六，贾府是"百足之虫，死而不僵"。这八个字典出曹魏宗室曹冏《六代论》："夫泉竭则流涸，根朽则叶枯；枝繁者荫根，条落者本孤。故语曰'百足之虫，死而不僵'，以扶之者众也。此言虽小，可以譬之。"曹冏有感于魏少帝曹芳不重用宗室，大权将会旁落于外姓的危险，著《六代论》，纵论夏、商、周、秦、汉、魏六代兴亡规律，建议分封重用宗室，抑制异姓权臣，以巩固曹魏社稷。百足之虫别名马陆，是蜈蚣的俗称，它是一种多节多足爬虫。很明显，在曹冏这里，"百足之虫，死而不僵"是喻皇室的[3](212)，《红楼梦》两次用到此词，是否暗示贾府也是皇室呢？

可能有读者要质疑说：你能证明曹雪芹读过《六代论》吗？或许曹雪芹并不是用了《六代论》的典。曹雪芹先生可能事先就想到了会有读者质疑，故而事先就将答案写在书里了，笔者查考发现，《六代论》收在《文选》里，而曹雪芹分别在第17回第76回两次提到《文选》一书，由此可知，曹雪芹对文选是比较熟悉的，他应该读过曹冏的《六代论》，深知"百足之虫，死而不僵"原本的含义。

其七，林黛玉进贾府如进皇宫。林黛玉祖上曾袭列侯，父亲任巡盐御史，无论是祖上还当前的状况，林府都不比贾府差。然而，林黛玉发现，贾府与别处不同，其三等仆妇穿着用度已是不凡，连看门人都是华冠丽服，林黛玉吓得不敢多说一句话，多行一步路，生怕被人耻笑。此处脂批云："余看至此，故想日前所阅王敦初尚公主，登厕时不知塞鼻用枣，敦辄取而啖之，早为宫人鄙诮多矣。今黛玉若不漱此茶，或饮一口，不为婢所诮乎？观此则知黛玉平生之心思过人。"[1](28)脂批完全将林黛玉进贾府，与王敦初尚公主相提并论，并说林黛玉一生都如此小心谨慎。贾府是贾府，皇宫是皇宫，曹雪芹将两者并提并论，难道贾府也是皇宫不成？

其八，贾府中充斥着宫中用品。《红楼梦》描写贾府的日常生活，提及许多"宫制""上用""御用"物品，如第六回写周瑞家的代薛姨妈给各房姑娘们送宫花，薛姨妈说这是宫制新鲜样花，堆纱花十二支。又如"上用新茶""上用大红纱""上用纱各色一百匹""上用的府纱""上用的妆缎蟒缎十二匹，上用杂色缎十二匹，上用各色纱十二匹，上用宫绸十二匹""上用银丝挂面"，等等。还有如"御田粳米""御香""御酒华筵""御制新书""御医""御笔"和"御赐百合香"等。贾府作为皇亲国戚，府内有一些御用品是可以理解的，但御用品如此之多也属反常。

其九，贾府为天下望族。在第一回甄士隐"家中虽无甚富贵，然本地便也推他为望族了"一句后，有脂批云："本地推为望族，宁、荣则天下推为望族，叙事有层落。"[1](6)所谓"望族"，指特别有名望的大姓族。宋秦观《王俭论》写道："自晋以阀阅用人，王谢二氏最为望族，江左以来公卿将相出其门者十七八，子为主婿，女为王妃，布台省而列州郡者不可胜数，亦犹齐之诸田，楚之昭、屈、景氏，皆与国同其休戚者也。"[4](593)宁、荣两府是天下望族，自然与王、谢二家，及齐之田氏，楚之昭、屈、景氏相当,王、谢二家于江左六朝执掌军政,多为权臣,门生故吏遍布朝野。齐之田氏,楚之昭、屈、景氏,皆与国君同姓或同族。贾府祭祖,贾珍夸耀说:"除咱们这样一二家之外,那些世袭穷官儿家,若不仗着这银子,拿什么上供过年?"[1](413)世袭官员在我们看来是富贵的代名词,而贾珍竟称之为世袭穷官儿,朝廷的官员们竟等着贾珍的戏酒,宁荣两府竟是天下独一无二的两家,这不是意味着贾府乃是皇府吗?

以上只是一部分证据,类似的证据还有很多,这些证据表明,贾府并非普通的功勋之家,而似乎是皇家和朝廷。可见,曹雪芹对于贾府身份的描写比较模糊,真真假假,虚虚实实,漏洞百出。

注释:

[1]〔清〕曹雪芹:《脂砚斋批评本红楼梦》,凤凰出版社2010年版。

[2]〔宋〕苏轼著、李之亮笺注:《苏轼文集编年笺注》,(诗词附5)巴蜀书社2011年版。

[3]要力石编著:《红楼梦阅读全攻略》,新华出版社2013年版。

[4]钱玉林、黄丽丽主编:《中华传统文化辞典》,上海大学出版社2009年版。

3. 贾宝玉究竟是皮肤滥淫还是意淫

"意淫"如今是一个多义词:其一指性幻想;其二指不切实际的空想。这个词是曹雪芹创造的,但他对"意淫"一词的诠释却一塌糊涂,令人百思不得其解。《红楼梦》第五回是全书故事的一次预演,重点描写了贾宝玉的一个白日梦。当时,宁国府梅花盛开,尤氏婆媳邀请荣国府女眷去赏梅,贾宝玉也跟着去了。中午时分,贾宝玉在秦可卿的床上睡午觉,很快做起梦来,梦中进入警幻仙子宫中,在那里喝了茶,吃了酒,看了舞,听了曲,还读了薄命册。最后,警幻仙子把自己的妹妹,乳名兼美,字可卿者,许配给贾宝玉,并叫他们俩立即圆房。警幻仙子还解释了她看中贾宝玉的原因,她对贾宝玉说,我之所以看中你,因为你"乃天下古今第一淫人"。[1](47)

什么是淫?警幻答曰:好色即淫,知情更淫。巫山之会,云雨之欢,都是由既悦其色,复恋其情所致。所谓"好色不淫""情而不淫",完全是轻薄浪子饰非掩丑之语,不足为信。是以有情有性是淫,有情无性亦是淫。淫,无非是"情""色"二字。但淫虽一理,意则有别,因有皮肤滥淫与意淫之分。

3.1 皮肤滥淫

何为皮肤滥淫?警幻答曰:世之好淫者,不过悦容貌,喜歌舞,调笑无厌,云雨无时,恨不能尽天下之美女,供我片时之趣兴,此皆皮肤滥淫之蠢物耳。在这里,笔者注意到警幻提到五样东西:悦容貌、喜歌舞、调笑无厌、云雨无时、尽天下之美女以供我用。这五点皆与美女相关,皆有肌肤接触,这是达官贵人们的俗世生活,按照这个定义,贾珍、贾琏、贾蓉、贾赦、薛蟠等人,自然都是皮肤滥淫之蠢物,贾宝玉也不例外,他也照例是皮肤滥淫的蠢物,请看下列各项证据:

首先是喜歌舞,贾宝玉几乎时时享受着,他家养着一个戏班子,全部戏子都是从苏州买来的,与贾宝玉关系最好的是其中之一的芳官,长相亦最美。逢年过节,贾府还会外请戏班进来唱戏。有时,贾宝玉还会外出看戏唱歌,譬如,第二十九回为元春在清虚观打醮,连续唱了两天戏,贾宝玉去了;薛蟠生日,请了妓女云儿与戏子蒋玉菡,贾宝玉不仅去了,还唱了,闹了,痛快了;赖尚荣家请客,包括吃饭、喝酒、唱戏,柳湘莲等人在座,贾宝玉又去了。贾芸认贾宝玉为父亲,他特意去怡红院看望宝玉,贾宝玉跟他说什么呢?曹雪芹写道:"那宝玉便和他说些没要紧的散话:又说道谁家的戏子好,谁家的花园好,又告诉他谁家的丫头标致,谁家的酒席丰盛,又是谁家有奇货,又是谁家有异物。那贾芸口里只得顺着他说。说了一回,见宝玉有些懒懒的了,便起身告辞。"此处还有一句脂批:"几个'谁家',自北静王公侯驸马诸大家包括尽矣,写尽纨绔口角。"[1](211) 曹雪芹在这里把贾宝玉当作典型的纨绔子弟来写,他到过很多富贵人家,对他们各家所拥有的园林、戏子、丫头、酒席、奇货异物如数家珍,十分熟悉,可见是经常去,十分受用,羡慕不已。

调笑一项,于贾宝玉也是日常享受。所谓"调笑",即调情取笑,贾宝玉与群钗经常调情取乐,其中最重要的一项活动就是吃胭脂,包括蹭吃姑娘们嘴巴上的胭脂。一次宝玉被父亲传见,路过金钏身边,金钏一把拉住宝玉,悄悄笑道:我这嘴上是才擦的香浸胭脂,这会子你可吃不吃了?宝玉知道金钏在取笑他,但此时父亲叫他,他也没有心思吃胭脂了,要放在平时,他早就跑上去抱着舔食了。宝玉还喜欢替姑娘们梳头,一次他替麝月梳头,恰逢晴雯赌输了回来拿钱,看到了这浪漫的一幕,便取笑道:"哦!交杯盏儿还没吃,就上了头了!"宝玉笑道:"你来,我也替你篦篦。"贾宝玉有时玩笑开得有点大,那次,他居然要求同晴雯一同沐浴,大家想想,都是十五六岁的姑娘小伙子了,一起洗澡意味着什么?贾宝玉与林黛玉相处时间长,日常调笑也最多,一次林黛玉问贾宝玉有暖香没有,借此暗讽金玉相配之说。贾宝玉当即以牙还牙,表情严肃地胡编了一个小老鼠偷香芋的故事,变着法地骂林黛玉一家是偷窃财物的一窝老鼠。在宝黛共读西厢那次,贾宝玉对林黛玉说:"我就是个'多愁多病的身',你就是那'倾国倾城的貌'。"还有一次,贾宝玉对林黛玉的贴身丫头紫鹃说:"好丫头!'若共你多情小姐同鸳帐,怎舍得叫你叠被铺床?'"。在《芙蓉女儿诔》里,贾宝玉深情回忆了他与晴雯日常生活的点滴,大都属于调笑的范畴。贾宝玉的调笑范围是很广的,大凡贾府的丫头及亲友,皆可调笑的。

其次是悦容貌。贾宝玉为什么喜欢林黛玉?曹雪芹讲了一个原因,就是林黛玉长得风姿绰约,风华绝代,是所有亲戚女眷中长得最好的,以至薛蟠见到之后当场酥倒。晴雯是一个大美女,艳冠群芳,贾宝玉特别喜欢她,娇惯她。贾宝玉每见到一个稍有点姿色的女子,便挪不动步,迈不开腿。譬如,在给秦可卿送葬途中,见到一个村姑,有几分姿色,贾宝玉就像丢了魂魄一样,念念不忘。又如,在袭人的家里,贾宝玉见到了袭人的几个表妹,长得好,回来后念念不忘,想弄到自己身边来,芳官、四儿和五儿都是大美女,宝玉都把她们搂到了身边。又譬如,贾珍的书房里有一幅美女画,贾宝玉念念不忘,生怕她寂寞,特意去陪她,结果撞见秦钟跟智能儿偷情。贾宝玉曾经说过这样一句话:"女孩儿未出嫁时是颗无价宝珠;出了嫁不知怎么就变出许多不好的毛病儿来,虽是颗珠子,却没有光彩宝色,是颗死珠了;再老了,更变得不是珠子,竟是鱼眼睛了。分明一个人,怎么变出三样来。"[1](464)贾宝玉明显讨厌年老色衰的女人,他眼里心里只有漂亮年轻有活力的女儿,从小如此,这是他的本性。

至于云雨之欢,贾宝玉也没少享受。《红楼梦》至少有两处介绍贾宝玉享受过云雨之欢,第一次是与袭人。贾宝玉在梦中与警幻的妹妹云雨,醒来后,袭人替他穿衣服时,发现他大腿根部有一块湿而黏的东西,就问是啥东西,贾宝玉含羞将梦中与警幻妹妹云雨的事告诉了一遍,袭人听得面红耳赤,心驰神往,然后,他们两人就照着梦中情景做了一遍,叫初试云雨情,这是地道的皮肤之淫,无人能够抵赖。宝玉进家学后,跟秦钟、玉爱和香怜等男同学搞同性恋,亲嘴摸屁股,撅草根抽长短,谁长谁先干,虽是同性恋,但仍属肌肤之亲,应属皮肤滥淫之列。

贾宝玉与林黛玉、薛宝钗、晴雯等姑娘,虽然没有发生性关系,但显然有过性想象。有一次,贾宝玉去看林黛玉,林黛玉刚睡完午觉,贾宝玉见她"星眼微饧,香腮带赤,不觉神魂早荡"[1](212)。贾宝玉对薛宝钗也有过性想象,薛宝钗脸若银盆,眼似秋水,唇不点而红,眉不画而翠,比黛玉另具一种妩媚风流。贾宝玉看见薛宝钗雪白一段酥臂,不觉动了羡慕之心,当时暗暗想道:"这个膀子要长在林妹妹身上,或者还得摸一摸,偏生长在他身上。"贾宝玉这么想着,竟然发起呆来,令林黛玉当场吃醋。[1](234)

尽天下之美女以供我用。贾宝玉舍不得女儿们离开,但凡有些姿色的,他都想弄到身边来。即使是姐姐妹妹,他也希望她们始终围绕着他,不要离开他。袭人哄他说,娘家人要赎她回去,贾宝玉听后大惊失色,恳求袭人千万不要离开他,袭人乘机提出要求以规导宝玉,宝玉笑逐颜开地满口答应,他说:"你说,那几件?我都依你。好姐姐,好亲姐姐,别说三件,就是两三百件,我也依。只求你们同看着我,守着我,等我有一日化成了飞灰——飞灰还不好,灰还有形迹,还有知识。——等我化成一股轻烟,风一吹便散了的时候,你们也管不得我,我也顾不得你们了。那时凭我去,我也凭你们爱那里去就去了。"[1](152)依贾宝玉的意思,他是希望大家永远陪着他,不要离开,不要嫁人。一次,紫鹃哄骗宝玉说,林黛玉娘家来人要接她回去,贾宝玉当时就患了失心疯。薛宝钗搬出大观园,回到梨香院去住,她并没有离开贾府,只是住得稍微远了点,贾宝玉就觉得似有所失,非常伤感。迎春出嫁后,贾宝玉天天到迎春居住的紫菱洲一带地方徘徊瞻顾,追忆故人。贾宝玉舍不得群钗离开,感情很复杂,但即使是对迎春,恐怕也不仅仅只是姐弟之情,他希望她们陪着自己玩耍取乐,他喜欢热闹,时时有孤独之感,需要姑娘们陪伴,一直到死为止。至于死后,她们想走就走,干什么都行,都与他无关了。可见,贾宝玉更多的是考虑自己的需要,一己私欲而已。

以上分析表明,悦容貌、喜歌舞、调笑无厌、云雨无时、尽天下之美女以供我用五项,贾宝玉都占全了,这足以表明他是一个皮肤滥淫的蠢物,而绝非所谓体贴女孩子之君子。

3.2 意淫

笔者认为,贾宝玉是一个皮肤滥淫之蠢物的事已经十分清楚明了。但是,警幻认为,贾宝玉之淫,是意淫,不是皮肤滥淫。何为"意淫"?警幻说,"意淫"二字,唯心会而不可言传,可神通而不可语达。看来,曹雪芹只愿下结论,不愿讲原因,他这是故作神秘,不愿泄露天机。

有专家解释说,"意淫"是所谓女儿尊贵论的实践理念,是对女儿美及天地间一切美好、清净、圣洁事物所抱有的一颗普遍无私的爱戴、关怀、体贴、赞美、呵护、崇敬之心,并因此而节制欲念,感恩生活。持这种观点者有两点理由。其一是脂批的解释:"按宝玉一生心性,只不过是体贴二字,故曰'意淫'。"[1](47)脂砚斋认为所谓"意淫",就是指贾宝玉对女儿们的体贴。确实,贾宝玉对女孩子是很关心的,这方面的例子极多,譬如第九回写到,贾宝玉在宁国府吃饭,席中有豆腐皮包子,贾宝玉知道晴雯爱吃此物,便向珍大奶奶要了一碟子,特意给晴雯留着;又如第十九回,贾妃从宫中赐出糖蒸酥酪来,宝玉想上次袭人喜吃此物,便命留与袭人;再如,在清虚观,贾宝玉见到一个小金麒麟,他忽然想起史湘云有一个大的金麒麟,便连忙将小金麒麟拿过来,替史湘云留着。贾宝玉遭贾政暴打,躺在床上养病,林黛玉来看他,劝他改过自新,贾宝玉回答说:"你放心,别说这样话。我便为这些人死了,也是情愿的。"[1](269)贾宝玉口中所谓的"这些人",当然是指平儿、蒋玉菡等人,他关心他们。当芳官反抗其干娘欺负的时候,贾宝玉毫不迟疑地站在芳官一边,他说:"怨不得芳官。自古说:'物不平则鸣'。他少亲失眷的,在这里没人照看,赚了他的钱,又作践他,如何怪得。"[1](459)贾琏偷人,王熙凤将怒火发到平儿身上,贾宝玉对平儿十分同情,亲自为平儿"理妆"。诸如此类的体贴入微,在贾宝玉是稀松平常之事,故鲁迅先生评价贾宝玉"爱博而心劳"。

其二是贾宝玉与晴雯在她生前的最后一次谈话。确实,贾宝玉有时候表现得坐怀不乱,简直是柳下惠再世,曹雪芹在第七十七回作如下描写:

灯姑娘便一手拉了宝玉进里间来,笑道:"你不叫嚷也容易,只是依我一件事。"说着,便坐在炕沿上,却紧紧的将宝玉搂入怀中。宝玉如何见过这个,心内早突突的跳起来了,急的满面红胀,又羞又怕,只说:"好姐姐,别闹。"灯姑娘乜斜醉眼,笑道:"呸!成日家听见你风月场中惯作工夫的,怎么今日就反讪起来。"

宝玉红了脸,笑道:"姐姐放手,有话咱们好说。外头有老妈妈,听见什么意思。"灯姑娘笑道:"我早进来了,却叫婆子去园门等着呢。我等什么似的,今儿等着了你。虽然闻名,不如见面,空长了一个好模样儿,竟是没药性的炮仗,只好装幌子罢了,倒比我还发讪怕羞。可知人的嘴一概听不得的。就比如方才我们姑娘下来,我也料定你们素日偷鸡盗狗的。我进来一会子,在窗下细听,屋内只你二人,若有偷鸡盗狗的事,岂有不谈及于此,谁知你两个竟还是各不相扰。可知天下委屈事也不少。如今我反后悔错怪了你们。既然如此,你但放心。以后你只管来,我也不罗唣你。"[1](614)

有灯姑娘作见证,贾宝玉竟然不知性为何物,更不用说与晴雯那个了,难道他忘记了与袭人的云雨之事?依此而言,贾宝玉对女儿们的爱,还真是柏拉图式的。如此一来,读者们傻眼了,贾宝玉究竟是滥淫之西门庆,还是坐怀不乱的柳下惠呢?他到底懂不懂性事呢?

3.3 贾宝玉作为"天下古今第一淫人",究竟意味着什么?

警幻之言,还有数处令读者迷惑。其一是"天下古今第一淫人",贾宝玉小小年纪,如何当得起?依皮肤滥淫而言,他差贾珍、贾琏、鲍二家的、多姑娘远矣!依无性之爱而言,古有柳下惠,今有普救众生的高僧们,贾宝玉如何赶得上?其二是"汝今独得此二字",天下只有贾宝玉有意淫,别人没有意淫吗?其三是贾宝玉因为意淫而可为闺阁良友,却遭百口嘲谤,万目睚眦。世上只有男人和女人,既然女儿视之为良友,则百口嘲谤、万目睚眦于他的就是天下的男人和已婚女人。天下男人和已婚女人为什么要因为他的无性之爱而痛恨嘲谤他呢?再说,贾宝玉只是贾府一公子,何至于招惹"百口"和"万目"呢?

注释:

[1]〔清〕曹雪芹:《脂砚斋批评本红楼梦》,凤凰出版社2010年版。

4. 贾宝玉对男人与女人的态度到底如何

在封建社会里,男尊女卑,曹雪芹塑造的贾宝玉提出了一些全新观点,惊世骇俗,有些红学家因此认为,贾宝玉是女权主义者,也有说是女性主义者、女性尊贵论者。那么,事实真相究竟如何呢?

4.1 女性主义者贾宝玉

贾宝玉有一句名言:"女儿是水做的骨肉,男人是泥做的骨肉。我见了女儿,我便清爽;见了男子,便觉浊臭逼人。"[1](17)水,干净澄洁;泥,脏污混浊。女儿如水,男子如泥,意味着女儿干净,男子脏污。有了这样的看法,贾宝玉自然喜欢干净的女儿们,而嫌恶脏污的男人们。贾宝玉还说:"原来天生人为万物之灵,凡山川日月之精秀,只钟于女儿,须眉男子不过是些渣滓浊沫而已。因有这个呆念在心,把一切男子都看成混沌浊物,可有可无。只是父亲、叔伯、兄弟中,因孔子是亘古第一人说下的,不可忤慢,只得要听他这句话"[1](159-160)。这两处文字清清楚楚明明白白地告诉读者,贾宝玉是一个女性主义者,他欣赏女性、歌颂女性、喜爱女性。对于男性则持完全相反的情感,他轻视他们、诅咒他们、嫌恶他们,认为一切男人皆是渣滓浊沫,可有可无。自称须眉浊物,糟蹋粮食。所以,对于姊妹,他是发自内心的亲近与喜爱,而对于父亲、伯叔和兄弟这些男人,则止于封建礼仪。

贾宝玉不仅喜爱女儿,欣赏女儿,歌颂女儿,他自己也希望投胎做女儿,不做须眉浊物。贾宝玉有一个亲随小厮,名叫焙茗,后改名茗烟。焙茗深知贾宝玉内心的真实想法,他在吊唁金钏时说:"我茗烟跟二爷这几年,二爷的心事,我没有不知道的,只有今儿这一祭祀没有告诉我,我也不敢问。只是这受祭的阴魂虽不知名姓,想来自然是那人间有一、天上无双的极聪明、极俊雅的一位姐姐妹妹了。二爷心事不能出口,让我代祝:你若芳魂有感,香魂多情,虽然阴阳间隔,既是知己之间,时常来望候二爷,未尝不可。你在阴间保佑二爷来生也变个女孩儿,和你们一处相伴,再不可又托生这须眉浊物了。"[1](341)贾宝玉来生也要做女儿,不做须眉浊物,其对女儿的喜爱,对男子的厌恶,于此可见一斑。

为进一步彰显女水男泥观,曹雪芹借贾雨村之口叙述了一个甄宝玉,甄宝玉与贾宝玉一个德性,甚至有过之而无不及。甄宝玉说:"必得两个女儿伴我读书,我方能认得字,心里也明白;不然,我自己心里糊涂。"[1](19)他又常对手下小厮说:"这女儿两个字,极尊贵、极清净的,比那阿弥陀佛、元始天尊的两个宝号还更尊荣无对的呢!你们这浊口臭舌,万不可唐突了这两个字,要紧。但凡要说时,必须先用清水香茶漱了口才可;设若失错,便要凿牙穿腮等事。"甄宝玉还有一个有趣的做法,就是每次他父亲打他,痛得受不了时,他便大叫"姐姐""妹妹",并说叫了之后,便感觉不痛了[1](18-19)。甄宝玉将女性主义推向了极端。如果贾宝玉对女人与男子真正持如此态度,则我们完全可以断定,他是男尊女卑社会的叛逆者,我国妇女解放运动的先驱。

4.2 非女性主义者贾宝玉

可是,笔者研究发现,实际情况并非如此,贾宝玉对女性并不怎么尊重和爱护,他对男人也并不那么讨厌。进一步的研究发现,他之女水男泥观,完全是从他的一己私利出发的,他希望女儿们心无旁骛地供奉、侍候他一个人。证据如下:

其一,贾宝玉将女儿与母亲、妻子区别开来,蔑视母亲与妻子。他说:"女孩儿未出嫁,是颗无价之宝珠;出了嫁,不知怎么就变出许多的不好的毛病来,虽是颗珠子,却没有光彩宝色,是颗死珠了;再老了,更变的不是珠子,竟是鱼眼睛了。分明一个人,怎么变出三样来?"[1](464)妇女未出嫁时为女儿,出嫁之后为妻子,生子之后为母亲。为女儿时,心里光明敞亮,无偏无党。为妻为母时,猪油蒙心,唯利是图。所以,宝玉喜爱女儿,而讨厌妻子与母亲。

当然,在这一点上,曹雪芹的描写仍然是混乱而自相矛盾的。同是为妻为母者,赵姨娘、王善保家的、夏金桂和各房的婆子们可恶、可厌,而凤姐、平儿、李纨和香菱等数个已嫁之女,则显得娇柔可爱。尤其是香菱,虽已出嫁,心性没变,贾宝玉对她极为爱恋和同情。在曹雪芹为之昭传的金陵群钗里,有相当一部分是为妻为母者。

其二,女儿世界也不清净洁白,更非尽善尽美,贾宝玉对她们并非一律爱护。

曹雪芹笔下的这些女性,虽然都比较优秀,但并非尽善尽美,都有这样那样的缺点。譬如,宝钗冷酷,惜春无情,探春不孝,迎春懦弱,黛玉尖酸,凤姐贪婪,晴雯刻薄,袭人奴性,平儿帮凶。贾宝玉对她们也多有抱怨,他续庄子《外篇·胠箧》云:"焚花散麝,而闺阁始人含其劝矣;戕宝钗之仙姿,灰黛玉之灵窍,丧减情意,而闺阁之美恶始相类矣。彼含其劝,则无参商之虞矣;戕其仙姿,无恋爱之心矣;灰其灵窍,无才思之情矣。彼钗、玉、花、麝者,皆张其罗而邃其穴,所以迷眩缠陷天下者也。"[1](167)这篇续文并非完全是开玩笑的无聊之文,贾宝玉对宝钗、袭人、湘云和黛玉诸女,早有不满,她们对他的管束太多了,宝玉烦不胜烦,其中最令其反感的,是劝其读书求功名。宝玉以为,女儿有了功名之心,便不再是干净洁白之人了,他批评道:"好好的一个清净洁白女儿,也学的钓名沽誉,入了国贼禄鬼之流。这总是前人无故生事,立言竖辞,原为导后世的须眉浊物。不想我生不幸,亦且琼闺绣阁中亦染此风,真真有负天地钟灵毓秀之德!"[1](282)诸女皆有争强好胜之心,皆有劝导宝玉求取功名之言,依此而论,则她们都已不再是清白干净的女儿了。

对于女儿,贾宝玉也并非一律喜欢和爱护,他将手下小丫头茜雪赶出贾府,仅仅只为一碗枫露茶。他往袭人的胸口上猛踹一脚,踹得袭人口吐鲜血,仅仅因为开门稍迟了一些。晴雯侍候宝玉真是尽心,为他病补雀金裘,差点丢了性命,可因为心直口快,宝玉一度要将其赶出贾府,是袭人带着众人给宝玉下跪才留下的。晴雯和金钏都是因宝玉而死的,宝玉是王夫人的心肝宝贝,他是有能力保护任何一个姑娘的,却眼睁睁看着她们被赶走或逼死。

曹雪芹的笔下,还塑造了一些明显令人讨厌的女儿,譬如,伙同赵姨娘施行魔魔之术的马道婆,从王夫人手中骗走芳官的智通、骗走蕊官与藕官的圆性,找王熙凤开后门制造冤案的老尼姑等,这几个尼姑应该也是女儿之身,我们能说她们清净洁白吗?

其三,贾宝玉并不反感所有男人。

作者在第五回写道:"(贾宝玉)视姊妹弟兄皆出一体,并无亲疏远近之别。"[1](40)就是说,贾宝玉并不特别喜欢女孩,他同样也喜欢男孩子,他认为他们都是平等的。贾宝玉特别喜欢三个男孩,分别是秦钟、柳湘莲和蒋玉菡,他对这三个男人的友情超过他对任何一个女人。贾宝玉初见秦钟时的感觉是:

那宝玉自见了秦钟的人品出众,心中似有所失,痴了半日,自己心中又起了呆意,乃自思道:"天下竟有这等人物!如今看来,我竟成了泥猪癞狗了。可恨我为什么生在这侯门公府之家,若也生在寒门薄宦之家,早得与他交结,也不枉生了一世。我虽如此比他尊贵,可知:锦绣纱罗,也不过裹了我这根死木头,美酒羊羔,也不过填了我这粪窟泥沟。'富贵'二字,不料遭我荼毒了!"[1](63)

贾宝玉在秦钟面前自惭形秽,感觉自己成了"泥猪癞狗""死木头""粪窟泥沟",他在众女儿面前从未这么自卑过。秦钟临死时,宝玉前去探望,既死之后,宝玉日日凄恻哀痛,思慕感悼,周年之时,还与柳湘莲相约为他上坟,可见用情之深。

其四,贾宝玉被打之时,从未叫过"姐姐""妹妹"

甄宝玉是贾宝玉的影子,是为了映衬贾宝玉而设计的人物。甄宝玉不让小厮说"女儿"二字,必要之时须先漱口,否则凿牙穿腮。甄宝玉读书,必得两个女儿陪读,否则不认识字。甄宝玉每被打疼痛难忍之时,必大叫"姐姐""妹妹"。那么,贾宝玉如何呢?第二十八回写冯紫英设宴招待贾宝玉和薛蟠,在座的有唱小旦的蒋玉菡，以及锦香院的妓女云儿。席间，难免要喝酒划拳，贾宝玉提出一个新的行令方法：每个人都要轮流吟咏一首谜语诗词和制作一个谜语。诗词中要分别嵌入"悲""愁""喜""乐"四字及"女儿"两字，并且要说明女儿悲、愁、喜、乐的原因。谜语要以新鲜时样的曲子作谜面，谜底则须是酒席上有的东西，并要借助古诗、旧对，或"四书五经"成语表达出来，赋诗唱曲之后饮门杯。有不遵者，连罚十大杯。应该说，这个酒令难度极大，薛蟠不学无术，云儿是妓女，蒋玉菡是戏子，皆墨水有限，他们怎么弄得来？可奇怪的是，他们居然个个都能赋诗唱曲用成语，个个口说女儿，诉说了他们悲、愁、喜、乐的原因。"女儿"二字分别从妓女、戏子、俗人口中说出，贾宝玉满不在乎，关键还在于，这是贾宝玉提议的。

贾宝玉读书，并不需要女儿陪着。他进家学之时，日里跟秦钟在一起，晚上回来，贾宝玉还要求王熙凤腾出一间房子来，供他与秦钟夜读之用。此外，他在课堂上又跟香怜、玉爱眉来眼去，打得火热。这些都说明，他是不需要女儿陪着读书的。贾宝玉曾因私养戏子，表赠私物，耽误学业，淫辱母婢，被其父暴打。暴打之时，贾宝玉自始至终都没有叫过一声"姐姐""妹妹"。

以上分析表明，曹雪芹在贾宝玉对女人与男人态度的描写上，有两种自相矛盾的笔墨，一方面，他明确而肯定地告诉读者，贾宝玉喜欢女儿，讨厌男人。另一方面，他又从数个方面消解了这一观点。

4.3 女儿皆是男身？

甄宝玉每次被他父亲暴打，吃疼不过之时，便"姐姐""妹妹"乱叫起来，脂砚斋在此处作眉批云："以自古未闻之奇语，故写成自古未有之奇文。此是一部书中大调侃寓意处。盖作者实因鹡鸰之悲、棠棣之威，故撰此闺阁庭帏之传。"[1](19) 脂砚斋提示读者，此处大有寓意，是什么寓意呢？他用了"鹡鸰之悲"和"棠棣之威"两词，"鹡鸰"和"棠棣"二词皆出自《诗经》，原意都是喻兄弟的，周汝昌先生有过考证。后世以此两词代指兄弟。明明是姐姐妹妹，而脂砚斋偏说是兄弟，难道《红楼梦》中的"女儿"都是男身？

循着这个思路查找，笔者又发现了一些蛛丝马迹。

譬如王熙凤，她被"自幼假充男儿教养"，学名叫王熙凤。林黛玉是林如海之独女，也自幼"假充养子"，刘姥姥进林黛玉的屋子参观，"以为走进了哪个公子哥的房间""竟比那上等的书房还好"。薛宝钗从不簪花、施粉黛，其住处竟"雪洞一般"，一点也不像闺房。史湘云性格豪迈，活脱脱一个假小子。作者还特别告诉我们，甄贾两府的女儿，皆从男子之名命字，林黛玉的母亲叫贾敏。

上述这些细节，似乎在暗示我们，《红楼梦》中的"女儿"并非女儿，而是男子。当然，这个只能算猜测，不是论证，曹雪芹的表述模棱两可，似是而非。

注释：

[1]〔清〕曹雪芹:《脂砚斋批评本红楼梦》,凤凰出版社2010年版。

5. 贾宝玉究竟爱读书还是讨厌读书

贾宝玉对读书的态度问题,是阶级论红学家的一个中心议题,他们将其上升到了反封建争民主自由的高度,我们不得不慎重研究一下,贾宝玉爱读书还是讨厌读书。他究竟爱读杂书还是"正经书"?贾府究竟是书香之家还是普通人家?这是一些非此即彼的判断题,要么肯定,要么否定,二者只能择其一。可是,在曹雪芹先生的笔下,贾宝玉却是既爱读书,又极恶读书的;他既读杂书,又酷爱正经书;贾府既是书香之家,又是非书香之家。具体情况到底如何,请随笔者思绪来看个究竟。

5.1 宝玉极恶读书

英雄不问出处,刘项原来不读书,历史上有许多英雄豪杰都不太识字。书读得好的,未必干练老成;干练老成者,未必能读书。毛泽东同志曾说:《明史》我看了最生气。明朝除了明太祖、明成祖不识字的两个皇帝搞得比较好,明武宗、明英宗还稍好些以外,其余的都不好,尽做坏事。毛泽东告诫手下,不可小看大老粗,老粗出人物。

话虽如此,但只要有条件,家长总会把儿女送进学堂,让他们多学文化,多学知识。贾府也不例外,贾政对儿子贾宝玉的教育十分重视,周岁那天郑重其事,搞了个抓周仪式,看看宝玉是否是读书的材料,结果十分令人失望,贾宝玉只将一些脂粉钗环抓在手里,而全不理会那些纸笔书砚,贾政断定,此子将来是酒色之徒。长大以后果然如此,贾敏曾告诉林黛玉说,二舅母生的有个表兄,乃衔玉而诞,顽劣异常,最喜在内帏厮混,小名叫宝玉,"极恶读书"[1](27)。冷子兴演说荣国府时也说,贾宝玉喜爱女儿,不好读书。在这里,曹雪芹借助贾政、贾敏和冷子兴之口,表述了一个奇怪的逻辑:好女色与好读书根本对立,凡好女色者必不好读书,凡好读书者必不近女色。历史事实表明,这个逻辑不成立。伟大的革命先行者孙中山先生曾接受外国记者采访,外国记者问他有什么爱好,孙先生回答说:革命、女人和书。可见,书、女人和事业是可以兼容的。但在贾宝玉这里,喜欢女儿与好读书却是对立的,譬如,秦可卿领着贾宝玉到客房休息,房内墙壁上挂着一幅劝学的

《燃藜图》，贾宝玉看了就倒胃口，死活不肯在那里睡觉。秦可卿只好领他到自己的闺房休息，秦可卿的闺房香气扑鼻，墙头上有唐伯虎画的《海棠春睡图》，两边有宋学士秦观写的一副对联:嫩寒锁梦因春冷，芳气袭人是酒香。几案上陈设着武则天当日镜室中陈设的宝镜，一边摆着赵飞燕舞过的金盘，盘内盛着安禄山掷过伤了太真乳的木瓜。还有寿阳公主于含章殿下卧过的床榻，同昌公主悬于床第之间的连珠帐，西子浣过的纱衾，红娘抱过的鸳枕等。总之，房内十分香艳豪华，贾宝玉看了相当满意，很快进入梦乡。

贾政多次批评宝玉诗词做得不好，"终是不读书之过"，贾政暴打宝玉的理由之一是荒疏学业。贾宝玉入家塾的第一天，来向父亲告别，贾政嘲笑道："你如果再提'上学'两个字，连我也羞死了。依我的话，你竟顽你的去是正理。仔细站脏了我这地，靠脏了我的门。"[1](76)兴儿是王熙凤的小厮，说话有些夸张，却很风趣，他向尤氏两姐妹介绍宝玉说："姨娘别问他，说起来姨娘也未必信。他长了这么大，独他没有上过正经学堂。我们家从祖宗直到二爷，谁不是寒窗十载，偏他不喜欢读书。老太太的宝贝，老爷先还管，如今也不敢管了。"[1](519)在兴儿看来，贾宝玉不仅不读书，亦且连正经学堂都没进过。袭人是贾宝玉最亲密的人，且已行房，偷尝了禁果，她曾规劝宝玉说："你真喜读书也罢，假喜也罢，只是在老爷跟前或在别人跟前，你别只管批驳诮谤，只作出个喜读书的样子来，也教老爷少生些气，在人前也好说嘴。他心里想着，我家代代读书，只从有了你，不承望你不喜读书，已经他心里又气又愧了。而且背前背后乱说那些混话，凡读书上进的人，你就起个名字叫作'禄蠹'，又说只除'明明德'外无书，都是前人自己不能解圣人之书，便另出己意，混编纂出来的。这些话，怎么怨得老爷不气，不时时打你。叫别人怎么想你？"[1](152)宝玉自己不读书，还骂读书人为"禄蠹"，并说"明明德"外无书，真不像个读书人的样子。宝钗和湘云等人也作过类似劝谏，但宝玉听不进去，依然我行我素。作者还提到，贾宝玉懒于与士大夫诸男人接谈，又最厌峨冠礼服贺吊往还等事。贾宝玉曾主动要求进家塾学习，并要求王熙凤给他腾出一间房子来，用作夜读之所。但种种事实表明，他上学是为了与秦钟相会。他与秦钟似为基友，黄金荣还见他与玉爱、香怜等人亲嘴摸屁股，撅草根抽长短，谁长谁先干，把家塾闹得乌烟瘴气。另外，贾宝玉每次与姐妹们一起作诗，表现都很差。

贾宝玉自己也向警幻仙子承认，他因懒于读书，每被父母训饬。在第七十三回，贾宝玉又自忖，他将《孟子》忘了一大半，至于"左传""国策""谷梁""公羊"和汉、唐等文，不过几十篇，这几年不曾记得半篇片语，这是断难塞责的。贾宝玉素恶八股文，从不曾成篇潜心玩索过，也无法应对盘考，他把旧书翻出来，却不知从何处读起，心里十分焦躁，害得晴雯替他撒谎作假。

总之,贾宝玉潦倒不通世务,愚顽怕读文章,纵然生得好皮囊,腹内原来草莽。他不爱读书,书也读得不好,纯粹有点小聪明而已,这就是结论。

5.2 贾宝玉喜爱读书

我们同样可以找到贾宝玉喜爱读书的充足证据,这些证据表明,贾宝玉对读书之事极为上心,他所读之书,大多是正经书,且读得极好,精通八股文。

证据一,贾宝玉重视读书。

贾宝玉初见林黛玉,细细打量之后,首先问题:"妹妹可曾读过书?"[1](29) 接着又问妹妹尊名是哪两个字,黛玉回答了,宝玉又问表字,黛玉说无字,宝玉便说,我替妹妹取吧,我看"颦颦"两字最好。然后,他引经据典解释说,《古今人物通考》上说:西方有石,名黛,可代画眉之墨,况且林妹妹眉尖若蹙,所以,以"颦颦"两字配妹妹可谓绝妙。贾宝玉有给人取名改字的习惯,并且显示了极高的文学修养。袭人姓花,原名珍珠,贾宝玉根据古诗"花气袭人知昼暖"等句,将其改名为袭人。秦钟是贾宝玉最喜爱的男生,初次相见,贾宝玉便问他读什么书,当听说秦钟也因导师逝世耽搁着,便相邀一起进贾府家学中学习。还有一次,贾宝玉同薛蟠、云儿、蒋玉菡、冯紫英等人一起喝花酒,在行酒令时贾宝玉提出,酒底要用古诗、旧对,或"四书五经"成语表达出来,贾宝玉自己率先践行了,他从桌上拿起一片梨子,说了一句古诗"雨打梨花深闭门"。这几件事情足以证明,贾宝玉对读书之事极为上心,非常重视,即使在玩耍的时候也不忘却,并且显示了极高的文学天分。

证据二,贾宝玉所读之书,大多为正经书,尤其是"四书五经"。

贾宝玉的蒙师是他姐姐元春。在他三四岁时,元春手引口传,教授了他几本书,贾宝玉记住了数千字。作为一个三四岁的小孩,小宝玉的表现非常棒。这事说明,小宝玉喜欢读书,而且天资聪颖。元春所教授之内容,必定是正经内容。

元春出阁以后,贾政专门延请老师到家教育宝玉,至贾宝玉与秦钟初见之时,其授业老师家中有事,请假回去了。老师约好明年回来,继续教育宝玉。贾政延请到家的老师,其所讲授的内容必定是"四书五经"等正经内容无疑。后来,贾宝玉同秦钟一起进了贾府家学,家学所教也是"四书五经"这些。

贾宝玉最看重的书籍是"四书"和"五经",尤其是"四书"。贾宝玉给林黛玉取了两个字"颦颦",还煞有介事地引经据典,探春当即揭穿他说,这恐怕又是你的杜撰吧,贾宝玉回答说,除"四书"外,杜撰的太多,难道只有我是杜撰的不成?这件事实充分说明,在贾宝玉的心里,"四书"是经典,圣人之言,不是普通的杜撰之作。贾宝玉与冯紫英、薛蟠、云儿、蒋玉菡等人喝花酒,他就提出,在行酒令时要说"四书五经"成语,或古诗旧对。这个要求对于蒋玉菡、云儿和薛蟠这些文化水平不高之人来说,有些强人所难,贾宝玉应该清楚这一点,但他仍然这么做,说明了他对"四书五经"的喜爱和熟悉程度。另有一次，薛宝钗劝他读书求功名，他生气了，说好好一个清净洁白的女儿，也学得钓名沽誉，入了国贼禄鬼之流，真真有负天地钟灵毓秀之德。他一气之下，把除"四书"之外的书籍统统烧掉。此外，贾宝玉还说过"'明明德'外无书"的话，所谓"明明德"，是由"明"和"明德"两个词组构成的，出自四书中的《大学》，"明德"一词在《尚书》《诗经》《春秋》《荀子》等书中都曾用到。"明"是弄明白、彰显的意思。"明德"指善行、美好的德行。所以，"明明德"的意思是，弄明白什么是美好的德行，继而彰显美好的德行。"四书"与"五经"，都是培养和教化学生，使之具备美好德行的书籍。《大学》开篇便说：大学之道，在明明德，在亲民，在止于至善。又说：古之欲明明德于天下者，先治其国，欲治其国者，先齐其家，欲齐其家者，先修其身，身修而天下平。

贾宝玉反对一切杜撰的书籍，他衡量一本书籍是不是杜撰的，有一个客观标准，那就是看它是不是符合圣人之言。贾宝玉之所以骂那些读书人为"禄蠹""国贼禄鬼之流"，是因为他们都不能理解圣人之言，他们把读书科举当成了做官发财的敲门砖。所以，贾宝玉对孔、孟、朱熹等圣人，是非常之尊敬的，对《大学》《中庸》《论语》《春秋》《诗经》《礼记》等书籍是爱护有加、推崇备至的。

当然，贾宝玉也读一些杂书，薛宝钗甚至称之为杂家，杂学旁收。贾宝玉读过的书目，除"四书五经"之外，还有《古今人物通考》《离骚》《楚辞》《文选》《华南经》《西厢记》《牡丹亭》《乐府杂稿》《千家诗》《列女传》《尔雅》《战国策》等。此外还有战国时期楚国屈原、宋玉，晋朝陶渊明、阮籍，唐朝许浑、元稹，宋朝苏轼、秦观、陆游，明朝唐寅等许多人的诗词文章。茗烟从书坊里给他买来了古今小说，以及飞燕、合德、武则天、杨贵妃的外传与传奇角本，贾宝玉如得了珍宝，以至手不释卷、废寝忘食。他还曾与林黛玉共读《会真记》，并调戏林黛玉说：我就是那"多愁多病的身"，你就是那"倾国倾城的貌"。能随口吟诵书中的词句，可见是烂熟于心了。不过，这都是第二十三回前的事，至第三十六回，作者明确告诉我们，贾宝玉把除"四书"以外的书都烧了（当然，作者在这一点上，又自相矛盾了，第三十六回开篇部分写，贾宝玉把"四书"以外的书籍全烧了，至结尾部分又写，贾宝玉把随身带着的《牡丹亭》曲拿出来，读了两遍。）。

证据三，贾宝玉熟读"四书五经"，精通八股文。

贾宝玉对"四书五经"和八股文的熟悉程度，第七十三回是这么写的：

（贾宝玉）心中又自后悔，这些日子只说不提了，偏又丢生，早知该天天好歹温习些的。如今打算打算，肚子内现可背诵的，不过只有"学""庸""二论"是带注背得出的。至上本《孟子》，就有一半是夹生的，若凭空提一句，断不能接背的，至"下孟"，就有一大半忘了。算起五经来，因近来作诗，常把《诗经》读些，虽不甚精阐，还可塞责。别的虽不记得,素日贾政也幸未吩咐过读的,纵不知,也还不妨。至于古文,这是那几年所读过的几篇,连"左传""国策""公羊""谷梁",汉、唐等文,不过几十篇,这几年竟未曾记得半篇片语,虽闲时也曾遍阅,不过一时之兴,随看随忘,未下苦功夫,如何记得。这是断难塞责的。

更有时文八股一道,因平素深恶此道,原非圣贤之制撰,焉能阐发圣贤之微奥,不过作后人饵名钓禄之阶。虽贾政当日起身时选了百十篇命他读的,不过偶因见其中或一二股内,或承起之中,有作的或精致,或流荡,或游戏,或悲感,稍能动心悦意者,偶一读之,不过供一时之兴趣,究竟何曾成篇潜心玩索。[1](571)

对于"四书",贾宝玉对《大学》《中庸》和《论语》三书极为熟烂,能够连正文带注释给背下来。笔者计算过,这三本书加上朱熹的注解,共约有12万字,贾宝玉能够一口气背下来,相当了不起。《孟子》原文34000字左右,加上朱熹的注解,共约17万字。贾宝玉对上半部《孟子》有些夹生,下半部则忘了一大半。

五经包括《诗经》《春秋》《易经》《礼记》和《尚书》五部,贾宝玉自称对诗经很熟悉,完全可以应付盘考,而对其余四部,则已不太记得了,因为他父亲没作要求。

为了应付科举考试,仅仅"四书五经"是不够的,学子们还得开阔眼界,选学一些古文经典。这些古文经典,宝玉统称之为古文。康熙年间,浙江吴楚材和吴调侯选编了《古文观止》一书,供学塾使用。吴楚材和吴调侯都是蒙师,长期设馆授徒,《古文观止》就是他们为学生编选的教材,文章的选编,主要着眼于考科举时做策论。贾宝玉曾经下过数年功夫研读这些古文,近几年有空时,还拿出来"遍阅"。

明清科举,主要考八股文。八股文都是就"四书五经"取题,尤其是"四书",故又称四书文。内容要求用孔子、孟子和朱熹等古人的语气,阐发圣人之言,不允许自由发挥。格式上,句子的长短、字的繁简、声调的高低、全文的字数等,都有要求。全文共分八部分,包括破题、承题、起讲、入题、起股、中股、后股、束股。后四个部分,每部分要求有两股排比对偶,合起来共八股,这是全文的一个重心,八股文因此得名。贾政给宝玉所布置阅读的八股时文,相当于今天的高考范文,我们对待范文的正确态度是什么?主要是学习人家的格式、论证和叙述方法、起承转合等,而不是全文背诵。所以,贾宝玉研究八股时文的起承转合,以及动心悦意之处,这种做法是符合旧时代科举学生的读书之法的。

总而言之,贾宝玉对"四书五经"是下过苦功夫的,尤其是《论语》《大学》《中庸》和《诗经》四部,他倒背如流、脱口而出,十分稔熟。至于《孟子》,虽然忘记了不少,不能背诵,但终究认真研读过,总归有些印象,看懂科举考试的题目是没有问题的。至于《春秋》《礼记》《尚书》和《易经》等经书,贾宝玉虽不能全文背诵,但其中最优秀的篇目,大都已经选入古文和《文选》中了,譬如,"左传""公羊"和"谷梁"三书,就是解读《春秋》的三传。从贾宝玉作《诡婳词》及《芙蓉女儿诔》二文的水平来看,他擅长对偶骈文的写作,善用典故,挥笔成文,已经具备了相当的科举实力。在高鹗续写的后四十回里,贾宝玉中举了,这应该是可以理解的,他早已具备这样的实力。

所以《红楼梦》关于贾宝玉喜爱还是讨厌读书的问题,是一个自相矛盾的问题,我们既能够找到他喜读正经书的充分证据,又能够找到他厌读正经书的充分证据。

补充:关于贾宝玉对读书的态度,还有两个情节:其一,贾宝玉曾说:"只除'明明德'外无书"[1](152),这话十分费解。其二,贾政为何不让宝玉读五经?贾政对宝玉读书很重视,但他只让宝玉熟读"四书",不让读"五经",这在科举时代是无法解释的(当然,第73回又说贾政要考核宝玉学习"五经"的情况)。笔者孤陋寡闻,迄今为止,尚未见到有学者做出合理解释。

注释:

[1][清]曹雪芹:《脂砚斋批评本红楼梦》,凤凰出版社2010年版。

6. 贾宝玉究竟上过学还是没上过学

兴儿是贾琏的跟班,评价人特幽默夸张,他对尤三姐评价宝玉说:"姨娘别问他,说起来姨娘也未必信。他长了这么大,独他没有上过正经学堂。我们家从祖宗直到二爷,谁不是寒窗十载?偏他不喜念书。老太太的宝贝,老爷先还管,如今也不敢管了。成天家疯疯癫癫的,说话人也不懂,干的事人也不知。外头人人看着好清俊模样儿,心里自然是聪明的,谁知是外清而内浊。见了人,一句话也没有。所有的好处,虽没上过学,倒难为他认得几个字。每日又不习文,又不学武,又怕见人,只爱在丫头群里闹。"[1](519) 兴儿在这里又给我们提出了两个问题:其一,只有宝玉"没上过学""没上过正经学堂"。其二,贾府从宁、荣二公至二爷(贾琏),个个寒窗十载,都喜欢读书。下面我们就来讨论这两个方面的问题,看看兴儿所说是否属实。

先来看第一个问题,贾宝玉究竟上过学没有?他所上的家学算不算正经学堂呢?

贾宝玉是识字的,兴儿也承认他认得几个字。当然,贾宝玉识字最初是跟姐姐元春学的,第十八回是这么说的:"那宝玉未入学之先,三四岁时已得贾妃手引口传,教授了几本书、数千字在腹内了,其名分虽系姊弟,其情状犹如母子。"[1](138) 但是,贾宝玉不仅识字,还挺有学问,塾师赞扬他颇有歪才,擅长作诗,也能作文。贾政在第十七、十八、七十五及七十八回测试过他的诗才,果然名不虚传。而他的《芙蓉女儿诔》更表明,他还擅长作文,他完全有能力参加科举考试,事实上,在程伟元、高鹗续写的后四十回里,年仅19岁的贾宝玉高中举人。贾宝玉得中举人,并非掏钱捐买,也非走后门舞弊而得,他是凭本事考上的。这些事实说明,贾宝玉是读过书的,而且读得很好。那么,贾宝玉的知识是否纯粹自修所得,他上过学吗?证据表明,他是上过学的。

第一,贾宝玉拜过业师,上过家塾。贾宝玉亲口对秦钟说:"正是呢,我们家却有个家塾,合族中有不能延师的,便可入塾读书。子弟们中,亦有亲戚在内,可以附读。我因上年业师回家去了,也现荒废着。家父之意,亦欲暂送我去,且温习着旧书,待明年业师上来,再各自在家亦可。家祖母因说:一则家学里子弟太多,生恐大家淘气,反不好;二则也因我病了几天,遂暂且担搁着。如此说来,尊翁如今也为此悬心。今日回去,何不禀明,就在我们这敝塾中来,我亦相伴,彼此有益,岂不是好事?"[1](63)这番话表明,贾政曾延请老师教授宝玉读书,宝玉还进了贾府家学读书,同学中有秦钟、金荣、香怜、玉爱、贾兰、贾菌、薛蟠和贾瑞等。

第二,贾宝玉所受的教育是正规教育。清朝及其之前的中国教育体系分私学和官学两种,官学是由朝廷和地方政府出资举办的教育机构,如县学、府学、州学和国子学等。唐宋至明清,官学比较发达,但规模均不大,招生名额非常有限,且时断时续。能进入官学者,往往已经入塾学习数年,已经具备一定的基础,甚至要求有童生资格。私学是中国古代私人办理的学校,与官学相对,承担着封建社会最基本最主要的教育职能,尤其是基础教育。学塾是私学的主要形式,又名书塾、塾学,按照经费来源可划分为三种:一是富贵人家将老师请进家来教授子弟,就像林如海聘请贾雨村教育林黛玉,这种教育形式俗称坐馆或家塾;二是地方或宗族捐助钱财和田产,聘师教授贫寒子弟,俗称村塾、族塾、宗学;三是塾师自己开门授徒,收取学费的,俗称门馆、教馆、私塾等。

贾宝玉出生在富贵人家,贾府对子弟的教育是非常重视的,连女孩子也要读书识字,对男孩子就更不用说了,可以想见,他们会给予其子弟最好的教育。事实上也是如此,贾府有钱,他们在贾府宗学之外,另外单独聘请老师教授子弟,后来老师告假回家,贾宝玉才暂时进了宗学。不管是家塾还是宗塾,给贾宝玉授业的塾师都必定是合格的有学问的老师。贾府宗塾的授业老师贾代儒虽然老迈,水平肯定是有的,否则,秦邺也不会封送24两银子的贽见礼。(当然,这里又发现了另一个矛盾,宗学是宗族公办的义学,由宗族中的富户出资,对学生是免费的,秦钟凭借贾珍的面子进来,是不应该付钱的。24两银子的学费也太高了,远远超出了工薪阶层的承受能力,秦钟进贾府塾学付出那么大的代价,还欠个人情,太不合理了。金荣凭借其姑妈的关系进了贾府塾学,他家贫穷,不可能付得起那么昂贵的学费。)贾府塾学算不算正经学堂呢?回答是肯定的,因为贾宝玉在那里学习了"四书五经"、古文、古诗、旧对和八股文,李贵告诉贾政,贾宝玉在学校里已经读到《诗经》第三本了,其中有"呦呦鹿鸣,荷叶浮萍"等句,宝玉在游戏中能随口念出古诗和"四书五经"成语。贾兰也在贾府塾学中学习,他后来科举得中,并做了大官,这是从李纨的判词与册画中可以推测出来的。在程高续作中,贾宝玉也高中举人。这两件事足以说明,贾府塾学是正规学堂。

第三,"学堂"曾是旧时代学校的通称,包括私塾。曹雪芹的同时代人赵翼《己未元旦》写道:"青红省记儿童事,七十年前上学堂。"[2](1297)儿童所上的学堂当然是蒙学,只能是私塾,不可能是县学等官学,据此可知,私塾也属于学堂的范围。到了近代,"学堂"一词的含义有了变化,专指西式教育场所。《红楼梦》诞生于旧时代,当时的塾学即是学堂,贾宝玉所受的教育就是正经教育,他所上的学堂就是正经学堂,这是确定无疑的。

由此可见,兴儿所谓贾宝玉没上过学,没进过正经学堂,纯属无稽之谈。当然,兴儿的意思可能是说,贾宝玉不喜读书,他不曾好好读过书。贾府几乎所有的人,都认为贾宝玉不好读书,尤其是不读正经书,贾政就曾讽刺地对宝玉说:"你如果再提'上学'两个字,连我也羞死了。依我的话,你竟顽你的去是正理。仔细站脏了我这地,靠脏了我的门!"[1](76)但事实却恰恰相反,曹雪芹以种种细节塑造了一个好读书,且好读正经书的贾宝玉,他能诗擅文,并得中举人。

下面,我们来讨论另一个问题:贾府究竟是军功世袭之家,还是诗礼旧族?

兴儿说贾府自祖宗至二爷(贾琏)都是寒窗十载,好读书,独有宝玉例外。不独兴儿如此看法,袭人也是这样教育贾宝玉:"第二件,你真喜读书也罢,假喜也罢,只在老爷跟前,或在别人跟前,你别只管批驳诮谤,只作出个喜读书的样子来,也叫老爷少生些气,在人前也好说嘴。他心里想着,我家代代读书,只从有了你,不承望不但不喜读书,已经他心里又气又恼了。而且背前背后,乱说那些混话。凡读书上进的人,你就起个外号儿,叫作'禄蠹'。又说,只除'明明德'外无书,都是前人自己不能解圣人之书,便另出己意,混编纂出来的。这些话,怎么怨得老爷不生气,不时时打你。叫别人怎么想你?"[1](152)另外,宝钗和湘云也说过类似的话。事实上,这不仅是红楼人物的观点,更是曹雪芹的看法,曹雪芹用了"诗礼簪缨之族""瀚墨诗书之族""诗礼之家""诗书旧族"等词来形容贾府,好像贾府是一个文才辈出的著名家族似的,而贾宝玉则是这个家族的异类。事实是否如此呢?答案是否定的,贾府实际上算不上瀚墨诗书之族、诗书旧族、诗礼之家。

首先,众所周知,贾府始祖宁、荣二公是朝廷功臣,是在战火中走过来的,为八公之二。宁国府老仆焦大说,他自小跟宁国公出过三四回兵,曾从死人堆里把奄奄一息的主子背了出来,没有食物,他饿着肚子去偷东西给主子吃;没有水喝,他自己喝马尿,把得来的半碗水给主子喝。宁、荣二公出生入死,九死一生,才挣得了公爵之位,儿孙跟着享受世袭的荣华富贵,贾珍、贾敬和贾赦皆世袭得官,贾政是皇帝额外开恩而得官,而贾蓉和贾琏则是捐官。所有这一切,都源于宁、荣二公对朝廷的军事贡献,而非诗书名望或其他。

其次,冷子兴演说荣国府时讲得很明白,贾府的荣华富贵来自皇恩,宁、荣二公是靠军功起家的,子孙后代世袭爵位。宁国府的贾珍不肯读书,只一味高乐不已,把宁国府竟翻了过来,也没有人敢来管他。贾蔷在修建大观园时曾下江南采买戏子,后一直负责戏子们的培训与管理,贾蓉一直跟着贾珍跑腿,这两人显然也不读书。贾琏"现蠲的是个同知,也是不喜读书,于世路上好机变,言谈去得,所以如今只在乃叔政老爷家住着,帮着料理些家务。"[1](19)贾府自宁、荣二公以来,赫赫扬扬已达百年,百年之间,只有贾敬考中进士,但贾敬仍是袭官。

再次,至第七十八回,贾政自己也承认:"近见宝玉虽不读书,竟颇能解此,细评起来,也还不算十分玷辱了祖宗。就思及祖宗们,各各亦皆如此,虽有深精举业者,也不曾发迹过一个,看来此亦贾门之数。"[1](623)

第七十五回写贾府中秋开夜宴取乐,宝玉和贾环都做了诗,贾政批评他们兄弟俩都不是读书人,哥哥公然以温飞卿自居,弟弟则俨然曹唐再世,皆为下流货色。贾赦读了他们的诗词,则连声称赞道:"这诗,据我看,甚是有气骨。想来咱们这样人家,原不比那起寒酸,定要雪窗萤火,一日蟾宫折桂,方得扬眉吐气。咱们的子弟都原该读些书,不过比别人略明白些,可以做得官时就跑不了一个官的。何必多费了工夫,反弄出书呆子来。所以我爱他这诗,竟不失咱们这侯门的气概。"他鼓励贾环道:"以后就这样做去,方是咱们的口气,将来这世袭的前程定跑不了你袭呢。"[1](598)贾政和贾赦的话,再明白不过了,贾府子弟不愁没前程,只要想做官,就能够做官。这进一步表明,贾府并非书香之家,绝大多数贾氏子弟并不喜读书,都是普通人。

总之,在贾府究竟是军功世袭之家还是诗礼旧族的问题上,曹雪芹给予我们的,仍然是一个模棱两可、自相矛盾的结论。

注释:

[1]〔清〕曹雪芹:《脂砚斋批评本红楼梦》,凤凰出版社2010年版。
[2]〔清〕赵翼著、华夫主编:《赵翼诗编年全集》,天津古籍出版社1996年版。

7. 读书与否对贾宝玉的生活水平有影响吗

贾宝玉第一天去家塾上学,袭人早早给他准备停当,坐在床头发闷,贾宝玉以为她舍不得他离开去上学,便安慰了她几句,袭人笑道:"这是那里话?读书是极好的事。不然,就潦倒一辈子,终究怎么样呢?"[1](75)袭人说贾宝玉如不好好读书,便会潦倒一辈子,此处"潦倒"可能有两义:其一意为颓废、失意;其二意为吃苦、受穷。如果贾宝玉有强烈的功名之心,一心要借助科举显身扬名,那么,他肯定会努力学习、刻苦钻研科举之学。但对于这一点,袭人是不承认的,袭人屡次三番批评教育贾宝玉要好好读书,即使是做做样子也好,以免老爷(贾政)生气,并堵住众人悠悠之口。贾宝玉表面答应,但过后便忘,照样嘲笑讥讽读书人,照样不读正经书。从袭人、宝钗及黛玉的批评可以看出,贾宝玉不愿参加科举,也不愿做官,既然如此,他也不会因此而颓废、失意。

那么,贾宝玉不好好念书就会吃苦、受穷吗?贾赦作了否定的回答。第七十五回写贾府过中秋,男人们或作诗或说笑话,二者选其一。宝玉与环儿是晚辈,在长辈面前拘束,不敢说笑话,便选择作诗。贾政看了两人的诗词不满意,批评他们兄弟俩一个以温飞卿自居,一个自以为曹唐再世,是一起下流货。贾赦则不以为然,他说:据我看,这诗甚有气骨。像我们这种家庭,原不比那起寒酸,定要雪窗萤火,一日蟾宫折桂,方能扬眉吐气。咱们的子弟都原该读些书,不过比别人略明白些,可以做得官时就跑不了一个官的。何必多费了功夫,反弄出书呆子来。贾赦口气很大,根本瞧不起那些经由科举之道走上仕途的,他自己是世袭得官的,宁、荣二公的子孙们除贾敬外,没有第二个考上科举的,真正通过科举走上仕途的更无一人,贾敬即使中了进士,也仍然是世袭得官。除世袭外,贾府男人们取得职业还有两种方法:其一是朝廷恩赐,贾政就是通过皇帝额外加恩得官的;其二是捐买,就是花钱买官捐官,贾琏、贾蓉就是通过这个方式得官的。

依袭人之意,贾门子弟要过上富足的生活,就必须读好书,否则就会穷困潦倒。但依贾赦之言,贾府不是穷酸家庭,并不靠科举挣钱。而且,贾府子弟也不需要参加科举考试,只要有一点文化,懂得些道理,就可以做官。两人的说法明显自相矛盾。

注释:

[1]〔清〕曹雪芹:《脂砚斋批评本红楼梦》,凤凰出版社2010年版。

8. 贾宝玉究竟是何时上学的

第九回描写贾宝玉与秦钟上学,这是他们进宗学的第一天,此前各自在家跟从业师学习,从这一天开始,他们俩成了贾府宗学的学生。这天清早,袭人便早早起床做准备,宝玉洗漱之后,又先后与袭人、晴雯、麝月等人话别,接着来到贾母和王夫人房中告别,再接下来就去书房与父亲贾政告别。最后,贾宝玉忽然想起了林黛玉,便又回头跟黛玉告别,唠叨了半日,黛玉提醒他,还有薛姐姐你怎么不去辞一辞,贾宝玉笑而不答,直接与秦钟上学去了。宝玉与之告别的这些人,都是宝玉身边的人,一是身边的丫头,二是祖母和父母,三是黛玉,她与宝玉同住一处。而薛宝钗住在梨香院,比较远,宝玉没去告别。此时应当是大清早,是贾宝玉上学的第一天早晨,可是,曹雪芹却有一段混乱无比的描写,请看他的描写:

至是一早,宝玉起来时,袭人早已把书笔文物包好,收拾得停停妥妥,坐在床沿上发闷。见宝玉醒来,只得伏侍他梳洗……

袭人催他去见贾母、贾政、王夫人。宝玉又嘱咐了晴雯、麝月几句,方出来见贾母。贾母也不免有几句嘱咐的话。然后去见王夫人,又出来到书房中见贾政。

偏生这日贾政回家的早,正在书房中与相公们闲话,忽见宝玉进来请安,回说上学里去,贾政冷笑道:"你如果再提'上学'两个字,连我也羞死了。依我的话,你竟顽你的去是正理。仔细站脏了我这个地,靠脏了我的门!"

众清客相公们都早起身,笑道:"老世翁何必如此。今日世兄一去,三二年就可显身成名的了,断不似往年仍作小儿之态了。天也将饭时了,世兄竟快请罢。"说着便有两个年老的携了宝玉出去。

贾政因问:"跟宝玉的是谁?"只听见外面答应了一声,早进来三四个大汉,打千儿请安。贾政看时,认得是宝玉的奶姆之子,名唤李贵的,因向他道:"你们成日家跟他上学,他到底念了些什么书?倒念了些流言混话在肚子里,学了些精致的淘气。等我闲一闲,先揭了你的皮,再和那不长进的东西算帐!"

吓的李贵忙双膝跪下,摘了帽子,碰头有声,连连答应"是",又回说:"哥儿已念到第三本《诗经》,什么'呦呦鹿鸣,荷叶浮萍',小的不敢撒谎。"说的满坐哄然大笑起来。

贾政也掌不住笑了。因说道:"那怕再念三十本《诗经》,也是'掩耳盗铃',哄人而已。你去请学里太爷的安,就说我说的:什么《诗经》、古文,一概不用虚应故事,只是先把"四书"一齐讲明背熟是最要紧的。"李贵忙答应"是",见贾政无话,方起来退出去。[1](76)

这段引文至少有三个非常明显的问题:一是多余的告别仪式;二是时间上的混乱;三是宝玉是否已经上过学的混乱。先看第一个问题,贾府义学距离宝玉的住处"不过一里之遥",也就十分钟不到的脚程,实际上就在家门口。袭人却给他准备了大毛衣服、手炉等物,还派遣李贵等三四个大汉跟着,这已经十分夸张。接着,又打发他跟一系列人物郑重其事地告别,唠叨好半天,清客相公还说了句此去"三二年就可显身成名"的话,比今日父母送子女去国外留学还隆重,简直莫名其妙,令人费解得很。

作者在时间上提及了"一早""将饭""这日贾政回家的早",贾宝玉跟黛玉说等他回家来一起吃"晚饭",清客相公说此去"三二年"。时间上非常乱。首先,这应当是早晨,而且是"一早"的早晨,宝玉刚起床,准备去上学,但贾政却已经上班回来了,他"这日贾政回家的早",显然不是值夜班回来。贾政当时任工部员外郎,这样一个中下级官员,是没有资格参加朝会的,他为何那么早就从单位回来了?假使贾政参加了朝会,那么,他得于辰时才能下朝,到得家来就是上午10时左右了,此时学校早已经上课了。如果贾政是上朝回来,那么,他的肚子肯定很饿了,应当急于用膳才对,为什么跑到书房里跟清客相公扯闲篇呢?再说,清客相公是专门陪人休闲解闷的,他们一大早跑到贾政这里来干什么?他们怎么知道贾政这么早下班回来了?

宝玉这是第一次去贾府宗学上学,此前都是把老师请到家里来授课,在自己家里上课当然不需要李贵等人护送。另外,贾政把塾师请进来教育子弟,对于授课的内容必定是知情的,塾师若觉得有必要改变教学内容,必定会同他商量。但贾政却质问李贵说:"你们成日家跟他上学,他到底念了些什么书?"李贵却又回答说:"哥儿已念到第三本《诗经》,什么'呦呦鹿鸣,荷叶浮萍',小的不敢撒谎。"贾政当即表达了对老师的不满,他让李贵给学里太爷(贾代儒)捎话,认为教教"四书"就可以了,至于《诗经》和古文则大可不必。从李贵与贾政的对话来看,贾宝玉似乎不是第一次进宗学,他已经在贾府宗学里学了三本《诗经》,明显前后矛盾。

注释:

[1] 〔清〕曹雪芹:《脂砚斋批评本红楼梦》,凤凰出版社2010年版。

第二卷

面目不清的林黛玉

　　林黛玉是红楼梦的女主角,也是大多数红迷最喜爱的人物。专家和红迷大多认为,林黛玉是贾母的外孙女,贾宝玉的表妹、恋人和知己,生得倾国倾城,兼有旷世诗才,是世界文学史上最富灵气的经典女性形象之一。但笔者要告诉大家,这并不是曹雪芹与脂砚斋笔下的林黛玉,这是冯其庸等红学家笔下的林黛玉,曹雪芹笔下的林黛玉被他们给歪曲了。

　　曹雪芹笔下的林黛玉形象十分复杂,她与薛宝钗形成鲜明的对照,俞平伯称之为双峰对峙,两水分流,她们是金陵群钗的代表。金陵群钗大致可分两类:一类性格刚烈,宁折不弯,结局悲惨,如晴雯、鸳鸯、金钏、司棋等,人们称之为黛之附;另一类性格和顺,温柔敦厚,结局稍好,如袭人、秋纹、麝月、平儿等,人们视之为钗之附。可见,黛玉与宝钗是性格迥异的两个典型,完全没有可比性。然而,作者却将她们两人放在同一个判词和册画里,脂砚斋更批曰:"钗、黛名虽两个,人却一身,此幻笔也。今书至是回时已过三分之一有余,故写是回,使二人合而为一。请看黛玉逝后宝钗之文,便知余言不谬。"[1](329) 第二十二回更有脂批云:"将薛、林作甄玉、贾玉看书,则不失执笔人本旨矣,丁亥夏,畸笏叟。"[1](173) 林黛玉与薛宝钗两个人竟然是同一个人,并且她们又分别代表甄宝玉、贾宝玉,亦即"真宝玉"和"假宝玉",读到这里,广大红迷恐怕不禁要问,林黛玉究竟是怎样一个人呢? 真相令人大跌眼镜:她是一个面目不清的人。

1. 贾宝玉是林黛玉的恩人还是仇家

贾府是林黛玉的舅家,贾母及贾政、贾宝玉等,皆是林黛玉的至亲,林黛玉在贾府长大,包括贾宝玉在内的贾府自然是林黛玉的恩人。然而,有证据表明,林黛玉来到贾府是生非其地,直接导致了她的死亡。由此可见,贾府当为仇家。详细情况究竟如何呢?

1.1 贾宝玉和贾府是林黛玉的恩人

林黛玉与贾宝玉是两个特殊人物,他们在前世就有一段缘分,作者称之为"自然风流",亦即木石前盟。林黛玉的前世是西方灵河岸边的一棵绛珠草,贾宝玉的前世则是赤霞宫的神瑛侍者,神瑛侍者每天以甘露之水灌溉绛珠草,绛珠草得以久延岁月,存活下来。绛珠草既得日月之精华,复受雨露之滋润,便脱却草胎木质,修炼成人形,变成一个女人。

修炼成女人的绛珠草名绛珠仙子,警幻仙子称之为绛珠妹妹,贾宝玉梦游警虚幻境时,警幻仙子就说,绛珠妹子的生魂今日也要来游玩。由于绛珠仙子对"甘露之惠""灌溉之德""灌溉之情"念念不忘,便追随神瑛侍者下凡。来到人间的绛珠仙子就是贾宝玉的姑表妹妹林黛玉。林黛玉家在扬州,因母亲和父亲先后病亡,又无近亲,林黛玉便被外祖母接去抚养。这样,林黛玉便来到了贾府,来到了贾宝玉身边,依赖贾府生存,一直到病死,林黛玉都没有离开过贾府。在天上时,林黛玉(绛珠草)依赖贾宝玉(神瑛),到了人间,林黛玉仍然离不开贾宝玉(贾府),可以说,没有贾府和贾宝玉,便没有她林黛玉。

读者朋友或许会反驳说,林黛玉是侯门千金,他父亲林如海所任巡盐御史,乃是肥差,家产必定丰厚,而林黛玉又是独生女儿,理所当然地拥有家中的一切,没了贾府,她照样可以生存,而且能够生存得很好。这位读者朋友的反驳看似颇有道理,但他有所不知,曹雪芹交代得很清楚,林黛玉在父母死后已不名一文,她在贾府的一切开支费用,全是由贾府提供的。林黛玉时有寄人篱下之感,薛宝钗曾安慰她说:"这么说,我也是和你一样。"黛玉很清醒,她回答道:"你如何比我?你又有母亲,又有哥哥。这里又有买卖地土,家里又仍旧有房有地。你不过亲戚的情分,白住在这里,一应大小事情又不沾他们一文半个,要走就走了。我是一无所有,吃穿用度,一草一木,皆是和他们家的姑娘一样,那起小人岂有不多嫌的?"[1](355)林黛玉此时已囊空如洗,且肩不能挑,手不能提,若无贾府养育,她必定活活饿死。

　　林黛玉在贾府,大家对她都十分关心,没有人歧视过她。她有病,要服人参养荣丸,贾母毫不迟疑地下令给她配制。贾宝玉曾特地为她开了一个处方,只是配制太难,最终没有付诸实践。不仅贾母和宝玉等关心黛玉的病情,宝钗也十分关心,宝钗建议她要吃一些有营养的食物,譬如燕窝冰糖粥,最能滋阴补气。林黛玉本来对宝钗是有戒心的,这次深受感动,她说:"你素日待人,固然是极好的,然我最是个多心的人,只当你有心藏奸。从前日你说看杂书不好,又劝我那些好话,竟大感激你。往日竟是我错了,实在误到如今。细细算来,我母亲去世的时候,又无姐妹兄弟,我长了今年十五岁,竟没一个人像你前日的话教导我。怪不得云丫头说你好。我往日见他赞你,我还不受用;昨儿我亲自经过,才知道了。比如你说了那个,我再不轻放过你的;你竟不介意,反劝我那些话:可知我竟自误了。若不是前日看出来,今日这话,再不对你说。你方才叫我吃燕窝粥的话,虽然燕窝易得,但只我因身子不好了,每年犯了这病,也没什么要紧的去处。请大夫,熬药,人参,肉桂,已经闹了个天翻地覆了,这会子我又兴出新文来,熬什么燕窝粥,老太太、太太、凤姐姐这三个人便没话,那些底下老婆子、丫头们,未免嫌我太多事了。你看这里这些人,因见老太太多疼了宝玉和凤丫头两个,他们尚虎视眈眈,背地里言三语四的,何况于我?况我又不是正经主子,原是无依无靠,投奔了来的,他们已经多嫌着我呢。如今我还不知进退,何苦叫他们咒我?"[1](354)林黛玉有病,贾府为她请医制药,又是人参,又是肉桂,闹得天翻地覆,林黛玉自己都感觉过意不去了,但贾府主子并没有不耐烦,林黛玉丝毫不担心这些人,只怕那些狗眼看人低的下人会嫌弃。

　　贾母曾经有意让贾宝玉娶林黛玉,甚至还准备了一万两银子的嫁妆,后来之所以没成,当然是由于病情,林黛玉病得七荤八素,已经不适合结婚了。由此可见,贾府主子对林黛玉那是掏心掏肺地好,她不仅在贾府白吃白住,还想使她成为贾府的真正主人,这还不算天大的恩情吗?总之,贾府和贾宝玉不仅是林黛玉前身的救命恩人,也是林黛玉今世的依靠,可以说,没有贾宝玉和贾府,就没有林黛玉现在的一切。

1.2 贾宝玉及贾府是林黛玉的仇敌

　　林黛玉与贾宝玉的前世是"风流冤家",到了今生,贾母又说他们"不是冤家不聚头",前世今生都是冤家。"冤家"这个词,自古以来的含义有两个,其一仇人,其二情人。林黛玉与贾宝玉当然是情人,但证据又表明,他们也是仇人。确切地讲,贾宝玉是林黛玉不共戴天的仇人,因为神瑛侍者的甘露之惠,虽然帮助绛珠草存

活下来,但也使它此后生不如死,痛苦万分,原因如下:

其一,绛珠草得到雨露滋养之后,"仅修成个女体"[1](7),而不是男体。贾宝玉喜欢女儿,讨厌男子,绛珠仙子的观点却完全相反,她希望自己是男儿之身,因为他的父亲就是如此,从小把她当男儿教养,以解膝下荒凉之叹。神瑛侍者的灌溉之恩使她变成了一个女子,这令她抱憾万分。

其二,甘露之惠是阎王债。神瑛侍者灌溉甘露不是无偿的,它要求绛珠仙子必须偿还,而绛珠仙子并没有甘露可还,因而每日游于离恨天之上,饥则食蜜青果,渴则饮灌愁海水,五衷郁结,不能畅怀。神瑛侍者下凡之时,警幻仙子提醒绛珠仙子,可以随他下凡还债。绛珠仙子奉警幻之命下凡,以泪还债,此举注定了她的下凡之旅将是十分痛苦的。为了便于流泪,林黛玉的身体十分虚弱,病魔缠身,作者写道:"众人见黛玉年纪虽小,其举止言谈不俗,身体、面庞虽怯弱不胜,却有一段自然风流态度,便知他有不足之症。"[1](23-24)所谓有一段自然风流态度,当指绛珠与神瑛的那段关系,它成了林黛玉身体虚弱的根源。林黛玉父母双亡,族人死绝,她被迫寄人篱下,忍受贾宝玉欺负,都是源于以泪还债。因为若非父母皆死,林黛玉是不会来到贾宝玉身边的,林如海夫妇的死亡,正是为林黛玉进贾府还泪债创造条件。

林黛玉小时候,有一个癞头和尚到她家,对她父母说:贵千金的病不好治,我有两个方子供你们选择,第一个方子是让她跟老衲出家。这个方子根本不可行,林黛玉是林家的独生女儿,林如海夫妇无论如何也不会同意她出家的。第二个方子:如果不愿出家,就必须做到两点:第一,从此以后不要听见哭声;第二,从此不见外姓亲友。这第二个方子在林黛玉进贾府的第一天就破坏了,贾府是林黛玉的外姓亲友,贾宝玉因为林黛玉没有通灵宝玉而摔玉大哭,贾母、王熙凤和众人皆大哭。这样,林黛玉进贾府的第一天,就既见到了外姓亲友,又听见了哭声,这注定了林黛玉的病一世也好不了。木石前盟让林家家破人亡,一门死绝,这是何等悲惨的故事,脂砚斋批曰:"细思'绛珠'二字,岂非血泪乎?"[1](6)那些不明事理的红学家竟然将木石前盟描写得非常浪漫,笔者真不知他们是怎么想的。脂砚斋在"玉带林中挂,金簪雪里埋"后又批曰:"寓意深远,皆生非其地之意。"[1](43)此批表明,贾府不仅于林黛玉不利,对薛宝钗也不利,她们来到贾府,皆是她们灾难的源头。

总之,贾府是林黛玉的不祥之地,贾宝玉是林黛玉的仇人,林黛玉的一切痛苦皆由神瑛的甘露之惠而起,她家破人亡,都是拜贾宝玉所赐。唐文宗时期曾发生过一场甘露之变,导致1000多人死亡。神瑛的甘露之惠,或许也属此类。

注释:

[1]〔清〕曹雪芹:《脂砚斋批评本红楼梦》,凤凰出版社2010年版。

2. 林黛玉是贾母嫡亲还是非嫡亲

在多数读者看来,林黛玉作为贾母嫡亲没有疑义,专家们所怀疑的是贾母与贾政贾赦兄弟不是亲生关系,他们将《红楼梦》视为曹氏家传,贾政系继子,如同曹頫。当然这只是猜测,完全没有证据。人们对贾母与贾敏之间的关系却没有类似怀疑,没有人怀疑贾敏是贾母的亲生女儿,也没有人怀疑贾宝玉与林黛玉是舅姑兄妹,他们彼此之间是旁系血亲,按照现在的婚姻法,他们俩是不能结婚的,血缘太近了。可是,《红楼梦》是"满纸荒唐言",一切在读者看来简单明了的事情,都被曹雪芹弄得模棱两可,似是而非,甚至自相矛盾,林黛玉与贾府的关系也是如此。

2.1 林黛玉是贾母嫡亲外孙女儿

林黛玉的母亲贾敏,是贾府老祖宗贾母的亲生女儿,贾赦、贾政的胞妹。冷子兴在向贾雨村作介绍时是这么说的:"目今你贵东家林公之夫人,即荣府中赦、政二公之胞妹,在家时名唤贾敏。不信时,你回去细访便知。"[1](19)听了冷子兴的介绍,贾雨村立即反应过来,因为他的学生林黛玉做作业时,总是把"敏"字写多一笔或少一笔,或干脆写成"密"字,贾雨村当初不明白是怎么回事,如今知道了,林黛玉这是在为她母亲避讳。所谓"胞妹"有两层含义:其一指同父母所生的妹妹;其二指孪生姐妹中的妹妹。不管是两义中的哪一义,"胞妹"都意味着同父又同母。贾敏既为贾赦、贾政的同胞妹妹,则显然都是一母所生,一父所生,是真正的嫡亲。

林黛玉的父亲姓林名海,字如海,林如海向贾雨村介绍贾府亲戚说:"若论舍亲,与尊兄犹系同谱,乃荣公之孙。大内兄现袭一等将军之职,名赦,字恩侯。二内兄名政,字存周,现任工部员外郎。"[1](22)"内兄"指妻子的哥哥。林如海把贾政和贾赦当内兄看待,以贾雨村谋复职之事相托,贾政如何看待呢?曹雪芹写道:"雨村先整了衣冠,带着童仆,拿了宗侄的名帖至荣府门上投了。彼时贾政已看了妹丈之书,即忙请入相见。雨村相貌魁伟,言谈不俗,且这贾政最喜的是读书人,礼贤下士,拯溺救危,大有祖风,况又系妹丈致意,因此优待雨村,更又不同,便竭力内中协助。题奏之日,轻轻谋了一个复职候缺。不上两个月,金陵应天府缺出,便谋补了此缺。"[1](22)可见,贾政没有辜负妹夫所托,他是真正把林如海当嫡亲看待的,否则何必去帮助一个不相干的外人呢?

林黛玉进贾府以后,称邢夫人为大舅妈,称王夫人为二舅妈。贾敏和林如海先后早逝之后,林黛玉就寄养在贾府中。贾母初见黛玉,对黛玉说:"我这些儿女,所疼者惟有你母,今日一旦先舍我去了,连面也不能一见,今日见了你,我怎么不伤心!"[1](23)第七十四回写王熙凤带着王善保家的抄检大观园,王善保家的与王熙凤商议,只抄检自家人,亲戚家不抄。于是,她们先抄检了宝玉的怡红苑,继之抄检了林黛玉的潇湘馆。而薛宝钗居住的蘅芜苑没有被抄。此事说明,林黛玉被当成了贾府自家人,而薛宝钗是亲戚,隔了一层。

2.2 林黛玉不是贾母嫡亲孙女

然而,另有一些迹象表明,林黛玉不是贾母的嫡外孙女,这里给大家举几个例子。第一个例子是在第三回,王熙凤初见林黛玉说:"天下真有这样标致的人物,我今儿才算见了!况且这通身的气派,竟不像老祖宗的外孙女儿,竟是个嫡亲的孙女,怨不得老祖宗天天口头心头一时不忘。只可怜我这妹妹这样命苦,怎么姑妈偏就去世了!"[1](24-25)第二个例子是在第五回,其中写道:"如今且说林黛玉自在荣府以来,贾母万般怜爱,寝食起居,一如宝玉,迎春、探春、惜春三个亲孙女倒且靠后。"[1](39)这两个例子都用到了"嫡亲的"和"亲(的)"两词,并且都把林黛玉排除在"嫡亲的"和"亲(的)"之外。众所周知,孙女与外孙女有区别,但区别只在是儿子所生还是女儿所生,血缘上是没有差异的,都是嫡亲。林黛玉虽然是贾母的外孙女,但在嫡亲这一点上,与迎春、探春和惜春她们并没有区别,作者为何要将她一人作为例外呢?只有一个解释,即贾敏不是贾母的亲生女儿,而是领养的,如此一来,林黛玉便也不算是嫡亲外孙女了,她与贾母没有直接血缘关系。

第三个例子,是贾母的一句话。林黛玉进贾府时,贾宝玉不在家,他去寺庙里跪香,后来才回来,刚一回来,便去换了家居衣服,贾母对他说:"外客未见,就脱了衣裳!还不去见你妹妹。"[1](29)"外客"有两义,其一指关系比较疏远的客人,不是至亲好友;其二指敌寇。前如《儒林外史》第四十九回万中书对高翰林说:"蒙老先生见召,实不敢当。小弟二十年别怀,也要借尊酒一叙。但不知老先生今日可还另有外客?"高翰林道:"今日并无外客,就是侍御施老先生同敝亲家秦中翰……"[2](448)此处写翰林院高某请客,请了武正字、秦中书、迟衡山、万老爷、施御史等,座中只有秦中书与高翰林是亲家,关系亲密。其他则是早年相识或同乡或同僚,都不算亲厚,而且都是异姓,故都是外客,不是至亲,万老爷有自知之明。后者如马王堆汉墓帛书《十大经·称》:"不有内乱,必有外客。肤既为肤,勮既为勮。内乱不至,外客乃却。"[3](222)此处"外客"意为敌寇。这两句话的意思是,国家有内乱与外寇两个方面的忧患,而以内乱为主,内乱既除,则外寇难逞,必然退走。又如汉朝焦赣《易林·师之涣》:"恶来呼伯,慎惊外客。"[4](2041)专家释此处"外客"为关系疏远的客人,笔者认为这是误解,"师"指军队,"涣"即涣散,有不利之意。军队处于不利地位,当然是遇到外敌了。故此处"外客"当为外敌之意。林黛玉作为外客,不管是两意中的哪一意,都意味着她与贾府关系疏远。林黛玉是外客,贾敏也曾告诫女儿,外祖母家与别家不同,林黛玉因此步步留心,时时在意,不肯轻易多说一句话,多行一步路,生恐遭人耻笑。

此外,我们还可以找到若干例子。第二十三回有一个情节,当时贾宝玉与林黛玉在桃花树下共读《会真记》,此时,袭人找来了,说贾赦病重,姑娘们都去请安了,贾母通知贾宝玉也去探视,却没有同时通知林黛玉也去,更加令人奇怪的是,林黛玉竟也没有想到要去探视病重的大舅舅。第七十九回开头处,林黛玉给贾宝玉传话说:"才刚太太打发人叫你明儿一早快过大舅母那边去。你二姐姐已有人家求准了,想是明儿那家人来拜允,所以叫你们过去呢。"[1](630)林黛玉口中的"你们",显然不包括她自己。贾宝玉与探春、环儿等人,都必须去会见迎春的未来夫婿,黛玉却置身事外,既没有被邀请,也没有主动要去。还有一个例子,在第五十七回,薛姨妈与黛玉认母女,她怜惜黛玉说:"也怨不得他伤心,可怜没父母,到底没个亲人。"[1](453)林黛玉父母双亡,这我们清楚,但亲人还是有的,薛姨妈却说她没个亲人,意思当然是说,贾母这些人都不是黛玉真正的亲人。

在第七十四回把林黛玉当自家人的王熙凤,将贾宝玉与林黛玉同等对待,抄检了他们的屋子,而没有抄检薛宝钗的屋子。但在第五十五回与平儿讨论荣国府的管理时,王熙凤却是另一种态度,她对平儿说:"林丫头和宝姑娘,他两个倒好,偏又都是亲戚,又不好管咱们家务事。"[1](435)

2.3 林黛玉是外客与不是外客的矛盾

林黛玉究竟是外客还是自己人,曹雪芹竟也自相矛盾。

在第三回时,贾母明确告诉贾宝玉说,林妹妹是外客。王熙凤、贾赦等也劝说林黛玉不要想家,把贾府当成自己的家云云。林黛玉自己则始终有寄人篱下的感觉。毕竟贾府不是林府,贾姓不是林姓。在第二回林黛玉自诉,她小时家里来了一个和尚,要化她出家,父母不肯,那和尚就说,林黛玉不能见外姓亲友,也不能听见哭声,否则性命堪忧。事实上,林黛玉后来去了贾府,在贾府听见了哭声,结果当真死在贾府。可见,林黛玉不是贾府中人,她是地地道道的外客,否则和尚之言不会成谶。

而到第二十二回贾母给薛宝钗过生日时,作者写道:"至二十一日,贾母内院搭了家常小巧戏台,定了一班新出的小戏,昆弋两腔俱有。就在贾母上房摆了几席家宴酒席,并无一个外客,只有薛姨妈、史湘云、宝钗是客,馀者皆是自己人。"此处脂批曰:"将黛玉亦算为自己人,奇甚!"[1](173)脂砚斋并不认为林黛玉是贾府的自己人,但贾府中人却将林黛玉当成了自己人。抄检大观时,怡红院与潇湘馆先后被抄检,而蘅芜院则没有,林黛玉还是被当成自己人,薛宝钗则当成了外客。林黛玉在第3回进贾府,时年13岁。薛宝钗第四回进贾府,时年也是13岁。她们俩几乎是前后脚到的贾府,同贾宝玉的亲疏关系其实也相当,一个是姑表兄妹,一个是两姨姐弟。为何一个是客,一个是自己人呢?

可见,林黛玉最初是外客,最后还是外客,中间一段却当成了自己人。

林黛玉与贾府究竟是一种什么关系呢?答案模棱两可,读者若非断章取义,恐怕得不出确定的结论来。

注释:

[1]〔清〕曹雪芹:《脂砚斋批评本红楼梦》,凤凰出版社2010年版。
[2]〔明〕吴敬梓:《儒林外史》,花山文艺出版社2015年版。
[3]童英哲:《先秦名家四子研究》,上海古籍出版社2014年版。
[4]雒启坤主编:《中国历代方术大观》,青海人民出版社1998年版。

3. 林家是富有还是贫穷

林黛玉究竟出身于寒素之家还是豪富之族？这是林黛玉研究的一个焦点，说林家贫寒者有之，说林家豪富者亦有之，且都振振有词、头头是道。若论家世背景及林如海所任职务，林家当为豪富之家；但从林黛玉进贾府后的所言所行来看，则林家确实贫寒，简直是一贫如洗。曹雪芹如此描写林家，令人百思不得其解。

3.1 林家家世显赫，林如海任肥差之职，应为豪门富户

巴尔扎克说："三代培养一个绅士"，洛克菲勒说："三代培养一个贵族"，嫁女娶媳讲究门当户对，中外古今概莫能外。家庭背景和条件是人生的起点，意义非凡。林黛玉的家庭背景如何呢？我们先查她的祖宗，她祖上曾袭列侯。具体来讲，林黛玉的曾祖以上三代，皆承袭侯爵，到她祖父时，皇恩浩荡，又袭了一代，连续四代承袭侯爵。此事说明，林家是正宗侯门，显贵之家。唐朝诗人崔郊《赠婢诗》云："公子王孙逐后尘，绿珠垂泪滴罗巾。侯门一入深似海，从此萧郎是路人。"据说，唐朝元和年间，秀才崔郊的姑妈家有一个极其美丽的婢女，他深深地爱上了她，婢女也喜爱崔郊。但是，由于经济原因，这个婢女后来被卖给了襄州司空于頔。于家大门深院，崔郊进不去，再难见到心爱的婢女了。崔郊思念女友，作《赠婢诗》，诗词传到了于頔手中，于頔被崔郊的真情所感动，便以婢女和万贯嫁资相赠，成就了一段美好姻缘。"侯门"即侯爵之家，周朝时期，天子分封王亲与勋戚的爵位为五等，分别是公、侯、伯、子、男。侯爵低公爵一级，它在周初最常用，诸侯国的国君大都为侯爵，如燕侯、鲁侯、康侯等，故称"诸侯"。齐桓公会盟诸侯同尊周王之后，周王给诸侯加爵，升为公，从此诸侯多称公，如齐桓公、晋文公等。总之，"侯门"意为达官显贵，唐朝杜荀鹤《与友人对酒饮》有"客路如天远，侯门深似海"句，宋朝释普济《五灯回元·匡悟禅师》也有"客路如天远，侯门深似海"句，"侯门"从此成了显贵势要的代名词，"觅封侯"便成了寒门子弟的雄心壮志，宋朝陆游词云："当年万里觅封侯，匹马戍梁州。"唐朝边塞诗人王昌龄《闺怨》诗云："闺中少妇不知愁，春日凝妆上翠楼。忽见陌头杨柳色，悔教夫婿觅封侯。"封侯不是一件容易的事情，多少英雄豪杰战死边疆，妻儿在家苦熬度日，到头来也没有几人遂得心愿。

荣国府的老祖宗贾母，即出身于侯门，自小受过良好的教育。史湘云自幼父母双亡，由叔叔婶婶带大，她的两个叔叔皆为侯爵，一个是保龄侯，一个是忠靖侯。史侯家出场，气势不凡，第一次写到史侯家是在第十三回秦可卿的丧礼上，"接着，又听喝道之声，原来是忠靖侯史鼎的夫人来了。"[1](101)第三十一回写史湘云到贾府玩耍，其中说："至次日午间，王夫人、薛宝钗、林黛玉众姊妹正在贾母房内坐着，就有人回：'史大姑娘来了。'一时果见史湘云带领众多丫环、媳妇走进院来。"[1](252)史鼎的夫人进贾府时，众人犹听到喝道之声，意思是叫人回避，可见职别高、排场大，盖过一般人。史湘云到贾府玩，身后跟随着许多丫环、媳妇，排场很大。侯门之深，于此可见一斑。林家四世侯门，气势应不低于史侯家。

拿林府与贾府比较，贾府始祖宁、荣二公，皆以功封公爵，比林家始祖高一等。但林家的侯爵世袭罔替，林如海的父亲、祖、曾祖和高祖，皆为侯爷。贾府虽为公爵之家，但却是减等世袭，每传一代爵降一级，到了贾敬和贾赦这代，降为一等将军，离公爵已经差了几级。依此而论，林府世袭罔替的侯爵，应该不比贾府减等世袭的公爵差。

再看林黛玉的父亲林如海，他是前科探花，说明他特能读书，林家从此成为地道的诗礼之家、钟鼎之族。林如海没有承袭父亲的侯爵，而从科第出身，说明他很自信，且有能力。科举从政之后，他很快升迁为兰台寺大夫，兰台寺大夫究竟是多大的官呢？史书上并无"兰台寺大夫"之名，脂批指出，这个官名虽为杜撰，却也并非完全凿空而得。《通典·职官·御史台》称，后汉以来，御史台亦称兰台寺；《通典·职官·秘书监》载，龙朔二年改秘书省为兰台；《后汉书·百官公卿表》载，兰台掌图籍秘书；《后汉书·百官志》载，兰台令史六百石。东汉著名史学家班固就是兰台令史，负责修撰光武本纪。历史上，修撰皇帝本纪，一般由宰相或相当于宰相的人主持。如果兰台寺大夫就是历史上的御史大夫，那么，林如海的官职是非常之高的，御史大夫与宰相平职，为三公之一（关于三公，《汉书·百官公卿表》提到有三种解释，其一指太师、太傅、太保；其二指司马、司徒、司空；其三指丞相、太尉、御史大夫。秦朝和汉朝皆以丞相、太尉和御史大夫为三公，其中丞相主民、太尉主军、御史大夫主法）。

皇帝又钦点林如海为巡盐御史，明朝和清朝均设有巡盐御史一职，清朝最重要的盐税收入是两淮地区，林如海就是两淮盐政。康熙皇帝的两个亲信曹寅和李煦都曾兼任两淮盐政。原则上，两淮盐政任期一年，任满换人。曹寅和李煦虽然是康熙亲信，但也没有破坏这个规矩，他们俩采取轮任的办法来规避政策。两淮巡盐是肥差，这是不言而喻的。林如海既为兰台寺大夫，当然是兼任两淮盐政。

封建时代"漏规"极多,虽然朝廷规定的薪水不高,但额外进项则往往是正规收入的若干倍,地方官员尤其如此,王安石曾明确表示不愿到中央任职,原因就在此,他家庭负担重,地方收入高。林如海在朝廷外挂职,收入应该高于在朝廷任职的贾政和贾赦。由于林如海出身显贵,又特有出息,他才娶到了贾府千金贾敏。客观地讲,林如海比他的两个内兄贾赦贾政的地位更高、权力更大、收入更多。贾敏嫁到林府,必定带去了一份丰厚的嫁妆,在讲究门当户对的古代社会,这是不可避免的,何况贾敏是贾母最喜爱的女儿。

总之,林黛玉娘家应当是非常富贵的,良田美宅不计其数,丫环仆役成群,她从小过着非常体面的生活,林家不差钱。事实上也是如此,林如海尽管娶了出身豪门的贾敏,但他还另有几房姬妾。为了培养好女儿黛玉,林如海聘请贾雨村到家坐馆,且林黛玉读书还有两个小丫头陪着,这可是一笔不小的开支。当林黛玉守孝或生病不能上学时,林家照样养着贾雨村,而不觉得浪费。因为在林如海看来,这点钱根本算不得什么。

3.2 林黛玉一贫如洗,一草一木皆仰赖贾府

林家是有钱的,林家与贾府不相上下。可是,林黛玉在贾府的言行表明,林家很穷,简直一贫如洗,林黛玉寄人篱下,完全仰赖贾府才能生存,依据如下:

其一,林贾两家存在巨大反差。进贾府前,林黛玉长期生活在自己家中,对林家的生活方式与水平耳闻目睹,还是比较熟悉的。但是,见识了贾府的生活排场之后,林黛玉有了完全不同的体验,曹雪芹写道:"这林黛玉常听得母亲说过,他外祖母家与别家不同。他近日所见的这几个三等仆妇,吃穿用度,已是不凡了,何况今至其家。因此步步留心,时时在意,不肯多说一句话,多行一步路,生恐被人耻笑了他去。"[1](22)贾敏生前曾对女儿耳提面命,告诉她外祖母家与别家不同。所谓"别家",自然包括林家。所谓"不同",一般会理解为不同凡俗,非同一般,富贵非常。林黛玉进贾府时发现,贾府果然与众不同,其三等仆妇的吃穿用度已是不凡,若是一二等仆妇,那还得了。林黛玉还注意到,宁国府大门前列坐着十来个华冠丽服之人,很显然,门前列坐的人应该是看门的。看门人的地位一般不高,应该也是三等以下的仆人,这种下等仆人在林黛玉眼中竟然也是"华冠丽服",足可见贾府仆人的穿着用度远胜于林府。贾府的仆人分等级,不知林家是否也有这个规矩。林黛玉从家里带了两个仆人过来,一个是奶娘,一个是小丫环,在普通人看来,这已经不错了,但贾母看不上,她觉得老的太老,小的太小,皆不得力,于是派了一个二等丫环给黛玉。

其二,林黛玉进贾府犹如刘姥姥进大观园。她步步小心,时时在意,不肯轻易多说一句话,多行一步路,生恐被人耻笑。譬如饭后喝茶,林家的规矩是,等饭粒

咽尽,休息一段时间后再喝茶,以免影响消化。而贾府的规矩是,饭后即有丫环进水漱口,再然后进茶水,这才是喝下肚的水。林黛玉很谨慎,她事事先看别的姐妹,她有样学样,因此没有闹笑话。而刘姥姥就不同,她不懂规矩,又不能事事学样,结果闹出许多笑话来。虽然没有闹笑话,但林黛玉与刘姥姥作为外人的地位似乎没有什么不同,至少在曹雪芹和脂砚斋心里是如此。为了强化读者的印象,脂砚斋特地以王敦初尚公主,如厕时吃塞鼻枣子作譬。

所以,无论在贾敏、林黛玉心里,还是在曹雪芹、脂砚斋的心里,林府均远不如贾府。

其三,林家没有财产。林黛玉是林家的独生女儿,林如海死后,林家一门尽绝,连伯叔兄弟都没有,林黛玉是唯一的继承人,她应该能够继承一笔巨额遗产。因为林家四代皆是侯爷,林如海又是在任官员,林家应该积累了一笔十分丰厚的家产才是。古代社会,世族大家皆会广置良田美宅,功臣之家尤其如此,开国皇帝往往以此法安抚他们,赵匡胤杯酒释兵权并非特例,贾府就是如此,广有田产,屋宇十分壮丽轩峻,还有皇帝的题字。林家应该也不例外。贾府人多事繁,开销巨大。林家人少事简,开支也少,林如海也不是纨绔子弟,不是花天酒地的败家子。封建时代官员的薪酬是非常可观的,尤其是承平时期,俗话说:三年清知府,十万雪花银。即使是清廉的知府,三年下来,也能存下十万白花花的银子。林如海多年为官,多多少少也应该是有所积蓄的。

可是,林黛玉却没有继承一分钱遗产。第十六回写到贾琏陪着林黛玉办完林如海的丧事回来,林黛玉带了什么来?曹雪芹写道:"黛玉又带了许多书籍来,忙着打扫卧室,安插器具,又将些纸笔等物分送宝钗、迎春、宝玉等人。"[1](118)除了文房用具,再没提其他东西,究竟是否还有金银财宝呢?答案是否定的,林黛玉亲口对薛宝钗说:"你如何比我?你又有母亲,又有哥哥,这里又有买卖地土,家里又仍旧有房有地。你不过是亲戚的情分,白住在这里,一应大小事情,又不沾他们一文半个,要走就走了。我是一无所有,吃穿用度,一草一纸,皆是和他们家的姑娘一样,那起小人岂有不多嫌的。"[1](355)林黛玉既无继承良田美宅,也无金银财宝,连生活费都没有,足可见林家是一贫如洗。

3.3 林家究竟有钱还是没钱?

林家应该说是相当富裕的,但实际上却是一贫如洗,囊中羞涩,连林黛玉的车马费也是贾府的,更不用说其他的了。这就形成了一个无法解释的矛盾,林家的钱财哪去了?刘心武先生的观点是,林家的财产被贾府挪用和贾琏私吞了,证据是两条:其一,修盖大观园需要大量银子,贾府既有银子远远不够开销;其二,贾琏曾说过"再发个三二百万的财就好了"的话。贾琏这样说,证明贾府曾经发过这样的财,财从何发?刘心武先生认为,这财是从林家而发。还有专家认为,林如海做巡盐御史,收入确实可观,但进得少,出得多,入不敷出,因此破产了,曹寅和李煦就是如此,这些专家把林家当李家看了。还有人认为,林如海作为巡盐御史,很可能是一个七品小官,权力虽大,俸银却不多。当然,我们还可以解释为,林家人身体不好,钱都花在治病上了,林家是因病致穷云云。

当然,这些解释都属于穿凿附会,均不禁一驳。刘心武先生自然是猜测,他把林黛玉当傻子了,家里是否有田地和房子,林黛玉会一点不知情吗?林如海会不留后手吗?贾母会坑害自己的亲外孙女吗?没有证据证明林如海曾经迎驾过皇帝南巡,因此,不能证明林家的贫困是由于入不敷出;相反,王熙凤的娘家是接驾过一次的,并没有因此致贫。至于林如海的收入问题,就更不是问题了,即使林如海作为巡盐御史,收入微薄,也不会比贾政低到那里去。林如海原任兰台寺大夫,后任巡盐御史;而贾政先为主事,之后任工部员外郎和学政,这学政的收入难道还会高于盐政?

总之,林家的贫困以及林贾两家的巨大反差,是无法合理解释的。

实际上,细心的读者会发现,贫与富的矛盾,不仅在林家存在,史湘云家、薛宝钗家,乃至贾府都存在。以史湘云家为例,一方面她身后带着许多丫环和媳妇,排场极大,说明她家里非常富有,且舍得在她身上花银子。另一方面,她婶婶强迫她做针线,舍不得花钱请人。这不是矛盾吗?史湘云的针线值几个钱,卖掉一个丫环就绰绰有余了,何必强迫她熬夜做针线,史侯家的人不会算账吗?

读者还有发现,贾府在接待林黛玉的规格上,也是自相矛盾的。大户人家的待客之道,以亲为贵。贾府对于林黛玉的接待,既极端隆重,又极端冷慢。一方面,贾府派了人马车轿到途中迎接,一路小心翼翼护送进府。吃第一顿饭时,贾珠之妻李纨捧饭,王熙凤安箸和端椅,王夫人进羹,林黛玉坐在左手第一位,其他姐妹陪着,旁边丫环执着拂尘、漱盂、巾帕侍候,李纨和熙凤立于旁边布让。虽然有满屋子的媳妇、丫环,却连一声咳嗽也不闻,充分显示了贾府对林黛玉的重视。然而,细心的读者会发现,林黛玉进贾府时,宁国府的大门是关着的,只开了两边的角门。荣国府也有正门和角门,林黛玉是从角门进去的,作者写道:"(林黛玉)想着,又往西行,不多远,照样也是三间大门,方是荣国府了。却不进正门,只进了西边角门。"[1](23) 林黛玉是被人从荣国府的西边角门抬进去的,刘姥姥进贾府也是从角门进去的,林黛玉与刘姥姥竟然没有区别。薛宝钗母子也曾进贾府,他们都是先进荣国府,作者却从未提及他们是从那一条门进去的,唯独林黛玉与刘姥姥进贾府时,作者清楚地交代说,是从边门进去的,这不是明确暗示读者,林黛玉的地位低微吗?还有读者注意到,林黛玉进贾府时,贾政和贾赦两人都以种种借口,拒绝在第一时间接见她,而薛宝钗他们进贾府时,贾政和贾赦却立即予以接见。第二十八回写到,贾元春给贾府诸人送端午节的节礼,贾宝玉同薛宝钗的礼物一样,林黛玉同迎春、探春和惜春同一个等级,薛宝钗的礼物比林黛玉的贵重,连贾宝玉都感到纳闷。还有,薛宝钗在贾府过生日,是王熙凤操办的,规格高于往年黛玉的生日。这些例子说明,薛宝钗是贵客,林黛玉不是。

注释:

[1]〔清〕曹雪芹:《脂砚斋批评本红楼梦》,凤凰出版社2010年版。

4. 林黛玉从不说混账话还是经常说混账话

专家和红迷普遍认为,林黛玉与贾宝玉相爱,是因为他们认识相同,观点一致,他们是志同道合的朋友。专家们所谓的志同道合,最基本的就是指他们对读书和做官的态度一致,都反对为科举而读书,厌恶读书人。贾宝玉把劝说他追求科举仕进的话叫混账话,并说林黛玉从不说混账话。事实果真如此吗?答案是否定的,事实是,曹雪芹一方面告诉我们说,林黛玉从不劝说贾宝玉追求仕途经济;另一方面,他又多次描写林黛玉劝谏贾宝玉读书归正,前后矛盾。专家们片面而武断地认定林黛玉反对科举与做官,这无疑是断章取义的行为。

4.1 林黛玉从不说"混账话"

《红楼梦》至少有两次提到,林黛玉从来不像花袭人、史湘云和薛宝钗那样劝说贾宝玉追求功名利禄。第一次是在第三十二回,兴隆街的贾雨村来了,点名要见贾宝玉,贾宝玉很烦他,不愿意去,史湘云劝道:"(你)如今大了,你就不愿读书去考举人、进士的,也该常会会这些为官做宰的人们,跟他们谈谈讲讲些仕途经济的学问,也好将来应酬世务,日后也有个朋友。没见你成年家只在我们队里搅些什么!"[1](258)史湘云认为贾宝玉已经长大了,应该考虑将来的事情了,他即使不愿意走科举之路,也应该与那些大官们多交往,建立关系网,以为将来应酬世务之用。在这里,史湘云把贾宝玉与女孩子玩耍同追求仕途经济直接对立,同贾政的观点完全一致,第二回提到,贾政曾让宝玉"抓周",宝玉只把一些脂粉钗环抓在手里,贾政当时很生气,断定贾宝玉将来必定是酒色之徒无疑。史湘云劝说贾宝玉不要同女孩子搅在一起,贾宝玉当场翻脸,要把史湘云请出他的屋子去。袭人当时在场,怕湘云脸上挂不住,便安慰她说,有一次薛宝钗也这样劝说贾宝玉,贾宝玉也翻了脸,给薛姐姐难堪。但薛姐姐涵养好,没有责怪贾宝玉,如果换作是林黛玉,不知会发生什么事呢。贾宝玉听了袭人这话,反驳道:"林姑娘从来说过这些混帐话不曾?若他也说过这些混帐话,我早和他生分了。"[1](258)贾宝玉说这话时,史湘云和花袭人都在场,林黛玉也偷听到了:"林黛玉听了这话,不觉又惊又喜,又悲又叹。所喜者,果然自己眼力不错,素日认他是个知己。所惊者,他在人前一片私心称扬于我,其亲热厚密,竟不避嫌疑。所叹者,你既为我之知己,自然我亦可为你之知己矣。既你我为知己,则何必有金玉之论哉!既有金玉之论,亦该你我有之,则又何必来一宝钗哉!……"[1](258)林黛玉与贾宝玉相互引为知己,都反对仕途经济;史湘云和薛宝钗青睐仕途经济,两者立场鲜明,截然对立。袭人站在史薛一边,立场也很坚定,以致被宝玉逐渐疏远。

至第三十六回,作者又写道:"那宝玉本就懒与士大夫诸男人接谈,又最厌峨冠礼服贺吊往还等事……或如宝钗辈有时见机导劝,反生起气来,只说:'好好的一个清静洁白女儿,也学的钓名沽誉,入了国贼禄鬼之流。这总是前人无故生事,立言建辞,原为导后世的须眉浊物。不想我生不幸,亦且琼闺绣阁中亦染此风,真真有负天地钟灵毓秀之德!'因此祸延古人,除"四书"外,竟将别的书焚了。众人见他如此疯癫,也都不向他说这些正经话了。独有林黛玉自幼不曾劝他去立身扬名等语,所以深敬黛玉。"[1](282-283)这段话讲得明白而确定,林黛玉从未劝说过贾宝玉"立身扬名",承平时期如何"立身扬名",当然是读书做官,这就是说,林黛玉从未劝说贾宝玉去读书做官,从未劝他与士大夫诸男人接谈"仕途经济"的学问。

上述两条证据,第一条出自贾宝玉之口,史湘云、花袭人与林黛玉三人在场或偷听到了,都没有反驳,证明贾宝玉所言属实。第二条证据则有一些出自贾宝玉之口,另一些是作者的议论,皆确凿无疑,辩无可辩,驳无可驳。在这一点上,读者与专家们高度一致,无人怀疑。

然而,科学研究必须从对象的整体出发,进行全面、系统的分析研究。为了得到一个科学的结论,我们既要搜集确实可靠的有利证据,又要防止存在不利证据的情况。进一步研究发现,林黛玉的思想和感情,同袭人、宝钗等并没有什么根本区别,她也不止一次劝谏过宝玉。

4.2 林黛玉经常规劝贾宝玉

贾宝玉很淘气,他喜欢跟女孩子玩,尤其喜欢吃她们嘴巴上或化妆盒里的胭脂;贾宝玉很懒惰,不愿意做峨冠礼服贺吊往还之事;贾宝玉不愿意读书求功名,不愿走仕途经济之路;贾宝玉思想中有一些消极遁世的思想等。对于这些,袭人和宝钗都曾进行过劝谏,林黛玉也做了同样的事。

(一)劝贾宝玉别吃胭脂

第十九回《情切切良宵花解语 意绵绵静日玉生香》,主要有两大内容:第一部分内容描述花袭人劝谏贾宝玉,袭人向宝玉提出三项要求,其一是别把死后化灰、化轻烟的话挂嘴巴上,不吉利;其二是要读书上进,至少表面上要这么做,不能骂读书人是禄蠹等,以免受父亲的责罚;其三是再不可毁僧谤道,调脂弄粉,再不许吃人嘴巴上的胭脂等。总之,袭人要求贾宝玉百事要检点,不可乱来。贾宝玉满口答应不再犯这些错误。贾宝玉虽然口头上答应改掉这些毛病,事实上全当耳旁风,他去看望林黛玉时,林黛玉就发现他的脸上有钮扣大小的一块血渍,仔细一看则是胭脂膏子,黛玉知道,贾宝玉好吃胭脂的毛病又犯了,于是批评道:"你又干这些事了。干也罢了,必定还要带出幌子来。便是舅舅看不见,别人看见了,又当奇事、新鲜话儿去学舌讨好儿,吹到舅舅耳朵里,又大家不干净惹气。"[1](153)黛玉劝谏宝玉的方式、口气,同袭人几乎一样。

(二)劝贾宝玉放弃参禅

第二十二回写贾宝玉听了薛宝钗念的戏文之后悟了禅机,提笔立占一偈云:"你证我证,心证意证。是无有证,斯可云证。无可云证,是立足证。"[1](177)花袭人把贾宝玉写的偈文交给林黛玉看,林黛玉又把它带给薛宝钗看,薛宝钗看后把它撕了,她后悔地说,是她误导了贾宝玉。林黛玉感到问题严重,有必要对贾宝玉进行挽救教育,她对薛宝钗说:"不该撕,等我问他。你们跟我来,包管叫他收了这个痴心邪念。"[1](177)然后,她带着宝钗和袭人去找到宝玉,开口便问宝玉说:"宝玉,我问你:至贵者是宝,至坚者是玉。尔有何贵?尔有何坚?"[1](177)宝玉不能答。黛玉与宝钗轮流问难宝玉,使宝玉认识到,她们俩人知觉在先,尚不能解悟,他这迟钝之人又何必自寻苦恼,于是答应放弃参禅。

(三)劝宝玉重视贺吊往还

贾宝玉不仅不愿意与士大夫诸男人接谈,他厌倦一切峨冠礼服贺吊往还之事。大伯贾赦生日,他以身体有伤为名,没去拜寿。不久,薛姨妈生日,贾宝玉又拒绝去,他提出三条理由:其一,大伯的生日没去,阿姨的生日也不宜去,不能厚此薄彼;其二,身体有伤,仍未痊愈;其三,大热天的,峨冠礼服走亲戚,不舒服。袭人当即进行劝阻,不听。林黛玉劝道:"你看着人家赶蚊子的分上,也该去走走。"然后,林黛玉把贾宝玉睡午觉时薛宝钗替他赶蚊子的事说了,贾宝玉很感动,当即回答说:"明日必去。"[1](288)孙绍祖迎娶贾迎春,这可是一件大事,王夫人让贾宝玉参加接见,但贾宝玉不乐意去。林黛玉很不高兴,当即劝道:"又来了,我劝你把脾气改改罢。一年大,二年小。"[1](630)在林黛玉的劝说下,贾宝玉最终还是去了。

(四)认定贾宝玉不是"正常人"

贾宝玉淘气而又多情善感,见识与众不同。正如作者在《西江月》词里的描述:无故寻愁觅恨,有时似傻如狂。纵然生得好皮囊,腹内原来草莽。潦倒不通世务,愚顽怕读文章。行为偏僻性乖张,哪管世人诽谤!众人如此看贾宝玉,林黛玉又是如何看的呢?第三十六回有如下一句话:"且说林黛玉当下见了宝玉如此形象,便知是又从那里着了魔来,也不便多问",[1](287)这句话说明,林黛玉的看法同众人一样,她眼中的贾宝玉也是一个怪胎。

(五)劝贾宝玉读书求功名

贾宝玉爱读杂书,不太喜欢读八股文之类的正经书,茗烟看到贾宝玉百无聊赖,就给他弄来了一批适趣闲文,贾宝玉爱不释手,随身带着,不时拿出来偷看。有一回,贾宝玉偷看《会真记》,被林黛玉撞见,黛玉问是什么书?宝玉见问,慌得藏之不迭,哄骗林黛玉说:"不过是《中庸》《大学》。"黛玉笑道:"你又在我跟前弄鬼。趁早儿给我瞧瞧,好多着呢。"宝玉道:"好妹妹,若论你,我是不怕的。你看了,好歹别告诉别人去。真真这是好书!你要看了,连饭也不想吃呢。"贾宝玉一面说,一面把书递了过去。林黛玉把书接来瞧,从头看去,越看越爱看,不到一顿饭工夫,将十六出俱已看完,自觉辞藻警人,余香满口。虽看完了书,却只管出神,心内还默默记诵[1](187-188)。这个情节说明一个事实,即贾宝玉知道林黛玉反对他不求上进,反对他读"不正经"的书,所以,起初以《中庸》和《大学》两书搪塞。但贾宝玉也知道,林黛玉不同于袭人,袭人会向王夫人告密,林黛玉则不会,因此,他最终将《会真记》拿出来,与黛玉一起看。林黛玉终究是年轻的姑娘,又是恋爱思春的年纪,见了爱情小说,自然喜爱,但这不等于说她反对贾宝玉读书求功名,恰恰相反,林黛玉是希望宝玉追求功名的。

林黛玉的启蒙书是"四书"[1](28),她的父亲是前科探花,她的老师又是热衷于功名的贾雨村,她劝说贾宝玉走仕途经济之路应该是很自然的事。譬如说,贾宝玉同秦钟一起去家塾读书,特来向林黛玉告辞,林黛玉笑着祝福加鼓励道:"好,这一去,可定是要蟾宫折桂了。我不能送送你了。"[1](76)"蟾宫折桂"这个词,在科举时代,常用于指科举得中、金榜题名之意。如果林黛玉反感宝玉科举求功名,她能说出这种祝福鼓励的话吗?第三十四回,贾宝玉遭其父亲毒打之后,林黛玉两眼哭肿了,她劝说贾宝玉道:"你从此可都改了罢!"[1](269)林黛玉要求贾宝玉都改了,改什么呢?贾政暴打宝玉时,历数了他三条罪状:"在外流荡优伶,表赠私物,在家荒疏学业,淫辱母婢"[1](264)黛玉要求宝玉都改了,自然包括"荒疏学业"这一条,一个"改"字说明在林黛玉心中,"荒疏学业"是一件坏事,林黛玉当然希望宝玉好好读书,争取将来有一个好的前程。

由此可见,林黛玉的见识与袭人、薛宝钗诸人的见识并无不同,她也认为贾宝玉应该读书求功名,走仕途经济之路。这是笔者从曹雪芹所著前80回中得出的结论,笔者才疏学浅,不足为道,但程伟元、高鹗是大才,他们是怎么说的呢?程伟元与高鹗续写了后四十回,在他们续写的第八十二回里,描述了林黛玉劝谏贾宝玉读书求功名的情况。那天,贾宝玉放学回来,到林黛玉处大倒苦水,谈他怎么痛恨八股文。林黛玉听了劝道:"我们女孩儿家虽然不要这个,但小时跟着你们雨村先生念书,也曾看过。内中也有近情近理的,也有清微淡远的。那时候虽不大懂,也觉得好,不可一概抹倒。况且你要取功名,这个也清贵些。"[1](649)林黛玉说,她曾经跟贾雨村学过八股文,她觉得,八股文中也有近情近理的,也有清微淡远的,不可一概抹倒。她还认为,读书考功名,比袭爵或捐官清贵,值得追求。这个情节表明,程、高二位先生也认为,林黛玉是主张和支持贾宝玉走仕途经济之路的,事实上,林黛玉的父亲林如海恰恰是这方面的典范。

4.3 结论

分析至此,关于林黛玉对仕途经济及贾宝玉读书的态度已经很明晰了,在这个问题上,作者曹雪芹采取了一种自相矛盾的写作方法:一方面,他两次明确而肯定地指出,林黛玉从不劝说贾宝玉读书求功名,从不鼓励他走仕途经济之路,见识与众不同;另一方面,细心的读者会发现,林黛玉确实鼓励和劝谏过贾宝玉,她并非超凡脱俗,她同花袭人、史湘云、薛宝钗诸人并无不同。两者相互矛盾。

注释:

[1]〔清〕曹雪芹:《脂砚斋批评本红楼梦》,凤凰出版社2010年版。

5. 贾府是否禁读《西厢记》和《牡丹亭》

刘姥姥二进大观园可以说是《红楼梦》中最有趣的一个情节,在大观园用餐的时候,刘姥姥突然站起身来,高声说道:"老刘,老刘,食量大如牛。吃个老母猪,不抬头!"说完,鼓着腮帮子,两眼直视,一声不吭。众人先还发怔,等他们回过神来,上上下下都一齐哈哈大笑起来。湘云掌不住,一口茶都喷了出来。黛玉笑岔了气,伏着桌子只叫"嗳哟"。宝玉滚到贾母怀里,贾母笑得搂着叫"心肝"。王夫人笑得用手指着凤姐儿,却说不出话来。薛姨妈也掌不住,口里的茶喷了探春一裙子。探春的茶碗都合在迎春身上。惜春离了座位,拉着他奶母,叫"揉揉肠子"。地下无一个不弯腰屈背,也有躲出去蹲着笑去的,也有忍着笑上来替他姐妹换衣裳的。刘姥姥真是天生的搞怪大王,贾府上下被她逗得人仰马翻。一向哭哭啼啼的林黛玉这次显得很活跃,她公然嘲笑刘姥姥道:"当日圣乐一奏,百兽率舞,如今才一牛耳。"姐妹们听了都笑。

抽签玩牙牌是刘姥姥二进大观园的重要一环,她们的玩法颇类似于做限韵诗词,按理说难度还是很大的,大字不识的农妇刘姥姥却能应付自如,文才一流的林黛玉倒显得手忙脚乱,曹雪芹写道:

鸳鸯又道:"左边一个天。"黛玉道:"良辰美景奈何天。"宝钗听了,回头看着他,黛玉只顾怕罚,也不理论。鸳鸯道:"中间锦屏颜色俏。"黛玉道:"纱窗也没有红娘报。"鸳鸯道:"剩了二六八点齐。"黛玉道:"双瞻玉座引朝仪。"鸳鸯道:"凑成'篮子'好采花。"黛玉道:"仙杖香挑芍药花。"说完,饮了一口。[1](320-321)

曹雪芹说黛玉怕罚,便口不择言,以至"良辰美景奈何天"和"纱窗也没有红娘报"等忌讳句子脱口而出,这两个忌讳句子分别出自《牡丹亭》和《西厢记》,当林黛玉说出第一句时,薛宝钗回头看了林黛玉一眼,而林黛玉明知忌讳,却顾不了许多,接着又说了"纱窗也没有红娘报"。事后,宝钗把黛玉叫到蘅芜院中,对黛玉笑着说道:"你跪下,我要审你。"黛玉说,你要审问我什么呀?你不过要捏我的错罢了。宝钗便提醒她说:好你个千金小姐!好你个不出闺门的女孩儿!你还装憨儿,昨儿行酒令,你都说了些什么?黛玉方想起来,昨儿失了检点,把《牡丹亭》《西厢记》说了两句,不觉红了脸。便跑过来搂着宝钗求情道:"好姐姐,你别说与别人,我以后再不说了。"[1](332) 林黛玉只不过说了两句戏词,就受到薛宝钗审问,并且,林黛玉自知有错,请求宝钗替她保密。而宝钗既没有当场拆穿她,事后也没有说出去,而是私自将林黛玉叫来"审问",实际上是好意提醒。林黛玉因此事与宝钗冰释前嫌,承认自己当初小心眼,错怪了宝姐姐,原来宝钗是一个好人。由此,我们便得到一个结论:在贾府,《西厢记》和《牡丹亭》是禁书,女孩子不宜阅读。

黛玉与宝玉共读西厢的情节很著名。三月中浣的一天,早饭过后,贾宝玉携了一套《会真记》(即《西厢记》),到沁芳闸桥边桃林下阅读,恰在此时,林黛玉来了,她肩担花锄,锄上挂着花囊,手内拿着花帚,葬花来了。林黛玉发现贾宝玉在读书,便问什么书,宝玉见问,慌得藏之不迭,撒谎说不过是《中庸》《大学》之类,黛玉当然不信,非要抢过去看看,宝玉没法,只好把《会真记》交给林黛玉,并且恳求道:"好妹妹,若论你,我是不怕的。你看了,好歹别告诉别人去。真真这是好文章!你要看了,连饭也不想吃呢。"[1](186) 事实确如宝玉所说,黛玉拿到书后就放不下了,她一口气读完了十六出,觉得辞藻警人,余香满口。获得黛玉首肯后,贾宝玉得意忘形,便对林黛玉说起书中的词来:我就是个"多愁多病的身",你就是那"倾国倾城貌"。黛玉听得两腮通红,不由生起气来,她威胁贾宝玉说:"你这该死的,胡说!好好的把这淫词艳曲弄了来,还学了这些混话来欺负我。我告诉舅舅、舅母去。"[1](187) 宝玉见黛玉生气了,又说要去告状,便赶紧认错。

《会真记》是茗烟弄来的,他看见宝玉百无聊赖,便走去书坊中,把那古今小说并那赵飞燕、赵合德、武则天、杨贵妃的外传与那传奇角本,买了许多来,引宝玉阅读。宝玉何曾看见过这种书,一看见便如得了珍宝。茗烟嘱咐他不可将书带进大观园去,否则叫他人知道,我就吃不了兜着走了。贾宝玉深知厉害,他踌躇再三,还是选了几套文理细密的带了进去,放在床顶上,每当寂静无人时,他便拿出来密看。而那些粗俗过露的,就放在外面的书房里。

第五十四回贾府过元宵,请了一班女先儿说戏,引出贾母对爱情戏剧的完全否定:

贾母笑道:"这有个原故。编这样书的,有一等妒人家富贵,或者有求不遂心,所以编出来污秽人家;再一等,他自己看了这些书,看魔了,他也想一个佳人,所以编了出来取乐。何尝他知道那世宦读书家的道理!别说他那书上那些世宦书礼大家,如今眼下真的,拿我们这中等人家说起,也没有这样的事,别说那些大家子。可知是诌掉了下巴的话。所以我们从不许说这些书,连丫头们也不懂这些话。这几年我老了,他们姊妹们住的远,我偶然闷了,说几句听听。他们一来,就忙着止住了。"李、薛二人都笑说:"这正是大家的规矩。连我们家也没有这些杂话叫孩子

们听见。"[1](424)

以上四事均说明,《会真记》和《牡丹亭》这一类爱情戏本,在贾府确实是禁忌、禁书,既不能公开谈论,也不能公开说演,尤其是对年轻男女包括丫环。贾宝玉和林黛玉都读了,但都害怕别人告发。茗烟把书弄进来时,也害怕东窗事发,故而叮嘱宝玉不要带进园去。那么,这些现在看来非常优秀的文学作品,为什么会被贾府禁读呢?薛宝钗在审问林黛玉时是这么说的:"……诸如这些《西厢》《琵琶》以及《元人百种》,无所不有。他们偷背着我们看,我们却也偷背着他们看。后来大人知道了,打的打,骂的骂,烧的烧,才丢开了。所以咱们女孩儿家不认得字的倒好……既认得了字,不过拣那正经书看罢了,最怕见了些杂书,移了性情,就不可救了。"[1](333) 所谓移了性情,当然指受了这些书的影响。这些书大都是爱情作品,不少是歌颂自由恋爱的,而自由恋爱是与封建礼教相冲突的。因而,在那些正统的封建伪道士看来,《西厢记》和《牡丹亭》等都是些诲淫诲盗之作,当烧毁禁绝。

可是,令读者不解的是,《牡丹亭》《西厢记》《西楼记》和《续琵琶》等爱情戏,在贾府是公开演出过的,譬如林黛玉没有阅读过《牡丹亭》,她是从梨香园戏子们的排练中,听到了"原来姹紫嫣红开遍,似这般都付与断井颓垣""良辰美景奈何天,赏心乐事谁家院""则为你如花美眷,似水流年"等美妙的句子[1](187)。更加令人不解的是,第五十四回,贾母在大批特批爱情戏之后,先吩咐"叫芳官唱一出《寻梦》,只提琴至箫管合,笙笛一概不用。"接着又吩咐"叫葵官唱一出《惠明下书》,也不用抹脸。"[1](425) 从贾母的话中,我们还得知当日还演唱了《西楼·楚江晴》一支,贾母指着湘云吹嘘道:

"我像他这么大的时候儿,他爷爷有一班小戏,偏有一个弹琴的凑了来,即如《西厢记》的《听琴》,《玉簪记》的《琴挑》,《续琵琶》的《胡笳十八拍》,竟成了真的了。比这个更如何?"众人都道:"那更难得了。"贾母于是叫过媳妇们来,吩咐文官等叫他们吹弹一套《灯月圆》。媳妇们领命而去。[1](425)

据此可知,在元宵之夜,贾府戏班至少演唱了《牡丹亭》《西楼记》和《惠明下书》三部爱情戏,其中《惠明下书》又名《南西厢记》,是根据王实甫的《北西厢记》改编增饰而成。而贾母小时候在娘家又听过《西厢记》《玉簪记》《续琵琶》和《灯月缘》等爱情戏本。薛小妹作怀古诗十首,第九首《蒲东寺怀古》与第十首《梅花观怀古》所写并不是怀古诗,而分别是《西厢记》与《牡丹亭》中的爱情故事。能做出这样的诗来,说明薛小妹对两书十分熟悉,应该是读过原著的,绝对不是只看过演出那么简单。但薛小妹此举,并没有引起众人口诛笔伐,而是齐声喝彩,只有宝钗例外。前面胆小的林黛玉,这次勇敢地站出来为薛小妹辩护,批评宝钗胶柱鼓瑟,矫情做作,心如死灰的寡嫂李纨也明确站在小妹一边。据林黛玉和李纨介绍,这两出戏家喻户晓,是三岁小孩都知道的,而且,其台词还写到卦签上去了。由此可见,在那个时代,这些爱情戏是社会上广泛流行的,并不是什么禁书禁戏。当然,男孩子要应付科举考试,不能分心,老师和家长会限制他们接触这类杂书,就如同现在的中小学生被限制上网一样。至于女孩子,尤其是大户人家的千金小姐,应该是不被限制的。

很显然,这又是曹雪芹制造的一个自相矛盾的话题,读者既可以找到《西厢记》《牡丹亭》为禁书的证据,又能够找到它们不是禁书的证据,似是而非,模棱两可。

注释:

[1]〔清〕曹雪芹:《脂砚斋批评本红楼梦》,凤凰出版社2010年版。

6. 宝黛情感上情投意合还是话不投机

林黛玉与贾宝玉是一对恋人,深深相爱,至死不渝。这是专家和读者朋友们的普遍看法,几乎没人怀疑。事实上,这是对宝黛二人关系的严重误读,事情远非如此简单。他们两人是爱恨交加,恩怨并存,且仇大于恩,怨大于爱。

6.1 言和意顺与求全之毁

林黛玉在荣国府生活得怎么样?她跟贾宝玉合得来吗?曹雪芹有一段十分混乱的描述:

> 如今且说林黛玉自在荣府以来,贾母万般怜爱,寝食起居,一如宝玉,迎春、探春、惜春三个亲孙女倒且靠后,便是宝玉和黛玉二人之亲密友爱处,亦自较别个不同,日则同行同坐,夜则同息同止,真是言和意顺,略无参商……那宝玉亦在孩提之间,况自天性所禀来的一片愚拙偏僻,视姊妹弟兄皆出一体,并无亲疏远近之别。其中因与黛玉同随贾母一处坐卧,故略比别个姊妹熟惯些。既熟惯,则更觉亲密,既亲密,则不免一时有求全之毁,不虞之隙。这日不知为何,他二人言语有些不合起来,黛玉又气的独在房中垂泪,宝玉又自悔言语冒撞,前去俯就,那黛玉方渐渐的回转来。[1](39-40)

这段引文有一个十分明显的矛盾:作者一方面说宝黛俩人言和意顺,略无参商,另一方面却写贾宝玉对林黛玉有求全之毁,不虞之隙,这是完全矛盾的说法。"言和意顺"意思很浅显,指两人不仅言语上没有冲突,心意上也完全一致,真正的情投意合。"略无参商"的"参"和"商"是星宿名,分别指参星和商星,参星是西方猎户座中的一颗超红巨星,商星是东方天蝎座中的一颗超红巨星,两者相距180度,它们在天空中此起彼落,永远不会同时出现。杜甫诗云:"人生不相见,动如参与商。"故参与商代表差异与分歧,略无参商意指两人毫无分歧与差异,两人好得如同一人。林黛玉与贾宝玉略无参商,就是说他们俩感情好得很,意见也高度一致,对事物没有任何分歧与差异。

而"求全之毁,不虞之隙"则完全是另一种情况,它是由《孟子》"有不虞之誉,有求全之毁"变换而来的。所谓"不虞之誉"指赞美来得突然而莫名其妙,完全出乎受赞美者的意料之外,它意味着赞美毫无道理;"求全之毁"指吹毛求疵,被批评者自以为做得很好,原本以为上司会表扬的,却不料被猛烈批判了。"不虞之隙"意指意料之外的分歧、罅隙。贾宝玉对林黛玉有"求全之毁,不虞之隙",表明在宝黛关系上,贾宝玉处于主导地位,林黛玉是被动的一方,贾宝玉对林黛玉往往不满意,两人常常莫明其妙地产生分歧和裂隙。

除此之外,这段引文还与《红楼梦》的其他文本多有冲突:

其一,宝黛待遇的同等与不同等。作者一方面说贾母对黛玉万般怜爱,饮食起居一如宝玉。然而,在其他地方,作者又告诉我们,贾母送给宝玉的是最好的一等丫头袭人,送给黛玉的却是二等丫头莺哥,侍候黛玉的丫头婆子约十人,而侍候宝玉的丫头婆子及小厮达三十多人,二者差距十分悬殊,根本不在一个层次上。

其二,黛玉与探春、惜春和迎春三人待遇的同等与不同等。作者在这里说,黛玉享受的服务级别跟宝玉相同,高于众姐妹,在其他处却又写,黛玉与迎春等姊妹一个标准,每人除自幼乳母外,另有四个教引嬷嬷;除贴身掌管钗钏盥沐两个丫环外,另有五六个洒扫房屋、来往使役的小丫头。

其三,宝玉对待兄弟与姊妹的同与不同。作者在第二回说过,宝玉是女儿尊贵论者,他认为女儿是水,男子是泥,女清男浊,因而喜欢在内闱厮混,而讨厌须眉浊物。然而,第五回却说,贾宝玉视姊妹与弟兄皆出一体,感情上并无亲疏远近之别。

其四,宝玉对待黛玉与其他兄弟姐妹的同与不同。作者一方面说,宝玉对兄弟姊妹平等相待,没有亲疏远近之分别,另一方面却说,宝玉对黛玉比别个姊妹熟惯些,更觉亲密。

其五,关于宝黛二人的年龄,作者一方面写宝玉年届十三,另一方面又说他尚在孩提之间;一方面写黛玉与宝玉分房而居,另一方面又说他们俩同息同止、一起坐卧。

阅读《红楼梦》文本,我们会发现宝玉与黛玉有时确实很亲密,两情相悦,情投意合,经常在一起说说笑笑,打打闹闹。最经典的镜头有两个,其一,贾宝玉为给林黛玉解困,防止积食损害身体,给她讲了一个耗子精偷香芋的故事,并说这个耗子精便是扬州盐课林老爷的小姐林香玉,绘声绘色,生动有趣。其二是他们俩在桃树下共读《西厢记》的情景,林黛玉觉得辞藻警人,余香满口。然而,多数情况下他们并不融洽,往往互相猜疑,话不投机,不欢而散。例如,就在共读《西厢记》那次,宝玉笑道:"我就是个'多愁多病的身',你就是那'倾国倾城貌'。"林黛玉听了,不觉带腮连耳通红,登时直竖起两道似蹙非蹙的眉,瞪了两只似睁非睁的眼,微腮带怒,薄面含嗔,指宝玉道:"你这该死的胡说!好好的把这淫词艳曲弄了来,还学了这些混话来欺负我。我告诉舅舅舅母去。"说到"欺负"两个字上,早又把眼睛圈儿红了,转身就走。曹雪芹特意提醒读者,林黛玉在说到"欺负"两个字时,"又把眼圈儿红了",可见,林黛玉的眼圈此前就红过,而且是因为被贾宝玉"欺负"。贾宝玉见林黛玉生气要走,着了急,向前拦住说道:"好妹妹,千万饶我这一遭,原是我说错了。若有心欺负你,明儿我掉在池子里,教个癞头鼋吞了去,变个大忘八,等你明儿做了一品夫人,病老归西的时候,我往你坟上替你驮一辈子的碑去。"说的林黛玉嗤的一声笑了,揉着眼睛,一面笑道:"一般也唬的这个调儿,还只管胡说。'呸,原来是苗而不秀,是个银样镴枪头。'"宝玉听了,笑道:"你这个呢?我也告诉去。"林黛玉笑道:"你说你会过目成诵,难道我就不能一目十行么?"[1](187)宝玉与黛玉本来好好地品读《西厢记》,忽然因为一句笑话,黛玉哭了,说宝玉欺负她。宝玉只好用侮辱自身、抬升对方的方法来补救,求得黛玉谅解。

又如,在第二十六回,贾宝玉去看望黛玉,黛玉的丫环紫鹃过来倒茶,宝玉赞叹道:"好丫头,'若共你多情小姐同鸳帐,怎舍得叠被铺床?'"林黛玉听了,登时撂下脸来,说道:"二哥哥,你说什么?"宝玉笑道:"我何尝说什么。"黛玉便哭道:"如今新兴的,外头听了村话来,也说给我听,看了混帐书,也来拿我取笑儿。我成了爷们解闷的。"一面哭着,一面下床来往外就走。宝玉不知要怎样,心下慌了,忙赶上来。对天发誓道:"好妹妹,我一时该死,你别告诉去。我再要敢,嘴上就长个疔,烂了舌头。"[1](212-213)宝玉求爷爷告奶奶,总算得到了林妹妹的暂时谅解。谁知好景不长,当天晚上,由于晴雯拒绝给她开门,黛玉又哭哭啼啼,连续几天都不搭理宝玉。

粗读文本,我们看不出贾宝玉对林黛玉有"求全之毁"与"不虞之隙",宝玉对这位神仙似的妹妹从来都是宠着、护着的。他对林黛玉说"淫词艳曲",应是调情与示爱的表现,不是真正的"欺负",黛玉若是真的恋着宝玉,她应该会喜闻乐听宝玉的"淫词艳曲"。但黛玉每次都理解为欺负,是林黛玉害羞还是不解风情?我看两者都不是,因为贾宝玉都是背着人单独对黛玉说的,黛玉不存在被人取笑的风险。黛玉既能欣赏《牡丹亭》与《西厢记》,则说明她情窦已开,能解风情了。所以,纯粹从男女爱情的角度,宝玉的"求全之毁"与"不虞之隙"是无法解释的。除非黛玉与宝玉之间不是真正的青年男女关系,宝玉的"淫词艳曲"不是真正的淫词艳曲,而是皮里阳秋之文。譬如说,宝玉所讲的那个耗子精的笑话,作者说了,这不是笑话,而是典故,既是典故,那就是确有其事,既确有其事,则读者就不能一笑置之,当深思其中内蕴。林黛玉既为小耗子,则她的父亲扬州盐课林如海就是大耗子。诗经把贪官酷吏譬为大耗子,林如海莫非是贾宝玉心目中的大贪官?

6.2 宝黛爱情的有与无

没有人怀疑宝玉与黛玉相互爱恋,多数红迷和专家认为,宝黛追求自由恋爱,至死不渝,种种细节也支持这种观点。第三十六回,写贾宝玉睡午觉,说了梦话,他在梦中直言不讳地说:"和尚道士的话如何信得?什么是金玉姻缘,我偏说是木石姻缘!"[1](285) 这是当着薛宝钗的面说的,不管是假寐之言还是梦中呓语,都表明贾宝玉对林妹妹情有独钟。贾宝玉曾经发誓,如果林黛玉死了,他就出家做和尚;他还向林妹妹承诺,再不会见了姐姐就忘了妹妹的。抄检大观园时,王熙凤带着王善保家的等管理人员,从林黛玉的丫头紫鹃的房中抄出两副寄名符儿、一副束带上的靫带、两个荷包并扇套,套内有扇子,皆是宝玉旧日用品。紫鹃与贾宝玉并没有特殊关系,她的房间里之所以有数件宝玉的旧时用品,多半还是林黛玉的原因,说明林黛玉与贾宝玉的亲密程度非同一般。第五回《红楼梦曲》第二支[终身误]唱道:都道是金玉良姻,俺只念木石前盟。空对着,山中高士晶莹雪,终不忘,世外仙姝寂寞林。叹人间,美中不足今方信。纵然是齐眉举案,到底意难平。"[1](46) 歌词表明,贾宝玉对林黛玉的爱恋,是薛宝钗无法替代的。林黛玉对贾宝玉更是矢志不移,一心一意,她的丫头紫鹃比她还着急,屡次劝说黛玉留神,还央请薛姨妈做媒,又曾情试贾宝玉,把个贾宝玉差点急疯了。贾宝玉遭其父暴打,林黛玉哭得两眼肿胀似桃儿,羞见众人。黛玉吃过宝钗的醋,吃过湘云的醋,后又吃过宝琴的醋,这一切都是为了宝玉。种种细节表明,宝玉与黛玉是两情相悦,誓定终身的。

然而,另一些细节则表明,宝玉与黛玉之间没有爱情,只有其他感情。宝玉确实多次赌咒发誓,要对林黛玉好,但类似的誓言,贾宝玉对其他人也发过。譬如在第三十回,他先对林黛玉发誓说,如果你林黛玉死了,我去做和尚。过后不久,他对袭人说,你若死了,我做和尚去。他对袭人说这话时,黛玉在场,黛玉伸出两根手指,羞宝玉说,你都做两回和尚了,你从今后可要记住做和尚的遭数。此外,贾宝玉还对袭人、晴雯和紫鹃发誓说,要活一起活,要死一起死,将来一起化灰、化烟。林黛玉其实并不妒忌宝玉对其他姑娘好,她只要求宝玉不要见了"姐姐"就忘了"妹妹"。当然,宝玉答应得很爽快,他承诺,再不会见了姐姐就忘了妹妹的。不过,当他看见宝钗雪白的酥臂时呆了,不过还好,最后他还是想到黛玉另有一种妩媚风流,还不算食言。又譬如共读西厢那次,贾宝玉说了两句淫词艳曲,惹恼了林黛玉,贾宝玉讨饶说,他要待到林黛玉将来做了一品夫人,病老归西的时候,变成一只老鼋,到她坟上去驮一辈子的碑去。这是一个无法实现的誓言,人不可能变成一只老鼋。再说,林黛玉如果真做了一品夫人,她肯定就嫁给了别人,这意味着贾宝玉并不真想娶林黛玉。再譬如在第七十九回,林黛玉于无意之中听到贾宝玉念诵《芙蓉女儿诔》,之后她与宝玉有一番对话,宝玉写的诔文中有"红绡帐里,公子多情"句,黛玉建议改为"茜纱窗下,公子多情",贾宝玉认为不妥,因为茜纱窗是林黛玉所住潇湘馆的窗子,并不是他怡红苑的窗子。林黛玉便说,我的窗子就是你的窗子,咱们俩还分什么彼此。谁知贾宝玉竟然接连说了一二十个"不敢",坚持要同林黛玉撇清关系。

从黛玉这方面来看,每当宝玉企图与她调情的时候,黛玉都坚决拒绝,又哭又闹,说宝玉欺负她。林黛玉对贾宝玉的感情,多半不是出于爱恋,而是为找一个生活的依靠。自从与薛家母女认了干亲之后,她便不再与宝玉有太多交往,以至连贾宝玉都觉得反常,说是孟光接了梁鸿案。薛宝琴来了之后,林黛玉追着叫妹妹。对于林黛玉这样一个身体极度虚弱的病人来说,恋人并没有实质意义,她没有那个生理需求。而精神上的需求,贾宝玉又给不了她,贾宝玉是一个泛爱之人,不会专心致志地对黛玉一人好,黛玉需要家的温暖,这就是她疏远宝玉而亲近薛氏一家的根本原因。

还有一点可以证明林黛玉对贾宝玉并无爱情,那就是她不吃袭人与晴雯的醋。宝玉与袭人关系好,还偷尝了禁果,王夫人明确表示,要将袭人收到宝玉屋里。奇怪的是,不仅薛宝钗不吃醋,林黛玉也不吃醋,她们还亲切地称袭人为嫂子。仿佛林黛玉和薛宝钗所在乎的只是一个宝二奶奶的名分,至于宝玉跟谁要好、有多少女人,林薛皆不在乎。如此看来,林薛看中的只是贾宝玉的地位,而不是他这个人。

6.3 脂批提示

关于宝黛钗三人的关系,脂批有一些提示,使事情变得更加混乱、扑朔迷离。脂批云:"奇文。写得钗、玉二人形景较诸人皆近,何也?宝玉之心,凡女子前不论贵贱,皆亲密之至。岂于宝钗前反生远心哉?盖宝钗之行止,端肃恭严,不可轻犯,宝玉欲近之,而恐一时冒渎,故不敢狎犯也。故二人之远,实相近之至也。至颦儿于宝玉实近之至矣,却远之至也。不然,后文如何反较胜口角诸事,皆出于颦哉,以及宝玉砸玉,颦儿之泪枯,种种孽障,种种忧忿,皆情之所陷,更何辩哉?"[1](165-166) 这条脂批讲得极明,贾宝玉与薛宝钗在思想的深层次上是相通的,而林黛玉对贾宝玉反而不能理解,贾宝玉摔玉,林黛玉泪尽而逝等等,皆由二人深层次隔膜所致。进一步讲,林黛玉是被贾宝玉害死的。脂批又云:"钗与玉远中近,颦与玉近中远,是要紧两股,不可粗心看过。"[1](166) 这句脂批更加浅显易懂,不难理解,它的意思是:宝钗与宝玉二人的关系,看起来比较疏远,而实际上却很亲近。林黛玉与贾宝玉的关系,看起来非常亲近,而实际上却是非常疏远的。言下之意,真正与贾宝玉志同道合的人,不是她林黛玉,而是薛宝钗。脂批还强调,这是《红楼梦》的要紧处,千万不要误读或漏掉了。

  此外,脂批还说,钗黛名虽两个,人却一身。这就是说,她们不是两个人,而是一个人。第二十二回脂批更云:"将薛、林作甄玉、贾玉看书,则不失执笔人本旨也矣,丁亥夏,畸笏叟。"[1](173) 依这条批语,则薛、林二人分别是甄宝玉和贾宝玉。这些都超出了读者和专家的想象力。

注释:

[1]〔清〕曹雪芹:《脂砚斋批评本红楼梦》,凤凰出版社2010年版。

7. 木石前盟究竟是水债还是姻缘

《红楼梦曲》第二支[终身误]唱道:"都道是金玉良姻,俺只念木石前盟。空对着,山中高士晶莹雪,终不忘,世外仙姝寂寞林。叹人间,美中不足今方信。纵然是齐眉举案,到底意难平。"[1](P46)所谓木石前盟,当然指林黛玉与贾宝玉之间曾经有过会盟。林黛玉的前身是绛珠草,自称草木之人。贾宝玉本是神瑛下凡,神瑛即神石,其所佩带的通灵宝玉,原本是一块顽石,故宝玉实可称之为顽石之人。二人合称便是木石。"木石之盟"这个概念说明,绛珠与神瑛曾经有过盟约,至于盟约的内容,我们只能推测。绛珠生长于灵河岸边,枯萎将死,向神瑛求救,神瑛提出苛刻要求,绛珠别无选择,只好答应。绛珠活下来以后,又经过自身的努力,吸收日月之精华,天地之灵气,却仅修成个女体,这一点令她不太满意。因为在绛珠看来,女人是脆弱的生命,没有能力履行承诺,回报神瑛的甘露之惠。因此,她整日游于离恨天之上,食蜜青果,饮灌愁海水,五衷郁结。后来,神瑛下凡,警幻仙子通知绛珠还债,绛珠仙子想到了以泪还债的法子,追随神瑛而来。由此可见,木石之间的关系,是债权人与债务人之间的关系,而不是爱情关系。

然而,绛珠变成林黛玉、神瑛变成贾宝玉之后,木石关系似乎变了味,成了所谓木石姻缘,变成了恋爱婚姻关系了。"木石姻缘"四字出自贾宝玉之口,是贾宝玉在梦中说出来的[1](285)。《红楼梦》有相当多的情节,是描写宝黛之间的爱情婚姻关系的,宝黛二人相爱,包括王熙凤在内的众人都很看好,在第二十五回,王熙凤打趣林黛玉说:"你既吃了我们家的茶,怎么还不给我们家作媳妇?"在五十五回,王熙凤与平儿计议家事,说到林黛玉与贾宝玉的婚事,她说:"宝玉与林妹妹他两个一娶一嫁,可以使不着官中的钱,老太太自有梯己拿出来。"[1](435)在第六十六回,兴儿又谈到他们俩的婚事,当时,尤三姐表现出对宝玉的羡慕之情,尤二姐便问三姐是不是看上宝玉了,兴儿便评价说:"若论模样儿、行事、为人,倒是一对好的。只是他已有了,只未露形。将来准是林姑娘定了的。因林姑娘多病,二则都还小,故尚未及此。再过三二年,老太太便一开言,那是再无不准的了。"[1](520)兴儿承认,尤三姐与贾宝玉两人在模样、行事、为人上是很好的一对,只是可惜,贾宝玉已经定了,他将来肯定是要娶林妹妹的,现在只差贾母发话了。兴儿是贾琏的心腹,王熙凤更是荣国府的实际当家人,他们的话应该是很可信的。此外,宝钗也曾打趣过林黛玉,那是在第二十五回,贾宝玉与王熙凤中了马道婆的魇魔之术,发了疯,生命垂危,经癞头和尚及时救治,渐渐苏醒。林黛玉见贾宝玉醒来,念了一声"阿弥陀佛"。薛宝钗盯着林黛玉的脸看了半日,嗤地笑了一声,惜春不解,问她为何发笑,宝钗笑道:"我笑如来佛比人还忙:又要讲经说法,又要普渡众生;这如今宝玉与凤姐姐病了,又是烧香还愿,赐福消灾;今才好些,又管林姑娘的姻缘了。你说忙的可笑不可笑。"[1](207)林黛玉不觉红了脸,啐了一口道:"你们这起人不是好人,不知怎么死!再不跟着好人学,只跟着凤姐贫嘴烂舌的学。"[1](207)一面说,一面摔帘子出去了。

　　以上情节说明,林黛玉与贾宝玉的姻缘,曾经一度在贾府上下是有共识的。然而,另一些情节则说明,这种共识并不存在。第二十九回,贾府到清虚观打醮,张道士向贾母提起贾宝玉的婚事,表示有一个好姑娘,堪与宝玉相配,询问贾母的态度。贾母答道:"上回有和尚说了,这孩子命里不该早娶,等再大一大儿再定罢。你可如今打听着,不管他根基富贵,只要模样儿配的上就好,来告诉我。便是那家子穷,不过给他几两银子罢了。只是模样儿、性格儿难得好的。"[1](P238)读者朋友们请注意,贾母在谈到宝玉的婚姻时,提到了一个和尚,她说是一个和尚说了,宝玉命里不该早娶,她是相信和尚的。而金玉姻缘恰恰就是和尚给安排的,黛玉不得见外姓亲友、不得听见哭声,也是一个和尚给安排的。而那个和尚身份的神秘,也就使得宝黛钗三人关系变得更加神秘。

　　薛宝琴是薛宝钗的堂妹,至第五十回才出场,贾母与王熙凤似乎都有意为贾宝玉求配,作者是这样写的:

　　贾母因又说及宝琴雪下折梅,比画儿上还好;又细问他的年庚八字并家内景况。薛姨妈度其意思,大约是要给他求配。薛姨妈心中因也遂意,只是已许过梅家了,因贾母尚未说明,自己也不好拟定,遂半吐半露告诉贾母道:"可惜了这孩子没福,前年他父亲就没了。他从小儿见的世面倒多,跟他父亲四山五岳都走遍了。他父亲好乐的,各处因有买卖,带了家眷这一省逛一年,明年又到那一省逛半年,所以天下十停走了有五六停了。那年在这里,把他许了梅翰林的儿子,偏第二年他父亲就辞世了,如今他母亲又是痨症。"

　　凤姐儿也不等说完,便嗐声跺脚的说:"偏不巧!我正要做个媒呢,又已经许了人家!"贾母笑道:"你要给谁说媒?"凤姐儿笑道:"老祖宗别管。心里看准了,他们两个是一对。如今有了人家,说也无益,不如不说罢了。"贾母也知凤姐儿的意思,听见已有人家,也就不提了。大家又闲话了一会方散。一宿无话。[1](395)

贾母、薛姨妈与王熙凤三人的谈话比较隐晦,并没有点明要把宝琴嫁给谁,但三人都是哑巴吃汤圆,心里有数,他们几乎都认为,薛宝琴与贾宝玉是很好的一对。贾母的意思后来传到了林黛玉的耳朵里,林黛玉又跟贾宝玉生了一场闷气。贾母、薛姨妈及王熙凤的这次谈话说明,贾母并没有为宝玉择定对象,并且,王熙凤也知道这个情况,这是在第五十回。可是至第五十五回,王熙凤仍然认为宝玉与黛玉是铁定的一对,一个娶,一个嫁,用不着公中的钱,贾母有体己。至第六十六回,兴儿还告诉尤氏姐妹说,林黛玉嫁给贾宝玉是铁定的,只等贾母发话了。这些表述前后矛盾、颠三倒四、模棱两可。

注释:

[1]〔清〕曹雪芹:《脂砚斋批评本红楼梦》,凤凰出版社2010年版。

8. 余论

林黛玉是《红楼梦》的第一主角,曹雪芹对她有多方面的描写,除上述七个方面之外,还有她与宝玉是否同床、是否聪明、是否漂亮、是否上学读书等诸方面。无一例外,这些方面也都自相矛盾或模棱两可。整部《红楼梦》对于林黛玉的描写,只有她父母双亡、寄人篱下、认干亲等少数几点比较确定,其余皆模棱两可或自相矛盾,十分荒唐。

8.1 林黛玉与贾宝玉之同床与分床

林黛玉进贾府之初,元春还没有回家省亲,大观园也没有建,贾宝玉跟着奶奶贾母住,贾母住暖阁,宝玉住碧纱橱。林黛玉进来以后,贾母原打算安排黛玉住碧纱橱,而让贾宝玉跟她住暖阁。然而,贾宝玉不干,他想住得跟黛玉更近些,要求搬到碧纱橱外的大床上住。贾母答应了,林黛玉住碧纱橱内,贾宝玉住碧纱橱外,两人既不同橱,自然也不同床。与贾宝玉同床的是乳母李嬷嬷和大丫头袭人。与林黛玉同床的,是奶娘王嬷嬷及贾母赐给的二等丫头鹦哥(后改名紫鹃)。

按照常理,林黛玉与贾宝玉是不应该同床睡的,即使是同胞兄弟与姊妹,长到一定年龄,必须分床睡觉,何况林黛玉与贾宝玉并非同胞。林黛玉刚进贾府时,王熙凤曾问她多少岁了,黛玉答13岁。贾敏曾告诉黛玉,她二舅妈生有一个表哥,年龄比她大一岁,这个比她大一岁的表哥当然就是贾宝玉。既然林黛玉13岁,则贾宝玉应当是14岁。旧社会结婚早,十三四岁的年纪就可以结婚了,过来人应当清楚,十三四岁已是青春朦胧的年龄,已经有性冲动了,分床睡觉是必然的。所以,笔者相信,林黛玉与贾宝玉作为青春少年,应当是分床睡的,所谓一床睡觉,那是违反常理的,不才之事难以避免。

有两件事实说明,贾宝玉对林黛玉是有性冲动的:其一是在第二十六回,正是午睡时间,贾宝玉百无聊赖,便跑去潇湘馆找林黛玉玩,来到林黛玉窗外,恰听见林黛玉长叹一声道:"每日家情思睡昏昏",贾宝玉听了心内痒痒,便在窗外笑道:"为什么'每日家情思睡昏昏'?"一面说,一面掀起帘子进了林黛玉的屋子。林黛玉自觉忘情,不觉涨红了脸,拿袖子遮了脸,翻身向里装睡觉了。林黛玉到底没能睡觉,她坐起来,一面抬手整理头发,一面问宝玉进来做什么?贾宝玉注意到林黛玉"星眼微饧,香腮带赤,不觉神魂早荡,一歪身坐在椅子上"[1](212)。其二是在第二十八回写的,贾宝玉见到薛宝钗的粗胳膊浮想联翩,他想道:"这个膀子要长在林姑娘身上,或者还得摸一摸;偏长在他身上。"[1](234)两个例子足以说明,贾宝玉对林黛玉是有性冲动的,而前一个例子也说明,林黛玉已然怀春。

程伟元与高鹗的续作交代了林黛玉的临终遗言,她对紫鹃说:"妹妹,我这里没有亲人。我的身子是干净的,你好歹叫他们送我回去。"[1](764)既然她身子是干净的,那就说明她与宝玉不曾同床,若已经同床,贾宝玉面对自己喜爱的姑娘,怎会让她保持身子干净,难道他是柳下惠不成?他在梦中与警幻、生活中与袭人已经偷尝禁果,还与香怜、玉爱等搞同性恋,事实证明,他不是柳下惠。

然而,在第二十回,贾宝玉亲口对林黛玉说:"你这么个明白人,难道连'亲不间疏,先不僭后'也不知道?我虽糊涂,却明白这两句话。头一件,咱们是姑舅姊妹,宝姐姐是两姨姊妹,论亲戚,他比你疏。第二件,你先来,咱们两个一桌吃,一床睡,长的这么大了,他是才来的,岂有个为他疏你的?"[1](161)至第二十八回,宝玉又对林黛玉说:"当初姑娘来了,那不是我陪着顽笑?凭我心爱的,姑娘要,就拿去,我爱吃的,听见姑娘也爱吃,连忙干干净净收着等姑娘吃。一桌子吃饭,一床上睡觉……"[1](226)另外,作者还用了"日则同行同坐,夜则同息同止"的句子描写贾宝玉与林黛玉的关系。贾宝玉反复强调,他与林妹妹一铺床上睡觉。

如此一来,就前后矛盾了,林黛玉与贾宝玉分明是分床睡的,贾宝玉偏说是一床长大的,曹雪芹还强调说"同息同止",这不扯淡吗!确实,第十九回描写过,贾宝玉为了防止林黛玉睡觉过多,睡出毛病来,在林黛玉的床上躺过那么一会儿。但偶然这么一次,他怎么就敢说他与黛玉是同床长大的呢?就算贾宝玉与林黛玉睡在一张床上,贾宝玉也不能说"一床睡,长的这么大了"这样的话,因为林黛玉进贾府时就已经13岁了,从那时算起,林黛玉与贾宝玉一起生活的时间不过两三年,怎能说是一同长大的呢?

蹊跷的是,对林黛玉经常有性冲动的贾宝玉,在第十九回阻止林黛玉睡午觉的过程中,却表现得十分君子,心无杂念,坐怀不乱,简直是柳下惠托生。

8.2 林黛玉的聪明与愚笨

先说聪明。林黛玉极聪明,心思尤其细腻。林黛玉的聪明有诸多表现,譬如,她一见到贾府三等仆妇穿着不凡,便想到贾府果然如其母亲所说,富贵无比。林黛玉拜见大舅及大舅妈时,邢夫人要留饭,黛玉很为难,因为她刚进贾府,第一顿饭应该跟贾母吃,但又不便明说,便说还要拜见二舅和二舅妈,吃了饭去显得不太恭敬,大舅妈的盛情,我只好以后再领了。理由充分,冠冕堂皇,邢夫人便不再坚持。在拜见二舅妈时,林黛玉注意到正面炕上横设着一张炕桌,桌上垒着书籍茶具。靠东壁,面西设着半旧青缎靠背引枕,王夫人坐在西边下首,也是半旧青缎靠背引枕,她把林黛玉往东边位置上让,林黛玉料想,这东边乃是贾政的位置,如何敢坐,于是,她在挨炕的三张椅子边上坐了下来,王夫人携她上炕时,她才挨着王夫人坐在炕上。贾府的许多规矩跟林府不一样,譬如,林黛玉在家时,父亲教育她,务必要在饭粒咽尽半个时辰后才能喝水喝茶,才有利于健康。可是,贾府的规矩是,吃完饭后立即漱口,漱完口即喝茶。林黛玉当然不知贾府的规矩,但她有办法防止犯错,她样样照着迎春等姐妹们的样子做。所以,红学家便认定林黛玉聪明绝顶,即所谓"心较比干多一窍"。

但各种迹象又表明,林黛玉智商和情商皆成问题,至多是中平之人,她有时候显得极其愚笨。在第二十八回,贾宝玉提到一个药方,是给林黛玉开的,非常奇特,又极其昂贵,大家都不太相信,认为是贾宝玉瞎说的。贾宝玉很焦急,就举例子说,薛蟠曾经向他要过这个药方,并且花了三年时间才勉强配成。贾宝玉并且请求薛宝钗出来作证,薛宝钗不愿作证,她回答说不知道,贾宝玉很尴尬。在这个关键时刻,王熙凤站了出来,她对大家说,有这么一回事,当时,大哥哥薛蟠还向她要过头面上的珍珠及一块三尺长的红绫。然而,此时的林黛玉竟然像一个傻子,躲在薛宝钗背后,向着贾宝玉刮脸皮,羞臊他,全然不知贾宝玉正在为她争取利益。

林黛玉的愚笨还体现在她似乎不懂爱情。林黛玉读过《西厢记》,又听过《牡丹亭》的曲词,感觉很好,头脑中记下不少,常常脱口而出。那天中午,贾宝玉去看林黛玉,他听见林黛玉说了一句"每日家情思睡昏昏",便也对紫鹃说了句"若共你多情小姐同鸳帐,怎舍得叠被铺床?"[1](213)谁知,林黛玉顿时撂下脸来,委屈地说宝玉欺负她,把她当作替爷们解闷的工具。

林黛玉的聪明主要体现在作诗上,除了作诗一流,林黛玉在其方面表现不佳,甚至可以说是低能。譬如说女红、绘画、医药、家务管理等,她都不擅长,难望宝钗、探春、袭人、平儿诸女项背,甚至也不能与晴雯媲美。

8.3 林黛玉的美与丑

林黛玉长得如何?红学家几乎众口一词地说"美",确实,我们可以找到数条直接证据来证明这一点。王熙凤初见林黛玉,赞道:"天下真有这样标致人物,我今儿才算见了!"[1](24)薛蟠是一个风流鬼,阅女无数,他见到林黛玉的情景是:"别人慌张自不必讲,独有薛蟠更比诸人忙到十分去:又恐薛姨妈被人挤倒,又恐薛宝钗被人瞧见,又恐香菱被人臊皮,知道贾珍等是在女人身上做功夫的,因此忙的不堪。忽一眼瞥见了林黛玉风流婉转,已酥倒在那里。"脂砚斋也在此批曰:"又可知颦儿之丰神若仙子也。"[1](204)在薛呆子眼里,林黛玉美若天仙,瞧一眼便酥倒于地。贾宝玉初见黛玉,称她为神仙似的妹妹,在共读《会真记》时,贾宝玉又借用书中的话赞道:"你就是那'倾国倾城貌'。"[1](187)贾宝玉喜爱林黛玉,因为林黛玉是亲眷中最美的女子。贾府有若干美女,她们的形容举止或眉眼面貌都似黛玉,譬如说龄官,她是一个戏子,长得很美,贾蔷对她百依百顺。龄官在台上唱戏,凤姐见了对众人说:"这个孩子扮上,活像一个人,你们再看不出来。"宝钗和宝玉等都看出来了,但都不肯说,只有心直口快的史湘云脱口而出说:"倒像林妹妹的模样儿。"[1](174)晴雯是贾府丫环中的第一美女,王夫人说她眉眼像林黛玉,曹雪芹更说林黛玉"秉绝代姿容,具稀世俊美"。这些例子足以证明林黛玉是传统美女的典型。那么,林黛玉属于哪一种美呢?丰美还是纤美?林黛玉有不足之症,怯弱不胜,经常咳嗽,食量小,睡眠少,据此可以断定她生得纤瘦。所以,她的美不是健美或丰美,而是纤弱美,属于西施式的病态美,体态轻盈,飘飘欲仙,有如宋玉笔下的神女,恰似曹植笔下之宓妃,又如吴道之笔下的飞天。对此,红学家创造了"灵性美"一词来形容她。

然而,笔者却发现她是一个丑女,笔者是根据她的步态做出这一判断的,证据在第八回,原文是这样写的:"一语未了,忽听外面人说:'林姑娘来了。'话犹未了,林黛玉已摇摇的走了进来。"[1](69)走路的姿态,是最能看出一个人的年龄和身材的,也是衡量其美丑的一个重要指标。林黛玉身体清瘦单薄,走起路来,应该是轻盈飘逸的,同时,她身体有病,不够活泼,她的步调会比较缓慢。可是,曹雪芹笔下的林黛玉,走起路来却是"摇摇的"。在动物世界,鸭与鹅是摇摆着走的,在人群当中,只有处于哺育期的妇女或特别肥胖的妇女,会这么走路,另外就是跛子。哺育期的妇女有一对大乳房,特别肥胖的妇女大腹便便,走路时胸腹部强烈抖动,使人摇摆。跛子一腿长一腿短,走路时身体的摆幅也比较大。林黛玉既不是孕妇,又非跛子,摇摇摆摆的走路,表明她身材臃肿,是个大肥婆。肥到这个程度,还谈得上灵性美吗?

笔者认为,即使林黛玉步态轻盈,她也不可能是美女,理由有三:其一,营养不良,头发焦黄,必定不美。其二,骨瘦如柴,面无人色,岂能动人?其三,常年失眠,必定有两只熊猫眼。

总之,林黛玉究竟是美还是丑,说不清,道不明,曹雪芹给予我们的,竟是一个模棱两可的荒唐描写。

8.4 林黛玉"不曾读书"与"只上了一年学"

林黛玉出身书香门第,其父林如海乃前科探花,林如海对林黛玉的教育非常重视,五六岁时,便聘请贾雨村做蒙师。贾雨村系进士出身,是有真才实学的。林黛玉进贾府时才13岁,这意味着她在贾雨村的教鞭下学了六年。贾母问黛玉读过什么书,黛玉回答说:"只刚念了四书。"[1](28)宝玉见到黛玉以后,也问黛玉读什么书,黛玉回答道:"不曾读书,只上了一年学,些须认得几个字。"[1](29)林黛玉对贾母说,刚刚念了"四书",却又对贾宝玉说不曾读书,她明明跟着贾雨村读了六年书,偏告诉宝玉说只上了一年学,这种说法明显前后矛盾,林黛玉如何不省?

某些红学家解释说,林黛玉最初回答贾母"只刚念了四书",是实话实说,林黛玉接着反过来问姊妹们读何书,贾母回答说:"读的是什么书,不过是认得两个字,不是睁眼的瞎子罢了。"[1](28)贾母的回答,使林黛玉认识到,贾母不主张女孩子读书,其他姐妹都没怎么读书,偏我回答说读了"四书",也太不谦虚了,故而,当贾宝玉问同一个问题时,她便毅然改了口。红学家的这种解释似是而非,贾府对女孩子读书是很重视的,要求她们天天上学,只在黛玉到来的这一天,贾母下令道:"请姑娘们来。今日远客才来,可以不必上学去了。"[1](23)元妃省亲完毕之后,她吩咐宝玉和姑娘们都搬进大观园去读书学习。所以,红学家的解释不通,林黛玉前后矛盾的回答是一个谜。

8.5 林黛玉的小性与宽宏

林黛玉父母双亡,寄人篱下,十分凄凉。她爱着贾宝玉,可是有很多女人也爱着宝玉,要同她争抢宝奶奶的位置,这令她十分恐惧,因此而形成了独特的个性为人:小性、多疑、刻薄,与宝钗形成鲜明的对照,红玉曾说:"若是宝姑娘听见,还倒罢了。林姑娘嘴里又爱刻薄人,心里又细,他一听见,倘或走露了风声,怎么样呢?"[1](219)红玉如此评价钗黛,是有理由的,黛玉平时一向如此,譬如,周瑞家的给探春诸人送宫花,她是抄便道走的,并不以高低贵贱为先后。凑巧的是,林黛玉所拿到的是最后两支宫花,她便问这是单送她的,还是别的姑娘也有,周瑞家的答道:"各位都有了,这两枝是姑娘的了。"林黛玉听了,颇为生气,生硬地说道:"我就知道么,别人不挑剩下的,也不给我呀。"[1](61)周瑞家的是王夫人的陪房,地位较高,她好心好意给黛玉送宫花,黛玉没道声谢也就罢了,还说这样阴阳怪气的话,太不近情理了。因为金玉良缘之说,林黛玉对宝玉与宝钗的交往颇为忌讳、敏感,常常吃醋。史湘云与贾宝玉自小一起长大,关系亲昵,贾宝玉将张道士送给他的一个金麒麟,转送史湘云,林黛玉也起了疑心。龄官长相与林黛玉相似,史湘云心直口快说了出来,林黛玉竟大为生气。宝钗与黛玉夜探宝玉,宝钗先到,晴雯放她进屋,黛玉后到,没听清声音的晴雯,将其挡在屋外,林黛玉十分生气,大哭一场。诸如此类极多,林黛玉心里只有她与贾宝玉,一心只想着自己的未来,而不关心他人与他事。所以,林黛玉的小性、多疑和刻薄是名副其实的。

然而,笔者却另发现了一个胸怀宽宏的林黛玉,她只要求一个平等的主子地位。她为何常常生宝玉的气？因为宝玉没把她放在平等位置上,她对宝玉说:"我很知道你心里有妹妹,但只是见了姐姐,就把妹妹忘了。"[1](233)如果贾宝玉见了姐姐而仍不忘妹妹,黛玉是不会生气的。林黛玉最初之所以吃宝钗的醋,是因为她们母女俩宣传"金玉良缘"。"金宝良缘"之"良"是排他的,如果宝钗母女只宣传"金玉姻缘",则黛玉不会生气。种种证据表明,林黛玉只有在感到地位不平等时才会生气,譬如周瑞家的送宫花,她将最后两支花给了黛玉,黛玉很生气。宝钗与黛玉夜探宝玉,宝钗进了门,黛玉却被晴雯挡在门外,她生气了。龄官是一个地位低下的戏子,贾府有那么多主子,为何单说林黛玉与她长得相似?当她与薛家母女认了干亲之后,就再也不生气了,因为她感觉平等了,心态因此变得平和。由此可见,林黛玉一开始就是心怀宽宏的,她不要求独占宝玉,而只要求与宝钗平等分享。

8.6 林黛玉是一个少女还是圣贤?

林黛玉13岁到贾府,至第八十回,仍不过16岁,既没婆家,也没确定结婚对象,仅仅还是一个涉世不深的少女。每日深居简出,平时不过聊天、吟诗、做针线、谈情而已,没干其他什么大事。

然而,另一些文字表明,林黛玉不是普通人,而是一个勇敢坚强贤明的比干式的圣贤。在作者对林黛玉的描写中,有"心较比干多一窍"[1](29)和"世外仙姝寂寞林"[1](46)两句话,这两句话意味着什么呢?我们首先来看第一句,比干心有七窍,林黛玉比他还多一窍,竟有八窍之多,据此,有些专家解释说,"心较比干多一窍",寓指林黛玉是一个"多心眼",林黛玉怀疑心重,好像真是个多心眼。正常的人类心脏有四个心腔,分别是右心房与右心室,左心房与左心室,彼此之间由心脏瓣膜隔开。如果心脏不止四个心眼,则意味着心脏瓣膜有缺损,这是严重的心脏病,可能导致心脏功能下降或心力衰竭,严重者还可能导致猝死。林黛玉心有八窍,是否意味着林黛玉患有严重心脏病呢?翻阅《红楼梦》,曹雪芹确实把林黛玉比西施,西施患有严重心绞痛。另据《史记·殷本纪》记载,比干是商朝帝王太丁的次子,帝乙的弟弟,帝辛的叔父,20岁时就担任太师,辅佐太乙,太乙死后,比干受托孤之重辅佐太辛,太辛就是商纣王,他是一个昏君,宠爱妲己,荒淫无道,横征暴敛。比干是一个忠勇敢谏之臣,他经常说:"主过不谏非忠也,畏死不言非勇也,过则谏,不用则死,忠之至也。"商纣王昏暴,比干忧心如焚,犯颜直谏,于摘星楼前强谏三日不去,商纣王龙颜大怒,顿起杀心,便说:"吾闻圣人心有七窍,信有诸乎?"遂杀比干。比干为了国家利益,不惜牺牲自己的生命,可见是一个胸怀宽广的圣贤,林黛玉心有八窍,难道她是较比干更贤明的忠臣?

如此一来,"心较比干多一窍"便有了三种可能的含义,究竟哪一种是正确的呢？这就得结合"世外仙姝寂寞林"这句话了，这句话记载在《红楼梦曲》第二首[终身误]中，[终身误]描写的是薛宝钗与林黛玉两人，其中有这样两句："空对着，山中高士晶莹雪；终不忘，世外仙姝寂寞林。"前一句写宝钗，后一句写黛玉，但前后两句话的含义相近，薛宝钗是山中高士，林黛玉是世外仙姝，"晶莹雪"意味着薛宝钗纯洁高尚，"寂寞林"意味着什么呢？既然"山中高士"与"世外仙姝"对应，则"晶莹雪"与"寂寞林"也是对应的，李白的诗云："古来圣贤皆寂寞，惟有饮者留其名。"从此诗可知，自古圣贤是寂寞的，寂寞的林黛玉当也是这种寂寞的圣贤，因为只有当林黛玉是高尚的圣贤时，才能与山中高士的薛宝钗等量齐观，双峰并峙。笔者还研究发现，比干竟是林姓的始祖，比干被纣王杀死之后，比干的夫人已怀孕三月，她逃出朝歌，来到长林地区，诞下一个男婴，取名泉。周武王伐纣，天下大定之后，派人寻找比干后人，他们找到了泉，赐姓林，改名为坚，并将博陵分封给林坚，林姓由此而来。

上述分析表明，林黛玉既是一个涉世未深的少女，又是一个心脏病患者，还是一位比干式的圣贤、忠臣，能冒死直谏。但"心较比干多一窍"究竟何意？却是一个难解之谜。

8.7 林黛玉的自许与自卑

薛宝钗来到荣国府以后，严重威胁到了林黛玉的地位，作者如此描写林黛玉的感受："不想如今忽然来了一个薛宝钗，年岁虽大不多，然品格端方，容貌丰美，人多谓黛玉所不及。而且宝钗行为豁达，随分从时，不比黛玉孤高自许，目无下尘，故比黛玉大得下人之心。便是那些小丫头子们，亦多喜与宝钗去顽。因此，黛玉心中便有些悒郁不忿之意，宝钗却浑然不觉。"[1](40)

薛宝钗的性格如何，以后再说，这里先讨论林黛玉。"孤高自许，目无下尘"是作者对林黛玉的评价，这个评价是否准确呢？我们看事实吧。林黛玉出身侯门，父亲还是前科探花，可谓身世显赫，但她从未有过这种优越感，相反，由于父母早亡，林家无人，她常常有寄人篱下的孤独无依感。她容颜姣好，艳若桃花，对镜自照，颇有信心。她也很有才情，颇能吟诗，元春探亲时，她曾想一显身手。尽管如此，她从未在长相和诗文方面夸耀于人，何况，就是在这两个方面，她比薛宝钗不具明显优势。林黛玉的身体不好，生命之灯随时有熄灭的危险，她有自知之明。因此，林黛玉一直非常自卑、自哀、自怜，她常常"对景感怀，凭栏垂泪"，"无事闷坐，泪道不干"，她的诗《葬花吟》和《秋窗风雨夕》集中表现了她自卑、自怜、自哀的情感。

林黛玉确实有等级观念，她讨厌史湘云把她与龄官相提并论，她也曾嘲笑刘姥姥是"母蝗虫"，正眼也不看赵姨娘，但这并不意味着她瞧不起地位低下的人。

林黛玉称刘姥姥为母蝗虫,不过是开玩笑,没有侮辱之意。林黛玉不正眼瞧赵姨娘,有两个原因,其一,王熙凤正在同她说笑,笑她与宝玉的婚事,分散了她的注意力;其二,赵姨娘人品不好,对宝玉包藏祸心,她比较反感。事实上,林黛玉对同为姨娘身份的平儿和香菱两人很好,她曾不耐其烦地教香菱学诗。又譬如,她与丫环紫鹃的关系,是紫鹃可怜她,而不是她可怜紫鹃。

总之,作者说林黛玉孤高自许、目无下尘,实际情况恰恰相反,林黛玉很少自许,她不看好自己的未来,非常自卑。

注释:

[1]〔清〕曹雪芹:《脂砚斋批评本红楼梦》,凤凰出版社2010年版。

第三卷

自相矛盾的薛宝钗

薛宝钗是与林黛玉等量齐观的一个重要人物,处处与林黛玉形成鲜明的对照:婚姻上,金玉良缘对木石姻缘;形象上,杨玉环式丰美对赵飞燕之纤瘦;体质上,先天结壮对怯弱不胜;性格上,豁达大度对小性儿;疾病上,生来的一股热毒对不足之症;医药上,凉散型的冷香丸对温补型的人参养荣丸,等等。作者对薛宝钗的描写,也同林黛玉一样,自相矛盾、颠三倒四、模棱两可、有头无尾之处甚多。

1. 薛家的富有与贫穷

薛家是皇商世家,拥有百万之富。用时下的话说,薛家穷得只剩钱了。它什么都缺,缺人、缺德、缺教养,就是不缺钱,这是薛家给人的第一印象。然而,某些情节又表明,薛家已经穷了,它今时不同往日,早就开始缺钱了。

1.1 薛家的富有

金陵四大家族,薛家排第四,护官符写道:丰年好大雪,珍珠如土金如铁。脂批曰:紫微舍人薛公之后,现领内府帑银行商,共八房分。这是一个皇商家族,其先祖曾为中书舍人,当然算是官宦人家。这个家族现在最大的特点是富有,它有百万之富,旗下店铺货栈房产等遍布各省和京都。

不仅如此,如此富裕的薛家,还与天下望族贾府、势倾朝野的王子腾及史侯家沾亲带故,相互遮饰扶持,横行乡里,称霸一方。薛蟠将冯渊打死,又抢走香菱,对于这个欺男霸女、人命关天的案子,金陵知府竟然管不了,拿凶手没有任何办法,只好任由其逍遥法外。薛蟠更没把冯渊之死当回事,心里想着,不过多花几个臭钱而已,对他来说,凡是金钱能搞定的事,都不是事。薛蟠办事,都以金钱开道,东西都点贵的买。他还花钱买春买痛快。他进贾府家学读书,用金钱酒肉收买贾瑞,任其在家学里横行,又用银子勾引黄金荣、香怜、玉爱等上手,跟他搞鸡友。据黄金荣的母亲胡氏自述,薛蟠在家学的三年时间里,给了黄家七八十两银子。黄金荣只是家学中薛蟠众多鸡友中的一个,如此概算,则薛蟠花在鸡友上的银钱数是成千上万。若非真不差钱,薛家是难以承受薛蟠如此糜费的。

第七十五回写贾珍以守孝习武为名,招聚匪类赌博,薛蟠也参与了,并且热衷于给别人送钱。第三十七回写史湘云请螃蟹宴,钱却是薛宝钗掏的。哥哥豪奢,妹妹也豪气,有钱就是任性,既有面子又有里子。薛姨妈率全家进京后,住进贾府,作者告诉我们,薛家在京城里是有房产的,原本可以住在自己的房子里,但薛姨妈希望跟亲戚住在一起,希望借助姐夫的威望管束儿子薛蟠,这才住进了贾府。薛姨妈还特别言明,他们人虽然借住在贾府,但自家的一切用度开支,全部自负,不花贾府一分钱,这才是处长之道。王夫人知道薛家不差钱,就爽快地答应了。这一切都说明,薛家确实是有钱的,十分富有,富甲一方。

1.2 薛家的贫穷

然而,另一些迹象则表明,薛家自薛蟠的父亲逝世后就垮掉了。作者写道:"薛蟠父亲死后,各省中所有的买卖承局、总管、伙计人等,见薛蟠年轻,不谙世事,便趁时拐骗起来,京都中几处生意,渐亦消耗。"[1](37) 做生意亏损容易赚钱难,若公司员工全都拐骗起来,则公司的倒闭就在眼前。薛家作为一家大贸易公司,在各省和京城开有分号,管理这样一家大公司需要一个精明强干的总裁,但其现任总裁薛蟠,年未弱冠,不懂生意,又不务正,他属下员工都不老实,趁时拐骗,故薛记便逐渐"消耗"了。"消耗"的意思是消散、损耗,指薛记的收入锐减,连本钱都在消散和损耗,可见出现了亏损。

薛家借住荣国府达数年之久,虽然一应开销自筹,但也未付一分钱利息。贾府的房子并不宽裕,薛家在贾府也数次搬家,薛家最初被安排住在梨香院,为了迎接元妃省亲,贾蔷从苏州买了十二个女孩子,又聘请了教习,这干人住哪里呢?梨香院。为了给他们腾地方,薛家被迫搬到东北角另一所房子里居住。后来,薛宝钗搬进大观园,陪贾宝玉读书,薛蟠出去做生意后,薛姨妈同香菱也一同搬进大观园。抄检大观园之后,为了避嫌,薛家又全部搬出大观园,回到东北角的那所房子居住。此事说明,贾府的房子也不宽裕,薛家住在贾府多有不便。但薛家一直住在贾府,怎么也不搬离。虽然说,薛姨妈当初的目的,是想借助贾政的威望管束儿子,以免他在外面胡作非为。但这个目的并没有达到,贾政并非作者所谓的"教子有方",贾府是鱼龙混杂之地,什么鸟都有,引诱得薛蟠更比以前坏了十倍。尽管这样,薛姨妈也从没提过搬家之事,看来,薛家长住贾府,似乎是来打秋风的。

一个家庭是否富裕,其室内装饰和服饰质地是一个重要衡量指标。薛家最先住在梨香院,贾宝玉进去探视过,薛宝钗的门帘半新不旧,衣服也半新不旧,她不点唇,不画眉,一身素颜。薛宝钗的朴素太过头了,别说不像富家千金,甚至还赶不上贾府的一个丫环。薛家半新不旧的门帘说明,这些门帘是从老家带来的,几幅门帘不值几个钱,何必千里迢迢从老家带来。大观园建成开放后,薛宝钗住在蘅芜苑,贾母带着刘姥姥进去参观,她们看到的情景是:"及进了房屋,雪洞一般,一色玩器全无,案上只有一个土定瓶,瓶中供着数枝菊花,并两部书、茶奁、茶杯而已。床上只吊着青纱帐幔,衾褥也十分朴素。"[1](319)

薛宝钗的闺房雪洞一般,一色玩器全无,只有一个土定瓶里插着几枝菊花,另外就是两部书、茶奁、茶杯、帐幔和衾褥,皆十分朴素普通。土定瓶是宋朝定窑烧制的一种瓶子,质地较粗,寻常百姓也用得起。定窑的精品乃是粉定,普通人家用不起,富贵人家才用。青纱帐是最普通的蚊帐,用麻线或粗纱织成,结实耐用,百姓多用之,富贵人家则多以鲛、绡、罗等细丝为帐,《孔雀东南飞》有"红罗复斗帐,四角垂香囊"句,《红楼梦》里有鲛绡帐,贾宝玉与林黛玉的窗槅都是用"霞影纱"糊的,蚊帐多为红绡制作。薛宝钗如此朴素,贾母实在看不下去了,她对薛宝钗说,你这孩子也太老实了,你的东西放在老家没带来,何不直接向凤姐开口。然后,她又批评凤姐说,你对表妹也太不关心了,何不主动送些古董珍玩过来。凤姐解释说,她派人送来过,又都被退了回去。薛姨妈也出来打圆场,说宝丫头一向不大弄这些。但贾母还是认为,一个姑娘家的,太朴素了不好,忌讳,她坚持让鸳鸯拿出自己的体己物品给宝钗摆上,这次,宝钗没再拒绝。宝钗的朴素很反常,甚至连百姓人家都不如。

周瑞家的初见薛宝钗,看见她带着丫头做针线,贾宝玉进去探望,也发现薛宝钗在做针线。袭人有一次谈到,贾宝玉对穿着很挑剔,他的衣裳,不要那些专做针线活计的妇女们来做,只要袭人等人做的。贾探春替宝玉做过鞋子,林黛玉替他做过香囊,史湘云替他打蝴蝶结子,其他的活计大都是袭人做的。那次,宝玉又需要换一双新鞋子,袭人忙不过来,就请史湘云做,被宝钗知道了,宝钗知道湘云的婶婶待她不好,她自家的活计常常忙到深夜,哪有时间帮宝玉做,宝钗于是自告奋勇,把替宝玉做鞋子的活计揽了下来。俗话说,没有金刚钻,不揽瓷器活,薛宝钗主动请缨,说明她对自己的针线工夫是有信心的。手工做鞋子是一项最艰苦的针线活,既需要一膀子力气,又容易伤着手,薛家如果真的豪富,何需她亲自动手做这种粗活。女孩子做点女红本很正常,但薛宝钗"每夜灯下女工必至三更方寝"[1](354)就不可思议了,即使是贫穷人家的女孩子,也未必天天熬夜做针线,毕竟针线活不值几个银子。

薛家母子住在贾府,已是寄人篱下,不料薛宝琴与薛蝌又来投靠,直到第八十回,他们兄妹也没有离开贾府。薛蝌娶邢岫烟也令人奇怪,邢岫烟家境贫困,人虽本分,但能力长相均一般,以薛蝌这种皇商家族的身价,怎么会瞧上她呢?邢岫烟没有贵重首饰,探春给她送了一块碧玉,被宝钗知道了,她提醒岫烟说:"他见人人皆有,独你一个没有,怕人笑话,故此送你一个。这是他聪明细致之处。但还有一句话你也要知道,这些妆饰原出于大官富贵之家的小姐,你看我从头至脚可有这些富丽闲妆?然七八年之先,我也是这样来的,如今一时比不得一时了,所以我都自己该省的就省了。将来你这一到了我们家,这些没有用的东西,只怕还有一箱子。咱们如今比不得他们了,总要一色从实守分为主,不比他们才是。"[1](452)宝钗此一席话讲明,她薛家七八年前还好,尚算"大官富贵人家",她那时也是穿金戴玉的。但如今显然不再富贵,该省就得省,再也不能穿金戴银了。据此可知,薛宝钗的房间如雪洞一般寒碜,真正的原因并不是她朴素和节省,而是薛家差钱了。薛宝钗在第七十八回与王夫人有一席谈话,解释了她搬出大观园的原因,她建议大家都搬出去,可以节省一大笔费用,她说:"……所以今日不但我决意辞去,此外还要劝姨娘:如今该减省的就减省些,也不为失了大家的体统。据我看,园里的这一项费用也竟可以免的,说不得当日的话。姨娘深知我家的,难道我家当日也是这样零落不成?"[1](619)薛宝钗直接用"零落"一词来形容她的家境,表明薛家已经严重地衰颓败落了。

1.3 薛家究竟何时富,何时穷?

薛宝钗一家是在第四回出场的,当时介绍说,薛家有百万之富,但自从薛父死后,独子薛蟠年幼无知,亦且贪玩无行,薛家在各省的买卖承局和京都的生意都逐渐"消耗"了,就是说已经亏损了,不行了。然而到第五回,"护官符"上仍然写薛家"丰年好大雪,珍珠如土金如铁",至第八、九回,薛蟠用金钱收买贾瑞,用金钱引诱金荣、玉爱等搞同性恋,大把撒钱。第三十七、三十八回写史湘云请螃蟹宴,钱却是薛宝钗掏,光螃蟹就买了七八十斤,都是最肥最大的螃蟹,价值不菲。第四十八回写薛蟠遭柳湘莲暴打之后,无颜见亲友,欲跟着张德辉外出做生意,薛姨妈不放心,宝钗解劝说,您就让他去,打发他八百一千银子,让他去经历经历,即使都亏掉了,也买个教训。800或1000两银子可不是小数字,至少相当于一个中产之家的全部财产,而于薛家却只是"试一试"的用途,似乎薛家仍然富甲一方。宝钗向岫烟交底是在第五十七回,然而,同样是在这一回,作者交代说,"恒舒典"是薛家的产业。至第六十七回,作者又写,薛姨妈打算拿银子替柳湘莲买房子,治家伙,择吉迎娶尤二姐,以报答他对薛蟠的搭救之恩,至第七十五回,薛蟠还有钱参与贾珍组织的豪赌,可见薛家还有钱,还是相当富有。作者一方面说,薛蟠父亲死后,其在各省和京城的生意都渐渐消耗了,另一方面又写,薛家在京城做着棺材和药铺等各种生意,其中竟有价值千金的名贵棺木。这表明,薛家虽穷了,但仍然是虎死不倒威,百足之虫死而不僵,其财力不仅远非寻常寒门可比,而且连金陵史家也比不上。

然而,薛宝钗教育邢岫烟之言,常常在笔者耳中回响,薛家在七八年前就已经颓丧败落了,不再是富贵人家。薛宝钗对王夫人之言,更使人发聋振聩:"姨娘深知我家的,难道我家当日也是这样零落不成?"[1](619)宝钗用了"零落"一词,"零落"本指树木凋零,比喻人的死亡流落、家庭事业的败落。《管子·轻重己》:"宜获而不获,风雨将作,五谷以削,士兵零落。不获之害也。"唐王昌龄《代扶风主人答》:"乡亲悉零落,冢墓亦摧残。"[2](341)端木蕻良《科尔沁旗草原》:"唉,可怜的老人,在那大地主的魔杖下永远地零落了。"[3](188)这三例皆指人之死亡。南朝梁王曾孺《何生姬人有怨》:"逐臣与弃妾,零落心可知。"[4](2316)元萨都剌《补阙歌》:"破窗冷砚留不得,零落江南酒家客。"[5](199)苏曼殊《焚剑记》:"及状元死,彩云亦零落人间。"[6](169)这三例"零落"皆意指人之飘零、流落。《醒世恒言》:"功名未遂,家事日渐零落。"[7](310)此例指家庭衰颓败落。薛家只有薛父死了,其他人均健在,所以,宝钗口中的"零落"不可能指薛家的人死光了,只能是指薛家的流落和衰败。这意味着,薛宝钗一家之所以住进贾府,是因为薛家衰败了,无处可去,而飘零流落于此。从这点来看,则薛家不只是一般性的衰落,而是彻彻底底的衰落。

总之,薛家当前究竟是富还是穷,究竟衰败到了何种程度,竟是一个谜。作者在这个问题上,颠三倒四,读者无所适从,无法得出确切的结论。

注释:

[1]〔清〕曹雪芹:《脂砚斋批评本红楼梦》,凤凰出版社2010年版。
[2]洪成玉编著:《谦辞敬词婉词词典》,商务印书馆2000年版。
[3]端木蕻良:《科尔沁旗草原》,人民文学出版社1997年版。
[4]汉语大词典编纂处编:《汉语大词典普及本》,上海辞书出版社2012年版。
[5]〔元〕萨都剌:《萨都剌诗选》,刘试骏等选注,宁夏人民出版社1982年版。
[6]苏曼殊:《苏曼殊精品选》,中国书籍出版社2014年版。
[7]〔明〕冯梦龙编著:《醒世恒言(注释本)》,崇文书局2015年版。

2. 薛宝钗的美丽与丑陋

没有人敢说薛宝钗不美,因为曹雪芹说过,薛宝钗艳冠群芳,黛玉有所不及,以至于贾宝玉见了宝姐姐便忘了林妹妹。宝钗属于杨玉环式的丰满美,与黛玉的纤弱美形成鲜明对照。但是,正如黛玉的美与丑难以定论一样,薛宝钗究竟是美还是丑,也是一言难尽,曹雪芹所给予我们的,是一个模棱两可的描写:一方面笼统地说薛宝钗艳冠群芳,另一方面又具体地说薛宝钗长得胖、壮、圆;一方面说薛宝钗艳冠群芳,自然也艳压黛玉,另一方面又说林黛玉秉绝代姿容,具稀世俊美。两人都美,究竟谁压过谁?我们不得而知。

2.1 艳冠群芳

薛宝钗长得美吗?要回答这个问题,我们要考察两点,第一是人们对她的看法;第二是看她的具体长相。

关于薛宝钗的长相,第二十八回有一段极有趣的描写。当时,元春给贾府各人送了端午节礼物,贾宝玉与薛宝钗的礼物最好,林黛玉与迎春姊妹则低一个等级,贾宝玉怕林黛玉多心,就把自己的东西送到林妹妹那里,让她挑选。林妹妹拒绝了,她说:我是草木之人,不是什么金,什么玉的,无福消受,你还是拿回去吧。贾宝玉知道,林妹妹很在乎金玉良缘的传言,于是便解释说:"我心里的事也难对你们说,日后自然明白。除了老太太、老爷、太太这三个人,第四个就是妹妹了。要有第五个人,我就说个誓。"黛玉道:"你也不用说誓,我很知道你心里有妹妹,但只是见了姐姐,就把妹妹忘了。"宝玉道:"那是你多心,我再不的。"[1](232) "再"字透露出,贾宝玉曾经确实发生过见了姐姐忘记妹妹的事情,他保证不再重犯这个毛病。然而,只过了一会儿,林黛玉所说的情形就神奇地再现了:贾宝玉在欣赏薛宝钗胳膊上的红麝串子时,无意中注意到了她的胳膊,贾宝玉当时的生理和心理反应是:"宝钗生的肌肤丰泽,容易褪不下来。宝玉在旁看着雪白一段酥臂,不觉动了羡慕之心,暗暗想道:'这个膀子要长在林妹妹身上,或者还得摸一摸,偏生长在他身上。'正是恨没福得摸,忽然想起林黛玉另具一种妩媚风流,不觉就呆了。宝钗褪了串子来递与他,也忘了接。"[1](234) 贾宝玉看着薛宝钗的胳膊,渴望着能摸一下,竟然出了神。这件事说明,薛宝钗在贾宝玉的眼中是一个美人,她与林黛玉各有千秋,林黛玉是赵飞燕式的纤巧美,而薛宝钗则是杨玉环式的丰满美。相比而言,薛宝钗更令贾宝玉忘情,林黛玉所说乃是实情,贾宝玉见了姐姐,往往就把妹妹给忘了,显然,宝姐姐盖过了林妹妹。

其他人对薛宝钗与林黛玉也有一个比较,众人都认为,薛宝钗"品格端方,容貌丰美,人多谓黛玉有所不及。"[1](40)黛玉是一个公认的大美人,宝钗比黛玉还美,不用说,薛宝钗是一个更美的大美人。贾宝玉羡慕薛宝钗的酥臂,遗憾没机会摸一摸,以至走神丧魄,不过,他最终还能想到林黛玉另具一种妩媚风流,也不算失诺。

第六十三回写宝玉过生日,群芳开夜宴,喝酒抽签掷骰子,薛宝钗抽的是"艳冠群芳",签上另写着"任是无情亦动人"。既然艳冠群芳,薛宝钗的美当然压过金陵群钗中的任何一个,她是第一人,其他人即使沉鱼落雁、闭月羞花,也只能排第二。这样就产生了一个问题,究竟是林黛玉美呢,还是薛宝钗美?曹雪芹对林黛玉的长相有两句话评语:"秉绝代姿容,具稀世俊美。"[1](214)既然美艳绝代,世间稀有,则林黛玉应该是当世第一,绝无匹敌。林黛玉既然已是当世第一,却又逊于薛宝钗,难道她们两人不是同时代的吗?如果是同时代的话,怎么会有两个第一呢?林黛玉是当世第一,薛宝钗是群芳第一,按理说,林黛玉之美应当超过薛宝钗的。然而,众人又都认为,黛玉与宝钗相比,黛玉有所不及;同时,黛玉也是群芳之一员,既然宝钗艳冠群芳,则宝钗之美是应当超过黛玉的。总之,究竟是宝钗美,还是黛玉美,我们是找不到答案的,作者的描写自相矛盾。

脂批对于黛玉与宝钗谁更美的问题也有一个评价,评价写在"人多谓黛玉所不及"后:"此句定评,想世人目中各有所取也。""按黛玉、宝钗二人,一如姣花、一如纤柳,各极其妙者,然世人性分甘苦不同之故耳。"[1](40)这两句脂批也十分扯淡,一方面说是"定评",另一方面又说是世人目中各有所取,前后明显矛盾。

2.2 胖、壮、圆

光说美是不够的,还得看看她究竟长成什么样。笔者按照曹雪芹所描述的特征进行分析,发现薛宝钗不但不美,而且可能极丑。笔者的理由有三条。第一条,薛宝钗胖过了头,到了体丰怯热的程度。贾宝玉有一次失口,说宝钗像杨贵妃一样"体丰怯热",宝钗听了大怒,但强压住怒火没有发作。此事说明,薛宝钗自己也并不以体胖为美;第二条,她长得太粗壮,她手臂上戴着红麝串,费了老大的劲才退下来,这说明宝钗的肌肉既粗且结实,用作者的话说是"先天结壮"。薛宝钗身上的肌肉不像富家千金的肌肉,倒像健美运动员的肌肉,弹性小,硬度强。薛宝钗简直就是一头粗壮的女金刚,很难说有多美;第三条,宝钗的脸,是一张既大且圆的白脸。作者对其脸蛋有描写:"唇不点而红,眉不画而翠,脸若银盆,眼如水杏。"[1](67)唇和眉不是关键,关键是脸形和眼睛。薛宝钗脸似银盆,眼似水杏,这是一幅什么尊容呢?答案是,这是一幅很丑的脸。

首先看水杏眼。水杏椭圆形,皮及肉皆呈浅黄色,山东省为主产区,平均每颗重约65克,与鸡蛋大小相当。如果薛宝钗的两只眼睛像两只浅黄的鸡蛋,那得有多么恐怖!

再看银盆脸。宝钗脸似银盆,圆、大、白皙,跟贾宝玉长得一模一样,贾宝玉面若中秋之月,中秋之月也是圆、大、白皙。脸色白晰如银,说明她皮肤白嫩,养尊处优,这个不错。但脸大如盆,脸圆似盆,这却不美,依今天看来,这是一张丑脸。古代社会也不以大圆脸为美,真正的大美女,大都是瓜子脸、鸭蛋脸,没听说有大圆脸美女的。有专家解释说,面若中秋之月与脸似银盆,不是指宝玉与宝钗的脸是圆的,而是指他们的脸饱满、光润、白晰。很显然,这样的解释不能令人满意,它明显歪曲了文本,形容饱满、光润和白晰的词语很多,蛋形脸、瓜子脸、广额丰颐脸、国字脸等,皆与饱满、光润和白晰不冲突。又专家辩解说,脸似银盆不是指薛宝钗的脸圆白而大,而是指她长得福相。这种辩解也不成立,历史上的富贵脸形多是方脸,如《三国演义》形容赵云广额阔面,《资治通鉴》形容太平公主方额广颐,刘备长得方面大耳帝王之相,周世宗柴荣害怕他人篡位,把几个长得方面大耳的臣子杀了。

笔者注意到,1987年版及2010年版贾宝玉的扮演者、薛宝钗的扮演者皆好看,但他们皆非典型的圆脸。1987年版贾宝玉的扮演者欧阳奋强是方脸,下巴稍尖。2010版贾宝玉的扮演者于小彤根本就是长脸。1987年版薛宝钗的扮演者张莉是方脸,下巴尖尖。而2010版的扮演者李沁与白冰,一个是长方脸,一个长脸。他们都很好看,但无一圆脸,导演之所以不遵循原著选择圆脸演员,因为圆脸实在难看,观众很难接受圆脸,导演为票房计,不得不违背原著。

读过水浒的人或许记得,第一个出场的天罡星史进,就长得脸似银盆,但他是一员武将,男人,脸大一点,圆一点,没啥。俗话说,男才女貌,武将要长得雄壮威武。薛宝钗一个女孩子长成这样,又粗又壮又圆,美吗?

注释:

[1]〔清〕曹雪芹:《脂砚斋批评本红楼梦》,凤凰出版社2010年版。

3. 薛宝钗的罕言寡语与高谈阔论

林黛玉任性,薛宝钗庄严,这几乎是专家们一致的看法,事实当然不是这样。林黛玉既任性,又谨慎小心。专家们对她的任性印象深刻,却对她的谨慎小心毫无感觉。林黛玉进贾府的当口,作者便介绍说,她不敢多说一句话,多行一步路,生怕被人耻笑了去。贾府规矩大,与林府截然不同,林黛玉只好改变自己的生活习惯,完全按照贾府的方式来,譬如饭后喝茶,林如海认为,茶水会影响消化,因此,须等饭粒咽尽,过一时再吃茶,方不伤脾胃。而贾府的规矩,则是在吃完饭后,丫环立即端水来漱口,漱口完毕即喝茶。林黛玉被迫把父亲的教诲丢诸脑后,而跟着迎春姊妹依葫芦画瓢。此处脂批将林黛玉进贾府与王敦初尚公主相提并论,可见黛玉有多小心谨慎。再譬如林黛玉参见邢夫人和王夫人,她不敢在邢夫人处用餐,因为贾母不曾发话。在王夫人处,她不敢随便落座,"王夫人再四携他上炕,他方挨王夫人坐了。"[1](26)林黛玉初进贾府时如此,此后也一直如此。譬如,花朝节前夜,林黛玉要进怡红苑,被晴雯拦在大门前,林黛玉敢怒不敢言,气得独自哭了一夜。再譬如,她身体差,需要吃一些补品,但她以寄人篱下之身,不敢向贾府开口,最后还是薛宝钗自掏腰包为她提供。林黛玉最任性的一次,就是在周瑞家的将最后两支宫花送给她时,她生气了,说道:"我就知道么,别人不挑剩下的,也不给我。"[1](61)多数情况下,林黛玉任性的方式是生闷气,不理睬贾宝玉,要么批评下人,而绝不敢对贾母、王夫人、凤姐、贾政等有丝毫不满。所以,与其说林黛玉任性,还不如说她谨小慎微如履薄冰更妥当。

本文重点讨论薛宝钗,薛宝钗的个性到底如何呢?虽然曹雪芹说她"罕言寡语""不干己事不张口,一问摇头三不知",但实际上却完全是另外一个样子,薛宝钗特别健谈,好高谈阔论,她特别喜欢教训人,好为人师,其第一个和经常教训的人便是贾宝玉,其次便是林黛玉、袭人、贾探春、李纨、惜春、王夫人等。薛宝钗并非内敛之人,相反特别爱表现。具体情况,请看笔者详细分析。

3.1 不干己事不张口

俗话说,言多必失,祸从口出;各人自扫门前雪,莫管他人瓦上霜;莫管闲事与是非,到底不招秧灾祸;有身莫犯飞龙鳞,有手莫辨猛虎须。这些是前人总结的明哲保身大法,薛宝钗似乎深谙其道,她行事一向内敛,曹雪芹写她"罕言寡语,人谓藏愚;安分随时,自云守拙。"[1](67)凤姐曾经评价宝钗说:"不干己事不张口,一问摇头三不知。"[1](435)薛宝钗沉默寡言,安分随时,只要是与她无关的事情,她一概装着不知道。有一回,贾宝玉说他有一个好药方,适合给林妹妹用,但非常昂贵,仅人形带叶参就价值360两银子。大家不相信,王夫人骂他放屁,贾宝玉于是举例说,薛蟠大哥就曾经向他要过这个药方,他转向薛宝钗求援,希望她站出来做证。谁知薛宝钗竟回答说,她不知道有此事,弄得宝玉很尴尬,最后还是王熙凤出来给他解围。柳湘莲在尤三姐自刎之后出走,薛蟠急得似热锅上的蚂蚁,遣人四处寻找,诸如此类的事情,薛宝钗均漠然置之。

以上文字足以证明,薛宝钗是一个内敛低调、明哲保身的人,大多数专家学者和广大红迷也都深信不疑。但更多证据表明,薛宝钗不是一个内敛的人,她是一个非常好表现的人,她处处都显得高人一头。这方面的例子非常多。

3.2 恃才阔论,四处插手

薛宝钗是金陵群钗中最博学的人,她什么都懂,什么都精通,什么都一流。她的才华是由其言和行表现出来的,她特别爱逞能。

其一,作诗。薛宝钗作诗填词不算太多,但质量全都是一流的。贾妃省亲时,她作的诗最好,超过众姐妹及贾宝玉,连林黛玉也比不上她。林黛玉重建桃花社时,薛宝钗咏了一首《临江仙》,中有"好风凭借力,送我上青云。"[1](551)的妙句,又被众姐妹推为第一。

其二,论读书。在一次游戏活动中,林黛玉无意用了《西厢记》和《牡丹亭》中的两句话,这本不是什么大事,贾府并不禁演这两出剧目。可是,薛宝钗居然小题大做,审问并教训起林黛玉来,她长篇大论道:"你当我是谁,我也是个淘气的。从小七八岁上也够个人缠的。我们家也算是个读书人家,祖父手里也爱藏书。先时人口多,姊妹弟兄都在一处,都怕看正经书。弟兄们也有爱诗的,也有爱词的,诸如这些《西厢》《琵琶》以及《元人百种》,无所不有。他们是偷背着我们看,我们却也偷背着他们看。后来大人知道了,打的打,骂的骂,烧的烧,才丢开了。所以咱们女孩儿家不认得字的倒好。男人们读书不明理,尚且不如不读书的好,何况你我。就连作诗写字等事,这不是你我分内之事,究竟也不是男人分内之事。男人们读书明理,辅国治民,这便好了。只是如今并不听见有这样的人,读了书倒更坏了。这是书误了他,可惜他也把书糟蹋了,所以竟不如耕种买卖,倒没有什么大害处。你我只该做些针黹纺绩的事才是,偏又认得了字,既认得了字,不过拣那正经的看也罢了,最怕见了些杂书,移了性情,就不可救了。"[1](332-333) 薛宝钗这番高论,将天下所有的男子一棍子打翻,认为普天之下,没有一个读书明理的男子。她教训黛玉说,女孩子应该以针黹纺绩为事,读书也该读那正经的书,否则移了性情就无药可救了。林黛玉幼稚,竟被她给唬住了,还对她感恩不尽。后来,薛小妹作《怀古诗十首》,她又搬出这套陈腐观点来,此时林黛玉似已醒悟,她同李纨一起当场驳斥了薛宝钗的歪理邪说。在读书求官的话题上,薛宝钗还曾多次教育贾宝玉。

其三,论诗。秋爽斋偶结海棠社时,薛宝钗谈了作诗之法,关键意思有四点:其一,不落俗套,推陈出新;其二,虚实结合,咏人为主,咏物为宾;其三,层层递进,逻辑严谨;其四,不用险韵。此四论甚为高妙,薛宝钗对作诗填词驾轻就熟,游刃有余。

其四,论画。在第四十二回,薛宝钗有一大篇文字,是讲如何作画的,把林黛玉都听傻了,宝钗在绘画理论和实践上的造诣惊世骇俗,令人难忘。

此外,薛宝钗还在第八回中论酒,教育宝玉不要吃冷酒,在第二十二回同宝玉谈论《寄生草》的戏文,教会宝玉欣赏戏剧。她在第二十三回论佛学、第四十五回论食疗养生,等等。这些文字一方面表明,薛宝钗确实见识不凡,博学多能,是一个全能人才。另一方面也表明,薛宝钗绝不是一个沉默寡言、安分守拙之人,而是一个表现欲极强、野心极大的人,她的诗"好风凭借力,送我上青云",应是她自己的写照。一个人有学问、见识和能力,而决不在人前人后卖弄表现,叫人摸不着他的底细,则乃城府极深之人。薛宝钗有见识,有能力,但她好表现,喜教训人,所以,她绝非有城府之人。多数专家认为薛宝钗内心深不可测,这显然是对宝钗的误读。

薛宝钗不仅爱表现,还特别爱管闲事,请看下面的例子:

例一,金钏跳井后,她跑去管闲事。薛宝钗从一个老婆子那里听到金钏跳井自杀的消息,她赶紧跑到王夫人那里去,安慰王夫人,帮助善后。宝钗此举风险很大,因为金钏跳井是宝玉与王夫人共同的杰作,这是一桩极大的丑闻,别人唯恐避之不及,以免引火烧身。薛宝钗居然不避嫌疑,主动前去蹚浑水,这并非明智之举。果然,王夫人开口,让她拿出两套新衣来殓葬金钏,过去迷信的说法,拿活人衣服给死者殓葬,于活人是极不吉利的。薛宝钗只好哑巴吃黄连,应承了王夫人的请求。而王熙凤、平儿、袭人、迎春姊妹等人,皆佯装不知,没有来安慰王夫人,免触霉头。

例二,协助管理大观园。王熙凤患妇科病,暂时不能理事,需要物色一个帮手,她与平儿讨论人选问题。她们首先排除了宝玉、李纨、迎春、惜春、贾兰和贾环六人,接着说到黛玉和宝钗,凤姐道:"再者,林丫头和宝姑娘,他两个人倒好,偏又都是亲戚,又不好管咱们家务事。况且一个是美人灯儿,风吹吹就坏了;一个是拿定了主意,'不干己事不张口,一问摇头三不知',也难十分去问他。倒只剩了三姑娘一个,心里嘴里都也来得,又是咱家的正人,太太又疼他,虽然面上淡淡的,皆因是赵姨娘那老东西闹的,心里却是和宝玉一样疼呢。比不得环儿,实在令人难疼,要依我的性子,早撵出去了!如今他既有这主意,正该和他协同,大家做个膀臂,我也不孤不独了。"[1](435)在这里,王熙凤将宝钗与黛玉相提并论,黛玉和宝钗都是亲戚,不是自家人,且黛玉是美人灯,风吹吹就坏,宝钗则是城府深,事不干己高高挂起。所以,能够用得上的只有一个贾探春。事实如何呢?答案在第五十六回,标题是《敏探春兴利除宿弊　识宝钗小惠全大体》,薛宝钗受王夫人之托参与管理大观园,她表现得非常积极主动,而且高谈阔论,滔滔不绝。譬如,探春提到赖大家的花园管理得很好,每年有二百两银子的进项,并说没想到,一个破荷叶,一根枯草根子都是值钱的。宝钗便教训起来:

宝钗笑道:"真真膏粱纨绔之谈。你们虽是千金,原不知道这些事,但只你们也都念过书,识过字的,竟没看见过朱夫子有一篇《不自弃文》不成?"探春笑道:"虽也看过,不过是勉人自励,虚比浮词,那里都真有的?"

宝钗道:"朱子都有虚比浮词?那句句都是有的。你才办了两天时事,就利欲熏心,把朱子都看虚了。你再出去见了那些利弊大事,越发把孔子也看虚了!"探春笑道:"你这样一个通人,竟没看见姬子书?当日《姬子》有云:'登利禄之场,处运筹之界者,穷尧舜之词,背孔孟之道。'"宝钗笑道:"底下一句呢?"探春笑道:"如今只断章取义。念出底下一句,我自己骂我自己不成?"

宝钗道:"天下没有不可用的东西。既可用,便值钱。难为你是个聪明人,这些正事、大节目正事竟没经历过,如今可惜迟了些。"李纨笑道:"叫人家来了,又不说正事,你们且对讲学问!"宝钗道:"学问中便是正事。此刻于小事上用学问一提,那小事越发作高一层了。不拿学问提着,便都流入市俗去了。"[1](438)

接着又谈到蘅芜苑的管理问题,大家提议由莺儿妈来管理,因为她擅长弄这个,莺儿是宝钗的贴身丫头,薛宝钗断然拒绝了,当然是为了避嫌。宝钗提议由叶儿妈负责,因为叶儿妈与莺儿妈关系好,她可以向莺儿妈请教。宝钗的理由很充分,大家心服口服,都赞成她的意见。在讨论到年终结算方式时,薛宝钗又显示出高明来,她主张大观园各处的承包收成不走官帐,而是直接用于大观园的管理,这样就免去了一层盘剥,大家又是欢呼赞同。

例三,第七十八回写道,薛宝钗搬出了大观园,临走前,她对王夫人说,荣国府浪费很严重,应该节省开支,否则坐吃山空,后悔就晚了,她薛家就是前车之鉴。连姨妈她都敢教训,你想她有多自信啊!

  总之,曹雪芹明确告诉我们,薛宝钗罕言寡语,事不干己不张口,城府深似海;而宝钗的实际表现却完全相反,她很好强,好表现,也很热心。另外,笔者还注意到"罕言寡语,人谓藏愚;安分随时,自云守拙"这句话有逻辑问题。顾名思义,所谓"藏愚",应该是把自己愚蠢的一面隐藏起来,而将精明的一面展现给人。而所谓"守拙",当然是指守住自己的愚笨拙劣。故"藏愚"与"守拙"实际上是矛盾的。而红学家们不顾事实,胡作解释,将原本矛盾的两个词,统一解释成"处事低调不愿多露锋芒",错得太离谱了。

注释:

[1]〔清〕曹雪芹:《脂砚斋批评本红楼梦》,凤凰出版社2010年版。

4. 宝钗的冷酷无情与乐于助人

薛宝钗姓薛,作者常常用"雪"来代指薛家,在护官符上有"丰年好大雪",在判词和册画里有"金簪雪里埋",在《红楼梦曲》里有"山中高士晶莹雪",兴儿说她"竟是雪堆出来的",不敢吹大气,怕暖化了她。所谓"雪"者,"薛"也,这是用了训诂学中的声训之法。雪是寒冷的象征,薛宝钗居住的蘅芜苑,也比其他地方寒冷,"阴森透骨","奇草仙藤愈冷愈苍翠",室内"雪洞一般",十分清冷。薛宝钗服的药叫"冷香丸",听名字就知道,它应该是凉血散瘀的药。薛宝钗的姓氏冷,居处冷,药饵冷,性格亦冷,她整个是一个冷美人。

作者把薛宝钗描写成一个冷美人,应该寓有深意,这里的"冷"意味着什么呢?一些专家认为,所谓"冷",即冷静、理性和无情。应该承认,这个解释有几分道理,在薛宝钗所抽的"艳冠群芳"的花签上,就写着"任是无情也动人"几字,此签表明,薛宝钗是一个无情的人,却又是一个极其动人的人。这是一个矛盾,一般来说,冷酷无情之人,只会引起仇恨,怎么还会有人为之动情呢?

那么,薛宝钗是不是一个冷面无情的人呢?很多专家作了肯定的回答,他们还找到了一些似乎有力的证据。譬如说,获悉金钏投井自杀之后,薛宝钗不为金钏痛苦惋惜,却赶紧去安慰王夫人,说金钏跳井属意外之事,或许是她失脚掉下去的也未可知,不一定是受批评的缘故。即使她是因为受了姨妈您的批评而跳的井,也说明她是糊涂人,也不为可惜,竭力为王夫人推卸责任。又譬如,柳湘莲是薛家的恩人,尤三姐自刎后,柳湘莲随一跛脚道人飘然而去,薛蟠四处寻找不见,急得涕泪横流,茶饭不思。而薛宝钗却十分冷静地对哥哥说:死的已经死了,走的也已经走了,命中注定,急也无用。你还是赶紧考虑生意上的事吧,先要请那些随你做生意的伙计们吃饭,酬谢他们,货物也该尽快清理发卖才是。再譬如,贾琏偷情,被王熙凤发现,贾琏恼羞成怒,两口子吵架,都拿平儿出气,大家都同情平儿。而薛宝钗此时却认为,凤姐不拿平儿出气,还能拿谁出气呢,似乎凤姐拿平儿做出气筒,理所当然。

笔者认为,这些例子都说明不了什么。以金钏跳井为例,其始作俑者乃贾宝玉,他惹了祸,却没有勇气承担责任,"一溜烟"跑了。事后,他虽然感到内疚,并特往城外祭奠,但笔者以为,他这是伪善。而薛宝钗不嫌忌讳,毅然拿出自己的两套新衣出来殓葬金钏,总比黛玉等人什么也没干强得多了。在这些例子中,薛宝钗表现得比较理性,甚至于有点无情,但拿她跟王熙凤、王夫人、贾赦、薛蟠等人相比,总要强得多,这些人个个手上有血债,薛宝钗的手却是干净的,不谴责王熙凤等人冷酷,凭什么指责薛宝钗冷酷。何况,更多的例子证明,薛宝钗是一个极其热心善良之人。

薛宝钗帮过许多人,譬如给林黛玉送燕窝,在精神上安慰劝解她,并替她隐瞒读《西厢记》《牡丹亭》等事;替史湘云掏钱并筹办螃蟹宴,还替她分担针线活;帮助邢岫烟缓解经济困难,赎回棉衣;帮助和照顾香菱;批评自己的丫环莺儿,庇护弱势的贾环,等等。有些专家认为,薛宝钗帮助林黛玉,是为了麻痹她。并说薛宝钗的热情,都用在贾母、王夫人、贾宝玉和王熙凤等当权人物身上,对她们溜须拍马,奉承迎合。事实证明,这些专家的观点是错误的,薛宝钗对人一视同仁,贾环和赵姨娘是人见人厌的,薛宝钗却从未歧视他们,她在分送薛蟠带回来的礼品中,贾环也有一份。她帮助史湘云未必有特定的用意。

总之,曹雪芹一方面明确告诉读者,薛宝钗是一个冷酷无情的冷美人,另一方面,他又用大量事实证明,薛宝钗其实是一个热心肠、乐于助人之人,她的冷与热形成鲜明的对照。相反,对于王夫人、贾宝玉、王熙凤这些双手沾满鲜血的人,曹雪芹却从未指责其"冷",反而歌颂王夫人"原是个好善的"[1](616),更以大量事例来表明贾宝玉爱博而心劳。从这些文字可以看出,曹雪芹在冷与热问题上的混乱是多么严重(当然,曹雪芹提醒过,《红楼梦》是满纸荒唐言,他是明知故犯,另有深意)。

注释:

[1]〔清〕曹雪芹:《脂砚斋批评本红楼梦》,凤凰出版社2010年版。

5. 薛宝钗的理性与冲动

我们讨论了宝钗的无情冷酷与热情善良，下面就该讨论她的理性与冲动了。

薛宝钗是一个极其理性的人，她总是能在他人悲伤难以自持的情况下，冷静理性地思考和处理问题。贾宝玉被其父暴打，遍体鳞伤，奄奄一息，荣国府上下一片慌乱，骂的骂，悔的悔，哭的哭，闹的闹，不知所措，唯有薛宝钗较为冷静。此时，只见宝钗手里托着一丸药走进来，向袭人说道："晚上把这药用酒研开，替他敷上，把那淤血的热毒散开，可以就好了。"[1](267-268)说毕，把药递与袭人。接着，宝钗便问袭人，贾政发那么大火打宝玉究竟是因为什么，袭人据实回答说，是贾环与你薛蟠哥哥把宝玉的事情告诉老爷引起的，大有埋怨贾环与薛蟠的意思。宝钗听了却很冷静，她回答说："你们也不必怨这个，怨那个。据我想，到底宝兄弟素日不正，肯和那些人来往，老爷才生气。就是我哥哥说话不防头，一时说出宝兄弟来，也不是有心调唆：一则也是本来的实话，二则他原不理论这些防嫌小事。袭姑娘从小儿只见宝兄弟这么样细心的人，你何尝见过天不怕地不怕，心里有什么口里就说什么的人。"[1](268)所以，她认为，主要责任还是在贾宝玉自身，不要怨天尤人，可谓一针见血，她也不怕得罪宝玉和袭人，冷静和理性得近乎残酷。另外，薛宝钗在金钏跳井、柳湘莲暴打薛蟠、柳湘莲出家三件事情上，也出奇地冷静和理性。客观地讲，金钏跳井有她自身的责任，她也太脆弱了。薛蟠被柳湘莲诱到城外暴打，也是咎由自取，薛家不应该寻仇报复。柳湘莲的冲动导致尤三姐自杀，他受到刺激，飘然离去，这是没办法的事，担心也没有用，只能听天由命。所以，宝钗处理这三事的方式，并没有错，她很理性和冷静。

但是，笔者发现，薛宝钗其实很容易冲动，检视前八十回，她共有三次冲动。第一次是在贾宝玉被其父亲暴打的时候，薛宝钗去看他，开始还比较冷静客观，到后来还是有些冲动。她看到宝玉躺在床上动弹不得，便点头叹道："早听人一句话，也不至今日。别说老太太、太太心疼，就是我们看着，心里也疼。"刚说了半句又忙咽住，自悔说的话急了，不觉得就红了脸，低下头来。[1](268)这次，薛宝钗动情了，竟然掉了眼泪，还红了脸，低了头，一副娇羞的模样。这种情形于年轻姑娘而言其实是正常的,但于薛宝钗却不多见。还有一次,由于薛蟠被冤枉陷害宝玉,恼羞成怒,便讽刺宝钗说:"好妹妹,你不用和我闹,我早知道你的心了。从先妈和我说,你这金要拣有玉的才能正配,你留了心,见宝玉有那劳什骨子,你自然行动护着他了。"[1](273)宝钗被气怔了,她关起门来,哭了整整一夜。还有一次,是在第三十回,薛蟠庆生,既摆酒又唱戏,贾宝玉以生病为由,没去庆贺,只在大观园里玩。恰好,薛宝钗也在园中,二人相遇,贾宝玉首先向宝钗表达了歉意,解释了没去庆生的原因,然后又问道:"姐姐怎么不看戏去?"宝钗道:"我怕热,看了两出,热的很。要走,客又不散。我少不得推身上不好,就来了。"宝玉听说,只得又搭讪笑道:"怪不得他们拿姐姐比杨妃,原来也体丰怯热。"宝钗听了此话不由的大怒,却不便发作,便冷笑了两声,说道:"我倒像杨妃,只是没一个好哥哥好兄弟可以作得杨国忠的!"二人正说着,可巧小丫头靛儿因不见了扇子,和宝钗笑道:"必是宝姑娘藏了我的。好姑娘,赏我罢。"宝钗正不痛快,指着靛儿的鼻子厉声说道:"你要仔细!我和你顽过,你再疑我。和你素日嘻皮笑脸的那些姑娘们跟前,你该问他们去。"[1](245)靛儿见宝钗如此严厉,立即逃走了。

以上分析表明,表面上冷静理性的薛宝钗,其实是非常血性易怒的。不过,薛宝钗自制力比较强,她即使在十分愤怒的情况下,仍然能够做到不失礼节,故而给人冷静、理性、守礼的好印象。她的哥哥薛蟠却完全不同,薛蟠极其粗鲁莽撞,他打死冯渊、调戏柳湘莲、收买贾瑞等人,与玉爱、蒋玉菡、香怜、黄金荣等搞基友,成天不干正经事,是一个最不讲礼法之人,他完全是薛宝钗的对立面。一个如此理性、安分守礼、聪明智慧的妹妹,怎么会有如此粗鲁、冲动、胡作非为、愚昧莽撞的哥哥呢?

注释:

[1]〔清〕曹雪芹:《脂砚斋批评本红楼梦》,凤凰出版社2010年版。

6. 薛宝钗赞成还是反对读书

薛宝钗自己的书读得很好,其诗才丝毫不亚于林黛玉。她至少有三次规劝贾宝玉好好读书。第一次是袭人在谈话中提到的,当时,贾宝玉正跟史湘云、袭人在一起聊天,忽然贾政那边传话过来,说兴隆街的贾雨村来了,让宝玉赶紧去陪客。贾雨村每次来,都要求见贾宝玉,贾宝玉很烦他,这次又要见,宝玉便不想去。湘云规劝宝玉说:主雅客来勤,贾雨村乐意见你,说明你的谈话令他受益了。宝玉说,我不敢称雅,我是俗之又俗的一个人,不愿意同这些人往来。湘云笑着对宝玉道:"还是这个情性不改。如今大了,你就不愿读书去考举人进士的,也该常常的会会这些为官做宰的人们,谈谈讲讲些仕途经济的学问,也好将来应酬世务,日后也有个朋友。没见你成年家只在我们队里搅些什么!"宝玉听了道:"姑娘请到别的姊妹屋里坐坐,我这里仔细污了你知经济学问的。"袭人道:"云姑娘快别说这话。上回也是宝姑娘也说过一回,他也不管人脸上过的去过不去,他就咳了一声,拿起脚来走了。这里宝姑娘的话也没说完,见他走了,登时羞的脸通红,说又不是,不说又不是。幸而是宝姑娘,那要是林姑娘,不知又闹到怎么样,哭的怎么样呢。提起这个话来,真真的宝姑娘叫人敬重,自己讪了一会子去了。我倒过不去,只当他恼了。谁知过后还是照旧一样,真真有涵养,心地宽大。谁知这一个反倒同他生分了。那林姑娘见你赌气不理他,你得赔多少不是呢。"[1](258) 宝钗劝宝玉读书,结交些为官作宰的,以为日后仕途经济打算,贾宝玉很反感,当场抬脚就走,使得宝姑娘很尴尬,这是一次。第二次是在第四十八回,香菱苦志学诗,终有所成,宝玉由衷地赞叹道:"这正是'地灵人杰',老天生人,再不虚赋情性的。我们成日叹说,可惜他这么个人竟俗了。谁知到底有今日,可见天地至公。"[1](378) 宝钗见机鼓励宝玉说:"你能够像他这苦心就好了,学什么有个不成的?"[1](378) 这次,薛宝钗没直接提读书,但宝玉当时的主要任务不就是读书吗?作者在第三十六回又写道:"那宝玉本就懒与士大夫诸男人接谈,又最厌峨冠礼服贺吊往还等事,今日得了这句话,越发得了意,不但将亲戚朋友一概杜绝了,而且连家庭中晨昏定省亦发都随他的便了,日日只在园中游卧,不过每日一清早到贾母王夫人处走走就回来了,却每每甘心为诸丫鬟充役,竟也得十分闲消日月。或如宝钗辈有时见机导劝,反生起气来,只说好好的一个清净洁白女儿,也学的钓名沽誉,入了国贼禄鬼之流。这总是前人无故生事,立言竖辞,原为导后世的须眉浊物。想我生不幸,亦且琼闺绣阁中亦染此风,真真有负天地钟灵毓秀之德!"[1](282-283) 上述三例已经足以说明,薛宝钗是重视男人读书的,不然,她作为寄人篱下的一个客人,用不着一再犯颜劝说宝玉。

然而,当薛宝钗跟林黛玉在一起时,却又是一番腔调,她对林黛玉说:"你当我是谁,我也是个淘气的。从小七八岁上也够个人缠的。我们家也算是个读书人家,祖父手里也爱藏书。先时人口多,姊妹弟兄都在一处,都怕看正经书。弟兄们也有爱诗的,也有爱词的,诸如这些'西厢'、'琵琶',以及'元人百种',无所不有。他们是偷背着我们看,我们却也偷背着他们看。后来大人知道了,打的打,骂的骂,烧的烧,才丢开了。所以咱们女孩儿家不认得字的倒好。男人们读书不明理,尚且不如不读书的好,何况你我。就连作诗写字等事,原不是你我分内之事,究竟也不是男人分内之事。男人们读书明理,辅国治民,这便好了。只是如今并不听见有这样的人,读了书倒更坏了。这是书误了他,可惜他也把书糟踏了,所以竟不如耕种买卖,倒没有什么大害处。你我只该做些针黹纺织的事才是,偏又认得了字,既认得了字,不过拣那正经的看也罢了,最怕见了些杂书,移了性情,就不可救了。"[1](333) 依宝钗此言,读书既不是男人的本分,也不是女人的本分。男人读书的关键是明理,可天下没有这种男人,所以,男人还是不要读书的好,他们做好耕种和买卖就好了。按照此处的说法,她是不主张男人读书的,既然如此,她为何反复多次劝说宝玉读书呢?难道宝玉是唯一读书明理之人?

注释:

[1]〔清〕曹雪芹:《脂砚斋批评本红楼梦》,凤凰出版社2010年版。

7. 薛宝钗的随分从时与孤高自许

薛宝钗艳冠群芳,才华出众,见识绝伦,家势显赫,是金陵群钗中的佼佼者,如此绝色人物难道就没有一点野心吗?曹雪芹给了我们两个答案:其一是逆来顺受,随分从时,一切听从父母安排;其二则是反传统,孤高自许,瞧不起任何人。

7.1 随分从时

薛宝钗给我们的最初感觉是听话,长辈说什么就是什么,长辈的话总是对的;其次的感觉则是她性格比较温和,凡事不走极端,随分从时,听从命运的安排。曹雪芹赞她"罕言寡语,人谓藏愚;安分随时,自云守拙"[1](67)。又赞她"行为豁达,随分从时,不比黛玉孤高自许,目无下尘,故比黛玉大得下人之心。便是那些小丫头子们,亦多喜与宝钗去顽笑"[1](40)。这方面的证据颇多,试为大家列举几个:

第一,听从命运安排,嫁给贾宝玉。薛宝钗嫁给贾宝玉,应当是无奈之举,原因有两点。其一,贾宝玉并不是一个理想的丈夫。他是天下第一意淫之人,既强使袭人同领警幻所训之事,又与玉爱、香怜、秦钟等搞同性恋,还与晴雯、史湘云、香菱等多个女子暧昧。贾宝玉喜欢生活在女孩子之中,而不是与一个女子厮守一生。同时,贾宝玉是一个对家庭不负责任的男人,不喜读书,不愿科举做官,他压根就是一个下流胚子,自甘堕落,不是好男人。薛宝钗嫁给宝玉绝不会有好结果,事实上,谁嫁给宝玉谁倒霉。其次,贾宝玉明确表示不愿娶宝钗为妻。与薛宝钗相比,贾宝玉更喜爱黛玉,他多次表示反对金玉相配之说:"都道是金玉良缘,俺只念木石前盟"[1](46)、"和尚、道士的话如何信得?什么是金玉姻缘?我偏说木石姻缘!"[1](285)宝钗了解宝玉的心思,也深知宝玉的人品志向,跟她完全不是一路人,但她最终还是屈从于命运的安排,嫁给了宝玉。

第二,体贴母怀,专心家务。宝钗的父亲早逝,母亲薛王氏是传统的家庭主妇,哥哥薛蟠则是惹是生非、不学无术的纨绔子弟,全家的希望都放在宝钗身上。自从父亲死后,宝钗一门心思帮着寡母打理家务,家里的针线活基本上都是她做的,常常干到半夜三更。宝钗作为富家千金,多才多艺,她有自己的爱好和兴趣,她也喜欢《西厢记》和《元人百种》等戏剧、小说作品,还擅长吟诗作赋,可是为了家庭,她主动放弃了这些爱好,而谨遵"女人无才就是德"的古训。

第三,放弃自己的价值观,曲意迎合长辈。薛宝钗本质上是一个富有正义感的人,为人也比较善良,能扶助弱小,济贫帮困,林黛玉、史湘云和邢岫烟都曾受惠于她,她还帮助袭人做过针线。赵姨娘母子在贾府,是没地位、被人瞧不起的弱者,薛宝钗却能一视同仁地对待他们。然而,获悉金钏跳井后,她为了安慰王夫人,竟然违心地把金钏自杀的责任都推到了金钏自己身上。

第四,宽厚以待下人。薛宝钗扑蝶时,碰到林小红与坠儿密谋,宝钗为洗脱嫌疑,就说在追逐林黛玉。坠儿听说黛玉来过,显得比较紧张,她对林小红说:"若是宝姑娘听见,还倒罢了。林姑娘嘴里又爱刻薄人,心里又细,他一听见,倘或走露了风声,怎么样呢?"[1](219)很显然,在坠儿的心中,黛玉的刻薄与宝钗的宽厚是一个鲜明的对照。

7.2 孤高自许

如果说贾府里有一个孤高自许、目无下尘的人,那个人非薛宝钗莫属。证据如下:

第一,诗言志,宝钗的诗总是洋溢着昂扬奋斗的激情。第七十回写林黛玉重建桃花社,黛玉与湘云商量以柳絮为题填词,宝琴填了一首《西江月》,黛玉填了一首《唐多令》,探春填了《南柯子》,宝玉填了《蝶恋花》,湘云填的是《如梦令》。众人所填之词皆格调不高,尤其是林黛玉的《唐多令》,大家评它"声调悲壮"。读了众人的填词之后,宝钗才最后把自己填写的《临江仙》拿出来,并说:"终不免过于丧败。我想,柳絮原是一件轻薄、无根无绊的东西,然依我的主意,偏要把他说好了,才不落俗套。所以我诌了一首来,未必合你们的意思。"[1](551)宝钗批评黛玉的诗太颓丧了,她偏要把柳絮这种无根无绊的东西说好了,她的《临江仙·咏柳絮》写道:"韶华休笑本无根,好风凭借力,送我上青云。"博得众人一致喝彩:"果然翻得好气力,自然是这首为尊。"[1](551)俗话说,诗言志,言为心声,宝钗是群钗中唯一把柳絮写得昂扬的人。

第二,好为人师,总显得高人一筹。曹雪芹说,薛宝钗藏愚守拙,依笔者看,藏愚是真,守拙是假,她最爱人前表现,总觉得高人一筹,见人就教训。贾宝玉是她教训得最多的人,第八回写宝玉到梨香院看望宝钗,天气很冷,又下起了雨,薛姨妈拿出酒来招待宝玉,以挡寒气。宝玉说他只爱吃冷的,不必烫热。宝钗便教训起来:"宝兄弟,亏你每日家杂学旁收的,难道就不知道,酒性最热,若热吃下去,发散的就快;要冷吃下去,便凝结在内,以五脏去暖他,岂不受害?从此还不快不要吃那冷的呢。"[1](70)宝钗与别人不同,她教训人,必有一番大道理,譬如说不能吃冷酒,一般人想的就是冷酒伤肠胃,只有结论,没有理论。而宝钗却认为,冷酒不止伤肠胃,它伤五脏,因为热酒发散快,喝下去很快就发散了;冷酒不易发散,凝结在内,需要五脏去暖它,五脏因此受害。很显然,这完全是歪理邪说,热酒固然发散得快,可发散快了,人不是更容易醉吗?不是更容易伤人吗?所以,究竟是喝冷酒,还是热酒,须因人而异,依季节而异,不能一概而论。从此也可以看出,薛宝钗是一个自以为是、自作聪明的人。宝钗对宝玉的教训还有很多,如讥他不知"绿蜡"之典,难他参禅悟道,教他欣赏《寄生草》,批他是无事忙,又嘲他是富贵闲人,等等。

黛玉因说了几句《西厢记》与《牡丹亭》的戏词而受到宝钗的审问,邢岫烟因接收了探春给的一块玉石而被宝钗数落,探春因不知荷叶等花草树木可以卖钱而受宝钗嘲笑。在贾府,上自贾母、王夫人,下至莺儿、坠儿,都被她教训过。薛宝钗真正狂妄的地方,集中体现在她审问黛玉的话中:"咱们女孩儿家不认得字的倒好。男人们读书不明理,尚且不如不读书的好,何况你我。就连作诗写字等事,原不是你我分内之事,究竟也不是男人分内之事。男人们读书明理,辅国治民,这便好了。只是如今并不听见有这样的人,读了书倒更坏了。这是书误了他,可惜他也把书糟踏了,所以竟不如耕种买卖,倒没有什么大害处。你我只该做些针黹纺织的事才是,偏又认得了字,既认得了字,不过拣那正经的看也罢了,最怕见了些杂书,移了性情,就不可救了。"[1](333)在这里薛宝钗说,天下没有一个读书明理的男人,这一笔就将所有男人都抹倒了。依薛宝钗的观点,男子只做耕种买卖就好,女人只做针黹纺织就行,都不应该读书。按照她这个观点和标准,则贾府所有主子皆是不务正业,因为贾府男主人皆不做耕种买卖,而女主人则又不做针黹纺织。湘云、黛玉和宝钗是三个外来的客人,而三人中也只有她宝钗心甘情愿做针黹纺织。就家庭而言,贾府及其诸多亲戚之中,也只有她薛家做买卖,其他都是做官的。如此看来,则只有她薛宝钗和薛家是明事理的,其他人及其家庭皆糊涂,皆不务正业。

以上表明,表面谦逊的薛宝钗其实非常狂妄,她才是真正孤高自许、目无下尘的人。

7.3 林黛玉往往自惭形秽

曹雪芹说林黛玉孤高自许、目无下尘,我们也能找到一些证据。譬如说,她曾经嘲笑刘姥姥是母蝗虫,她建议惜春将刘姥姥吃饭的情景写进去,并说她已经想好了题跋的名字《携蝗大嚼图》。刘姥姥是一个非常朴实的农村老太太,只因生活所迫,来到贾府打秋风。她一心讨好贾母和凤姐诸人,只为逗她们开心以获得更多的报酬,黛玉是不应该嘲笑她的。又譬如第七回写周瑞家的代表薛姨妈,给迎春、探春、惜春、黛玉和王熙凤五人送宫花,她先将宫花送到迎春姊妹及王熙凤手里,她们都住在王夫人处。剩下最后两支,周瑞家的给黛玉送了来。黛玉问周瑞家的道:"还是单送我一人的,还是别的姑娘们都有?"[1](61)周瑞家的回答说,姑娘们都有,这两支是给你的。黛玉听后明白了,这是姑娘们挑剩下的,因而生气地说:"我就知道,别人不挑剩下的,也不给我。"[1](61)周瑞家的是王夫人的陪房,黛玉的火气很显然是针对王夫人。连王夫人她都敢讽刺,可见黛玉是多么目中无人。

但是,在多数情况下,林黛玉却是极度自卑,又极其谦和的。确实,林黛玉时时感觉孤独,她对宝钗和宝玉都倾诉过,这是可以理解的,因为林黛玉是孤儿,父母早亡,又没兄弟姐妹,孤零零一人生活于世上,能不孤独吗?宝玉和宝钗是有兄弟姊妹的,可是,他们却也觉得孤独。三人均是孤独者,但孤独于他们的含义却是不一样的,林黛玉是因为没有父母亲人而孤独,宝玉是因为没人理解而孤独,宝钗则自以为高人一筹而孤独。这里不论宝玉和宝钗,只论黛玉。

林黛玉是一个极其自卑的人,她的自卑主要是三点原因:其一是父母双亡,无依无靠;其二是一无所有,一草一纸皆仰贾府供给;其三,身体有病,命不长久。具体证据如下:

一,林黛玉对宝钗说:"你如何比我?你又有母亲,又有哥哥,这里又有买卖地土,家里又仍旧有房有地。你不过是亲戚的情分,白住在这里,一应大小事情,又不沾他们一文半个,要走就走了。我是一无所有,吃穿用度,一草一纸,皆是和他们家的姑娘一样,那起小人岂有不多嫌的?"[1](355)就这一段话,就将黛玉的不幸处境及自卑原因讲明了。

二,林黛玉自知不如宝钗,但又希望与宝钗平起平坐,故对宝玉说:"你也不用说誓,我很知道你心里有妹妹,但只是见了姐姐,就把妹妹忘了。"[1](233)事情果真如此,宝玉见了宝钗雪白的酥臂后,一时忘情,浮想联翩,竟然想摸一摸。不过,宝玉好歹最后还是想回来了,想着黛玉也另具一种妩媚风流。宝玉虽不算食言,但宝钗在他心里的地位明显高于黛玉,这也是事实(当然,在这个问题上,曹雪芹的表述仍然是模棱两可、自相矛盾的)。

三,林黛玉自进贾府以来,不敢多说一句话,多行一步路,生怕被人耻笑,自卑感一直伴随着她,因而特别敏感,以至给人以小性的印象。譬如贾母为宝钗办生日,请了戏班来唱戏,王熙凤发现,其中一个小戏子像极了林黛玉,便叫大家猜。大家都知道她像谁,可是都不说,怕得罪人,心直口快的史湘云脱口而出:"倒像林妹妹的模样儿"[1](174)宝玉连忙向湘云使眼色阻止,可是已经来不及了,黛玉听后非常生气,她气的是大家拿她取笑,拿她当戏子。

四,林黛玉在受到不平等待遇时往往选择忍气吞声。在花朝节前一天晚上,林黛玉要进怡红院找贾宝玉,宝玉的丫头晴雯断然拒绝了她,她想发火,可是转念一想,自己是客人,寄人篱下,仰人鼻息,有什么资格发火呢?于是强忍住了,眼睁睁地看着怡红院近在咫尺,却进不去。当晚,黛玉哭了一整宿。又譬如,黛玉对宝玉有刻骨铭心之爱,但无人主张,只好把爱埋在心底,任由金玉相配之说流行而不敢站出来驳斥。又譬如第四十五回,宝钗建议黛玉吃燕窝粥,最能将养身体。黛玉说,她是外客,不敢多事,不好向贾母她们开口,怕人嫌弃。

林黛玉在下人面前往往十分客气,很少有"目无下尘"的情况发生。譬如,宝钗打发一个婆子给她送燕窝,当时是傍晚时分,又是冬夜,黛玉深知此时正是婆子们夜赌的时候,黛玉向婆子表示了歉意,令人端来热酒招待,又送给婆子几百钱弥补。贾母每个月会送一些钱给黛玉,这是月例之外的银子,黛玉将它们全分给了自己的下人。那次袭人打发佳蕙给黛玉送茶叶,正赶上黛玉给下人们分钱,黛玉随手也给了佳蕙两把。香菱算半个主子,她想学诗,宝钗不教,黛玉则不厌其烦地教她,从未耻笑过。

以上分析表明,黛玉既目中无人,又极度自卑,但基本上以自卑为主基调。曹雪芹判她孤高自许、目无下尘,显然是不合适的。

注释:

[1]〔清〕曹雪芹:《脂砚斋批评本红楼梦》,凤凰出版社2010年版。

8. 薛宝钗维护封建还是反封建

"礼教"作为名词,是指旧传统中束缚人的思想行动的礼节和道德;作为动词,礼教即礼仪教化。它是中国传统文化中的礼乐文化,因其极度重视名分,又称名教,对礼教系统的违背和破坏行为即为僭越。凌廷堪说:"上古圣王所以治民者,后世圣贤之所以教民者,一礼字而已。"[1](497)可见,礼教是奴隶和封建社会治国的基本手段和方法,受到各个阶层的高度重视和自觉维护。近代新文化运动提倡民主与科学,全力攻击批判封建礼教,1919年11月1日,吴虞发表《吃人与礼教》,文中说:"我们如今应该明白了,吃人的就是讲礼教的!讲礼教的就是吃人的呀!"[2](32)鲁迅的《狂人日记》、巴金的《家》《春》《秋》,都是反封建的名作。所以,礼教在过去是褒义词,五四以来变成了贬义词。相应地,谁被认定为封建礼教的维护者,谁就是反动派;谁被认定为反礼教,则他就是进步的革命力量。具体到《红楼梦》,贾宝玉和林黛玉被专家们捧为反封建争自由的斗士,薛宝钗则被界定为封建礼教的卫道士和殉葬者。那么,薛宝钗真的是封建礼教的卫道士和殉道者吗?让我们从正反两个方面进行考察吧。

8.1 薛宝钗是封建礼教的倡导者和践行者

据曹雪片介绍,薛宝钗肌骨莹润,举止娴雅,读书识字,较之乃兄竟高过十倍;品格端方,容貌美丽,随分从时,罕言寡语;不事奢华,唯觉淡雅;既有咏絮才,又有停机德;贾府上下皆喜欢她。这是一个典型的封建淑女形象,几乎是一个完人。如此淑女,如此完美,却备受专家们的诟病,原因何在?

薛宝钗压抑自己的个性和爱情,一切服从长辈的安排。她来到京城的目的之一,是应聘才人赞善之职。因故未成,奉命与宝玉成婚,明知宝玉爱的是林黛玉,且贾宝玉并非她心目中的理想人选,她还是听从安排,而毫无不满与反抗。为讨好王夫人,她竟然指鹿为马,颠倒是非,断然否定金钏是被王夫人逼死的,硬说她是失脚坠井而死,把王夫人的罪行洗脱得干干净净。为讨好贾母,她在自己的庆生活动中,一切唯贾母的爱好是瞻,点贾母喜欢的热闹戏和甜烂之食,而全不顾及自己的嗜好。

薛宝钗不仅自己做乖乖女,忠实地奉行着封建礼教信条,而且,她还时常监督和教育着林黛玉、薛宝琴、贾宝玉等人。林黛玉在玩牙牌时泄露了几句《西厢记》和《牡丹亭》的词句,她便把黛玉叫去审问和教育,令黛玉感激涕零。薛宝琴作怀古诗十首,最后两首并非怀古,而取典于戏剧,薛宝钗如临大敌,又教育起薛宝琴来,结果受到黛玉、李纨等人的一致抵制。群钗们作的诗词,被贾宝玉传抄出去,流传于世,受到林黛玉的批评,宝钗也帮腔道:"林妹妹这虑的也是。你既写在扇子上,偶然忘记了,拿在书房里去,被相公们看见了,岂有不问是谁做的呢。倘或传扬开了,反为不美。自古道'女子无才便是德',总以贞静为主,女工次子。其余诗词之类,不过是闺阁中游戏,原可以会、可以不会。咱们这样人家的姑娘,倒不要这些才华的名誉。"[3](506)薛宝钗自言,她原也喜欢读西厢、牡丹、元人百种等杂书,后来被父亲发现了,撕的撕、烧的烧,就再也不读了。父亲死后,她连正经书也不读了,诗词也不作了,一心帮助母亲打理家务,并认为这才是女孩子的正事。

薛宝钗做得最多的事情,就是教育培养贾宝玉,她几乎每一次与宝玉见面,都要教训宝玉。其中讲得最多的事情,就是劝说宝玉读正经书,走科举之路,专心仕途经济。弄得宝玉对她非常恼火,以至骂道:"好好的一个清净洁白女儿,也学的钓名沽誉,入了国贼禄鬼之流。这总是前人无故生事,立言建辞,原为导后世的须眉浊物。不想我生不幸,亦且琼闺绣阁中亦染此风,真真有负天地钟灵毓秀之德了!"[3](283)尽管宝玉不高兴,宝钗还是我行我素,一如既往地教育宝玉读书。

总之,宝钗艳冠群芳,知识渊博,才华出众,但被清规戒律所束缚,内心枯索,命运凄惨,她既是封建礼教的维护者,又是它的牺牲品。

8.2 薛宝钗是封建礼教的怀疑者和挑战者

封建礼教的核心是"三纲五常","三纲"包括君为臣纲、父为子纲、夫为妻纲,它强调的是男权。"五常"包括仁、义、礼、智、信,它强调的是上下尊卑的等级秩序。依照这"三纲五常"来衡量,笔者研究发现,薛宝钗实际上是反对封建礼教的,而且,她是红楼人物中反封建礼教最坚决的一个。

首先,薛宝钗反对君权。我们都知道,宝钗进贾府乃是为待选而来,此后便没了下文,从《终身误》歌词看,她最后嫁给了贾宝玉。这就是说,薛宝钗在才人赞善之职的聘选中失败了,这就产生了一个问题:宝钗因何落败?论才华,宝钗知识渊博,可为群钗之首;论长相,她容貌美丽,艳冠群芳;论性格,她举止娴雅,罕言寡语;论品德,论生活作风,论见识阅历等,宝钗皆是最出色最优秀的。然而,她竟然落选了,我们可以合理推测,她是故意落选的,她压根儿就不愿进宫。有人说,这是贾元春做了手脚。这个猜测是不成立的,因为这是欺君之罪,元春不敢做的。再说,当时元春还是一个普通的妃子,地位很低,她根本没有能力做手脚。因此,只有一个解释,那就是宝钗不愿进宫而故意落选了。此举是对君权的蔑视。

其次,宝钗瞧不起天下男人。在她教训林黛玉时,说过这样的话:"……男人们读书不明理,尚且不如不读书的好,何况你我。就连作诗写字等事,这不是你我分内之事,究竟也不是男人分内之事。男人们读书明理,辅国治民,这便好了。只是如今并听不见有这样的人,读了书,倒更坏了。这是书误了他,可惜他也把书遭蹋了,所以竟不如耕种买卖,倒没有什么大害处。"[3](333) 红学家都说宝钗维护礼教,却唯独对这段话视而不见。薛宝钗在这里既反对女人读书写诗,也反对男人读书科举,因为天下没有一个男人读书明理的,他们读了书,比不读时更糟糕,还不如一开始就做买卖耕种。这就不但否定了科举制度,还否定了整个男权。

其次,宝钗做《螃蟹咏》嘲笑世人。第三十八回写史湘云请客吃螃蟹,贾宝玉率先作诗记之。黛玉读后笑道,你这种诗就是一百首也拿得出来,当即就写了一首,自觉写得不好,对宝玉说,我的不如你的,我烧了它,你的诗比方才的菊花诗还好,留着给他们看吧。宝钗这时把自己写的咏蟹诗拿了出来,说我也写了一首,大家批评指正吧。宝玉急不可耐地抢过去读了,赞道:"写得痛快!我的诗也该烧了。"众人阅毕,都说:"这是食螃蟹绝唱。这些小题目,原要寓大意,才算是大才。只是讽刺世人太毒了些。"[3](305) 薛宝钗的咏蟹诗被公认为食蟹绝唱,可见写得好,好在哪里呢?小题目寓大意,讽刺世人,只是讽刺得太厉害了些。大家的评语表明,薛宝钗其实是一个愤青,对社会现实严重不满,她决非逆来顺受之人。

其次,宝钗追求自由,掌握命运主动权。宝钗故意落选才人赞善,而将婚姻象征的金锁时刻戴在胸前,这表明她很早就中意贾宝玉,喜爱贾宝玉,希望能够嫁给他。所以,她最终嫁给贾宝玉,对她而言,不是遵循父母之命媒妁之言,而是夙愿得偿,正中下怀。

最后,宝钗不听父言,不以夫为纲。薛父对宝钗寄予厚望,令其读书识字,但宝钗不争气,偷偷阅读《西厢记》《牡丹亭》和《元人百种曲》等杂书;父亲死后,她干脆就不读书了。这是违背父愿的。依照"三纲"理论,父死之后应当由薛蟠当家,可是,薛母与宝钗合谋剥夺了薛蟠的权力,借口冠冕堂皇。实际上,薛蟠的所作所为,贾珍、贾琏、和贾蓉都干过,薛蟠并不比他们蠢笨,如何就不能当家了?可以想见,宝钗与宝玉结婚之后,掌权的必定是宝钗,所谓齐眉举案纯粹是形式,柔弱的贾宝玉是斗不过强势的薛宝钗的。

总之,薛宝钗究竟是维护封建礼教,还是反对封建礼教,曹雪芹给予我们的答案模棱两可,且自相矛盾,说不清,也道不明。

注释：

[1]唐凯麟主编:《中华民族道德生活史(先秦卷)》,东方出版中心2014年版。

[2]刘卫国:《中国新文学研究史》,社会科学文献出版社2015年版。

[3]〔清〕曹雪芹:《脂砚斋批评本红楼梦》,凤凰出版社2010年版。

9. 薛宝钗是山中高士还是世间俗人

人品问题至关重要，理学家以笔杀人，用的就是人品的刀子，在封建理学的环境下，产生了许多伪君子，主流学者认为薛宝钗就是一个伪君子、女曹操，许多读者也认为她是心计女、阴险妇。事实果真如此吗？

9.1 薛宝钗是阴险小人

泛读《红楼梦》，并受阶级论红学的影响，读者朋友很容易形成对薛宝钗不利的印象：她野心勃勃，一心要做宝二奶奶，取林黛玉而代之，心机深沉，阴险狡诈。主要证据主要有：

第一，向贾宝玉宣传金玉相配之说。第七回描写了宝玉与宝钗相见并交谈的情景，薛宝钗对贾宝玉说，他早就听说了通灵宝玉，你能让我好好瞧瞧吗？贾宝玉便将通灵宝玉取下来给她看，她边看边念上边的字："莫失莫忘，仙寿恒昌"，莺儿听后嘻嘻笑道："我听这两句话，倒像和姑娘的项圈上的两句话是一对儿。"贾宝玉原本不知道宝钗有一个金锁，宝钗主仆两个一唱一和，贾宝玉才知道宝钗有一个金锁，金锁上面也有字，也是一个和尚给的，且与通灵宝玉上的字是一对。贾宝玉自然要求看金锁，薛宝钗趁机从项上取下金锁给宝玉看，宝玉见上面也有八个字："不离不弃，芳龄永继"，他把这八个字念了两遍，发现果然与自己玉上的字是一对。[1](69)薛宝钗一向朴素，从不涂脂抹粉，也不穿金戴银，但却时时戴着沉甸甸的金锁，说明她是深信金玉之说的，她向宝玉推介金锁，无疑是在向宝玉推销金玉相配之说。宝钗手臂上常戴着元妃赐予的红麝香珠串，这件礼物似乎具有特殊的象征意义，因为只有贾宝玉同她两人有，其他人没有，专家们相信，元妃有择定宝钗之意。宝钗应该也是知道这层意思的，她常常戴着这个手串，这表明她也希望嫁给宝玉。

第二，一心讨好贾府当权者贾母与王夫人。贾府给薛宝钗过生日，摆酒唱戏，贾母因问宝钗爱听何戏，爱吃何物等语，"宝钗深知贾母年老人，喜热闹戏文，爱吃甜烂之食，便总依贾母素日所喜者说了出来。贾母更加欢悦。"[1](173)第三十五回描写娘们儿在一起说笑闲聊，王熙凤把贾母逗得前仰后合，宝钗一旁笑道："我来了这么几年,留神看起来,凤丫头凭他怎么巧,再巧不过老太太去。"[1](277) 凤姐已是人尖,但凤姐还是不如老太太,可见老太太是人尖中的人尖,宝钗吹捧人的水平真是高啊! 讨好王夫人的主要证据在第三十二回,金钏跳井自杀,实系王夫人与宝玉二人的罪过,王夫人心里难过,宝钗安慰王夫人说:"姨妈是慈善人,固然是这么想。据我看来,他并不是赌气跳井。多半他下去住着,或是在井跟前憨顽,失了脚掉下去的。他在上头拘束惯了,这一出去,自然要到各处去顽顽逛逛。岂有这样大气的理? 纵然有这样大气,也不过是个糊涂人,也不为可惜。"[1](261) 宝钗还答应王夫人,拿出自己的两套新衣裳来给金钏殓葬,不避忌讳。宝钗的体贴和关怀真是难得啊,王夫人能不感动吗?

第三,善于邀买人心,麻痹林黛玉。薛宝钗"行为豁达,随分从时,不比黛玉孤高自许,目无下尘,故比黛玉大得下人之心。便是那些小丫头子们,亦多喜与宝钗去顽笑。"[1](40) 赵姨娘赞扬宝钗说:"怨不得别人都说那宝丫头好,会做人,很大方,如今看起来果然不错。他哥哥能带了多少东西来,他挨门儿送到,并不遗漏一处,也不露出谁薄谁厚,连我们这样没时运的,他都想到了。若是那林丫头,他把我们娘儿们正眼也不瞧,哪里还肯送我们东西?"[1](528) 林黛玉也曾嫉妒宝钗,但宝钗替她隐瞒读《西厢记》与《牡丹亭》之事,又给她送燕窝补身体,黛玉深受感动,与她捐弃前嫌,结为异姓姐妹。脂批云:"待人接物不亲不疏,不远不近,可厌之人,未见冷淡之态,形诸声色;可喜之人,亦未见醴密之情,形诸声色。"[1](165) 可见宝钗比一般人高明,更能收买人心,贾府上上下下都喜欢她;她对黛玉好,有麻痹黛玉之意,可以削减黛玉的敌意,毕竟,黛玉是贾母的亲外孙女,看在贾母的面子上也得处好与黛玉的关系。

第四,陷害林黛玉。薛宝钗在扑蝶时,无意间听到了林小红的丑事,为避免暴露,她假装与黛玉捉迷藏,导致林小红对黛玉的误会,小红对坠儿说:"要是宝姑娘听见还罢了。那林姑娘嘴里又爱克薄人,心里又细,他一听见了,倘或走露了,怎么样呢?"[1](219) 林小红对黛玉印象不好,对宝钗则评价很高,他不怕宝钗听见,却担心黛玉听见传话。宝钗不说别人的名字,偏偏说黛玉,这不是有意陷害黛玉吗? 宝钗在紧急时刻金蝉脱壳,把林黛玉抛出去,说明她潜意识里把黛玉当敌人看待。

应该说,以上证据是很有力的,难怪很多读者不喜欢宝钗,他们认为,如果说王熙凤是真小人,贪婪残忍都放在明面;则薛宝钗是十足的伪君子,阴险毒辣都藏在骨子里。

9.2 薛宝钗是世外高士

然而,另一些文字则表明,薛宝钗是一个高尚而纯粹的人,一点也不阴险,譬如说,《红楼梦曲》之[终身误]唱道:"山中高士晶莹雪",这句是唱薛宝钗,说薛宝钗是山中高士，说她晶莹如雪。这话什么意思呢？"高士"意为志趣、品行高尚的人，不同流俗之人，"山中高士"多指隐逸之士，与世无争，自得其乐。如《战国策·赵策三》云："吾闻鲁连先生，齐国之高士也。"[2](227)《后汉书·徐稺传》云："此必南州高士徐孺子也。"[3](623)鲁连和徐稺都是历史上最著名的隐士，都有政治才华而无政治野心，都不愿意做官而隐居山野，他们都正直诚恳。薛宝钗作为山中高士，当也是这种高尚之士。"晶莹雪"，顾名思义，指宝钗品行高洁如雪。文本证据如下：

第一，薛宝钗从未明确表示要嫁给宝玉。薛宝钗进京的目的是待选才人赞善之职，她向贾宝玉介绍金锁之时，才刚刚进京，那时尚在待选，谈不上勾引宝玉。在曹雪芹所撰前八十回中，薛宝钗始终把宝玉当弟弟看，从未向他表露过爱情，这恐怕也是不争的事实。宝钗也知道金玉相配之说，但她一直在回避，当哥哥薛蟠说她有心嫁给宝玉时，她气愤得整整哭了一个晚上。金玉相配之说是一个和尚制造的，冷香丸也是那个和尚给的，正如通灵宝玉的来历一样，是客观事实，薛宝钗向宝玉介绍金锁的来历，不过是实话实说，算不得勾引或色诱。

第二，宝钗对贾母和王夫人也有过批评。宝钗至少有两次明确批评贾母，其一是在第七十七回，其中谈及为凤姐配丸药需用上等人参，发现贾母那边有非常粗的上等人参，可惜时间太久，都已经朽糟烂本，全无性力了。王夫人没法，只好打发人出去购买，宝钗恰在座，她阻止说：

周瑞家的方才要去时，宝钗因在座，乃笑道："姨娘且住，如今外头人参都没有好的。虽有全枝，他们也必截做两三段，镶嵌上芦泡须枝，掺匀了好卖，看不得粗细。我们铺子里常和参行交易，如今我去和妈妈说了，叫哥哥去托个伙计过去和参行商议说明，叫他把未作的原枝好参兑二两来。不妨咱们多使几两银子，也得了好的。"王夫人笑道："倒是你明白。就难为你亲自走一趟更好。"

于是宝钗去了，半日回来说："已遣人去，赶晚就有回信。明日一早去配，也不迟。"王夫人自是喜悦，因说道："'卖油的娘子水梳头'，自来家里有好的歹的，不知给了人多少。这会子轮到自己用，反倒各处寻去。"说毕长叹。宝钗笑道："这东西虽然值钱，究竟不过是药，原该济众散人才是。咱们比不得那没见世面的人家，得了这个，就珍藏密敛的。"[1](608)

贾母把人参放得太久，以至失去了药性，完全浪费了好东西。宝钗认为，人参虽然值钱，终究不过是药，是治病用的，大户人家有了人参，应当周济众人，不该小里小气珍藏密敛。很显然，薛宝钗是针对贾母的，其批评意味非常浓烈。另外也有批评王夫人之意，市面上人参买卖极为复杂，而王夫人一无所知，如此无能无知，如何能做当家婆？

宝钗另一次批评贾母是在第四十九回,宝琴第一次出场,她是宝钗的堂妹,极受贾母宠爱,贾母安排她跟自己住,并强迫王夫人认她为干女儿,吃的和穿的都给最好的,还有替宝玉提亲之意。宝钗心理有些不平衡,她半假半真地对宝琴笑说:"你也不知是那里来的这段福气!你倒去吧,仔细我们委屈着你。我就不信,我那些儿不如你。"[1](383)宝钗这句话似乎是在替宝琴高兴,但语中含酸是很明显的,她自觉样样都比妹妹强,偏不得贾母厚爱,很是无奈。言外之意则是,贾母没眼光,不会看人。

对于王夫人,薛宝钗也有一明一暗的批评。为追查绣春囊的来历,王夫人着王熙凤、王善保家的等抄检大观园,抄来抄去也没有抄检出什么,却得罪了一大批人,薛宝钗自然也深感不满。王熙凤发话说,只抄检自己人,不抄检客人,她们抄检了贾宝玉、林黛玉、迎春、探春等人的住处,唯独没有抄检薛宝钗,这是不把宝钗当自己人。宝钗心里不痛快,便借故搬出大观园,她找到李纨说:"只因今日我们奶奶身上不自在,家里两个女人也都因时症未起炕,别的靠不得,我今儿要出去陪着老人家夜里做伴儿。要去回老太太、太太,我想又不是什么大事,且不用提,等好了我横竖进来呢。所以来告诉大嫂子一声。"[1](590)当时尤氏在场,她与李纨你看着我笑,我看着你笑,两人心里都有数,宝钗这是在以无声的方式抗议王夫人。王夫人获悉宝钗搬家后,不免又要挽留,宝钗断然拒绝了王夫人的挽留,并且还批评王夫人疏于管理:"所以今日不但我执意辞去,此外还要劝姨妈,如今该减些的就减些,也不为失了大家的体统。据我看,园里这一向的费用,也竟可以免的,说不得当日的话。姨妈深知我们家的,难道我们家当日也是这样零落不成?"[1](619)从表面上看,宝钗劝谏王夫人要节省开支,以免贾府将来像薛家一样败落,不要觉得这样失了大家庭的体统。但弦外之音却是,姨妈你的所作所为太小家子气了,有失体统。我还是早点搬走吧,免得讨人嫌。

第三,在"收买下人"方面,林黛玉不比薛宝钗差。大家都知道宝钗会做人,善于邀买人心,事实上,林黛玉何尝不是如此。《红楼梦》有三次写到黛玉待下之宽厚,其一是第二十六回,佳蕙兴高采烈地对林小红说:"我好造化!才刚在院子里洗东西,宝玉叫往林姑娘那里送茶叶,花大姐姐交给我送去。可巧老太太那里给林姑娘送钱来,正分给他们的丫头们呢。见我去了,林姑娘就抓了两把给我,也不知多少。你替我收着。"[1](209)贾母送给黛玉的钱,应该是月钱之外的钱,体现了贾母对黛玉的关怀。黛玉自己一无所有,她的一草一纸皆取自贾府,她的收入除了月钱,就只有贾母的津贴了,非常有限。但黛玉将它们都分给了自己的丫头,佳蕙偶然碰上了,见者有份,也得了两把。其二是在第四十五回结尾处,宝钗打发蘅芜院的一个婆子给黛玉送燕窝,黛玉知道婆子们晚上要赌博的,给黛玉送燕窝的时候,也正是夜赌开始的时候,黛玉歉疚地说:"难为你。误了你发财,冒雨送来。"[1](357)黛玉当即命人给她几百钱打酒吃,避避雨气。这两个例子说明,黛玉非常大方,而且精通人情世故,赌博是违法的,黛玉不仅替她们隐瞒,还为自己耽误她们的赌博时间而道歉。从这个意义上讲,黛玉更会收买下人之心。

事实上,真正孤高自许、目无下尘的人,并不是林黛玉,而是她薛宝钗,薛宝钗处处显得高人一头,香菱想学诗,宝钗反对,香菱只好向黛玉学习,黛玉对她不厌其烦,言传身教,使她很快就掌握了作诗之道。靛儿有一次扇子不见,就以为是宝钗藏了,宝钗十分生气,当即呵斥道:"你要仔细!你见我和谁玩过!有和你素日嘻皮笑脸的那些姑娘们,你该问他们去!"[1](245)吓得靛儿转身就跑。从宝钗的话中我们可以看,她从不跟丫头们顽笑,总是端着主子架儿。脂批也说过,宝钗为人庄重严谨,不苟言笑,对宝玉动辄教训,下人们更难接近。可见,宝钗不是一个喜欢跟下人打交道的人,至于收买人心更无从谈起。

第四,薛宝钗无须麻痹林黛玉,也无须依靠贾宝玉。如果薛宝钗真像曹雪芹所描写的那样,家有百万之富,艳冠群芳,才艺超群,人见人爱,则她根本不愁嫁,要想嫁一个富二代官二代什么的,根本不在话下,毕竟世上富贵之家不止贾府一个,而品、貌、才兼具的白富美也是稀缺品种。同时贾宝玉并不是一个理想的丈夫,他不想当官,不求上进,对爱人不忠诚,根本不是宝钗的理想人选,薛宝钗不可能依靠贾宝玉重整家业。再说,护官符上也讲了,王家与贾府本就是亲戚,相互遮饰维护,即使宝钗不与宝玉成婚,如有需要,他们之间也会相互帮助的。

第五,后四十回宝黛钗三人关系的模式,不是曹雪芹的原作。在后四十回,王熙凤、贾母、薛姨妈和王夫人等使用调包计,违背黛玉与宝玉的意愿,使宝玉与宝钗做了夫妻,黛玉得知消息后气绝而亡,薛宝钗显得比较卑鄙。但这不是曹雪芹原作,而是程伟元与高鹗续写的,不能代表曹雪芹的意思,林黛玉的死根本与薛宝钗无关。曹雪芹早在第四十九回就写了,林黛玉的眼泪越来越少了,有时只是哭,却没有多少泪。这意味着黛玉离泪尽而逝的日子不远了,依此而论,宝钗很可能是在黛玉死后才嫁给宝玉的,宝钗不是从黛玉手里夺走了宝玉。

注释:

[1]〔清〕曹雪芹:《脂砚斋批评本红楼梦》,凤凰出版社2010年版。

[2]朱本军:《政治游说战国策译读(二)》,首都师范大学出版社2015年版。

[3]缪钺:《宋诗鉴赏辞典》,上海辞书出版社2015年版。

10. 通灵宝玉及金锁的灵与不灵

作者在第八回首次详细介绍通灵宝玉与金锁。那时,宝钗一家住在梨香院,宝玉进去拜访,宝钗对宝玉说:"成日家说你的这玉,究竟未曾细细的赏鉴,我今儿倒要瞧瞧。"说着便挪近前来。宝玉亦凑了上去,从项上摘了下来,递在宝钗手内。宝钗托于掌上,只见大如雀卵,灿若明霞,莹润如酥,五色花纹缠护。这就是大荒山中青埂峰下的那块顽石的幻相。通灵宝玉正面镌着"通灵宝玉"四个大字,又有小字注云:"莫失莫忘,仙寿恒昌。"通灵宝玉反面注云:"一除邪祟,二疗冤疾,三知祸福。"宝钗看毕,又重新翻过正面来细看,口内念道:"莫失莫忘,仙寿恒昌。"念了两遍,乃回头向莺儿笑道:"你不去倒茶,也在这里发呆作什么?"莺儿嘻嘻笑道:"我听这两句话,倒像和姑娘项圈上的两句话是一对儿。"宝玉听了,忙笑道:"原来姐姐那项圈上也有八个字,我也赏鉴赏鉴。"宝钗道:"你别听他的话,没有什么字。"宝玉笑央:"好姐姐,你怎么瞧我的了呢。"宝钗被缠不过,因说道:"也是个人给了两句吉利话儿,所以錾上了,叫天天带着,不然,沉甸甸的有什么趣儿。"一面说,一面解了排扣,从里面大红袄上将那珠宝晶莹黄金灿烂的璎珞掏将出来。宝玉忙托了锁看时,果然一面有四个篆字,两面八字,共成两句吉谶。正面是"不离不弃",背面是"芳龄永继",宝玉看了,也念了两遍,又念自己的两遍,因笑道:"姐姐这八个字倒真与我的是一对。"莺儿笑道:"是个癞头和尚送的,他说必须錾在金器上。"[1](68-69)

作者煞有介事地介绍通灵宝玉与金锁,好像真是天生的一对,但笔者研读后发现,二者有很大差异,并不完全匹配。首先,"通灵宝玉"等字是癞头和尚亲镌,而金锁及金锁上的文字是薛家自己打造及錾刻的;其次,二者字数及形制皆有差异,通灵宝玉上有24个字,正反两面各12个,而金锁只有8个字,正反各4个。通灵宝玉个头很小,而金锁相对较大。所以,通灵宝玉与金锁并非天生的一对。

通灵宝玉和金锁上的文字都是那位仙僧所赐,应该是灵验无比的,但事实并非如此。从文字内容来看,两者都禁不起分析,根本都是谎言。通灵宝玉正面上有"莫失莫忘,仙寿恒昌"八字,这八个字就是假的,通灵宝玉下凡之初,癞头和尚与跛足道人有过约定,他们三纪后在北芒山相会,再一起到警幻仙子处销号,那时,通灵宝玉必须重回青埂峰,所以,通灵宝玉不可能永远跟着贾宝玉,贾宝玉不可能仙寿恒昌。通灵宝玉的背面镌着"一除邪祟,二疗冤疾,三知祸福。"这些文字也是骗人的,通灵宝玉并没有这些功能,譬如,贾宝玉与王熙凤遭受魇魔之术,差点丢了性命,最后还是癞头和尚亲自出马,才救回了他们的性命。薛宝钗的金锁也没有什么用,她始终有病在身,只有冷香丸管用。对于二者的功能及命运,作者也写道:"好知运败金无彩,堪叹时乖玉不光"[1](P68),金锁及通灵玉究竟是不是灵验,关键得看时运,时运好便灵,时运不好,便金无彩、玉不光,这与普通物件没有什么差别。

注释:
[1]〔清〕曹雪芹:《脂砚斋批评本红楼梦》,凤凰出版社2010年版。

11. 金玉结局的矛盾

从前八十回来看，既有木石姻缘的说法，又有金玉良缘的风传，木石姻缘是主旋律，金玉良缘是杂音。第八回首次提到金玉相配之说，它出自宝钗的丫头莺儿之口，并且得到了贾宝玉的确认："姐姐，这八个字倒真与我的是一对"[1](69)。至第二十八回，作者又提到，薛姨妈曾经对王夫人说起"金锁是个和尚给的，等日后有玉的方可结为婚姻"等语[1](234)。至第三十四回，薛蟠兄妹生气，薛蟠嘲讽宝钗说："好妹妹，你不用和我闹，我早知道你的心了。从先妈和我说，你这金要拣有玉的才可正配，你留了心。见宝玉有那劳什骨子，你自然如今行动护着他。"[1](273)以上几处文字证明，所谓金玉良缘最先是由薛家传播出来的，传播最力的当属薛姨妈，宝钗和薛蟠兄妹也知道此事，但宝钗一直力图避嫌。有一次，元春给众姐妹赏赐中秋节礼物，独宝玉与宝钗两人的礼品一样多，引起了许多人的疑虑，宝钗的反应是："昨儿见元春所赐的东西，独他与宝玉一样，心里越发没意思起来。"[1](234)被哥哥嘲讽那次，薛宝钗把自己关在闺房里，整整哭了一个晚上。薛姨妈宣传金玉良缘，是因为她相信了癞头和尚的话，宝钗金锁上的八个字，以及冷香丸配方，都是癞头和尚给的。而癞头和尚之所以如此安排，则要溯源至女娲氏炼石补天。所以，金玉良缘是老天的安排，命中注定，而非薛姨妈蓄意捏造。

虽然坊间盛传金玉良缘与木石姻缘，但它们始终未得到荣国府最高三人团的认可，贾母、贾政和王夫人始终认为宝玉年龄尚小，还可再等二三年。薛姨妈亲口对王夫人提起金玉相配之事，此事非同小可，王夫人应该会将这事郑重地告诉贾母及贾政，但贾母、贾政和王夫人一直没表态。薛姨妈曾向黛玉承诺，要给她同宝玉做媒，然而没有了后文。薛宝琴来了以后，贾母立即来了精神，先是逼着王夫人认干女，接着又问生辰八字，似有为宝玉求配之意。此前，贾母曾嘱咐张道士留心，若有长相和性格好的姑娘，要向她报告。贾母的这两个举动，实际上等于否定了金玉良缘，也否定了木石姻缘，而有意为宝玉另择他人。

但从第五回《红楼梦曲》预演的结局来看，贾宝玉最终娶了薛宝钗。《红楼梦曲》第三首[枉凝眉]唱道："一个是阆苑仙葩，一个是美玉无瑕。若说没奇缘，今生偏又遇着他，若说有奇缘，如何心事终虚化？一个枉自嗟呀，一个空劳牵挂。一个是水中月,一个是镜中花。想眼中能有多少泪珠儿,怎经得秋流到冬尽,春流到夏!"[1](46)大家都认为,这首曲子唱的是贾宝玉与林黛玉之间的爱情,他们尽管相爱,有奇缘,但如镜花水月,心事总虚化,美好的愿望落空了。第二首[终身误]是这么唱的:"都道是金玉良姻,俺只念木石前盟。空对着,山中高士晶莹雪,终不忘,世外仙姝寂寞林。叹人间,美中不足今方信。纵然是齐眉举案,到底意难平。"[1](46)专家们解释说,这首曲子唱的是贾宝玉对宝钗、黛玉的态度,尽管他最后娶了薛宝钗,并且薛宝钗对他极为尊重,举案齐眉,但他心里始终想着林黛玉,而"空对着晶莹雪"。贾宝玉始终忘不了林黛玉,因而不能接受与薛宝钗的婚姻。薛宝钗最后没有得到幸福,金玉并非良缘。

但是,这个结局与相关文本矛盾,第五十八回有一个情节,这个情节表明,贾宝玉在林黛玉已逝的情况下,是能够接受薛宝钗的。清明节那天,病中的贾宝玉拄着拐杖在大观园中走动,突然发现山石那边有火光升起,他连忙赶过去瞧究竟,发现是藕官,她泪流满面,在烧着纸钱。贾府规定,园内是不能随便点火的,藕官公然违背规定,这是一宗大罪,一个婆子在恶狠狠地教训藕官,并要抓他去见李纨、凤姐。贾宝玉挺身而出,他出来替藕官辩解说,藕官并没有烧纸钱,她是在替林黛玉烧那烂字纸的。贾宝玉一说话,藕官便也理直气壮起来,附和着说,她不是在烧纸钱,她烧的是林姑娘的字纸。谁知,那个婆子并不是善茬,不好糊弄,她从地上拿起一块未烧完的纸张,对藕官说:你看清了,这是纸钱还是字纸,咱们叫主子奶奶评理去。见一计不成,贾宝玉又生一计,对婆子说:实话跟你说吧,我昨夜做了一个梦,梦见杏花神和我要一挂白纸钱,不可叫本房人烧,要一个生人替我烧,我的病才好得快。我就央请林姑娘找一个人替我烧,林姑娘就找到了藕官。事情就是这么回事,你去告吧,若老太太怪罪你冲撞神祇,到时别怨我没提醒你。婆子听了宝玉这话,相信了,陪笑走了。婆子走后,宝玉问藕官在为谁烧纸钱,藕官感激宝玉,她对宝玉说:我这事不方便告诉你,园内还有芳官和蕊官知道,你回去问芳官吧。于是,贾宝玉便去问芳官,芳官告诉他,藕官在祭奠死去的菂官。藕官与菂官都是女戏子,经常在戏中扮夫妻,平时也以夫妻名义生活,如今菂官死了,她很伤心。贾宝玉说道:"这是友谊,也应当的。"

宝玉以为藕官是为友谊才祭奠菂官的,事情究竟如何呢?请看原文:

芳官笑道:"那里是友谊?他竟是疯傻的想头,说他自己是小生,菂官是小旦,常做夫妻,虽说是假的,每日那些曲文排场,皆是真正温存体贴之事,故此二人就疯了,虽不做戏,寻常饮食起坐,两个人竟是你恩我爱。菂官一死,他哭得死去活来,至今不忘,所以每节烧纸。后来补了蕊官,我们见他一般的温柔体贴,也曾问他得新弃旧的。他说:'这又有个大道理。比如男子丧了妻,或有必当续弦者,也必要续弦为是。便只是不把死的丢过不提,便是情深义重了。若一味因死的不续,孤守一世,妨了大节,也不是理,死者反不安了。'你说可是又疯又呆？说来可是可笑？"宝玉听说了这篇呆话,独合了他的呆性,不觉又是欢喜,又是悲叹,又称奇道绝,说:"天既生这样人,又何用我这须眉浊物玷辱世界。"因又忙拉芳官嘱道:"既如此说,我也有一句话嘱咐他,我若亲对面与他讲未免不便,须得你告诉他。"芳官问何事。宝玉道:"以后断不可烧纸钱。这纸钱原是后人异端,不是孔子遗训。以后逢时按节,只备一个炉,到日随便焚香,一心诚虔,就可感格了。愚人原不知,无论神佛死人,必要分出等例,各式各例的。殊不知只一'诚心'二字为主。即值仓皇流离之日,虽连香亦无,随便有土有草,只以洁净,便可为祭,不独死者享祭,便是神鬼也来享的。你瞧瞧我那案上,只设一炉,不论日期,时常焚香。他们皆不知原故,我心里却各有所因。随便有清茶便供一钟茶,有新水就供一盏水,或有鲜花,或有鲜果,甚至荤羹腥菜,只要心诚意洁,便是佛也都可来享,所以说,只在敬不在虚名。以后快命他不可再烧纸。"[1](461)

这个情节说明一个事实,贾宝玉赞同移情别恋,赞同再婚,只是别恋和再婚之后,不要忘记旧人,仍要时时记得旧人。对于藕官、药官和蕊官三人的故事,曹雪芹再没提及,曹雪芹设计烧纸钱风波的真正目的,正是为了告诉我们,将来黛玉若是早夭,贾宝玉能够接受薛宝钗或其他女人,同时不会忘记黛玉,会时时纪念她。

以上分析表明,曹雪芹关于宝玉与宝钗二人婚姻结局的设计,是自相矛盾的。金玉良缘的关键是"玉"与"金"的含义,如果"玉"代表尊贵,"金"代表财富,则二者注定是要失败的,因为宝玉不愿参加科举,更不愿为官做宰,薛家的财富也已经折腾光了,金玉已名存实亡。薛宝钗几乎是一个十全十美的女人,集美貌、才能与贤德于一身,她是社会的稀罕物,根本不愁嫁。在宝玉明显不爱宝钗、宝钗择配并不困难、宝钗待聘才人赞善之职的情况下,宝钗为何还是嫁给了宝玉呢？

总之,宝黛钗三人的爱情婚姻问题,如一团乱麻,剪不断,理还乱,作者制造了一系列矛盾:宝玉自相矛盾,贾母自相矛盾,王熙凤自相矛盾,薛姨妈自相矛盾,元春与贾母矛盾,宝钗自相矛盾,贾府舆论自相矛盾。并且,这些矛盾的产生并不是历时性的,而是共时性的,无法合理解释。

此外,史湘云身上也有一个金灿灿的家伙,叫金麒麟,且贾宝玉对她也很暧昧,她与宝玉也可以是金玉关系。所以,金玉姻缘究竟是指宝玉与宝钗的关系,还是宝玉与湘云的关系,也是一个谜。

注释：

[1]〔清〕曹雪芹:《脂砚斋批评本红楼梦》,凤凰出版社2010年版。

第四卷

满纸荒唐言

　　曹雪芹自评《红楼梦》是"满纸荒唐言,一把辛酸泪",后一句容易理解,前一句则十分费解。众所周知,《红楼梦》是一部悲剧,"悲凉之雾,遍被华林",金陵群钗皆为薄命之人,"一把辛酸泪"已被学界公认,但其前半句"满纸荒唐言"却少有人深谈。"荒唐"两字浅易且常用,其基本含义是浮夸、不切实际或谓行为放荡。但此解于《红楼梦》却不甚通,因为夸张、不切实际和行为放荡的描写,在文艺作品中比比皆是,不独《红楼梦》,《三国演义》《水浒传》和《西游记》都如此,这是文学手法,没人说它荒唐。还有一种解释说,《红楼梦》以神话起,神话结,乃为荒唐。这种解释也是不通,神话只是《红楼梦》的一小部分,即使这部分算荒唐,其余部分并不荒唐,则"满纸荒唐言"从何而来?再说,《红楼梦》诞生前已有《山海经》《聊斋志异》《封神演义》和《西游记》等神话作品,读者对于神话已经见多不怪,习以为常了。所以,我们决不能把"满纸荒唐言"之"荒唐"两字做这种解释。更多专家认为,"满纸荒唐言"乃是曹雪芹笔录的封建卫道士之言,这种解释显然也是不通,《石头记》在曹雪芹生前,只在朋友们中有所传阅,哪里来的封建卫道士之言?

　　"荒唐"的红学含义是错误、且错误到了无以复加的程度,"满纸荒唐言"就是满纸胡言乱语、胡说八道。具体来说就是模棱两可、自相矛盾、有头无尾等各种错谬。实际上,"荒唐"原本的含义就是如此,它典出《庄子·天下》:"谬悠之说,荒唐之言,无端崖之词,时恣纵而不傥,不以觭见之也。"[1](104)按照通行的汉语规则,《红楼梦》就是一部"满纸荒唐言"[2](6),本卷再举若干例子以资佐证。

1. 女水男泥之惑

红学家大都认为,林黛玉与贾宝玉是志同道合的同志,都具有强烈的反封建意识,追求自由的生活和爱情,厌恶科举和仕途经济;而薛宝钗是一个驯顺的乖乖女,封建势力的爪牙,热衷于追逐权势与地位,她与贾宝玉在思想上截然对立,云云。这种认识当然是错误的,它是滥用身份层级理论结出的劣果。《红楼梦》的重心并不在这里,它所讨论的核心问题是女人与男人,林黛玉重男轻女,薛宝钗则重女轻男,贾宝玉总体上也是重女轻男,所以贾宝玉与林黛玉是敌人,与薛宝钗则是同志。当然,作者在这个问题上,同样使用了烟云模糊法,似是而非,似非而是。

1.1 水与泥的意象

水与泥都是自然之物,无所谓干净与脏污,也无所谓有用与无用,它们都可以是脏的,如污泥浊水,也可以都是干净的,如净水泼街黄土垫道。可见,水与泥究竟是干净还是脏污,原因不在其自身,而在人们赋予它们什么。在《红楼梦》里,贾宝玉、林黛玉和薛宝钗三人就分别赋予水与泥以不同的意义。

周思源先生研究《红楼梦》,得出一个重要结论:"'水'这个意象在《红楼梦》中代表少女"[3](98)初看起来确有此意,在《红楼梦》里,水代表女人,泥代表男人。贾宝玉小时候曾说:"女儿是水做的骨肉,男人是泥做的骨肉。我见了女儿,我便清爽;见了男子,便觉浊臭逼人。"[2](17)在贾宝玉的意象世界里,水纯洁干净,代表女儿;泥污秽脏臭,代表男人。读者朋友可能认为,这只是贾宝玉一时的体验和情感,其他时候未必有这种体验和情感,事实是不是这样的呢?请看第三十六回下述文字:

袭人深知宝玉性情古怪,听见奉承吉利话,又厌虚而不实;听了这些近情的实话,又生悲感。便悔自己说冒撞了,连忙笑着用话截开,只拣那宝玉素喜谈者问之。先问他春风秋月,再谈及粉淡脂莹,然后又说到女儿如何好,又谈到女儿死,袭人忙掩住口。

宝玉听至浓快处,见他不说了,便笑道:"人谁不死?只要死的好。那些个须眉浊物,只知文死谏、武死战,这二死是大丈夫死名死节。竟何如不死的好!必定有昏君他方谏,他只顾邀名,猛拼一死,将来弃君于何地!必定有刀兵他方战,猛拼一死,他只顾图汗马之名,将来弃国于何地!所以这皆非正死。"袭人道:"忠臣良将,出于不得已,他才死。"宝玉道:"那武将不过仗血气之勇,疏谋少略,他自己无能,白送了性命,这难道也是不得已!那文官更不可比武官了,他念两句书,窝在心里,若朝廷少有瑕疵,他就胡弹乱劾,只顾他邀忠烈之名,浊气一涌,即时拼死,这难道也是不得已!还要知道,那朝廷是受命于天,他不圣不仁,那天断不把这万几重任与他了。可知那些死的都是沽名,并不知大义。比如我此时若果有造化,该死于此时的,如今趁你们在,我就死了,再能够你们哭我的眼泪,流成大河,把我的尸首漂起来,送到那鸦雀不到的幽僻之处,随风化了,自此再不要托生为人,就是我死的得时了。"[2](286)

　　这段引文表明,贾宝玉讨厌男人,斥之为须眉浊物,即使是那些敢谏敢战的死节之臣,他也一概否定。他只喜爱女儿,希望死在女儿的泪水中。他要水葬,他希望他自己的尸体由姑娘们的泪水漂到那鸦雀不到的地方去,随风化了,不留形迹。他不愿土葬,也不愿化为尘土。因为他认定泥土尘埃是脏污的,只有水才是干净的,这方面的例子还有许多。例如,贾宝玉见到秦钟后自惭形秽,自思道:"天下竟有这等的人物!如今看来,我竟成了泥猪癞狗了。可恨我为什么生在这侯门公府之家?若也生在寒儒薄宦之家,早得和他交接,也不枉生了一世。我虽如此比他尊贵,可知:绫锦纱罗,也不过裹了我这根死木头;美酒羊羔,也不过填了我这粪窟泥沟。'富贵'二字,真真把人荼毒了!"[2](63)贾宝玉竭力赞美秦钟,而贬低自己,称自己为"泥猪癞狗""粪窟泥沟",他把"泥"与"粪""癞"等秽物相等同。

　　第三十八回有贾宝玉《种菊》诗云:"携锄秋圃自移来,篱畔庭前处处栽。昨夜不期经雨活,今朝犹喜带霜开。冷吟秋色诗千首,醉酹寒香酒一杯。泉溉泥封勤护惜,好和井径绝尘埃。"[2](303)宝玉在诗中赞美园中菊花经雨活、带霜开,并对"土"和"泥"的作用作了区分,泉水起着灌溉作用,而泥巴的作用则是卫护井水,使之"绝尘埃",所谓"尘埃"者,当然是指土末、细小的土。贾宝玉在第七十九回又作了一首诗:"池塘一夜秋风冷,吹散芰荷红玉影。蓼花菱叶不胜悲,重露繁霜压纤梗。不闻永昼敲棋声,燕泥点点污棋枰。古人惜别怜朋友,况我今当手足情!"[2](631)贾宝玉此时仍认为泥是脏的,燕泥污了棋枰。第六十二回有一个情节,写贾宝玉与香菱之间的微妙对话,香菱不小心,将新穿的裙子浸到了泥水里,宝玉"嗳呀"了一声,说:"怎么就拉在泥里了?可惜!这石榴红绫,最不禁染。"[2](490)贾宝玉祭奠金钏,嫌院子里脏,最后只好将香炉置于井径上,因为井径是经水洗过的,干净的,地上都是泥土,都是脏的。这些情节都表明,贾宝玉认定泥土是脏的,水是干净的;女儿是干净的,男人是脏污的,女儿如水,男子如泥,他宁愿死在女儿堆中,也不愿活在男人世界。

1.2 林黛玉的观点

林黛玉的父亲林如海重男轻女,可唯一的儿子死了,他只好把林黛玉"假充养子",聊解膝下荒凉之叹。[2](15) 林黛玉继承了父亲的价值观,尊贵男子而贱视女儿,她的前身绛珠仙子就曾抱憾"仅修成个女体"[2](7),林黛玉的美丽与哀愁,多由这女儿身而起。"水(包括露、霜、雪、冰)"于林黛玉而言,无疑是灾祸的代名词,她认为水是肮脏的、有害的。她先天不足,欠下巨额水债,要用一辈子的泪水去偿还。所以,神瑛侍者对于绛珠仙草的甘露之溉,无疑是导致林黛玉一生苦难的祸水。一个癞头和尚曾经说过,若要林黛玉一生平安,须不能见到哭声和泪水,可她进贾府的第一天,贾宝玉偏偏就哭了,可见宝玉是她的克星。林黛玉在家时,其父教育她说:"饭后务待饭粒咽尽,过一时再吃茶,方不伤脾胃。"[2](28) 然而,贾府的规矩却是饭后即用茶水漱口洗手,接着便是喝茶,与林家做法完全不同。很显然,贾府的做法对于林黛玉的身体是不利的,但林黛玉不得不客随主便。

林黛玉常以花自喻,作诗遣怀,悲花伤己。其《桃花行》,以女儿喻桃花,不见桃花之美,只见女儿之悲,她写道:"胭脂鲜艳何相类,花之颜色人之泪。若将人泪比桃花,泪自长流花自媚。泪眼观花泪易干,泪干春尽花憔悴。憔悴花遮憔悴人,花飞人倦易黄昏。一声杜宇春归尽,寂寞帘栊空月痕!"[2](548-549) 字字血泪,句句断肠。《葬花吟》作于饯花节,正是百花谢退之时,伤时感世,伤花伤女儿,林黛玉悲不自胜,随口吟道:

> 花谢花飞花满天,红消香断有谁怜?
> 游丝软系飘春榭,落絮轻沾扑绣帘。
> 闺中女儿惜春暮,愁绪满怀无释处,
> 手把花锄出绣闺,忍踏落花来复去。
> 柳丝榆荚自芳菲,不管桃飘与李飞。
> 桃李明年能再发,明年闺中知有谁?
> 三月香巢已垒成,梁间燕子太无情!
> 明年花发虽可啄,却不道人去梁空巢也倾。
> 一年三百六十日,风刀霜剑严相逼,
> 明媚鲜妍能几时,一朝飘泊难寻觅。
> 花开易见落难寻,阶前闷杀葬花人,
> 独倚花锄泪暗洒,洒上空枝见血痕。

杜鹃无语正黄昏,荷锄归去掩重门。
青灯照壁人初睡,冷雨敲窗被未温。
怪奴底事倍伤神,半为怜春半恼春:
怜春忽至恼忽去,至又无言去不闻。
昨宵庭外悲歌发,知是花魂与鸟魂?
花魂鸟魂总难留,鸟自无言花自羞。
愿奴胁下生双翼,随花飞到天尽头。
天尽头,何处有香丘?
未若锦囊收艳骨,一抔净土掩风流。
质本洁来还洁去,强于污淖陷渠沟。
尔今死去侬收葬,未卜侬身何日丧?
侬今葬花人笑痴,他年葬侬知是谁?
试看春残花渐落,便是红颜老死时。
一朝春尽红颜老,花落人亡两不知

宝玉无意之中听到了,先不过点头感叹,及至听到"侬今葬花人笑痴,他年葬侬知是谁","一朝春尽红颜老,花落人亡两不知"等句时,不觉恸倒在山坡之上,太惨了,太感人了。在诗中,黛玉将花之飘落与红颜老去,花之凋谢与女儿死亡相等同,悲叹娇花不能承受风刀霜剑,犹如女儿不耐日流月逝。人皆有生老病死,悲欢离合,可黛玉只悲女儿,不伤男子,因为在她看来,女儿更加脆弱无助,更加悲惨和凄凉。

黛玉首次葬花,是在第二十三回。当时,贾宝玉独坐在桃树下阅读《会真记》,只见一阵风过,桃花纷纷飘落,落的满身满书满地皆是,宝玉要抖将下来,又恐怕脚步践踏了,只得兜了那花瓣,来至池边,抖在池内。那花瓣浮在水面,飘飘荡荡,竟流出沁芳闸去了。恰在此时,林黛玉来了,她肩上担着花锄,锄上挂着花囊,手内拿着花帚。宝玉笑道:"好,好,来把这个花扫起来,撂在那水里。我才撂了好些在那里呢。"林黛玉道:"撂在水里不好,你看这里的水干净,只一流出去,有人家的地方脏的臭的混倒,仍旧把花糟蹋了。那犄角上我有一个花冢,如今把他扫了,装在这绢袋里,拿土埋上,日久不过随土化了,岂不干净。"[2](186)林黛玉在这里表达了一个重要观点,就是流水并不干净,泥土才干净,不要将落花丢进池水中,而应该将它们埋入泥土中。这种观点与先前贾宝玉的观点完全相反,贾宝玉原本认为,水是干净的,泥土是脏污的,他热爱女儿,因而认为女儿是水做的骨肉,男子是泥做的骨肉。林黛玉将贾宝玉的看法否定了,《葬花吟》作于第二十七回,林黛玉仍然坚持水污土净的观点,强调"未若锦囊收艳骨,一抔净土掩风流。质本洁来还洁去,强于污淖陷渠沟。"[2](224) 花儿来自泥土,最终归为泥土,这就是质本洁来还洁去。林黛玉不仅认为水脏,还认为水有害,所谓"风刀霜剑严相逼"。花儿是美丽洁净的,但林黛玉并不认为女儿洁净。她对女儿多持怀疑之心,最初怀疑宝钗心里藏奸,要与她争夺宝玉,后又怀疑史湘云与宝玉有一腿,再后来又怀疑宝玉要娶薛宝琴。

否定贾宝玉的泥水观,不是根本目的,林黛玉的根本目的是否定女儿尊贵洁净神力论。《葬花吟》告诉读者,女儿们如花儿般脆弱,禁不起风霜雨雪的侵蚀,女儿们的命运犹如花儿般美丽而短暂,值得怜惜,却无人怜惜。在无人怜惜的情况下,女儿能做的就是哭泣、悲痛、伤感而已。她们无力改变自身的命运。因此,林黛玉所表达的是女儿卑贱无力论,她自身就是这种理论的真实写照,她满身是缺点,长相姣好却身体极差,虽能写诗却颓唐不振,四肢不勤,五谷不分,连女红也不会,加上脾气坏、性格差,简直就是一个废物点心。

在与林黛玉葬花之时,贾宝玉受了林黛玉的影响,不再将花抛进水中,而是埋进土里,至第六十二回,当贾宝玉与香菱在一起斗花之时,仍然这么做。[2](490) 但在第三十六回,贾宝玉却对袭人表示要泪葬,由女儿的泪水漂到那人烟不到的地方,随风化了,不要土葬。至第五十七回,贾宝玉又对紫鹃说:"我只愿这会子立刻我死了,把心迸出来,你们瞧见了。然后连皮带骨,一概都化成一股灰。灰还有形迹,不如再化一股烟。烟还可凝聚,人还看见,须得一阵大风,吹的四面八方都登时散了,这才好!"[2](448) 贾宝玉要化为无形,无非是不希望落入尘土中。贾宝玉一直希望女儿们守着他,不要离开,他希望女儿们都在他身边时死掉,就算死得其所,他对袭人、紫鹃是这么说,对尤氏还是这么说:"我能够和姊妹们过一日是一日,死了就完了。什么后事不后事!"[2](561) 由此可见,贾宝玉重女轻男、水净泥脏的观点一直没有变,他与林黛玉持有完全对立的看法。

1.3 薛宝钗的观点

宝钗几乎在一切方面都与黛玉相反。黛玉的父亲重男轻女,宝钗的父亲重女轻男,作者写道:"还有一女,比薛蟠小两岁,乳名宝钗,生得肌骨莹润,举止娴雅。当日有他父亲在日,酷爱此女,令其读书识字,较之乃兄竟高过十倍。自父亲死后,见哥哥不能依贴母怀,他便不以书字为事,只留心针黹家计等事,好为母亲分忧解劳。"[2](36-37) 宝钗的哥哥薛蟠,性情豪奢,言语傲慢,不喜读书,终日斗鸡走马,游山玩景,虽是皇商,一应经纪世事,全然不知,完全不能依靠,父母把希望都寄托在宝钗身上。

黛玉怜花惜花,宝钗却摧之残之。薛姨妈曾托周瑞家的给姑娘们带宫花,一共十二支,迎春、探春和惜春各两支,黛玉两支,还剩四支,全给熙凤。王夫人建议,宝钗自己可以留两支,熙凤两支就可以了。薛姨妈解释说:姨妈您不知道,宝丫头古怪着呢,她从来不爱花儿、粉儿的。宝钗有热病,需服冷香丸,冷香丸很奇特,它的主要成分是四时之花,包括春天开的白牡丹花蕊,夏天开的白荷花蕊,秋天开的白芙蓉花蕊,冬天开的白梅花蕊。白代表洁净,四时之花是百花之总称,宝钗吃白花,就是辣手摧毁洁净的花儿。薛宝钗曾做过一首《咏海棠》,诗云:"珍重芳姿昼掩门,自携手瓮灌苔盆。胭脂洗出秋阶影,冰雪招来露砌魂。淡极始知花更艳,愁多焉得玉无痕。欲偿白帝凭清洁,不语婷婷日又昏。"[1](293) 宝钗笔下的白海棠,是一幅端庄矜持、稳重和平、清洁纯净的淑女形象,体现了她对女儿的赞美。与黛玉总是怀疑女儿不同,宝钗总是能看到女儿们的长处,她赞美黛玉的口才,钦佩袭人的见识,歌颂凤姐的乖巧。赞美花儿,却又摧之残之,这就是宝钗对花儿的态度,也是她对女儿的态度。花即女儿,女儿即是花,宝钗辣手摧花,就是摧残女儿。

薛宝钗身为女儿,却不自卑,反而自励自强,壮志凌云。宝钗亦曾借诗言志,其风格与黛玉迥异。黛玉作《桃花行》,贾宝玉一读就知道是林妹妹所作,他边读边流泪。宝钗骗他说是宝琴所作,宝玉断乎不信,他说,此诗绝不是蘅芜之体,姐姐绝对不会允许宝琴有此伤悼语句,作此哀音。相比于黛玉体的怨天尤人,蘅芜体总是昂扬乐观,其《临江仙》诗云:"白玉堂前春解舞,东风卷得均匀。蜂团蝶阵乱纷纷。几曾随逝水,岂必委芳尘。万缕千丝终不改,任他随聚随分。韶华休笑本无根,好风频借力,送我上青云!"[2](551) 即使身为柳絮,也绝不自暴自弃,委身芳尘,也要凭借风力,直上青云。宝钗曾向宝玉推荐《寄生草》,其词云:"漫揾英雄泪,相离处士家。谢慈悲剃度在莲台下。没缘法转眼分离乍。赤条条来去无牵挂。那里讨烟蓑雨笠卷单行?一任俺芒鞋破钵随缘化!"[2](174) 鲁智深身在寺庙,心驰疆场,建功立业心切,宝钗虽身为女儿,却雄心万丈,《寄生草》正是她的写照。为了实现理想,她甘冒风险,不惧万难,冷香丸中的雨、露、雪、霜,便体现了她直面任何艰难困苦的勇气。

与林黛玉相比,薛宝钗几乎是完美的,在抽花签的游戏中,宝钗抽的是一支牡丹,签上题着"艳冠群芳"四字,另有一句唐诗"任是无情也动人"。薛宝钗是女儿尊贵洁净神力论者,她自身便是这种女儿观的绝妙例证。

冷香丸含有雨、露、雪、霜,表明"水"的洁净和功用,冷香丸装于瓷罐中,被埋于树根之下,意味着泥土肮脏,因为宝钗所用之瓷罐,不同于黛玉盛花之锦囊,锦囊能随土而化,瓷罐却不能,它始终将泥土与冷香丸隔离开,保持冷香丸不变质。可见,在薛宝钗心里,水是洁净的,泥土是肮脏的。

以上分析表明,宝钗与黛玉在男与女、水与泥上,是根本对立的。

1.4 两个贾宝玉的两个女儿观

我们已经在第一卷里讨论了贾宝玉的女儿观,但显然不够充分,还需要再次讨论。在那里,贾宝玉是一个女儿尊贵洁净神力论者,主张女儿是水,男子是泥,女儿洁净,男子脏污,他见了女儿便觉清爽,见了男子便觉浊臭逼人。甄宝玉更进一步,他将女儿神圣化,说"女儿"两字比佛教的阿弥陀佛和道教的元始天尊这两个宝号还尊贵无比,不许手下小厮随便乱说,否则凿牙穿腮,他读书时须得两个女儿陪着才认得字。每当他被打疼痛之时,他便"姐姐""妹妹"地乱叫,说这样叫了以后便不痛了,女儿竟有如此神奇的力量。因此,贾宝玉喜爱女儿,日夜同她们厮混在一起。然而,女儿们却因他而倒霉,金钏跳井、晴雯病殁、黛玉泣血、宝钗守寡,等等,皆因宝玉所起。这是一个贾宝玉,这个贾宝玉所持的女儿观,同薛宝钗一致,这个贾宝玉与薛宝钗是同志。薛宝钗有热毒病,需服冷香丸。贾宝玉也患过两次热毒病,第一次热毒是贾环闹的,贾环将燃烧的蜡烛推到宝玉的脸上,烫得宝玉一溜的燎泡,敷了败毒消肿药后才慢慢痊愈。第二次是贾政打的,贾玉在外流荡优伶,在家淫辱母婢,荒疏学业,贾政大怒,将宝玉按住暴打,宝玉遍体鳞伤,浑身火烧火燎的痛,是薛宝钗拿了一丸药来治好的。

一般读者认为,宝玉与宝钗合不来,这是误会,有证据表明,贾宝玉对薛宝钗言听计从。在第七回,宝钗教育宝玉不要喝冷酒,宝玉大为佩服,听了了;在第二十回,宝钗又教育宝玉说,李嬷嬷老背晦了,你不要跟她吵才是,宝玉又听从了,没有跟李嬷嬷翻脸;在第二十二回,宝钗给宝玉念了一首《寄生草》诗,宝玉听了,喜的拍膝画圈,称赏不已,又赞宝钗无书不知;还有一个"绿蜡"之典,经宝钗提醒,宝玉感激不尽。在读书这件事上,宝钗一方面主张读书求功名,另一方面又认为读书无用,不是男人的本分,且世上并无一个读书明理的男子。这两个方面宝玉都做到了。至第七十九回,黛玉对宝玉说,我的窗就是你的窗,宝玉则连说了十几个"不敢",因为黛玉是女儿,他是男子,女儿尊贵,男子脏污,他不敢与黛玉相提并论。可见,此时他仍是一个女儿尊贵洁净神力论者。

还有一个贾宝玉,与林黛玉是同志,持女儿卑贱脏污脆弱论,林黛玉说水脏土净,不能将落花倾入流水中,她特建了一座花冢葬花,还吟诗说是"一抔净土掩风流,强似污淖陷渠沟",贾宝玉受到启发,从此不再将花瓣扫入池中,而是装入香囊埋进土中。水是女儿的象征,泥土是男子的象征,水脏土净观即是男尊女卑论。这个宝玉喜欢男子而讨厌女儿,他热烈喜爱秦钟、柳湘莲和蒋玉菡,以及香怜、玉爱等,而讨厌女儿。他作《庄子因》,极力诋毁宝钗、黛玉、袭人、麝月和晴雯诸女,又伙同薛蟠、冯紫英、蒋玉菡喝花酒,行女儿酒令,对"女儿"尽情地侮辱。李嬷嬷喝了他的一碗枫露茶,他迁怒于茜雪,将她无情地赶走。然而,有趣的是,黛玉看不起女儿,却又怜花惜花,怜惜女儿,为自己和众女儿的未来哭泣。宝玉也是如此,宝玉对每一个女儿的死亡和离去都悲痛欲绝,晴雯死了,他做《芙蓉女儿诔》;金钏跳井了,他想方设法出去悼念;袭人哄他要离去,他痛哭流涕;紫鹃哄他黛玉要离去,他急得发了疯;宝钗搬出大观园,他跑到空旷的蘅芜院里伤感了好半天。林黛玉吟唱《葬花吟》,他恸倒在山坡之上,浮想联翩,试想林黛玉的花颜月貌,将来亦到无可寻觅之时,宁不心碎肠断!既黛玉终归无可寻觅之时,推之于他人,如宝钗、香菱、袭人等,亦到无可寻觅之时矣。宝钗等终归无可寻觅之时,则自己又安在哉?且自身尚不知何在何往,则斯处、斯园、斯花、斯柳,又不知当属谁姓矣!因此一而二、二而三,反复推求了去,真不知此时此际欲为何等蠢物,杳无所知,逃大造,出尘网,使可解释这段悲伤。见到杏花凋谢结子,贾宝玉想起邢岫烟已择了夫婿一事,世上又少了一个好女儿,不过两年,她便也要"绿叶成荫子满枝"了。再过几日,这杏树子落枝空,再几年,岫烟未免乌发如银,红颜似槁了,他越想越伤心,只管对着杏树流泪叹息。

　　以上分析可知,在女儿观上有两个贾宝玉,其一为薛宝钗的同志,其一为林黛玉的同志,二者的思想观点与感情根本对立。并且,两个对立的贾宝玉是始终并存的,譬如说,在第二回,贾宝玉是一个女儿尊贵洁净论者,至第七十九回,他仍然持有此观点,当得知贾迎春嫁给孙绍祖之后,他哀叹世间又要失去五个洁白干净的女儿了。又譬如,当贾宝玉学着林黛玉的样子葬花,当他作"庄子因"及行女儿酒令时,他是一个女儿卑贱脏污论者,至第八十回找王一贴开妒妇方时,他还是一个女儿卑贱脏污论者。

　　当然,重男轻女的林黛玉也并非始终如一,有时却也自相矛盾。譬如说,贾宝玉曾将北静王水溶赠予的香串拿出来,郑重地转送给林黛玉,林黛玉却说:"什么臭男人拿过的!我不要他。"遂掷而不取,贾宝玉只好收回。另外,林黛玉在看戏时评论说:"这王十朋也不通得很,你不管在那里祭一祭罢了,必定跪到江边子来做什么?俗话说,睹物思人,天下水总归一源,不拘那里的水,舀一碗看着哭去,也就尽情了。"[2](343) 水既可为祭奠之物,当然是干净的,此事又说明林黛玉认同水净论。

　　薛家重女轻男,认为水清泥浊,然而,仔细分析起来,薛家也并非一贯如此。譬如说,林黛玉评论《荆钗记》之《男祭》,说天下的水总归一源,随便舀一碗便能祭奠亡魂,宝钗听后默不作答,显然有不同意见。另外,薛宝钗家里自从父亲死后,生意便逐渐消乏,困穷下去,尽管有薛姨妈在,尽管薛宝钗能干,也无力阻止家庭的衰落,这说明女人不行,薛家还得靠男人。至于薛宝琴家则更荒唐,两年前她父亲死了,但母亲仍在,这个荒唐的母亲竟然打发薛蝌兄妹进京完婚,薛姨妈也不加阻止。婚嫁从来都是男方主动派人迎娶的,那有女方送货上门的理?

总之,曹雪芹关于贾宝玉、林黛玉及薛宝钗的水土观、男女观是十分混乱的,根本经不起逻辑分析。

1.5 贾府是女儿社会

在《红楼梦》里,水与泥的意象不是贾宝玉个人的,而是曹雪芹的,因而是所有人物的共同意象。曹雪芹描写贾府,只写山、石与水,很少提及泥土。

首先,大观园是女儿世界,也是水的世界。大观园里只有一个贾宝玉是男青年,贾兰年幼,其他人皆为女儿。宝玉虽为男身,却有女儿气,且只为女儿争光。女儿们都是花的化身,如宝钗是牡丹花、探春是杏花、李纨是梅花、湘云是海棠花、香菱是并蒂莲、麝月是荼蘼花、黛玉是芙蓉花,贾宝玉却自称"绛洞花主""绛洞花王",即百花之王,换句话说,贾宝玉是女儿的总代表。

据作者的描写,会芳溪流经大观园各处,最后汇聚于怡红苑。黛玉所住的潇湘馆:"后院墙下忽开一隙,得泉一派,开沟仅尺许,灌入墙内,绕阶缘屋至前院,盘旋竹下而出。"[2](129),薛宝钗住在蘅芜院,蘅芜院前有一条折带朱栏板桥,桥旁景色则是:"只见水上落花甚多,其水愈清,溶溶荡荡,曲折萦纡。池边两行垂柳,杂着桃杏,遮天蔽日,真无一些尘土。"[2](131) 相对潇湘馆的一脉细水,蘅芜院则水势荡荡。此外,如稻香村、紫菱洲、藕香榭等处,皆有溪水流过,除潇湘馆外,水势都比较大,足能驾船通过。而水势极大之处则在怡红苑贾宝玉的住处,贾珍介绍说:"原从那闸起,流至那洞口,从东北山坳里引到那村庄里,又开一道岔口,引到西南上,共总流到这里,仍旧合在一处,从那墙下出去。"[2](134-135) 可见,怡红苑既是大观园的水源之地,又是水的汇聚之所,恰恰象征贾宝玉的地位。

其次,贾府以妇女为尊。贾母为贾府至尊,依次则王夫人、王熙凤、尤氏当家,再下一级则是赖大家的、林之孝家的和周瑞家的等,再往下则是平儿、袭人、彩霞、鸳鸯。宁荣二府皆临水而居,宁国府住在会芳园,会芳园里有会芳溪,会芳溪流经荣国府各处,进入大观园。

贾府的水从宁国府流向荣国府,贾府的祸患也是由宁国府传向荣国府,歌云:"画梁春尽落香尘。擅风情,秉月貌,便是败家的根本。箕裘颓堕皆从敬,家事消亡首罪宁,宿孽总因情!"[2](47) 由此可知,会芳溪是源头活水,也是"源头祸水"。仔细分析便可知,金陵群钗大多死于"水"。秦可卿死于水亏木旺,秦钟死于红颜祸水,林黛玉死于泪水,金钏死于井水,贾瑞死于粪水,晴雯死于口水,茜雪倒霉于一碗茶水,袭人倒霉于一场雨水,薛蟠被柳湘莲用泥水羞辱,贾府最后淹没于一片雪水(落了片白茫茫大地真干净)。

注释：

[1] 郭超、夏于全：《传世名著百部（第 20 卷 庄子）》，蓝天出版社 1998 年版。

[2] 〔清〕曹雪芹：《脂砚斋批评本红楼梦》，凤凰出版社 2010 年版。

[3] 周思源：《周四源看红楼》，长江文艺出版社 2013 年版。

2. 残稿与完稿之惑

著名作家张爱玲先生也痴迷《红楼梦》，著有《红楼梦魇》一书，她在书中说，人生有三大恨事，一恨鲥鱼多刺，二恨海棠无香，三恨《红楼梦》未完。在这第三恨上，与张爱玲有同感者不在少数。但笔者研究发现，"《红楼梦》未完"是一个伪命题，因为它是作者刻意制造的假象。读者既能找到《红楼梦》未完的充分证据，也能找到它已完的充分证据。

2.1 八十回本《红楼梦》既是一部残稿，又是一部完成之作

八十回本《红楼梦》是一部残稿

程高本序言、脂批及《红楼梦》文本的残缺不全，种种证据表明，八十回本《红楼梦》乃是一部残稿。

通行本《红楼梦》有一百二十回，前八十回是在曹雪芹原著（或《石头记》）的基础上增删而成，后四十回则系程伟元、高鹗增补。程伟元在程甲本序言中声称，《红楼梦》问世后不胫而走，极为畅销，然市场上所有的版本殊非全本，他遗憾之余，竭力搜罗，于藏书家故纸堆得二十余卷，又于鼓担上购得十余卷。这些新得的稿子，虽然在内容上与前八十回还算接榫，却漶漫不可收拾。为此，他邀请高鹗同他一起，将数年搜罗所得的曹雪芹佚稿整理出来，编成四十回，使《红楼梦》由八十回残本变成一百二十回的完璧之作。高鹗也在程甲本序言中做了说明，观点与程伟元如出一辙。胡适先生认为，程伟元与高鹗在程本序言中说了假话，购之于鼓担及藏书家故纸堆的来历说明太过离奇，可信度极低，他断定，后四十回应该是程高二人的狗尾续貂。胡先生真是慧眼，一眼洞穿真相。

读八十回本《红楼梦》，读者们大都有一种未完之感。譬如林黛玉，按照作者的构思，她是为还泪债而生的，最终必定泪尽而逝，所以，她第一次见到贾宝玉时就流泪，此后动辄饮泣呜咽，流泪不止。虽然作者多次暗示，林黛玉哭得够多的了，眼泪越来越少，离死不远了。但读者总感觉，林黛玉的死应该如同流星般的陨灭，而不是似羸弱老马式的油尽灯枯。再譬如贾府，它是怎样衰落的？有否被抄家？贾府成员的结局如何？对于这些问题，曹雪芹均无明确交代。金陵十二钗中,有明确结局的,只有秦可卿一人,黛玉、宝钗、王熙凤、史湘云、李纨、妙玉等十一人则悬而未决。金陵副钗及又副钗诸女中,只有晴雯、金钏、尤二姐、尤三姐、茜雪、芳官、龄官、司棋等少数几人有了结局,其他人如鸳鸯、平儿、李纹、李绮、薛宝琴、玉钏、彩霞、琥珀、麝月、紫鹃等,则不知所终。在青年男主人公中,只有秦钟、贾瑞两人有了结果,贾宝玉、贾蔷、贾蓉、贾琏、柳湘莲、冯紫英等人的最终命运如何,我们不得而知。贾府和薛家之外,还有史侯家和王家,他们的结局如何呢?我们也无从揣测。难怪人们相信,《红楼梦》是一部未竟之作。

脂砚斋和畸笏叟等脂批作者是深知《红楼梦》创作内情的,他们留下了大量批语,这些批语向我们透露了《红楼梦》创作过程的许多珍贵信息。脂砚斋在故事开篇处批曰:"壬午除夕,书未成,芹为泪尽而逝。"[1](6) 曹雪芹于壬午年除夕之日溘然逝世,他是因著《红楼梦》泪尽而死的,而《红楼梦》尚未完稿,不能不令人唏嘘流涕。畸笏叟在第二十二回收尾处批曰:"此回未成而芹逝矣,叹叹!丁亥夏,畸笏叟。"[1](181) 此批作于公元1767年,它告诉我们,第二十二回尚未写完,而作者曹雪芹已经逝世。这两条脂批开门见山,直接告诉读者,《红楼梦》是一部未完之作。

另一些脂批则透露了尚未完成的具体内容。在前八十回中,除第二十二回未完之外,第七十五回也是未完之作,回前脂批云:"乾隆二十一年五月初七日对清。缺中秋诗,俟雪芹。"[1](589) 贾府诸人过中秋,贾政叫宝玉、贾兰和贾环三人作诗,三人都做了诗,作者却没写明他们所作何诗,脂砚斋在批阅中发现了,于是作批提醒雪芹。

对于八十回后的内容,脂批集中在"黛死钗嫁"、宝玉"悬崖撒手"、袭人嫁蒋玉菡、史湘云嫁卫若兰、林小红嫁贾芸,以及众人不忘旧情,到狱神庙探望宝玉等方面。第十九回脂批云:"补明宝玉自幼何等娇贵。以此一句,留与下部数十回'寒冬噎酸齑,雪夜围破毡'等处对看,可为后生过分之戒。叹叹!"[1](148) 贾府破败及贾宝玉出家之后,生活艰难,寒冬时节食咸菜下饭,大雪飘舞之夜围着破毡取暖。第二十回脂批曰:"茜雪至狱神庙方逗正文,袭人正文标目曰'花袭人有始有终'。余只见有一次誊清时与'狱神庙慰宝玉'等五六稿被借阅者迷失,叹叹!丁亥夏,畸笏叟。"[1](157) 此批告诉读者,贾宝玉后来到狱神庙出家,袭人不忘旧情,还去看望和安慰宝玉。第二十六回又批曰:"狱神庙回有茜雪、红玉一大回文字,惜迷失无稿,叹叹!丁亥夏,畸笏叟。"[1](209) 第二十七回回尾脂批亦云:"红玉后有宝玉大得力处"[1](224),此两批告诉读者,茜雪与林红玉两女还有后文,她们也曾去狱神庙探望宝玉,林红玉还曾给予困顿中的贾宝玉以巨大帮助。第二十四回回前批云:"'醉金刚'一回文字,伏芸哥仗义探庵。余三十年来得遇金刚之样人不少,不及金刚者亦复不少。惜不便一一注明耳。壬午孟夏。"[1](189) 此批又告诉我们,贾芸亦曾到狱神庙探望宝玉,他是否是与林红玉一起去的呢?颇有想像空间。第四十二回,刘姥姥替凤姐的女儿取名巧姐,说这是"'以毒攻毒,以火攻火'的法子",将来必定能遇难成祥,逢凶化吉。此处脂批云:"应了这话固好,批书人焉能不心伤!狱庙相逢之日,始知'遇难成祥,逢凶化吉',实伏线于千里,哀哉伤哉!此后文字,不忍卒读!辛卯冬日。"[1](330)此处批语告诉我们,巧姐后来遇到过灾难和凶险,但都有惊无险,最终化解了。第二十七回,写林小红攀上高枝,被王熙凤要走了,畸笏叟在此处批曰:"此系未见'抄没'、'狱神庙'诸事,故有是批。丁亥夏,畸笏。"[1](221)此批给我们提供了一个新信息,就是贾府最后被抄没了。第三十一回有一条脂批,提及卫若兰在射圃所佩戴的麒麟,正是史湘云的那个麒麟,暗示史湘云后来嫁给了卫若兰。第二十一回脂批提及,旧稿中尚有"薛宝钗借词含讽谏,王熙凤知命强英雄"一回,该回写薛宝钗劝谏贾宝玉,而贾宝玉拒绝纳谏;又写王熙凤亲自挽救贾琏,而贾琏已不能救矣。[1](163)第十八、十九回脂批说,佚稿最后一回有一个"情榜",宝玉是"情不情",黛玉是"情情"。

脂批不仅透露了佚稿内容,还将佚稿数量也告诉我们。第二十一回回前批曰"后卅回",第四十二回回前批云:"今书至是回时已过三分之一有余"[1](329)依照此两批,则《红楼梦》全书总回数,当在八十以上,一百二十六以下,一百一十回左右。

以上事实足以说明,八十回本《红楼梦》是一部残稿,证据非常充分有力。使《红楼梦》成为残稿的原因有二:其一,茜雪和林红玉狱神庙慰宝玉等五六稿,被借阅者迷失;其二,第二十二回及第七十五回等处未完,而作者已泪尽而逝。

八十回本《红楼梦》是一部完成之作

几乎所有读者都不怀疑《红楼梦》是一部未竟之作,对于多数人来说,这事如同秃子头上的虱子——明摆着的。可是,如果读者没有忘记《红楼梦》的特殊性,我们就一定能够找到反论和足够的反证:

曹雪芹:《红楼梦》是已完之作

在《楔子》里,作者曹雪芹写道:空空道人访仙求道,忽从这大荒山无稽岩青埂峰下经过,忽见一大石上字迹分明,编述历历。空空道人乃从头阅读,原来就是无材补天,幻形入世,蒙茫茫大士、渺渺真人携入红尘,历尽离合悲欢、炎凉世态的一段故事。他再检阅一遍之后,"方从头至尾抄录回来,问世传奇。"[1](5)据此可知,故事是完整的,空空道人先阅读了一遍,然后又检读了一遍,完整无缺,这才从头至尾抄录回来。稿子传到曹雪芹手里之后,他"披阅十载,增删五次,纂成目录,分出了章回,则题名曰《金陵十二钗》,并题一绝云:满纸荒唐言,一把辛酸泪。都云作者痴,谁解其中味?"[1](5-6)不管《红楼梦》原稿是不是曹雪芹所著,但曹雪芹对该书进行了五次修改，纂成了目录，分出了章回，还题一绝，说明修改工作已经告竣，《红楼梦》是业经反复锤炼的精品力作。从情节上看，第五回已经预演了《红楼梦》，贾府的结局、金陵群钗的最终命运，都已经在《红楼梦曲》十四支及她们的判词、册画中交代清楚。曹雪芹创作了大量诗谜、词谜、射覆、谜语、酒令谜、花签谜、戏文谜和谶语，它们将主要人物的性格、事迹、结局，均已叙述完毕或业已点破。

脂批：《红楼梦》一字不可增删

第五回脂批云："作者具菩萨之心，秉刀斧之笔，撰成此书，一字不可更，一语不可少。"[1](47) 第十三回脂批又云："一字不可更改，一字不可增删。"[1](139) 既然一字不可更改，一句不可增删，则意味着《红楼梦》已是完美之书，无须修改了。晴雯被赶出大观园，王夫人着人搜寻宝玉之物，凡是宝玉的东西，王夫人都让人搬进自己的屋子去，脂砚斋在此批云："……若无此一番更变，不独终无散场之局，且亦大不近乎情理……"[1](611) 脂砚斋在此又告诉我们，《红楼梦》接近收尾了。贾雨村寄居葫芦庙时，曾受甄士隐邀请过中秋节，他在期间吟咏了两首中秋诗，其中一首是："时逢三五便团圆，满把清光护玉栏。天上一轮才捧出，人间万姓仰头看。"脂砚斋在此处批云："用中秋诗起，用中秋诗收，又用起诗社于秋日。所叹者三春也，却用三秋作关键。"[1](9) 这条脂批告诉读者，《红楼梦》第一回贾雨村所吟中秋诗，第三十七回至三十八回的菊花诗社及螃蟹咏，以及第七十三至七十八回的中秋活动，是《红楼梦》的三个关键情节。脂批特别提到"用中秋诗起，用中秋诗收"，这意味着第七十三回至七十八回的中秋活动，已经是《红楼梦》的收笔之作。晴雯是在中秋期间出事的，晴雯事完之后，作者还对迎春和香菱两人作了简略交代。从实际文本看，贾雨村的咏中秋诗虽然不是《红楼梦》的第一首诗，却是比较接近的；宝玉、贾兰、黛玉、妙玉等人的中秋诗，虽然不是八十回本《红楼梦》最后一批诗歌，却也是比较接近的。这些脂批都表明，八十回《红楼梦》已是完成之作。

可见，作者曹雪芹主完成说，程伟元主抄售者删节说，脂批则有未成而逝说、借阅者迷失说、一字不可增删说三种，三拨人竟有五种完全不同的说法。

补论

《红楼梦》究竟是一部残稿还是完成之作，我们的证据大都来自脂批，而脂批往往自相矛盾、似是而非，一条批语常常可作不同的解释。譬如，他说《红楼梦》"用中秋诗起，用中秋诗收"，严格地讲，这不是事实。贾雨村所吟咏之中秋诗，并不是《红楼梦》的第一首诗。而贾宝玉等人所咏之中秋诗，也不是收笔之诗，他后来还与梅翰林等人咏诡画词，又写了长文《芙蓉女儿诔》，其中含古律。再譬如，他在第二十二回结尾处批"此回未成而芹逝矣"，笔者对第二十二回作过认真分析，第二十二回有两个话题，其一是宝钗庆生，主要活动是看戏，已经圆满结束。其二是猜灯谜,是娘娘布置的。在猜灯谜活动中,宝钗、惜春、探春、迎春、元春、贾母诸人都有表现,只有贾兰、贾环和黛玉三人没有表现,贾兰年幼,贾环一向不大作诗,独有林黛玉未有表现和谶诗。这原是极正常的事,面面俱到之文,没有特色,必不精彩。林黛玉在此处缺如,但在它处则有更多表现,其《葬花吟》《秋窗风雨夕》和《桃花行》影响极大,是其他诸女所没有的,足以弥补第二十二回所缺之诗了。因此,笔者认为,第二十二回是完成之作,绝对不是脂砚斋所谓的"此回未成"。

脂砚斋在第七十五回回前"缺中秋诗"的批语,也很成问题。此批作于乾隆二十一年,即公元1756年,此时距曹雪芹去世尚有近七年之久,曹雪芹有足够时间补写所缺之诗,但曹雪芹一直未补,为何?因为完全没有必要补写,作者在此回的真正目的,并不是要表现贾宝玉、贾兰和贾环的诗才,而是要表达贾政和贾赦对贾府子弟读书的真正态度,贾赦讲得好,贾府子弟无须寒窗十载,可以做得官时就跑不了一个官。贾政不让宝玉读五经,只强调四书的重要性,这意味着他让宝玉读书,并不是为了科举。

第二十回与二十六回脂批中所用"借阅者迷失"与"迷失无稿"两句中,均用"迷失"一词,而不是"丢弃",似有寓意。我国古文中并无"迷失"一词,显然系畸笏叟的创造,他为何要创造此词呢?引人深思。"迷失",顾名思义,即因迷惑而似觉有失。我们之所以觉得《红楼梦》是未竟之作,是因为《红楼梦》里有大量的诗谜、词谜、灯谜、射覆和判词册画,它们暗示了人物的命运遭际,但这些谜语十分令人困惑不解,如果我们能够理解它们,或许就不会觉得《红楼梦》是一部未竟之书了。

关于《红楼梦》的回数,专家们根据第二十一回回前批的"后卅回",及第四十二回回前"今书至是回时已过三分之一有余"的批语,推测《红楼梦》大约一百零八回至一百二十五回左右。其实,这是常规思维,笔者研究发现,从五十一回至一百二十五回,皆符合条件,故八十回本也是正常的。

总之,脂批再现了《红楼梦》文本的特征:模棱两可、似是而非、自相矛盾、颠三倒四,满纸荒唐。

2.2 有头无尾

《红楼梦》中的某些情节,只有一个开头,此后便再无下文,这种情况应该是不正常的。

薛宝钗进京待选悬案

薛宝钗为何进贾府?作者写道:"近因今上崇诗尚礼,征采才能,降不世出之隆恩,除聘选妃嫔外,凡世宦名家之女,皆报名达都,以备选择为公主郡主入学陪侍,充为才人赞善之职……一为送妹待选"[1](37),依此而言,宝钗进京,乃是待选妃嫔或才人赞善之职。薛宝钗容貌丰美，知识广博，简直十全十美，即使不能选上妃嫔，当选才人赞善应该没有悬念。可是，宝钗住进贾府之后，作者再也不提待聘之事。我们清楚，待选只是作者让宝钗进贾府的一个借口而已，但作者应该花费一些笔墨让这个借口更加圆满。作者为了让黛玉进贾府，第一个借口是贾敏死了，贾母要接外甥女来贾府住一段，其后又写林如海死了，林家再无近亲，林黛玉便可永久住在贾府。为了让史湘云住进贾府，作者说她父母双亡，虽有两位叔父，但婶婶们对她不好，或说叔叔一家到外地赴任，不便带她前去，湘云便暂时寄居贾府云云，都有个后续交代，唯独对于薛家有些例外。除了金玉良缘的说法之外，作者矢口不提宝钗的终身大事，宝琴进贾府之后，作者立马描写她的婚事，贾母甚至有为宝玉求聘之意，当时宝钗的婚事尚无着落，年龄比宝琴大两岁，贾母等人却绝口不提。

薛宝琴进京待聘悬案

薛宝琴是宝钗的堂妹，薛蝌的胞妹，出场比较晚，第四十九回才与读者见面。她进京后也住进了贾府，薛蝌带宝琴进京，也是待聘。他们父亲在时，便将宝琴许配给了都中梅翰林的儿子，父母之命，父母在时有效，父母不在时仍然有效。按理，梅翰林家应该派迎亲队伍到金陵去迎娶新娘，而不是新娘自己送上门来，这是规矩和原则，薛家纡尊降贵有些过头了。

退一万步，就算薛家乐意高攀，自愿送人进京，梅翰林也应该派人来看望宝琴与薛蝌兄妹，并与薛姨妈敲定迎娶日期，否则，老让新娘待在亲戚家寄人篱下算怎么回事。但是，梅翰林一直没派人来，直到第八十回，梅家也没有迎娶宝琴。当然，作者在第五十七回，借薛宝钗之口交代说，梅翰林一家正在任上，"后年才进来"。明明是"都中梅翰林"，却在外地任职。如此一来，薛宝琴就必须在贾府等待三年，这事太奇怪了，既然梅家正在任上，薛家兄妹为何不去梅家任职之地，而来都中呢？更为奇怪的事是，在第七十八回，梅翰林进了贾府，当时，贾政邀请他、杨侍郎、李员外等一起作诗，宝玉、贾环和贾兰也参加了，由于宝玉表现优异，梅翰林、杨侍郎和李员外还给宝玉奖励了大量礼物，之后，他们又作了姽婳词，歌颂姽婳将军。梅翰林从早到晚，一直跟贾政待在一起，他有时间来贾府吟诗作赋，怎么就没时间迎娶薛宝琴呢？并且，他甚至没去看望薛家兄妹。

贾宝玉的塾师请假不归

贾宝玉与秦钟首次会面，便各自介绍了读书情况，秦钟说，他的业师于去年病故，尚未再延师，宝玉也说，他的业师去年回家了，明年才会回来，现暂时在家温习旧课，尚未另行延师。宝玉又告诉秦钟说，我们贾府有一家家塾，凡族中不能延师的，皆可入塾读书，我父亲的意思是让我暂且入塾习学，你若不嫌弃，就同我一起进贾家家塾吧,待明年业师回来,我们再各自在家读书。我帮你说说,你看愿意不愿意? 秦钟便说,他父亲也有这个意思,正要向亲家开口呢,你既愿意帮忙,那就太好了。宝玉回去跟王熙凤和贾母说了,她们都爽快地答应了,秦钟的父亲更没有不赞同的理,这样,宝玉与秦钟便都进了贾府家学学习。

秦钟进塾学之后,因风流而病死,他上学之事就算完结了。宝玉则不同,他本人既没有病死,业师也没死,师生都健康地活着,他们已经约好,明年老师回来继续给宝玉授课,宝玉用不着到家学去,在自己家里就行。可是,宝玉的业师最终是否回来了?宝玉是否从家学撤回到家里学习?曹雪芹再无交代,成了悬案。

贾宝玉的业师请假回家达三年之久,从上年到今年,贾政一直让儿子在家温习旧课,居然没有替儿子另择业师,或立即将儿子送入家塾,对于高度重视儿子教育的贾政而言,这根本是一件无法解释的事情。

秦可卿临终托事悬案

秦可卿临终时,托梦给王熙凤,她说:"目今祖茔虽四时祭祀,只是无一定的钱粮,第二,家塾虽立,无一定的供给。依我想来,如今盛时固不缺祭祀供给,但将来败落之时,此二项有何出处?莫若依我定见,趁今日富贵,将祖茔附近多置田庄房舍地亩,以备祭祀供给之费皆出自此处,将家塾亦设于此。合同族中长幼,大家定了则例,日后按房掌管这一年的地亩钱粮、祭祀供给之事。如此周流,又无争竞,亦不能有典卖诸弊。便是有了罪,凡物可入官,这祭祀产业连官也不入的。便败落下来,子孙回家读书务农,也有个退步,祭祀又可永继。若目今以为荣华不绝,不思后日,终非长策。"[1](98) 秦可卿所托两事,应该说是非常有远见的,非常重要,畸笏叟亦曾给予高度评价,并因此放过可卿,帮她隐瞒丑事。王熙凤对梦中之事记得清清楚楚,应该照办才对,可作者从此再不提及此事。

中秋诗缺而不补

第七十五回写贾府过中秋,贾政组织大家吟诗作赋,贾宝玉、贾环及贾兰三叔侄都做了诗,但作者没写明他们所作何诗,脂砚斋为此作批提醒。脂砚斋作批时间是在公元1756年,乾隆二十一年,此时距雪芹逝世尚有六七年,雪芹仍在从事披阅增删《红楼梦》的过程中,可是,中秋诗一直缺而未补。

2.3 死而复活

起死回生、死而复活,这是很少发生的奇迹,而在《红楼梦》里竟然发生了两起,秦业与五儿先后死而复活。

秦业死而复活。秦业是秦可卿与秦鲸卿的父亲,秦鲸卿不务正业,与智能儿相好,秦业气愤而死,作者写道:"谁知近日水月庵的智能私逃进城,找到秦钟家下,看视秦钟,不意被秦业知觉,将智能逐出,将秦钟打了一顿,自己气的老病发作,三五日光景,呜呼死了。秦钟本自怯弱,又值带病未愈,受了笞打,今见老父气死,此时悔痛无及,更又添了许多症候。"[1](118) 这段话讲得极明白,秦业死在儿子的前面,秦钟是在气死老父之后痛悔而死的。然而,秦钟临死前,他的老父居然又活了,他特地向茗烟通报秦钟病重的消息,茗烟对宝玉说:"我也不知道,才刚是他家的老头子特来告诉我的。"[1](124) 秦家是普通家庭,小门小户,可卿出嫁之后,家里就只有父子两个,他家的老头子当然指秦业。可秦业已经死了,他如何能够告诉茗烟,说秦钟病危呢?

五儿死而复活,是由程伟元与高鹗二人制造的事件。五儿姓柳,是荣国府厨役柳嫂子之女,在家排行第五,故名五儿。五儿生得与平儿、袭人、鸳鸯相类,颇有些姿色,贾宝玉喜欢她。五儿与芳官相好,她通过芳官给贾宝玉递话,希望进怡红苑工作,因故未能如愿。王夫人在驱逐晴雯时,顺便提到了五儿,她批评芳官说:"你还强嘴。我且问你,前年我们往皇陵上去,是谁调唆宝玉要柳家的丫头五儿了?幸而那丫头短命死了,不然进来了,你们又连伙聚党,遭害这园子呢!你连你干娘都欺倒了,岂止别人!"[1](610-611) 五儿尚未进贾府就已经病死了,这事千真万确。

可是,至第八十七回,五儿又活了,紫鹃让人给黛玉做了一碗火肉白菜汤,黛玉说,以后这种事情不要麻烦厨房,最好自己弄。紫鹃说,是柳嫂子在她家里做的,还是五儿瞅着炖的。至第九十二回,王熙凤的女儿巧姐给贾宝玉传话说,因为林小红原本是怡红苑的丫头,她走后,名额一直空着,她妈妈想让五儿补上,不知宝叔叔要不要她。宝玉听了很高兴,说乐意要。这样,五儿终于来到了贾宝玉的身边。此后,有关五儿的篇幅还比较大,第一百零九回的回目是"候芳魂五儿承错爱 还孽债迎女返真元",可见,五儿不仅复活了,而且活得十分得意。

注释:

[1]〔清〕曹雪芹:《脂砚斋批评本红楼梦》,凤凰出版社2010年版。

3. 数学常识错误

2000以内的加减乘除,是小学生都会做的,但曹雪芹和脂砚斋似乎不会,我们可以从《红楼梦》文本中找出许多证据来证明这一点。

3.1 二十以内的数学计算错误

笔者翻看了一下小学一年级的数学教学大纲,得知其教学目标是使学生学会10以内的加减法,20以内的进位加法。这是学习认数和计算的开始,是小学数学中最基础的部分,是学生终身学习和发展必备的基础知识与技能。《红楼梦》里有数个10以内的加减法,居然都算错了。

第六十二回有几个数学题,包括一个5以内的加法。那天是贾宝玉的生日,平儿来给他祝寿行礼,袭人告诉他,今儿也是平儿的生日,你俩是同一天,你也应该给她行礼才是。宝玉听了,喜的忙作下揖去。湘云补充道,岂止你们两人生日,还有宝琴和岫烟也是今日生日,你们四个人都该对拜。探春听了,笑道:"倒有些意思。一年十二个月,月月有几个生日。人多了,便这等巧,也有三个一日的,也有两个一日的。大年初一日也不白过,大姐姐占了去。怨不得他福大,生日比别人就占先。又是太祖太爷的生日。过了灯节,就是老太太和宝姐姐,他们娘儿两个遇的巧。三月初一日是太太,初九日是琏二哥哥。二月没人。"[1](482)探春是个精明人,办事一向认真严谨,可她的这番话却极为混乱,明明是四个人同一日生日,她偏说是三个一日,前面说月月有几个人生日,紧接着又说二月没人生日。这种说话行事的方式,不像探春的风格。探春还说老太太与宝钗两人相遇得巧,都在灯节后不久,这就更荒唐了,所谓灯节当然指元宵节,这一天有闹花灯的习俗。但宝钗的生日是某月二十一日(第二十二回),贾母的生日是八月初三(第七十一回)。如果宝钗的生日是元月二十一,则她与贾母的生日相距半年多,如果她的生日是七月二十一日,则又与元宵节相距半年多,她们两人的生日如何在元宵节后相遇呢?

薛蟠打死冯渊之后,同他母亲和妹妹带着一些下人,进京住进了贾府,作者在第四十八回对其下人队伍有一个总的描写,其中也有数学错误:"薛姨妈上京带来的家人不过四五房,并两三个老嬷嬷小丫头,今跟了薛蟠一去,外面只剩了一两个男子。因此,薛姨妈即日到书房,将一应陈设玩器,并帘幔等物,尽行搬了进来收贮,命那两个跟去的男子之妻一并也进来睡觉。"[1](375)作者用"房"作单位来计算家仆人数,这是一个新用法,从文中可以得出结论,"房"指一对夫妻,薛家带到贾府的下人有四五对夫妻,其中有两个男人跟着薛蟠出去做生意,他们的妻子便搬进薛姨妈房中居住,可见"房"不含子女。作者特别告诉读者,下人里面只有"两三个老嬷嬷小丫头"。可是,笔者在上下文中就发现了五个:给薛蟠打点行装的老嬷嬷有两个,而小丫头则有文杏、莺儿和臻儿,总共五个。

林黛玉认薛宝钗做姐姐、薛姨妈做干娘之后,同贾宝玉的交往减少了很多,贾宝玉感到蹊跷,他对林黛玉说:"那《闹简》上有一句说的最好,'孟光接了梁鸿案'这五个字,不过是现成的典,难为他这'是几时'三个虚字问的有趣。是几时接了?你说说我听听。"[1](384)"孟光接了梁鸿案"明明是七个字,到了贾宝玉嘴里,竟凭空减了两字,变成五字了。看起来,贾宝玉的数学水平是3以内的加减法。

《红楼梦》第五回有一个数学题,20以内的加法。贾宝玉梦游警幻境,警幻先以仙茗美酒款待,继而又吩咐道:"就将新制《红楼梦》十二支演上来。"[1](45)舞女们按照警幻仙子的吩咐,依次演唱了"第一支""第二支""第三支"……"第十四支",一共十四支曲子,且曹雪芹也——标注了从"一"至"十四"的数字。这十四支曲子分别是:第一支[红楼梦引子],第二支[终身误],第三支[枉凝眉],第四支[恨无常],第五支[分骨肉],第六支[乐中悲],第七支[世难容],第八支[喜冤家],第九支[虚花悟],第十支[聪明累],第十一支[留余庆],第十二支[晚韶华],第十三支[好事终],第十四支[收尾·飞鸟各投林]。白纸黑字,清清楚楚,明明白白,《红楼梦》曲是十四支,绝不止十二支。可曹雪芹不仅在第5回里说"《红楼梦》十二支",在《凡例》里也说"红楼梦十二支",硬是少了两支。

为迎接元妃省亲,贾府从外面买来了一批尼姑与道姑,对于其具体人数,作者竟有三种说法。元妃省亲前夕,林之孝报告贾政说:"采访聘买得十个小尼姑,小道姑都有了,连新作的二十分道袍也有了。"[1](136)林之孝家的毫不含糊,小尼姑十个,小道士十个,总共20个。可是,到元妃省亲完毕,贾府将这些尼姑和道姑遣往铁槛寺时,人数竟然变了,作者写道:"且说那个玉皇庙并达摩庵两处,一班的十二个小沙弥并十二个小道士,如今挪出大观园来,贾政正想发到各庙去分住。"[1](183)尼姑多了两个,道姑也多了两个,总共增加了四个。到了贾芸舅舅卜世仁的嘴里,人数又变了,他对贾芸说:"前日我出城去,撞见了你们三房里的老四,骑着大叫驴,带着五辆车,有四五十和尚道士,往家庙去了。"[1](192)如果说卜世仁没看清,说话又夸张,人数不准情有可原,但另两处为何也有差异呢?尼姑与道姑的穿着应当是有差异的,可是,林之孝家的说,"新作的二十分道袍"也有了,这就是说,尼姑与道姑统统都穿道袍,这不是扯淡吗?

马道婆会魇魅之术,对于其魇魅之术害人的方法,作者写道:"马道婆看看白花花的一堆银子,又有欠契,并不顾青红皂白,满口里应着,伸手先去接了银子掖起来,然后收了欠契。又向裤腰里掏了半晌,掏出十个纸铰的青脸红发的鬼来,并两个纸人,递与赵姨娘,又悄悄的道:'把他两人的年庚八字写在这两个纸人身上,一并五个鬼,都掖在他们各人的床上就完了。我只在家里作法,自有效验。千万小心,不要害怕!'"[1](201)赵姨娘痛恨王熙凤与贾宝玉,但又无可奈何。马道婆懂得妖法,声称可以帮助赵姨娘达成目的,赵姨娘相信了,当即拿出钱物并书写欠契,聘请马道婆帮她害人。马道婆接了钱物并欠契,从身上拿出十个青脸红发的鬼,并两个纸人。大家注意,是十个鬼和两个纸人。可后文马道婆却说"一并五个鬼",明明是一并十个鬼,怎么变成了"一并五个鬼"了呢?作者表述上的错误是很明显的。笔者分析,作者的本意是这样的:两个纸人,都是用白纸裁剪成的,在它们身上分别填写上王熙凤和贾宝玉的年庚八字,它们就分别代表王熙凤和贾宝玉了。十个鬼分成两拨,每拨五个,分别与代表王熙凤和贾宝玉的纸人搁在一起,然后分别将它们藏到王熙凤和贾宝玉的床上去。这是害人的前期准备工作,这个工作做好之后,马道婆只需要在家里作法,就可以谋害王熙凤和贾宝玉了。这是一个10以内的加减法,马道婆却算错了,她真有那么傻吗?如果将"一并五个鬼"改成"各自五个鬼",就没有问题了。

3.2 二十至二百的数学错误

小学二年级第一学期要学习100以内的加减法,第二学期则在巩固100以内加减法的基础上,要学习乘积小于100的乘法。《红楼梦》里也有若干个20至100的简单数学题,答案却都是错的。

第五十五回:由于王熙凤病了,探春、李纨和薛宝钗开始执掌荣国府管理大权,三人之中以探春为首。上任之初,吴新登家的来报告说,赵姨娘的哥哥赵国基死了,按照我们贾府的规矩,应该发放丧葬费,请求主事人示下。探春问李纨怎么办,李纨说,前儿袭人的母亲死了,给了40两,这赵国基死了也给40两吧。吴新登家的听了李纨的意见,觉得比较妥当,谁知探春有不同意见,她对吴新登家的说,丧葬费的发放标准分家里家外的,你把以往的做法说来听听,吴新登家的找来账簿交给探春查看,探春看到,两个家里的每人20两,两个外头的皆赏40两,还有两个外头的,一个赏了100两,一个赏了60两。这两个外头的之所以赏得比较多,是因为一个死在外省,迁葬费用巨大。另一个则是现买墓地,开销也多。这里比较难理解的是"家里的"和"外头的"两个概念,从上下文看,所谓"家里的",是指死在当地,而"外头的",则指死在外省外地。死在当地的,每人发放20两,死在外地的,依情况而定,最低标准是40两,路程较远、费用较大的,另加补贴。依照这个标准,赵姨娘的哥哥当然应当是20两,因为赵国基是荣国府男仆,曾随侍贾环上学,算是家里的。但袭人的母亲却严重超标了,袭人在跟鸳鸯的谈话中提到,她没有料到母亲死在京城,能够给母亲送终。贾宝玉曾经去过袭人家,袭人家离贾府仅一、二里路。这说明袭人的母亲也应该算家里的,丧葬费应该也是20两。而且,袭人目前尚未与宝玉成婚,还不算姨娘,依此而论,她拿20两都超标了,何况又拿了40两,怪不得赵姨娘不满,要跟探春吵架,探春的数学也太差了。

秦可卿死后,贾珍请钦天监阴阳司来择日,钦天监"择准停灵七七四十九日"[1](99),政府批准停灵49天,政府的政策是不能违背的,秦可卿的灵柩就只能在家停灵49天。然而,作者写道:"这四十九日,单请一百单八众禅僧在大厅上拜大悲忏,超度前亡后化诸魂,以免亡者之罪,另设一坛于天香楼上,是九十九位全真道士,打四十九日解冤洗业醮。然后停灵于会芳园中,灵前另外五十众高僧,五十众高道,对坛按七作好事。"[1](99)依照这段话的描写,秦可卿的停灵时间,不是49日,而是两个49日,即98天。让我们好好分析一下吧,秦可卿死后,最初停灵于宁国府室内,作者有过明确交代:"宝玉下了车,忙忙奔至停灵之室,痛哭一番。"[1](99)停灵于室内期间,在大厅上做了四十九日的大悲忏和四十九日的解冤洗业醮,笔者估计,大悲忏与洗业醮是同时进行的,故停灵于室内的时间是四十九日。"然后",请读者朋友注意"然后"两字,然后移灵于会芳园,又"按七"做好,又是四十九日。此外,这是秦可卿一个人的丧事,那些和尚道士应当是专为超度她而来的,然而,曹雪芹却写"超度前亡后化诸魂",一人的法事变成了诸人的法事,读者能不糊涂吗?

3.3 带小数点的数学计算错误

小学四年级要学习带小数点的乘法了,《红楼梦》里也有这么个题目,涉及到小数计算。当时,刘姥姥二进大观园,贾府请她吃螃蟹,周瑞家的与刘姥姥二人讨论了螃蟹的数量、价格和花费问题。周瑞家的道:"早起我就看见那螃蟹了,一斤只好秤两个三个。这么两三大篓,想是有七八十斤呢。"刘姥姥道:"这样螃蟹,今年就值五分一斤。十斤五钱,五五二两五,三五一十五,再搭上酒菜,一共倒有二十多两银子。阿弥陀佛!这一顿的钱,够我们庄家人过一年的了。"[1](308)

大家来看看这个数学题,如果笔者没搞错的话,它应该是一个乘法题。正确的做法是价格乘上重量,重量以斤为单位,价格以银子计算,银子分为两、钱、分三个衡量单位,一两等于十钱,一钱等于十分。由于每斤螃蟹的价格是五分,而螃蟹共有70斤,或80斤,按70斤计算,则所有螃蟹的总价值是:

$70 \times 0.05 = 3.5$（两）

若按 80 斤计算，则螃蟹的价值是：

$80 \times 0.05 = 4$（两）

在这里，不管是 70 斤，还是 80 斤，都没有"五五二两五"和"三五一十五"这两个乘法。至于酒菜值多少钱，我们不知道，只以螃蟹价值而论，刘姥姥的算法很明显是错误的，螃蟹的总价值不超过 4 两银子，绝无可能到"三五一十五"两的。

3.4 两千以内的乘法计算错误

贾环使坏，推倒蜡烛烫伤了宝玉的脸，宝玉的干娘马道婆恰巧见了，她对贾母和王夫人故弄玄虚说："祖宗老菩萨那里知道，那经典佛法上说的利害，大凡那王公卿相人家的子弟，只一生下来，暗中便有许多促狭鬼跟着他，得空便拧他一下，或掐他一下，或吃饭时打下他的饭碗来，或走着推他一跤，所以往往的那些大家子的子孙多有长不大的。"贾母听了很紧张，就问有何解救之法。马道婆说，解救之法自然有，而且不难，只需向寺院捐献香油供奉西方大光明普照菩萨即可。贾母又问该捐献多少合适。马道婆就举了个例子，说可大可小，一切随施主的心愿。像南安郡太妃，她的愿心大，一天供奉 48 斤香油一斤灯草。其中涉及一个数学题。她说："日费香油四十八斤，每月油二百五十余斤，合钱三百余串。"[1](201) 这次，马道婆又算错了题目，每日点香油 48 斤，以每月 30 天计算，则：

$48 \text{ 斤/天} \times 30 \text{ 天} = 1440 \text{ 斤}$

每月应该是 1440 斤，而不是 250 斤。

探春远嫁，嫁得有多远呢？其判词写道："清明涕送江边望，千里东风一梦遥。"[1](43) 按照这两句话，则探春嫁到东方千里远的地方去了。而探春的《红楼梦曲》[分骨肉]却唱道："一帆风雨路三千，把骨肉家园齐来抛闪。"[1](46) 依照这两句话，则探春又嫁到三千里之外了。

以上是笔者在《红楼梦》前 80 回中查找到的几个数学题，平心而论，都极简单，全是小学生们都能应付的。曹雪芹为何应付不好呢？我国古代的数学水平是比较高的，我们很早就发明了珠算方法，加减乘除皆有口诀。儒家知识分子也是要学数学的，儒家大知识分子都是精通天文历算的。我们过去以天干地支计时，或岁星计时，皆涉及复杂的数学问题，必须熟练掌握加减乘除。曹雪芹、脂砚斋、高鹗和程伟元诸人，都是大知识分子，虽然不能说他们精通数学，但基本的数学运算能力应该是具备的。他们能够共同写出百万余言的小说来，岂能没有基本的数学能力。

《红楼梦》是曹雪芹披阅十载、增删五次的作品，脂砚斋也评点了近 20 年，之后又经程伟元和高鹗修改并续写，前后竟有数十年之久，应该算是精心创作和修改的作品了,可以排除笔误等偶然性因素。虽然《红楼梦》有许多版本,但在这些数学题问题上,各个版本基本上没有分歧和差异,这就排除了作品在流转、传播过程中出现误抄、误印等讹误的可能性。

注释：

[1]〔清〕曹雪芹:《脂砚斋批评本红楼梦》,凤凰出版社2010年版。

4. 语文常识错误

《红楼梦》如同麻脸美人,背影好看,正面则不能看,尤其是不能细看。细看之下,《红楼梦》丑陋不堪,全书都是如此,充满语文常识错误:

例1. 碧纱橱

林黛玉进贾府当天,奶娘来请问黛玉之房舍。贾母说:"今将宝玉挪出来,同我在套间暖阁儿里,把你林姑娘暂安置碧纱橱里。等过了残冬,春天再与他们收拾房屋,另作一番安置罢。"宝玉道:"好祖宗,我就在碧纱橱外的床上很妥当,何必又出来闹的老祖宗不得安静。"[1](30)贾母想了想,同意了。这样,林黛玉住在碧纱橱的床上,贾宝玉住碧纱橱外的大床上。从上下文,我们可以推测出碧纱橱是一种房子,里边可以住人。这是一个新用法,完全颠覆了我们的既有知识。查辞典可知,碧纱橱又名隔扇门、格门,我国古代的建筑构件之一,类似于落地长窗,但不是安装在建筑外檐,而是建于内屋中。清朝《装修作则例》取名为"隔扇碧纱橱",李清照有"玉枕纱橱,半夜初凉透"句,皆指帏幛之类,作隔断之用,绝非屋子或暖阁。曹雪芹的用法令人费解。

例2. 璎珞

璎珞原为古代印度佛像颈间的一种装饰,至唐代时,随着佛教的传入,璎珞被爱美的女性模仿和改进,变成我国人民的一种颈饰,又叫颈圈或项圈。林黛玉与贾宝玉初次见面,她就注意到宝玉"项上戴着赤金盘螭璎珞圈",等贾宝玉换好衣服出来再见时,他"仍旧带着项圈"(第三回),在这里,项圈也就是璎珞,璎珞就是项圈。至宝玉与宝钗对看通灵宝玉与金锁时,曹雪芹又交互使用"璎珞"和"项圈"两词(第八回),两词的含义完全相同,都是指项上的装饰性圈形物。

第五十三回又出现"璎珞"两字,这次却是一个完全不同的璎珞,作者写道:"这边贾母花厅之上共摆了十来席。每一席旁边设一几,几上设炉瓶三事,焚着御赐百合宫香。又有八寸来长四五寸宽二三寸高的点着山石布满青苔的小盆景,俱是新鲜花卉。又有小洋漆茶盘,内放着旧窑茶杯并十锦小茶吊,里面泡着上等名茶。一色皆是紫檀透雕,嵌着大红纱透绣花卉并草字诗词的璎珞。原来绣这璎珞的也是个姑苏女子,名唤慧娘。因他亦是书香宦门之家,他原精于书画,不过偶然绣一两件针线作耍,并非市卖之物。凡这屏上所绣之花卉……"[1](418) 从上下文可以看出,这里的"璎珞"竟是一种桌屏,桌屏就是桌屏,干吗称之为璎珞呢?民间和书籍上都没有这种称呼,可见这又是曹雪芹的杜撰。

例3. 诸艳之冠

"艳"一般用于形容花朵的颜色,引申为女色或美女,《红楼梦》亦曾在这层意思上使用该词,如"其艳若何,霞映澄塘";"万艳同杯";"淫邀艳约";"情诗艳赋";"'春'、'红'、'香'、'玉'等艳字";"侯门艳质";"芳魂艳魄";"早有一位女子在内,其鲜艳妩媚,有似乎宝钗,风流袅娜,则又如黛玉";"那凤姐儿……粉光脂艳";"牡丹亭艳曲警芳心";"浓词艳赋";"风骚妖艳";"淫词艳曲";"未若锦囊收艳骨";"淡极始知花更艳";"平儿依言妆饰,果见鲜艳异常";"逞艳先迎醉眼开";"疏是枝条艳是花,春妆儿女竞奢华";"《艳雪图》";"冬闺集艳图";"慧娘……非一味浓艳匠工";"绝艳惊人出汉宫";"胭脂鲜艳何相类";"秋桃艳李临疆场";"白帝宫中抚司秋艳芙蓉女儿";"艳质将亡",等等。以上引文中的"艳"字,皆用于花之颜色、女人之美色及色情。

而"死金丹独艳理亲丧"与"艳冠群芳"两句中的"艳"字,似另有意蕴。贾敬吞金食丹,腹胀而死,大事临头,贾珍与贾蓉父子不在家,尤氏被迫独自理丧,作者称之为"独艳"。薛宝钗不仅美貌,而且温柔、贤惠、能干、多智,作者称之为"艳冠群芳"。从上下文理解,这里的"艳"字,当作"女人能干"解。在第十七至第十八回回前,脂批云"宝玉系诸艳之冠"[1](126),这句脂批含有以下几层意思:其一,贾宝玉是诸艳之一;其二,贾宝玉是诸艳中的冠军。贾宝玉明明是男儿身,脂砚斋是清楚的,但他居然将宝玉与宝钗相提并论,令人费解。

一些专家则认为,脂砚斋的原文为"诸艳之贯",不是"诸艳之冠",贾宝玉是联系和贯穿金陵群钗的纽带,而不是诸艳之冠。这个解释比较勉强,贾宝玉说过,他见了女儿便清爽,见了男人便觉浊臭逼人。贾宝玉喜欢晴雯、袭人等人,也喜欢秦钟、柳湘莲和蒋玉菡。依此而言,秦钟、柳湘莲和蒋玉菡三人也是女儿。可见,即使是曹雪芹撰写的文本,同样自相矛盾。或许贾宝玉口中的"女儿"和"男人",不是通常意义上的女人与男人,贾宝玉是特殊意义上的"诸艳之冠",否则,不但脂批无法理解,就是贾宝玉的女儿尊贵论也无法解释。贾母亦曾半开玩笑说:"想必他(宝玉)原是个丫头,错投了胎不成。"[1](618) 这个玩笑是不是另有所寓呢?

例4. 姑舅兄妹

两个亲兄弟的儿子与女儿之间,称伯叔兄妹或伯叔姐弟,如贾宝玉与贾迎春;两个亲姊妹的儿子与女儿之间,称两姨兄妹或两姨姐弟,如贾宝玉与薛宝钗;两个亲兄妹或姐弟的儿子与女儿之间,称为姑舅或舅姑兄妹姐弟,贾宝玉与林黛玉就是这种关系。

贾宝玉曾经与林黛玉讨论他与黛玉及宝钗之间的亲疏关系,他对黛玉说:"你这么个明白人,难道连'亲不间疏,先不僭后'也不知道?我虽糊涂,却明白这两句话。头一件,咱们是姑舅姊妹,宝姐姐是两姨姊妹,论亲戚,他比你疏。"[1](161)宝玉与黛玉是姑舅关系,与宝钗是两姨关系,在男尊女卑时代,从父的姑舅关系比从母的两姨关系更亲近。第七十二回又描写了一对舅姑兄妹,当时,司棋与潘又安在树丛中谈情,被贾母的大丫头鸳鸯撞见,司棋向鸳鸯介绍说,这是我"姑舅兄弟"。这几宗姑舅关系,是真正的姑舅关系。

第七十九回又提及一宗舅姑关系,说的是薛蟠与夏金桂。香菱向宝玉介绍说,桂花夏家是薛家的老亲,通家常来往,薛蟠与夏金桂从小在一处厮混过,"叙亲,是姑舅兄妹"[1](632)从上下文分析,这宗舅姑关系是假的,我们知道,王熙凤的父亲王子腾是薛蟠的舅舅,则王熙凤与薛蟠是姑舅关系,除王子腾外,薛蟠还有一个舅舅吗?即使有,也姓王,不姓夏,也不会是夏金桂的父亲。那么,薛蟠的父亲有没有可能是夏金桂的舅舅呢?答案是否定的,因为夏家与薛家只是老亲,近两代没有亲戚关系。由此可见,薛蟠与夏金桂不可能是舅姑兄妹,作者为何要这么写呢?

例5. 孩提

"孩提"的正常含义,指2~3岁的儿童,出自《孟子·尽心》,颜师古注解称,"孩"指儿童笑貌,"提"的本义是抓住小孩的两腋将其向上抱起之意。尚在襁褓中的儿童,被父母抱在怀中,笑声咳咳,这是"孩提"最初的意思。曹雪芹在第五回中用到这个词,称年已十三岁的贾宝玉"亦在孩提之间",令人费解。

例6. 享强寿

秦可卿死亡时的年龄,作者没有明说,秦可卿是贾蓉的妻子,她与贾蓉的年龄应该相当。据贾蓉捐官的履历表记载,他20岁,则秦可卿应该也在20岁左右。然而,秦可卿死后,其铭旌上写着"享强寿"。强寿与弱夭是对称,前者指健康长寿者,后者指弱病早夭者。汉代王充《论衡·气寿》云:"强寿弱夭,谓禀气渥薄也……夫禀气渥则其体强,体强则寿长;气薄则体弱,体弱则命短,命短则多病,寿短。"[2](98)古代社会,限于生活条件,人们的寿命普遍较短,能活到50岁就算享受了天命了,以此而论,故50以上方能称"享强寿"。年约二十而逝的秦可卿怎能称"享强寿"呢?

例7. 七出之条

七出是我国古代的一种婚姻制度,它规定了夫妻离婚的七种条件,当妻子符合其中一种条件时,丈夫及其家族便可以要求休妻。七出之条总体上有利于维护夫家的利益,但对于弱势女子却也提供了最低限度的保护,使她们免于被抛弃的命运。七出又名七去、七弃,其内容最早记载在汉代著作《大戴礼记》中,核心内容有七条,只要具备其中一条,丈夫便可以将妻子赶出家门:不顺父母,为其逆德也;无子,为其绝世也;淫,为其乱族也;妒,为其乱家也;有恶疾,为其不可与共粢盛也;口多言,为其离亲也;窃盗,为其反义也。

一千多年来,七出之条的内容相对固定,未有变化。然而,脂砚斋却在第七十五回作批云:"按尤氏犯七出之条,不过只是'过于从夫'四字,此世间妇人之常情耳。其心术慈厚宽顺,竟可出于阿凤之上。特用之明犯七出之人从公一论,可知贾宅中暗犯七出之人亦不少。似明犯者反可宥恕,其饰己非而扬人恶者,阴昧僻谲之流,实不能容于世者也。"[1](590)脂砚斋说尤氏犯了七出之条中的"过于从夫",她是明犯,贾府还有更多妇女也犯了七出之条,她们却是暗犯,暗犯比明犯更可恶,罪行更大云云。脂砚斋所谓"过于从夫",不见于史料,可见是他的杜撰。按照传统,过于从夫是一种美德,绝不是错,男人喜欢的就是这种举案齐眉式的温顺女人。

例8. 女儿、女人和女子

女儿、女人与女子三词在《红楼梦》中出现的频率极高,而含义却很混乱,它们的歧义点是已婚还是未婚。一般情况下,女儿指未婚女性,女人指已婚女性,而女子则是两者的合称。如第七十七回,贾宝玉见婆子们把司棋赶出大观园,他恨恨地说:"奇怪,奇怪,怎么这些人只一嫁了汉子,染了男人的气味,就这样混帐起来,比男人更可杀了!"[1](610)守园门的婆子听了宝玉的话,不禁好笑起来,反问他说:"这样说,但凡女儿个个都是好的了,女人个个都是坏的了?"宝玉十分肯定地回答说:"不错,不错!"[1](610)贾宝玉和守园婆子们,都把未沾男人气的未婚女性叫女儿,而称已经嫁人的女性为女人。另外,像"花自芳的女人""秦显的女人"等用法,女人皆指已婚女性;而"必得两个女儿伴着我读书,我方能认得字,心里也明白,不然我自己心里糊涂"句中的"女儿",则指未婚女孩。第一回有这么句话,出自空空道人之口,他说:"其中只不过几个异样女子,或情或痴,或小才微善,亦无班姑、蔡女之德能。我纵抄去,恐世人不爱看呢。"[1](5)金陵十二钗大都未婚,小部分已婚,林黛玉、薛宝钗、史湘云、贾迎春、贾探春、贾惜春、妙玉、巧姐等8人未婚,而元春、秦可卿、王熙凤、李纨四人已婚,对于她们,空空道人统称为女子,可见,女子是女儿与女人的合称。

然而,在一些场合,女儿与女子同义,譬如第五回,贾宝玉在警幻宫中读到十二钗的判词,感到疑惑不解,问警幻仙子道:"常听人说,金陵极大,怎么只十二个女子？如今单我们家里,上上下下,就有几百女孩儿呢。"警幻冷笑道:"贵省女子固多,不过择其紧要者录之。下边二厨则又次之。余者庸常之辈,则无册可录矣。"[1](43) 在这里,贾宝玉用了"女子"和"女孩儿"两个称呼,相提并用,可见是同义词。甄士隐的妻子封氏,是香菱的母亲,作者介绍说她是封肃的"女儿"。此两处的"女儿"都指已婚女性。

女人一词也是如此,在第七十七回指已婚女性,而在第二十五回,作者又有如下一句话:"别人慌张自不必讲,独有薛蟠更比诸人忙到十分去:又恐薛姨妈被人挤倒,又恐薛宝钗被人瞧见,又恐香菱被人臊皮,——知道贾珍等是在女人身上做功夫的,因此忙的不堪。忽一眼瞥见了林黛玉风流婉转,已酥倒在那里。"[1](204) 宝钗未婚,香菱已婚,作者统称之为女人。又如第六十二回写道:"只见林之孝家的和一群女人带了一个媳妇进来。那媳妇愁眉苦脸,也不敢进厅,只到了阶下,便朝上跪下了,碰头有声。"[1](487) 这句话里的媳妇,是惜春丫头彩儿的母亲,可见是已婚女性,则那"一群女人"应该都是已婚女性,因为她们都在扮演恶人的角色。

例9. 学名

学名是小孩上学读书时所取的正式名称,不读书的人当然没有学名。凤姐的学名是王熙凤,但是,凤姐并不识字,可见不曾上学。对此,宝钗曾有评价,她说:"世上的话,到了凤丫头嘴里也就尽了。幸而凤丫头不认得字,不大通,不过一概是市俗取笑"[1](333)。凤姐不识字,所以,黛玉与宝钗们起诗社时,她一般不参加。后来,李纨强邀凤姐参加,也是基于财政的考虑。既然不识字,她为何有学名呢?

例10. 守制

守制是我国封建社会的一个孝义制度,这个制度规定,父母或祖父母死后,儿子或长孙在家守孝三年,守孝期间,不得应酬、庆典、任官、应考和嫁娶。可见,守制只是针对男性的制度,女性本无所谓应酬、庆典、任官和应考诸事,只有嫁娶一项对女性有约束。

贾敏死后,曹雪芹写道:"(贾雨村)堪堪又是一载的光阴,谁知女学生之母贾氏夫人一疾而终。女学生侍汤奉药,守丧尽哀,遂又将辞馆别图。林如海意欲令女守制读书,故又将他留下。"[1](15) 守制一词用到林黛玉身上,总有些不伦不类,她一个小女孩,既不能应酬,又不能做官应考,更无婚姻嫁娶之事,何须守制?

例11. 水秀

"水秀"一词在前八十回出现两次,都是用来形容一个名叫四儿的丫头的,四儿是怡红苑的一个小丫头,原名芸香,袭人为其改名为蕙香,宝玉则替其改名为四儿。作者在形容她的长相时,一概使用"水秀"二字:在贾宝玉的眼中,四儿"生得十分水秀"[1](166);在王夫人眼中,四儿"虽比不上晴雯一半,却有几分水秀"[1](610),"水秀"是四儿的专用,作者不用它形容她人,四儿的长相有何特殊之处呢?

在程高续写的第八十七回有"水秀山明"一词,平时,人们多言"山清水秀",可见用"秀"字形容"水",是正常用法。将"水秀"两字形容女孩子的长相,曹雪芹是第一个,是他的创造。当用于女子时,则有秀气、秀丽、秀美、俊秀、秀雅等词。也用于形容男子,如秀士、秀世、秀立、秀艾、秀茂、秀才。

例12. 鹡鸰之悲、棠棣之威

第二回有一句脂批,批在"姐姐""妹妹"之后,其批云:"盖作者实因鹡鸰之悲、棠棣之威,故撰此闺阁庭帏之传。"[1](19)"鹡鸰""棠棣"典出《诗经·小雅·常棣》:"常棣之华,鄂不韡韡。凡今之人,莫如兄弟。""脊令在原,兄弟急难。每有良朋,况也永叹。"[3](149)可见,这两词都是指兄弟关系,而不是姐妹,脂砚斋为何以它们来形容贾宝玉与姐妹们的关系呢?

例13. 意淫

贾宝玉是古今天下第一淫人,他的淫是意淫。何谓意淫?脂砚斋说,贾宝玉只在"体贴"二字。是的,贾宝玉确实很体贴姑娘,凡是有点姿色的女人,他都想着,贾珍书房里有一轴美人图,他怕她寂寞;刘姥姥信口开河,故事中提到一个女孩叫茗玉,茗玉死后,其父母为她修建祠庙祭祀,宝玉信以为真,竟遣茗烟去寻找和纪念。平时,姑娘们有错,宝玉尽力为她们兜着和掩盖。所以,贾宝玉作为古今天下第一淫人,他的"淫"是意淫,他赏识、喜爱、爱护和体贴女人。

宝玉在梦中与警幻仙子的妹妹云雨,当也是意淫,因为那是梦幻。然而,他醒来之后,当袭人替他穿衣时,发现裤裆上大腿根部湿了一块,于是他与袭人同领敬幻所训之事,他与袭人偷情了,这次,他不再是意淫,而是皮肤滥淫了。然而,脂批云:"宝玉、袭人亦大家常事耳,写得是已全领警幻意淫之训。"[1](49)此批告诉我们,贾宝玉与袭人之淫竟也是意淫。那么,意淫与皮肤滥淫的区别究竟在哪里呢?

例14. 清洁人

谁是清洁干净人?谁是肮脏污滥人?贾迎春出嫁孙绍祖,随嫁四个丫环,贾宝玉听后,痛心疾首,说:"从今后,这世上又少了五个清洁人了。"[1](631)孙绍祖是一色鬼,将其府中女人几乎淫遍,贾迎春带着四个丫环嫁过去,五人当然都会被孙绍祖糟蹋,变成妇人。可见,在贾宝玉看来,有女儿之身者乃洁净人,否则就是肮脏人。

可是,在另一处,他又表达了不同看法。据袭人介绍,薛宝钗曾劝谏宝玉读书求功名,宝玉生气地说:"好好的一个清净洁白女儿,也学的钓名沽誉,入了国贼禄鬼之流。这总是前人无故生事,立言竖辞,原为导后世的须眉浊物。不想我生不幸,亦且琼闺绣阁中亦染此风,真真有负天地钟灵毓秀之德!"[1](283)从这处文字来看,则不受功名利禄思想污染的女儿,才是干净洁白的,否则就是脏污之人。

例 15.《满床笏》

第二十九回写贾府到清虚观打醮,替元妃祈福,中间点戏,贾珍先报《白蛇记》,讲汉高祖斩蛇起兵的故事,贾母不爱。贾珍又报说,第二本戏是《满床笏》,贾母笑道:"这倒是第二本上?也罢了。神佛要这样,也只得罢了。"[1](239)从贾母的话来看,她此前看过这本戏,知道其中内容,是关于神佛故事的,她对其中的神佛故事不满意。贾母的话与史料记载有较大出入。

据史料记载,《满床笏》是清初戏剧作品,共有三十六出,其中以"醋"字命名的有十出,因又名《十醋记》。戏剧讲的是唐朝名将郭子仪的故事,他在平定安史之乱中立下奇功,封汾阳王,六十岁生日时,七子八婿皆为朝廷显官,他们都来替父亲庆生,笏板堆满一床。汾阳王"满床笏"的故事,成为许多文人志士忠君报国的崇高理想。但是,这出戏剧里并无神佛故事。

例 16. 端午节

端午节是农历五月初五,长期以来都是如此,一年仅有这一天。可是,《红楼梦》第二十九回写道:"单表到了初一这一日,荣国府门前车轿纷纷,人马簇簇。那底下凡执事人等,闻得是贵妃做好事,贾母亲去拈香,正是初一日乃月之首日,况是端阳节间,因此凡动用的什物,一色都是齐全的,不同往日一样。"[1](236)依照这段话的描写,端午节竟不止一天,五月初一竟也是在端午节间。

例 17. 千里之外

刘姥姥第一次进贾府,是在第六回。刘姥姥是一寡妇,跟着女婿狗儿生活,她是从狗儿家里出发去贾府的。那么,狗儿的家在哪里呢?狗儿的家离贾府有多远呢?刘姥姥说:"如今咱们虽离城住着,终是天子脚下。这长安城中,遍地都是钱,只可惜没人会拿去罢了。在家跳蹋也不中用的。"[1](50)狗儿家住在长安城郊,也算天子脚下。而金陵贾府现也住在长安都中,贾政和贾赦、贾珍等都在朝廷任职,贾敬不回原籍,只在都中城外与道士们胡羼。所以,刘姥姥打着王家的旗号去找王熙凤,实际上是从城郊到城内找人,距离应该不算太远,最多几十里路。

然而,作者却描写道:"正寻思从那一件事、自那一个人写起方妙,恰好忽从千里之外,芥豆之微,小小一个人家,因与荣府略有些瓜葛,这日正往荣府中来,因此便就此一家说来,倒还是总头绪。"[1](50)据作者此言,则从天子城郊到城内,竟有千里之遥,清朝时期的北京有这么大吗?

例 18. 一斗

"斗"字的基本含义是市制容量单位,十升为一斗,十斗为石,一般用于衡量粮食及颗粒性的东西,如一斗粟、一斗米、一斗粮、一斗珠。曹雪芹在第四十二回三次用到这个词:"两斗御田粳米""青绉绸一斗珠的羊皮褂子""一件松花色绫子一斗珠儿的小皮袄"句,这三处的用法都是正常用法,"斗"都是十升的意思,御田米两斗,羊皮褂子和小皮袄都价值一斗珠。

曹雪芹在第一回也用到"一斗",此处却是指酒的容量。那时正是中秋之夜,甄士隐请穷酸文人贾雨村喝酒,席间,贾雨村口占一绝云:时逢三五便团圆,满把晴光护玉栏。天上一轮才捧出,人间万姓仰头看。士隐听了,大叫称妙,他每每称赞贾雨村,说他必非久居人下者,而这首中秋绝句,表明贾雨村飞腾之兆已见,不日可接履于云霓之上,可喜可贺,甄士隐"乃亲斟一斗为贺"。喝酒用杯,酒量大的用海碗,一斗酒约三十海碗,数百杯,就是武松在世也不能这么喝。所以,曹雪芹此处的"一斗"用得莫明其妙。历史上虽然有"李白斗酒诗百篇""酒逢知己千杯少"的说法,但到底是夸张,曹雪芹声称《红楼梦》是实录、真事,不应如此用法。况且,贾雨村与甄士隐价值观不同,贾雨村热衷于功名,攀附权贵,而甄士隐则秉性恬淡,不以功名为念,辞官回家做了义皇上人,每日只以酌酒吟诗为念。他们俩在一起喝酒已属意外,至于成为千杯不醉的知己,则完全不可能。

例19. 宾天

贾敬死亡是在第六十三回,当时,贾宝玉等人过生日,正在怡红苑开夜宴,闹得不可开交之时,有一个宁府下人过来报告说:"老爷宾天了"。[1](500) "宾天"一词是有特殊含义的,谓皇帝之死,普通人死了,不能说宾天了。如唐刘禹锡在《唐故宣歙池等州都团练观察处置使赠左骑常侍王公神道碑》中写道:"常侍讳质,字华卿。始得姓自周灵王太子晋,宾天而仙,时人曰王子,因去姬为王氏。"[4](32) 这里称周灵王的太子晋死了为宾天,王太子是准天子,未来的天子。宋叶适在《华文阁待制知庐州钱公墓志铭》中写道:"孝宗宾天,公困多毁。"[5](768) 另清薛福成在《庸盦笔记·史料一·咸丰季年三奸伏诛》中写道:"且先帝宾天,皇太后居丧,尤不宜召见亲王。"[6](304) 叶适与薛福成笔下的宾天,都是指皇帝之死。贾敬不过是一等将军,不是皇帝,他的死怎能说是宾天呢?

例20. 丹墀

《红楼梦》前八十回两次用到"丹墀",其一在第七回,中有"众小厮都在丹墀侍立"句,描写的是宁国府的台阶,其二在第五十三回,中有"阶上阶下两丹墀内"句,描写的是贾府家庙中的台阶。古时,"丹墀"专指宫殿前的石阶,因被漆成红色,故称丹墀。如汉张衡《西京赋》云:"右平左,青琐丹墀。"[7](170) 《宋书·百官志上》:"殿以胡椒涂壁,画古贤烈士。以丹朱色地,谓之丹墀。"[8](211) 唐李嘉佑《送王端赴朝》诗:"君承明主意,日日上丹墀。"[9](1457) 以上各处,丹墀皆指皇宫前的台阶,这是比较规范的用法。贾府是公爵府,不是王府,更不是皇宫,如何敢称"丹墀"?

例21. 一概谢绝

一概谢绝即全部谢绝,《红楼梦》第三十六回用到了这个词,其中写道:"那宝玉懒与士大夫诸男人接谈,又最厌峨冠礼服贺吊往还等事,今日得了这句话,越发得了意,不但将亲戚朋友一概谢绝了,而且连家庭中晨昏定省亦发都随他的便了,日日只在园中游卧,不过每日一清早到贾母、王夫人处走走就回来,却每每甘心为诸丫环充役,竟也得十分闲消日月。"[1](283)第三十六回开篇处说,贾宝玉不愿意参加任何贺吊往还之事,但结尾处却告诉我们,贾宝玉要去恭贺明日薛姨妈的生日。同时,史湘云告别回家,"众人送至二门前,宝玉还要往外送。"[1](288)贾宝玉并没有拒绝参加薛姨妈的生日,也没有拒绝送别史湘云,怎么能说"一概谢绝"呢?

例22. 玉堂金马

贾不假,白玉为堂金做马,由此可知,贾府的堂屋是玉堂。"玉堂"一词意为玉饰的殿堂,为宫殿的美称,有时也指神仙的住处。贾府虽然富丽堂皇,但究竟不是宫殿,如何能称玉堂?

"金作马"即金马,"金马"一词也是有特殊含义的,指朝廷帝都,康有为在《和临桂周黻卿翰林有感》中写道:"蹉跎梦金马,感怆泣铜驼。"[10](155)职官辞典对"金马"一词解释说:金马,(汉)金马门省称,待诏或对策之所。才能之士往往由此起家入仕、发迹创业。《汉书·扬雄传》:"公孙创业于金马。"同书《公孙弘传》:"策奏,天子擢弘对为第一。召入见,容貌甚丽,拜为博士,待诏金马门……位在宰相封侯。"颜师古注:"武帝时,相马者东门京作铜马法献之,立马于鲁班门外,更名鲁班门为金马门。"参见"金马门"。(明、清)翰林院美称。明程允升《精注雅俗故事读本》五《文臣》:"金马、玉堂,美翰林之声价。"清周达用注:"称翰林院曰金马。"[11](439)贾府既非天子之家,又非帝都,如何有金马门?

例23. 内侄

"内侄"一词在《红楼梦》前八十回出现约六次,前五次都是用于描写王熙凤的。贾琏的妻子王熙凤,是贾政之妻王夫人的内侄女。换句话说,王熙凤是王夫人娘家哥哥王子腾的女儿,传统上,丈夫称妻子为"内人",可能是女主内,男主外的原因,女人一般是不出门的。女方的亲戚便是内亲,如内侄、内侄女等。冷子兴说王熙凤是王夫人的内侄女,贾敏也说王熙凤是王夫人的内侄女,周瑞家的同样说王熙凤为王夫人的内侄女,最后,赖嬷嬷还是这么说。可见,内侄女作为对妻子亲侄女的固定叫法,大家都很认同,曹雪芹对这一点很清楚。

可是,至第60回,"内侄"一词却出现了令人不可思议的变化:"内中有一小伙,名唤钱槐者,乃系赵姨娘之内侄。"[1](473) 赵姨娘姓赵,她有一个哥哥叫赵国基,她的内侄应该是赵国基或其他兄弟的儿子,应该姓赵。可是,这个钱槐却是姓钱,他怎么可能成为赵姨娘的内侄呢?

例 24. 世袭穷官

隋唐之后,我国官员选拔制度发生了质的变化,文职官员通过科举选取,武职则须凭借武举、军功及资历晋升,这是朝廷通例,但在通例之外,还有例外的补充,这就是世袭。首先,皇位是世袭的,父传子,或兄传弟。其次,一定范围内的皇亲国戚享受世袭爵位。再次,某些开国功臣之后,也能享受世袭爵禄。最后,为国家做出过特殊贡献的大臣,其子弟经皇帝特批,也能享受世袭爵位。由此可见,凡世袭之家,不是皇亲国戚,就是朝廷重臣之家,既富且贵。

然而,第五十三回出现了一个"世袭穷官"概念,其中写道:"除咱们这样一二家之外,那些世袭穷官儿家,若不仗着这银子,拿什么上供过年?"[1](413) 出身于世勋之家的官员倒成了穷官,试问,难道新晋的官员竟都是富官?贾府那等豪富,不就是享受世袭爵禄的原因吗?

例 25. 亲家、太太、老爷、老娘

亲戚关系如果由固定的概念来表达,人们一望便知其义,但《红楼梦》中的称呼却因人而异。譬如说亲家,它是结儿女婚姻的男女家庭对对方的称呼,贾府与刘姥姥家,与她的女婿王家,均无婚姻关系,然而,贾母却亲切地称刘姥姥为"老亲家"[1](308) 这个称呼不伦不类,而脂砚斋居然作批称赞云:"神妙之极!看官至此,必愁贾母何以相称。谁知公然曰'老亲家',何等现成,何等大方,何等有情理。若云作者心中编出,余断断不信。何也?盖编得出者,断不能有这等情理。"[1](309) 其实,贾母跟着众人叫"刘姥姥"就挺好,何必又另叫什么老亲家呢。

"太太"是丈夫对妻子的称呼,可是在贾府,不管是什么辈分,统统称王夫人、邢夫人为太太,称贾母为老太太,贾宝玉也称她们为太太和老太太,令人十分费解。"老爷"是人们对有身份男人的尊称,而在贾府,人人都称贾政、贾赦和贾敬为老爷,儿子称父母为老爷。赵姨娘是探春的母亲,但探春概以姨娘称之。

"老娘"是对老年妇女的普通称呼,或是儿女对母亲的称呼,有时也是粗鄙妇女的自称。但在《红楼梦》里,"老娘"一词却指外婆,譬如第六十回,蝉姐儿与翠墨交谈中提到的"老娘",便是指蝉姐儿的外祖母夏婆子。贾珍的妻子尤氏,其母亲长期住在宁府,尤氏的母亲即是贾蓉的外婆或姥姥,可是,宁府上下一概称之为"老娘"。如在第六十三回,丫头们教训贾蓉说:"热孝在身上,老娘才睡了觉,他两个虽小,到底是姨娘家,你太眼里没有奶奶了。回来告诉爷,你吃不了兜着走。"其中又有"贾蓉又戏他老娘道"句。[1](501) 第六十四和六十五回,也一概称尤氏的母

亲为尤老娘。第四十五回也用到"老娘"这个词,当时,王熙凤要开除周瑞家的儿子,她对赖嬷嬷解释说:"前日我生日,里头还没吃酒,他小子先醉了。老娘那边送了礼来,他不说在外头张罗,他倒坐着骂人,礼也不送进来。两个女人进来了,他才带着小幺们往里抬。小幺们倒好,他拿的一盒子倒失了手,撒了一院子馒头。人去了,打发彩明去说他,他倒骂了彩明一顿。这样无法无天的忘八羔子,不撵了作什么!"[1](353)这句话里的"老娘"则不知指谁。

例 26. 颤颤巍巍

邢岫烟是邢夫人的侄女,年龄不过十五六岁,如此一个青春年少的姑娘家,走起路来却像龙钟老太,作者写道:"刚过了沁芳亭,忽见岫烟颤颤巍巍的迎面走来"[1](498)邢岫烟既没患病,又不年老,缘何"颤颤巍巍"地走路呢?

例 27. 藏愚与守拙

薛宝钗的性格如何?作者写道:"罕言寡语,人谓藏愚,安分随时,自云守拙。"[1](67-68)薛宝钗既藏愚,又守拙,这是什么意思呢?红学专家解释说:"藏愚,就是处事低调不愿多露锋芒。守拙,封建士大夫自诩清高,不做官,清贫自守,叫守拙。"[12]他们还拿老子道德经中的话作证据,道德里有"大智若愚""大巧若拙"两语。笔者认为,专家们的解释是错误的,"藏愚"不是"藏巧",所谓"藏愚",顾名思义,就是把愚蠢的一面给隐藏起来,掩盖起来,不让别人看出。守拙,顾名思义,就是守住自己的笨拙,不掩饰,不遮盖。所以,藏愚与守拙是反义词。

一个聪明的人如果罕言寡语,自然是谦虚低调;而他(她)如果原本就很愚蠢,罕言寡语,则意味着有意掩盖和欺骗。从薛宝钗一向的表现来看,她绝非低调之人,也绝非安分随时之人,她论诗、论画、论戏曲、论读书、论参禅,皆有惊人之语,其《柳絮词》,更显示了她的万丈雄心,锋芒毕露,她何曾低调过?当然,某些版本将"藏愚"改为"装愚",文义通顺了,却违背了曹雪芹的原义。

例 28. 落草

"落草"是上山做强盗的通俗说法,然而,在《红楼梦》里,它却有了一个全新的含义。林黛玉初到贾府,花袭人向她介绍通灵宝玉说:"连一家子也不知来历,上头还有现成的眼儿,听得说,落草时是从他口里掏出来的。等我拿来你看便知。"[1](31)从上下文分析,"落草"一词在此处的含义是降生、出生,这与传统用法全然不同。一些专家杜撰说,满人条件艰苦,孩子往往降生在草堆上,故名"落草",这种解释毫无依据,纯粹推测,不足为凭。

例 29. 下世

下世是多义词,有去世、死亡、后世、阴间等含义,如"秦穆先下世,三臣皆自残。"[13](71)"亲既以天年下世,妾已嫁夫,严仲子仍察举吾弟困污之中而交之,泽

151

厚矣,可奈何!"[14](604),"将军既下世,部曲亦罕存。"[15](25)等,这些引文中的"下世"都是去世的意思,进一步引申,则有"阴间"之意。"上世养本,而下世事末。"[16](238),"然则上世亲亲而爱私,中世上贤而说仁,下世贵贵而尊官。"[17](67),这三处引文中的"下世",皆是后世、近世的意思。此外,还有一些方言区,"下世"有出生、出世的意思。

曹雪芹在《红楼梦》里多次用到"下世"这个词,在描写甄士隐接连遭受失女、被火和岳父欺骗之后,说他渐渐露出了"下世的光景";贾雨村发达之后,娶了娇杏,贾雨村的嫡妻忽染嗾"下世"。这两处"下世",都是去世、逝世的意思。此外,曹雪芹在描写神瑛侍者、绛珠仙子等人下凡时,四次用到"下世",此处的"下世",则是"下凡"的意思,这是一个崭新的用法,与此前各义截然不同。

例30. 荒唐

"荒唐"一词,在曹雪芹的笔下,竟也歧义杂出。他在第一回开首写道:"列位看官,你道此书从何而来?说起根由,虽尽荒唐,细按则深有趣味。"[1](3)第八回又有诗云:"女娲炼石已荒唐,又向荒唐演大荒。失去幽灵真境界,幻来亲就臭皮囊。好知运败金无彩,堪叹时乖玉不光。"[1](68)炼石补天是一个神话故事,情理上无法解释,可谓荒唐。曹雪芹借用这个荒唐的神话故事开篇,进而敷衍出通灵宝玉托生、木石姻缘等故事,从根由上讲自然是荒唐无稽的,这是神话的荒唐。凡例结尾处写道:"悲喜千般同幻渺,古今一梦尽荒唐。"[1](4)第一回结尾处又有《好了歌》,甄士隐解说道:"昨怜破袄寒,今嫌紫蟒长。乱烘烘你方唱罢我登场,反认他乡是故乡。甚荒唐,到头来都是为他人作嫁衣裳!"[1](11-12)这两处文字宣扬宿命论,权势、富贵、忠孝、美色、亲情等,皆为浮云,不靠谱,有害无利。但《红楼梦》全书所写无非就是这些东西,从这个意义来讲,《红楼梦》是荒唐的。

如此一来,《红楼梦》便有了三重荒唐:以神话故事开篇为第一重荒唐,全书描写悲欢离合兴衰荣辱的故事为第二重荒唐,充斥全书的各类错误为第三重荒唐。笔者以为,曹雪芹此举,意在制造混乱,模糊读者的眼睛。以神话故事和悲欢离合兴衰荣辱故事为荒唐,实属赘言,古今文学作品大多类此,以《三国演义》《水浒传》《西游记》《封神演义》《金瓶梅》《聊斋志异》等书为例,这些都是读者喜爱的名作,其内容不是神魔鬼怪,就是兴衰成败,要么就是情色肉欲悲欢离合,《红楼梦》与其并无二致。若《红楼梦》是荒唐的,则世上几无不荒唐的文学作品。因此,曹雪芹大谈其荒唐,是胡言乱语,画蛇添足,实属多余。以上例子证明,《红楼梦》的语词含义混乱,实际上,《红楼梦》的情节也经不起分析,请看下文。

注释:

[1]〔清〕曹雪芹:《脂砚斋批评本红楼梦》,凤凰出版社2010年版。

[2]周桂钿:《秦汉思想研究(1)——王充哲学思想新探》,福建教育出版社2015年版。

[3]张凌翔解译:《诗经全鉴》,中国纺织出版社2015年版。

[4]〔唐〕刘禹锡:《刘禹锡集》,上海人民出版社1975年版。

[5]鲍延毅编:《死雅》,中国大百科全书出版社2007年版。

[6]高冕:《天机清朝皇权争夺实录》,作家出版社2015年版。

[7]李楠编著:《中国古代砖瓦》,中国商业出版社2015年版。

[8]吕思勉:《两晋南北朝史(文明卷)》,华中科技大学出版社2016年版。

[9]周振甫主编:《唐诗宋词元曲全集(全唐诗 第4册)》,黄山书社1999年版。

[10]康有为著、舒芜等选注:《康有为选集》,人民文学出版社2004年版。

[11]龚延明:《中国历代职官别名大辞典》,上海辞书出版社2006年版。

[12]百度百科,"藏愚守拙"条。

[13]徐天闵:《汉魏晋宋五言诗选集注》,武汉大学出版社2013年版。

[14]〔西汉〕司马迁:《史记(下)》,吉林大学出版社2015年版。

[15]许菊芳编著:《古代边塞诗词三百首》,中国国际广播出版社2014年版。

[16]〔唐〕魏征编撰:《群书治要全鉴(典藏版)》,中国纺织出版社2016年版。

[17]姜爱林编著:《治国之镜:诗词镜鉴历代改革家》,新华出版社2015年版。

5. 逻辑常识错误

写文章必须讲逻辑,要前后一致,总体一致,不能颠三倒四,自我否定。可是,曹雪芹却不遵循逻辑,他总是前后矛盾,总是自我否定。这里且举一例,《红楼梦》第二回以贾雨村、冷子兴二人对话的方式,介绍了贾府的大致情况:

子兴叹道:"老先生休如此说。如今的这宁荣两门,也都萧疏了,不比先时的光景。"雨村道:"当日宁荣两宅的人口也极多,如何就萧疏了?"冷子兴道:"正是,说来也话长。"

雨村道:"去岁我到金陵地界,因欲游览六朝遗迹,那日进了石头城,从他老宅门前经过。街东是宁国府,街西是荣国府,二宅相连,竟将大半条街占了。大门前虽冷落无人,隔着围墙一望,里面厅殿楼阁,也还都峥嵘轩峻,就是后一带花园子里面树木山石,也还都有蓊蔚洇润之气,那里像个衰败之家?"

冷子兴笑道:"亏你是个进士出身,原来不通!古人有云:'百足之虫,死而不僵。'如今虽说不及先年那样兴盛,较之平常仕宦之家,到底气象不同。如今生齿日繁,事务日盛,主仆上下,安富尊荣者尽多,运筹谋画者无一,其日用排场费用,又不能将就省俭。如今外面的架子虽未甚倒,内囊却也尽上来了。这还是小事。更有一件大事:谁知这样钟鸣鼎食之家,翰墨诗书之族,如今的儿孙,竟一代不如一代了!"[1](16-17)

这是作者第一次介绍贾府,对贾府当时的总体状况作了一个简要的概括。笔者仔细阅读认真琢磨这些文字,发现其中问题甚多,且越琢磨越迷惑:

5.1 贾府人口究竟是"萧疏"还"日繁"?

冷子兴说,当日,宁荣两府人口也极多,可如今"萧疏"了。"萧疏"二字什么意思呢?毛泽东同志的诗《送瘟神》有两句是"千村薜荔人遗矢,万户萧疏鬼唱歌。"它描述的是血吸虫病惊人的破坏力,及给我国湖区人民带来的深重灾难:人口大量病死,田园荒芜。其景象恰似曹操《蒿里行》对汉末战乱的描写:白骨露于野,千里无鸡鸣。毛泽东同志诗中的"萧疏",意谓人口凋零、稀少,系非正常死亡所致。贾府当日人口极多,如今萧疏了,萧疏到什么程度呢?贾雨村说,他去年游览金陵，从贾府老宅门前经过，街东是宁国府，街西是荣国府，虽然厅殿楼阁仍然峥嵘轩峻，树木山石仍然葱蔚洇润，一点也不像衰败之家。但门前却冷落无人。贾府的人口哪去了呢？我们可以推测，他们搬家到京城去了，老宅的房子就空下来了。这个推测似乎有理，也能找到证据，但作者讲明是"萧疏"了，而不是迁走了。而且，宁国公和荣国公都拥有世袭爵位，他们的继承人都在朝廷上班，所以，他们的宅第是建在京城的，不存在搬迁的问题。同时，护官符后有脂批云："宁国、荣国二公之后，共二十房分，除宁、荣亲派八房在都外，现原籍住者十二房。"[1](34) 按此批注，则宁国公与荣国公的后代共有 20 房分，留在都城的有 8 房，其余 12 房都在原籍，他们的原籍就是金陵。那么，金陵宁国府和荣国府应该是有人居住的，他们人呢？"萧疏"了，即非正常死亡了。

但是，在接下来的第三段文字里，冷子兴又说，贾府"生齿日繁，事务日盛"。这"生齿"二字就是指人口，古时人口登记时，会把刚生出乳齿的男女登入户籍中。贾府"生齿日繁，事务日盛"，其意思就是人口越来越多，费用越来越大，事情也越来越多，千头万绪。作者在第六回写道："按荣府一宅中，合算起来，人口虽不多，从上至下，也有三四百丁；事虽不多，一天也有一二十件，竟如乱麻一般，并没个头绪可作纲领。"[1](50) 按照这句话的描写，则当前的贾府不是一般的繁盛，而是十分繁盛，人口十分多。

如此一来，作者的描述就自相矛盾了，前面他说贾府人口萧疏了，如今又说生齿日繁了，那究竟是萧疏了呢还是日繁了呢？

5.2 贾府究竟是"运筹谋画者无一"，还是有多人深谋远虑？

冷子兴说，现在的贾府"安富尊荣者尽多，运筹谋画者无一"，个个都是安富尊荣之辈，人人只知高乐享受，无人操心贾府的未来。

而事实如何呢？事实恰恰相反，贾府不缺谋画操心之人。秦可卿对于贾府早有谋画，她临死之时对王熙凤说："婶婶好痴也。否极泰来，荣辱自古周而复始，岂人力能可保常的。但如今能于荣时筹画下将来衰时的世业，亦可谓常保永全了。即如今日诸事都妥，只有两件事未妥，若把此事如此一行，则日后可保永全。"[1](98) 秦可卿提到的两件事，一是祖茔，二是家塾。而王熙凤的远见更非秦可卿可比，她是玻璃心肝水晶人，少说有一万个心眼子，她在主持秦可卿丧事时，就及时发现并总结出宁府有五大弊端，而立即尽行革除。王熙凤生病以后，贾探春出来主持大观园事务，她的管理才能似乎不亚于王熙凤，接手之初，就从赖大家的花园管理中得到启示，变通之后用于管理大观园，不仅为贾府每年节省了 400 两银子的开销，还调动了婆子们的积极性。薛宝钗的见识卓越，更又高人一等，如果她嫁给了贾宝玉，贾府在她的管理下，绝对不会衰败。贾珍给我们的印象是，花天酒地,穷奢极欲。但第五十三回表明,他对宁、荣两府,乃至贾氏家族中每个家庭的经济状况,都了如指掌,他的所作所为,完全是量入为出,不算胡来。

以上分析表明,作者在贾府中是否有人运筹谋画这个问题上的表述,是自相矛盾的。

5.3 贾府究竟是"一代不如一代",还是一代强似一代?

冷子兴说,贾府的衰败,关键不在经济状况的恶化,而是人的退化,如今的儿孙,竟一代不如一代了!

那么,实际状况是不是如此呢?让我们分析分析。自从宁国公、荣国公以来,贾府共有氵、代、攵、王、艹五代人,第一代和第二代已经过世,第三代至第五代尚在世上,我们可以对他们进行分析比较。第五代目前只有贾蔷、贾蓉和贾兰三人,前两人自然是平庸之人,既无能力又无品德。但贾兰很突出,对八股时文颇有研究,小小年纪,于举业一道,却是胜过宝玉的。第七十八回描写贾政让宝玉、环儿及兰儿三人作诔姽词,贾兰文思敏捷,最先胜出,众幕宾看了,皆赞曰:"小哥儿十三岁的人就如此,可知家学渊源,真不诬矣。"[1](623) 李纨的册画里画着一个"凤冠霞帔"的美人,判词中又有"到头谁似一盆兰",似乎贾兰后来科举得中,做了大官,是贾府后人中最有出息的一位,母亲李纨也得到封赏,成为命妇,披上凤冠霞帔。在程伟元高鹗续写的后四十回里,又有"兰桂齐芳,家道复初"的描写,意思是说,贾兰与贾桂都科举得中,做了大官,贾府因此得以振兴。由此看来,贾府第五代是非常有出息的。

贾府第四代是王字辈,目前有贾珍、贾宝玉、贾环、贾琏诸人,贾珠已逝。贾珍承袭他父亲的爵位,此人十分好色贪玩,与尤二姐及尤三姐皆有一腿。在父丧期间,仍招聚匪类聚赌豪饮。贾琏亦好色,于女儿病重期间与鲍二家的通奸,被王熙凤撞见,闹得不可开交。又偷娶尤二姐,等等。但贾琏此人不仅有经济头脑,更有大局观念,明是非,知轻重,知道那些事能干,那些事不能干。譬如说,他父亲贾赦羡慕石呆子的几把古扇,让他弄来。他去了,石呆不愿意出让,他就放弃了,决不使强用狠。后来贾雨村用卑鄙无耻的手段,替贾赦搞到了扇子,贾琏颇不以为然。贾宝玉和贾环皆是好色之徒,但能力远比乃父强。总体上讲,第四代不如第五代,但强于他们的父辈第三代。第三代主要有贾敬、贾赦和贾政三人,贾敬考中进士,算是能读书的。但他脑子却糊涂,迷上了道家修行,整日在城外与一帮道士胡羼,把官爵和家庭交给贾珍打理,他则一心要做神仙,可见是废人一个。贾赦袭了父亲的官爵,为人昏庸、贪婪又好色。贾政是恩荫得官的,为人比较正直清廉,但迂腐无能。所以,第三代没有一个出色的,还不如第四代。

以上是贾府男性的情况,如果算上女性,则后代强于前代的情况更加明显,探春、宝钗、熙凤诸人远远强于王夫人、邢夫人。总之，单从第三代、第四代和第五代来看，贾府不是一代不如一代，而是一代强似一代。作者的论题与论据相互矛盾、抵牾。

5.4 "不能将就省俭"还是能够将就省俭？

曹雪芹借冷子兴之口说，如今的贾府子孙安富尊荣，不能将就省俭。但在第五十三回，贾珍亲口说道："我受些委屈，就省些。再者，年例送人请人，我把脸皮厚些，可省些也就完了。"[1](415)王熙凤在谈起贾环诸人的婚姻花费及贾母的丧事费用时，也说省省就能解决问题。可见，贾府上下都是能够省俭的。

5.5 贾府是先盛后衰，还是先衰后盛？

贾府是何时开始衰败的？作者的描述是从"衰败之家"开始的，贾府一开始便是衰败之家。他借贾雨村和冷子兴之口说，贾府曾经是"那等荣耀"，如今已然是"衰败之家"，"不比先时的光景"，人口都萧疏了，架子未倒，中囊已空。脂批云："可知书中之荣府已是末世了"，"作者之意原只写末世"，"此已是贾府之末世了"[1](16)。贾府衰败了，已是末世，光景不比先时，已经不行了。这是第二回写的。

但是，《红楼梦》此后的描写却表明，它最光辉的时刻不是"先时"，而是现时。我们看看它现时的财政状况吧。为迎接贵妃省亲，贾府修造省亲别墅，贾珍派贾蔷和贾蓉下江南采买女孩子，置办乐器、行头等物，贾琏就问银子从那里开销，贾蔷回答道："才也议到这里。赖爷爷说，竟不用从京里带下去，江南甄家还收着我们五万银子。明日写一封书信会票我们带去，先支三万，下剩二万存着，等置办花烛彩灯并各色帘栊帐幔的使费。"[1](122)修造大观园，开支浩大，仅采买戏子及行头就花费了3万，置办花烛彩灯帐幔等物，又是2万两。而大观园真正的大宗开支，当为垒砌假山、开挖池渠、修造楼阁亭台，另外还有栽种花木、铺设道路、架设桥梁等，估计总开支当在数十万两白银以上。这笔款项大得惊人，据文献记载，清朝乾隆31年，全国的芦课鱼课总收入才14万两，茶课7万两，契税19万两，牙当16万两，矿课8万两。[4]而八旗兵的月薪，多则4两，少则1.5两。所以，那时1两白银，至少相当于现在1000块钱人民币，数十万两白银就是数亿元人民币。这么大一笔开支之后，贾府经济状况如何呢？第五十五回写到王熙凤与平儿有一段对话，详细介绍了贾府的经济状况，其中说到近些年出去的多，收入的少，但仍有不少存款："我也虑到这里……二姑娘是大老爷那边的，也不算，剩了三、四个，满破着每人花上一万银子。环哥娶亲，有限，花上三千银子，不拘那里省一抿子也就够了。老太太的事出来，一应都是全了的，不过零星杂项，便费，也满破三五千两。如今再俭省些，陆续也就够了。只怕如今平空再生出一两件事来，可就了不得了。"[1](435)贾府做这么大的工程,没借一分钱外债,它不仅在北京有钱,江南甄家那里居然也存着5万银子。不仅如此,王熙凤对林黛玉、贾宝玉、贾迎春、贾惜春、贾环诸人的婚姻开支,以及贾母的丧事费用,都做了预算。种种事实说明,贾府在建造大观园前后,并不是衰败之家,而是鼎盛之府,可说富甲一方。

5.6 贾府究竟是什么人家?

冷子兴说,贾府是"百足之虫,死而不僵",这八个字出自曹魏宗室曹冏,主张宗室的团结有利于政权的巩固。曹雪芹把它用到此处是否别有所指呢?《红楼梦》中的大量笔墨似乎是支持这种看法的。贾府锦衣玉食,烈火烹油,鲜花着锦,为天下望族,在都中数一数二。第五十三回写道,贾蓉去礼部关领春祭赏赐,回来对贾珍说:"光禄寺的官儿们都说,问父亲好,多日不见,都着实想念。"贾珍居然回答道:"他们那里是想我?这又到了年下了,不是想我的东西,就是想我的戏酒了。"贾珍还说,"除咱们这样一二家之外,那些世袭穷官儿家,若不仗着这银子,拿什么上供过年?真正皇恩浩大,想的周到。"[1](413)贾家住在京城,它在京城数一数二。谁能在京城数一数二?答案无疑是皇宫。那么,贾珍是不是在吹牛呢?不是,证据有两点:一是尤氏对贾珍的说法表示完全赞同。二是乌庄头的交租单可资佐证。贾珍有八九个庄园,乌家庄是其中一个,在乌庄头的交租单里,仅下用常米就达1000石,可养活400人,加上各种细粮和杂粮,养活500人绰绰有余,以8个庄子计算,则贾珍收租的粮食可养活4000人以上。加上荣国府的8个庄子,整个贾府每年收获的粮食可养活8000人以上。在程高续作中,周瑞说,每年由他经手的银钱收入有三五十万。皇宫而外,还有那一个官宦家庭拥有这种实力?

可是,书上又明明写着,贾府不是皇宫,而是朝廷治下的一个功勋世袭之家。且如今已经是第5代,贾珍和贾赦二人承袭爵位,都是级别不高的闲官,贾政是恩荫赐官,不过是员外郎、学政这类小官。贾蓉和贾琏二人都是花钱买来的捐官,有名无利。因此,贾府也是普通的世袭官宦人家。相比而言,他们在官职上连林如海都不如,更不用说贾雨村了。当然,有些读者会说,贾府不靠工薪过活,其私家庄园每年有巨额收入,这些庄园可能是宁、荣二公当年圈占的。据历史记载,满清入关之初,贵族功臣们圈占了大量土地。从这一点来讲,曾为王爵之家的贾府,比普通官员富裕一些是正常的。然而,清初王爷不是一二人,前后累积有数十位之多,以铁帽子王和亲王级别最高,拥有的实力最强。同时,圈占土地并不是王爷的特权,贵族乃至八旗士兵都可以圈占面积不等的土地。光禄寺的官儿们既为世袭官员,他们祖上当也圈占了一定数量的土地,相应地也有土地田产收入,世袭官员当比新晋官员富裕些。因此,不管从那一个方面讲,贾府在京城不可能数一数二,即使比普通官员富裕些,也不可能达到给朝廷世袭官员发放福利的程度。作者的描述令人困惑。

5.7 贾府之衰落,究竟是由于坐吃山空、抄家查办、接待皇帝南巡,还是受元妃牵连?

红楼梦曲第 14 首唱曰:"好一似,食尽鸟投林,落了片白茫茫大地真干净。"[1](47)贾府最后彻底衰败了,死的死,出家的出家,逃命的逃命。那么,贾府衰亡的原因是什么呢?仔细阅读发现,作者对此竟有几种写法。第一种写法,用冷子兴的话说是生齿日繁,事务日盛,主仆上下,安富尊荣者尽多,运筹谋画者无一。其日用排场费用,又不能将就省俭。他们食必珍馐,行必车马,闲必歌舞,衣裳戴金,可说是穷奢极欲。如此下去,必定坐吃山空。

而另一些情节则表明,贾府衰亡的关键是受了元春的牵连。为了迎接元春的一次省亲,贾府修造大观园,花费了数十万。接待了第一次,就可能有第二次、第三次,如此下去,贾府如何承受得了。此外还有太监勒索,第七十二回写到,夏太监和周太监都来勒索,在一年多的时间里,夏太临勒索了1400两银子。周太监一次张口就是1000两,贾琏应承稍慢了一点,周太监就不自在。面对太监们没完没了的勒索,贾琏叹道:"昨儿周太监来,张口一千两。我略应的慢了些,他就不自在。将来得罪人之处不少。这会子再发个三二百万的财就好了。"[1](568)依此推测,贾府不亡于自身奢侈,而亡于与元春有关的事务。

第七十五回写到江南甄家犯罪,家私抄没,调取进京治罪。贾母听到这个消息,很不自在。第七十四回,王熙凤带人抄检大观园,贾探春讽刺道:"你们别忙,自然连你们抄的日子有呢!你们今日早起不曾议论甄家,自己家里好好的抄家,果然今日真抄了。咱们也渐渐的来了。可知这样大族人家,若从外头杀来,一时是杀不死的。这是古人曾说的'百足之虫,死而不僵',必须先从家里自杀自灭起来,才能一败涂地!"[1](584)贾母的反应反常,探春则话里有话,似乎贾府之所以家破人亡,是因为被抄家治罪了。在程高续书中,贾赦等人就被逮进了监狱,并被抄了家。除此之外,脂批还提到,《红楼梦》写贾妃省亲,就是写皇帝南巡。许多红学家推测,李煦与曹𫖯犯罪,亏空国帑,与迎接康熙南巡有关。作者曹雪芹或许真的借省亲之事写南巡。

以上分析表明,作者在贾府衰败原因问题上的描写,模棱两可、扑朔迷离。

5.8 到底是贾妃大,还是太监大,贾府缘何被太监们勒索?

据作者的描写,贾府不断受到太监们的勒索,似乎贾妃有求于太监。据笔者所知,太监是服务于皇帝及其后妃的奴才,地位极低,远不能与后妃相比,不可能威胁和勒索后妃。尽管历史上也有一些出名的大太监,他们翻云覆雨,甚至能决定皇帝的命运和生死。但清朝规矩极严,从未出现过这种能左右皇妃命运的大太监。象贾府这样不断被太监勒索的情况,在清朝是不存在的。

5.9 贾府最后到底怎么样了?

依红楼梦曲所唱,贾府最后落了片白茫茫大地真干净,曲终人散、家破人亡了。而且,贾府不是一般的衰亡,而是毁灭性衰亡。他们是"千红一窟(哭)""万艳同杯(悲)",金陵群钗全都薄命,用鲁迅先生的话说,是悲凉之雾遍被华林,都以悲剧收场。

但曹雪芹只写了前80回,前80回的贾府,并未衰亡,其中只有秦可卿、晴雯、金钏、尤二姐和尤三姐诸人早死,较为悲惨,且这些人都不姓贾,都不是正经的贾府人。贾家只有迎春嫁给孙氏,境况不好,其他人尚未有结局。综合前80回的信息,贾家既无外债,又能节俭,虽有一些人命案子,大都没有后遗症,即使个别案发,最多也只牵连一两人而已,不会导致整个贾府覆灭。而程高续书所写结局并不悲惨,贾探春虽然远嫁,却是去做王妃的,而且回家也容易。黛玉泪尽而亡,宝玉与宝钗结婚,生了一子叫贾桂,贾桂与贾兰都科举得中,贾府居然又家道复初了。另据脂批,袭人嫁给蒋玉菡,在狱神庙与宝玉夫妻相遇,他们不忘旧情,居然把宝玉夫妻供养起来。贾兰科举得中,李纨"凤冠霞帔",可作者却又说她"枉与他人做笑谈",贾府及其人员的结局到底如何呢? 我们不得而知。

5.10 秦可卿临终前嘱托王熙凤,王熙凤照办了吗?

秦可卿生前提醒王熙凤,有两件大事没有办好,其一是祖茔,其二是家塾,虽然都建立起来了,却无固定的供给。她建议贾府划出一些土地,专门用于塾学与家庙。她还说,将来即使被抄家了,这些用于族学和家庙的土地也不会被没收,如此一来,贾府即使一时垮了,将来也有复兴的希望。应该说,秦氏的建议很高明,王熙凤是精明人,应该能够听进去,可作者从此以后再无下文。

以上是用普通方法对《红楼梦》进行的解读,事实证明,如果我们把《红楼梦》视为普通作品,用普通方法进行解读,则我们很难从这部书中解读出有用的信息来。因为整部作品都经不起推敲和分析,都是那样的自相矛盾、模棱两可、扑朔迷离、错谬百出。

注释:

[1] 〔清〕曹雪芹:《脂砚斋批评本红楼梦》,凤凰出版社2010年版。

第五卷

与当代名家商榷

当前红学存在两大问题,其一是无力解答红学问题,无力解读《红楼梦》文本。红学一直很热闹,学院派遍地开花,草根派满山遍野,红学家如过江之鲫,熙来攘往,红著如雨后春笋,汗牛充栋。但是,拿得出、镇得住、立得稳的却没有一家一部,红学史专家刘梦溪先生感叹道:"对于一门学科来说,研究了一百余年,在许多问题上还不能达成一致的结论,甚至形成许多死结,我想无论如何不能说这是这门学科兴旺的标志。所谓真相越辩越明,似乎不适合《红楼梦》。倒是俞平伯先生说的'越研究越糊涂',不失孤明先发之见。"[1](231-232)越研究越糊涂,若非选错了方向,怎会如此糟糕!其二是研究方法不够科学严谨,集中表现为不讲逻辑。红学既名为科学,不讲逻辑已属反常,著名作家王蒙先生竟然持肯定态度,他说:"红学是一门非常特殊的学问,它与我们接受新学以后引用的以拉丁语名词为本源的许多概念,比如地理学、物理学、哲学等都不一样,它是非常中国化的一门学问。不是一门严格的科学。它不完全用严格的逻辑推理,如归纳或演绎的方法,也不完全用验证的方法来研究。更多的时候采用的是一种感悟,一种趣味,一种直观、联想、推测或想象,而这些都是不那么科学的。另外它又是非学科的,我们无法把它限制在文艺学、小说学、文体学等学科之内,它扯出什么来就是什么。"[2](419-420)红学不讲逻辑,什么演绎、归纳,统统不管,什么文艺学、小说学、文体学,也统统不考虑,学者想怎么扯,就怎么扯,扯出什么来,就是什么。

刘梦溪与王蒙先生之言,振聋发聩,惊世骇俗,却又是实事求是的。当今红学界,不是个别专家不讲逻辑,而是普遍不讲逻辑;不只是专家们不讲逻辑,读者也不讲逻辑,他们对不讲逻辑的红学欣然接受,很少质疑。这是残酷的现实。只有直面现实,认识现实,才能改变现实。笔者在此特选择冯其庸、陈维昭、马瑞芳、周思源和蒋勋五位名家为商榷对象,对他们的代表作或代表性思想进行辨析。冯其庸等几位先生,皆是德高望重的长者,大都是学贯中西的跨学科大师,成就是多方面的,红学于他们只是兼职。笔者对他们的学问人品十分佩服,只是在红学上不敢苟同而已。

1. 评冯其庸先生的《论红楼梦思想》

冯其庸(1924—2017)先生是当代著名学者,红学界的名宿,被人们誉为"红学大师""国学大师"、新时期红学研究的"定海神针"。2012年12月,冯其庸学术馆在其家乡无锡开馆,《人民日报》海外版作了专门报道,报道特别强调冯在"'红楼梦学'研究领域取得卓越成果"。

冯先生研究《红楼梦》数十载,主要做了三件事:一研究曹雪芹的家世,二研究《红楼梦》脂本,三研究《红楼梦》的思想。前两件事虽名为红学,实为史学、版本学,属边缘红学,又可称为红外学。《红楼梦》文本和思想研究才是红学的核心,冯先生自1974年以来,他一直在研究《红楼梦》的思想和主题,前后长达25年,陆续发表作品,如今结集出版,名为《论红楼梦思想》。这本书仍然是红外学作品,特点是离开《红楼梦》谈《红楼梦》,其三分之二的篇幅都在讨论清朝的资本主义萌芽、清朝的统治思想和社会思潮及别的东西。冯先生的主要观点是:《红楼梦》反映了资本主义萌芽的新的民主思想,曹雪芹是超前的思想家,他是家庭的叛逆者、专制皇权的批判者、程朱理学的否定者。曹雪芹有很深远的理想,他笔下最动人、最哀艳、最万劫不磨的,是贾宝玉与林黛玉的爱情及其毁灭,它寄寓着曹雪芹对人的理想,对爱情和青春的理想,对人的自我造就、自我完善的理想,对人的社会关系的理想[3](105)。冯先生对贾宝玉及林黛玉的赞美无以复加,对他们的爱情尽情歌颂。可笔者认为,《论红楼梦思想》无论在研究方法还是思想理论上,都值得商榷。

1.1 贾宝玉与贾政在思想上是对立的吗?

专家们大多认为,贾政迂腐,是封建腐朽势力的代表。贾宝玉与贾政格格不入,势若冰炭,他是新社会、新思想、新力量的代表。

从表面上看,贾政与贾宝玉之间的关系很恶劣,平时,贾宝玉无法无天,但一听到父亲要见他,就如霜打的茄子一般立马蔫了。贾宝玉平生最不愿意见到的人就是他父亲,父亲若在家,他总是绕着走。事情变成这个样子,主要是贾政对儿子太严苛,总是不满意,嫌儿子不听话、不上进,因此,轻则嘲讽,重则痛打。其打得最狠的一次,是在第三十三回,贾政先令小厮将宝玉按倒在凳子上,打了十几下,觉得不够重,他又亲自动手,咬着牙狠命盖了三四十下,等王夫人赶来时,只见宝玉面白气弱,由臀至胫,或青或紫,或整或破,竟无一点好肉。贾政暴打宝玉,基于三条罪状:在外流荡优伶,表赠私物,在家荒疏学业,淫辱母婢。贾宝玉天生爱玩,爱交朋友,不爱读书,贾政对此深恶痛绝,故他们父子之间的矛盾形同水火,不可调和。

但是,笔者研究发现,上述情况并不是事情的全部,《红楼梦》文本最大的特点是自相矛盾,曹雪芹善于写正反话。也有证据表明,贾政与贾宝玉之间的感情很好,思想观点也完全一致。譬如说,贾宝玉曾对林黛玉说:"我心里的事也难对你说,日后自然明白。除了老太太、老爷、太太这三个人,第四个就是妹妹了。要有第五个人,我就说个誓。"[4](233)贾政在贾宝玉的心目中,竟比他亲爱的林妹妹还高许多,仅次于贾母,读者朋友想得到吗?而宝玉的学问人才,贾政也是认可的,家里每每有重要客人造访,贾政都让宝玉作陪,而宝玉也很争气,每每受到客人交口称赞,贾政面上也觉有光。第七十八回就交代了这个情况,那天梅翰林、李员外、庆国公和杨侍郎来访,贾政让宝玉、贾环和贾兰一同作陪,期间吟诗作对,宝玉表现最佳,得了一大堆奖品回来。至于读书,贾宝玉是很听话的,父亲让他读什么,他就读什么,他不参加科举考试,完全是贾政的意思。不知读者朋友是否注意到,贾政只让宝玉读四书,说只将四书讲透背熟就行,"什么《诗经》、古文,一概不用虚应故事",那是掩耳盗铃的东西[4](76)。而宝玉是不是听了呢?他听了,他明确说"明明德"外无书,除四书以外,其他书都是杜撰的。这就是说,他平时偶尔读过的那些杂书,在他看来,都是杜撰的,价值不高。专家们都记住了贾宝玉是杂家,记住了他对唐宋传奇及各类角本爱不释手,更记住了宝黛共读《西厢记》的情景,可是,他们都忘记了一个重要细节,就是贾宝玉"除'四书'外,竟将别的书焚了"[4](283)。这"别的书",自然包括唐宋传奇和《牡丹亭》《西厢记》,贾宝玉既然不愿参加科举,不愿意读正经书,他为何偏偏将别的书烧了,而将些正经书留下?

可是,到了第七十三回,作者又写道:贾宝玉因作诗,常把《诗经》读些,虽不甚精阐,还可塞责。至于古文,这几年竟未曾记得半篇片语,虽闲时也曾翻阅,不过一时之兴,随翻随忘,这是断难塞责的。更有时文八股一道,虽贾政当日起身时选了百十篇命他读,不过偶因见其中,或一二股内,或起承之中,有做得或精致、或流荡、或游戏、或悲感,稍能动心悦目者,偶一读之,不过供一时之兴趣,究竟何曾成篇潜心玩索。按照这里的说法,则贾政除了让宝玉读四书之外,还让他读《诗经》、古文和时文八股,也就是希望宝玉参加科举。而贾宝玉也把这些书都读了,有些还反复玩索,虽深恶时文八股,却能研究和欣赏其起承转合,找出那些稍能动心悦意者。看来,贾宝玉对父亲交代的任务,是很上心的,否则,那能做得这么好?

可见,对于贾政与贾宝玉之间的关系及思想的描写,曹雪芹是自相矛盾的,颠三倒四,模棱两可。可是,冯其庸先生没有看到这个特点,而下结论说:"贾宝玉与贾政的思想冲突是具有对立的性质的"[3](270)。这样的结论无疑是断章取义,以偏概全,缺乏科学性的。

1.2 贾宝玉大反程朱理学吗?

冯先生对曹雪芹的家世颇有研究,他告诉我们说,曹雪芹之曾祖曹玺、祖父曹寅和父亲曹頫,都笃信性命之学,这性命之学就是程朱理学,程朱理学是曹家承继不替的家传之学,"然而曹雪芹在《红楼梦》里却大反程朱理学,说它是'杜撰',说喜欢程朱理学、仕途经济的人是'国贼禄鬼',这反对的是够激烈的了,曹寅的'殷勤慰衰朽'的愿望,算是彻底破产了! 由此我想到曹雪芹在《红楼梦》开头就说:'背父兄教育之恩,负师友规训之德。'看来,曹雪芹说的完全是实话。曹雪芹确是他的家庭思想的叛逆者。"[3](3)在《论红楼梦思想》一书中,冯先生用了数万字作铺垫,介绍了明代的朱学及其反对者、明代社会的虚伪颓靡之风,以及作为异端之尤的李卓吾;还介绍了清代时期程朱理学的统治地位及其学术反对者。他的结论是,曹雪芹上承李卓吾、黄宗羲和顾炎武,与同时代的唐甄、戴震、吴敬梓、袁枚等人的思想是共通的。这些人反对程朱理学,曹雪芹也反对程朱理学,成了家庭思想的叛逆者。与此同时,冯先生在《红楼梦》中确实也找到了一些"铁证",譬如,贾宝玉曾亲口说过,"除'四书'之外,杜撰的太多";袭人曾揭露说:"凡读书上进的人,你就起个名字叫作'禄蠹',又说只除'明明德'外无书,都是前人自己不能解圣人之书,便另出己意,混编纂出来的。"而且,贾宝玉不愿走仕途经济之路,不乐意结交贾雨村这号禄蠹,深恶时文八股一道,说它原非圣贤之制撰,不过是后人饵名钓禄之阶,等等。这一切似乎都证明,贾宝玉不愿参加科举,也瞧不起热衷于科举的人。

然而,这只是《红楼梦》文本的一面,它还有另一面,这另一面同样铁证如山,言之凿凿。第二十八回写贾宝玉与薛蟠、蒋玉菡喝花酒,贾宝玉特别提出,"酒底要席上生风一样东西,或古诗、旧对、'四书'、'五经'。"[4](230)贾宝玉连喝酒都不能忘记"四书""五经"、古诗及旧对,能说他不爱读正经书吗? 而且,古诗、旧对、"四书"和"五经",正好是科举考试的内容,这难道不是贾宝玉准备参加科举考试的证据吗? 第七十三回又写到贾宝玉读书的事,贾宝玉都读了些啥书? 学得怎样? 他自己说道:"肚子内现可背诵的,不过只有'学'、'庸'、'二论'是带注背得出来的。至上本《孟子》,就有一半夹生的,若凭空提一句,断不能接背的;至'下孟',就有一大半忘了。算起'五经'来,因近来作诗,常把《诗经》读些,虽不甚精闲,还可塞责……"[4](571)"学"指《大学》,"庸"指《中庸》,"二论"指《论语》,因为

《论语》是孔子的言论及孔门弟子的言论集,故称"二论"。《大学》《中庸》《论语》和《孟子》组成"四书",贾宝玉对前三本书十分熟悉,倒背如流,连注释都能背诵,只有《孟子》稍微生疏些。《诗经》也可塞责。另外,还读过"左传""国策""公羊""谷梁"、汉唐等文几十篇。并且,也读过时文八股百十篇,能欣赏其中稍能动心悦意者,细心揣摩起承转合。贾宝玉不过是一个十五六岁的孩子,就把"四书""五经"、古文、时文及八股读到这个程度,笔者自愧不如。若非为了科举,贾宝玉读这些书干什么,而且还读得那么好!

"四书""五经"是儒家学说的核心,也是程朱理学的核心,"四书"之名还是朱熹给取的,"四书"的权威注释也是朱熹给做的,贾宝玉连带注释都能背诵,你凭什么说他大反程朱理学?再说,即使贾宝玉不愿意参加科举,也不能证明他大反程朱理学,这不是一个概念。何况,笔者翻遍全书,也未见到有关程朱理学的半句微词,不知冯先生为何得出这样的结论?

1.3 宝、黛爱情的毁灭是封建家庭之过吗?

假如宝、黛之间有真爱,它是谁毁灭的呢?读者朋友肯定回答说,是以贾母为首的封建家庭。是的,程高续书是这么写的,王熙凤使用调包计,让贾宝玉娶了薛宝钗,林黛玉在听到消息的当天气绝身亡。曹雪芹在[终身误]中也写道:"都说金玉良缘,俺只念木石前盟",他又让贾宝玉在梦中说:"和尚道士的话如何信得?什么是金玉姻缘,我偏说是木石姻缘!"[4](285) 宝、黛之间一直龃龉不断,皆因金玉良缘之说,似乎宝、黛未成眷属,完全是由于他家庭阻挠和薛家蓄意破坏的结果。

可是,种种迹象表明,林黛玉的根本问题不是婚姻,而是疾病和贫穷。林黛玉自幼体弱多病,进贾府以后,病情日益加重,以至夜不成寐,黛玉曾对湘云说:"我这睡不着,也并非今日。大约一年之中,通共也只好睡十夜满足的。"[4](606) 林黛玉有失眠症,长年累月睡不着,一年只能睡十个晚上好觉,可见病情非常之重。第三十二回写道:"况近日每觉神思恍惚,病已渐成,医者更云气弱血亏,恐致劳怯之症。你我虽为知己,但恐不能久待;你纵为我知己,奈我薄命何!"[4](258) 林黛玉预感到,她与贾宝玉虽然已经心心相印,只是她已病入沉疴,无药可救,无计可施,关系维持不了多久。林黛玉的前身是绛珠仙草,她下凡是为还泪债,泪水流完,便会重回天庭,她的泪水何时流完呢?林黛玉在第四十九回对贾宝玉说:"近来我只觉心酸,眼泪却象比旧年少了些的。心里只管酸痛,眼泪却不多。"[4](384) 林黛玉的泪水快流干了,换句话说,斯时她离死亡的日子已经不远了,而直到此时,贾母及王夫人等所谓封建家长,从未阻止过宝玉与黛玉的交往和相爱,怎么能说是封建家长毁灭了木石姻缘呢?

除疾病之外,贫穷是黛玉痛苦的第二个来源,父母早逝,家中一贫如洗,一草一木皆仰贾府供给。贾母若健在,她自然衣食无忧,一旦贾母逝世,林黛玉的生活就难有保证了。紫鹃与她日夜所担心的就是这个问题,如果宝玉肯娶她,那是最好的,可贾宝玉从来没有给过她结婚的承诺,也从来没有向贾母及王夫人请求过,致使黛玉的心始终悬着。

当然,林黛玉对于金玉良缘之说甚为反感,为之伤神痛苦,这可能加重了她的病情,加速了她的夭亡。但金玉良缘并非薛姨妈与贾府家长所定,而是一个神秘和尚定的,贾宝玉反对金玉婚姻,说和尚道士的话信不得,由此亦可见,金玉良缘说并非出自贾府,亦非出自薛氏。它与通灵宝玉,以及木石前盟,皆来自那个神秘的和尚。难道那个神秘的和尚既是封建势力的代表,又是反封建势力的代表?

1.4 贾宝玉心中有爱还是恨?

贾宝玉对女孩子充满了爱,无限体贴,温情脉脉,尤其是对林黛玉。可是,贾宝玉也一直要出家,他在第二十二回就曾参禅,表现出强烈的出家愿望,受到林黛玉、薛宝钗及袭人阻止。更奇怪的是,他不只有出家之愿,还有早死之念,早在第十九回,他就对袭人说:"只求你们同看着我,守着我,等我有一日化成了飞灰,——飞灰还不好,灰还有形有迹,还有知识。——等我化成一股轻烟,风一吹便散了的时候,你们也管不得我,我也顾不得你们了。那时凭我去,我也凭你们爱那里去就了。"[4](152)至第三十六回,他又有泪葬之说,弃世厌世之情极为强烈。

一般而言,心中有爱,就不愿意死。古人有"在天愿为比翼鸟,在地愿为连理枝","执子之手,与子偕老"之言,这都是因为有爱,有牵挂。贾宝玉既然深深地爱着身边的女儿们,他怎么总要寻死觅活呢? 有读者可能会说,贾宝玉寻死,是因为心爱的林黛玉早死了,是因为他身边的女孩子纷纷离他而去了。可是,请读者朋友们注意,贾宝玉是在第十九回就想寻死的,斯时,只有秦可卿病死,其他女孩子还活得好好的,林黛玉也活得好好的,直至第八十回,林黛玉还是活得好好的。贾宝玉希望早死,并且希望孤独地死去,不要再世为人,不愿再与林黛玉、花袭人、晴雯等相聚。可见,贾宝玉不仅痛恨那个社会,也痛恨他身边的女子,他烦透了,他心中恨多爱少。

1.5 贾宝玉不屑与贾赦、贾珍、贾琏辈为伍吗?

冯其庸先生写道:

"贾宝玉一方面强烈反对'仕途经济'的人生道路,同时也反对贾赦、贾珍、贾琏等走的另一条路。贾宝玉虽然与他们同属贾府,共同在一起生活,但是对他们这些人的生活道路,却不屑一顾,从来没有涉足过,也从来没有与他们一起活动的纪录,以上这些人的生活道路,对贾宝玉来说简直风马牛不相及,所以在《红楼梦》里根本就没有贾宝玉的这类情节。"[3](122)

冯先生断定,贾宝玉不愿走世袭恩荫的路子,不屑与贾赦、贾珍和贾琏辈为伍。笔者翻遍全书,也未找到这方面的证据,贾宝玉从未说过不愿走恩荫之路,也从未表示过对被恩荫者的鄙视。当然,贾宝玉与贾赦、贾珍、贾琏一起活动的情节不多,这是事实,但并非如冯先生所言的"没有贾宝玉的这类情节",第七十五回写贾珍聚集匪类,以习武为名行聚赌之实,贾宝玉也参加了,且乐在其中,曹雪芹写道:

> 贾母笑问道:"这两日你宝兄弟的箭如何?"贾珍忙起身道:"大长进了,不但样式好,而且弓也长了一个力气。"贾母道:"这也够了,且别贪力,仔细努伤。"贾珍忙答应几个"是"。[4](595)

作者对贾宝玉与贾赦、贾珍、贾琏交往的描写不多,但这不能说明什么,因为贾蔷和贾环二人也是如此,尽管贾蔷和贾环,与贾赦、贾珍、贾琏属于同一类人,作者却也没有描写他们如何沆瀣一气胡作非为。在贾宝玉交往频繁而密切的朋友中,并不缺少恩荫捐官者,譬如北静王水溶,譬如冯子英,譬如薛蟠。薛蟠虽然是一个商人,但他是皇商,家族世袭,故也相当于世袭恩荫。贾宝玉与贾珍的关系应该是比较亲密的,贾宝玉曾向贾珍推荐王熙凤主持秦可卿的丧仪。从贾宝玉的所作所为来看,他与贾赦、贾珍和贾琏并无本质区别。冯先生认为贾宝玉不屑于与他们交往,那只是他的臆测,事实并非如此。

1.6 贾宝玉对人的平等与歧视、仁爱与残忍

贾宝玉具有反封建的平等和仁爱思想吗?我想,绝大多数红迷都会持肯定态度,冯其庸先生更不例外,他说:"贾宝玉不愿意以兄长的身份或叔辈的身份去拘管辈分比他低的人,也就是说,他不愿遵守这封建伦理道德规范。"[3](140) 又说:"鲁迅说贾宝玉'爱博而心劳',这是最为精要的评语……按此句《金刚经》本义,就是人人平等的意思,这里曹雪芹借用佛语,让贾宝玉以一句戏言,说出了一个具有人的觉醒、奴婢解放意义的思想。"[3](142) 冯先生还举了几个例子来证明自己的结论。应该承认,在这些例子面前,冯先生的结论是恰当的,贾宝玉确实具有强烈的嫡庶平等、主奴平等、贫富平等、男女平等思想,对被欺压的奴仆充满同情和关爱。他甚至有些爱心泛滥,担心贾珍书房里的那轴美人寂寞,又对刘姥姥胡诌的茗玉姑娘念念不忘。故鲁迅先生也说,贾宝玉爱博而心劳。

不过,在另一些例证面前,冯其庸先生的结论就有问题了,譬如,贾宝玉对男人有偏见,说他们浊臭逼人,他偏爱女儿,说见到女儿就清爽。但贾宝玉也不是一味厌恶男人,他只厌恶贾环等男人,而对秦钟、柳湘莲、蒋玉菡和水溶等人,他喜欢得不得了。对于女人,贾宝玉讨厌母亲和婆子,而只喜欢未婚姑娘(可卿、平儿和香菱数人除外)。对于未婚的姑娘,贾宝玉也区别对待,他对漂亮可爱的晴雯、袭

人、麝月、黛玉、芳官、五儿、四儿等,关爱有加,而对茜雪则极为无情。茜雪是他的小丫头,仅仅因为一碗枫露茶没看住,贾宝玉怪罪到她头上,将她毫不留情地赶了出去。贾宝玉平时对手下丫头并不友好,更无平等思想,非打即骂。一次,贾宝玉淋了雨从外面回来,急于回家,袭人开门稍微迟缓了些,贾宝玉一脚踹得她吐血。另一次,贾宝玉与晴雯伴嘴,恼羞成怒,最后还是袭人率领全体丫环下跪求情,晴雯才没被赶走。还有一次,贾宝玉看望薛宝钗回家,外面下着雨,一个丫头替他戴斗笠,他竟骂道:"罢,罢,好蠢东西,你也轻些儿!难道没见过别人戴过的?"[4](72) 贾宝玉对下人持实用主义态度,当他们老了不中用时,他就嫌弃。譬如,李嬷嬷是他的奶妈,如今老了,又罗嗦,还倚老卖老,喝了贾宝玉泡的一碗枫露茶,贾宝玉烦透她了,他跳起来质问茜雪说:"他是那一门子的奶奶,你们这么孝敬他?不过是仗着我小时候吃过他几日奶罢了,如今逞的他比祖宗还大了,如今我又吃不着奶了,白白的养着祖宗作什么!撵了出去,大家干净!"[4](73) 大家看看,贾宝玉忘恩负义到什么程度。李嬷嬷也是贾琏的奶妈,贾琏夫妻把李嬷嬷当亲娘款待,两相对照,谁敢说贾宝玉有平等和仁爱之心?

曹雪芹的笔偏爱女儿,把婆子们写得较坏,更杜撰了一个荒谬的珠子理论:"女孩儿未出嫁,是颗无价之宝珠,出了嫁,不知怎么就变出许多的不好的毛病来,虽是颗珠子,却没有光彩宝色,是颗死珠子,再老了,更变的不是珠子,竟是鱼眼睛了。分明一个人,怎么变出三样来?"[4](464) 这是一个毫无根据的混账理论,人并不会随着年龄的增长而变得自私,曹雪芹清楚,故云混账话。在贾府,真正的弱者并不是丫头,而是婆子,丫头们有主子护着,而婆子们则爷不亲娘不疼,读者朋友不能不察。

1.7 丫头们都希望离开贾府获得自由吗?

贾府上下近千人众,主子不过二十余,其余都是奴才,其中不少是女奴才,据贾宝玉说,他贾府有"几百女孩儿"。俗话说,男大当婚,女大当嫁,贾府的女孩儿也要嫁夫生子。按照贾府规矩,府中女孩儿主要有四条出路:其一是给主子做妾;其二是指配给府中小厮;其三是撵出贾府,由其父母自行择配;其四是在家庙里出家,仍算贾府人,领贾府月例。贾宝玉是无权处理自己身边的丫头的,然而,《红楼梦》第六十回却写道:

"我且告诉你句话:宝玉常说,将来这屋里的人,无论家里外头的,一应我们这些人,他都要回太太全放出去,与本人父母自便呢。你只说这一件好不好?"他娘听说,喜的忙问:"这话果真?"春燕道:"谁可扯这谎做什么?"婆子听了,便念佛不绝。[4](467)

冯其庸先生在书中引用了这段话,这段话透露了两个重要信息:一是贾宝玉答应将怡红苑的丫头全部放出去;二是丫头们长大后离开贾府,既是她们自己希望的,也是她们的家长盼望的。冯先生对这段引文深信不疑,并且得出结论说:"贾宝玉对待奴仆,不仅没有主仆的等级界限,而且还要把他们统统放出去'与本人父母自便'。"[3](141)

但是,笔者研究发现,冯先生所引用的这段话中的两个信息,都与《红楼梦》的其他文本相冲突。贾宝玉一向希望女孩子围绕在他的周围,对于姐妹和丫头们的死亡和离去,他都感到遗憾和伤感。在第十九回,贾宝玉对袭人说:"你说,那几件?我都依你。好亲姐姐!别说两三件,就是两三百件我也依的。只求你们同看着我,守着我,等我有一日化成了飞灰,——飞灰还不好,灰还有形有迹,还有知识。——等我化成一股轻烟,风一吹便散了的时候,你们也管不得我,我也顾不得你们了。那时凭我去,我也凭你们爱那里去就去了。"[4](152)在第五十七回,宝玉又对紫鹃说:"原来是你愁这个,所以你是傻子。从此后再别愁了。我只告诉你一句打辈儿的话:活着,咱们一起活着;不活着,咱们一处化灰化烟,如何?"[4](450)类似的话,贾宝玉对晴雯也说过。这样一个贾宝玉,怎么可能把怡红苑中所有女孩子都放出去呢?再说,府中女孩儿的归宿,取决于贾母、王夫人、贾政和王熙凤等当家人,贾宝玉是无权过问的,他即便说过这话,也是空头支票。

贾府的丫头婚姻不能自主,但贾府的待遇极好,生老病丧皆公费支出,每月还有月例,林黛玉发现,贾府三等仆妇的吃穿用度已是不凡,更不用说高等丫头了,皆是绫罗绸缎,插金戴银。所以,贾府是穷人家女孩子最理想的去处,很少有主动希望离开的。在贾府,只有犯了规矩,才会被赶出贾府,被赶出贾府的姑娘是不需要交赎金的。贾府的丫头把离开贾府视为耻辱,譬如司棋、晴雯、金钏、彩霞、坠儿和袭人等,都不愿离开贾府,金钏甚至以死抗争,晴雯不仅自己不离开贾府,还把表哥弄进贾府。

很显然,春燕及其母亲的对话,与司棋、坠儿等人的表现是相互矛盾的,与贾宝玉的一向表现也不符,不足为据。冯其庸引用其一,无视其二,显然属于断章取义的做法。

1.8 贾宝玉与林黛玉思想一致、人生道路一致吗?

冯先生提出,《红楼梦》里有一个理想世界,它只存在于贾宝玉与林黛玉的脑海里,"《红楼梦》里理想世界的内涵,第一是贾宝玉、林黛玉所走的人生道路。"贾宝玉既不愿意走科举取士之路,亦不屑走世袭恩荫之路,他想走一条自由自在的人生之路。林黛玉从不象袭人、宝钗那样劝说宝玉读书,从不说混账话,因此,林黛玉对人生道路的追求,与贾宝玉一致。[3](120-125)

贾宝玉是不是愿意走科举取士之路的问题,我们已经作过讨论,表面上,宝玉确实不爱读书,不愿做"禄蠹",他批评宝钗也做了"国贼禄鬼"之流。与此同时,贾宝玉却把别的书都烧了,只有"四书"等正经书留了下来,他能将《大学》《中庸》和《论语》连注背诵下来,又研究八股时文的起承转合,研读古诗、旧律及古文,这分明有参加科举的打算嘛!

贾宝玉是说过,林黛玉从不说混账话,但实际上,林黛玉说的混账话同袭人一样多,远胜于宝钗。林黛玉先后劝说贾宝玉不要吃胭脂,不要混在脂粉堆里,不要对她动手动脚,不要信佛参禅,应把在外流荡优伶、表赠私物,在家荒疏学业、淫辱母婢的毛病都改了,要重视人情交往等。林黛玉对贾宝玉的劝谏是全面的、全方位的,犹如保姆一般。

在思想认识上,我们也讨论了,有两个贾宝玉,其中一个贾宝玉的认识同黛玉类似,一个则截然对立。譬如,贾宝玉尊贵女儿,说女儿干净,是水做的骨肉;贾宝玉饮千红一窟(哭),喝万艳同杯(悲),摧残女儿。而林黛玉则认为泥土干净,水渠肮脏,她宁愿"一抔净土掩风流""强于污淖陷渠沟";黛玉怜惜女儿,她以锦囊收艳骨,使之质本洁来还洁去。宝玉信佛参禅,有出家之念,要死后化灰化烟,随风四散,无影无踪;而黛玉不信佛,且极力劝阻宝玉信佛。黛玉不愿意死后化灰,她希望有一座香丘、净土,葬于其中。

在贾宝玉与林黛玉的思想认识上,作者既用了"言和意顺,略无参商"八字,又用了"求全之毁,不虞之隙"八字,两者的含义是对立的,矛盾的。事物皆有两面,我们既要看到贼吃鸡,又要看到贼挨打,两者看全了,才是真相。读《红楼梦》也是如此,否则就误读了。

1.9 林黛玉有厌世之念?

冯先生写道:

林黛玉的《葬花吟》说:"愿奴胁下生双翼,随花飞到天尽头。天尽头,何处有香丘?"这种对现实世界的厌弃,与宝玉所说的"等我化成一股轻烟,风一吹便散了的时候,你们也管不得我,我也顾不得你们了。那时凭我去,我也凭你们爱那里去就去了"是同一思路。所以,宝、黛爱情,是宝、黛思想的结合,人生道路的结合,文化涵养、生活情趣的结合等。而其中,思想的结合、人生道路的结合、自由个性的结合,是他们生死爱情的灵魂。[3](134-135)

冯先生引用了林黛玉的四句诗,并以此四句诗为证,说林黛玉有厌世思想,这完全是误读。林黛玉怜花之洁净,惜花之艳丽,悼花之零落,悲花之短暂,是世上少有的爱花之人。她曾肩扛花锄,锄挂花囊,手拿花帚,建了一个花冢,以使百花能"质本洁来还洁去,强于污淖陷沟渠"。林黛玉以花喻人,以人喻花,看到落花,便想到自己是即将逝去的生命,往往伤心落泪,甚至听到落花流水的词句也受不了:"林黛玉……坐在一块山子石上,细嚼'如花美眷,似水流年'八个字的滋味。忽又想起前日见古人诗中有'水流花谢两无情'之句,再又词中有'流水落花春去也,天上人间'之句,又兼方才所见《西厢记》中'花落水流红,闲情万种'之句,都一时想起来,凑在一处。仔细忖度,不觉心痛神驰,眼中落泪。"[4](187)听到和读到这些诗句,林黛玉为何心痛?因为这些诗句,每每将落花与水流扯到一块,落花的结局是被流水冲走,这是林黛玉不能接受的。林黛玉一向认为,水是肮脏的,泥土才是干净的,落花埋入泥土中,才是质本洁来还洁去,而掉入水流中,则是不得其所。然而,世上哪有爱花惜花之人,除了她林黛玉建的花冢之外,世上那里还能找到花冢。《葬花吟》反映的就是这种感情,此诗作于暮春时节,饯花之时,落英缤纷,遍地皆是,林黛玉尽其所能,为它们建香丘。可是,今天的落花有幸,有林黛玉替它们收葬,他日,她林黛玉死了,能有谁来替她收葬呢?贾宝玉吗?贾宝玉不会为她建香丘的,因为贾宝玉不要土葬,他要水葬,他曾对袭人说:"比如我此时若果有造化,该死于此时的,趁你们在,我就死了,再能够你们哭我的眼泪流成大河,把我的尸首漂起来,送到那鸦雀不到的幽僻之处,随风化了,自此再不要托生为人,就是我死的得时了。"[4](286)

要么就是火葬和风葬,化成一股轻烟,风一吹便散了,变得无影无踪。他在第十九回对袭人如此说:"只求你们同看着我,守着我,等我有一日化成了飞灰,——飞灰还不好,灰还有形有迹,还有知识.——等我化成一股轻烟,风一吹便散了的时候,你们也管不得我,我也顾不得你们了.那时凭我去,我也凭你们爱那里去就去了。"[4](152)至第五十七回,他又对紫鹃说:"我只愿这会子立刻我死了,把心迸出来你们瞧见了,然后连皮带骨一概都化成一股灰。灰还有形迹,不如再化一股烟。烟还可凝聚,人还可见,须得一阵大乱风,吹的四面八方都登时散了,这才好!"[4](449)可见,贾宝玉的出家之愿,厌世之情,是始终一贯的。

但林黛玉完全不同,她没有出家的思想,小时候,她家里来了一个和尚,要化她出家,父母不肯,和尚威胁说,如果不出家,只怕你的病一世也好不了,尽管如此,林黛玉还是不出家。林黛玉也不希望早死,相反,她时刻担心自己早死。她希望土葬,害怕水葬。这一切都跟贾宝玉不同。

1.10《红楼梦》的内容是真实的还是虚构的?

对于《红楼梦》的内容究竟是虚构的还是真实的这个问题,冯先生持自相矛盾的态度。一方面他说:"一部《红楼梦》里所具体描写的,除了梦境以外,都可以看作是现实世界,而且连梦也是真实的实在的,包含在现实世界里的,只有梦里的情景,才是虚的、缥缈的。"[3](119)冯先生认为,除梦境之外,都是真实的、实在的,连梦也是真实的、实在的,只有梦里的情景是虚假的、缥缈的。同时,冯先生又提醒读者："《红楼梦》是一部小说"[3](104)。冯先生的话令笔者无所适从,既然《红楼梦》全部都是真实的、实在的,则就不可能是一部小说,因为小说难免虚构,以《三国演义》为例,它可能是最真实的小说了,即便如此,它与史书《三国志》的真实性相比,仍不在一个档次上。《三国演义》开篇第一个故事"桃园三结义"非常有名,可它是虚构的;第四回"孟德献刀"也非常出名,同样是虚构的。另外如温酒斩华雄、三英战吕布、过五关斩六将、土山关公约三事、徐庶身在曹营心在汉、孔明舌战群儒,等等,都是虚构的。一部《三国演义》存在大量移花接木、张冠李戴、无中生有、夸大其词的描写,完全真实的内容恐怕不到三成。因此,《红楼梦》既为小说,就不可能是完全真实的,既完全是真实的,就不可能是小说。冯先生说《红楼梦》既是一部小说,又完全真实,这是自相矛盾,笔者理解不了他究竟何意。

冯先生又说,梦是真实的,但梦中的情景是虚构的。笔者还是不明白这话的意思。所谓梦中的情景,包括梦中的景物、人物、人物的活动、对话等,如果这一切都是虚构的,则还有什么是真实的?

1.11 贾宝玉与林黛玉的爱情值得歌颂吗?

冯其庸先生尽情歌颂宝黛之间的爱情,说"曹雪芹笔下最最动人、最最哀感顽艳、最最万劫不磨的,自然是贾宝玉与林黛玉的爱情及其毁灭。"[3](105)笔者不明白,冯先生为什么给予他们俩的爱情以如此高的评价。宝黛爱情从一开始就是不平等的,贾宝玉同时爱着数人,林黛玉却只爱他一人;贾宝玉虽然一再山盟海誓、信誓旦旦,却从未采取任何实质步骤让黛玉放心;他们的爱情从始至终,一直处于试探、怀疑和担心之中。

冯先生声称,宝黛爱情,是完完全全的自由恋爱,是接近现代社会的自由恋爱,它与传统的封建婚姻方式,譬如"父母之命、媒妁之言""门当户对""后花园私订终身"之类完全不同[3](125)。可是,冯先生有没有想过,林家是侯门,贾府是公府,这两家难道不是门当户对吗?宝黛二人相爱,他们敢公开承认吗?他们向贾母请求了吗?没有,他们俩还远不如后花园私订终身的恋人,只会哭哭啼啼,没完没了的试探和猜疑。我们可以设想,如果贾母、贾政和王夫人不同意,他们俩绝不可能结合,他们没有走出这一步的决心和勇气,黛玉不会,宝玉也不会,至少在曹雪芹所著的前八十回是这样。因此,对于他们的爱情,我们最多可给予同情,却不值得歌颂。

1.12 冯先生误解诗句

冯先生读了不少书,又多才多艺,这是好事,但他有食多不化的毛病。例如,冯先生认为某些红学家态度不端正,研究红学乃为沽名钓誉,他批评道:"那种华而不实、哗众取宠的作风是无补于实际的,非但无补于实际而且是有害的,但是这种学风也是历史性的,也可以说是无世无之。只要读读杜甫的'尔曹身与名俱灭,不废江河万古流'的诗句,读读黄山谷的'人言九事八为律,倘有江船吾欲东'的诗句,可见历史是极其相似的。"[3](291)冯先生分别引用了杜甫和黄庭坚的诗,很显然,他把自己与杜甫、黄庭坚相提并论了,自视甚高。但他完全误解了黄诗的含义。"人言九事八为律,倘有江船吾欲东"出自黄庭坚的组诗《寺斋睡起二首》,这组诗词反映了作者的归隐之意。"人言九事八为律"典出《汉书·主父偃传》,主父偃对汉武帝言事,"所言九事,其八事为律令",意思是说,主父偃官瘾极大,也得汉武帝重用,算是得意了,但我黄庭坚不羡慕,我宁愿辞朝归野,退居家园。因为主父偃虽曾得意,后被灭族,结局极其凄惨,不值得羡慕。冯先生却引用此两句来嘲笑红学领域的沽名钓誉之辈,显然是张冠李戴、词不达意了。

此外,冯先生对戚蓼生序[3](118)及贾宝玉批评"文死谏,武死战"[3](106)的引用和解释也都是错误的。

注释:

[1]刘梦溪:《红楼梦与百年中国》,中央编译出版社2005年版。
[2]王蒙:《〈红楼梦〉的研究方法》(王蒙讲稿),上海文艺出版社2001年版。
[3]冯其庸:《论红楼梦思想》,商务印书馆2014年版。
[4]〔清〕曹雪芹:《脂砚斋批评本红楼梦》,凤凰出版社2010年版。

2. 评陈维昭教授的《红楼梦精读》

陈维昭先生是复旦大学教授,现时最具影响力的红学家之一,受过极好的学术训练,写有《红学通史》等多部红学专著,更发表过多篇颇见功力的红学论文,其哲思能力堪与俞平伯、余英时先生比肩,笔者十分仰慕。陈教授对《红楼梦》的理解远深于一般专家,他清醒地认识到,《红楼梦》的某些内容具有扑朔迷离的性质,根本无法解读。例如,关于作者问题,他写道:"可以说,《红楼梦》作者问题的复杂性造成了《红楼梦》叙事形态的复杂性。尤其是,当这位原始作者采用了自传体形式的时候,其叙事形态更令人眼花缭乱。一方面,它使关于作者问题的考证扑朔迷离,另一方面,它使叙述者问题更是难以捉摸。"[1](29)关于秦可卿,陈教授又写道:秦可卿死后,"她的故事仍然牵引着读者的心。这期间的原因很多,而最重要的原因有二:一是作者采用了他擅长的扑朔迷离之笔去写秦可卿的私生活,二是现存各种《红楼梦》版本中的秦氏故事留下了诸多未完成的乃至互相矛盾的痕迹,形成无法解开的谜团。"[1](53)陈教授认识到,曹雪芹擅长扑朔迷离之笔,这很了不起。此外,陈教授还纠正了前人的一些错误,他清楚地认识到《红楼梦》并不反封建,贾宝玉和林黛玉的一切反叛行为,恰恰符合曾经是孔子儒家的正统思想,于是毅然以"狂狷"概念,取代冯其庸先生所谓的资本主义萌芽的"民主思想"。陈教授还注意到:"当我们从《红楼梦》的整体艺术思维的角度看时,就会发现第四回的旨意并未覆盖小说的整体。"[1](37)然而,陈教授没能将"扑朔迷离"的正确判断贯彻到底,他在一切关键和重要方面,都落入了红学既有的窠臼之中。本章以陈教授的《红楼梦精读》为商榷平台,讨论书中基本结论的是非对错。

2.1 生活的真实还是艺术的真实?

笔者曾讨论过《红楼梦》的体裁和内容,《红楼梦》既有一个凡例,又有一个楔子,这是一对矛盾。作者交代,《红楼梦》既是一部追踪蹑迹、不敢稍加穿凿的"实录""真传"和"理治之书",又是"喷饭供酒""浇愁破闷""大旨谈情""不干涉时世"的"适趣闲文",这又是一对矛盾。《风月宝鉴》对这些矛盾做出了解答:《红楼梦》有正背两面,是一篇文字两部大书,正面为虚构的小说,背面乃是一部真实的历史。

陈维昭先生绝没有想到一部书会有两面,他不懂索隐,也不相信索隐,他只在传统的路径中寻找解决之道,他将艺术的真实与生活的真实混为一谈,以艺术的真实取代生活的真实,他写道:

《红楼梦》在艺术上的第一个特点是写实与写意的奇妙统一。这里的"写实"是指对生活原生态的贴近,它表现为一种"拟真"的意向,这种意向与传统史学的"实录"观念相关。汉代的班固说,司马迁"善序事理,辨而不华,质而不俚,其文直,其事核,不虚美,不隐恶,故谓之实录"。还历史以本来面目,秉笔直书,这种史学观念对小说创作的影响就是还生活以原生态。"写意"意向与传统史学的"春秋笔法"相关。刘熙载《艺概·文概》说:"《春秋》文见于此,起义在彼。左氏窥此秘,故其文虚实互藏,两在不测。""微而显,志而晦,婉而成章,尽而不污,惩恶而劝善:左氏释经,有此五体。其实左氏叙事,亦处处皆本此意。""写意"指作者具有强烈的建构意识,他并不满足于拟真,而是要把他对生活、对人生的独特理解和感受表现出来。这种意向在文艺创作中形成了一种"离形得似"的表现型艺术观。"写实"与"写意",这两种形态迥异的文学观念却可以在《红楼梦》中得到奇妙的统一。[1](11)

陈维昭先生强调了《红楼梦》的"实录"性质,他注意到了楔子里有"亲睹亲闻""追踪蹑迹""不敢稍加穿凿""实录"和"真传"等词,他也注意到了班固给"实录"下的定义,定义中有"其文直""其事核"六字,意即秉笔直书,事实核定无误。然而,他竟然将"实录"和"真传"解读为"拟真",而不是"写真",从而得出了一个不脱窠臼的结论:《红楼梦》只是一部小说,一部将写实与写意相统一的小说。他完全没能理解《风月宝鉴》正背两面不可统一的性质,完全没能理解"真事隐去""假语村言"的真假分离,完全没能理解市井俗人对于史书与小说截然不同的态度。总之,陈教授将艺术的真实混同于生活的真实,这是对《红楼梦》的歪曲、篡改和断章取义。小说固然有建构,史传何尝没有建构,史传作者总是有意识地选择史料,这就是建构。但小说就是小说,史传就是史传,二者有明显区别。譬如《三国演义》与《三国志》,前者是小说,后者为史传,前者"拟真",后者"写真"。

2.2 贾宝玉讨厌男人,讨厌男人的事业?

陈教授写道:

贾府的罪恶与腐败使得贾宝玉自小就讨厌男人,讨厌男人的人生道路和事业——仕途经济(即读书做官、经邦济世)。贾政与贾宝玉的冲突,是两种人生价值观的冲突。贾政代表的是当时主流社会的价值观,把人生理解为一个读书做官、光宗耀祖的历程。这种人生观已经背离孔子的儒家思想,它诱导出一系列道德危机和人格危机。它把做官理解为生存的手段、功利的手段,于是,读书就不是为了道德的高尚、情操的纯洁,而是为了敲开做官的大门。""四书五经""是明清时期科举考试的命题所出,朱熹注解是标准答案,八股时文是科举考试的形式……对此,贾宝玉表现出极大的厌恶。[1](10)

陈教授认为贾宝玉讨厌男人,讨厌科举考试,贾政与贾宝玉的冲突,是两种价值观的冲突,这与冯其庸先生的观点何其相似。陈教授只注意到贾宝玉讨厌男人,骂男人是须眉浊物,浊臭逼人,却没有注意到贾宝玉也喜欢男人,赞颂男人,他与秦钟相见恨晚,赞叹道:"天下竟有这等人物!"[1](63)贾宝玉喜欢很多男人,包括北静王水溶、破落世家子弟柳湘莲、戏子兼娈童蒋玉菡、纨绔子弟冯紫英等。陈教授只注意到贾宝玉喜欢女人,却没有注意到贾宝玉也讨厌女人,他讨厌几乎所有的婆子。陈教授只注意到贾府的男人干坏事,唯不知贾府的女人如王熙凤、王夫人、赵姨娘等,比男人还坏。

陈教授只注意到贾政嘲讽与暴打儿子,却没有注意到贾政也曾赞赏儿子,宝玉也曾佩服父亲批评他管窥蠡测恰当;他只注意到贾政恨铁不成钢,批评儿子不读书,却没有注意到正是贾政不让宝玉读"五经",只读"四书";陈教授只注意到贾宝玉爱读杂书,却没有注意到贾宝玉把别的书都烧了,只留下"四书",并且能背诵带注的"四书",等等。《红楼梦》两次写到朱熹,如第二回,雨村道:

天地生人,除大仁、大恶两种,余者皆无大异。若大仁者,则应运而生;大恶者,则应劫而生。运生世治,劫生世危。尧、舜、禹、汤、文、武、周、召、孔、孟、董、韩、周、程、张、朱,皆应运而生者。[2](18)

这份名单中的"程",当指北宋理学家程颐、程灏兄弟,"朱",即朱熹,二程和朱熹是北宋理学的核心人物,在贾雨村看来,他们属于尧舜禹一样的圣人。第五十六回再次写到朱熹,出自宝钗与探春的对话:

宝钗笑道:"真真膏粱纨绔之谈。虽是千金小姐,原不知这事,但你们都念过书识字的,竟没看见朱夫子有一篇《不自弃文》不成?"探春笑道:"虽看过,那不过是勉人自励,虚比浮词,那里都真有的?"

宝钗道:"朱子都有虚比浮词?那句句都是有的。你才办了两天时事,就利欲熏心,把朱子都看虚浮了。你再出去见了那些利弊大事,越发把孔子也看虚了!"探春笑道:"你这样一个通人,竟没看见子书?当日《姬子》有云:'登利禄之场,处运筹之界者,窃尧舜之词,背孔孟之道。'"宝钗笑道:"底下一句呢?"探春笑道:'如今只断章取意,念出底下一句,我自己骂我自己不成?"[2](438)

署着朱熹名字的《不自弃文》是一篇好文章,勉人自励。不管是在第二回,还是第五十六回,曹雪芹都没有讽刺挖苦朱熹之意,相反,都把朱熹当作圣人。《红楼梦》没有明确提到朱熹的四书注,更谈不上批评和否定,只在第73回提到,贾宝玉能带"注"背诵《大学》《中庸》和《论语》,这里的"注"自然指朱熹的《四书集注》,这事说明,贾宝玉并不讨厌程朱理学。陈教授将所有这些细节都漏过了,可见是戴着有色眼镜。

2.3 贾宝玉与林黛玉何曾有过前盟?

《红楼梦曲》第2首[终身误]的前两句话是:"都道是金玉良缘,俺只念木石前盟",其中"木石前盟"四字是有问题的,与其他文字冲突。"盟"的含义,旧时指宣誓缔约或发誓联合,因而,盟誓必定是一种集体行为,参与者至少是两方或两方以上,参与各方都得发誓遵守或追求某种共同的规范或目标,而不能是单方面的行为,我国历史上有召陵之盟、葵丘之盟、践土之盟、渑池之盟等,每次会盟,都有多国诸侯参加,形成某种共识或协定。从绛珠与神瑛的关系来看,他们始终是单方面的:最初,赤霞宫神瑛侍者,于西方灵河岸上三生石畔见到一棵绛珠仙草,遂以甘露灌溉之。这里,绛珠仙草并没有向神瑛提出请求,是神瑛自告奋勇做出的行为,这种行为完全是单方面的,绛珠仙子并未承诺还他,故不存在欠债还钱的问题。其次,神瑛灌溉之后,也并未向绛珠索还,是绛珠不愿欠人人情,执意要以泪还债。所以,整个施恩与还债过程,都不是以"盟"为前提的,因为压根儿就没盟过。既从未盟过,为什么要叫"前盟"呢?

然而,陈教授对此毫无疑问,欣然接受,他认为,宝、黛爱情就是"证前盟"的行为,他说:"石头不得补天,便来至太虚幻境,于西方灵河岸上三生石畔见到一棵绛珠仙草,遂以甘露灌溉。绛珠仙草感其灌溉之恩,发誓以眼泪为报,这就是'木石前盟'。"[1](101) 像陈教授这样,不结合上下文内容,无条件接受作者个别表述的做法,应算断章取义的行为。

退一万步,假使绛珠与神瑛有过前盟,那也是欠债还钱的债务关系,决非男欢女爱的婚姻关系,把债务关系蜕变为婚姻关系,这不是买卖婚姻吗?这样的婚姻会幸福吗?陈教授看不到问题的严重性,反而赞美道:"木石前盟是天作之合,金玉良缘则是人为撮合。"[1](96) 他又引用王蒙先生的话赞美道:这个故事"着实别致得很,古今中外,只此一家,任凭结构主义的大博士们怎么研究,难得找出一个什么原型什么模式来!而这个故事是这样优美,这样缠绵,这样至情,这样哀婉,与小说内容相比又是这样贴切,真是千古绝唱了!而这样的故事,不是来自初民的民间传说,不是出自神话时代的巫神宗教,而是来自后神话时代的文人创造,就更加令人赞叹了。"[3](6) 曹雪芹把债务关系混同为爱情婚姻关系,简直是荒唐之尤,学者们不加批评,反而极口赞美,同声叫好,笔者看不懂了。

宝、黛爱情是不平等的,林黛玉全身心爱着宝玉,心中只有一个宝玉,而宝玉心中却有很多人,他"体贴"着天下的女儿。陈教授认识到了这一点,这是他比冯先生高明的地方。而实际上,宝、黛爱情的严重性并不是不平等,而是摧残,贾宝玉所谓的"体贴"不是爱,而是恨。因为他向众女儿索要泪水,他说:"比如我此时若果有造化,该死于此时的,如今趁你们在,我就死了,再能够你们哭我的眼泪流成大河,把我的尸首漂起来,送到那鸦雀不到的幽僻之处,随风化了,自此再不要托生为人,就是我死的得时了。"[2](286) 如果贾宝玉心中有大爱,他为什么急于去死?既要死,你一个人默默去死好了,为何要女儿们流泪,且流那么多泪来葬你?让女儿们流尽眼泪,这是多么残忍的行为,学者们为何要歌颂宝玉博爱呢?

2.4 金玉良缘是人为撮合,木石前盟是天作之合吗?

陈教授说:"木石前盟是天作之合,金玉良缘则是人为撮合。"[1](96) "天作之合"出自《诗经》,意指上天给予的安排,彼此配合得十分完美,一般用来祝福美满幸福的婚姻。陈教授说木石前盟是天作之合,应该有两层意思:其一,宝黛爱情是老天的安排;其二,宝玉和黛玉思想感情一致,彼此深爱。这里,我们不讨论宝玉与黛玉思想感情是否一致的问题,只讨论他们的关系是否老天安排的问题。

贾宝玉的前身是赤霞宫神瑛侍者,林黛玉的前身是西方灵河岸边的绛珠草,绛珠草受神瑛侍者的灌溉之恩,决定报答,决定以泪还债,这就是所谓木石前盟。绛珠草和神瑛侍者都是神仙,如果他们的意志能够代表上天,则我们可以说,木石前盟是上天安排的,否则就不能这么说。

宝玉与宝钗的结合称金玉姻缘,金玉姻缘是人为撮合的吗?表面上看,确实是这样的,第八回首次写到这事。那天,贾宝玉去梨香院看望宝钗,宝钗当时患"那种病",她早就听说宝玉是衔玉而诞,因而要求看他的通灵宝玉,只见通灵宝玉上写着"莫失莫忘,仙寿恒昌"八字,宝钗的丫头莺儿听了,说道:"我听这两句话,倒像和姑娘项圈上的两句话是一对儿。"[2](P69) 宝玉听了莺儿的话,才知道宝钗有一个金锁,也要求看。宝钗只好把金锁取下来给他看,宝玉看到,金锁上镌着"不离不弃,芳龄永继"八字,宝玉说:"姐姐,这八个字倒真与我的是一对。"[2](69) 之后,作者以间接的方式告诉读者,所谓金锁与宝玉正配之说,最初出自薛姨妈之口。许多专家认为,金玉姻缘是薛家阴谋运作的结果,因而是人为的。

但是,如果我们仔细分析,便会发现,金玉姻缘的来头比木石前盟更大,更具有上天安排的性质。薛宝钗说,是一个癞头和尚送了她八个字,说要錾在金器上戴着。薛姨妈又透露,癞头和尚说了,宝钗要与有玉的人才能正配。癞头和尚是什么人?他是神仙,是帮助通灵宝玉下凡的那个神仙,也是规定林黛玉命运的那个神仙。不仅金锁上的八个字是癞头和尚送的,通灵宝玉上的八个字也是他赠送和镌写的。他曾要求林黛玉跟随他出家,林黛玉不干,结果终身有病。他送了一个"海上仙方儿"给薛宝钗治"那个病",非常灵验。由此可见,金玉姻缘才真正具有上天安排的性质。而木石前盟原本是债务关系,后变成爱情婚姻关系,这是违背上天意志的,是真正人为的东西。

当然,有人怀疑,金锁及锁上的八个字,是薛家蓄意制造的。笔者认为,这纯属猜测,没有证据。既然我们相信了通灵说,又相信了木石说,凭什么单单不相信金玉说?

2.5 贾宝玉是狂狷之人吗?

冯其庸先生主张,贾宝玉与林黛玉是新思想、新社会、新时代的代表,他们是封建家庭的逆子贰臣。很显然,这是以阶级斗争为纲时代的思想遗迹,是"左倾"思想的产物,其错误显而易见。陈教授赞同另一种观点,他说:"与贾政、宝钗等的人生理想和行为方式相冲突的贾宝玉、林黛玉则自然属于儒家正统的狂狷人格,所以作者拟宝玉为阮籍,拟黛玉为陶潜——这一点则是清代评红者所尚未认识到的,只有到了20世纪80年代前后才为研究者所意识到。"[1](83-84)贾宝玉和林黛玉被视为阮籍、陶潜式的狂狷人格,冒天下之大不韪者。

"狂狷"一词出自孔子《论语·子路》:"子曰:不得中行而与之,必也狂狷乎。狂者进取,狷者有所不为也。"通俗地讲,所谓狂狷,就是坚持独立人格,拒绝随波逐流,拒绝同流合污,与"乡愿"相对立。"乡愿"一词也出自《论语》:"乡愿,德之贼也。"原指乡里言行不一、伪善欺世的人。狂狷是君子,乡愿是小人,君子和而不同,小人同而不和。鲁迅先生笔下的狂人、猛士,苏格拉底心中的牛虻,无疑都是狂狷之人。"牛虻"一词出自希腊神话,天后赫拉嫉妒丈夫宙斯爱上了少女安娥,便放出牛虻来日夜追逐已化为牛的安娥,使得她几乎发疯。希腊哲学家苏格拉底自譬牛虻,他甘冒天下之大不韪,对当时社会的丑恶现实进行无情的揭露和针砭,因此得罪权贵,被元老院判处绞刑。狂人和猛士的含义,见于鲁迅的作品《狂人日记》。

阮籍是魏晋名士,竹林七贤之一,建安七子阮瑀的儿子,曾任步兵校尉,世称阮步兵,崇奉老庄之学,政治采取谨慎避祸的态度。许多学者相信,《红楼梦》的创作受到了阮籍思想的影响,阮籍的狷狂痴态、诗篇的朦胧,以及对心理平衡的艰难追求等,都能在《红楼梦》中找到影子。曹雪芹字梦阮,意即梦中希望见到阮籍,说明他仰慕阮籍。曹氏的朋友敦诚在《赠曹雪芹》中说"步兵白眼向人斜",直接把雪芹与阮籍相提并论。林黛玉在教授香菱学诗中,也提到了他和陶渊明。陶渊明是东晋至南朝初期著名诗人,短暂为官后归隐田园,被后世誉为"古今隐逸诗人之宗",他爱闲静,念善事,抱孤念,爱丘山,不同流俗。

学者们将贾宝玉视同阮籍,将林黛玉视为陶渊明,是有文本基础的,宝、黛与阮、陶确实有相当多的共同点,他们都才华横溢,自视不凡,反世俗潮流,厌世避世或离群索居。林黛玉"孤高自许,目无下尘",又吟诗云"孤标自傲偕谁隐""愿奴胁下生双翼,随花飞到天尽头",从来不说科举做官的"混帐话",故红学家自来均将宝玉与黛玉当做同路人,而与宝钗、袭人和湘云辈相对立。陈教授总结说:"薛宝钗、花袭人等之所以受到嘉庆以至清末民初评红者的口诛笔伐,原因即在于她们都是属于孔子所说的'乡愿',都是儒家正统思想的死敌。而宝玉、黛玉、晴雯、妙玉诸人之所以受到这一时期的评红者的推崇与同情,原因就在于他们虽然不是'中行'之人,但他们对'乡愿'嫉之如仇、揭之为快,他们是作为儒家正统思想之补充、辅助的狂狷之士。"[1](84)清末民初的学者就视宝玉、黛玉为狂狷之士,曹雪芹确实有意如此引导读者,故陈教授有此思想并不奇怪。

然而,笔者在此要证明,曹雪芹笔下的林黛玉是自相矛盾的,她不但是狂狷之士,也是乡愿之人。关于林黛玉的狂狷,学者们说得太多了,无须笔者饶舌,这里只需谈谈她的乡愿就是了。仔细考察林黛玉的所作所为,所言所行,笔者发现,在考证派的视野下,她同薛宝钗、花袭人并无本质不同,花袭人劝谏贾宝玉,是打着老爷(贾政)的旗号进行的,林黛玉也是如此,譬如说第十九回,林黛玉发现贾宝玉脸上又沾着胭脂,便教训道:"你又干这些事了。干也罢了,必定还要带出幌子来。便是舅舅看不见,别人看见了,又当奇事新鲜话儿去学舌讨好儿,吹到舅舅耳朵里,又该大家不干净惹气。"[2](153)此处说明,林黛玉十分看重社会舆论,尤其看重贾政的观点,不敢忤逆。第五十七回描写了林黛玉的丫头紫鹃教训宝玉的情景,她说:"从此咱们只可说话,别动手动脚的。一年大二年小的,叫人看着不尊重。打紧的那起混帐行子们背地里说你,你总不留心,还只管和小时一般行为,如何使得。姑娘常常吩咐我们,不叫和你说笑。你近来瞧他远着你还恐远不及呢。"[2](446)孙绍祖迎娶贾迎春和薛姨妈生日,是两件大事,贾宝玉竟然以身体有伤为名,拒绝前去祝贺,林黛玉实在看不过,到底把他劝去参加了。关键还在于,林黛玉不仅仅害怕舆论,害怕长辈,而是她对贾宝玉的看法,她并不认为贾宝玉是正常人,第三十六回有如下一句话:"且说林黛玉当下见了宝玉如此形象,便知是又从那里着了魔来,也不便多问",[2](287)这句话说明,林黛玉的看法同众人一样,她眼中的贾宝玉也是一个怪胎,她不是贾宝玉的同志。

仔细考察《红楼梦》文本,林黛玉并不是一个特立独行的人,也无任何不凡的见识,真正具有狂狷品质的女儿是薛宝钗,薛宝钗曾说,天下没有一个读书明理的男人,可谓惊世骇俗。贾宝玉说,林黛玉从不对他说混账话,这说明他对林黛玉不了解,林黛玉不说混账话,不等于她不赞同混账话,贾宝玉被其父暴打之后,林黛玉哭得两眼似桃子,劝他把一切毛病"都改了",这"都改了"三字包罗万象,自然包括他不读书科举做官之类。如果说林黛玉有不同于一般人的地方,就是看不起女人,可怜女人,认为水脏泥净,但这三点并不足以将她定性为狂狷人士,她本质上仍是一个地道的乡愿。

由此可见,陈教授以"乡愿"和"狂狷"概念取代"封建"和"民主"概念,对于红学而言,仍然无济于事,仍然犯了断章取义的错误。

2.6 陈教授对被引用的《红楼梦》文本中的自相矛盾之处视而不见

陈教授在《红楼梦精读》中成段成段引用《红楼梦》文本,然后进行解说,却极少注意到文本中的大量矛盾。譬如,曹雪芹对林黛玉进贾府有详细描写,陈教授进行了引用:

且说黛玉自那日弃舟登岸时,便有荣国府打发了轿子并拉行李的车辆久候了。这林黛玉常听得母亲说过,他外祖母家与别家不同。他近日所见的这几个三等仆妇,吃穿用度,已是不凡了,何况今至其家。因此步步留心,时时在意,不肯轻易多说一句话,多行一步路,惟恐被人耻笑了他去。自上了轿,进入城中从纱窗向外瞧了一瞧,其街市之繁华,人烟之阜盛,自与别处不同。又行了半日,忽见街北蹲着两个大石狮子,三间兽头大门,门前列坐着十来个华冠丽服之人。正门却不开,只有东西两角门有人出入。正门之上有一匾,匾上大书"敕造宁国府"五个大字。黛玉想道:这必是外祖之长房了。想着,又往西行,不多远,照样也是三间大门,方是荣国府了。却不进正门,只进了西边角门。那轿夫抬进去,走了一射之地,将转弯时,便歇下退出去了。后面的婆子们已都下了轿,赶上前来。另换了三四个衣帽周全十七八岁的小厮上来,复抬起轿子。众婆子步下围随至一垂花门前落下。众小厮退出,众婆子上来打起轿帘,扶黛玉下轿。林黛玉扶着婆子的手,进了垂花门,两边是抄手游廊,当中是穿堂,当地放着一个紫檀架子大理石的大插屏。转过插屏,小小的三间厅,厅后就是后面的正房大院。正面五间上房,皆雕梁画栋,两边穿山游廊厢房,挂着各色鹦鹉,画眉等鸟雀。台矶之上,坐着几个穿红着绿的丫头,一见他们来了,便忙都笑迎上来,说:"刚才老太太还念呢,可巧就来了。"于是三四人争着打起帘笼,一面听得人回话:"林姑娘到了。"[1](88-89)

……

黛玉亦常听得母亲说过,二舅母生的有个表兄,乃衔玉而诞,顽劣异常,极恶读书,最喜在内帷厮混,外祖母又极溺爱,无人敢管。今见王夫人如此说,便知说的是这表兄了。因陪笑道:"舅母说的,可是衔玉所生的这位哥哥?在家时亦曾听见母亲常说,这位哥哥比我大一岁,小名就唤宝玉,虽极憨顽,说在姊妹情中极好的。况我来了,自然只和姊妹同处,兄弟们自是别院另室的,岂得去沾惹之理?"王夫人笑道:"你不知道原故:他与别人不同,自幼因老太太疼爱,原系同姊妹们一处娇养惯了的。若姊妹们有日不理他,他倒还安静些,纵然他没趣,不过出了二门,背地里拿着他两个小幺儿出气,咕唧一会子就完了。若这一日姊妹们和他多说一句话,他心里一乐,便生出多少事来。所以嘱咐你别睬他。他嘴里一时甜言蜜语,一时有天无日,一时又疯疯傻傻,只休信他。"[1](91)

以上两段文字,都来自陈教授引用的《红楼梦》文本,第一段描写林黛玉对林、贾两府差异的感觉,她的船刚一靠岸,荣国府迎接的轿子车马就到了,林黛玉发现,荣府的几个三等仆妇,吃穿用度,已是"不凡"了,因此吓得步步留心,时时在意,不肯轻易多说一句话,多行一步路,惟恐被人耻笑。车马到了宁国府门前,门前竟然列坐着十来个华冠丽服之人,很显然,门前列坐着的这些人并不是在等待迎接林黛玉,他们应当是宁国府的看门人,看门人的着装当然是工作服,可是,他们的着装在林黛玉眼中竟然是"华冠丽服"。阅读过脂批本的读者或许还记得,脂批竟然把林黛玉进贾府,与庄农进京及王敦初尚公主相提并论。事实上,林黛玉初进贾府时的种种表现,与刘姥姥进大观园毫无二致。我们都知道,林黛玉出身豪门,林家也是军功世家,祖上曾袭列侯,父亲林如海中过前科探花,如今又被钦点为两淮盐政。可以这么说,林家丝毫不比贾府逊色,林家与贾府完全是门当户对,属于同一级别。可是,作者曹雪芹竟然把林黛玉这样一位富家千金写得如同无知蠢妇一般,把她进贾府写得如同臣民进皇宫一般,这不是自相矛盾吗?

第二段写林黛玉见到贾宝玉前后的所思所想,其中特别提到,贾宝玉顽劣异常,"无人敢管",事实果真如此吗?如果我们仔细考察一番,就会发现这不是真的。首先,贾宝玉十分害怕他的父亲,贾政对宝玉非骂即打。其次,贾宝玉十分害怕他的母亲,他母亲王夫人将金钏与晴雯赶出贾府时,他连屁都不敢放一个。再次,贾宝玉也非常害怕他的奶奶贾母,贾母送给他一件好衣服雀金裘,他不小心烧了一个洞,害怕极了,他央请晴雯连夜带病补缀,晴雯因此差点丢了性命。别说贾政和王夫人,就是袭人、宝钗和黛玉等人,都曾管束过宝玉。

关于贾宝玉在女儿面前的表现,王夫人的话与众人的话完全相反。王夫人向林黛玉说,如果姊妹们不理他(贾宝玉),他倒还安静些,纵然他没趣,不过出了二门,背地里拿着他两个小幺儿出气,咕唧一会子就完了。若这一日姊妹们和他多说一句话,他心里一乐,便生出多少事来。所以,贾政嘱咐林黛玉别理睬贾宝玉。可是,贾雨村也介绍了宝玉的性格,不过,他介绍的是甄宝玉,他说,甄宝玉异常顽劣憨痴,暴虐浮躁,但"只一放了学进去,见了那些女儿们,其温厚和平,聪敏文雅,竟又变了一个。"[2](19)甄宝玉是贾宝玉的影子,因此,甄宝玉就是贾宝玉。尤三姐见过贾宝玉,她对贾宝玉赞不绝口,她说:"姐姐信他胡说,咱们也不是见一面两面的,行事言谈吃喝,原有些女儿气,那是只在里头惯了的。若说糊涂,那些儿糊涂?

姐姐记得,穿孝时咱们同在一处,那日正是和尚们进来绕棺,咱们都在那里站着,他只站在头里挡着人。人说他不知礼,又没眼色。过后他没悄悄的告诉咱们说:'姐姐不知道,我并不是没眼色。想和尚们脏,恐怕气味熏了姐姐们。'接着他吃茶,姐姐又要茶,那个老婆子就拿了他的碗倒。他赶忙说:'我吃脏了的,另洗了再拿来。'这两件上,我冷眼看去,原来他在女孩子们前不管怎样都过的去,只不大合外人的式,所以他们不知道。"[2](520)另外,贾母对宝玉的行为倾向也有一个判断,她说:"我深知宝玉将来也是个不听妻妾劝的。我也解不过来,也从未见过这样的孩子。别的淘气都是应该的,只他这种和丫头们好却是难得。"[2](618)可见,贾宝玉在女儿面前究竟如何,竟有两种互相矛盾的说法。

此外,贾宝玉也并非顽劣异常之人,他其实还是比较听话的,他比薛蟠不知要好多少倍呢。

对于以上这些明显矛盾的地方,陈教授竟然视而不见,甚为奇怪。

注释:

[1]陈维昭:《红楼梦精读》,复旦大学出版社2009年版。

[2]〔清〕曹雪芹:《脂砚斋批评本红楼梦》,凤凰出版社2010年版。

[3]王蒙:《红楼启示录》,三联书店1991年版。

3. 评《马瑞芳说红楼》

马教授是作家兼教授,研究领域广泛,博学多才,其红学思想与冯其庸先生相近,曾撰文称颂冯先生为新时期红学研究的"定海神针"。马先生的红楼梦作品,严格地讲,不是研究,而是创作,她不仅全盘继承了冯先生对《红楼梦》的断章取义,而且加以发扬光大。由于马先生十分勤奋,作品较多,涉及面广,笔者无力一一受教,只能管中窥豹,择要举例。

3.1 关于书名的来历

《红楼梦》一书有五个书名,分别是《石头记》《情僧录》《红楼梦》《风月宝鉴》和《金陵十二钗》,这些书名是怎么来的呢?楔子有交代,《石头记》系补天剩石(通灵宝玉)所作,并撰写在石头自己的身上,故名;《情僧录》是空空道人所改,是他将《石头记》抄录回来,传播出去的。空空道人后改投佛门,名曰情僧,《石头记》因名《情僧录》;《红楼梦》是吴玉峰所题;《风月宝鉴》系东鲁孔梅溪所题;《金陵十二钗》是唯一由曹雪芹所题写的书名。空空道人应该是虚拟的,但孔梅溪和吴玉峰却是实有其人,并且都较为有名,石头也应该有一个模特儿。所以,这些书名究竟是怎么回事?多数读者搞不明白,他们只能肯定一点,就是《金陵十二钗》是由曹雪芹题写的,其余的则不得而知。

然而,马教授却以十分肯定的语气写道:"其实这五个书名,都出自曹雪芹的构思,从不同角度说明小说的内容。空空道人是曹雪芹虚构的人物;金陵十二钗是曹雪芹的主要女性人物;《风月宝鉴》是曹雪芹的早期作品,秦可卿淫丧天香楼,王熙凤害死贾瑞,贾琏与多姑娘、红楼二尤都是《风月宝鉴》原有内容。在小说流传过程中,《石头记》和《红楼梦》两个书名一起存在。帮曹雪芹抄阅、点评书稿的脂砚斋钟爱《石头记》这个名字,所以传世抄本是脂砚斋评本。"[1](代序) 笔者也相信,这五个书名都是曹雪芹所拟,但毕竟这是猜测,当我们把这种猜测性的东西教给学生,或传向社会的时候,必须拿出确实可靠的证据,否则就必须言明这是猜测,以免误导。另外,脂批提到,"曹雪芹旧有《风月宝鉴》之书","旧有"可能意味着他收藏了他人的旧作,也可能意味着曹雪芹在作《红楼梦》之先,写了一部《风月宝鉴》,至于《风月宝鉴》包括些什么内容,则也只能猜测。马先生说得那么肯定,不是学者应有的态度。

3.2 "无材补天"是曹雪芹一生最惭恨的事?

马先生写道:"曹雪芹为什么借石头说话?跟他的身世有关。'无材补天'是曹雪芹一生最惭恨的事。什么是'天'?就是封建朝廷。皇帝是'天子',封建时代读书人以做天子门生、为天子效力为荣光,能进入仕途,才能成为'补天'之材。不能'补天'就是不能为皇家所用。曹雪芹13岁时父亲曹頫被雍正皇帝抄家、罢官、长时间戴着重枷衙门前示众。父亲把乌纱帽丢了,曹雪芹不能再走'恩荫'做官的路。因为科举考试讲究'出身',曹雪芹是犯官之子,也不能通过科举得功名。多郁闷!但是天才总能找到表现机会,'无材可去补苍天',曹雪芹就幻化成一块石头,体验人生,写小说。"[1](代序2)女娲氏炼石补天,一共炼了36501块,她使用其中36500块补天,剩下1块弃置不用。这块被弃置的石头灵性已通,在一个癞头和尚的帮助下幻化成通灵宝玉,来到世间体验人生。马先生认为,这块通灵宝玉就是曹雪芹自身的写照,说曹雪芹是曹頫的儿子,曹頫被抓时,曹雪芹13岁,从此失去科举和袭官的机会,这是曹雪芹一生之惭恨。

马先生上述结论涉及三个重大史实问题:其一,曹雪芹是贾宝玉的原型;其二,曹雪芹是曹頫的儿子;其三,曹雪芹生于1715年。我们先讨论第一个问题。如果曹雪芹就是无材补天的剩石,则他也就是贾宝玉,因为贾宝玉的思想是由通灵宝玉决定的,通灵宝玉一旦失灵或丢弃,贾宝玉就失去性灵,变成傻子。如果曹雪芹是贾宝玉,他就不可能为无材补天而惭恨,因为贾宝玉不愿意参加科举,也不愿意恩荫得官,他骂贾雨村之流为"禄蠹""国贼禄鬼",这是众所周知的事实,被马先生称颂为"定海神针"的冯其庸先生就说过,贾宝玉不屑于科举,也不屑于恩荫袭官,他要走一条自由的人生之路。马先生不顾众所周知的事实,硬说曹雪芹就是通灵宝玉的化身,硬说他一生为"无材补天"而惭恨,这不是断章取义吗?

曹雪芹是谁的儿子?目前学界未有定论,一般认为有两种可能:一是曹頫的儿子,二是曹颙的遗腹子。在缺乏足够证据的情况下,马先生断然肯定曹雪芹是曹頫的儿子,这显然不是科学的态度。

关于曹雪芹的年龄,学界也无人能够拿出充分的证据,目前只知他死于公元1762年阴历除夕,从他的朋友敦诚和敦敏的诗作来看,曹雪芹逝世时年约40岁。某些红学家从《红楼梦》文本凸现"十三"字样,推测曹頫被抓时曹雪芹13岁,这完全是臆测,把这种臆测的东西当真,向广大读者进行传播,是极不负责任的行为。然而,相信这种臆测研究成果的人,却有许多,今年是2015年,全国各地都在召开曹雪芹诞辰300周年纪念大会,北京曹雪芹研究会甚至还把大会开到国外去了,太不严肃了。

3.3 林黛玉绝不口是心非吗？

红学从来有扬林抑薛与扬薛抑林两派之争，马瑞芳先生属于前者，她对林黛玉尽情歌颂，对薛宝钗极力贬斥，她歌颂林黛玉说："林黛玉的聪颖才情是《红楼梦》之最，这是胎里带来的灵气，这灵气大大方方地、潇洒自然地甚至肆无忌惮地表露。林黛玉的为人直率耿直，锋芒毕露，有话就说，说就说到点子上，不管对方是什么人，绝不虚与委蛇，绝不口是心非。"[1](4) 马先生说林黛玉绝不口是心非，她还特别提到："林黛玉不掩饰自己对贾宝玉的感情"[1](15) 事实果真如此吗？当然不是。口说无凭，请看曹雪芹的描写：

> 林黛玉近日闻得宝玉如此形景，未免又添些病症，多哭几场。今见紫鹃来了，问其原故，已知大愈，仍遣琥珀去伏侍贾母。夜间人定后，紫鹃已宽衣卧下之时，悄向黛玉笑道："宝玉的心倒实，听见咱们去就那样起来。"黛玉不答。
>
> 紫鹃停了半晌，自言自语的说道："一动不如一静。我们这里就算好人家，别的都容易，最难得的是从小儿一处长大，脾气情性都彼此知道的了。"黛玉啐道："你这几天还不乏，趁这会子不歇一歇，还嚼什么蛆。"
>
> 紫鹃笑道："倒不是白嚼蛆，我倒是一片真心为姑娘。替你愁了这几年了，无父母无兄弟，谁是知疼着热的人？趁早儿老太太还明白硬朗的时节，作定了大事要紧。俗语说，'老健春寒秋后热'，倘或老太太一时有个好歹，那时虽也完事，只怕耽误了时光，还不得趁心如意呢。公子王孙虽多，那一个不是三房五妾，今儿朝东，明儿朝西？要一个天仙来，也不过三夜五夕，也丢在脖子后头了，甚至于为妾为丫头反目成仇的。若娘家有人有势的还好些，若是姑娘这样的人，有老太太一日还好一日，若没了老太太，也只是凭人去欺负罢了。所以说，拿主意要紧。姑娘是个明白人，岂不闻俗语说：'万两黄金容易得，知心一个也难求'。"
>
> 黛玉听了，便说道："这丫头今儿不疯了？怎么去了几日，忽然变了一个人。我明儿必回老太太退回去，我不敢要你了。"紫鹃笑道："我说的是好话，不过叫你心里留神，并没叫你去为非作歹，何苦回老太太，叫我吃了亏，又有何好处？"说着，竟自睡了。
>
> 黛玉听了这话，口内虽如此说，心内未尝不伤感，待他睡了，便直泣了一夜，至天明方打了一个盹儿。次日勉强盥漱了，吃了些燕窝粥，便有贾母等亲来看视了，又嘱咐了许多话。[2](450)

林黛玉爱着宝玉，日思夜想着宝玉，迫切希望搞定与宝玉的婚事，这几乎是贾府上下众所周知的事实，可是，她从来都不敢在众人面前承认，甚至在她的丫环紫鹃面前也不肯承认，这不是口是心非是什么？不是刻意掩饰是什么？林黛玉刻意掩饰自己感情的地方,远不止此一处,还有多处,读者可自己去阅读。

3.4 警幻仙子是爱神还是凶神?

马先生赞同朱淡文先生的观点,认为警幻仙子是中国的爱神,她说:"过去人们常说:女娲是爱神,创造了人类;有人说,洛神是爱神;有人说,唐传奇《定婚店》里月下老人是爱神。比起这些传说来,警幻仙子专门'司人间之风情月债,掌尘世之女怨男痴',是管着到人间来'布散相思'的,说她是爱神,不是最恰当吗?"[1](8) 警幻司风情月债、掌女怨男痴,自然是爱神无疑了。

可是,如果我们再花点时间,读仔细一点,便会发现,警幻仙子促成的婚姻不是幸福眷属,而全都是悲剧。在她主管的太虚幻境宫门上有一副对联,横批是"孽海情天",两侧分别是:"厚地高天,堪叹古今情不尽""痴男怨女,可怜风月债难偿"。这副对联总的意旨可用"孽情"两字来概括。贾宝玉跟随警幻进入二层门,见到了诸女未来的档案资料,它们分属"痴情司""结怨司""朝啼司""夜哭司""春感司""秋悲司"和"薄命司",看名称便可推知,诸女的感情生活都不太幸福。然后,警幻仙子又以自采仙茗、自酿美酒及自制歌舞款待贾宝玉。其自采仙茗出自放春山遣香洞,以仙花灵叶上所带宿露所烹,此茶名"千红一窟"。其自酿美酒乃是以百花之蕊,万木之汁,加以麟髓之醅、凤乳之麴酿成,因名"万艳同杯"。警幻仙宫的熏香也很特别,此香乃系诸名山胜境内初生异卉之精,合各种宝林珠树之油所制,名为"群芳髓"。

我们知道,《红楼梦》昭女儿之传,曹雪芹常常以百花比喻女儿,故"艳""芳""红""花木"等字,大都指女儿,警幻制造"千红一窟(哭)""万艳同杯(悲)""群芳髓",就是在摧残女儿,金陵群钗的悲苦命运都是由她一手导演的。因此,这个警幻仙子绝对不是什么爱神,她是凶神恶煞。由于贾宝玉也闻了群芳髓,喝了千红一窟与万艳同杯,故连带贾宝玉也做了凶手。

3.5 三生石必定代表爱情吗?

马先生津津乐道于"三生石",歌颂宝黛之间的三世情缘,这也是在误导读者。"三生石"中并未有三世,宝黛之间亦未有三世情缘,并且,三生石最初也不是指爱情。

林黛玉有两个前身,其一为绛珠草,其二为绛珠仙子,加上现在的林黛玉,便是三世之身了,马教授称宝黛之间有三世情缘。三世情缘说来自三生石典故,因为绛珠草就生长于灵河岸边三生石旁。三生石典故出自唐传奇《甘泽谣》,典故所讲乃是惠林寺和尚圆泽与李源的友情,他们约好一起去峨眉山,有两条路可选,圆泽特意选了一条路,李源坚持要走另一条,圆泽只好同意。半路上,他们遇见一个孕妇,圆泽见了,脸色大变,他指着孕妇对李源说,这个孕妇肚子里怀着的就是我,已经有三年了,今天遇见,再也躲不过了,一会儿我就圆寂了,她诞下的婴儿就是我,你来看我,我以笑为证。12年后,我们还会在钱塘天竺寺外再见一面。当天晚上,圆泽果然圆寂了,继而,孕妇诞生了一个小男孩,李源去看时,他冲着李源笑。12年后,李源如约来到钱塘天竺寺,在一个月明之夜,忽然传来牧童的歌声:"三生石上旧精魂,赏风吟月不要论。惭愧情人远相访,此身虽异性常存。"李源知道他就是圆泽,就想上前亲近,只听牧童又唱道:"身前身后事茫茫,欲话姻缘恐断肠。吴越山川寻已遍,却回烟棹下瞿塘。"唱完,牧童不知所终。后人在杭州灵隐寺附近镌刻了一块三生石。

整个故事存在三大问题:其一,李源只有一生,圆泽也只有两生,所谓"三生缘"根本无从谈起;其二,圆泽与李源都是男人,他们的关系只能算友情,姻缘云云,纯属扯淡;其三,李源与圆泽的友情很一般,既不深厚,也不动人;其四,三生石与三生缘没有直接关系。林黛玉倒有三世,贾宝玉也有两世,但对林黛玉来说,木石之盟是灾难和噩梦,是一段孽缘。

3.6 "(绛珠草)后来既受天地精华,复得雨露滋养,遂得脱却草胎木质,得换人形,仅修成个女体;终日游于离恨天外,饥则食蜜青果为膳,渴则饮灌愁海水为汤"。这是《红楼梦》中的一段话,马教授认为含有深意,他做出了别具一格的解释。

马教授解释说,绛珠草所受的"天地精华和雨露滋养",系指大自然和中华文明的精华,"最主要的是对爱的执着,爱的无畏,爱的无怨,爱的无悔。"[1](6) 对于"秘青果",她解释说,"秘青"是"秘情"的谐音,指"秘密的感情","封建礼法不容许的爱情"[1](6)。既然爱情是封建礼法不容许的感情,怎么又说它是中华文明的精华呢?难道马教授没有注意到,这两种说法是矛盾的吗?再说贾宝玉与林黛玉的感情是秘密的吗?翻开《红楼梦》,我们可以看到,王熙凤多次谈到宝黛的爱情和婚姻,并说贾母已经为他们俩准备了结婚的开销。兴儿也向尤氏两姐妹介绍说,再过二三年,只等老太太一开口,"那是再无不准的了"。薛姨妈也亲口说过,她要撮合宝玉与黛玉的婚事。此外,宝钗、湘云、袭人等人,都知道宝黛相爱之事。这些信息说明两点:其一,宝黛的爱情婚姻问题,不是秘密的感情,相反,倒是众所周知并认可的感情,尽管林黛玉不肯承认;其二,宝黛的爱情婚姻,并不违反封建礼法,他们门当户对,非常般配,大家也认为理所当然。林黛玉是非常传统守旧的女性,除了对"水"和"女儿"的看法不同外,她与宝钗、湘云及袭人没有其他分歧。虽然贾宝玉说林黛玉从不说"混帐话",其实,她说的"混帐话"一点也不比薛宝钗少。

马教授原本是考证派,可是,每当用考证的方法解释不通时,她又成了索隐派,大量使用索引的方法,她写道:"'秘青果'用的是甜蜜的'蜜',青涩的'青',其实它的谐音是秘密的感情,是'秘情';绛珠仙子饮'灌愁海水为汤'。'灌愁'中'浇灌'的'灌'谐音是习惯的'惯',是'惯愁',习惯的哀愁,永远的哀愁。"[1](6) 林黛玉确实哀愁,她非常痛苦,但请注意,她的哀愁并非来自爱情,从其前身来讲,主要是两个原因,其一,她"仅修成个女体";其二,沉重的债务,需用一生的眼泪去偿还。从其今世而言,她的痛苦主要来自于父母早亡,她寄人篱下,无依无靠,前途未卜。从紫鹃的劝解也可以看出,她之钟情于宝玉,主要是基于找依靠,而非所谓爱情。

3.7 贾宝玉究竟是林黛玉的爱人还是仇家?

马瑞芳先生尽情歌颂宝玉与黛玉之间的爱情:"宝黛爱情是中国古代文学最优美、最有思想含量、最有哲理意味、最有韵味的爱情……是建立在共同理想、共同情趣、共同人格追求基础上的爱情,两心相知、两情相悦的爱情,曹雪芹把宝黛爱情的萌芽、成长、成熟过程写得细致生动引人入胜。"[1](46) 宝黛之间的爱情有这么美好吗? 答案是否定的,且不说他们之间是否有共同理想、共同情趣和共同人格,也不论他们两人的恋爱过程是否幸福,单从神话故事便可推知,贾宝玉不是林黛玉的爱人,而是她的仇家。

曹雪芹交代,林黛玉自小有病,从会饮食时便吃药,一个癞头和尚在她3岁时要化她出家,林如海夫妇当然不肯。那个癞头和尚说,若要病好,只需做到两件事,其一,从此以后不要听见哭声;其二,凡外姓亲友一概不见。

这个癞头和尚就是将补天剩石幻化成通灵宝玉的那个和尚,他是无所不能的,他的预言是准确的,林黛玉必须按照他说的去做,否则就会短命。贾敏逝世之后,贾母多次去信,要求林如海把外孙女黛玉送到自己身边来,林黛玉是坐着贾母派来的车驾赴京的,具有"强抢"的性质。林如海只好从命,而置和尚的劝诫于不顾,将爱女黛玉送进贾府。林黛玉进贾府的第一天,贾母便大哭,接着王熙凤又哭,最后,贾宝玉又哭。贾府原本就是林黛玉的外姓亲友,偏又如此哭哭啼啼,你说林黛玉还活得了吗? 很明显,害死林黛玉的凶手是贾府,是贾宝玉,与薛家和宝钗没半毛钱关系。贾府不仅是杀害林黛玉的凶手,也是杀害薛宝钗的凶手,脂批云:黛、钗"皆生非其地"[2](43),脂批表明,贾府于黛、钗二女来讲,都是凶宅,皆为不祥之地,她们都是被贾府害死的。贾宝玉正是陷害黛、钗二女的主要凶手。

3.8 薛宝钗是阴谋家吗?

与赞美林黛玉相反,对于薛宝钗,马先生有很深的成见,极力贬斥,她眼里的林黛玉率真坦诚,她眼里的薛宝钗则人面兽心,口蜜腹剑。她说:"薛宝钗给人留下深刻的印象,就是这样一个有修养的、有人缘的人。但薛宝钗的内心,薛宝钗在关键时刻的表现是不是这个样子呢？不是。她是个'时宝钗',关键时刻,该出手时就出手,毫不手软。宝钗扑蝶陷害黛玉是典型例子。类似的情节还可以举出几个。"[1](15)在马教授看来,薛宝钗虽然不是一贯耍阴谋,但在关键时刻必定耍手腕,因此是个"时宝钗"。

薛宝钗真是一个两面三刀的伪君子吗？请看曹雪芹的结论吧,曹雪芹在[终身误]中写道:"空对着,山中高士晶莹雪;终不忘,世外仙姝寂寞林。"马教授在书中也引用了这两句话,可是却没能好好领会其中的意思,马教授承认,"空对着,山中高士晶莹雪"是写薛宝钗的。换句话说,在曹雪芹的眼中,薛宝钗是"山中高士"和"晶莹雪",所谓"高士",自然是指高尚之士或高明之士,一个甘愿待在深山中的高尚之士或高明之士,你认为她会做损人利己之事吗？会刻意陷害他人吗？所谓"晶莹雪",当指薛宝钗心地澄澈、干净,为人坦荡。除此之外,还能做别的解释吗？

所以,在笔者看来,马教授将薛宝钗描写成一个城府极深的阴谋家,是对《红楼梦》原著的曲解,是典型的断章取义。

3.9 薛宝钗的"那种病"是下焦病？黄柏暗寓宝钗下作吗？

薛宝钗患有一种病,曹雪芹故意不说病名,只说"那种病",它是从娘胎里带来的一股"热毒",发病时"不过喘咳些"。马先生根据这些信息得出结论说:"薛宝钗的症候'是不过喘咳些',表现为肺热,中医认为'肺与大肠相表里',所以冷香丸要用黄柏汤送下,冷香丸治疗的是下焦的热毒,暗寓薛宝钗这大家闺秀某些行事不免下作。"[1](12)笔者研究发现,马教授的这一判断,至少有两个理论错误:其一,肺热不是下焦病;其二,黄柏汤不是治疗下焦热毒的专用药。

首先,肺热就是肺病,肺病是上焦病。笔者不懂中医,但三焦理论是中医常识,随便在网上便可查到,笔者查到的信息是:"对上、中、下三焦所属脏腑的认识,除肝的分属不统一外,其余均较一致。即上焦胸部,包括心、肺两脏;中焦上腹部,从解剖部位来说,应包括脾、胃、肝、胆;下焦下腹部,包括肾、膀胱、小肠、大肠。"[3]可见,肺部属于上焦脏器,肺病当然是上焦疾病。马教授应该明白这一点的,可是,她为了将肺热归类为下焦病,便拿出"肺与大肠相表里"的理论。是的,中医有这种说法,但除此之外,中医还有更多说法,因为肺不只与大肠关系密切,它与心脏、脾脏、皮毛、鼻子等部位都有密切关系:肺与脾关系密切,中医理论认为,"脾为生痰之源,肺为贮痰之器";肺与心关系密切,中医理论认为,肺主气,心主血,"气为血帅,血为气母","气行则血行,气滞则血瘀",两者密不可分;肺与皮毛关系也密切,《素问·五脏生成篇》有"肺之合皮也,其荣毛也";肺与鼻的关系也密切,《灵枢·脉度篇》云:"肺气通于鼻,肺和则鼻能知香臭矣"。据此可知,将肺热归结为下焦病是荒谬的。

其次,黄柏汤并不是治疗下焦病的专用药。马教授说,在中药里,有黄芩、黄连和黄柏三味苦药,功能近似,但须辩证使用。按照中医理论,人体的热毒分为上焦、中焦、下焦,治疗上焦的热毒用黄芩,治疗中焦的热毒用黄连,治疗下焦的热毒用黄柏。事实是否如此呢?笔者查阅的结果是:黄芩归心、肺、胆及大肠经;黄连归心、脾、胃、肝、胆和大肠经;黄柏归肾及膀胱经。也就是说,黄芩、黄连和黄柏三味中药,并不是分别治疗上焦、中焦和下焦之病的,黄芩和黄连也能治下焦之病。三味苦药中,治疗肺病的只有黄芩,而不是黄柏。

总之,马教授所说的中医理论是被她裁剪过的,不是原汁原味的中医理论。所以,她由此而得出的结论也不靠谱,黄柏并不暗寓薛宝钗行事下作,宝钗所患之病也并不能因此被定性为下作之病,薛宝钗乃"山中高士",怎会行下作之事?

3.10 冷香丸到底意味着什么?

冷香丸是治疗薛宝钗那种病的特效药,这幅药是由一个和尚提供的"海上仙方儿",关于这个药方,薛宝钗是这样说的:

"不问这方儿还好,若问了这方儿,真真把人琐碎死。东西、药料一概都有限,只难得'可巧'二字:要春天开的白牡丹花蕊十二两,夏天开的白荷花蕊十二两,秋天的白芙蓉花蕊十二两,冬天的白梅花蕊十二两。将这四样花蕊,于次年春分这日晒干,和在末药一处,一齐研好。又要雨水这日的雨水十二钱……白露这日的露水十二钱,霜降这日的霜十二钱,小雪这日的雪十二钱。把这四样水调匀,和了药,再加十二钱蜂蜜,十二钱白糖,丸了龙眼大的丸子,盛在旧磁罐内,埋在花根底下。若发了病时,拿出来吃一丸,用十二分黄柏煎汤送下。"[2](58)

冷香丸涉及许多环节及事物,一是那个癞头和尚,是他提供的药方,所以,他的来历很重要。二是药和药方名称,药方名"海上仙方儿",药名"冷香丸"。三是四季的花蕊,且都是白花蕊。四是四季之水。五是蜂蜜和白糖。六是做成丸药,盛在旧磁罐内,埋于花根之下。七是一包异香异气的药引子。八是用黄柏煎汤送服。九是药的份量,全都是"十二"。如果我们要弄清冷香丸的含义,就必须把这九样东西都解释清楚。

马教授眼中的冷香丸,只有四季的白花、四时之水和黄柏,笔者已经驳斥了她对黄柏的解释,下面看看她对四季白花和四时之水是怎么解释的。首先,她解释四季之花说:"它的配料要求是春夏秋冬四时的白色花蕊,这象征大自然的纯洁和本真"[1](11)。其次,她解释四时之水说:"用来和药的是四样水,雨水这一天的雨水,白露这一天的露水,霜降这一天的霜水,小雪这一天的雪水……最重要的是'可巧'两个字。这意味着什么?意味着一就是一,二就是二,是就是是,非就是非，真就是真，假就是假，好就是好，坏就是坏，不能互相混淆，不能含混不清，不能左右骑墙，不能指鹿为马。"[1](11) 四季之花加四时之水，代表大自然最本真、最守时的东西。她进一步引申说："如果一个人必须经常补充大自然最本真、最守时的东西，说明这个人身上有肮脏的毒素，必须不断用纯洁的因素、正规的因素来纠正，否则就不正常。那么，这是个什么样的人？一个有时不很正派的人。我们说的'有时'，因为薛宝钗是个复杂形象，如果她总是不正派，不说真话，那就脸谱化了。"[1](11)

应该承认，马教授的解释颇有些道理，颇能打动人，但经不起推敲。四季的白花当然可以代表大自然的纯洁和本真，但"十二"如何解释？为什么每样花都是"十二"两？为什么是花蕊而不是花？四时之水如果能够准时降下，固然是"最守时"的，但薛宝钗强调了"可巧"二字，这就是说，要碰运气，四时之水未必准时。然而，马教授却对"可巧"二字作了歪曲的解释，并说四时之水代表自然界最守时的东西，这难道不是歪曲和狡辩吗？马教授还说，黄柏汤代表薛宝钗心里苦，可是，这蜂蜜和白糖又作何解释呢？是不是意味着薛宝钗心里甜滋滋的呢？

马教授没有注意到，"十二"是计算金陵群钗的基本数字，四季之花可以是女儿的总称，"白"代表女儿的纯洁，花蕊是花的精髓，代表女儿们的生命。而四时之水，是水的总称，它们都是从天而降，代表水的纯洁。水也纯洁干净，女儿也纯洁干净，这不正是贾宝玉的观点吗？这不正反映了薛宝钗与贾宝玉才是真正的同志吗？金玉姻缘才是真正的正配吗？薛宝钗吃百花之蕊，是否意味着她是摧残女儿的凶手呢？

冷香丸涉及九样东西，马教授却只选择其中三样进行解释。笔者注意到，这是马教授的惯用手法，凡是"能够"解释的，她就不惜笔墨详加解释，否则视而不见，她对贾宝玉药方的解释也是如此。这种做法，无异于盲人摸象，难免错谬。

3.11 宝钗扑蝶是一场陷害黛玉的阴谋吗？

宝钗扑蝶显示了她少女的活泼烂漫，可是，在马教授眼里，竟成了她陷害林黛玉的罪状。故事发生在第二十七回，交芒种节，姑娘们都在园中祭饯花神，独不见林黛玉，薛宝钗自告奋勇，要去把林黛玉闹来，来到潇湘馆前，看见贾宝玉先进去了，薛宝钗觉得有所不便，便退了回来，途中见到一对玉色蝴蝶，大如团扇，便追着顽，不留神来到滴翠亭边，听到里边有人，便停下脚步细听，原来是林小红与坠儿。她们俩人在谈什么呢？原来，小红丢了一块手帕，她嘱咐坠儿帮她打听，看是谁拾着了。坠儿打听的结果是，贾芸拣了一方手帕，坠儿把它要了来，拿出来给小红看，说如果是你小红的，就拿去，若不是你的，就仍然还给贾芸。小红看了看，发现正是自己丢弃的那方手帕，就留下了，并说要酬谢坠儿。可是，坠儿说，光酬谢她一个还不够,还得酬谢贾芸才对。小红就说,贾芸拣到东西应该归还,况且他是男人,我们是女儿,不便谢他。坠儿不依,说无法回复贾芸,小红只好答应也酬谢贾芸,但叮嘱坠儿不要说出去,怕别人误会。

由此可见,小红与坠儿并没有图谋不轨,她们讨论的是一件极平常的事情,既不涉及爱情,也无关风化。小红与贾芸此后也没有下文,可见并没有发生什么事。可是,曹雪芹用烟云模糊之笔,把这个事件描写得扑朔迷离,神秘莫测,借用薛宝钗的嘴议论道:"怪道从古至今那些奸淫狗盗之人,心机都不错。这一开了,见我在这里,他们岂不臊了。况才说话的语音儿,大似宝玉房里的红儿。他素习眼空心大,最是个头等刁钻古怪的东西。今儿我听了他的短儿,一时人急造反,狗急跳墙,不但生事,而且我还没趣。如今便赶着躲了,料也躲不及,少不得要使个'金弹退壳'的法子。"[2](219)而且,后面脂批又云,贾芸与小红在宝玉落魄时,曾一起到狱神庙探望,似乎小红与贾芸之间真有奸情。事实上,在贾府,男孩子给女孩子送点东西根本不算什么,譬如,贾宝玉曾经遣派晴雯给黛玉送去两方旧手帕,贾蔷给龄官送了一只会唱戏的笼鸟,这都是光明正大的,怎么到了小红这里就变成了"奸淫狗盗"了呢?

而且,曹雪芹塑造的林小红令人难以捉摸。林小红是荣国府总管林之孝的女儿,年龄17岁,比袭人和晴雯都大,口才、能力、长相和责任心都是一流的。然而,如此身份、如此年龄、如此长相、如此能力和责任心的林小红,居然只是贾宝玉身边的粗使丫头,连接近贾宝玉的机会都没有,以至贾宝玉都不认识她,连坠儿都看不过去了,替她打抱不平,幸亏王熙凤慧眼识英才,把她要走了。可是,曹雪芹却用"眼空心大""刁钻古怪"等词形容她,把她描写成了一个工于心计的野心家,岂不奇怪?

既然林小红与坠儿并没有图谋不轨,则薛宝钗陷害林黛玉的结论自然也不成立。马教授从臆测出发,将这没影的事情,描写得活灵活现、绘声绘色、栩栩如生,想象力真是丰富啊!

3.12 马教授对经典文本缺乏应有的尊重

红学研究应该围绕《红楼梦》文本进行,不能牵强附会,更不能无中生有。然而,马教授却没有做到,这里也举几个例子:

例一:关于林黛玉到贾府的年龄,书上写明是13岁,很清楚。可是,马先生却说:"林黛玉进贾府时多大年纪?红学家有的说九岁,有的说十一岁。不管九岁还是十一岁,都是小学生的年纪。这种年纪的人对人生不过一知半解,懵懵懂懂。但林黛玉特别懂事,特别清醒,这是因为她早慧。"[1](16)研究《红楼梦》,不相信曹雪芹,偏去相信什么红学家,这不是扯淡吗?

例二:金玉良缘是癞头和尚安排的,马教授却说是薛氏母女捏造的。贾宝玉和薛宝钗两人的事情,都是由癞头和尚安排的,都与癞头和尚脱不了干系。譬如,贾宝玉由补天剩石变成通灵宝玉,以及下凡临世,都是癞头和尚实施法力的结果,通灵宝玉的形状及字迹,都出自癞头和尚之手。薛宝钗的冷香丸是癞头和尚给的"海上仙方儿",癞头和尚还送了一包药引子,她的金锁也是根据癞头和尚的意思打造的,金锁上镌刻着"不离不弃,芳龄永继"八字,这也是癞头和尚给的,正好与贾宝玉的通灵宝玉相配,癞头和尚还说了,宝钗要与有玉的才能正配。由此可以得出结论:金玉姻缘是癞头和尚的安排。

林黛玉跟癞头和尚也有关系,据林黛玉说,在她3岁的时候,家里来了一个癞头和尚,说要化她出家,又说,除非从此不听见哭声和不见外姓亲友,方能平安,否则,她的病永远也好不了。但林家拒绝了癞头和尚的建议,执意把林黛玉安排进贾府,从而发生了与贾宝玉的爱情。当然,木石姻缘也并非人为,警幻仙子参与了。

马教授怀疑金锁的来历,怀疑金玉良缘是薛家蓄意定制的,但却对冷香丸、木石姻缘等深信不疑。更有趣的是,马教授一会儿说:"癞头和尚有钱送金锁",一会儿又说:"薛姨妈给女儿打造金锁"[1](42-43),如此自相矛盾,却毫不自知。

例三:关于薛宝钗的性格,各脂本及程高本都写道:"罕言寡语,人谓藏愚;安分随时,自云守拙",独戚序本写道:"罕言寡语,人谓装愚;安分随时,自云守拙"。两种版本虽只一字之差,区别有如霄壤。"装愚"的含义与"守拙"相同,而"藏愚"则与"守拙"含义相反。而自相矛盾是《红楼梦》文本的一个显著特点,按照这一特点,脂本及程高本对宝钗性格的描写是正确的。但是,脂本和程高本所载,不符合马教授的臆测,故断然放弃,毅然选取戚序本所载,而不作任何说明。[1](P45)

注释:

[1]马瑞芳:《马瑞芳说红楼》,中国工人出版社2014年版。

[2]〔清〕曹雪芹:《脂砚斋批评本红楼梦》,凤凰出版社2010年版。

[3]百度百科"三焦"条。

4. 评《周思源论红楼梦》

周思源先生的红楼梦研究独具特色,其最突出的贡献是发现并阐述了《红楼梦》的模糊之美。当然,由于不懂隐训艺术,周先生还是没能将他的正确观点贯彻到底,最终滚入了断章取义、歪曲篡改的泥坑。

4.1 发现模糊之美

《红楼梦》真真假假,虚虚实实,亦真亦假,亦虚亦幻,令人眼花缭乱,许多学者注意到了这一点。但是,对于《红楼梦》扑朔迷离、模棱两可、自相矛盾的特点,则极少有人注意到,到目前为止,仅有俞平伯与周思源先生等极少数人有认识。能认识到《红楼梦》的模糊性、朦胧性,这是一个极大的成绩,不可抹杀,特举例如下:

例一:关于秦可卿,周先生写道:"从审美的角度着眼,曹雪芹的这种修改,大大增加了秦可卿形象的模糊美、朦胧美,添加了许多不确定因素,为读者探究事实真相,饶有兴趣地去寻找、拼接、考证那些蛛丝马迹,甚至发挥艺术想象力,提供了广阔的空间。"[1](37)周先生发现,《红楼梦》中竟然有三个秦可卿,一个是我们通常所说的那个最后自缢身亡的秦可卿;一个是在太虚幻境与贾宝玉梦交的秦可卿;一个是曹雪芹原稿中的秦可卿。曹雪芹并没有说有三个秦可卿,周先生在统览秦可卿情节的基础上,发现有许多无法解释的矛盾,如病死与淫丧、普通身份与隆重的葬礼、太医的真与假、理家能手与败家之由,等等。由于无法解释,周先生便说有三个秦可卿。

例二:关于贾宝玉,周先生写道:"贾宝玉是《红楼梦》的男一号,他身上存在着许多矛盾现象。大观园成立诗社的时候,薛宝钗给贾宝玉起了两个别号,一个叫'无事忙',另一个叫'富贵闲人'。既然'无事',怎么还'忙'?可见还是'有事'。可是既然'忙',怎么又成了'闲人'呢?他到底是'忙'还是'闲'?为什么在有些人眼里,甚至同一个人看来,比如薛宝钗,认为贾宝玉既是'闲人'却又'无事忙'呢?李纨建议贾宝玉用他的旧号'绛洞花王(第三十七回)。'绛'是深红色,'花王'是管理花儿的。可是贾宝玉的前身是神瑛侍者,花王怎么又是侍者呢?曹雪芹为什么把贾宝玉住的院子命名为'怡红'院呢?贾宝玉作诗题的是'怡红公子'

(第三十八回)。在'神瑛侍者''怡红公子''无事忙''富贵闲人''绛洞花王'这些看来矛盾的别号之间有着什么样的内在联系?……贾宝玉是以疼爱少女们闻名的,用他自己的话来说,就是为她们使碎了心(第三十一回)。但有时候宝玉脾气大得出奇,像个十足的纨绔子弟式的公子哥儿……总之,贾宝玉身上充满矛盾。"[1](48-52)

贾宝玉身上充满着矛盾,这是一个伟大发现,事实上,《红楼梦》真真切切有两个贾宝玉,一个是帝王级的贾宝玉,一个则是普通的纨绔子弟,两者不可调和,完全是两个背景不同的人,彼此之间相互矛盾和冲突。

例三:关于林黛玉和薛宝钗,周先生写道:"从林黛玉形象塑造的分歧中,我们可以悟出曹雪芹在人物塑造上的一些宝贵经验。其中包括:似是而非,似非而是;画龙点睛式的提示;人物自身感觉与实际情况的出入等。这些手法在塑造薛宝钗时运用得更加出神入化,从而使这个人物变得十分复杂和更为扑朔迷离,甚至连人物个性的基调都难以确定……'觊觎宝二奶奶宝座'是薛姨妈的一大罪状。从薛姨妈久居贾府不走来看,想实现'金玉良缘'的想法很可能有。但是,曹雪芹写得分寸适度,而且让薛姨妈一开始就处于似是而非、似非而是的境地……"[1](84-85)

林黛玉与薛宝钗似乎是情敌,又似乎不是情敌,薛宝钗似乎城府很深,又似乎坦荡直率,两面都有证据,却又似是而非、似非而是,扑朔迷离,最令人不解的地方还在于,钗、黛分明是两个人,而熟知内情的脂批云:钗、黛名虽两个,人却一身。而令我们不得不信服的是,钗、黛两人共用一个册画与判词,这种现象在金陵群钗中,是独一无二的。所以,钗、黛的关系是你中有我,我中有你,实在是难解难分。

例四:关于妙玉,周先生写道:"妙玉身上的矛盾太突出,而且太多了:
她出身仕宦之家却不为权威所容。为什么?
她出家为尼却带发修行。为什么?
她身为尼姑,却非常有钱。为什么?
她久入空门却不能免俗。为什么?
她是方外之人,按说脾气应该很好。为什么很多人都不喜欢她?"[1](148-149)

妙玉只是一个18岁的姑娘家,在旧中国,富裕人家的小姐是不轻易露面的,她怎么可能得罪权贵、被迫背井离乡呢?妙玉只是客居贾府,曹雪芹为何将她作为正钗描写呢?类似的悬疑还有许多。

例五:关于《红楼梦》的总特点,周先生写道:"曹雪芹的高明在于,他总是真真假假、虚虚实实,有时评论得十分贴切,有时则显然是故意误导,以便让读者在深入阅读中有所发现,得到更多的乐趣。《红楼梦》之所以魅力无穷,与我们经常'上'曹雪芹的'当'大有关系。真正有本事的作家,就是能够让读者甚至专业评论家'上当'者。当读者终于明白来龙去脉,悟出个中奥妙,那才叫真正的艺术享受。而《红楼梦》就是这样一部你老想彻底弄明白却又老弄不大明白余味无穷的艺术巨著。"[1](91)

能够发现并承认《红楼梦》中有大量矛盾,这是周思源先生异于常人的地方,仅仅因为这一点,我们就可以认定他是当今"最讲理"的红学家。可惜的是,周先生没能把讲理的风格贯彻到底,因为他没能认识到,扑朔迷离、模棱两可、颠三倒四和自相矛盾是文学作品的致命错误,一篇文字如果拥有这些特点,那就说明它存在严重的逻辑问题。周思源先生发现了这个问题,他不但不因此否定《红楼梦》,反而大唱赞歌,褒奖有加,颂之为"美",令人深思。正因为周先生没能认识到,扑朔迷离、模棱两可、颠三倒四和自相矛盾是一种严重的逻辑错误,他最终滚进了断章取义的泥坑,犯了广大红学家都犯的错误。

4.2 断章取义

警虚幻境门前有一副对联:"假作真时真亦假,无为有处有还无",看似浅显,其实深奥,周先生极为欣赏,他认为,这副对联告诉我们,《红楼梦》就是一部真真假假、假假真真的书,读者很难弄清真相,很难得出一个确定的结论。可是,另一方面,周先生还是下了一些不该下的结论:

例一:给秦可卿看病的"太医"究竟是不是御医?

周先生的红学研究,好像是专门针对刘心武先生的秦学的,他处处与刘先生唱反调。刘心武先生声称,秦可卿有着非凡的身份,她是康熙废太子允礽的私生女儿。许多读者相信了刘先生的观点,因为秦学并非全然空穴来风,它是有一些文本依据的,表现在:给她瞧病的人都是太医;她死后所享用的棺材,原本是坏了事的义忠亲王定制的,规格极高;她的葬礼极其隆重,朝廷重臣如北静王、西宁郡王、南安郡王和东平郡王都来了,东、南、西、北四王,其实是朝廷文武重臣的总称;而更重要的信息还在于,大明宫掌宫内监戴权也来了,很显然,戴权是代表皇帝来的。种种迹象表明,秦可卿确实有着非同寻常的身世和社会地位,绝不可能只是贵族家的少妇。

但周思源先生研究发现,秦学有问题,秦可卿并没有特殊身份,她应该就是一个贵族家的普通少妇,周先生引经据典,拿出了很多史料证据及文本依据,来证明他的观点。观点及证据之一,是给秦可卿瞧病的"太医"并不是朝廷御医院的御医,民间医生常常被人们尊称为太医,譬如冯紫英推荐的张友士,被称为太医,但他却是从外地来京办事的,显然不在御医院上班。由此,周先生断定:"没有任何一位御医给秦可卿看过病。"[1](27)

应该承认,周思源先生博览群书,治学严谨,他提出的证据坚实有力,足以驳倒刘心武先生。但是,刘心武先生的证据也不是吃素的,它们也坚强有力,足以驳倒周思源先生。譬如说,贾宝玉病了,请来王太医给他看病,这个王太医就是一个真正的太医,他穿着六品官服,贾母还威胁他说,如果他不能瞧好宝玉的病,她就要派人烧了御医院(第四十二回)。如果贾宝玉生病了,可以随意请来御医院的御医医治,秦可卿自然也能够。而且,据贾母说,王太医的族叔祖王君效也曾任御医,经常给贾府瞧病。晴雯治病的情节表明,王御医是随请随到的。贾府的一个丫环都可以请来御医诊治,难道正宗的主子反而不能?

以上分析表明,《红楼梦》中的所谓"太医",是一个混乱而矛盾的概念,有一些地方指民间医生,另一些地方则指朝廷御医院的医生。给秦可卿瞧病的太医很多,不排除其中有真正的御医。

例二:贾蓉花钱捐来的五品龙禁尉是空衔吗?

秦可卿死后,贾珍为了让葬礼隆重而体面,他花了1200两银子,从大明宫掌宫太监戴权那里,为贾蓉捐了一个五品龙禁尉的公职。这样,秦可卿的葬礼就可以按照五品职例进行了,只见灵堂前摆着四面朱红销金大字牌,牌上大书"防护内廷紫禁道御前侍卫龙禁尉",宣坛榜文亦大书云:"世袭宁国公冢孙妇,防护内廷御前侍卫龙禁尉贾门秦氏恭人之丧……"那么,贾蓉所捐的五品龙禁尉纯粹是一个虚衔,还是实有其职呢?周思源先生回答说:

虽然大明宫掌宫太监戴权说,如今300员龙禁尉还短缺两员,昨天襄阳侯的兄弟拿了1500两银子送到他家,买走一个,另外一个永兴节度使冯胖子要给他儿子买,戴权说把这个留给贾蓉。其实这是蒙人的,贾珍也不是不明白。我们只要看看《红楼梦》后面的内容就知道了,贾蓉真要是补了龙禁尉,还能不写到一点事情么?哪有一点影子?贾蓉还是照样在家里瞎混

周先生振振有词,信誓旦旦,坚持认为贾蓉所捐仍是虚衔,不是实职,他根本没到皇帝身边担任禁卫工作。这当然是周先生的一面之词,一厢情愿,事实上,我们可以找到确切证据,证明贾蓉确实在朝廷上班。第六十三回写到,贾敬暴亡,贾珍和贾蓉父子俱不在家,丧事暂时由尤氏打理,故称"独艳理亲丧",尤氏忙不过来,就把娘家母亲及两个未出嫁的少女妹子请来看家。那么,贾珍父子此时在干啥呢?《红楼梦》交代如下:

且说贾珍闻了此信,即忙告假,并贾蓉是有职之人。礼部见当今隆敦孝弟,不敢自专,具本请旨。原来天子极是仁孝过天的,且更隆重功臣之后,一见此本,便诏问贾敬何职。礼部代奏:"系进士出身,祖职已荫其子贾珍。贾敬因年迈多疾,常养静于都城之外玄真观。今因疾殁于寺中,其子珍,其孙蓉,现因国丧随驾在此,故乞假归殓。"[2](500)

曹雪芹交代极明,贾蓉同贾珍一样,是有职之人,随驾在皇帝身边。这白纸黑字,清楚明白,周先生为何视而不见呢?

例三:贾宝玉的艺术形象究竟意味着什么?

我们对贾宝玉已经进行了较为详细的讨论,讨论表明,他对女性,尤其是老年妇女并不尊重,更谈不上爱护。他杜撰了一个珠子理论,说女儿未出嫁时,是颗无价的宝珠,既嫁之后,虽仍然是珠子,却不再有光彩的宝色,而变成了死珠子,再老之后,就不再是珠子了,而是鱼眼睛。所以,与其说贾宝玉的女儿观是女性尊贵主义,不如说他有恋处怪癖,他最喜爱的是未婚的处女,再次是漂亮的少妇,而对年老色衰的老年妇女,则深恶痛绝。同时,他也不是爱护和尊重每一位未婚女儿,他仅仅因为一杯枫露茶,就将茜雪赶出了大观园,又暴踹袭人,致其吐血。他是有能力保护晴雯、金钏等人的,却眼睁睁地看着她们被迫害至死。他还与冯紫英、薛蟠喝花酒,大肆侮辱女儿。对于这些内容和情节,周思源先生应该清楚,他在《充满矛盾的贾宝玉》这节文字中还提到了一些。然而,周先生仍然下结论说:

> 曹雪芹通过贾宝玉这个艺术形象要表达的是,男性要为女性创造一个能够施展才干的良好环境(包括社会环境和家庭环境),使女性生活愉快。这种对女性尊重、将女性置于与男性同等地位甚至更高的"怡红"观念,在中国文化史上是空前的,即使在当时的18世纪中期的欧洲也处于前沿。[1](55-56)

贾宝玉确实有过歌颂女儿、保护女儿的言行,但也有许多摧残女儿、侮辱女儿的言行,两者相互矛盾冲突。可是,周先生在下结论时,就全然忘记了贾宝玉的罪行,只牢记了他的功劳,虽然显得宽宏大量,但于事实不符,犯了断章取义的逻辑错误。

例四:薛宝钗缺少自我意识吗?

周思源先生歌颂林黛玉有自我表现意识,元春省亲时,林黛玉想趁机"大展奇才,压倒众人",而认为薛宝钗"缺乏的正是黛玉这种自我意识,对自我价值的肯定和追求。后四十回高鹗写的以宝钗装作黛玉欺骗宝玉成婚的调包计,宝钗默然接受,这倒确实符合她的性格逻辑。"[1](99)

确实,薛宝钗一向表现得乖巧伶俐,从不敢逆着长辈,在众人面前也是低姿态,所谓"守拙""装愚",所谓"不关己事不张口,一问摇头三不知"等。但这只是曹雪芹的一面之词,曹雪芹的话都有两面,他关于薛宝钗的另一面是:薛宝钗表现欲极强,曾口若悬河,谈作诗、谈读书、谈养生、谈作画、谈禅,等等,她都显得胜人一等,高人一筹。在作诗方面,她丝毫不亚于黛玉,其《临江仙》咏柳絮云:"白玉堂前春解舞,东风卷得均匀。蜂乱蝶阵乱纷纷。几曾随逝水,岂必委芳尘。万缕千丝终不改,任他随聚随分。韶华休笑本无根,好风凭借力,送我入青云!"[2](551)薛宝钗在诗中表达了不随"逝水",不委"芳尘","万缕千丝终不改",要凭借风力,直上青云的壮志豪情。相反,黛玉的《唐多令》写得凄惨悲凉,众人评价说:"太作悲了,好固然好的。"而薛宝钗的词则被众人推为第一,可谓名副其实。

事实上,曹雪芹对于林黛玉和薛宝钗,乃至李纨性格、个性的描写,都是自相矛盾的,象周思源先生这样的读者任取一端,都是断章取义。

4.3 自相矛盾的解读

周思源先生高明的地方,在于能够发现矛盾。自相矛盾是一种致命的逻辑错误,这是众所周知的事实,然而,周先生常常自作聪明地强行解释,以致导致歪曲篡改的错误:

例一:对李纨的解读

曹雪芹对李纨的描写是自相矛盾的,一方面,她自小受到父亲"女子无才便有德"的教育,不十分读书,只读"女四书"、《列女传》和《贤媛集》三四种,修习女德。她年轻守寡,"竟如槁木死灰一般,一概无见无闻",把全部心思都放在培养唯一的儿子贾兰上,外则陪小姑等针黹诵读,对其他事情则不闻不问,漠不关心,纯粹一个"槁木死灰"的形象。

另一方面,李纨又很活跃,常常满面春风。譬如,她带头起诗社,聘请王熙凤做"监社御史",自认诗社社长;群芳开夜宴时,她又怂恿大家尽兴玩耍。她说话很幽默,譬如,她曾反击王熙凤说:"你们听听,我说了一句,他就疯了,说了两车的无赖泥腿市俗专会打细算盘分斤拨两的话出来。这东西亏他托生在诗书大宦名门之家做小姐,出了嫁又是这样,他还是这么着,若是生在贫寒小户人家,作个小子,还不知怎么下作贫嘴恶舌的呢!天下人都被你算计了去!昨儿还打平儿呢,亏你伸的出手来!那黄汤难道灌丧了狗肚子里去了?气的我只要给平儿打报不平儿。忖夺了半日,好容易狗长尾巴尖儿的好日子,又怕老太太心里不受用,因此没来,究竟气还未平。你今儿又招我来了。给平儿拾鞋也不要,你们两个只该换一个过子才是。"[2](351)

李纨的活泼天性是以一贯之的,证据就是一入园之初,她就提议起诗社,可惜无人应和,半年之后探春又提议,她立即响应,始终很主动。可见,她的活泼天性并不是住进大观园才慢慢培养出来,而是一直就很活跃,只是曹雪芹此前没作描写而已。李纨性格上的这种自相矛盾,正符合《红楼梦》的一贯风格。然而,周思源先生却自作聪明地解释道:

我认为,在曹雪芹原来的构思中,李纨就是一直"槁木死灰",等到儿子高中,自己凤冠霞帔成为诰命夫人了,不久就死了。但是曹雪芹在小说创作过程中有了重要改变,李纨形象的思想艺术内涵大大丰富了……造成对李纨形象误解的另外两个原因:一是"槁木死灰一般,一概无见无闻"十二字出现在小说开始时的第四回,而非后来。在黛玉、宝钗进府以前和进府以后这段时间,尤其是众姐妹迁入大观园之后,李纨生活环境发生变化,又受到弟妹们的影响,恢复了人性中的许多品格,于是才出现了许多不符"槁木死灰"的情形。二是真真假假、虚虚实实、似非而是、似是而非是曹雪芹在《红楼梦》中惯用的写作方法,让读者在阅读中慢慢不断有所发现,增加阅读趣味。我怀疑曹雪芹之所以保留判词和《红楼梦曲》,不加修改,就是要取得这种效果。[1](139)

周先生的解释也是自相矛盾的,一方面他承认真真假假、虚虚实实、似是而非、似非而是是《红楼梦》的写作风格;另一方面,他又说李纨是受姐妹们的影响才这样的。既然自相矛盾是《红楼梦》的写作风格,则曹雪芹对李纨的设计一开始就应该是自相矛盾的,周先生为何又说曹雪芹在写作过程中发生了重要变化呢?

例二:关于内容的真假

《红楼梦》是小说还是史书?作者在楔子中的表述自相矛盾,他既说是一部纯粹悦人耳目的适趣闲文,又说是不敢稍加穿凿的理治之书。周思源先生继承了曹雪芹的做法,既肯定《红楼梦》是一部小说,又认为它是曹雪芹的家传,焦大是曹家的老仆云云。他写道:

焦大这个人物对于研究曹雪芹家世的价值最近几年更加突出起来了,这和大同发现的一块刻有曹雪芹高祖(祖父曹寅的祖父)曹振彦头衔与名字的碑刻有关。当然,《红楼梦》是小说,不是曹雪芹的自传,也不是曹家的传记。但是曹家丰富曲折百年盛衰的经历显然给曹雪芹创作《红楼梦》提供了大量素材。因此我们从《红楼梦》中可以发现一些在辽阳的曹家先祖自明朝末年开始追随后金(清)皇室,久经征战,从龙入关,直到抄家败落的影子。后金天聪四年(1630)曹振彦已经在佟养性属下任教官,四年后转属多尔衮部下,后来扈从入关,至雍正五年(1727)曹家被抄将近100年。秦可卿托梦说"如今我们家赫赫扬扬,已将百载",看来就是取材于此。那么有一个问题就可以研究一下了:焦大肯定随主人("太爷")参加过不止一次战斗,救主者焦大的人物原型很难考证了,不过这次打得如此惨烈的战役是那一次呢?

从现在史料来看,曹振彦参加的最后一次大战,是顺治六年(1649)……曹振彦之子曹玺(曹雪芹曾祖)也参加了此役,有战功。平定大同后的次年,曹振彦出任山西吉州知州,两年后升任大同知府……

现在我们还是回到焦大上来。如果焦大参加了大同战役,假定他当时只有15岁——再小,他就不可能把主子从死人堆里背出来了——那么到曹家被抄前七年即1720年左右,相隔70年,焦大醉骂时就该有85岁了,似乎太老了一些。所以我认为，历史上可能确实有过一个对曹家先祖有大功甚至救命之恩的仆人，成为曹雪芹写作《红楼梦》时焦大的原型，但是也许早就不在人世了。因此焦大醉骂时究竟七十、七十多还是八十了，不必过于认真，反正很老就是了。[1](249-250)

周先生认定贾府是以曹府为原型的，贾府赫赫扬扬行将百载，即曹府赫赫扬扬行将百载。却不知此假说大谬不然，根本难以成立：

首先，代数不对。从曹振彦至曹雪芹，一共有五代。而从荣国公贾源至贾宝玉仅有四代。

其次，年数不对。曹家从公元1652年曹振彦出任大同知府算起，至1720年，仅68年，离100年相差甚远。周思源把年代从1630算起，显然不对，那时曹家尚未"赫赫扬扬"。客观地讲，曹家赫赫扬扬是从康熙朝才开始，至被抄家查办，也就60年左右，哪来的100年？

再次，焦大的年龄不对。焦大是贾府的老仆，曾救过太爷的命，把太爷从死人堆里背出来，又把讨来的一碗水送给太爷，自己喝马尿。周思源先生据此推测，曹家可能有这么一个老仆，救过曹振彦的命，曹振彦与曹玺父子参加过大同战役，此战清军死伤惨重，或许曹家的老仆就是在这次战役中救主的。可是，周先生掐指一算，焦大的年龄有点太大了。大同战役发生在1649年，当前的贾府是那一年呢？贾宝玉13岁，专家们大多以为曹雪芹是贾宝玉的模特，而他们又相信曹雪芹生于1715年，据此，则现在的贾府已经是1728年的曹府了。可是，曹府在1727年已被抄家，且1649到1728年为79年，则当年那个救主的老仆应该有90多岁了，怎么可能还活着并继续当差？不过，周先生安慰读者，曹家的救主老仆是存在的，至于年龄，可以不必当真。

周思源先生的逻辑大致如此，对于他，读者也不能太认真，要"难得糊涂"，否则就不能读他的书了。

注释：

[1]周思源:《周思源看红楼》，长江文艺出版社2013年版。
[2]〔清〕曹雪芹:《脂砚斋批评本红楼梦》，凤凰出版社2010年版。

5. 评《蒋勋说红楼梦》

蒋勋先生是台湾知名诗人、画家和作家,作品跨度较大,涉猎广泛,深受两岸读者喜爱,有数人向我推荐他的《蒋勋说红楼梦》。笔者并不好学,也不追逐时尚,更不信任作家型红学家,但想到蒋氏红学这么畅销,必定有缘故,便毅然上网求购一本。这才发现,《蒋勋说红楼梦》是一套八辑本的丛书,笔者先购来第一辑试读。试读证明了笔者当初的预见,蒋勋先生果然是典型的作家型红学家,他的红学作品文笔优美,行文流畅,谈古论今,歌功颂德,颇合读者脾胃。他善于营销,拉来著名影星林青霞为其站台。

蒋先生声明,他不搞考证式的红学:"我不会碰太多的'红学',红学简直像大海一样,掉进去就再也爬不出来了。我的很多学生现在还在修研究所的《红楼梦》课,到最后碰不到太多跟小说有关的东西,一直在外围转,比如,作者是谁,作者的家世如何,宝玉影射谁——这叫红学考证。不是说考证不重要,但是我们读小说的时候,它就是小说,读起来要好看。"[1](3)蒋勋先生属于小说评论派,他最强调的是《红楼梦》的可读性,《红楼梦》作为小说,它特别好看、有趣,他认为这就够了,不必再去考证研究了。其次,蒋先生认为《红楼梦》是一部佛经,可以从中学到"宽容"和"佛性"。

小说评论派是除考证与索隐之外的红学第三派,它主张把《红楼梦》当作纯粹的小说来读,而不论其是否隐藏真相。王国维先生是小说评论派的早期代表,他本来是一个美学家,推崇叔本华和尼采,他著《红楼梦评论》是为了阐述他的美学主张,《红楼梦评论》第一章泛论美学,第一次提出了他的美学纲领,《人间词话》则在其后。王国维先生认为,《红楼梦》的主旨在于说明"生活之欲之先人生而存在,而人生不过此欲之发现也。此可知吾人之堕落,由吾人之所欲而意志自由之罪恶也。"[2](140)典型的客观唯心论,他强调《红楼梦》的悲剧美,说它是"悲剧中的悲剧"。笔者不懂美学,对王国维先生的学术思想也不甚了了,只知他名气大,作品常被引用。小说评论派普遍存在着望文生义、信口开河、断章取义的问题,他们往往只是掇取《红楼梦》的只言片语,便漫无边际地议论开来,攻其一点,不计其余,焉能不错?譬如王国维先生,他认为生活就有欲望,欲望就必定有痛苦,红楼人物欲望多,痛苦便大,唯有出家才能解脱,所以,贾宝玉的结局是出家。这样的理论十分扯淡,生活中难道只有痛苦吗?出家便解脱了吗?正常人都是好死不如赖活着,舍不得死的,毕竟多数时候生活是甜蜜的,人生是幸福的,远不是他所想象的那般灰暗。蒋勋先生的红学也不例外,也大量存在这类错误,这里仅举其对第一回讨论中所犯的10个明显错误为例:

5.1 武断地认定《红楼梦》是作者的自传

自传说是考证派最具代表性的观点,即使到今天,人们仍然不由自主地把《红楼梦》当作曹雪芹(或作者)的自传或家传,蒋先生作为小说评论派,居然也持此论。他声言不搞考证,并且流露出不看好考证的意思。然而,他却很坚定地把《红楼梦》当作作者的自传:"刚才在谈到作者部分,我避开重点,我觉得红学的考证到现在没有真正的结论。《红楼梦》真正的作者是不是曹雪芹还有争议,不要让这个问题干扰我们,直接进入文本,去读一个曾经活过,曾经在人生中经历过这么多事件的一个人留给我们看的人生……我觉得只要曾经有这样一个人,跟我们一样在人生里活过,他回头去看看自己一生的点点滴滴"[1](10)。蒋勋先生的立场很明确,他不愿搞考证,也不觉得考证能考出什么名堂来,直接进入文本就好了。另一方面,他又很坚定地把《红楼梦》当作作者的自传,当作作者一生生活的总结和感悟,可见他是一个自传论者,在这一点上,他与考证派如出一辙,一脉相承。小说评论派是离考证派很近的一个学派,两者往往很难分开,张庆善等考证派学者,同时也是小说评论派。当今考证派有一个共同的设定:"《红楼梦》毕竟是一部小说",由此,考证派已经集体转变为小说评论派。与此同时,他们又仍然半遮半掩,半推半就地认为,《红楼梦》是曹雪芹(作者)自己生活的写照。

《红楼梦》是以作者自述的形式写成的,属于典型的第一人称作品,但以第一人称写作,就必定是作者的自传吗?那个自称"顽石",后化身为贾宝玉的人,就必定是《红楼梦》(或《石头记》)的第一作者吗?答案当然是否定的,譬如鲁迅的小说《伤逝》,以主人公涓生哀婉悲愤的内心独白形式,讲述他与子君冲破重重阻碍,追求婚姻自主,建立起了一个温馨的小家庭,但婚姻最终归于失败,以一逝一伤结局。很明显,这不是鲁迅自己的婚姻,他与许广平的婚姻是幸福的,他死于肝癌而非婚姻,《伤逝》内容系鲁迅虚构或摹写他人。《红楼梦》也完全有可能是这样,它所描写的并非作者自己,而是他人。第一人称作品有可能是作者的自述或自白,也可能不是,理论上是这样。蒋勋先生在没有确定证据的情况下,仅仅凭借《红楼梦》是第一人称作品,便断定它是作者的自述,这显然是太武断了。

5.2 不尊重文本,擅改红楼人物年龄

解说《红楼梦》,首先当然要尊重曹雪芹的原著,尊重文本是学者最起码的学术品格。可是,许多红学专家不以为然,他们随意篡改文本,漫无边际地臆测妄想,蒋勋先生亦染此风。譬如,在谈到林黛玉的年龄时,蒋勋先生写道:"小说里面,王熙凤开始大概17岁左右,林黛玉进贾府时应该是12岁左右,贾宝玉大黛玉一岁,宝钗又大一点,他们在小说里都是15岁上下的青少年。"[1](4)他在另一处更具体地写道:"大观园里,薛宝钗大概13岁半,比贾宝玉大一点点,贾宝玉13岁,林黛玉12岁,史湘云大概也12岁左右。"[1](4)

林黛玉初进贾府时,王熙凤便问她几岁了,黛玉答曰13岁,白纸黑字,清清楚楚,明明白白,蒋勋先生视而不见,居然篡改成12岁。第4回写薛蟠打死冯渊,顺带介绍了他们兄妹的年龄,宝钗13岁,薛蟠15岁,这也是白纸黑字清清楚楚的事情,蒋勋硬说是十三岁半,至于史湘云的具体年龄,作者根本没说,他也擅自断定为12岁。

至于王熙凤的年龄,曹雪芹从未具体交代过,但多次说她年不过20左右,又说她与贾珍一同长大,而贾珍已是中年,走路时拄着拐杖,其儿媳秦可卿与王熙凤年龄相当。足可见《红楼梦》在王熙凤诸人的年龄问题上十分混乱,蒋先生不详加审察,就敢妄下结论说王熙凤17岁,宝钗13岁半,黛玉与湘云12岁,这也太不严肃了。

5.3 不尊重文本,肆意篡改《红楼梦》主题

主题系指一篇文章或一部著作所讨论的核心话题,中学语文教师常称之为中心思想,是作者要表达的基本思想或主张。当今世界的时代主题是和平与发展。虽然"和平"与"发展"看起来是两个问题,实际上两者紧密相关,是一个问题的两个侧面,它们共同构成当今时代的中心任务或说主题。一篇文章或小说的主题往往只有一个,这个叫主题突出,观点鲜明。若有两个或多个主题,那就是主题分散,主题分散是文章和著作的硬伤。主题与主旨密切相关,主旨是对主题内涵的进一步界定,譬如毛泽东同志所著的《湖南农民运动考察报告》,主题是农民运动,主旨则是为答复当时党内党外对农民革命运动的责难,从而肯定和歌颂农民运动,两者密切相关。

对于《红楼梦》的主题及主旨,曹雪芹是有明确交代的,他在楔子里说:"此开卷第一回也,作者自云:因曾历过一番梦幻之后,故将真事隐去,而撰此《石头记》一书也,故曰'甄士隐梦幻识通灵'。但书中所记何事?又因何撰是书哉?自云:今风尘碌碌,一事无成。忽念及当日所有之女子,一一细推了去,觉其行止见识皆出我之上,何堂堂须眉诚不若彼一干裙钗,实愧则有馀、悔则无益之大无可奈何之

日也！当此时，则自欲将已往所赖上赖天恩，下承祖德，锦衣纨绔之时，饫甘餍美之日，背父兄教育之恩，负师兄规训之德，已致今日一事无成，半生潦倒之罪，编述一记，以告普天下人。虽我之罪固不能免，然闺阁中本自历历有人。万不可因我不肖，则一并使其泯灭也……则知作者本意原为记述当日闺友闺情，并非怨世骂时之书也。"[3](2) 很显然，这是一部写女孩子的书，为闺阁昭传，记述闺友闺情，所谓"大旨谈情"是也。然而，蒋先生在解释了木石前盟之后，又延伸解释了三生石的来历，最后下结论说："所以我们讲'三生石'是相信生命不只是我们目前所知道的这个缘分，生我之前谁是我，死我之后我是谁。这种缘分轮转的因果是《红楼梦》的主题。"[1](17) 缘分轮转只存在于贾宝玉和林黛玉两人的生活中，而《红楼梦》记述了金陵三十六钗，她们皆无所谓缘分轮转，蒋先生不顾这些事实，竟然就敢断定缘分轮转是《红楼梦》的主题，公然与曹雪芹对抗，这不是胡乱解释、任意篡改吗？

5.4 断章取义，认定贾宝玉是女权主义者

何谓女权主义？女权主义又称女性主义、女性解放、性别平权主义，目的是实现男女平等。它以1791年法国大革命的妇女领袖奥兰普·德古热发表《女权宣言》为标志，至今已经有200余年的时间。考证派普遍认为曹雪芹是一个女权主义者，蒋勋先生也持这一立场，他说："这个作者，大概是最早的女权主义者。他自己的角色是男性，却能够跳脱他的时代以男性为中心的观点，为女孩子讲话。'何我堂堂须眉，诚不若彼裙钗哉？'这个'堂堂须眉'是中国男性自称伟大的意思，可是反而比不上这些裙钗女子。'实愧则有余，悔又无益'，惭愧后悔没有用处，总觉得一生碰到最精彩的人都是女性。"[1](13) 世界女权主义源于欧洲，欧洲的女权主义始于18世纪末，而《红楼梦》则著于18世纪中叶，故学者们认为，曹雪芹是世界上最早的女权主义者。这种看法是否正确呢？答案是否定的，因为曹雪芹（作者）的表述是自相矛盾的，他的话相互抵消了，理由如下：

第一，贾宝玉最喜欢的人，不是女性，而是男性。他固然赞扬过女性，说男人是肮脏的污泥，女子是洁净的清水，似乎男人远不如女人。但他在另一些场合，则极力赞颂某些男性。譬如，他见了秦钟便感叹道："天下竟有这等的人物！如今看来，我竟成了泥猪癞狗了。可恨我为什么生在这侯门公府之家，若也生在寒儒薄宦之家，早得和他交接，也不枉生了一世。我虽如此比他尊贵，可知：绫锦纱罗，也不过裹了我这根死木头；美酒羊羔，也不过填了我这粪窟泥沟。'富贵'二字，真真把人荼毒了！"[3](63) 自从见了秦钟，贾宝玉便与他形影不离，直到秦钟去世为止。贾宝玉为了蒋玉菡，被贾政痛打，事后他向黛玉等表示，他为了这些人被打，死了也愿意，全不后悔。后来，贾宝玉还把自己心爱的花袭人送给了蒋玉菡。可见，秦钟和蒋玉菡等男子在贾宝玉心目中,远比那些女孩子重要。

第二,贾宝玉有时觉得女孩子也脏污。譬如在第三十六回,他说:"好好的一个清净洁白女儿,也学的钓名沽誉,入了国贼禄鬼之流。这总是前人无故生事,立言建辞,原为导后世的须眉浊物。不想我生不幸,亦且琼闺绣阁中亦染此风,真真有负天地钟灵毓秀之德!"[3](283)贾宝玉这番话,是针对贾府所有女孩子的,绝不是仅仅批评袭人、湘云和宝钗,实际上,林黛玉的思想与宝钗袭人并无不同,她出自书香门第,十分喜爱读书,对科举更是情有独钟。当贾宝玉因为荒疏学业等原因,遭到贾政暴打时,林黛玉就劝说贾宝玉"都改了罢"。"都改了罢"四字说明,林黛玉并不认同贾宝玉的行为,希望他改过自新,不要荒疏学业。

贾宝玉对黛玉、宝钗、晴雯和袭人等女子,都不满意,因为她们时时刻刻监督着他,令他浑身不自在。他在续作《庄子因》中写道:"焚花散麝,而闺阁始人含其劝矣;戕宝钗之仙姿,灰黛玉之灵窍,丧减情意,而闺阁之美恶始相类矣。彼含其劝,则无参商之虞矣。戕其仙姿,无恋爱之心矣。灰其灵窍,无才思之情矣。彼钗、玉、花、麝者,皆张其罗而穴其隧,所以迷眩缠陷天下者也。"[3](167)大多数读者认为,贾宝玉是在开玩笑,却不知宝玉的真正烦恼,这些女孩子烦透了他,至少有些时候是这样。

第三,贾宝玉最讨厌的人不是男子,而是女性。红楼人物中有一些男性特别脏污,薛蟠是其中最突出的一个,可是,贾宝玉并不讨厌他,反而跟他打得火热。而对于年老色衰的老婆子、老妇女,贾宝玉则无比痛恨,譬之为"鱼眼睛"。例如李嬷嬷,她是贾宝玉的奶妈,也是贾琏等人的奶妈,奶大了贾府数个儿孙,王熙凤夫妻尚且对她尊重有加,可是,贾宝玉却十分嫌弃于她,就因为她吃了他留的一碟豆腐皮包子和一碗枫露茶,贾宝玉便大怒骂道:"他是你那一门子的奶奶,你们这么孝敬他?不过是仗着我小时候吃过他几日奶罢了。如今逞的他比祖宗还大。如今我又吃不着奶了,白白的养着祖宗作什么?撵了出去,大家干净!"[3](73)茜雪受到此事的牵连,被贾宝玉赶出贾府而毫不留情。贾宝玉原本也要把李嬷嬷赶走的,只是因为袭人的求情,这才作罢。他要赶走李嬷嬷的一个重要理由,是她没有用了,他已经长大,不需要奶妈了,不必白白养着这么一个闲人,可见他的判断标准完全是利己主义的。

第四,贾宝玉对一夫多妻毫无异议。女权主义要求男女平权,一夫一妻,可是贾宝玉却要求她身边的女子都不要离开他,而要陪他到死。他每见到一个有点姿色的女子,就想弄到自己身边,譬如,他见袭人的表妹漂亮,提出要弄到身边来;在秦可卿出殡途中,他看见一个村姑漂亮,念念不忘;戏子芳官漂亮,柳嫂子的女儿五儿漂亮,贾宝玉都想把她们弄到怡红院来。对于真正的美女,贾宝玉是不嫌多的。林黛玉与薛宝钗所争的是一个"正"字,薛姨妈宣传金玉良缘,说薛宝钗要与有"玉"的"正配",如果薛宝钗成了正配,则林黛玉自然只能是"侧配"了,这是林黛玉所不甘心的,她要求贾宝玉见了姐姐,不能忘了妹妹,她要求与薛宝钗平起平坐,如此而已。贾府的主子全都是妻妾成群的,贾宝玉对此安之若素,并十分享受。他决不是一个女权主义者,蒋先生同大多数学者一样,犯了断章取义的错误。

5.5 断章取义,认定作者不喜欢儒家

《红楼梦》涉及儒、法、道三家,曹雪芹对三家的态度如何呢?蒋先生说:"作者是一个极其富有颠覆精神的人,他并不喜欢儒家。中国有三个重要的道统,即儒家、老庄和佛家构成的思想体系,作者最不喜欢的是儒家,你可以看到他一听到"四书五经"就头痛,因为"四书五经"变成了考试做官的工具。他的父亲叫做贾政,'贾'(假)这个字后面加一个'政'(正),谐音透露了儒家的虚伪性。领悟人生的都是空空大士、渺渺真人、茫茫大士、癞头和尚、跛足道人。全部是老庄与佛教里面的人,这种看起来不正经,有一点旁门左道的人,他们是老庄与道教的代表人物,批判或颠覆了儒家。"[1](13-14)蒋先生说,《红楼梦》的作者不喜欢儒家,他看见"四书五经"就头痛,又说他的父亲"贾政"(假正经)两字意在讥讽儒家虚伪。而空空大士和渺渺真人这些和尚道士,看似旁门左道,实则领悟人生,他们批判和颠覆了儒家,他们才是作者真正喜欢的。这是蒋勋先生的解释,他的解释是否正确呢?答案是否定的,《红楼梦》对儒、释、道三家并无特殊的爱憎,可以说是一视同仁。

首先,我们来看它对儒家的真实态度。曹雪芹曾借助袭人、宝钗等人的嘴,说宝玉不爱读正经书,不愿意参加科举考试,不愿意读书做官。但这只是事物的一个侧面,事物的另一侧面是,贾宝玉喜欢读正经书,而且读得很好,还准备参加科举考试,并且有实力考个功名。这方面的证据极多,前面已有充分讨论,这里就不赘述了。再说,即使贾宝玉不愿意读书,不喜欢做官,也不等于他不喜欢儒家。事实上,贾宝玉对孔子等儒家圣贤相当尊重,他批判的是那些违背儒家之道,而一心钻营求官的人。他对"四书"等儒家经典也是相当尊重的,他反感的是那些歪曲篡改儒家经典的书和人。譬如,他对探春说:"除"四书"外,杜撰的太多,偏只我是杜撰不成?"[3](29)贾宝玉认为,世上的书大都是别人杜撰的,只有"四书"例外,不是杜撰,是正经八百的经典好书。第三十六回写贾宝玉烧书,他"除'四书'外,竟将别的书焚了。"[3](283)他任何书都烧,唯独"四书"不烧,如何解释这一举动?只能说明他喜欢"四书"。第二十八回写贾宝玉与薛蟠等人一起喝花酒,贾宝玉提议"酒底要席上生风一样东西,或古诗、旧对、'四书五经'成语。"[3](230)贾宝玉连玩耍时,都忘不了"四书五经"及其他科举考试内容,谁敢说宝玉看见"四书五经"就

头痛? 谁敢说贾宝玉不愿意参加科举? 证据充分表明,曹雪芹对孔子、孟子和朱熹等儒家圣贤,没有丝毫不敬,而是推崇备至。

其次,《红楼梦》对佛家和道家是否尊重,只看那一僧一道的所作所为就清楚了。木石姻缘和金玉良缘皆是神僧和神道安排的,可是这两桩婚姻都是悲剧。马道婆等一帮道姑女尼,大都是骗子,骗吃骗喝骗钱骗人,毫无人性可言。王夫人信佛,却杀人不眨眼。清虚观的张道士被称为"神仙""终了真人",他是当日荣国公的替身,现掌道录司印,放着大事不做,却给贾宝玉保媒拉纤;他领着全观道士替元妃打醮祈福,结果元妃早早就夭亡了,可见根本不灵。这些事例说明,作者对道家和佛家人物并不看好,他们的所作所为并不比贾雨村强。

再次,贾政未必能代表儒家。贾政喜欢读书人,希望贾宝玉下苦功念书,"贾政"两字与"假正"谐音,这是事实。但仅凭这两点就断定他是儒家的代表,就断定作者借助他讽刺儒家,未必武断牵强了些。贾政好读书,却不通书,既无功名,又不会作诗,实在是一个极其平庸的读书人。他十分重视孩子的教育,这是毋庸置疑的,但他却让人给塾师传话,说只将"四书"讲明背熟就行了,《诗经》读得再多,也是掩耳盗铃,哄人而已,什么《诗经》、古文,一概不用虚应故事。可见,他是反对科举的,根本不能代表儒家;即使"贾政"意"假正",也不能断定它是嘲讽儒家的。

5.6 断章取义,断定《红楼梦》是一部未完之作

脂本《红楼梦》是一座烂尾楼吗? 答案似乎是肯定的,因为它只有80回,贾府与金陵群钗的最后结局都未作描写,贾宝玉的爱情婚姻远未结局,通灵宝玉也还未回到大荒山无稽崖青埂峰,神瑛侍者和绛珠仙子也没有重返天庭。神僧与神道相约三劫后在北邙山相见,然后同往警虚幻境销号,这意味着通灵宝玉下凡90年后才重回大荒山。而至第八十回,贾宝玉也才16岁,离90岁远着呢。据此可以断定,脂本《红楼梦》是一部未完之作。

这方面的证据还有很多,例如,第一回开篇脂批云:"能解者方有辛酸之泪,哭成此书,壬午除夕,书未成,芹为泪尽而逝。"[3](6) 曹雪芹死时,《红楼梦》还没有写成,这是脂砚斋明确告诉我们的。按照程伟元高鹗的说法,曹雪芹是将《红楼梦》写完了的,原书120回,其中后40回在传抄过程中弄丢了,但目录仍存。后来,他们在货郎担子、旧书铺中找到了后40回的稿子,这些稿子很乱,与前80回不可同日而语,修改厘定之后才能阅读。程伟元便约请高鹗一同修改,形成完整的程高本。程、高二人的意思是说,曹雪芹虽然也拟写了后40回,但未经细致修改,漶漫不可收拾,实际上还是未完成的作品。基于此,学者们都相信,《红楼梦》是未完之作,蒋勋竟也深信不疑地说:"《红楼梦》是没有写完的一本书。"[1](8) 而笔者研究发现,这是一个断章取义的结论,有充分证据表明,《红楼梦》是已完之作:

其一,虽然80回《红楼梦》看起来像是未写完的作品,贾府和各个人物的结局似乎没有讲明。但第五回预演《红楼梦》,已经将整个贾府和所有人物的结局作了总交代:"为官的家业凋零,富贵的金银散尽。有恩的死里逃生,无情的分明报应。欠命的,命已还;欠泪的泪已尽。冤冤相报岂非轻,分离聚合皆前定。欲知命短问前生,老来富贵也真侥幸。看破的遁入空门,痴迷的枉送了性命。好一似,食尽鸟投林,落了片白茫茫大地真干净。"[3](47)还有金陵群钗的判词和册画,也交代了群钗的结局。脂批对袭人、林小红、贾蔷、史湘云、贾宝玉和薛宝钗等人的结局,也有较多提点。因此,总体上说,贾府和红楼人物的结局其实是清楚的,作者已作明确交代。

其二,通灵宝玉已重回大荒山无稽岩青埂峰。同样是在第一回中,脂批云:"余尝哭芹,泪亦待尽。每意觅青埂峰,再问石兄,奈不遇癞头和尚何?怅怅!"[3](6)这句脂批表明,通灵宝玉已回到青埂峰,完成了下凡的历程。另据《凡例》和楔子,则《石头记》(《红楼梦》)系石头所写,石头已经写完全书,由空空道人一字一句抄录回来,几经流转到曹雪芹手中。曹雪芹披阅增删十载,改定全书,完成之后,他感慨万端,增写了一个楔子和《凡例》,在其中深情地说:"满纸荒唐言,一把辛酸泪。都云作者痴,谁解其中味?"[3](6)辛辛苦苦把书稿修改完成了,却担心没有人能够读懂,十年的心血可能付之东流,因此比较纠结。

其三,第五回脂批写道:"是作者具菩萨之心,秉刀斧之笔,撰成此书,一字不可更,一语不可少。"[3](47)脂砚斋明确表示,作者已"撰成此书",并说此书已到"一字不可更,一语不可少"的程度,就是说,它也已经彻底修改完成。

其四,所谓"缺中秋诗,俟雪芹"乃是明知故缺。第七十五回回前脂批云:"乾隆二十一年五月初七对清。缺中秋诗,俟雪芹。"[3](589)按照公元换算,这句脂批写于1756年,此时离曹雪芹去世尚有6年,正是曹雪芹披阅增删的黄金时期,但曹雪芹最后还是没有补写中秋诗。为什么?原因很简单,这里根本就不缺中秋诗,脂砚斋此批是故意制造混乱,迷惑外行读者。他的行文风格与曹雪芹如出一辙,自相矛盾也是他故意常犯的错误。蒋先生不明白这个事实,竟然相信《红楼梦》是未完之作,显然犯了断章取义的错误。

5.7 误解"笏满床"

甄士隐注《好了歌》,中有"当年笏满床"一句,"笏满床"一词是有典故的,蒋勋先生向读者进行了解释,可笑的是,他的解释竟然有明显硬伤。蒋勋先生写道:"'陋室空堂,当年笏满床。'当年有一个戏叫《笏满床》,讲唐朝郭子仪的故事。郭子仪的七个儿子、八个女婿全部在朝为官,郭子仪生日的时候,七子八婿都来,满床都是上朝的笏板。一般人家里有一个笏板就不得了,而他们家是十几个堆在那里,所以这个戏叫《笏满床》。这里用了这个典故,意思是你不要看这个破破烂烂的房子,当年是不得了的,笏板满床。"[1](27)

初看蒋先生的解释,似乎没什么毛病,但若一字一句认真细看,便可发现至少两个大问题:其一,戏剧的名称不叫《笏满床》,世界上也没有《笏满床》这个戏,只有《满床笏》,《红楼梦》第二十九回和七十一回两次提到《满床笏》,而无所谓《笏满床》。两者虽然是同样的三个字,但按照通常的阅读习惯,它们的含义是截然不同的,《满床笏》是专有名词,不可擅改,《笏满床》这样的错误犯得太低级了。其二,虽然当时社会上有《满床笏》这个戏,曹雪芹也两次提及它,但"陋室空堂,当年笏满床"这句话,未必典出戏剧,因为曹雪芹不是普通人,他学贯古今,精通历史,证据表明他对唐朝历史掌故十分熟悉,而"笏满床"真正最早的典故来自《旧唐书·崔义玄传》。史载,崔义玄乃隋末唐初人,曾投李密,因不受重用,转投李渊,并劝李密将黄君汉归唐,故可说是唐朝的开国功臣,其子孙多为朝廷重臣。到其子崔神庆时期,崔氏一门多人任职朝廷,神庆之子崔琳、崔珪、崔瑶更任要职,时号"三戟崔家"。每至节庆,崔家聚宴,床榻上堆满笏板,此乃"笏满床"的最初出处,后来俗传误为郭子仪事。讲典故出处,当从最早处讲起,这才是负责任的科学态度。

5.8 是非不分,好坏不明

甄士隐的岳丈封肃是一个什么人? 好还是坏? 蒋先生的结论是:"封肃也不是坏人,但是看到落难的女婿来投奔,窝囊死了。"[1](25)他说封肃不是坏人,又说封肃觉得窝囊,但究竟封肃觉得自己窝囊,还是女婿窝囊,蒋勋先生的话不甚明了。对于封肃的为人,蒋先生是清楚的,他列举了几条:其一,甄士隐托岳父代买些田地房屋,那"封肃便半哄半赚,些须与他些薄田朽屋"。其二,"士隐乃读书人。不惯生理稼穑等事,勉强支持了一二年,越觉穷了下去。封肃每见面,说些现成话,且人前人后又怨他们不善过活,一味好吃懒做等语。"致使甄士隐渐渐地露出那下世的光景来。其三,士隐走后,封氏被迫带着两丫环做针线养活自己,就这样,封肃仍然日日抱怨。可见,他不仅对女婿不好,对自己的亲生女儿同样不好。

俗话说,虎毒不食子,动物尚有舐犊之情,何况人乎? 封肃骗取女婿的钱财,日日辱骂女婿,致使已显出下世光景的女婿被迫出走,还日日抱怨女儿,简直没有人性,狗彘不如。蒋先生却说他不是坏人,那么,什么样的人才算是坏人?

5.9 挖掘"真事"与悲悯冲突吗?

文学的形式和种类是非常之多的,最基本的有诗、词、歌、赋、小说、戏剧等,诗歌可分为古诗和新诗,古诗又可分为古体、近体、杂体,古体以"歌""行""吟"等为标志,近体以律诗和绝句为代表。从表达方式看,诗歌又有抒情诗、叙事诗、说理诗之分。近体诗又可分为若干种,词、歌、小说等无不是如此,都可细分为许多种。《红楼梦》是我国的一座文学宝库,其中涉及的文学体裁尤其丰富多彩,如诗、词、曲、歌、谣、谚、诔、偈语、联额、辞赋、灯谜、酒令、骈文等皆有。文学体裁不仅形式和种类五花八门,其内容和主题同样也是各各不同,这是最基本的文学常识。

然而,蒋先生却说:"考证家很努力地要把'真事'挖掘出来,恐怕也违反了文学创作的初衷,真正好的文学绝不是八卦。真正好的文学,一定是对人生在比较高的层次上的观察和领悟。它关心的不是挖掘'真事'出来之后的得意,相反,是悲悯,得意跟悲悯绝对不同。"[1](12) 蒋先生强调,真正的文学家要悲悯,而不是如实挖掘或记录史实。文学自然不同于史学,文学家不能像史学家那样写作,但文学家的职责只有"悲悯"吗?部部作品都得悲悯吗?《西游记》以昂扬的笔墨描写人间苦难,描写唐僧师徒历尽磨难之后的成功,不同样取得了巨大成功吗?事实上,曹雪芹有着极其强烈的爱憎,绝非只是悲悯,他给王熙凤、贾赦、夏金桂等坏人,设定了很不好的结局,"客观"而无情地惩罚了坏人,这绝非悲悯。

再说,记录或挖掘真事,并不一定与悲悯相冲突,相反,客观如实地记录或挖掘真实史实,恰恰是表达悲悯的最好方式,譬如挖掘南京大屠杀的史实、731部队的史实,不就是对无辜惨死的中国人表达悲悯,对日本侵略者的暴行进行谴责吗?我国四大古典文学名著,实际上都是以史实为基础的,通过史实表达观点,在它们这里,史实与悲悯不但毫不冲突,反而配合得天衣无缝。蒋先生将挖掘"真事"斥之为"八卦",而将"追踪蹑迹""不敢稍加穿凿"的话丢诸脑后了。

5.10 宣扬人生如梦的消极颓废思想

《红楼梦》里有一些消极颓废的东西,它通部宣扬虚无与宿命,贾府之所以衰败,是因为它已到五世而斩的末世。王熙凤、秦可卿及晴雯病死,皆因太要强,元春、迎春、探春和惜春等女子的悲剧结局,皆是命定的。其中最典型的例子是《好了歌》及其注,它用以偏概全、以管窥天的方式,否定功名、否定财富、否定爱情、否定亲情,强调虚无与宿命。对于这种消极颓废的思想,科学而负责任的做法,是应该加以批判,而不是吸收和接受。

但是,蒋勋先生却全盘接受了,且奉若神谕。他说:"我想《红楼梦》常常让你啼笑皆非,是你突然发现生命中的修行跟执着、痴迷是纠结在一起的。作者要讲的荒唐跟荒谬,交错在人生啼笑皆非的感觉中。好的小说家都是如此,如果不是如此,就是宗教家或者哲学家了。"[1](10) 又说:"我觉得只要曾经有这样一个人,跟我们一样在人生里活过,他回头去看自己一生的点点滴滴,当他有一天说'满纸荒唐言,一把辛酸泪'的时候,是他写这本小说写到一半,忽然感叹说:我这一生,真是'满纸荒唐言',讲了一大堆乱七八糟的,跟考试做官、跟所有的现实都无关的东西。'荒唐'两个字,是他觉得回看自己的一生,没有做过什么正经的事情,写下来的也都不是什么正经的事情,不是伟大的东西。这两句话,可以用在所有的文学里,也可以用在我们每一个人身上。如果我们把自己的日记发表,相信都是'满纸荒唐言,一把辛酸泪',好的文学是真实的人生,不是一定有道理可讲。任何人的一生,像镜子一样的呈现,都是'满纸荒唐言,一把辛酸泪吧'?"[1](10)蒋先生非常武断地认为,每个人的人生,都是荒唐的,都是不堪回首的辛酸泪。

笔者不能理解蒋先生为何有如此消极的人生体验与感悟,某些人的人生特别不幸,不断遭受失败、挫折和打击,因而悲观绝望、怀疑人生,譬如甄士隐,这是可以理解的。但大多数人的人生还是幸福的东西多,值得怀念和回忆的东西多,人生绝不荒唐。蒋先生何尝不是如此,他的人生有何荒唐可言?

蒋先生误读《红楼梦》,他自己是有这个感觉的,他屡次表明《红楼梦》不可解。譬如,说到《红楼梦》的结局,他写道:"《红楼梦》最后的结局到底是什么,谁都不知道……谁也不知道真正的结局是什么。"[1](9)《红楼梦》的诗词也不可解,他说:"《红楼梦》的诗词也是如此,有许多人生的隐喻。可以正面解释,也可以负面解释,不是确定的答案,因此,难的不是文字,而是对隐喻的哲学性解读。"[1](6)"贾宝玉出生的时候嘴里含了一块玉,这是一个不可解的神话。"[1](16)俞平伯、冯其庸、周汝昌、张爱玲等许多红学家,同蒋勋先生一样,承认《红楼梦》不可解,但仍然长篇大论地写书出书,充当青年读者的导师,此事颇令人费解。

注释:

[1]蒋勋:《蒋勋说红楼梦》,上海三联书店2010年版。
[2]方麟选编:《王国维文存》,江苏人民出版社2014年版。
[3]〔清〕曹雪芹:《脂砚斋批评本红楼梦》,凤凰出版社2010年版。

6. 小结

冯其庸、陈维昭、马瑞芳、周思源和蒋勋先生，都是极有声望的学者，虽然他们彼此之间亦有分歧，然基本立场与研究方法十分相似，就是都把《红楼梦》当作小说来读。结果，他们都陷入了以偏概全、断章取义和歪曲篡改的泥坑，不能自拔。广大红学家的行为类似于盲人摸象，个个振振有词，喋喋不休，丝毫意识不到自身的错误。这是一件十分蹊跷的事情，红学名家大都是一些聪明人，他们通今博古，学贯中西，见识何等深广！怎么都犯了同样的简单错误？更为蹊跷的是，他们错误的红学研究竟然赢得了全社会的广泛认同。究其原因，最根本的还是由于曹雪芹有意诱导，且骗术高超。

6.1 读者难逃作者蓄意欺骗

笔者在实验中发现，若作者有意误导读者，则读者往往在劫难逃。笔者在网上读到一个段子，稍加修改之后在课堂上进行描述并提问：

某人姓熊，生有一个男孩，这个小男孩每晚睡觉前都要跟长辈一一打招呼，招呼语分别是"晚安"和"再见"。这天，他跟他的爸爸、妈妈、爷爷、奶奶和外公说了晚安，最后对外婆说的是"外婆再见"，第二天他外婆死了。又一天，他分别跟爸爸、妈妈、奶奶和外公说了晚安，最后跟爷爷说的是"爷爷再见"，第二天他爷爷死了。男孩的话，使熊先生起了疑心，他感觉到自己的儿子有神奇的预见能力，能预见未来即将发生的事情。又一天，男孩分别对他的妈妈、外公和奶奶说了晚安，最后对熊先生说"爸爸再见"，熊先生听后大惊失色，当晚他心事重重，彻夜未眠，第二天一早就去了单位，一直留在办公室，不肯回家，直到看见墙头上的挂钟指向二十四点过一分，他才长长地舒了一口气，心想，这一天终于过去了，应该没事了。同时，心中又有疑虑，回到家里，妻子问他为何这么晚才回来，熊先生回答说：今天是我最难熬的一天，简直可以说是惊心动魄啊！……还没等熊先生说完，熊太太插话说：你惊心动魄？我才惊心动魄呢！今天，我们主任召集我们开会，说着说着，他倒地上就死了，你说是不是惊心动魄？熊先生听完妻子的话，立刻明白了。

讲完这个虚构的故事，我提问道：同学们，熊先生为什么没有死？这个男孩是他的亲生儿子吗？我的学生纷纷回答说,这个男孩不是熊先生的亲生儿子,这个男孩是熊太太与她的主任生的,那个倒地死去的主任才是男孩的亲生父亲。笔者把这个故事和问题,在不同班级和场合进行叙述和提问,答案高度一致,几乎没有例外,人们普遍相信,熊先生不是男孩的亲生父亲。

从科学上讲,男孩说"再见",与他外婆及爷爷的死亡没有必然联系,如果真有此事,也只能算是巧合,不能证明男孩有未卜先知的超能力,自古以来,没人有这种超能力。至于熊太太主任的死,更与男孩的预见扯不上关系,也只能算是巧合。这个道理简单而明白。可是,当笔者深信这是规律,不是巧合,并且以它为前提进行推理分析时,读者便都相信了,且都深信不疑。此事说明,读者是很容易上当受骗的,如果作者蓄意,一骗一个准。

6.2《红楼梦》独一无二的迷人风格

《红楼梦》最大的成就不是其思想性,而是它的艺术性,它的写作风格是独一无二的,整部书如同一座迷宫,山环水绕,云山雾罩,烟云模糊,扑朔迷离,亦真亦幻,亦虚亦实,真真假假,假假真真,似是而非,似非而是,令人不辨南北,难分东西。脂砚斋批曰:"事则实事,然亦叙得有间架,有曲折,有顺逆,有映带,有隐有现,有正有闰,以至草蛇灰线、空谷传声、一击两鸣、明修栈道、暗度陈仓、云龙雾雨、两山对峙、烘云托月、背面傅粉、千皴万染诸omen。"[1](5) 这种写作方法是中国历史上前所未有的,在世界文学史上恐怕也是独此一家。

《红楼梦》之烟云模糊扑朔迷离,不同于一般的悬疑推理作品,象《达·芬奇密码》《神探狄仁杰》和《康熙微服私访记》等悬疑推理作品,情境最初也是扑朔迷离、波诡云谲、险象环生,但随着情节一步步推进,悬疑一层层揭秘,真相终能大白于天下。而《红楼梦》却没有这样确定的"真相",无论你怎么研究,都得不出结论,这使得它具有极大的迷惑性,吸引人们去猜测和假设。由于使用了全新的写作方法,并进行了很好的掩饰,读者不容易识破,纷纷中招被骗,人们都依照惯常的读书方法阅读《红楼梦》,不自觉地犯下断章取义的错误。

《红楼梦》中的词汇,大多是有歧义的,如"淫""风流""金陵""女儿""情""璎珞""碧纱橱""末世""百年"等。情节也是如此,贾宝玉风流成性,但作为天下第一淫人,却只是"意淫",即对姑娘们体贴入微,而不是皮肤滥淫。"意淫"的贾宝玉诱奸了袭人,又与秦钟、玉爱、香怜等人鸡奸。晴雯是一个风流俏丫头,袭人则是一个忠顺的憨侍女,但袭人早已偷尝禁果,而晴雯至死仍守身如玉。秦可卿的风流似乎指能干、得人心,又似乎指作风不好,被公公扒灰。王熙凤体格风骚,焦大的叫骂似乎暗示,王熙凤养小叔子,与贾宝玉不干净。情节又表明,他与贾蓉、贾蔷兄弟有染。但深知内情的平儿却说,王熙凤问心无愧。薛宝钗明明是为应聘赞善才人而来，却没了下文，下文只讲金玉良缘，仿佛宝钗是特为"宝二奶奶的宝座"而来的。如此种种，专家的脑袋瓜子能不晕吗？

烟云模糊扑朔迷离的作品，从语言学上讲，就是表达不清，立场不明；从逻辑学上讲，是自相矛盾。这是一种致命的错误，此类作品是很容易被读者抛弃的，但人们对《红楼梦》却例外，因为《红楼梦》的语言和意境太美了，太经典了，以至没人敢说曹雪芹会犯简单的逻辑错误，他们相信《红楼梦》中必定藏着作者家（曹家）的秘密，脂砚斋等人以知情者身份作批，更加深了读者的这种认识。而其实，脂批也常常是自相矛盾的，譬如第十三回回前批云："'秦可卿淫丧天香楼'，作者用史笔也。老朽因有魂托凤姐贾家后事二件，岂是安富尊荣坐享人能想得到者？其事虽未漏，其言其意，令人悲切感服，姑赦之，因命芹溪删去'遗簪'、'更衣'诸文，是以此回只十页，删去天香楼一节，少去四五页。"[1](98)这段脂批有4点错误：其一，既然"姑赦之"了，为何又作此批透露其"淫丧"，还把"天香楼"、"遗簪"和"更衣"等细节一一点明？其二，第十三回字数不比第十二回和十四回少，如果增加5页纸，那就显得特别长了。其三，如果第十三回原文中有"遗簪"和"更衣"诸文，则与第十二回秦可卿病倒诸事不符了，这意味着有关秦可卿的情节，不仅有"删去"的问题，还有"添加"的问题。其四，既然秦可卿淫丧之事"未漏"，则你脂砚斋又是如何获知的？

6.3《红楼梦》明暗虚实畸重畸轻

《红楼梦》对于人物、事件和情节的描写，有明暗虚实重轻之别，有些是明写，有些暗写，譬如，借贾宝玉之口，一再宣示林黛玉从不说混账话，这无疑是明写、实写；贾宝玉被其父暴打，林黛玉趁机劝导贾宝玉把"一切都改了罢"，这是暗写、虚写。关于贾宝玉喜爱女儿是明写、实写，关于贾宝玉喜爱秦钟、柳湘莲等男人是暗写、虚写。

关于贾宝玉讨厌仕途经济是重写，而喜爱仕途经济则是轻写。贾宝玉对于仕途经济的态度问题，是学者们讨论的一个重点。曹雪芹花了大量笔墨描写贾宝玉不爱读正经书，不愿参加科举考试，不愿意接谈贾雨村；描写贾政对贾宝玉的不满乃至暴打，以及袭人和宝钗诸人的劝诫；描写他读杂书，与林黛玉共读《西厢记》，等等。还特地作《西江月》两首："无故寻愁觅恨，有时似傻如狂。纵然生得好皮囊，腹内原来草莽。潦倒不通世务，愚顽怕读文章。行为偏僻性乖张，哪管世人诽谤！富贵不知乐业，贫穷难耐凄凉。可怜辜负好韶光，于国于家无望。天下无能第一，古今不肖无双。寄言纨绔与膏粱：莫效此儿形状！"[1](29)大量此类笔墨，足以在读者心中烙下一个根深蒂固的印象：贾宝玉痛恨读书，痛恨科举，痛恨读书人，痛恨男人的事业。与此同时，曹雪芹又偷偷地掺杂进自己的私货，把完全相反的证据和观点夹杂进去:譬如,贾宝玉一再声称,除"四书"之外,其他书都是杜撰的,又说"明明德"外无书,他把"四书"以外的书都烧了。第七十三回还特地写到,贾宝玉能带注背诵《大学》《中庸》和《论语》,只有《孟子》稍微生疏些。所谓带注"四书",无疑便是朱熹所著的《四书集注》,这是科举版"四书"。除"四书"外,贾宝玉公然违背父亲的意志,攻读"五经",曹雪芹是这样写的:"算起'五经'来,因近来作诗,常把《诗经》读些,虽不甚精阐,还可塞责。"[1](571)此外,还遍阅了古文几十篇,研究过八股时文的承起之法等。这里最值得重视的信息是,贾政不让贾宝玉读"五经"和古文,但贾宝玉仍然坚持读,耐人寻味。专家研究表明:"清代科举取士,沿袭明代的制度……乡试、会试均考三场,以"四书""五经"中的文句作题目,叫应考者作文阐述其中的义理。应考者作文只能根据指定的注疏发挥,不能有自己的见解,并且必须把文章写成八股文,文体不能违背八股的格式。"[2](430)"四书五经"是科举必考之内容,一向希望儿子走仕途经济之路的贾政,却不让儿子读"五经",岂不奇怪,不读五经,如何能够参加科举?一向讨厌仕途经济的贾宝玉却执意要读"四书"与"五经",并且所读乃科举版"四书五经",这不是执意要参加科举吗?

上述例子表明,曹雪芹对于自相矛盾的各个方面的描写是不平衡的,有明暗虚实之别,畸轻畸重,颇具欺骗性。

6.4 读者大都粗枝大叶囫囵吞枣

红学家读书不够仔细,普遍存在粗枝大叶囫囵吞枣的情况,这里以贾宝玉的女儿观为例。曹雪芹明确提出,《红楼梦》是为女儿昭传,主人公贾宝玉极其喜爱女儿,他歌颂女儿说,"女儿都是水作的骨肉,男人是泥作的,我见了女儿,我便清爽,见了男子,便觉浊臭逼人""凡山川日月之精秀,只钟于女儿,须眉男子不过是些渣滓浊沫而已",他"把一切男子都看成混沌浊物,可有可无"。甄宝玉更加崇拜女儿,相信女儿有神奇的力量,他教训小厮说:"这女儿两个字,极尊贵、极清净的,比那阿弥陀佛、元始天尊的两个宝号还更尊荣无对的呢!你们这浊口臭舌,万不可唐突了这两个字,要紧。但凡要说时,必须先用清水香茶漱了口才可;设若失错,便要凿牙穿腮等事。"更有趣的是,每当被乃父暴打疼痛难忍之时,他都"姐姐""妹妹"乱叫起来,据他自己说,叫了姐姐妹妹之后就不痛了。可见,《红楼梦》里确实有歌颂女儿、喜爱女儿、尊重女儿、神化女儿的思想,由于曹雪芹常以"红"代指女儿,故又可说,颂红、怡红、尊红和神红是《红楼梦》的重要思想。

一斑可窥全豹,红学家据此得出结论:《红楼梦》是一部女儿颂,曹雪芹是超前的思想家、女权主义者。冯、陈、马、周四位先生全都抱持这样的观点,冯先生说:"曹雪芹通过贾宝玉还提出了反对封建的等级制度,主张自由和平等,等等。特别是曹雪芹通过贾宝玉提出了重女轻男的主张,甚至说:'男人是泥做的骨肉',见了男人'浊臭逼人'。孤立地看这句话,似乎不可理解,但从历史的角度看,中国的封建社会,一直是男权社会,男尊女卑是天经地义。贾宝玉的这句话,无疑是对男权社会的一个否定,是男女平等的一种矫枉过正的呼吁。"[3](327)陈维昭、马瑞芳和周思源先生无疑是认同冯先生的上述思想的,陈维昭先生写道:"作者把他所理解的人的最高智慧和美丽都赋予在这些女子身上……贾宝玉把'女人'抽象化,把'女人'当成与男人事业相对立的另一个存在。"[4](10)马瑞芳先生歌颂贾宝玉道:"贾宝玉的愁,是封建叛逆者的愁;贾宝玉的恨,是封建叛逆者的恨。而且贾宝玉的寻愁觅恨达到似傻如狂的程度。实际上,贾宝玉是腐败的封建社会根基上冒出来的新思想的灵芝。"[5](30)马先生歌颂贾宝玉,就是歌颂曹雪芹,红学家眼中的贾宝玉是曹雪芹的代言人。周思源先生写道:"以贾宝玉为主人公的《红楼梦》的深层意蕴的一个重要方面,可以简单地概括为'颂红、怡红、悼红'这六个字。当然,还有揭露当时社会的黑暗,反对科举制度,追求人与人之间的平等,追求自我价值的实现,等等"[6](56)

但是实际上,《红楼梦》中的概念十分混乱,"女儿"不等于所有女人,贾宝玉有一个珠子理论,极力贬抑已婚和年老女人,表现出极其强烈的恋处倾向。同时,贾宝玉似乎又讨厌女儿,他有过几件污辱和厌恶"女儿"的言行。还有情节表明,贾宝玉口味极重,他还喜爱相貌英俊清秀的男人,他对秦钟的评价极高,高于他对任何一个女性的评价。这些内容和情节均十分明显,但大多数红学家都读不出来,这说明他们读书很不仔细,粗枝大叶囫囵吞枣的毛病相当严重。

6.5 歪曲篡改或视而不见

对于《红楼梦》中存在的自相矛盾现象,红学家们其实都是有所察觉的。俗话说,疑心生暗鬼,专家们由于先入之见,他们往往会对那些矛盾的笔墨进行歪曲解释,从而导致断章取义的结果。譬如薛宝钗的性格,曹雪芹在第八回有一个概括性的介绍:薛宝钗是一个非常低调的人,她"罕言寡语,人谓藏愚;安分随时,自云守拙"。但薛宝钗的实际表现完全相反,她很活跃,很高调,无论是人前还是人后,她总显得高人一等。对于这种自相矛盾的描写,周思源先生解释道:"有些读者认为,这表明薛宝钗是个城府很深的少女。其实这是宝钗刚到贾府不久,人生地不熟,必定话少。时间一长就不然了。"[6](91)周思源先生的这个解释十分不通,错误有二:其一,在第八回,曹雪芹直接把薛宝钗的性格描写成"罕言寡语""藏愚守拙",至第五十五回,又借助王熙凤的口说她"拿定了主意,'不干己事不张口,一问摇头三不知'"。可见,低调谨慎是薛宝钗的天性,并不会随着时间的变化而改变;其二,曹雪芹在第八回第一次介绍薛宝钗"罕言寡语""藏愚守拙",可就在这一回,薛宝钗先向贾宝玉要看了通灵宝玉,接着又向贾宝玉介绍了自己的金锁。贾宝玉闻到薛宝钗身上的香气,问是什么香,薛宝钗回答说是药香,贾宝玉要求尝一尝,薛宝钗教训他不能乱吃药。喝酒时,薛宝钗又教训道:"宝兄弟,亏你每日家杂学旁收的,难道就不知道,酒性最热,若热吃下去,发散的就快;若冷吃下去,便凝结在内,以五脏去暖他,岂不受害?从此还不快不要吃那冷的呢。"[1](70) 其实,早在第七回曹雪芹就描述了薛宝钗的口若悬河,她向周瑞家的介绍冷香丸的配方,洋洋洒洒一大篇。细心的读者会发现,有薛宝钗在场的情况下,她多半是众人中说话最多的人。所以,罕言寡语、安分随时不是薛宝钗的性格,她从未低调过。

大家都记得宝黛共读西厢的情景,却不记得贾宝玉随后就把它给烧了,他将"四书"之外的书全烧了,因为在他看来,"明明德外无书","除四书外"都是杜撰的。冯其庸先生算是一个例外,他倒是记得这个情节,不过,冯先生却歪曲地解释道:贾宝玉口中的"四书",不是朱注"四书",即不是"四书集注",事实是不是如此呢?第七十三回清楚地写道:贾宝玉能带注背诵《学》《庸》"二论",很显然,贾宝玉不仅读朱熹作注的"四书",而且还能带注背诵。

这类例子太多,恕笔者不再赘述。

6.6 一叶障目不见森林

《长阿含经》卷十九记载了一个盲人摸象的故事,国王命人牵来一头大象,让众盲去摸,并令众盲根据触摸的感觉,说出大象的形状。摸到象牙的盲人说大象如萝卜,摸到象耳者说大象如簸箕,摸到象头者说大象如石头,摸到象鼻者说大象如舂杵,摸到象脚者说大象如石臼,摸到象脊者说大象如睡床,摸到象腹者说大象如大瓮,摸到象尾者说大象如绳索,总之是言人人殊。盲人摸象的故事,旨在讽刺那些以点代面、以偏概全、断章取义的行为,这是一个贬义词。宋朝文人苏东坡《题西林壁》云:"横看成岭侧成峰,远近高低各不同。不识庐山真面目,只缘身在此山中。"这首哲理诗告诉我们,之所以庐山呈现在我们面前的形状因方位和远近而不同,乃是因为我们身陷其中,未能看到其全貌。盲人摸象与《题西林壁》寓示读者,人们只有在掌握事物的全貌之后,才能得出正确的结论,任何断章取义、以偏概全的做法都是错误而可笑的。

红学领域当前的状况就是盲人摸象,红学家们就如同一群摸象者,他们执一端而言整体,只见树木不见森林,言人人殊,众说纷纭。鲁迅先生曾经说过,一部《红楼梦》,在不同人的眼中读出了不同的内容,经学家看见《易》,道学家看见淫,才子看见缠绵,革命家看见排满,流言家看见宫闱秘事!另有纳兰性德家事说,顺治与董鄂妃情事说,康熙朝政治状态说,曹雪芹自叙说,刺和珅说,洪昇家事说,等等,林林总总,竟有数十至千百种。对于这种不可思议的怪现象,有某中文系教授辩解说:有一千个读者,便有一千个哈姆蕾特;杀猪杀屁股,各有各的道;红学有不同的派别,专家有意见分歧,原属正常,只要能自圆其说就都正确。这位教授的辩解代表了大多数人的看法,人们大都认为,文学不同于自然科学,没有标准答案,由于看问题的角度不同,站在这个角度你是对的,站在那个角度他是对的,不必强求一律。由于众人都抱着这种似是而非的观点,使得红学上的断章取义行为大行其道,司空见惯。笔者认为,观点有正误,立场有是非,任何正确的观点和立场,都必须建立在充分掌握客观事实的基础之上。就文学评论而言,首先必须尊重经典文本,紧扣经典文本,离开它们谈论作品,那就是牵强附会。曹雪芹所著80回《红楼梦》及其脂批,就是红学的经典文本,这是红学最基本的事实和证据,任何负责任的红学家都应该首先掌握经典文本、紧扣经典文本。

红学一定要尊重经典文本,不能断章取义,不能歪曲篡改。面对当前的红学状况,笔者呼吁专家们更加尊重逻辑,也呼吁红迷们重视逻辑问题,科学的红学不能不讲逻辑。

注释:

[1]〔清〕曹雪芹:《脂砚斋批评本红楼梦》,凤凰出版社2010年版。

[2]白玉林、曾志华、张新科主编:《清史解读(下)》,云南教育出版社2011年版。

[3]冯其庸:《论红楼梦思想》,商务印书馆2014年版。

[4]陈维昭:《红楼梦精读》,复旦大学出版社2009年版。

[5]马瑞芳:《马瑞芳说红楼》,中国工人出版社2014年版。

[6]周思源:《周思源看红楼》,长江文艺出版社2013年版。

《红楼梦》双解 第二解
隐语密写的清史故事

奇光暖心 ◎ 著

光明社科文库
GUANG MING
SHE KE WEN KU

光明日报出版社

第一卷

一手而二牍的隐语文学

《<红楼梦>双解(一)》已经证明,《红楼梦》是不能按照常训法来阅读的,因为它满纸荒唐,错谬百出,逻辑混乱,红学家和广大读者都是依靠断章取义和穿凿附会而"读懂"《红楼梦》的。这里再举一些例子,证明《红楼梦》确实是"满纸荒唐言",而不是偶尔荒唐,并且解释一下曹雪芹把《红楼梦》写成"满纸荒唐言"的原因。这里要举的例子包括凡例、楔子、《风月宝鉴》和戚序本序言。这些都是读者和专家们都熟悉的文本,文字都比较简单,几乎没有生僻字,然而十分古奥难解。

脂砚斋在《风月宝鉴》中的批语,已经非常明显地告诉了我们,《红楼梦》有正反两面,正面为假,读而无益;背面为真,读者真正应该阅读的,应该是其背面。这种两面皆"可"阅读的文章,就是隐语文学,隐语文学的正面往往不太通顺,晦涩难懂。但是,对于这同一部书,用同样的读法,专家学者们形成了不同的解读,与笔者的解读截然不同。谁对谁错,相信广大读者会有正确判断。

1. 凡例与楔子并存

翻开《红楼梦》第一页,首先映入眼帘的是凡例,读者的荒唐之旅便开始了。一部小说以凡例开头,已属罕见,而同时还有一个楔子,更是亘古未闻。

1.1 楔子与凡例并存之矛盾

凡例即发凡起例,这是史书、谱书、志书及词典类书籍所特有的,因这类著作都须用到他人的成果及材料,故叫修史、修谱、修典、编写、编纂。编修都须遵循一定的体例,或继承或变革或创新。凡例主要交代全书的主要内容及编写体例。此词最早出自晋人杜预的《春秋经传集解序》，其中写道："其发凡以言例，皆经国之常制，周公之垂法，史书之旧章。仲尼从而修之，以成一经之通体。"[1](372)言孔子根据史书的旧例来编写《春秋》一书。当时编写史书有"三体""五例"之说，所谓"三体"，即发凡正例、新意变例、归趣非例。"五例"分别是"微而显""志而晦""婉而成章""尽而不污"及"惩恶而劝善"。后世把说明著作内容和编纂体例的文字叫凡例，多置于正文之前。除用于史书、志传类书籍之外，字典、药典、碑文等编纂类文体也常常用到，但罕见于小说等创作类书籍。

《红楼梦》第一回开始处有一篇文字，介绍作书缘由与过程："列位看官，你道此书从何而来？说起根由，虽近荒唐，细按则深有趣味。待在下将此来历注明，方使阅者了然不惑……至脂砚斋甲戌抄阅再评，仍用《石头记》。"[2](3-6)在这段文字里，曹雪芹说《石头记》是石头所写，曹雪芹只是修改定稿者，脂砚斋在此处作眉批云："若云雪芹披阅增删，然则开卷至此这一篇楔子又系谁撰？"[2](6)脂批明确界定此段文字为"一篇楔子"，实质上它也是一篇楔子。楔子是小说、戏曲类作品特有的，一般放在篇首，用于引出正文，或为正文作铺垫，或补充说明正文。《儒林外史》第一回里面就有一个楔子，金圣叹删改《水浒传》，将原本的引首与第一回合并，称为楔子，置于书前。

从内容来看，《红楼梦》的凡例与楔子是可以合并的，二者多有重复。

《红楼梦》不是药典，也不可能是一部字典，它要么是一部小说，要么是一部史传。如果《红楼梦》是一部史传，则有一个凡例即可；如果它是一部小说，有一个楔子即可，用不着两者并存。而二者的并存，显然是作者蓄意为之。难道它既是一部史传，又是一部小说？这听起来像天方夜谭。

1.2《石头记》是纪实作品还是虚构作品？

《石头记》是一部什么书？其中都写了些啥？对于这两个问题，作者的交代非常复杂，他是从几个角度来讨论这个问题的，答案则自相矛盾，模棱两可，似是而非。我们先看第一个问题，《石头记》究竟是纪实还是虚构？

对于这个问题，作者的回答模棱两可，又自相矛盾。一方面，作者自云："因曾历过一番梦幻之后，故将真事隐去，而撰此《石头记》一书也。""何为不用假语村言，敷衍出一段故事来，以悦人之耳目哉？"[2](2)将真事隐藏起来，用虚假的村粗语言敷衍出一段故事，以取悦于人，这不明摆着告诉我们，《石头记》是一部虚构的作品吗？

但是，另一方面，作者又写道："至若离合悲欢，兴衰际遇，则又追踪蹑迹，不敢稍加穿凿，徒为供人耳目，而反失其真传者。""虽其中大旨谈情，亦不过实录其事，又非假拟妄称。"[2](5)这些话又表明，《石头记》完全是"实录"和"真传"，作者还特别提醒我们,他不敢稍加穿凿,所谓"穿凿",系指牵强附会,把不相干的事硬拉扯到一起。譬如我们的龙图腾,它就是一个虚构的东西,它角似鹿、头似马、鳞似鱼、爪似鹰、掌似虎、耳似牛、须如虎、身似蛇……是由多种动物的肢体拼凑而成的假东西,我们拼凑龙的图腾的方式就是"穿凿",它的各个部件虽然都是真的,但作为一个整体却是假的。《石头记》没半点穿凿,那意味着它不仅每个部分都是真实的,而且作为一个整体也是真实的。世间只有史传类作品才能做到这一点。

以上两套自相矛盾的语言,都出自石头之口,一方面它告诉我们,《石头记》是虚构的,另一方面又说,《石头记》是实录、真传。这里要提请读者注意一个概念:现实主义,现实主义作品可以是虚构的,将不同人物的不同事件拼凑到一起,塑造典型人物和典型事件,这种做法与拼凑龙图腾没有差异。所以,现实主义作品,与史传类的真传和实录绝不是一回事,不要混为一谈。

1.3《石头记》是一部适趣闲文还是理治之书?

"适趣闲文"与"理治之书"是两种完全不同的文学体裁。"适趣闲文"由"适趣"与"闲文"两个词组成,"适趣"犹言自得其趣,"闲文"即闲适的无关紧要之诗文。所以,"适趣闲文"所指的是有趣的适宜休闲阅读的无关紧要的诗文,这种诗文既不会给作者带来好处,也不会带来麻烦,因而是无关紧要的。读者可在寂寞无聊之时阅读,以消遣时光,因而是适趣闲文。"理治之书"中的"理治"二字,是"理朝廷、治风俗"的缩写,所以,"理治之书"系指有关国家管理的书,其中所讲乃是治国平天下的大事、大学问,在古代社会,它往往指朝代兴衰史。宋神宗对司马光所著《资治通鉴》的评价是"鉴于往事,有资治道"。这种与政治相关的史传类作品,一言立功,一言得罪,性命攸关。

那么,《石头记》是"适趣闲文"还是"理治之书"? 石头笑着对空空道人说:"市井俗人喜看理治之书者甚少,爱看适趣闲文者特多……今之人,贫者日为衣食所累,富者又怀不足之心,总一时少闲,又有贪淫恋色、好货寻愁之事,那里有工夫去看那理治之书? 所以我这一段故事,也不愿世人称奇道妙,也不定要世人喜悦检读,只愿他们当那醉余饱卧之时,或避世去愁之际,把此一玩,岂不省了些寿命、筋力?"[2](5) 石头首先向读者介绍了鉴别理治之书与适趣闲文的两种方法。第一种方法是看世人的喜好倾向。一般的市井俗人爱读适趣闲文,而不喜看理治之书,所以,爱读适趣闲文者甚多,而喜看理治之书者特少。由此可以推知,凡是市井俗人爱读的书,必定是适趣闲文;凡是他们讨厌的书,必定是理治之书。第二种方法是看人们读书时的状态,如果人们是在休闲无聊的时候看的书,多半是适趣闲文,反之则是理治之书。石头说,他不指望世人称奇道妙,也不定要世人喜悦检读。作家写书不就是给人读的吗? 石头这样评价自己的作品,意味着《石头记》是一部理治之书,对于理治之书,你不能指望普通人都喜欢。

然而,石头紧接着又说,他只希望人们在吃饱喝足、穷极无聊之时翻一翻,看一看。他还说,赏玩《石头记》,可以省些寿命筋力、口舌是非之害、腿脚奔忙之苦。这就是说,读《石头记》不会危及生命,不会坐牢吃官司,无须东跑西颠。读者朋友可能迷惑了,读书也有生命危险,怎么扯上寿命筋力、口舌是非、腿脚奔忙之事了呢?如果我们对清朝的文字狱有所了解,就不会有这种迷惑了。以康熙朝庄廷鑨《明史》案为例,浙江湖州富商庄廷鑨,购得朱国祯《明史》之《列朝诸臣传》稿本。庄廷鑨刊行此书时,请人增添明末天启、崇祯两朝史事,其中多有指斥大清的文句,康熙二年被人告发,导致一场大屠杀。此时,庄廷鑨已死,仍被开棺戮尸,庄氏家属及为书作序者、校阅者、刻字者、印刷者、售书者、买书者及其他相关人员,被处死者达72人,充军及发配为奴者数百人。有清一朝,此类文字狱甚多,均极酷烈。所以,石头特意提醒,读《石头记》没有这种危险,可放心买读。这说明《石头记》与政治无关,不是理治之书,当为适趣闲文。

可见,在石头看来,《石头记》既是一部适趣闲文,又是一部理治之书。问题在于,理治之书与适趣闲文是两种性质完全不同的文学体裁,《红楼梦》怎么可能既是理治之书,又是适趣闲文呢,这不是自相矛盾吗?

1.4《石头记》伤时骂世与否?

撰文写书既辛苦,又充满风险,搞得不好会惹来杀身之祸,清朝是异族政权,文网之祸尤其酷烈。所以,在凡例中,作者反复申明说,此书不敢干涉朝廷,不敢以写儿女之笔墨唐突朝廷之上,作者本意原为记述当日闺友闺情,并非怨世骂时。

然而,在第一回楔子里,作者又写道:"因见上面虽有些指奸责佞、贬恶诛邪之语,亦非伤时骂世之旨……因毫不干涉时世"[2](5),指奸责佞、贬恶诛邪不就是伤时骂世吗?既然已经指奸责佞贬恶诛邪了,干吗又说毫不干涉时世呢?作者的表述明显自相矛盾。

1.5 金陵群钗的品行德能如何?作者作书的目的是什么?

《红楼梦》中写了些什么?为何要写这部书?作者介绍说,他昔日上赖天恩,下承祖德,过着锦衣纨绔、饫甘餍美的生活,却不加珍惜,一味玩乐,背父母教育之恩,负师兄规训之德,以至今日一事无成,半生潦倒。他深感罪孽深重,做此书,乃为忏悔罪孽。与此同时,作者又说,他不能忘记当日的一干裙钗姐妹,她们的行止见识皆不同凡响,比他这个堂堂须眉强多了,万不可埋没。所以,他做此书又是为闺阁昭传,记述当年的闺友闺情,缅怀那些优秀可爱的姐妹们。作者还特别强调,他今日虽然穷困潦倒了,茅椽蓬牖,瓦灶绳床,风晨月夕,阶柳庭花,但决不会影响到他为裙钗昭传的决心。可见,在曹雪芹的心目中,金陵群钗应当是非常优秀、难以忘怀、不能埋没的。

但是,作者在第一回里又写道,《石头记》中所写,并无大贤大忠、理朝廷、治风俗的善政,所记不过几个异样女子,或情或痴,或小才微善,绝无班姑蔡女之德能。只是其事迹原委可以消愁破闷,有几首歪诗熟话可以喷饭供酒而已。这意味着,金陵群钗也不过是一些平庸之人,仅有微才小善而已,根本不能打动读者,完全不值得传写。能够吸引读者的是其中的几首闲情诗词、歪诗熟话,以及其事迹原委中的一些事情。如此说来,曹雪芹做书的目的,并不是替闺阁昭传,而在传写他自己的几首歪诗熟话,以供读者消愁破闷,喷饭供酒,消遣时光。脂批亦云:"余谓雪芹撰此书,中亦有传诗之意。"[2](9)

总之,作者自述作书的目的有自相矛盾的两个方面:一方面是自忏其罪,并为闺阁昭传;另一个方面是传写能帮人消愁破闷、喷饭供酒、消遣时光的歪诗熟话。关于金陵群钗的品行德能,也有两种自相矛盾的说法,一种是说她们的品行见识不凡,万不可埋没;另一种则说她们只是微才小善,绝无传世之德能。

1.6《石头记》是风月笔墨还是非风月笔墨?

《石头记》是黄色小说吗?作者的态度比较暧昧。首先,他矢口否认,他说,风月之文淫秽污臭,涂毒笔墨,坏人子弟;才子佳人之书,满纸潘安、子建、西子、文君,千部共出一套,终不能不涉于淫滥。其中的情节胡牵乱扯,忽离忽遇,悉皆自相矛盾、大不近情理。《石头记》绝不是这种一味淫邀艳约、私订偷盟之书。

然而,作者又说,《石头记》"大旨谈情",此处之"情",首先指儿女私情。我们再看《石头记》的内容,谈情说爱的情节充斥全书,贾宝玉与林黛玉之间有过淫邀艳约、私订偷盟,贾宝玉与花袭人还发生了皮肤滥淫,他还要与晴雯洗鸳鸯浴。贾琏与鲍二家的偷情,偷娶尤二姐,晴雯的表嫂灯姑娘"考验"了贾府上下的男子,也曾把贾琏弄上床考验。司棋与表哥潘又安私订终身。智能儿与秦钟偷情,贾瑞苦恋王熙凤。贾宝玉在家学里搞同性恋,与小伙伴们亲嘴摸屁股,撅草根抽长短,谁长谁先干。贾琏与平儿,贾宝玉与金钏、麝月等,皆曾打情骂俏。《石头记》中的这类情节太多,从某种意义上讲,《石头记》是一部淫书。

总之,作者在《石头记》是一部淫书还是非淫书的表述上,是自相矛盾的。

1.7 结论

曹雪芹借石头之口,从多个角度向读者介绍了《石头记》的内容,形成了诸多两极对立、自相矛盾的说法。关于写作目的,曹雪芹告诉我们,石头要自忏其罪,并记述群钗不可埋没之德能;他同时又告诉我们,群钗仅有微才小善,不足以吸引读者,他作此书,只是为帮助读者消愁破闷,喷饭供酒。关于本书的体裁,作者一方面告诉我们,《石头记》是适趣闲文,是供读者打发闲暇时光的无关紧要文字;另一方面,他又告诉我们,《石头记》是理朝廷治风俗之书。关于本书是否存在敏感性内容的问题,作者也自相矛盾,他一方面说毫不干涉时世,决不以儿女之笔墨干涉朝廷之上;另一方面又说其中有指奸责佞、贬恶诛邪之言辞。关于《红楼梦》内容之真假问题,作者一方面告诉我们,本书完全是实录、真传,他不敢稍加穿凿,徒为供人耳目,而反失真传者;另一方面,他又说将真事隐去了,用假语村言敷衍出一篇故事来,以悦人之耳目。

结合凡例与楔子并存的状况,我们可以明显地推定作者的立场:《红楼梦》既是一部有关国家治理、指奸责佞贬恶诛邪、与风月无关的人物传记作品,又是一部大旨谈情、纯粹虚构、与政治无关的适趣闲文。这种情况,在我国文学史上是前所未有闻所未闻的,并且几乎是不可能的,因而,广大读者朋友会感觉它自相矛盾、似是而非、模棱两可。

注释:

[1] 张大可、丁德科主编:《史记论著集成(第 10 卷)》,商务印书馆 2015 年版。

[2] 〔清〕曹雪芹:《脂砚斋批评本红楼梦》,凤凰出版社 2010 年版。

2. 绛树两歌

《红楼梦》是一部奇书,它超出了普通读者和一般专家的想象,迄今为止,尚无人被公认为读懂了《红楼梦》,凡例和楔子就非常令人费解。下面我们讨论"风月宝鉴",它不仅是《红楼梦》中最生动有趣的情节,而且,它还暗示了《红楼梦》的内容和解读方法。另外,戚序本的序言,其风格和内容与"风月宝鉴"若合符节,我们也一并讨论。

2.1 风月宝鉴

《红楼梦》是什么书?其中是否藏有秘密?如何解读?这是 200 多年来学者们关注和争议的中心话题,探索至今,仍悬而未决。而实际上,作者对于《红楼梦》的内容和解读方法早已经在书中作了暗示,作者的暗示隐藏在"贾天祥正照风月鉴"那个情节里。贾瑞又名贾天祥,是贾府远房玉字辈子孙,父母早亡,跟着祖父贾代儒生活。贾天祥是一个不知天高地厚的家伙,癞蛤蟆想吃天鹅肉,他居然爱上了阴狠毒辣的王熙凤,三番两次纠缠王熙凤。王熙凤呼风唤雨,手眼通天,是何等人物!哪里看得上贾瑞,她约集贾蓉和贾蔷一起捉弄和惩戒贾瑞,使得贾瑞再也不敢去骚扰她了。贾瑞喜爱凤姐,不能入港,相思成疾,弥留之际,有跛足道人持魔镜一面而来,声称专治冤业之症。贾瑞大呼菩萨救我,跛足道人对贾瑞说:你这病,非药可医。我有一个宝贝,你天天照看,可救你命。说完,他从褡裢中取出一面镜子来,镜把上錾着"风月宝鉴"四字,递给贾瑞说:这物出自太虚幻境空灵殿上,警幻仙子所制,专治邪思妄动之症,有济世保生之功。所以带他到世上,单与那些聪明俊杰、风雅王孙等照看。跛足道人还特地嘱咐说:此镜千万不可照正面,只照他的背面,要紧,要紧!三日后我来收取,管保你好了。说毕,扬长而去。

贾瑞觉得这个道士有些意思,于是把魔镜拿出来照一照试试。他依言向镜子的背面瞧看,只见一具骷髅兀然立着,贾瑞吓得汗毛直竖,丢魂失魄,大骂道士混账。他又向镜子的正面瞧去,只见王熙凤在其中盈盈而立,款款招手,贾瑞大喜,荡悠悠入到镜子里面,与凤姐云雨,如此三番四次,每次都是身上满头汗,身下一滩精,终至精尽人亡。贾瑞的爷爷代儒夫妇哭得死去活来,大骂道:是何妖镜!若不早毁,遗害世人。他命人架火烧镜,只听镜内哭道:谁叫你们瞧正面了!你们自己以假为真,何苦来烧我?正哭闹着,跛足道人来了,夺镜而去。

以上就是"风月宝鉴"的故事。作者把《红楼梦》又取名曰"风月宝鉴",并说"风月宝鉴"是《红楼梦》的点睛之处,可见他对此回文字极为重视。"风月宝鉴"故事不长,仅有一小回,贾瑞又是一个极次要人物,曹雪芹为何如此重视它呢?它为何倒成了《红楼梦》的点睛之处呢?脂批对此有所揭示。脂砚斋针对风月宝鉴有多条批语,他在"(跛足道人)从褡裢中取出一面镜子来"后批曰:"凡看书人从此细心体贴,方许你看,否则此书哭矣。"[1](95)这条脂批提示我们,阅读《红楼梦》,看懂这面镜子是关键,读者须细心体会。接着,脂砚斋在"两面皆可照人"后又批曰:"此书表里皆有喻也",这条批语告诉我们,《红楼梦》有表、里两层意思。接下来,脂砚斋在"千万不可照正面"后又批曰:"观者记之,不要看这书正面,方是会看。""谁人识得此句?"[1](95)《红楼梦》虽然有两个面,表里皆有喻,但脂砚斋认为只能读背面,不能看正面,脂砚斋担心,天下无人识得"千万不可照正面"这句话的意思。在"是何妖镜"后,脂砚斋批曰"此书不免腐儒一谤",在"若不早毁此物"后又批曰:"凡野史俱可毁。独此书不可毁。"[1](96)这两处批语,将镜鉴与史书相等同。此外,脂砚斋又在"只见一个骷髅立在里面"后批曰:"所谓'好知青冢骷髅骨,就是红楼掩面人'是也。作者好苦心思"[1](96)。概括而言,上述脂批包含着如下几个观点:

其一,作者写作此书用心良苦,天下没有几人识得。

其二,脂砚斋将"风月宝鉴"与《红楼梦》等同视之,镜有正反两面,两面皆可照看。《红楼梦》表里皆有喻,自然也有正反两面。

其三,风月宝鉴的正面虽可照看,却是假的,有害无益,最好只照看背面。《红楼梦》此书亦是如此,观者请记住:不要看这书正面,而要看它的背面,背面是一部野史,一部不可毁的史书,这是值得看的。

其四,风月宝鉴的反面里立着一具骷髅,阴森可怖,这具骷髅便是《红楼梦》中人物的结局。

其五,"掩面人"意谓《红楼梦》中的人物,都是被遮盖着真面目的假人,犹如美丽的王熙凤是假的,而恐怖的骷髅才是真面貌。

上述脂批给广大读者揭示了《红楼梦》的一个绝大秘密,《红楼梦》表里皆有喻,在一部艳情小说里掩藏着一部血淋淋的历史。那么,这些脂批是真实的吗?脂砚斋真正了解《红楼梦》吗?答案是肯定的,众多脂批表明,脂砚斋与曹雪芹关系亲密,读过《红楼梦》全稿,并一直在帮助曹雪芹修改定稿,他对《红楼梦》的意旨有十分准确的把握。同时,从内容情节上分析,脂砚斋的批语与作者的原文是相符的:有一柄两面皆可照人的铜镜并不稀奇,但一面假一面真则奇,一面为美女一面为骷髅更奇。毁铜镜可用锤砸,亦可用炉火煅烧,但在大庭广众之下架柴火烧之则奇。贾代儒此举,令人想起秦始皇焚书坑儒的往事,且唐太宗也曾说过,以史为鉴,可以知兴替,史书与镜鉴竟可相提并论,《红楼梦》若隐藏着一部血淋淋的历史,则以"风月宝鉴"名之是恰当的,依此言之,"风月宝鉴"故事确实是《红楼梦》的点睛之笔,意义非凡。

当然,一些读者对"风月宝鉴"有不同理解,他们认为,风月宝鉴一面是美女,一面是骷髅;一面假,一面真,作者借此告诫读者:色情如罂粟,虽然美丽迷人,却要人命;色情是虚幻的,死亡却是真实的,我们要引以为戒,切不可迷恋美色云云。这是一种易被读者接受的解释,它与《好了歌》很契合,与《红楼梦》的许多情节也相合。但是,这种解释却是根本错误的,因为它面临许多无法解释的问题:其一,跛足道士说了,此镜只对聪明俊杰、风雅王孙管用,如果不是王孙,或者虽为王孙,却不够聪明俊杰的,则不管用。譬如薛蟠、贾琏、贾赦、贾珍、贾蓉等人,都极其好色多淫,却无一因此受到惩罚、遭受报应。如果它是告诫人们不要沉湎酒色,则应该对所有男人、女人都管用;其二,脂批说了,此书表里皆有喻,同时又说,它是一部不可烧的"野史"。可是,在"诫色"这种解释中,我们没有读到野史,它呈现在读者面前的仍然只有一部小说;其三,"诫色"说把美色视为假,而把死亡视为真,这种解释也不成立。佛道两教皆认为,人生须经历生死轮回之苦,无论是生还是死,都是泡影,只有跳出轮回进行修行,才能获得解脱,解脱了才是"真"……

2.2 绛树两歌

一篇文字,两部大书,一为小说,一为历史,这是我国文学史上闻所未闻的罕事,简直令人难以置信。书中如何作书?一笔如何写出两个人来?但种种迹象表明,可能性是存在的,凡例里有过"故将真事隐去……何不用假语村言,敷衍出一段故事来"的话,楔子里又有"谁解其中味"的忧虑,脂批中也有"红楼掩面人"及"谁人识得此句"等类似语言,皆话中有话,弦外有音。对于《红楼梦》的写作方法,脂砚斋在楔子里是这样说的:"事则实事,然亦叙得有间架,有曲折,有顺逆,有映带,有隐有见,有正有闰,以至草蛇灰线、空谷传声、一击两鸣、明修栈道、暗度陈仓、云龙雾雨、两山对峙、烘云托月、背面傅粉、千皴万染诸奇。书中之秘法,亦不复少。"[1](5)有曲折,有顺逆,有映带,有隐有现,有正有闰,两山对峙,一击两鸣等词句表明,《红楼梦》有两个面孔,其一显明而易见,其二隐晦而难解。明修栈道、暗度陈仓是兵法艺术,烘云托月、背面傅粉和千皴万染属绘画艺术,有间架属书法艺术。将书法、画法和兵法熔于一炉,运用于文学创作,这在我国文学史上恐怕是不多见的,脂砚斋称之为"秘法"。既是秘法,当然罕有人知,罕有人用,不易理解,譬如"有隐有现",意味着一些内容写得明显易懂,另一些内容写得隐晦不明。又如明修栈道暗度陈仓,它原本是楚汉争霸之时刘邦欺骗项羽的战术,曹雪芹用之于写作中,其欺骗的对象当然是读者,换句话说,曹雪芹会设法误导读者。云龙雾雨、烘云托月、背面傅粉、千皴万染等法,应该也是迷惑读者,引诱读者上当的方法。一句话,《红楼梦》运用了特殊的隐晦的写作技巧,一般读者很难识破,也因为如此,作者才有"谁解其中味"的担忧,脂砚斋也才有"谁人识得此句"的发问,戚序作者也感叹"其与开卷而寤者几希!"他们一致认为,世人大都误读了《红楼梦》。这些应该是中肯之言,我们不可不自省。

戚序本是《红楼梦》的一个重要版本,其卷首序言与脂批风格极其相似,它写道:"吾闻绛树两歌,一声在喉,一声在鼻,黄华二牍,左腕能楷,右腕能草。神乎技矣!吾未之见也。今则两歌而不分喉鼻,二牍而无区乎左右,一声也两歌,一手也二牍,此万万所不能有之事,不可得之奇,而竟得之《石头记》一书。嘻!异矣。夫敷华掞藻,立意遣词,无一落前人窠臼,此固有目共赏,姑不具论。第观其蕴于心而抒于手也,注彼而写此,目送而手挥,似谲而正,似则而淫,如《春秋》之有微词,史家之多曲笔。试一一读而绎之:写闺房则极其雍肃也,而艳冶已满纸矣;状阀阅则极其丰盛也,而式微已盈睫矣;写宝玉之淫而痴也,而多情善悟不减历下琅玡;写黛玉之妒而尖也,而笃爱深怜不啻桑娥石女。他如摹绘玉钗金屋,刻画芗泽罗襦,靡靡焉几令读者心荡神怡矣;而欲求其一字一句之粗鄙猥亵,不可得也。盖声止一声,手止一手,而淫佚贞静,悲戚欢愉,不啻双管之齐下也。噫!异矣。其殆稗官野史之盲左、腐迁乎!然吾谓作者有两意,读者当具一心。譬之绘事,石有三面,佳处不过一峰;路看两蹊,幽处不逾一树。必得是意,以读是书,乃能得作者微旨,如捉水月,只挹清辉;如天雨花,但闻香气,庶得此书弦外音乎?乃或者以未窥全豹为恨。不知盛衰本有回环,万缘无非幻泡。作者慧眼婆心,正不必再作转语,而万千领悟,便具无数慈航矣。彼沾沾焉刻楮叶以求之者,其与开卷而寤者几希!"[2](561-562)

戚序以"一声而二歌""一手而二牍"形容《红楼梦》,与"风月宝鉴"故事及相关脂批的精神完全一致,曹雪芹与脂砚斋都或明或暗地告诉读者,《红楼梦》有两个面,一面为小说,一面为历史,一面虚假,一面真实。曹雪芹有"千万不可照正面"的嘱咐,脂砚斋有"红楼掩面人""谁人识得此句""观者记之,千万不要看这书正面,方是会看"的告诫,戚序也说,(红楼梦)"注彼写此……如《春秋》之有微词,史家之多曲笔……作者有两意,读者当具一心",也有提醒读者只读《红楼梦》背面、不读正面之意。"戚蓼生"将曹雪芹与左丘明、司马迁相提并论,这一点尤其值得读者高度警醒,这意味着他将《红楼梦》与《春秋左氏传》《史记》相等同,把《红楼梦》视为一部高明的信史,而不是小说。

2.3 不可读正面

《红楼梦》有正背两面,人人喜读的一面,应该是正面,但曹雪芹与脂砚斋都特别提请读者切记:不可读正面,为何?风月宝鉴作为魔镜,照其正面可致人精尽而亡;作为小说,看其正面会导致怎样的后果呢?答案是,我们读《红楼梦》的正面,读不出任何有用的信息来,因为《红楼梦》正面最大的特点是"荒唐",它是"满纸荒唐言"。

查汉语字典,"荒唐"一词的基本含义是:"(思想、言行)错误到使人觉得奇怪的程度。"[3](233)错误到非常严重的程度时才叫荒唐,所以,"荒唐"的言行和事物,属于那种不可救药的严重错误。对于《红楼梦》的荒唐,作者诗云:"满纸荒唐言,一把辛酸泪。都云作者痴,谁解其中味?"[1](6)此诗暗示我们,《红楼梦》是"满纸"荒唐言,而不是个别故事、情节、回目的荒唐。质言之,整部《红楼梦》都错误得离谱,完全无法以常理解释。脂砚斋对葫芦僧一节文字作批云:"起用'葫芦'字样,收用'葫芦'字样,盖云一部书皆系葫芦提之意也,此亦系寓意处。"[1](36)葫芦提即糊涂,脂批寓示读者,整部《红楼梦》就是一笔糊涂账、糊涂文字,读者搞不懂,也弄不明。

事实恰如作者及脂砚斋所言,在《红楼梦》文本中,充斥着各类逻辑常识、地理常识、时间常识、数学常识和词义常识错误,其中以自相矛盾居多。模棱两可,歧义杂出,扑朔迷离,似是而非,不知所云,自相矛盾,这是全书留给我们的基本印象。这里举两个例子,林黛玉进贾府后,被安排跟贾母住在一起,她们居然住在"碧纱橱"里。如果我们哪怕有一点生活常识的话,都会知道,橱是一种收藏物品的家具,如橱柜、衣橱、书橱、碗橱、壁橱等。曹雪芹应该有这点生活常识,但他竟然让贾母、贾宝玉、林黛玉住在这种家具里。再如第五十三回,写一个叫慧娘的女子,有绝妙的绣工,其所绣的"紫檀透雕绣璎珞"被称为慧绣、慧纹,价值连城,是豪富人家最珍贵的桌屏。在笔者的脑袋里,璎珞是装饰性的颈饰,与紫檀透雕风马牛不相及,更与桌屏沾不上半毛钱关系。诸如此类的文字,是否可称之为荒唐呢?

兴云作雾,烟云模糊,是曹翁的基本写作风格,他使《红楼梦》中的一切文字都似是而非,模棱两可,藏头露尾,甚至自相矛盾。诸如贾宝玉肉欲与意淫之矛盾;诸如钗黛名虽两个,人却一身之矛盾;诸如贾蓉年不过二十而秦可卿享强寿之矛盾;诸如宝钗进京应聘与金玉良缘的矛盾;地点上又南又北;年龄上忽大忽小;事件上似有似无,等等,不一而足,皆莫名其妙。戚序也说,《红楼梦》存在"雍肃"与"艳冶"、"则"与"淫"、"淫佚"与"贞静"、"丰盛"与"式微"等诸多自相矛盾的描述,秦可卿究竟是病死的还是淫丧的?宁国府究竟干净还是肮脏?对于这些问题,正反两面都有证据,都铁证如山,却相互矛盾。

系统地分析和梳理将证明:《红楼梦》正面确实"不可读",一切都似是而非,一切都自相矛盾,读者无法得出任何确定的结论。

2.4 只可读背面

作者希望读者读《红楼梦》的背面,不要读正面,可是,哪里是《红楼梦》的背面?如何读它的背面呢?《红楼梦》采用了闻所未闻的写作秘法,一般人自然读不懂。200多年来,红学家们也见仁见智,聚讼纷纭,莫衷一是。人们都声称自己掌握了真相,然而没有一人禁得起文本、语法、逻辑和史实的质疑。

笔者认为,索隐与考证争论不休,此处不便定论,我们可先从探讨内容入手。风月宝鉴的背面里立着一具骷髅,脂批云:"白骨累累忘姓氏,无非公子与红妆。"[1](68)又云:"好知青冢骷髅骨,就是红楼掩面人。"据此则知,鲜艳迷人的红楼群钗,最后都是以惨死结局的,"字字看来皆是血"[1](2)"一把辛酸泪"[1](6)"千红一窟(哭)""万艳同杯(悲)"[1](45)等句,更佐证了这一点。鲁迅先生说,他读《红楼梦》,感觉一股悲凉之雾遍被华林,诚哉斯言。王国维先生说,《红楼梦》是一部彻头彻尾的悲剧,他的判断是准确的。但这部悲剧悲惨的程度,恐怕是鲁迅与王国维两位先生都想不到的。

脂砚斋又以客题为名,赋诗云:"自执金矛又执戈,自相戕戮自张罗。"[1](163)脂批肯定此诗为绝调,赞其诗句警拔,深知拟书底里。此诗前两句话值得读者高度重视,"自执金矛又执戈,自相戕戮自张罗"表明,红楼人物的悲惨结局属于内斗,是自相残杀,而不是来自外部,王熙凤带人抄检大观园时,贾探春曾有过明确表述。

最后,请大家欣赏曹雪芹下述四句诗:

"谩言红袖啼痕重,更有情痴抱恨长。字字看来皆是血,十年辛苦不寻常。"[1](2)"谩言"是"谎言""谎说"的意思,前两句诗明确告诉读者,《红楼梦》里哭哭啼啼的爱情故事等情节,都是谎言,全是假的。后两句诗告诉我们,他辛苦十年所写的作品,意在表达字字见血的人间悲剧。

2.5 红学需要新范式

百年红学,是考证派与索隐派斗法的历史,如今索隐派虽然落败,考证派占据了统治地位,但考证派其实并没有赢,因为它无力解决堆积如山的红学疑难。姑且不论两派各家的解说是否正确,单就解读思路来讲,索隐派占据正途,考证派则走在歧路上。因为脂批讲得很明白,《红楼梦》有两面,正面为假,不能读正面,只能读背面。考证派以普通惯常的方法解读《红楼梦》,他们读到的自然是《红楼梦》的正面,索隐派使用了特殊方法,他们力图索解表面文字背后的真相,读的当然是背面。所以,仅从基本思路上讲,考证派的错误与索隐派的正确,是不言自明的。

然而,红学索隐派名不符实,没有一个索隐家真正掌握索隐的科学方法,他们都是从先入为主的猜测出发,运用一些训诂学知识,进行牵强附会、无中生有的解析,令人生厌,严重地败坏了索隐方法的声誉,以致广大读者都站到了考证派的一边,对索隐作品嗤之以鼻。针对这种局面,笔者坚持走严谨的科学之路,科学的解读结果,应该能够经受逻辑学、语言学、历史学和文本学四者的检验,并能够解答各种红学疑难。

注释:

[1]〔清〕曹雪芹:《脂砚斋批评本红楼梦》,凤凰出版社2010年版。
[2]朱一玄编:《红楼梦资料汇编》,南开大学出版社2012年版。
[3]中国社会科学院语言研究所词典编辑室编:《现代汉语小词典》,商务印书馆1995年版。

第二卷

古代中国的加密和解密法

笔者称自己解读《红楼梦》的方法为隐训法,以区别于传统的索隐法,所谓"隐训",通俗地讲,就是以形训、音训、义训、典训、嵌字训、缩写训、略训、移字训等方式方法解释字词含义,从而揭秘被隐藏着的信息,这些方法在古代称为训诂学。训诂学起始于先秦,战国末期的《尔雅》被认为是最早的训诂学著作,清朝是我国训诂学最发达的时期,形成于乾隆嘉庆时期的乾嘉学派达到顶峰,它强调考据、义理和辞章的统一,这是一个极为卓越的思想。可惜的是,乾嘉学派的创始人顾炎武本人,对训诂学也是一知半解,在他及其后继者手里,系统而完整的训诂学并未建立起来。训诂学,用章炳麟先生的话说,是汉语的"语言文字学",涉及面极广,内容驳杂,极难掌握,所以,在没有现代科学思想指导的条件下,古人未能建立起系统而完整的训诂学理论是完全正常的现象。

训诂之所以必要,索隐之所以必要,是因为隐语文学的客观存在。乾嘉训诂学达到顶峰,也是因为清朝盛行文字狱,在文字狱的压力下,大量文人从事隐语文学创作,隐语文学的繁荣又推动训诂学的发展。隐语在不同的时代有不同的名称,如廋、廋辞、隐、隐语、谜、谜语、暗语、虎谜、灯谜、商谜、西昆体等,而揭秘隐语的活动则被称为射覆、猜谜、打虎、索隐、隐训等。隐训仅适用于隐语文学,如果对普通文学进行索隐解读,那就是牵强附会、无中生有了。

《红楼梦》是一部隐语文学,如果不使用隐训法,就无法正确解读。索隐派是红学的重要派别,它的产生比考证派还早。索隐派红学的开山者乃是周春(1729 – 1815),周春与程伟元、高鹗同时代,也可以说他与曹雪芹同时代,他活得很长。他研究《红楼梦》并作《阅红楼梦随笔》一书,书中序言作于乾隆五十九年(1794),这是迄今为止我们能够发现的时间最早的红学作品。其后有蔡元培、王梦阮、沈瓶庵、邓狂言、寿鹏飞、景和九、杜世杰、李知真等代表人物,其中蔡元培和王梦阮影响最大,近年则以刘心武和土默热为最著。

但隐训是一门极为复杂的科学,且是一门绝学,历史上精通此术者寥寥无几。以笔者所知,自《红楼梦》诞生问世以来,除曹雪芹父子之外,真正读懂此书者只有程伟元、高鹗及高鹗的两个学生,其他虽名为索隐家,实不知如何索隐。周春、蔡元培、王梦阮和刘心武诸人,虽都名为索隐家,但所用方法绝不相类,索隐结果更是五花八门。所以,相对于考证派的团结和统一,索隐派其实是分裂的,有名无实。索隐派之为索隐派,其共同的做法是,抓住书中的只言片语或某一个人物、情节,跟某历史人物或事件的巧合,进行穿凿比附,测字猜谜式地从中"索"出所谓隐藏的信息,其方法和结果均十分牵强,且大多挂一漏万。譬如说王梦阮先生,他认为林黛玉的原型是董鄂妃,又说董鄂妃实乃秦淮名妓董小琬,因为"小琬姓千里草,黛玉姓双木林,天然绝对,巧不可阶。且黛玉之父名海,母名敏,海去水旁,敏去文旁,加以林之单木,均为'梅'字。小琬生平爱梅,庭中左右植梅殆遍,故有'影梅庵'之号。书中凡言'梅'者,皆指琬也。"[1](15-16)王梦阮先生虽然用形训法解读《红楼梦》,他却并没有严格遵照形训法。他将"千里草"与"双木林"相等同,又从"海"与"敏"及"林"三字中索隐出"梅"字,继而又从"梅"字索隐出"隐梅庵"。这种索隐方法很不严谨,草是草,木是木,两者岂可混同?"梅"是"梅","隐梅庵"是"隐梅庵","梅"岂能代表"隐梅庵"? 所以,王梦阮先生的索隐并不科学严谨,穿凿与附会的成分太多,全不靠谱。

蔡元培先生著《石头记索隐》,他在书中说,《石头记》叙巧姐事,似指胤礽,因为"巧"字与"礽"字形状相似。林黛玉影射朱竹垞,因为林黛玉原为绛珠草,绛与朱均为红色;朱竹垞出生于秀水,绛珠则长于灵河岸边。探春影射徐健庵,因为徐健庵名乾学,乾卦的形状就是个"三"字,探春因此被称为三姑娘。健庵以进士第三名及第,探春因此被称为"探"春,这"探"乃探花之探。王熙凤影射余国柱,因为"王"即"柱"偏旁之省,"國"俗写作"国","余国柱"三字中含两个"王"。王熙凤之夫名琏,意思即是指余国柱三字中含有二"王"。妙玉影射姜西溟,姜为少女,以妙代之。惜春影射严荪友,荪友是清初以布衣之身荐为国史馆编修的四人之一,故名"四"春,荪友号藕渔,人们称他为藕荡渔人,所以,惜春住所称为藕榭,诗社亦以藕榭为号。[2](1-33)蔡元培先生仍然主要以形训法解读《红楼梦》,但他的形训法同样极不规范,不是真正的形训法,"巧"与"礽"两字相差十万八千里,怎能说形似?"琏"与"国柱"、"藕榭"与"藕渔"、"乾学"与"三姑娘",皆有很大差异,岂能混一?

不仅索隐派如此索隐,考证派也常常杂用极不规范严谨的索隐,譬如俞平伯先生,他早年信奉"自叙传"说,相信《红楼梦》是曹雪芹的家庭自传,贾即曹之变化,他说:"书中写的是贾氏,而作者却是姓曹。所以易曹为贾,即是真事隐去的意思。但所以必寓之于贾,却有两个意思:(1)贾即假,言非真姓。(2)贾与曹字形极相近故。"[3](232)"贾"与"曹"字形极相近吗?笔者将"曹"与"贾"的各种字体进行对照,始终觉得它们俩差异极大,没有多少相似性。

　　王梦阮、蔡元培和俞平伯先生的索隐之所以失败,其最根本的原因是用错了方法,他们只熟悉形训(离合)法,大量运用形训法,但实际上,《红楼梦》中的隐语大多是谐音类,须用谐训法去解读,脂批为此进行了烦不胜烦的提醒,可惜都被索隐家们忽视了。索隐家们走偏了方向,他们的索隐根本禁不起质疑,被学术界抛弃是理所当然的。但是,我们不能因此而否定索隐法。其实,真正的制隐和索隐既是一门生动有趣的语言艺术,更是一门严谨的密码科学,它有自身独特的语法和逻辑,可以毫不夸张地说,它是我国国学的精髓。

1. 汉语加解密法

　　如果说汉语是中华民族的瑰宝,是悠久灿烂中华文明的载体和象征,那么,汉语加解密法就是这块瑰宝上的一粒明珠。汉语加密的方法非常之多,它与谜语比较类似,大凡制谜的各种手法,均可以用于加密。关于谜语的种类,胡郑军先生如是说:"谜体的分类至少得有三个层次:形、音、义各为一类。每类辖若干体:形为离合、包含、象形、形似……音有谐声、拟声、拼音、韵律……义含会意、用典、承启、通假……每体至少有一法,也可以有多法。如会意分正扣、反扣、夹击等,有必要时还可以继续分解。如正扣可用同义词、上义词、代义词。"[4](9)音、形和义是汉语的基本元素,同样也是制作隐语的基本元素,故大量隐语均可归结为音、形、义三类,此外,还有嵌字法、移字法、省略法、缩写法、漏字法等林林总总诸种类,相应地,训解的基本方法就有谐训、形训、义训、嵌字训、移字训、展训、缩写训、漏字训等手法。制隐与隐训的做法完全相反,制隐是加密,索隐则是解密。每一种制隐手法背后,必定存在一种相应的隐训手法,如谐训之于谐隐,形训之于形隐,义训之于义隐,嵌字训之于嵌字隐……

1.1 形隐\形训

　　汉字是方块字,由各种笔画和偏旁构成,不同的笔画和偏旁构成不同的汉字,某些笔画和偏旁还可单独构成汉字。章炳麟在《文始》中说:"取《说文》独体之'文'谓之'初文';其他省变及合体象形指事与声具而形残及同体重复者,谓之

'准初文',共五百十字。"[5](195)依照章先生的观点,汉字初文及准初文只有510个基本字体,在此基础上,经过排列组合,千变万化,才形成了一个庞大的汉字字库。故而,一个复杂的汉字往往可以分解为几个汉字,如"劉"可以分解为卯、金、刂三字,"董"可分解为艹(草)、千、里,"好"可以拆解为女、子。相反,如将不同的偏旁和笔画进行组合,就会形成笔画较为繁复的汉字,如"木"与"子"可合并为"李"字,"扌""矛"和"木"可合并为"揉"字。前者称为离,后者称为合,统称为离合,离合是形隐的两种基本形式,但形隐并不限于离合。

利用汉字的形状制作隐语,主要基于三个原因:其一,由于笔画及偏旁既可以单独成字,又可以组合成字,这就容易形成歧义。其二,偏旁及笔画的名称不一,也容易导致迷惑。譬如说"罒",既可称之为四字头,又可称为横目。又如"夂"字,既可称为折文儿,又可称为反文旁。其三,离合字与非离合字混在一起,往往叫读者摸不着头脑。在广东省饶平县三饶镇古城南门外两华里的山顶上,耸立着一座古塔,塔内竖立着一块谜碑,碑上镌刻的文字是:

"天高一望空,水际青如许,悬看本无心,贪多贝应去,横目点离州,廊上开新字,竿头竹已非,水草翻无羽,同船话相告,土草合为侣,健儿欠失人,木侧堪乔举。"[6](14)

这块谜碑的谜底是"大清县令四川郭于藩造塔建桥"。作者在这里使用的基本手法是形隐,故须借助形训法来解读。第一句隐"大"字,"天"上"空一",即为"大"。第二句隐"清"字,即所谓"水际青"。第三句隐"县"字,"悬"字无"心"便是"县"。第四句隐"令"字,"贪"字去"贝",得"今","今"与"令"形似,且谐音。第五句隐"四川"两字,横"目"为四,"州"去点为川。第六句隐"郭"字。第七句隐"于"字,"竿"去"竹",得"干","干"与"于"形似。第八句隐"藩"。第九句隐"造",因"造"与"告"谐音,这是谐训法。也可以用形训法解读,从形状看,"辶"与龙舟形似,"辶"与"告"合为"造"。第十句隐"塔",第十一句隐"建"。第十二句隐"桥","木"侧有"乔",当然是"桥"字。合起来是"大清县令四川郭于藩造塔建桥"。整首谜诗最主要的隐藏方式是形隐,即利用字形隐藏真实信息。这首造塔建桥者谜诗,又名"郡姓名字诗",首创者为东汉的孔融。据南宋叶梦得《石林诗话》记载,孔融曾赋《离合作郡姓名字诗》云:"渔父屈节,水潜匿方。与时进止,出寺施张。吕公矶钓,阖口渭旁。九域有圣,无土不王。好是正直,女回于匡。海外有截,隼逝鹰扬……按辔徐行,谁谓路长?"全诗隐藏着"鲁国孔融文举"六个字。[7](1)

在生活和文学作品中,形隐法应用十分广泛,如《三国演义》在描述曹操与杨修的关系时,就有三个形隐谜故事,第一个是曹娥碑阴之"黄绢幼妇,外孙齑臼"

谜,曹操初见不知何意,杨修一见便读懂了,告诉曹操说,这是隐语。曹操于是让杨修暂时不说答案,他骑马思考了30里路才悟出来,这是一则离合字谜,谜底是"绝妙好辞"。还有一次,曹操让人给他建造花园,花园建成后,曹操前去验收,他绕园子瞧了一遍,不置可否,只在园门上写了一个"活"字就离开了。建筑师不知何意,向人请教,无人能解,杨修问明情况后,立即明白了曹操的用意。他解释说,"门"内有"活",乃为"阔",曹丞相嫌园门太阔了,改小一点吧。还有一次,有人给曹操送来一盒酥糖,曹操打开吃了几块,就重新盖上盒子,他在盒子上写了"一合酥"三个字,递给手下传看。手下众官不知何意,此时杨修进来了,他看见盒子上"一合酥"三个字,立即明白了曹操的意思,便打开酥盒吃起来,还叫大家都吃,他对众人解释说,"一合酥"者,"一人一口酥"也,丞相叫我们吃酥啊。经杨修一解释,众人恍然大悟,都高兴地吃起酥来。

《三国演义》里还有一则"千里草,何青青。十日卜,不得生"的民谣,也是隐语,其中隐藏着"董卓"的名字,它诅咒董卓不得好死。《水浒传》中有一首童谣:"耗国因家木,刀兵点水工",预言山东宋江要起兵造反。黄巢领兵攻入长安时,著名诗人皮日休为讨好他,作诗云:"欲知圣人姓,田八二十一。欲知圣人名,果头三屈律。""田八二十一"隐"黄"字,"果头三屈律"隐"巢"字,全诗歌颂黄巢为真龙圣君。谁知黄巢不懂离合,且他的脑袋瓜子生得难看,一怒之下,竟把皮日休给杀了[8](320)。唐朝末期,董昌任义胜军节度使,割据两浙,山阴县有一个老头讨好他,劝他称帝,对他说:"今大王善政及人,愿万岁帝于越,以福兆庶。三十年前已有谣言,正合今日,故来献。其言曰:'欲识圣人姓,千里草青青。欲知圣人名,日从曰上生。'"[8](148)这也是一则形隐谜语,"千里草"隐"董"字,"日从曰上生"为"昌"字,全诗的意思是说董昌将称帝做皇帝。董昌听后大喜,当即厚赏这个山阴老者,随后反唐称帝。据《渑水燕谈录》记载,大宋庆历七年,王则领导的士兵起义在贝州爆发,宋仁宗派明镐领兵镇压,久而无功。仁宗无奈,另派参知政事文彦博前去带兵,他对文彦博说:"'贝'字加'文'为败,卿必擒则矣。"[8](1289)宋仁宗的意思是说,他之所以派文彦博领兵,恰恰是因为他姓"文","文"与贝州义军的"贝"合为一个"败",即文彦博必能打败王则。

《归田录》卷第一载:"仁宗即位,改元天圣。时章献明肃太后临朝称制,议者谓撰号者取天字,于文为'二人',以为'二人圣'者,悦太后尔。至九年,改元明道,又以为明字于文'日月并'也,与'二人'旨同。"[8](607)宋真宗死后,宋仁宗继位,宋真宗的皇后刘娥升为太后,临朝称制,垂帘听政,先后取用"天圣"和"明道"两个年号。一些人议论说,这是朝廷大臣为取悦于她而刻意设计的,"天圣"者,拆字为"二人圣",意谓有两个圣上。"明"可拆为"日月",意为"日月并立",其含义与"二人圣"相同。

广大读者朋友对于形隐\形训是比较熟悉的,对以上各例都不陌生,所以,大多数人都能接受形训这种解读形式。不过,笔者要提醒的是,形隐\形训只是汉语众多加密和解密方法的一种,除此之外还有数十种。一些隐语文学作品根本与形隐\形训无涉,如《红楼梦》就极少使用形隐法,因此,对于隐语文学作品,我们脑中不能老想着形隐\形训这一种方法,那样会限制我们的视野和解读能力,导致误读。

1.2 谐隐\谐训

汉语字库规模巨大,许多汉字的发音相同或相近,这是一个显著特点。汉字的这一特点具有巨大的应用价值,人们利用它来吟诵诗歌,撰写韵文。另外,人们还利用它来制作隐语,之所以能够如此,是因为人们很容易在发音相同或相近的字词间产生联想。据《渑水燕谈录》卷第九记载,吴越王钱镠有一个儿子,腿脚不好,是个瘸子,而"瘸子"恰与"茄子"谐音。杭州人为避讳,就把"茄子"改称为"落苏"。杨行密是五代十国时期吴国的奠基人,他名字中的"密"字与"蜜"谐音,是一个常用字。杨行密在割据淮阳之时,当地人为避讳,被迫将"蜜"改称为"蜂糖"。[8](1303) 据《萍洲可谈》卷一记载:宋朝人非常迷信,朝中多避忌语,读书人应考,如果触犯讳忌,即使才高八斗,也常遭黜落。譬如"大哉尧之为君""君哉舜也"等句,因"哉"与"灾"谐音,不能用;又如"反者道之动""九变而赏罚可信"等句中的"反"和"变",使人联想到"造反"和"政变",也不能用,应以"复"字代替"反"字,以"更"字代替"变"字。[8](2301) 另据《归田录》卷第一记载,北宋时期的宋庠与宋祁是两兄弟,非常有才,名动京师,号为"二宋"。但宋庠原名不叫宋庠,而叫宋郊,字伯庠,官至知制诰,宋仁宗觉得他有才,便欲大用。在征询群臣意见时,有一位大臣表示反对,他说,宋郊的姓氏与我大宋的国号相同,偏偏他的名字"郊"含"郊天"之意,且"郊"又与"交"谐音,"宋交"二字含"宋朝交替"意,不吉祥啊。宋仁宗听了,觉得有理,便建议宋郊改名,宋郊只好改"郊"为"庠",字公序。[8](613) 历史上这类谐音避讳事件极多,最著名的要算"只准州官放火,不准百姓点灯"和"正(征)月"两个典故了,前者为田登避讳,后者为嬴政避讳。

谐隐,俗称谐音法,古诗古文中大量存在。如刘禹锡诗"杨柳青青江水平,闻郎江上踏歌声。东边日出西边雨,道是无晴却有晴。"最后一个"晴",应训为"情",它与"情"字谐音。苏轼与佛印和尚关系很好,经常作诗互讽取乐,苏轼云:"狗啃河上骨",佛印立即明白"河上"即"和尚","狗啃河上骨"即"狗啃和尚骨",当即回敬道:"水流东坡诗","诗"者"尸"也,"水流东坡诗"即"水流东坡尸"。明朝有一个神童叫程敏政,颇有才名,朝中大臣李贤有意招其为婿,便把程敏政请到自己府上,席间,为活跃气氛,李贤有意对对子,他出上联道:"因荷而得藕",程敏政明白李贤一语双关,便吟出下联道:"有杏不须梅"。诗中"荷""藕""杏"和"梅"四字,分别是"何""偶""幸"和"媒"的谐音。上下两联原本应该是:因何而得偶?有幸不须媒。翻译过来的意思是:上联,李贤提问程敏政,你因为什么原因得到配偶?下联,程敏政回答说,我运气好,被李贤大人看中,无须他人做媒,就喜得佳人。

谐隐在现代社会生活中也经常用到,如"201314"即"爱你一生一世"。林彪的儿子林立果曾准备武装起义,其起义计划名为"571工程","571"即"武(装)起义"的谐音。周恩来同志曾取化名"伍豪","伍豪"与"5号"谐音。五四时期,周恩来与一群热血青年在天津成立觉悟社,为隐藏身份,他们不用真名,而用代号,周恩来的代号是5号,邓颖超的代号为1号。他们夫妻俩后来分别在代号的基础上,利用谐音技术,分别取名为"伍豪"和"逸豪"。解放战争时期,任弼时与陆定一同志分别取化名"史林"和"郑位",这两个姓名也来自谐音,因为任弼时当时任纵队司令,陆定一为政委,而"史林"是"司令"的谐音,"郑位"是"政委"的谐音。

1.3 义隐\义训

当我们以抽象的方式表达事物的名称、特征、性质,以及语言词汇的含义时,就可以达到隐藏信息的目的,这种隐藏方式是义隐。义隐可分为隐事物与隐文辞两类,前者属事物谜,后者属文辞谜。前者的基本做法是,以极其抽象的方式,借助比喻、指代、拟人等修辞手法,描写事物的性质和特征,但文中绝不直言事物之名称。《荀子·赋》是事物隐语的代表作。

北宋政治家王安石曾主持熙宁变法,后退居金陵南京,有一个道士拜访他,王安石同他下棋。这个道士颇能诗,他吟道:"彼亦不敢先,此亦不敢先。惟其不敢先,是以无所争。惟其无所争,故能入于不死不生。"王安石听了,笑道:"此特棋隐语也。"[8](2183)道士随口吟诵的诗句,是一首谜语的谜面,它形象地描述了象棋博弈的特征,高手都须以自保为主,稳妥为先,如果双方都是高手,便会弈成和局,所以,谜底是弈棋。王安石是制谜高手,也熟悉象棋,自然立即明白了道士谜语诗的意思。当然,道士吟诵此诗还有一个目的,就是劝说和安慰王安石,要以退为进,不能一味冲锋陷阵,隐退金陵可能是一个不错的选择。

笔者曾读到一首佚名诗,其诗云:"远看山有色,近听水无声。春去花还在,人来鸟不惊。"这是一首谜诗,谜底便是诗题"画"。宋朝理学家朱熹诗云:"半亩方塘一鉴开,天光云影共徘徊。问渠那得清如许?为有源头活水来。"这也是一首谜语,谜底便是诗题中的"观书"二字。唐朝无名氏《珊玉集》撰述了一个颜回借梳的故事:

孔子带着弟子们周游列国,路遇一个妇人头戴象牙梳子,他对弟子们说:"谁能向那位妇人借来梳子?"颜回答道:"我能。"于是,颜回来到那个头戴象牙梳子的妇人身边,扑通一声跪了下来,他对妇人说:"我有一座荒山,上长百草,有枝无叶,草中藏着百兽,有喝的没吃的。请夫人借我罗网,让我能够捕捉它们。"那个妇人二话没说,就将头上的梳子取了下来,交给颜回。颜回很纳闷,他口中并没提及梳子及头发,妇人怎么会知道他要借梳子呢?妇人知道颜回疑惑,便解释说:"荒山"指你的头,"有枝无叶"的"百草"指你的头发,"百兽"指头发里的虱子,你要借的"罗网"不就是我这梳子吗?

一个普通女人便能猜出这么高深的谜语,可见猜谜活动在我国古代社会是很流行的。这类事物隐语诞生极早,《周易·归妹·上六篇》有一首商朝歌谣:"女承筐,无实,士刲羊,无血。"它形象地描述了一对青年男女剪羊毛的情景,但歌词中绝无半字涉及羊毛及剪子。东汉赵晔在《吴越春秋·勾践阴谋外传》中记载了一首上古民歌《弹歌》,歌云:"断竹,续竹;飞土,逐肉。"这可以说是我国最早的事物谜,它的谜底是弹弓。

文辞谜主要在知识分子当中流行,其中有一部分属于义隐。汉语字库数万,词汇更巨,存在同义词或近义词,譬如,外孙与女子、温与不寒、丈母娘与孩儿他姥姥,这三组词语含义相同或相近,但在实际使用中,情形却有所不同,"外孙""温"和"丈母娘"等词常用,"女子""不寒"和"孩儿他姥姥"则基本不用或极少用到,以这种基本不用的词汇取代常用词汇,往往能起到隐藏信息的功能。正确理解义隐谜语,就需要对言辞进行分析、推理和概括。李耀宗先生在其《民间谚语谜语》一书中记载了一则极其有趣的谜语:

三国时期,吴蜀联合抗曹,一举破敌八十三万人马。蜀国军师诸葛亮技高一筹,对获胜起了决定性作用。周瑜气量狭小,妒火中烧,气得箭疮迸裂,休克醒来还仰天喟叹:"天哪,既然生我周瑜,又何必再生诸葛亮!"[9](178)

这是谜面,谜底要求答一计划生育用语。分析谜面,周瑜埋怨老天不该让他与孔明生在同一个时代,言外之意,只生一个最好。而我国此前的计生政策是"一对夫妇只生一个孩子",故谜底是"只生一个好",非常生动形象。再看一副对联:

袁世凯 千古

中国人民万岁

对联的上下联应该字数相等,这副对联却不是这样,上联少了一个字,"袁世凯"三字与"中国人民"四字不相称,故谜底为"袁世凯对不起中国人民",这是引申谜。[4](147)宋朝吴曾在其笔记小说《能改斋漫录》中记载了一则极有趣的谜语:

政和年间,一贵人未达时(不欲书名),尝游妓馆崔念四之馆,因其行第作《踏青游》词云:"识个情人,恰个二年欢会,似赌赛六只混四,向巫山重重,去如鱼水,两情美,同倚画廊十二,倚了又还倚。两日不来,时时在人心里,拟问卜常占归计,拚三八清斋,望永同鸳被,到梦里,蓦然被人惊觉,夢也有头无尾。"都下盛传。

这是一阕人名谜语词,它描述一个尚未发达的贵人,曾经逛妓院,给妓女崔念四写了一首《踏青游》,词中的"二年""六只混四""巫山重重""倚了又倚""画廊十二""三八"和"夢也有头无尾"等词句,皆意为"廿四"。"二年"为二十四个月,"六只混四"为二十四点,巫山有十二峰,"巫山重重"当然就是二十四峰。画廊十二个,倚了又倚,便是二十四倚。"三八"二十四。"夢"字去尾,剩上半截,其中"艹"与"廿"形似,"罒"又名横四,故"夢"字去尾后,就只剩下"廿四"了。"廿"与"念"同音,并且,"念"是"廿"的大写。故"廿四"就是"(崔)念四"。可见,作者在词中,隐藏着妓女崔念四的名字。[4](145)制作义隐谜的关键,是要以抽象、罕见的方式方法描述事物或字词的含义,令人意想不到。

1.4 移字隐\移字训

汉语文献是由字、词、句、段、节、篇、章、卷等组成的,易言之,任何文字作品,实际不过是字与词的排列组合而已。关于汉语字顺,笔者提请读者朋友注意两点:其一,在某些条件下,字位移动了,字顺打乱了,甚至颠倒了,但它们仍然能够表情达意;其二,在多数情况下,字顺一旦发生移动错位,含义便不同了。譬如说"赵匡胤"三字,这三个字都是姓氏,因此,不管我们如何排列,它们都像姓名。三个字共有六种排列:赵匡胤、赵胤匡、匡赵胤、匡胤赵、胤赵匡、胤匡赵,全都像姓名。又如"美玉""杨柳""大厦""北京"等词,字顺倒换则成"玉美""柳杨""厦大""京北",字顺变了,含义也不同了,但仍然有意义。利用汉语的这个特点,我国古人创造了一种文学体裁,叫回文体,简单地讲,就是把字顺完全颠倒过来。下面是宋朝李禺所撰写的一首《夫妻相思》诗,顺读及倒读皆成诗,顺读是夫想妻儿,倒读则是妻儿忆夫:

夫妻相思
宋朝·李禺

夫想妻(顺读)妻想夫(倒读)
枯眼望遥山隔水,儿忆父兮妻忆夫,
往来曾见几心知。寂寥长守夜灯孤。
壶空怕酌一杯酒,迟回寄雁无音讯,
笔下难成和韵诗。久别离人阻路途。
途路阻人离别久,诗韵和成难下笔,

讯音无雁寄回迟。酒杯一酌怕空壶。

孤灯夜守长寥寂,知心几见曾来往,

夫忆妻兮父忆儿。水隔山遥望眼枯。

回文是一种反常现象,在一般情况下,我们读古文,按照自上而下从右至左的顺序进行;读现代文献,则不同,自上而下,从左至右。这是我们的阅读习惯,也是我们的书写习惯,久而成自然。利用人们的这种书写和阅读习惯,便可制作隐语,隐藏信息,骗过他人,这种方法叫移字隐。移字隐方式方法极多,回文式的倒读只是其中之一。在古人创制的谜格中,有一类叫移字体,包括秋千格、卷帘格、上楼格、下楼格、双上楼格、双下楼格、掉首格、掉尾格、易担格、蕉心格、移珠格、双钩格、辘轳格和螺旋格等。这类谜语总的特点是,谜底须移动字顺,方能扣合谜面。譬如秋千格,它来源于"秋千"二字,据《复古编》载:"汉武帝祈千秋之寿,后庭多做秋千之戏。""秋千"之名,是从"千秋"二字转化而来,祈愿能活千岁。卷帘格,谜底要求三字以上,全部倒读,方能扣合谜面。上楼格,谜底要求三字以上,以谜底最后一字移置第一字之前扣合谜面。下楼格,谜底要求四字以上,将谜底第一字,移置最后一字之后,来扣合谜面。双上楼格,谜底五字以上,须将谜底最后两字移至第一字之前,来扣合谜面。双下楼格,谜底五字以上,须将最前面两字移至最后。掉首格,谜底要求三字以上,将第一个字与第二个字互换位置后就可以扣合谜面。掉尾格,谜底要求三字以上,将最后两字的位置互换以扣合谜面……实际上,谜格是不断发展的,因此,谜底的字数及移动方式,也是发展的,依笔者愚见,为扣合谜面,谜底的字数及移动方向,完全可以是任意的。为使大家有更加直观的感受,笔者勉强创作了一首诗,名曰《邻家有女王家求》:

邻女卢水照美颜,黑眸炯炯杨柳态。

勃然朝气王家男,骆驼迎宾送礼彩。

笔者不善作诗,此诗只是为了演示移字隐语的做法,诗中隐含着初唐四杰的姓名,第一句话隐"卢照邻","邻"字原本是姓名的末字,却被调到了句首。第二句话隐"杨炯",名字"炯"排到了姓氏"杨"字之前。第三句话隐藏"王勃",姓与名的顺序颠倒了。第四句话里有"骆""宾"两字,再加上第三句诗中的"王",便是骆宾王,字序也是乱的。这是一首地道的移字隐诗。

1.5 略隐\展训

姓名是我们人类进行自我区别及辨认的符号,在具体使用中,为方便快捷起见,往往要省略掉其中的一部分。在中国革命战争期间,毛泽东同志在给部下发电报时,往往只称姓氏,如"林罗刘",指林彪、罗荣桓、刘亚楼。另外,刘邓大军之"刘邓",指刘伯承和邓小平。陈谢兵团之"陈谢",指陈赓和谢富治。陈粟大军之

"陈粟",指陈毅和粟裕。这里的做法是只称姓氏,省略了名字。同样,我们还可省略姓氏,而只称名字的,如夫妻之间互称,往往如此。这种省略方式,也能够用于制隐,这种制隐方法,笔者称之为略隐。宋人费衮在《梁溪漫志》中说:

"吴元中丞相敏,宣和间,著《中桥见闻录》记当时事不敢斥言(直接指出),大抵多为廋语。其称安者,谓蔡攸,盖攸字居安;实者,谓童贯;木者,谓林灵素或朱缅也。"[10](631)

北宋宰相吴敏写笔记评论时事,意存褒贬,为避免得罪权贵,便以省略的方式称呼他们,蔡攸字居安,吴敏以"安"代之,林灵素和朱缅的姓名中皆含"木"字,便以"木"代表,童贯长相壮实魁梧,便以"实"代之。韩侂胄当国,有一个卖凉茶者,敲着碗盏招揽生意说:"冷底吃一盏!""冷"即"寒",而"寒"又是"韩"的谐音,代表韩侂胄,"盏"为"斩"也。卖凉茶者诅咒韩侂胄当斩。吴敏与卖浆者都使用了略隐法。

1.6 缩隐\展训

缩写是一种非常普遍的现象,使用非常广泛,如"中国",它就是"中华人民共和国"的缩写。又如"毛主席"三字,在不同历史时期,具有不同的含义,毛泽东同志先后担任过中华苏维埃共和国中央执行委员会主席、中华苏维埃共和国人民委员会主席、中华人民共和国中央人民政府主席、中国共产党中央委员会主席、中华人民共和国中央军事委员会主席等多个"主席"之职,故"毛主席"三字实为缩写。

转战陕北时,毛泽东同志曾经取化名"李德胜",这个姓名是怎么来的呢?它来自下述文字:

离开延安,取得胜利。

这就是说,"李德胜"是由"离得胜"转化来的,原来是两句话八个字,缩短为三个字,再经谐音法,便变成了一个姓名。周恩来同志在转战西北时,取化名"胡必成","胡"字来源于他的胡子,他曾经蓄着长胡须,被战友们趣称为胡公。而"必成"两字则是缩写,它们是"中国共产党领导的中国革命必定成功"的缩写。

"白干"是一种酒的名称,但在特殊情况下,它可能变成一句话的缩写:"谜目:白干。取白居易的姓作为借代,表示谜面是白居易所描述的干杯的情景。"[4](237)在这段引文中,"白干"二字,是"白居易所描述的干杯的情景"的缩写。缩写在古代文献中也比较常见,《庄子》中的诸多篇名如"养生主""德充符""应帝王",都是缩写。"养生主"是"养生的要点"的意思,"德充符"是"道德充实,与万物之本性相符合"的意思,"应帝王"则是"适应自然而为天下帝王"的意思。时下流行的一些语言,如"高大上""白富美""高富帅"等,也都是缩写词。"文革"时期,"四人帮"提倡的文艺作品是要突出正面中心人物,必须把中心人物塑造成"高大全"那样的角色。所谓"高大全",是"高尚、伟大、全面"的缩写,意味着完人。

缩写对于不了解情况的人来说,是比较难理解的,因此具有隐藏信息的功能。

1.7 嵌字隐\嵌字训

大家都知道藏头诗,军师吴用为了把卢俊义逼上梁山,化装成算命先生,在卢俊义家的墙头上题写了四句诗,将"芦(卢)俊义反"四字分别镶嵌在四句诗的句首,而这四个字后来竟成为卢俊义的罪证,遭到官府抓捕,吴用则派人营救,卢俊义就这样上了梁山。藏头诗只是嵌入诗文的一种,密语可以镶嵌在诗头,也可以镶嵌在诗中、诗末或诗歌的任何一个地方。同时,密语不仅可以镶嵌在诗歌中,当然也可以镶嵌在散文或者其他文体中。戴笠写给国民党特务戴星炳的那封含有"加紧消灭汪"的指示信,就是典型的嵌字隐语作品。

1.8 漏字隐\漏字训

在日常生活中,我们对某些知识、原则或规律熟记于心,只要人们提起其中部分内容,我们马上就能想起剩下的部分。利用这个特点,人们也制作了一些隐语。例如,有人对拮据的生活状况不满,便制作了如下一副对联:

横批　南北中

上联　二三四五

下联　六七八九

"南北中"代表方位,在我们的平面视野中,有"东西南北中"五个基本方位,横批中只出现三个,"东西"两个缺失,同时,"东西"两字又是多义词。上联缺"一",下联缺"十","一"是"衣"的谐音,"十"是"食"的谐音,故这副对联的言外之意是:没有东西,缺衣少食。

歇后语"十窍通了九窍",意为"一窍不通";歇后语"一二三四五六七九十",意为"忘(王)八"。这些对联、歇后语,都用到了缺字法。

钱南杨《谜史》记载着前人一则谜语:"吴僧柏子亭,与子畏(唐寅)最善。一日,僧往支硎山憩一店舍,其主人出纸笔求诗。僧遂援笔戏书一绝:'门前不见木樨开,惟有松梅两处栽;腹内有诗无所写,往来都把轿儿抬。'揭之于壁,久无解者。一日子畏憩其舍,忽指壁间大笑云:'此诗谁人所作,盖嘲店中无香烛纸马耳。'"[10](633)第一句暗示缺"香",因百花之中,桂花最香,桂花未开,那就无香,木樨是桂花的别名。第二句缺"烛",因为松、竹、梅为岁寒三友,看见松与梅,使人想到竹子缺位,而"竹"是"烛"的谐音。第三句暗示缺"纸"。第四句暗示缺"马",人们来往都坐轿,轿是由人抬的,不用马,故缺马。总结全诗,作者的意思是暗示主人缺香烛纸马之物。

1.9 典隐\典训

我国历史悠久,典故极多,可以借用来制作隐语。宋人周密的《齐东野语》卷二十"隐语"条,便是用借典法制作的:"人人皆戴子瞻帽,君实新来转一官。门状送还王介甫,潞公身上不曾寒。"周密是南宋文学家,他在"隐语"中提到四个北宋名人,分别是苏东坡,字子瞻;司马光,字君实;王安石,字介甫;文彦博,封潞国公,简称潞公。但作者的真正目的却不是要写这四位北宋名人,而是四位古代名人。第一句隐写着古代名人仲长统,子瞻帽最大的特点是在帽子的周围悬着一围青色或蓝色的薄纱,形似长筒,"长筒"与"长统"谐音。人人皆戴子瞻帽,说明它很重要,人们都重用它,"重"与"仲"谐音,合起来就是仲长统。仲长统是东汉末年哲学家、政论家,《后汉书》中有《仲长统传》。第二句隐写汉代史家司马迁,司马光字君实,故"君实"使人联想到"司马光",司马光转一官,就是升迁了一级,其中含"迁"字,"司马"和"迁"合并起来,便是"司马迁"了。第三句隐藏着"谢安石",王介甫即王安石,恰巧,东晋著名政治家谢安,字安石。同时,"门状送还"又含"谢绝"之意,"谢"与"安石"合并,便得"谢安石"。第四句暗含着"温彦博"。文彦博是北宋著名政治家,封潞国公,人称文潞公。恰巧,北齐有一个政治家叫温彦博,而"不寒"两字,正有"温"的意思,"温"与"彦博"合并,便得"温彦博"。

1.10 另解隐\另训

汉语存在多音多义的情况,它的这个特点也可用于制作隐语。《挥尘后录》云:"高宗建炎二年冬,自建康避狄幸浙东。初渡钱塘,至萧山,有列拜于道侧者,揭其简,宗室赵无衰以下起居。上大喜,顾左右曰:'符兆如此,吾无忧矣。'"[11](72)靖康之后,金兵继续追歼宋军,宋军一路南撤,建炎二年(1128),宋高宗从金陵逃往浙江东部,到达钱塘、萧山一带,当地官员和百姓列拜迎候,其中有一人名叫"赵无衰",是大宋宗室,也来迎候宋高宗。当赵构听到"赵无衰"这个名字时,大喜过望,对左右说,有此佳兆,吾无忧虑矣。"赵无衰"原本是一个姓名,姓名仅是代表一个人的符号,但赵构则作另解,"赵无衰"者,"赵氏政权将长盛不衰"也。

《二十年目睹之怪现状》第七十五回描述了猜谜活动,其中有一些谜语属于另解类的,如第一个谜语,其谜面是:子不子(打《孟子》一句),谜底是:当是时也。"子不子"出自《论语》,原本的意思是"儿子不像儿子"。"当是时也"出自《孟子》,原本的意思是"在这个时候"。但作为谜面和谜底,"子不子"与"当是时也"都须另作解释,在这里,"子不子"被另解为"子不是指儿子","当是时也"被另解为"(子)应当视为时间概念"。按照天干计时法,子确实是时间概念,子时指半夜23:00~1:00。

1.11 **图隐\图训**

明朝徐祯卿在《剪胜野闻》里记载了一则谜语:"太祖尝于上元夜微行京师,时俗好为隐语相猜以为戏。乃画一妇人赤脚怀西瓜,众哗然。帝就视,因喻之曰:'是谓淮(怀)西妇人好大脚也。'甚衔之,明日召军士,大戮居民,空其室。"[10](633) 明太祖的结发妻子叫马秀英,淮西人,没缠过足,脚大,被人们讥称马大脚,朱元璋与她感情很深,当他得知市民讥笑马秀英时,发怒了,派军队把这些市民都给杀了。徐祯卿记载的这条图谜未必是真事,但形象有趣,他提供给读者的并不是图画,而是文字描写,我们姑且称之为文字画。谜面"画一妇人赤脚怀西瓜,众哗然"什么意思呢? 文字画里有"怀西"两字,与"淮西"谐音,另有"妇人""脚"两词。"众哗然"意谓众人瞧见那个妇人的赤脚很惊愕,为什么惊愕呢? 因为它真的好大。可见,这则文字画谜所嘲笑的便是马皇后的大脚。

《东坡问答录》记载了如下一条文字画谜:"东坡即拾一片纸,画一和尚右手把一扇,左手把一长柄笊篱,与佛印云:'可商此谜。'佛印沉吟良久,曰:'莫是《关雎》序中之语欤?'东坡曰:'何谓也?'佛印曰:'风以动之,教以化之,非此意乎?'东坡曰:'吾师本事也。'相与大笑。"[4](338) 谜面是"画一和尚右手把一扇,左手把一长柄笊篱",右手的扇子具有扇风的功能,扇子一动,风随之吹起来,这就是"风之动之"。左手的长柄笊篱是宋朝时期和尚化缘的主要工具,类似于钵盂,和尚化缘,实为叫化子要饭,"叫花"是"教化"的谐音,而"教化"又可视为"教之化之"的缩写。故佛印猜谜底是"风以动之,教以化之"。他猜对了。

《四朝闻见录》记载了这样一则隐语:"韩用事久,人不能平。又所引率多非类。市井有以片纸摹印乌贼出没于潮,一钱一本,以售儿童,且诵言曰:'满朝都是贼。'京尹廉而杖之。"[11](954-955) 南宋权臣韩侂胄禁绝朱熹理学,贬谪宗室赵汝愚,得罪了一些文人,有一个文人画了一幅画,画的是一群乌贼出没于潮水之中,他把画卖给儿童,并且口中还说"满朝(潮)皆是贼",讽刺韩侂胄及其党羽都是奸贼。

……

制作汉字隐语的方式和方法是非常之多的,不胜枚举,以上只是常用的几种方法,曹雪芹在《红楼梦》里都用到了。这里讨论的是加密方法,按照相反的方向,便可解密,故加密与解密,方法是相通的。

注释:

[1]〔清〕曹雪芹、高鹗著,王梦阮、沈瓶庵索隐:《红楼梦索隐·提要》,北京大学出版社2011年版。

[2]蔡元培:《石头记索隐》,上海书店出版社2008年版。

[3]俞平伯:《红楼梦辨》,商务印书馆2011年版。

[4]林玉明:《中国谜语基础知识》,厦门大学出版社2009年版。

[5]赵传仁:《中国书名释义大辞典》,山东友谊出版社2007年版。

[6]魏育涛:《潮汕灯谜史》,中国文史出版社2007年版。

[7]俞绍初:《建安七子集》,中华书局2005年版。

[8]《宋元笔记小说大观》,上海古籍出版社2007年版。

[9]李耀宗:《民间谚语谜语》,中国社会出版社2006年版。

[10]江更生:《中华谜海》,学林出版社2000年版。

[11]〔清末民初〕丁传靖辑:《宋人轶事汇编》,中华书局2003年版。

2. 汉语多重加解密法

汉语信息是可以多重加密的，在第一次加密的基础上再一次加密，是二重加密；在二重加密的基础上，再一次加密，则是三重加密；在三重加密的基础上，再加一次密，就是四重加密。汉语究竟能做到几重加密，笔者不清楚，目前所见到的加密次数最多的隐语，是四重加密隐语。一般而言，加密次数越多，解密难度越大，信息也就越安全。

2.1 一次加密

对汉语信息进行加密的方式与方法极多，只要我们采用其中任何一种方式或方法来处理信息，都算是加密了。譬如，武则天擅权之时，唐朝开国功臣徐世勣之孙徐敬业造反，当朝宰相裴炎欲为内应，曾派人给徐敬业送信，信件被武则天截获，信中只有"青鹅"二字。这是一则合字谜语，其中"青"字，是由"十、二、月"合成，"鹅"字是由"我、自、与"合成，故其所隐藏的信息是"十二月我自与"，裴炎借此谜告诉徐敬业，他将在十二月起兵响应，参与推翻武则天的起义。这则谜面单纯使用了合字法，是一次加密隐语。另外，像曹操制作的"阔"字谜、"一合酥"谜，纪晓岚制作的"抄"字谜等，都是单纯的合字谜。

离字谜与合字谜的制作方法相反，如诅咒董卓的"千里草，何青青，十日卜，不得生"童谣，制作者将"董"字拆成"千里草"，"卓"字拆成"十日卜"；预言宋江起义的"耗国因家木，刀兵点水工"童谣，制作者将"宋"字拆成"家（宀）木"，"江"字拆成"水（氵）工"；关于刘邦的"宝文出，刘季握。卯金刀，在轸北。子禾子，天下服"谶言，制作者将"刘"字拆成"卯金刀"，将"季"字拆成"禾子"。这些都是单纯的离字谜，只使用了拆字法一种。

戴笠发给戴星炳的嵌字密信，也是一次加密隐语，只使用了嵌字法。在这封密信里，戴笠将"加紧消灭汪"这句话，拆成一个个单字，依序嵌入一段文字中：

"电悉。请示校长同意后，同意所请，渝沪可互相谅解。目前时局更加艰难，战事日益紧张。敌我双方，互有消长。唯日人灭我之心不死，后患无穷，望好自为之，与汪共处。前所计划之事，一切作罢。以后可保持电讯联系。"

陆定一的化名"郑位"，与"政委"谐音；任弼时的化名"史林"，与"司令"谐音；周恩来的化名"伍豪"，与"5号"谐音；邓颖超的化名"逸豪"，与"1号"谐音，这些取名方式都单纯基于谐音法。而"高富帅""白富美""高大上""高大全"等词，都是单纯基于缩写法创作的。朱熹的《观书有感》、佚名氏的《画》、王安石提到的"棋隐语"，这三首诗谜是单纯运用义隐法创作的。以上都是一次加密隐语。

一次加密隐语相对简单，是比较容易破解的。所以，武则天亲自破解了"青鹅"谜，杀了裴炎。黄文炳识破了宋江造反的图谋，并向江州知府蔡九告发。曹操的那些谜语也被杨修一一轻松地破解了。戴笠的密信被李士群识破，戴星炳惨遭杀害，成为国民党刺汪行动中第一个牺牲的烈士。戴星炳被杀，有些冤枉，只怪戴笠制作隐语的水平太拙劣了。将"加紧消灭汪"五个字嵌入一段文字中，这仅仅只有一次加密，本就容易识破，他偏偏又用粗笔书写，这等于泄密，等于没有加密。

2.2 二次加密

徐敬业为策反裴炎，曾拜托骆宾王制作隐语，向长安传播。骆宾王制作的隐语是："一片火，二片火，绯衣小儿当殿坐"，这条隐语以谶言童谣的形式出现，它的意思是，裴炎将坐殿称王。裴炎是受唐高宗李治临终托孤的顾命大臣，曾以多种方式规劝武则天还政于李氏，武则天拒不听从。所以，徐敬业起兵造反，裴炎若果为内应，当出于忠于李唐皇室，并非为个人私利，绝非受了称王谶言的引诱。"一片火，两片火"，隐"炎"字，"绯衣"隐"裴"字。按照姓名顺序，"裴"当在前，"炎"当随后，骆宾王打乱了姓与名的顺序，使用了移字法。所以，总结起来，这则隐语运用了形隐和移字隐两种加密方法，属于二重加密隐语。

再看笔者的那首拙作《邻家有女王家求》：

邻女卢水照美颜，黑眸炯炯杨柳态。

勃然朝气王家男，骆驼迎宾送礼彩。

这首诗隐藏着初唐四杰王勃、杨炯、卢照邻和骆宾王四人的姓名，笔者同时使用了两种制作方法，其一是嵌字法，将四人的姓名拆成一个个单字，嵌入诗中。其二，使用移字法，将四人姓名的顺序完全打乱甚至颠倒。所以，这首诗也是两重加密作品。

再看毛泽东同志曾经的化名"李德胜"，这是毛泽东同志于1947到1949年期间使用的别名，据说，他特别喜爱这个化名，他的两个女儿也因此分别取名为李敏和李讷，江青后来也跟着改姓李，叫李进。毛泽东喜爱这个化名主要有两个原因。其一，"李德胜"与"理得胜"谐音，意思是"中国人民理应得胜"。其二，"李德胜"与"离得胜"谐音，意思是"离开延安，取得胜利"。更巧的是，陕北人民歌颂毛泽东为"红太阳"，西方人将其翻译为 RED SUN，这个英文名字的发音正好也与"李德胜"谐音。从制隐技术上讲,"李德胜"不管是来自"中国人民理应得胜",还是来自"离开延安,取得胜利",都是经过了两次加密才得到的。第一次加密用缩写法,将"中国人民理应得胜"缩写为"理得胜",将"离开延安,取得胜利"缩写为"离得胜"。第二次加密用谐音法,将"理得胜"或"离得胜"转化为"李德胜"。

在毛泽东同志取化名为"李德胜"时,周恩来取化名"胡必成","胡必成"三字又是怎么来的呢?据周总理的卫士回忆,周总理腮上胡子长得特别快,又浓又密,从大革命至解放战争时期,他都因故蓄过长胡,被战友们戏称为"胡公","胡必成"之"胡",就是从这而来,这叫借典。而"必成"两字则是"中国革命必定成功"的缩写。故"胡必成"这个化名也是经过两次加密的隐语,一是借典,二是缩写。

2.3 三次加密

宋人周密《齐东野语》卷二十"隐语"条,是经过三次加密的隐语,我们来看看作者是如何制作的吧。隐语的内容是:

"人人皆戴子瞻帽,君实新来转一官。门状送还王介甫,潞公身上不曾寒。"

周密制作的这条隐语,以四个北宋名人隐藏四个古代名人,四位北宋名人分别是苏东坡、司马光、王安石和文彦博。其所隐藏的四位古代名人分别是东汉仲长统、西汉司马迁、东晋谢安和北齐温彦博。

第一句"人人皆戴子瞻帽"隐藏"仲长统"。"长统"二字隐藏在"子瞻帽"里,因为子瞻帽最显著的特点就是在帽子周围挂有一层薄纱,形似长筒,故"子瞻帽"隐着"长筒"两字,这是义隐;"长筒"与"长统"谐音,故又用到了谐隐。而姓氏"仲",隐藏在"人人皆戴"里,"人人皆戴"意即"众戴",这是义隐;"众"字嵌于"众戴"中,这是嵌字隐;"众"是"仲"的谐音,这是谐隐。总体来讲,作者在隐写"仲长统"三字时,使用了义隐、嵌字隐和谐隐三种加密手法。

第二句"君实新来转一官"隐藏"司马迁"。"君实"是司马光的字,代指司马光,中藏"司马"二字,这是典隐。"转一官"之"转"乃"升迁"之意,"转一官"即升迁一次官职,宋王明清《挥尘后录》卷九云:"我等若欲转官,只用牵两匹马与内官,何必来此?"此处的"转"就是"升迁",这是义训。另外,"新来"二字把"君实"与"转一官"隔开,也就是把"司马"与"迁"字隔开了,这是嵌字隐。所以,作者为隐藏"司马迁"三字,共使用了典隐、义隐和嵌字隐三种法子。

第三句"门状送还王介甫"隐藏"谢安石"。"门状"相当于今天的名片,在宋朝时期,拜见权势名人,须先呈递门状,主人看过门状之后,若有意接见访客,就会派人把访客迎进去;若不愿接见访客,则会退还门状,故"门状送还"意味着谢绝,藏"谢绝"两字,这是义隐。"王介甫"即王安石,他姓王,名安石,字介甫,故"王介甫"中藏"安石"两字,这是典隐。经过分析,我们知道,"门状送还王介甫",亦即

"谢绝王安石","谢安石"三字嵌于其中,可见,作者又使用了嵌字隐法。

第四句"潞公身上不曾寒"隐藏"温彦博"。北宋文彦博曾爵封潞国公,人们称他潞公,故"潞公"隐藏"彦博"二字,这是典隐。"不曾寒"即"温暖",隐"温"字,义隐。"温"是姓氏,"彦博"是名字,制作者把它们颠倒顺序嵌入诗中,故又运用了嵌字隐和移字隐,一共用到了四种加密方法。四重加密法是接下来要讨论的话题。

2.4 四次加密

蔡邕制作的那则曹娥碑阴隐语,是迄今最为有名的早期隐语之一,它是一个经典离合谜,但又不止于离合两法,仅仅从离合上是无法完全理解这则隐语的。这则隐语隐藏着"绝妙好辞"四字,谜面是"黄绢幼妇,外孙齑臼",作者是如何制作的呢?让我们逐字细细分析吧。

首先是"绝"字,作者把它隐藏在"黄绢"中。从字义上看,"绝"与"黄绢"风马牛不相及。具体制作过程分四步,第一步是把"绝"字拆开,拆成"糸(丝)色",这是拆字法。第二步用移字法,把"色"移至"丝"前。第三步用嵌字法,将"色""丝"嵌入一句话中:"黄色的丝绢"。第四步用缩写法,将"黄色的丝绢"缩写成"黄绢"。至此,"绝"字的隐语制作完成,一共进行了四次加密。

其次是"妙"字,相应的隐语是"幼妇"。第一步拆字,将"妙"拆成"女少"。第二步用移字法,将"女少"变成"少女"。第三步用嵌字法,将"少""女"嵌入一个句子中:"年幼无知的少年妇女"。第四步用缩写法,将"年幼无知的少年妇女"缩写成"幼妇"。至此,工作完成,一共经过四次加密。

再次是"好"字,其相应的隐语是"外孙"。第一步拆字,将"好"拆成"女子"。第二步用义隐法,将"女子"替换成"外孙"。这是一个比较简单的隐语,关键是要把"女子"理解成"女儿的儿子"。

最后是"辞"字,其相应的隐语是"齑臼"。第一步,将"辞"的正体字转换成异体字"辝",我们姑且称这种方法为异体隐吧。第二步用拆字法,将"辝"拆开成"受辛"。第三步用移字法,将"受辛"变成"辛受"。第四步用义隐法,将"辛受"变成"齑臼"。辛与齑、受与臼,皆是近义词。

以上分析表明,除"好"字外,其他三字都经过了四次加密。

假作真时真亦假

设隐的最高境界,是让人们根本认识不到他们所面对的是隐语,隐者如曹雪芹,他们很认真地讲一个似是而非的假故事,讲得很精彩,读者就会被假故事迷惑,并信以为真,却完全不知精彩的假故事后面隐藏着真故事。

3. 图册判词藏解法

　　曹雪芹用隐语写作《红楼梦》,他同时又把正确解读《红楼梦》的钥匙也留给了读者,当然,他不是直截了当地把它交给我们,而是以藏山露水、藏头露尾的方式半隐半现给我们。曹雪芹留给我们的钥匙放在第五回,《红楼梦》第五回很重要,它是本书大纲,标题是"开生面梦演红楼梦,立新场情传幻境情",强调"开生面"和"立新场",那么,"生"和"新"在何处呢?高明的专家们可以滔滔不绝地讲出许多,但笔者只注意到一点:《红楼梦》是一部崭新的文学样式,需要使用非同寻常的解读方法。贾宝玉在梦中进入太虚幻境薄命司,读到了金陵群钗的册画、判词,又听了红楼梦曲,这些册画、判词和红楼梦曲可统称为图谶。

　　图谶在古代社会比较多见,是宣扬预言、预兆的隐语图画或文字,它们"诡为隐语,预决吉凶"。图谶既诡为隐语,当然不能运用普通方法来解读,而须使用形训、义训、谐训、移字训、嵌字训、省略训、缩写训诸法。例如,《史记·秦本纪》记载,秦初即有"亡秦者胡也"的谶语,这个"胡"字并不是指胡人,而是秦二世"胡亥"的略称。秦灭,刘氏政权兴起,《春秋演孔图》曰:"卯金刀,名为[刘],赤帝后,次代周。""刘"字的繁体为"劉",拆开来即为"卯金刀"。刘秀起兵反莽,又有"刘秀发兵捕不道,卯金修德为天子"的谶言流行,在这句谶言里,"劉"本应写为"卯金刀",为对称起见,作者将其简化为"卯金"。唐太宗时,有人进言说:"唐三世以后,女主武王代有天下。"唐太宗以为这人是李君羡,因为李君羡的小名叫五娘子,官武卫将军,封五莲县公,属武安县,就找了个借口把他杀了,谁知后来应验的却是武则天。南北朝时期,有谶言说:"亡高者黑衣",北齐皇帝高洋比较迷信,对亡高者谶言深信不疑,他一直在思考这个"黑衣人"到底是谁,有人告诉他,油漆最黑,他由此联想到他的七弟,因为"七"与"漆"谐音,于是,他就把自己的七弟高涣给杀了,以绝后患。《三国演义》和《水浒传》里也记载了多条谶言,如关羽年轻时,有一老人对他说:"雨水盛,麦子亡",暗示关羽水淹七军,败死麦城;五台山智真长老对鲁智深的预言是:"遇林而起,遇山而富,遇水而兴,遇江而止。""逢夏而擒,遇腊而执,听潮而圆,见信而寂。"智真给宋江的偈言是:"当风雁影翩,东阙不团圆。只眼功劳足,双林福寿全。"罗真人给宋江的偈言是:"忠心者少,义气者稀。幽燕功毕,明月虚辉。始逢冬暮,鸿燕纷飞。吴尾楚头,官禄同归。"另外,某些图画往往含有深意,如河图洛书,《易·系辞上》云:"河出图,洛出书,圣人则之。"据传说,伏羲氏根据河图洛书,创立阴阳八卦,周文王进一步将其发展成六十四卦,并写出卦辞。具有预言功能的特殊图画和文字就是图谶,这是历史文献给我们的启示,金陵群钗的图册判词和红楼梦曲,预示了贾王史薛四大家族的结局,预示了金陵群钗的命运,因此,金陵群钗的图册判词和册画是真真正正的图谶。是图谶,就须用隐训法进行解读,舍此别无他法。那么,具体应该如何索隐呢?

细心的读者会发现,在金陵群钗的册画判词和红楼梦曲里似乎隐藏着诸人的姓名、称呼,譬如,"霁月难逢,彩云易散"是晴雯的判词,其中镶嵌着"晴雯"两字,因为"霁月"即"晴","彩云"即"雯"。"一簇鲜花,一床破席"是花袭人的册画,其中似乎暗寓着"花袭"二字,因为除"花"之外,"席"是"袭"的谐音,两字连缀起来便是"花袭"。香莲原名甄英莲,后又改名香菱,被夏金桂折磨而死,命运十分悲惨,在她的册画和判词里,反复出现莲、藕、荷诸字,这些字眼与她的名字有对应关系。而"水涸泥干,莲枯藕败"可说是她命运与处境的绝佳写照,恰与她的姓名甄英莲(真应怜)合榫。而"桂"则显然指夏金桂,"两地生孤木"是"桂"字,"一株桂花"里也嵌有一个"桂"字,在"下面有一池沼"里镶嵌着一个"下"字,而"下"实为"夏"的谐音,故在甄英莲的册画判词里,不仅隐藏着她自己的姓名,而且还隐藏了她敌人的姓名。

林黛玉与薛宝钗两人合用一份册画和判词,在她们的册画里有"两株枯木……玉带"和"雪……金簪",在她们的判词里又有"玉带林"和"金簪雪",这些表达方式似乎都是从"林黛玉"和"薛宝钗"变化而来。在贾元春的册画里隐藏着一个"橼(元)"字,而其判词里又有一个"春"字,合起来便是"元春"。在史湘云的判词里镶嵌着"湘……逝(史)……云",它似乎是从"史湘云"三字变化而来。在妙玉的册画里画着一块"美玉",它无疑是"妙玉"的另一种表达方式,因为"妙"的含义是美、好,"妙玉"即"美玉"。在惜春的判词里有"春……昔",它似乎是从"惜春"两字变化而来。在王熙凤的册画里有"雌凤"二字,它们与"熙凤"谐音,且"雌凤"即为"凰(王)",故册画中"雌凤"似乎是从"王熙凤"变化而来。"春风桃李结子完,到头谁似一盆兰"中隐着"李""完"(纨)及"子""兰"四字,而这恰恰是李纨的判词。在"空对着,山中高士晶莹雪;终不忘,世外仙姝寂寞林"这句歌词中,"雪"即"薛",指薛宝钗,"林"即林黛玉。

如果我们在上述发现的基础上,进行更进一步地研读,便会有十分惊人的发现:金陵群钗的册画判词和红楼梦曲中所隐藏的远不止这些,它们还将晴雯、袭人、香菱、林黛玉、薛宝钗、贾元春、妙玉等15人的姓、名、字、号等都隐藏在其中。晴雯的判词里含有"晴雯"二字,袭人的判词和册画里含有"花袭人"和"花珍珠",林黛玉和薛宝钗的判词与册画里,含有"林黛玉""颦颦"及"薛宝钗"……当然,要将这些被隐藏着的姓、名、字、号等全部找出来,就得运用我国传统的密码学知识了。

3.1 晴雯

晴雯是不是原本就姓晴,我们不清楚,只知她就叫晴雯,此外再无别的称呼。贾宝玉在薄命司中见到的第一份册画和判词就是晴雯的,因为判词中含有"晴雯"二字:"霁月难逢,彩云易散。"这句判词中的"霁月",指雨雪停止,月亮出来,这是"晴"的本意。"彩云"则是"雯"的意思。两者加起来便是"晴雯"。作者在制作"晴雯"这个隐语的时候,使用了两种手法,其一是义隐法,作者根据字义,分别用"霁月"和"彩云"取代"晴"字与"雯"字。其二是嵌字法,将"霁月"和"彩云"两词分别镶嵌在两个句子中。

3.2 花袭人与花珍珠

(1)花袭人

袭人姓花,原名花珍珠,是贾宝玉的大丫头,她列名于金陵十二钗的又副册,其册画和判词排在晴雯之后。

袭人的册画:一簇鲜花,一床破席。

袭人的判词:枉自温柔和顺,空云似桂如兰。堪羡优伶有福,谁知公子无缘。

专家们几乎一致认为,由于判词中有"花"和"席"两字,这幅册画和判词便是花袭人的。笔者感到非常奇怪,怎么就没有专家质疑"人"字的去向呢?"花袭"能与"花袭人"等同吗?按照我们中国人的称呼习惯,可以单称姓氏、名字,或名字里的特殊字眼,而没有把姓氏和双名中的一个字连缀称呼的做法。

索隐出"花袭人"三字的关键,是要能够正确理解"鲜花"和"破席"两词的含义。专家们几乎一致认为,"鲜花"是褒扬,"破席"是贬抑,至于褒扬与贬抑的具体内容,则莫衷一是。有专家说,"鲜花"形容袭人是鲜花一般的少女,"破席"则贬抑她被异化了,有奴性。有一位奇葩专家竟说,"破席"是指袭人与宝玉睡过了,已破瓜,已是一只破鞋。

实际上,"一簇鲜花,一床破席"这幅册画,只含有"花袭人"三字,没别的意思。为什么是鲜花而不是枯花?为什么是破席而不是新席?鲜花与枯花的区别是什么?破席与新席的差异在哪里?认真想想这些问题,就会得到答案。鲜花比枯花更加香气浓郁,更能香气袭人。席子之所以破,乃是被人睡破。所以,鲜花里暗含一个"人"字,破席也暗含一个"人"字。如此一分析,我们就不仅有"花""席(袭)"两字,还找到了那个"人"字,"花袭人"三字齐活了。曹雪芹制作这个隐语,用到了义隐、音隐和嵌字三法。

(2)花珍珠

有红学家认为,"空云似桂如兰"寓示了花袭人的姓名,这种猜测似是而非,因为这句话隐藏着的不是"花袭人",而是"花珍珠",怎么理解呢?首先,桂和兰是两种花,暗含"花"字。其次,"桂"又名"金桂",暗含一个"金"字,"金"与"珍"谐音。最后,桂又是树名,暗含"树"字,而"树"与"珠"谐音。如此一来,"花珍珠"三字便都有了。作者制作这个隐语虽然只用了义隐和谐隐两法,但解读难度极大。

3.3 甄英莲、香菱、秋菱、夏金桂、宝蟾

甄英莲的判词册画里隐藏五个名字。甄英莲原是大户人家的女儿,后为大户人家的丫环和小妾,她是金陵群钗中的一个异类,故被单独列为副钗人物。甄英莲姓甄,乳名英莲,被拐卖到薛家后,宝钗为她改名香菱。夏金桂进门以后,嫌香菱名字不好,改为秋菱。夏金桂带来一个陪房丫头,叫宝蟾,与夏金桂是一丘之貉。这里提到的五个人名甄英莲、香菱、秋菱、夏金桂和宝蟾,都有深刻寓意,在小说里属于三个人,但笔者隐训发现,这三个小说人物的本人竟是同一的。故而,在甄英莲的册画和判词里,同时隐藏着这五个人名。

甄英莲的册画:一株桂花,下面有一池沼,其中水涸泥干,莲枯藕败。

甄英莲的判词:根并荷花一茎香,平生遭际实堪伤。自从孤木生两地,致使香魂返故乡。

(1)夏金桂

首先看"夏金桂"三字隐藏在哪里,它隐藏在册画里。册画里有一个"下",它与"夏"谐音。"桂花"又名"金桂",两者连缀起来便是"夏金桂"。这里用了嵌字、移字、谐隐和义隐四法。

(2)香菱

判词最后一句话里有"香魂"一词,"魂"与"菱"谐音,故"香魂"即"香菱"。当然,从"茎香"中也能解读出"香菱"来。

(3)秋菱

册画里有一个"藕"字,与"秋"谐音。判词里有一个"魂"字,与"菱"谐音。两者连缀起来便是"秋菱"。解读这个隐语的关键,是要把册画与判词作为一个整体考察。

(4)甄英莲、宝蟾

"甄英莲"与"宝蟾"这两个隐语隐藏极深,索隐难度很大。要索隐出这两个姓名,关键是分析册画,尤其是"水涸泥干,莲枯藕败"八个字。这八个字,表明甄英莲的处境和遭遇真悲惨、真可怜。"真可怜"是我们的习惯用法,在含义上,它与"真应怜"的意思是相同或相近的。因此,"真可怜"即"真应怜","真应怜"与"甄

英莲"谐音。另外,"惨"与"蟾"谐音,而册画里又有一个"沼"字,它与"宝"谐音,两者连缀便是"宝蟾"。

以上五个姓名索隐都有相当难度,表现在四个方面:其一,这里的谐音词,大多是近音,不是同音。其二,一份判词和册画里隐藏五个姓名,这是没有人能够想到的。其三,"秋菱"和"宝蟾"竟然分别隐藏在册画和判词两者之间。其四,"真可怜"一词是习惯用法,但我们却须得出"真应怜"三字,读者往往一时转不过弯来。

3.4 林黛玉、薛宝钗与颦颦

林黛玉与薛宝钗是两个人,她们都是十二正钗人物,并列女一号,非常重要。然而,她们却共用一份册画与判词,脂批说,她们名虽两个,人却一身,令读者困惑。笔者在本章不讨论这个问题,而只讨论如何从中索隐出姓名的问题。

林薛册画:两株枯木,木上悬着一围玉带;又有一堆雪,雪下一股金簪。

林薛判词:可叹停机德,堪怜咏絮才。玉带林中挂,金簪雪里埋。

要从这份册画和判词中索隐出"林黛玉"和"薛宝钗"六个字不是难事,但要索隐出"颦颦"二字则难度不小。

(1)林黛玉

"林黛玉"三字既可从册画中索出,又可从判词中索出。册画里有"两……木",两木为"林",这是形隐法,"玉带"是"黛玉"的移字谐音词,两者连缀起来便是"林黛玉"。作者在这里同时使用了形隐、移字和谐隐三种加密技术。判词中"玉带林"三字也是"林黛玉"的移字谐音词。

(2)薛宝钗

"薛宝钗"三字的索隐难度稍微大一点,因为册画和判词中都只有"金簪","金簪"与"宝钗"是有差异的。单股为簪,双股为钗,如何才能从"金簪"索隐出"宝钗"来呢?这里,"雪"是"薛"的谐音,这是没有疑问的,而要从"金簪"二字索隐出"宝钗"来,就须分三步走:

第一步用义训法,"金簪"是用金子做的,凡金银都是财宝,故从"金簪"可索隐出"财宝"二字来。

第二步用谐训法,"财宝"是"钗宝"的谐音词。

第三步用移字法,颠倒"钗宝"二字的次序便得"宝钗"。

将"薛"与"宝钗"连缀,便得"薛宝钗"。可见,"薛宝钗"是一个经过三重加密的隐语,解读也须走三步。

(3)颦颦

"颦颦"是贾宝玉给林黛玉取的字,这两个字也能从册画中索隐出来。册画里有"两株枯木","两株"二字意味着两"木"乃是长在地里的两棵树,而不是被砍下来的两根木头。两棵树无故而枯,当然是病树,两株枯木,就是两棵病树。"病"与"颦"谐音,两"病"便是"病病",用谐音则为"颦颦"。

(4)"林黛玉"和"薛宝钗"省略形式

红楼梦曲共有十四支,第二支《终身误》唱曰:"都道是金玉良缘,俺只念木石前盟。空对着,山中高士晶莹雪;终不忘,世外仙姝寂寞林。叹人间美中不足今方信,纵然是齐眉举案,到底意难平。"这首曲子是唱宝黛钗三角关系的,"山中高士晶莹雪"唱薛宝钗,"世外仙姝寂寞林"唱林黛玉。即"雪"="薛宝钗","林"="林黛玉"。由"林黛玉"而转化为"林",使用了省略法,这个很简单,容易理解。由"薛宝钗"而转化为"雪",就得经过两步转化,第一步是将"薛宝钗"省略为"薛",第二步是将"薛"换成谐音字"雪"。

3.5 元春

贾元春是贾政与王夫人的女儿,贾宝玉的姐姐。

元春的册画是:一张弓,弓上挂一香橼。

元春的判词是:二十年来辨是非,榴花开处照宫闱。三春争及初春景,虎兔相逢大梦归。

册画里有一个"橼"字,"橼"是"元"的谐音。判词里有一个"春"字,两者连缀,便是"元春"。可见,要解出"元春"二字,须将册画与判词视为一体,分别从中找出"元"和"春"字。

3.6 探春和玫瑰花

探春的册画是:两人放风筝,一片大海,一只大船,船中有一女子,掩面涕泣之状。

探春的判词是:才是精明志自高,生于末世运偏消。清明涕送江边望,千里东风一梦遥。

(1)探春

如何才能从这份册画和判词中索隐出"探春"二字来呢?

探春的册画和判词令人想到"望洋兴叹"这个词。成语"望洋兴叹"来自《庄子·秋水》,它描写河伯(黄河之神)见到北海(今渤海)之后发出感叹,自惭形秽。时至今日,"望洋兴叹"多用于描写要做一件事情而力量不够,因而感到无可奈何的心情。探春所面临的境遇就是如此:一片大海,浩淼无边,一个女子被迫坐船远行,无可奈何,只好掩面涕泣,望洋兴叹。探春精明能干,抱负远大,却生于末世运偏消,怎不令人哀叹。清明时节伤心断肠,又站在浩瀚无际的江边,与亲人生离死别,此情此景,怎不令人悲叹。

读探春的判词和册画,我们会不由自主地为她哀叹,为她悲叹,为她望洋兴叹,总之是离不开一个"叹"字。而"叹"与"探"是谐音。册画里有一个"筝"字,它与"春"谐音。判词中"清明"是春季节日,也暗含一个"春"字。"探"与"春"连缀,便是"探春"。

(2)玫瑰花

在第六十五回,小厮兴儿说,三姑娘的诨名儿叫"玫瑰花",又红又香,只是扎手。册画中那女子做涕泣之状,显然是不愿意坐船远行,可她有办法拒绝远行吗?答案是"没法",而"没法"是"玫花"的谐音。看到"玫花"二字,自然就会想到它们是"玫瑰花"的缩写。

3.7 史湘云与淘气

史湘云是贾母的侄孙女,她姓史名湘云,小名淘气。

湘云的册画是:几缕飞云,一湾逝水。

湘云的判词是:富贵又何为,襁褓之间父母违。展眼吊叙晖,湘江水逝楚云飞。

(1)史湘云

册画里的"逝"字与史姑娘的姓氏"史"谐音,而"飞云"之"云",亦即"湘云"之"云","史湘云"三字有其二了,剩下一"湘"字,则需要进行分析推理了。从空间位置上,逝水在下,飞云在上。这"飞云在上"之"上",便是"湘"字的谐音。由此,我们从"几缕飞云,一湾逝水"八字里,索得了"史湘云"三字。

从判词里,我们也能索得这三个字。判词最后一句话里有一个"逝(史)"、"湘"和"云"字,三者连缀便是"史湘云"。

(2)淘气

第三十一回提到,史湘云的小名叫"淘气"。要从史姑娘的册画和判词中索隐出这两个字来,还真不容易。不过,我们看她册画中画着的两样东西,一样是一湾逝水,判词中又提到湘江,既然是滚滚向前转瞬即逝的湘江水,自然是由浪涛组成的,这"涛"乃"淘"之谐音。另一样东西是几缕飞云,《说文》写道:"云,山川气也。"《素问·阴阳应象大论》写道:"地气上为云。"可见,云即气。两者连缀便是"淘气"。

3.8 妙玉、槛外人、畸人

妙玉是一个清高而神秘的人物,姓甚名谁已无法考证,"妙玉"应该是她的法名,她又自号"槛外人""畸人"。

妙玉的册画:一块美玉,落在泥垢之中。

妙玉的判词:欲洁何曾洁,云空未必空。可怜金玉质,终陷淖泥中。

(1)妙玉

"妙玉"两字索隐是最容易的,"美玉"便是"妙玉",因为"妙"字的意思是

"美""好"。

(2)槛外人

槛是房子周围的栏杆,美玉既委落于泥垢中,则它必定不是戴在人的手上,也必定不在屋槛内,而在屋槛之外,因为屋槛内是不会有淖泥的。这是很自然的推理,推理中提到了"槛""外""人"三字,连缀起来便是"槛外人"。

(3)畸人

一块美玉掉在泥垢之中,可以想象,它是被人失落的,这"人失"二字便是"畸人"的移字谐音词。

3.9 迎春与二木头

迎春是贾府四千金之二,贾赦的女儿,名迎春,为人木讷懦弱,人称"二木头"。

迎春的册画:一恶狼,追扑一美女,欲啖之意。

迎春的判词:子系中山狼,得志便猖狂。金闺花柳质,一载赴黄粱。

(1)迎春

要从这份册画和判词中,索隐出"迎春"二字,而又不勉强,难度极大,但也并非不可能。册画有"美女",判词中"金闺花柳质"也指美女。而"美女"就是"美人"。"人"与"迎"谐音。册画和判词里都有一个"狼"字。"狼"与"郎"谐音,在古代社会,妻子称呼丈夫为"郎"为"君",称呼公公婆婆为"君姑""君舅"。"君"与"春"谐音。将"迎"与"春"连缀,便是"迎春"。可见,"迎春"二字,无论从册画还是判词中,我们都能够索出。

(2)二木头

再看"二木头",这个索隐难度比较大。我们看册画,册画中有两个"一",加起来是"二"。再看册画的那狼,前面没有量词"头",也就是说"没头","没头"是"木头"的谐音。两者连缀起来便是"二木头"。

3.10 惜春

惜春是贾珍的妹妹,贾敬的女儿,常住荣国府。

惜春的册画:一所古庙,里面有一美人在内看经独坐。

惜春的判词:勘破三春景不长,缁衣顿改昔年妆。可怜绣户侯门女,独卧青灯古佛傍。

从判词中索隐出"惜春"二字容易而且简单。判词第二句话里有一个"昔"字,与"惜"谐音。判词第一句话里有一个"春"字。两者连缀为"惜春"。

册画描述的情景是:一座古庙,只有一个美女在看经。我们可以想象,古庙一般建于偏僻之地,古庙既古,年深月久,破败是自然的,香客不来,人迹罕至。在这么一所人迹罕至的古庙里只有一人看经,可见是相当寂静。读者朋友请注意"寂静"二字,它们是"惜春"的谐音词。

3.11 王熙凤、凤辣子

王熙凤,姓王,学名熙凤,因牙尖嘴利,人称凤辣子。

王熙凤的册画:一片冰山,上有一只雌凤。

王熙凤的判词:凡鸟偏从天上来,都知爱慕此生才。一从二令三人木,哭向金陵事更哀。

(1)王熙凤

"王熙凤"三字藏在哪里呢?答案在"雌凤"二字中。"雌"是"熙"的谐音,故"雌凤"便是"熙凤"。另外,"凡鸟"也含一个"凤"字。此处索隐的关键是如何索出"王"字来,其实,它还是隐藏在"雌凤"中。现在的"凤"字是"凤凰"二字的简称,这种鸟的雄性称凤,雌性称凰。故"雌凤"即"凰"也,而"凰"与"王"是谐音。所以说,"雌凤"中寓"王熙凤"三字。

(2)凤辣子

贾母称王熙凤为"凤辣子",并作了解释,说是南方人的叫法。后文中还有人称其为"凤辣子",可见,"凤辣子"是王熙凤的绰号。那么,我们能不能从王熙凤的册画和判词中索隐出这三个字来呢?答案是肯定的。册画中有一个"凤",判词"凡鸟"也是个"凤",这不用多说了。判词中有一个"此"字,它与"子"谐音。"凤辣子"三字已经索出两个了。另一个"辣"在哪里呢?请各位看册画和判词中的数字,册画里有两个"一",判词里有一个"一",一个"二"和一个"三",把这些数字加起来刚好是"八"。"八"与"辣"谐音。

3.12 巧姐、巧哥、大姐

巧姐是王熙凤与贾琏的女儿,名叫巧哥,又名巧姐,有时又叫大姐儿,取名来自于刘姥姥的"以毒攻毒之法"。

巧姐的册画是:一座荒村野店,有一美人在那里纺绩。

巧姐的判词是:势败休云贵,家亡莫论亲。偶因济刘氏,巧得遇恩人。

(1)巧姐

我们先分析册画,册画中的美人在纺织,可见是一个心灵手巧的织女,一个心灵手巧的织女自然是"巧姐"了。再看判词,其中有"巧得"二字,"巧得"与"巧姐"谐音。

(2)巧哥

"巧哥"与"巧姐"谐音,它们的韵母相同,既已索出"巧姐","巧哥"也就有了。

(3)大姐

从册画看,巧姐长大了,能纺纱织布了,真正成了一个"大姐"了。从判词看,她家势败了,亲人都背叛了,可算是遭遇"大劫"了,"大劫"是"大姐"的谐音词。

3.13 李纨、宫裁与贾兰

李纨是贾珠的遗孀,姓李名纨,字宫裁,膝下有一子,名贾兰。他们母子俩共有一个册画与判词。

李氏母子的册画:一盆茂兰,旁有一位凤冠霞帔的美人。

李氏母子的判词:桃李春风结子完,到头谁似一盆兰。如冰好水空相妒,枉与他人做笑谈。

(1) 李纨

第一句判词里有"李……完",它是"李纨"的隐语,作者用了嵌字隐和谐隐两法。

(2) 宫裁

"宫裁"是李纨的字号。这个字号也能从册画中索出,从判词中是无法索出的。册画上有一个美人穿着凤冠霞帔,凤冠霞帔是古代命妇的官定服装。命妇是朝廷授予的头衔,凤冠霞帔则是朝廷赐予的服装,故而,凤冠霞帔一定出自宫廷裁缝或专门为宫廷服务的裁缝,缩写即为"宫裁"。

(3) 子兰

判词第一句里有一个"子",第二句里有一个"兰",意谓李纨的儿子名(贾)兰。

3.14 秦可卿、兼美

秦可卿姓秦,乳名可卿,字兼美。能从册画和判词中索出吗?

秦可卿的册画:高楼大厦,有一美人悬梁自缢。

秦可卿的判词:情天情海幻情身,情既相逢必主淫。漫言不肖皆荣出,造衅开端实在宁。

(1) 兼美

"兼美"二字相对容易索出,它们就隐藏在册画里。"美人"中有一"美","高楼大厦"为美宅,亦暗含一"美",这就有"两美"了,"两美"即"兼美"。

(2) 秦可卿

从册画和判词来看,秦可卿是"情"的化身,不堪"情"之重负,自缢而死。所以,我们反推可得"情可轻",即必须把"情"看得轻些,放得轻些,这是教训。"可"字是一个多义词,我们一般将"可"理解为"可以""可能",它还有"必须""应该"这层含义,如《史记·陈丞相世家》云:"及平长,可娶妻,富人莫可与者。"这句话中"可娶妻"之"可",就是"应该""必然""必定"的意思。而判词"情既相逢必主淫"中恰好有一"必"字,此处的"必"就是"应该""必然""必定"的意思,可训为

"可"。

3.15 小结

从金陵群钗的判词、册画及红楼梦曲中,索引出了群钗的姓、名、字、号,这使我们不由得想问:曹雪芹撰写此回的真正目的究竟是什么?笔者以为,曹雪芹撰此文,旨在暗示读者两点信息:

(1)《红楼梦》是隐语文学

大多数人都相信《红楼梦》中隐藏着秘密,但不知如何解读,第五回则暗示我们,《红楼梦》是综合利用了形隐、义隐、谐隐、移字、嵌字、省略、缩写等方法写成的,它不是普通文学,必须进行隐训解读。同时,曹雪芹还暗示我们,为保证文献的准确性和科学性,他在人物的姓名字号上花了很大工夫,把他们的姓、名、字和号,都写进了书里,并且隐藏了起来,就像金陵群钗的姓名字号一样。只要读者能够索解出小说人物本人的姓、名、字、号,就一定能够正确解读文本。

(2)隐训解读是靠谱的

绝大多数人对于隐语文学是陌生的,对于隐训解读更持怀疑态度,认为它很牵强或纯粹巧合,缺乏确定性,不靠谱。这是少见多怪,应该承认,隐训带有一定的盲目性、猜测性和灵活性,但曹雪芹的作品使我们认识到了索隐的科学性和确定性。在金陵群钗的图谶中,我们隐训到了远远不止一个人的姓、名、字、号,而是15个人,姓名字号总数达30多个,无一遗漏错讹,这岂是巧合和附会能解释的。在古代社会,每个人往往有几个称号,譬如李煦,他姓李名煦,字旭东,又字莱篙,号竹村,有四个称呼。又如史可法,姓史名可法,字宪之,又字道邻,谥忠正,人称史忠正。再如多尔衮,他姓爱新觉罗,名多尔衮,封睿亲王,又称摄政王,追封清成帝,谥诚敬义皇帝,等等。每个人都有几个称呼,且都比较独特。所以,当我们在一篇文献中,同时隐训出了一个人的几个称呼,或者甚至还隐训出了几个相关人物的所有称呼,你还怀疑这种解读方法不靠谱吗?

或许有些人还是要怀疑,认为这种索隐很勉强,不怎么靠谱。那么好,我们可以试试从金陵群钗的册画和判词中索隐其他人的姓名和字号,譬如冯其庸、马瑞芳、陈维昭和周思源四位红学家。马瑞芳和陈维昭两位先生各只有一个称呼,不具代表性,可不索隐。冯其庸,名迟,字其庸,号宽堂,有三个称呼;周思源先生原名盛公正,有两个称呼。读者朋友可以首先索隐冯先生的三个称呼,看看能不能从哪一个金陵女子的册画判词中索隐出来,接着再对周先生的两个称呼进行索隐,看看能不能索出来。如果你们能够顺利地索隐出这五个称呼,你就有理由怀疑笔者的解读了,否则,就得尊重眼前的事实了。

4. 脂批演示隐训法

曹雪芹作金陵十二钗判词与册画,目的之一是演示红楼梦训解之法,可是,这种演示非常隐讳,实践证明,作者的用意不为世人理解,人们对于《红楼梦》仍然茫然不知所措,于是脂批横空出世,承担起进一步诠释的职责。脂批的作者署脂砚斋、畸笏叟诸人,从脂批的语气和内容可以看出,他们与曹雪芹极为亲近,深知《红楼梦》创作内情,所以,脂批的内容是可靠、可信的。脂批与《红楼梦》正文的写作风格高度一致,也是十分晦涩难解,这是可以理解的,毕竟脂砚斋与曹雪芹是"一伙的",曹雪芹不敢公开的东西,脂砚斋当然要守口如瓶甚至帮助隐瞒。但是,曹雪芹是真心希望世人掌握隐训之法的,他希望后人能够理解他的意图与用心,脂砚斋作批的目的之一就是帮助曹雪芹实现其心愿,也就是进一步让世人理解和掌握索隐之法。

脂批数十次提到"书法""语法""章法""句法""字法"和"词法"等词,很显然,他所谓的"书法""语法""章法""句法""词法"和"字法",具有特定含义,实际上就是我们今天所谓的隐训之法。脂砚斋对隐训之法的演示不太均衡,他演示得最多的是谐训和义训,尤其是谐训,简直是不厌其烦,根本原因就在于,谐隐是《红楼梦》中应用得最广泛的加密方法。

4.1 谐训

针对谐隐,须用谐训法来解释其含义,脂批举了很多例子:

例一,"原来女娲氏炼石补天之时,于大荒山无稽崖……便弃在此山青埂峰下。【眉批】妙!自谓堕落情根,故无补天之用。"[1](3) 在这个例子里,"青埂"是"情根"的谐音,可训为"情根"。当然,脂砚斋在此只是演示谐训法,并非意味着"青埂"当释为"情根",实际上,它应当释为"清廷",大清朝廷。可见,对于脂批,如果理解错误,就会被它误导,脂批的功能大都类此,这里提示一下,后面不多重复了。

例二,"这阊门外有个十里街,开口先云利,是伏甄、封二姓之事。街内有个仁清巷,又言人情,总为士隐火后伏笔。巷内有个古庙,因地方窄狭,人皆呼作葫芦庙。*糊涂也。故假语从此具焉。*"[1](6) 脂批提示,在这段引文里,"十里"是"势利"的谐音,"仁清"是"人情"的谐音,"葫芦"是"糊涂"的谐音,前者须训为后者。

例三,"庙旁住着一家乡宦,姓甄,【眉批】*真。后之甄宝玉亦借此音,后不注。* 名费,*废。* 字士隐。*托言将真事隐去也。* 嫡妻封氏,*风。因风俗来。* ……只有一女,乳名英莲,*设云'应怜'也。*"[1](6) 据脂批可知,在这段引文里,"甄"是"真"的谐音,"费"是"废"的谐音,"封"是"风"的谐音,"英莲"是"应怜"的谐音。

例四,"这人姓贾名化,*假话,妙!* 字表时飞,*实非,妙!* 别号雨村,*雨村者,村言粗语也。言以村粗之言,演出一段假话也。* 原系胡州人士,*胡诌也。*……忽家人飞报:'严老爷来拜。'*炎也。*"[1](8) 脂批表明,"贾化"是"假话"的谐音,"时飞"是"实非"的谐音,"湖州"是"胡诌"的谐音,"严"是"炎"的谐音。

例五,"因士隐命家人霍启,*妙! 祸起也。此因事而命名。*"[1](10) "霍启"是"祸起"的谐音,脂批特别提到,这是因事起名,后文多有这种命名方法。

例六,"他乃说道:'原来本府新升的太爷姓贾名化,本湖州人氏,曾与女婿旧日相交。方才在咱门前过去,因看见娇杏那丫头买线,*侥幸也。托言当日丫头回顾,故有今日,亦不过偶然侥幸耳,非真实得尘中英杰也。非近日小说中满纸红拂、紫烟之可比。*'"[1](14) 脂批告诉读者,"娇杏"乃"侥幸"之谓,娇杏当年偶然三次回顾雨村,雨村误以她识得英雄,故有今日,实乃侥幸。此条脂批表明,贾雨村非真英雄,娇杏也非真识英雄之人,她与红拂、紫烟完全没有可比性,纯粹因侥幸而得宠者。

例七,"子兴道:'便是贾府中,现有的三个亦不错。政老爹之长女名元春,*原也。* 现因贤孝才德,选入宫中做女史去了。二小姐乃赦老爹前妻所出,名迎春。*应也。* 三小姐乃政老爹之庶出,名探春。*叹也。* 四小姐乃宁府珍爷之胞妹,名唤惜春。贾敬之女。*息也。*'"[1](19) 脂批告诉我们,"元"是"原"的谐音,"迎"是"应"的谐音,"探"是"叹"的谐音,"惜"是"息"的谐音。

例八,"'此茶名曰千红一窟。'*隐'哭'字。*……因名为万艳同杯。*与'千红一窟'一对,隐'悲'字。*"[1](45) 这里有两种饮料名,其一为千红一窟,其二为万艳同杯,其中的"窟"和"杯"两字,分别是"哭"和"悲"的谐音,它们暗示了金陵群钗的悲惨命运与结局。

例九,"薛姨妈忽又笑道:'你且站住。我有一宗东西,你带了去罢。'说着,便叫香菱。*二字仍从'莲'上起来。盖'英莲'者'应怜'也,'香菱'者亦'相怜'之意。此是改名之'英莲'也。*"[1](59) 脂批在此表明,"香菱"与"相怜"谐音,"英莲"与"应怜"谐音,而"相怜"与"应怜"是同义词。可见,"香菱"与"英莲"两词含义迥异,然经谐训之后,则成了同义词。读者特别需要注意的是"菱"与"莲",它们虽发音有差异,然声母相同,因而都是"怜"的谐音字。

例十,"智能儿道:'我们一早就来了。我师父见过太太,就往于老爷府里去了,叫我在这里等他呢。'*又虚设一个于老爷,可知尚僧尼者,悉愚人也。……*周瑞家的道:'是余信管着。'*明点'愚性'二字。*"[1](60)据脂批可知,"于"应训为"愚","余信"应训为"愚性"。

例十一,"方知他学名唤秦钟。*设云情种。*"[1](63)"秦钟"当训为"情种",彼此谐音。后文有秦父秦业,脂批曰"*妙名!业者,孽也。*"[1](74)即"秦业"当训为"情孽",表示情因孽而生之意。

例十二,"偏顶头遇见了门下清客相公詹光,*妙!盖沾光之意。*单聘仁*更妙!盖善于骗人之意。……*可巧银库房的总领,名唤吴新登,*妙!盖云无星戥也。*与仓上的头目,名唤戴良,*妙!盖云大量也。*"[1](67)詹光、单聘仁、吴新登和戴良四个人名,都是因事起名的,它们应分别训为"沾光""善骗人""无星戥"和"大量"。第十六回还提到一个叫"卜固修"的清客,此名当训为"不顾羞",即不顾羞耻之意。

例十三,"早有大明宫掌宫内相戴权,*妙!'大权'也。*"[1](100)"戴权"当训为"大权",即戴权是手操大权之人。

例十四,"这个被打之死鬼,乃是本地一个小乡宦之子,名唤冯渊,*真真是冤孽相逢。*"[1](34)"冯渊"即"逢冤",遭逢冤孽之意。

例十五,"便在榆阴堂中摆了几席新酒佳肴。*列本双:榆阴中者,余荫也。*"[2](417-418)这条脂批是列藏本独有的,双行夹批,将"榆荫"训解为"余荫",意即贾门子孙此时能喝酒祝寿、寻欢作乐,乃是享其祖宗余荫也。

以上共15例,涉及数十字词,都是按照发音来训解的,这种训解方法在民间已经很普遍了,但仍然不容易掌握。因为汉语的谐音词太多了,譬如"青埂",脂砚斋音训为"情根",而实际上它也可训解为"清廷",即大清朝廷。又譬如"甄士隐",脂砚斋训解为"真事隐",实际上,我们还可将它训解为"真玺隐"。又如"吴新登",脂批训解为"无星戥",笔者则训解为"吾迎君",即"我迎接君主"。

4.2 形训

汉字有独体字,也有合体字,两个或两个以上独体字合并,可以形成一个合体字,而一个合体字又可以拆成两个或多个独体字或合体字。在汉字理解上,凡是使用拆解或合并汉字形体结构方法的,即是形训法。在这方面,脂批也为我们提供了若干例子:

例一,"……忽家人飞报:'严老爷来拜。'*炎也。炎既来,火将至矣。*"[1](8)脂批将"严"训解为"炎",这是谐训法,但它又提到"炎既来,火将至矣",意谓"炎"可拆解为两"火",这就是形训法了。

例二,"自从两地生孤木,*拆字法*。"[1](43) 香菱为夏金桂所害,"桂"字由木旁(孤木)和两个"土"("两地")构成,脂批明确提示读者,这里用了拆字法,拆字法是形隐的一种。

例三,"一从二令三人木,*拆字法*。"[1](44) 这是王熙凤判词中的一句,脂批明确提示,这里用到了拆字法,意即"人木"二字是由"休"拆解而来。

4.3 义训

义训非常复杂,种类和形式也极多,无法一一例举,下述是一些常见的种类:

例一,"原来女娲氏炼石补天之时,于大荒山*荒唐也*,无稽崖*无稽也*。"[1](3) "大荒山"与"无稽崖"本为地名,固定名词,但脂批却另作解释,分别将它们解释为"荒唐也""无稽也",这是义训法,同时,它又是另解,它把固定名词当作普通词汇来解释,非常出人意料。

例二,"*此回亦非正文本旨,只在冷子兴一人,即俗谓冷中出热,无中生有也*。"[1](13) 这句话摘自第2回的回前批语,它解释"冷子兴"三字的含义是"冷中出热,无中生有"。如果我们不把"冷子兴"当作一个姓名,而仅从字面来理解的话,它有爆冷门出黑马的意思,这与脂批所解释的"冷中出热,无中生有"含义相同或相近。对于这句脂批,某些专家将其标点为"此回亦非正文,本旨只在冷子兴一人,即俗谓冷中出热,无中生有也。"这样点法是正确的,很明显,脂批要提示我们,"冷子兴"三字正是第二回的中心思想(本旨),因为第二回的中心人物一是贾雨村,二是贾宝玉,他们俩都曾经是冷子,贾雨村穷困潦倒寄居寺庙自不必言,贾宝玉的前身为无材补天剩石,多少年来一直待在青埂峰下默默无闻。如今他们勃然兴盛起来,真可谓"冷子兴"也。

例三,"可巧薛蟠来吊问,因见贾珍寻觅好板,便说道:'我们木店里有一副板,叫什么樯木,*樯者,舟具也。所谓人生若泛舟而已,宁可不叹*! 出在潢海铁网山上,*所谓迷津易堕,尘网难逃也*。'"[1](100) 脂批将"樯"解释为"舟具",继而又延伸出"人生若泛舟"的结论。脂批将"潢海"解释为"迷津易堕",将"铁网"解释为"尘网难逃",都对词语作了延伸性解释。这种延伸性解释,必须结合上下文进行,否则就是穿凿了。

例四,"只听得二门上传事云牌连叩四下。*正是丧音*。"[1](98) 云牌即云板,是两端作云头状的铁质(或木质)响器。旧时官府、富贵人家和寺院用作报事、报时或集众的信号。云牌响四下,意味着有人去世,故是报丧的信号。

例五,"全亏一个老明公号山子野者,*妙号,随事生名*。"[1](123) "山子"是假山的别称,"野"者,意为野外、野趣,在庭院里堆砌假山、开凿水池、栽种奇花异草、养殖珍稀动物,不就是堆砌假山、增添野趣吗？故"山子野"这个名字,正反映了他的职业特点,他的工作即是"堆山凿池,起楼竖阁,种竹栽花,一应点景之事"。

例六,"*只因西方灵河岸上,三生石畔,有绛珠草一株,点'红'字。细思'绛珠'二字,岂非血泪乎？时有赤瑕宫点'红'字,'玉'字二。【眉批】接'瑕'字本注:'玉小赤也,又玉有病也。'以此命名恰极！神瑛侍者,单点'玉'字二。*"[1](6)"绛"是红色中的一种,脂批以"红"释之。"赤"也是红色中的一种,脂批还是以"红"释之。"瑕"乃是带有红色斑点的"玉",即所谓有病的玉。脂批释"绛珠"为"血泪",因"绛"为红色,"珠"为"泪珠",红色的泪珠当然就是血泪。

严格地讲,"赤""紫""绛""朱""丹"等字作为颜色,彼此是有差异的,但从隐训学来讲,它们又是可以互训的,近义词互训是隐训学的普遍做法,故"红楼"也可训解为"紫城"或"丹屋"等。

4.4 展训

展训是对缩略隐写字词的训解,它的基本做法就是将被缩写和省略的字词恢复起来,因此往往会导致字数增多,因而得名。

例一,"*他岳丈名唤封肃,本贯大如州人氏,【眉批】托言大概如此之风俗也。虽是务农,家中却还殷实。今见女婿这等狼狈而来,心中便有些不乐。所以大概之人情如是,风俗如是也。*"[1](11)"封肃"即"风俗","大如"即"大概如是",前者为谐训,后者为展训。

例二,"*门前有额,题着'智通寺'三字,谁为智者,又谁能通？*"[1](16)脂批将"智通"解释为"智者能通",其中"智"为"智者","通"为"能通",这是使用了展训法。

例三,"*却说雨村忙回头看时,不是别人,乃是当日同僚一案参革的,号张如圭者。盖言如鬼如蜮也,亦非正人正言。*"[1](21)脂批将"如圭"二字解释为"如鬼如蜮",并进一步训解为"亦非正人正言",可见使用了展训。

例四,"*老爷在梦坡斋妙！梦遇坡仙之处也。*"[1](67)"梦坡斋"即"梦见坡仙之处"的缩写,曹雪芹以"梦坡斋"为书房名,可谓生动形象。

例五,"*独有一个买办,名唤钱华的,亦钱开花之意,随事生情,因情得文。*"[1](67)"钱华"为"钱开花"之缩写,这是展训,同时,"花"是"华"之谐音,这是谐训。

例六,"*这孙家乃是大同府人氏。设云大概相同也,若必云真大同府则呆。*"[1](630)"大同"即"大概相同"。

例七,"*二人唬的回头看时,原来是窗友名金荣者。妙名！盖云有金自荣,廉耻何益哉？*"[2](126)脂批将姓名"金荣"训解为"有金自荣",由两个字增多为四个字。

4.5 嵌字训

从一句话或一句诗,或从一段文字或一首诗中,撷取若干个字或词,重新组成一句话或一段文字,这种解读方法为嵌字训。譬如《好了歌》的歌名,便是从歌词中撷取"好""了"二字所组成的,这就是嵌字训。又如《护官符》嵌着"贾""王""史""薛",曹雪芹和脂批都明确提到"此四家"或"这四家",这也是嵌字训。读者朋友对于这种训解方法其实很熟悉,但大多都是作者主动训解之后,读者才会明白,很少有人主动使用这种方法来解读文本的。所以,脂批还是作批进行提醒。

例一,"如今周瑞家的故顺路先往这里来。只见几个小丫头子都在抱厦内听呼唤默坐。迎春的丫环司棋与探春的丫环侍书妙名。贾家四钗之环,暗以琴、棋、书、画四字列名,省力之甚,醒目之甚,却是俗中不俗处。……惜春命丫环入画来收了。曰司棋,曰侍书,曰入画;后文补抱琴。琴、棋、书、画四字最俗,上添一虚字则觉新雅。"[1](59-60)琴、棋、书、画为古代文人四艺,曹雪芹将四艺嵌入贾府四大小姐的侍婢称呼中,其真正目的并不是要告诉我们贾府乃是诗书之族,而是向我们演示嵌字训法。

4.6 典训

借用典故是写作的基本技巧,《红楼梦》里就有大量典故,如女娲氏炼石补天、三生石、西施、杨玉环、苏东坡、赤壁之战等。由于典故极多,一般读者未必都能了解,同时,典故的运用也非常复杂,同一个典故在不同的文本里往往有不能的解释,这就造成了训解上的困难。脂批对于典故做了两项工作,其一是进行有针对性的提醒或解释,其二是运用典故解释文本。

例一,"说着,果然出去带进一个小后生来,较宝玉略瘦巧些……方知他学名唤秦钟。设云情种。古诗云:'未嫁先名玉,来时本姓秦。'二语便是此书大纲目、大比托、大议刺处。"[1](63)为了让读者明白秦钟的真实身份,作者引用了"未嫁先名玉,来时本姓秦"两句诗,这两句诗典出南北朝梁刘缓的《敬酬刘长史咏名士悦倾城》诗,刘诗极隐晦,用典也多,不易理解,但对于真正明白秦钟身份的读者来说,脂批还是有帮助的。秦钟实际上就是那块后来被雕琢成传国玉玺的和氏璧,与贾宝玉的通灵宝玉身份相当。这样的宝玉,这样的身份,谁人不惦念呢?谁人不想得到呢?"情根"名副其实。

例二,"今黛玉见了这里许多事情不合家中之式,不得不随的,少不得一一的改过来,因而接了茶。总写黛玉以后之事,故只以此一件小事略为一表也。【眉批】余看至此,故想日前所阅王敦初尚公主,登厕时不知塞鼻用枣,敦则取而啖之,早为宫人鄙诮多矣。今黛玉若不漱此茶,或饮一口,不为荣婢所诮乎?观此则知黛玉平生之心思过人。"[1](28)喝茶漱口本为小事,可曹雪芹硬是把它写成了一件大事,脂批作者生怕读者不能理解,遂举王敦初尚公主啖塞鼻之枣为例,目的却是提醒读者,贾府不是普通人家,乃是大清皇宫,林黛玉进贾府,就是进了皇宫。当然,脂批仍然隐晦,读者仍不易理解。

例三,"黛玉心中料定,这是贾政之位。因见挨炕一溜三张椅子上,也搭着半旧的【眉批】近闻一俗笑语云:一庄农人进京回家,众人问曰:'你进京去可见些个世面否?'庄人曰:'连皇帝老爷都见了。'众罕然问曰:'皇帝如何景况?'庄人曰:'皇帝左手拿一金元宝,右手拿一银元宝,马上稍着一口袋人参,行动人参不离口。一时要屙屎了,连擦屁股都用的是鹅黄缎子,所以京中掏毛厕的人都富贵无比。'试思凡稗官写富贵字眼者,悉皆庄农进京之一流也。盖此时彼实未身经目睹,所言皆在情理之外焉。又如人嘲作诗者亦往往爱说富丽话,故有'胫骨变成金玳瑁,眼睛嵌作碧琉璃'之诮。余自是评《石头记》,非鄙薄前人也。弹墨椅袱,黛玉便向椅上坐了。王夫人再三携他上炕,他方挨王夫人坐了。"[1](26-27)脂批提到的这个典故可能是作者听来的,也可能是他自己编造的,但很有趣。这条脂批表达了什么意思呢?它无非告诉读者:贾府里的摆设,曹雪芹没有见过,他也是根据道听途说来写的,读者诸君不可当真。

例四,"只因西方灵河岸上,三生石畔,妙!所谓'三生石上旧精魂'也。有绛珠草一株"[1](6),通常我们会以为,三生石是爱情的象征,但脂批"三生石上旧精魂"则告诉我们,它原本是李源与圆泽和尚之间的友谊故事,与爱情无关。这意味着,三生石未必指爱情,贾宝玉与林黛玉之间的关系,未必是爱情关系。

例五,"原来女娲氏炼石补天之时,补天济世,勿认真作常言。"[1](3)女娲氏炼石补天是一个神话故事,这个故事说的是水神共工与火神祝融大战,共工战败,怒触不周山,致使天倾西北,地陷东南,天不周覆,地不周载。女娲氏挺身而出,炼五色石以补苍天。所以,补苍天的行为就是济世利人的行为,然而,脂批却告诉我们,人们这种通常的理解不适用于《红楼梦》。至于《红楼梦》的"补天"意味着什么?他没有说,需要读者进一步体会研究。

4.7 略训

省略是一种常见的语言现象,在脂批里也有多例:

例一,"能解者方有辛酸之泪,哭成此书。壬午除夕,书未成,芹为泪尽而逝。余尝哭芹,泪亦待尽。每意觅青埂峰,再问石兄,奈不遇癞头和尚何?怅怅!今而后惟愿造化主再出一芹一脂,是书何幸,余二人亦大快遂心于九泉矣。甲午八月泪笔。"[1](6)在这条脂批里,脂砚斋自称"脂",而简称曹雪芹为"芹",显得极为亲密,专家们据此提出四种假设:一,脂砚斋即作者;二,脂砚斋是曹雪芹的妻子;三,脂砚斋是曹雪芹的叔父;四,脂砚斋是曹雪芹的堂兄弟。不管这些假设是否正确,但有一点可以证明,即这种简略的称呼方法,是一种极正常极普通的语言现象,一般人都能理解,没什么稀奇的。

例二,"玉在椟中求善价,钗于奁内待时飞。表过黛玉则紧接上宝钗。*前用二玉合传,今用二宝合传,自是书中正眼。*"[1](9) "二玉"指贾宝玉与林黛玉,他俩的姓名中各有一个"玉"字,合称二玉。"二宝"指贾宝玉与薛宝钗,他俩姓名中各含一个"宝"字,合称"二宝"。

例三,"偶值雪雁从王夫人房中取了人参来,从此经过,忽扭项看见桃花树下石上一人手托腮颊出神,不是别人,却是宝玉。*画出宝玉来,却又不画阿颦,何等笔力!偏不从鹃写,却写一雁,更奇是仍旧写鹃。*"[1](446) 脂批称黛玉为"阿颦",紫鹃为"鹃",雪雁为"雁",皆是省略用法。

省略是一种正常而普遍的语言现象,在特殊情况下具有意想不到的隐匿效果。脂批反复使用省略法,则是要告诉读者,《红楼梦》里有大量此种用法,须用略训法去解读。

4.8 多重训解

以上各种训解方式都是针对一次加密隐语的,若有多重加密隐语存在,它们就束手无策了,就须使用新方法。《红楼梦》中的隐语大都是经过多重加密的,训解这类隐语就须综合运用多重训解法:

例一,"这林如海姓林名海,表字如海,*盖云学海文林也。*"[1](14) 脂批将"林海"解释为"学海文林",显然用到了移字训和展训两种技法,"林"是"文林"的略写,"海"是"学海"的略写,两字相加,"林海"当释为"文林学海",再用移字法得"学海文林"。

例二,"这人姓贾名化,*假话,妙!* 字表时飞,*实非,妙!* 别号雨村,*雨村者,村言粗语也。言以村粗之言,演出一段假话也。*"[1](3) 脂批将"雨村"诠释为"村言粗语",显然用到了移字训、谐训和展训三种技法,按照谐训,"雨村"应为"语村",根据移字训,"语村"变成"村语",再运用展训,得"村言粗语"。另外,脂批将"贾雨村"诠释为"言以村粗之言,演出一段假话",则再一次用到了谐训和移字训。

例三,"都称他家是桂花夏家。*夏日何得有桂,又桂花时节焉得有雪? 三者原系风马牛,今若强凑合,故终不相符。来此败运之事,大都如此,当局者自不解耳。*"[1](631) 夏家也是皇商之家,专门经营桂花,凡长安城中的桂花承局都是她们家的,被人称为"桂花夏家"。"桂花夏家"从字面上理解,意即夏天之桂花,这很荒谬,因为桂花盛开于八九月间,此时乃秋天。又夏家与薛家结亲乃夏雪(薛)联姻,这也很荒谬,只有冬天下雪,炎炎夏日哪来的雪? 所以,在脂批作者看来,夏家不是好家庭,夏薛不是好婚姻。这条脂批将夏姓之"夏"释为"夏日""夏天",将作为姓名符号的"桂花"释为花卉名,将"薛"释为"雪",分别使用了义训和音训之法,又以"夏"指代夏金桂,"薛"指代薛蟠,这无疑是略训之法。尤其值得重视的是"夏日何得有桂"和"又桂花时焉得有雪"两句话,这实际上用到了嵌字训,将镶嵌于段落中的"夏""桂"和"薛"三字撷取,分别连缀成"夏(金)桂"或"夏薛(雪)",并重新诠释其含义。故仅在这条脂批里,就用到了义训、谐训、移字训和嵌字训四种方法。

例四,"这秦业现任营缮郎,官职更妙,*设云因情孽而缮此一书之意。*"[1](74)这条脂批将"秦业"和"营缮郎"撷取出来,并重新连缀另加解释,这是嵌字训。将"秦业"解释为"情孽",这是谐训法,将"营缮"解释为"缮此一书",这是义训。所以,总体来讲,这条脂批用到了嵌字训、谐训和义训三法。

例五,"黛玉笑道:'……如今还是吃人参养荣丸。'*人生自当自养荣卫。*"[1](24)脂批将"人参"训解为"人生",这是音训法,将"养荣"训解为"自养荣卫",这是展训法。

例六,"忽家人飞报:'严老爷来拜。'*炎也。炎既来,火将至矣。*"[1](8)脂批先以谐训法,从"严"字训解出"炎",既而又以形训法,从"炎"拆解出"火"来。

例七,"他岳丈名唤封肃,本贯大如州人氏,【眉批】托言大概如此之风俗也。虽是务农,家中却还殷实。今见女婿这等狼狈而来,心中便有些不乐。所以大概之人情如是,风俗如是也。"[1](11)"封肃"即"风俗","大如"即"大概如是",前者为谐训,后者为展训。同时,脂批把两个人名和地名进行字面诠释,这又是义训。

例八,"子兴道:'便是贾府中,现有的三个亦不错。政老爷之长女名元春,*原也。*现因贤孝才德,选入宫中作女史去了。*因汉以前例,妙!*二小姐乃赦老爹前妻所出,名迎春。*应也。*三小姐乃政爹之庶出,名探春。*叹也。*四小姐乃宁府珍爷之胞妹,名唤惜春。贾敬之女。*息也。*'"[1](19)从表面上看,脂批只是将"元"释为"原","迎"释为"应","探"释为"叹","惜"释为"息",这是音训法的单纯多次使用。但是,只要读者稍加留心,便会发现,"原应叹息"四字可组成一句话,这句话恰恰准确地反映了四人的不幸命运与结局。所以,这些脂批在使用了谐训法之外,还隐含着一个嵌字训法。

例九,"那时官客送殡的,有:镇国公牛清之孙、现袭一等伯牛继宗,理国公柳彪之孙、现袭一等子柳芳,齐国公陈翼之孙、世袭三品威镇将军陈瑞文,治国公马魁之孙、世袭三品威远将军马尚,修国公侯晓明之孙、世袭一等子侯孝康。缮国公诰命亡故,其孙石光珠守孝不曾来得。这六家与宁、荣二家,当日所称'八公'的便是。【眉批】牛,丑也。清,属水,子也。柳,拆卯字。彪,拆虎字,寅字寓焉。陈,即辰。翼,火,为蛇,巳字寓焉。马,午也。魁,拆鬼,鬼,金羊,未字寓焉。侯、猴同音,申也。晓鸣,鸡也,西字寓焉。石,即豕,亥字寓焉。其祖曰守业,即守镇也,犬字寓焉。——所谓十二支寓焉。"[1](109)曹雪芹将十二地支写进了秦可卿的送葬队伍中,若非脂批提醒,谁能明白?对于这条脂批,我们需要高度重视的是其中蕴含的语法。由于自序中已经进行训解,此处就不重复了。

小结

以上各例展示了脂批训解《红楼梦》的方法,可谓用心良苦。脂批内容十分丰富,其行文风格一如《红楼梦》正文,故阅读和理解也十分不易。故对于脂批,我们要多一个心眼,不要被其误导了,否则就会掉入陷阱无法自拔,譬如说大荒山无稽崖青埂峰,作者分别训解为"荒唐""无稽"和"情根",这就是在蓄意误导我们,而真正正确的训解应为"肃慎国之大荒山""勿吉族"和"清廷"。而"甄士隐"和"贾雨村"两名固然可以训解为"真事隐""假语存"之类,但它们还可训解为"真玺隐退"和"假玉印"。另外,脂批"吴新登""戴良"和"钱华"三个姓名分别训解为"无星戥""大量"和"钱开花",也是蓄意误导,正确的训解应该是将三个姓名连缀起来,一并训解为"吾迎君大量花钱",描述的是李煦与曹寅两家四度迎驾,大量花钱,欠下大量债务的事情。

注释:

[1]〔清〕曹雪芹:《脂砚斋批评本红楼梦》,凤凰出版社2010年版。
[2]郑红枫郑庆山辑校:《红楼梦脂评辑校》,北京图书馆出版社2006年版。

第三卷

林黛玉本人本事揭秘

关于《红楼梦》的本人本事,庚辰本有一段极晦涩艰僻的文字,交代如下:

但书中所记何事何人?自己又云:"今风尘碌碌,一事无成,忽念及当日所有之女子:一一细考较去,觉其行止见识皆出我之上。我堂堂须眉诚不若彼裙钗,我实愧则有馀,悔又无益,大无可如何之日也。当此日,欲将已往所赖天恩祖德,锦衣纨绔之时,饫甘餍肥之日,背父兄教育之恩,负师友规训之德,以致今日一技无成、半生潦倒之罪,编述一集,以告天下;知我之负罪固多,然闺阁中历历有人,万不可因我之不肖,自护己短,一并使其泯灭也。所以蓬牖茅椽,绳床瓦灶,并不足妨我襟怀;况那晨风夕月,阶柳庭花,更觉得润人笔墨。我虽不学无文,又何妨用假语村言敷演出来?亦可使闺阁昭传。

其他几个版本的记载与此类似,都很艰涩难读,虽遣词造句略有不同,但都隐晦地表达了如下两点:

其一,石头为自己作传记。所谓石头,当然指通灵宝玉,后文笔者会揭秘他的真实身份,他(它)是大清玉玺和皇帝。石头为本人作传记,缩写即为"本纪(记)",而本纪是专有名词,特指皇帝的传记,这是由司马迁开创的史学传统。石头既是清朝皇帝,则石头所写本纪当然也是清皇本纪。《红楼梦》重点隐写了顺治、康熙和雍正三帝,同时对努尔哈赤和皇太极两帝也有简略交代,故它实际上隐写了清朝五个皇帝的本纪。引文中有"背父兄教育之恩,负师友规训之德""知我之负罪固多"等句,可知清帝本纪以谴责批判为主基调,这也是曹雪芹呕心沥血创作《红楼梦》的真实目的所在。贾雨村主要是努尔哈赤与皇太极的掩面人。贾宝玉为顺、康、雍三帝的掩面人,而以顺治为主。康熙皇帝主要由贾敬扮演,雍正帝主要由贾珍扮演。贾母主要是孝庄皇太后的掩面人。

其二,为闺阁昭传。所谓闺阁即女子,作为隐语,"女子"可展训为"女真子",亦即女真人,这是曹雪芹对满洲旗人的蔑称。所以,《红楼梦》不仅隐写了清帝的本纪,同时还隐写了许多满洲旗人的传记,金陵十二正钗、金陵十二副钗和金陵十二又副钗,总共36人之多,历史学术语叫列传。曹雪芹为之隐写的36人,包括多尔衮、济尔哈朗、褚英、吴三桂、孔有德、孔四贞、祖大寿、豪格、敬谨亲王尼堪、鳌拜、汤若望、吴良辅、董鄂妃、博穆博果尔、年羹尧、雍正侧妃年氏、隆科多、李士桢、李煦、曹寅、曹頫、允禵、弘时等。李士桢与李煦父子、曹寅和曹頫父子本身是汉人,他们或他们的父祖被清军俘虏之后,加入旗籍,也就变成满人了,在木石前盟中,绛珠草修成一个"女身"就是如此,因为被俘虏,而由男(南)人变成了女真人。这36人无一例外都是大清皇权的受害者,大都死于非命,少部分遭受牢狱之灾或孤独之苦。以济尔哈朗为例,他的父亲是舒尔哈齐,舒尔哈齐是被努尔哈赤囚禁而死的,济尔哈朗还有三个兄弟分别死于努尔哈赤与皇太极父子之手。所以,曹雪芹为闺阁昭传是假,谴责清帝为真。此外,《红楼梦》也隐写了一些汉人,譬如史可法、李定国、张献忠、李自成等,这些汉人当然没有投降大清,不是女真子,但他们是"旅子",即军旅男子,"旅子"谐"女子"。曹雪芹隐写史可法等人,一方面歌颂他们的抗清行动,另一方面则是谴责清朝的屠杀政策。

贾府是一个大家庭,而其背后隐藏着的却是一个政府、一个朝廷、一个国家。在古代中国,国与家同构,家是组成国的细胞,而国不过是家的扩大,两者结构相同。天子、国君是全国的总家长,百姓则都是皇帝的子民。在朝廷,皇帝与文武百僚之间的关系,犹如男家长与一群妻妾的关系,臣子们谙熟于拉帮结派邀功请赏,妻妾们则热衷于争风吃醋献媚取宠。当然,国与家也有不同的地方,皇帝的子民是百姓,而家庭内除女眷外只有一姓;家庭内的辈分很清晰,子、孙、曾孙、元孙等,十分清楚。而对于皇帝而言,四海之内不管年龄、姓氏、辈分、性别,都是他的子民,故父亲是皇帝的子民,儿子也是皇帝的子民。贾府就出现了这种奇怪的现象,林之孝家的是王熙凤的干女儿,王熙凤又要认林小红做她的干女儿,读者朋友们会觉得好笑,其实,此时此地的王熙凤乃是皇帝身份,她身后前呼后拥跟随着的,是他的群臣,大家不论辈分,皆是他的子民,没什么可笑的。

第三卷"林黛玉本人揭秘",集中分析和揭秘掩面人林黛玉的真实身份,准确地讲就是山东昌邑姜家,姜家原本是朱家皇朝治下的一个普通家庭。男主人名叫姜演,膝下有五个儿子。然而,1642年,清军入侵河南山东,昌邑城被清军攻破,姜家遭遇灭顶之灾,两男守城战死,两男被乱兵所杀,一男被俘,仅一男无恙。这被俘的一男便是姜士桢,由此可见姜家身世之悲惨,读者朋友不明白林黛玉为何总是哭哭啼啼,有此悲惨前身,她能不哭吗?被俘之后,姜士桢被八旗佐领李西泉招为义子,改姓李,五年后八旗抢才,李士桢中第16名进士,从此进入大清官场。又八年后,李士桢继配文氏生下李煦不久,即进京给玄烨当乳娘,李煦跟着进京,成了玄烨的童年伙伴,这为他日后飞黄腾达及得罪雍正埋下了伏笔。雍正上台后,李煦先因拖欠巨额国帑被抄家、羁押,继而又因勾结八皇子允禩,被发配到打牲乌拉给披甲人为奴,两年后冻馁而死。所以,林黛玉一家的本人,实际上就是深受清朝祸害的山东姜氏一家,《红楼梦》第一回之"绛珠草"谐"姜朱朝",移字为"朱朝姜",即明朝姜氏。曹雪芹重点描写林黛玉,并以她为灭国的汉人代表,林黛玉因此成为《红楼梦》当仁不让的女一号,与代表女真人的薛宝钗并肩而立。

对于李(姜)士桢一家,曹雪芹隐写了壬午兵燹、姜士桢认李西泉为父而改姓、姜四娘死难、李士桢中进士步入仕途、李士桢继配文氏进京给玄烨当乳娘、李士桢任职福建布政使(后改浙江布政使)、李煦任职畅春园主管、李煦与曹寅四度迎驾、李煦曹寅亏空国帑、李煦被抄家关押、李煦被发配打牲乌拉等史实,因为姜士桢改姓、姜四娘死难、李煦任职畅春园主管、李煦发配打牲乌拉等情节,还涉及其他红楼人物的解读,笔者没在本书揭秘,留待以后方便时进行。

因为语法的原因,隐训比常训要困难许多,但并非没有规律可遵循。一般而言,人名、地名、物品名、数目字等,皆为隐语,当重点解读。另外,就是一些多次重复出现的字眼,也是比较关键的隐语。

1. 木石前盟

林黛玉有莺莺之贵、班谢之才、西施之美,惹人怜爱;但敏感脆弱,多愁善感,享年不永,也令人叹惋。林黛玉的命运是由木石前盟决定的,她的前身是一棵绛珠草,长于西方灵河岸边三生石畔,幸得赤瑕宫神瑛侍者相助,日以甘露浇灌,得以久延岁月,并换得人形,修成一个女身。由仙草变成仙女是修为的飞跃,当载歌载舞以庆,可"仅修成个女体"几字透露出,绛珠憾为女子,宁做男儿。而且,修成女体之后,绛珠总有水债压顶之感,五衷郁结,愁绪满怀。警幻仙子对绛珠说,神瑛已经在案前挂号,意欲造劫历世,这是你偿还水债的机会,你可就此了结债务。绛珠答应道:他既下世为人,我也下世为人,我没有甘露之水,但把我一生的眼泪还他,应该能抵债了。听了绛珠的还债计划,警幻未置可否,可见是默认了。绛珠随神瑛下世之后,又勾引来一干风流孽鬼下世,陪同他们了结此案。这个故事就是木石前盟,木石前盟表明,林黛玉以泪还债是被迫的,如果说神瑛是黄世仁,则林黛玉就是杨白劳,警幻与神瑛沆瀣一气,她应该是神瑛的经纪人。

笔者以常训法阅读木石前盟，迷惑之处甚多：

第一，绛珠为何要签订显失公平的盟约？"盟"字旧指宣誓缔约，现指阶级的联合、国与国的联合，《礼记·曲礼》云："约信曰誓，涖牲曰盟。"[1](1411)意谓普通的相约叫起誓，而杀牲口取血相约则叫结盟。《周礼》云："掌盟载之法。凡邦国有疑会同，则掌其盟约之载，及其礼仪，北面诏明神。"[2](85)据此则知，古代所谓结盟，主要发生在邦国之间，是缔结国际条约的大事。"盟"字在后世被泛用，集团与集团之间，个人与个人之间相约，也叫结盟或盟誓，但不管怎样，结盟和盟誓行为需要两方或多方参与，单方起誓不是盟。所以，"木石前盟"四字表明，神瑛日以甘露之水浇灌不是无偿的，他与绛珠之间是签了合同的，合同要求绛珠以泪还债。问题在于，这个合同乘人之危，明火执仗，显失公平，绛珠为何要签订这个明显于己不利的合同呢，难道木石前盟另有所指？

第二，绛珠生长于灵河岸边，怎么会缺水，何须神瑛来浇灌，难道"灵河"虚有其名，它根本就不是河或河中无水？

第三，神瑛浇灌的是甘露，甘露就是甜美的露水。露水是公共资源，它会自然凝结，自天而降，润物细无声，根本无须他人浇灌，难道绛珠不知？

第四，绛珠为何憾为女子，宁做男人？

第五，木石前盟是神瑛与绛珠双方的事情，与他人无关，为何会引来一干人跟着下世？

笔者愚笨，不能以常法解释这些问题，看看红学名家是怎样解读的吧。马瑞芳先生是深受欢迎的红学专家，她的解释如下：

> 林黛玉尚未出世，前身已做足了冰雪聪明、死于对爱情渴望的准备。曹雪芹对林黛玉出生的描述像一首神韵诗，有味外之味：绛珠仙草生在灵河岸边上，暗寓绝顶聪明；长在三生石畔，暗寓为爱生生死死；修成绛珠仙子后，终日游于离恨天外，暗寓生活在离情苦绪中；饥则食蜜青果为膳，"蜜青"谐音"秘情"，封建礼法不容许的爱情是她性格的构成要素；渴则饮灌愁海水为汤，谐音"惯愁"是林黛玉个性基调。曹雪芹把古代才女和古代文学优美女性的品格，现实生活中从卓文君到李清照；虚构形象从山鬼到崔莺莺、杜丽娘，都汇聚到林黛玉身上了。[3](6)

毫无例外，马先生把木石前盟解释为一桩凄美爱情，曹雪芹蓄意制造的这个阅读陷阱，几乎把所有读者都陷了进去，因为它确实像极了爱情。但毕竟不是爱情，笔者认为马先生的解释是值得商榷的。马先生讲了五点：其一，林黛玉绝顶聪明，因为绛珠生于灵河岸边；其二，林黛玉为爱生生死死，因为绛珠长于三生石畔；其三，林黛玉生活在离情苦绪中，因为绛珠日夜游于离恨天之上；其四，林黛玉秘密恋爱，因为绛珠吃了蜜青果；其五，"惯愁"是林黛玉生活的基调，因为绛珠常喝灌愁海水。我们就这五点，看看马先生的观点能否禁得起推敲：

先看其一，林黛玉无疑是聪明的，但绝顶聪明却未必，拿她与薛宝钗比，她就没有优势，林黛玉最擅长作诗，但薛宝钗同样擅长，只要有薛宝钗在场，黛玉往往屈居第二。至于为人处世，生活百科，则黛玉只有给人拾鞋的水平，两人不可同日而语。专家大多以"心较比干多一窍"来证明黛玉聪明，这是严重误读和曲解，比干心窍多，并不是因为比干聪明，而是因为他是圣人，传说圣人心有七窍。圣人之为圣人，并不是因为聪明，而是因为忠诚，他们忠于国家、忠于人民、忠于君王。所以，林黛玉心较比干多一窍，应该解释为异常忠诚，而非绝顶聪明。论管理才能，探春首屈一指；论针线和口才，晴雯当居首座；若论揣摩人心和拍马屁，王熙凤已炉火纯青，无人匹敌。另外，袭人和平儿诸人也极聪明，林黛玉跟她们最多能打个平手。

再看其二，绛珠是长于三生石畔，但三生石并不一定意味着爱情，更不一定意味着为爱生生死死。三生石出自唐朝袁郊的传奇小说《甘泽谣》，其中所讲乃是官宦子弟李源与僧人圆观的真挚友情，后人附会杭州天竺寺后山的三生石，即是李源与圆观的相会之处。可见，三生石的本义就不是爱情，而是友情。反观林黛玉的三世人生，她的前两世，一为绛珠仙草，二为绛珠仙子，她这两世对神瑛皆无爱情，下世为人之后，她与贾宝玉从小一起长大，彼此确实有感情，但未必有爱情，她也从来没有说过要嫁给他，相反，每当贾宝玉向她表白，乃至调情时，她都很反感，在曹雪芹所著的前八十回都是如此，所谓爱情，似是而非。

其三，林黛玉多愁善感，动不动哭泣，但决非"离情苦绪"，因为贾宝玉从来就没有离开过贾府，没有离开过林黛玉的视野，林黛玉的"离情苦绪"无从而来，即使有，也不是为爱情、为宝玉。

其四，贾宝玉爱林黛玉是公开的，他们关系亲密也是众所周知的，贾母早有此意，王熙凤深知贾母之意，故常常打趣林黛玉。所以，若林黛玉对贾宝玉有爱情，则此情决非秘情，它在贾府是公开的，人人皆知。

其五，"惯愁"是林黛玉生活的基调，这是实情，但以喝了灌愁海水作据，似嫌勉强。因为马瑞芳先生将"西方"诠释为"极乐世界"，绛珠仙草与绛珠仙子既生活于这极乐世界之中，本该幸福和快乐，然而，她在这极乐世界竟然缺水，差点渴死。受恩之后，为水债所逼，五衷郁结，这也是实情吧？

可见，马先生郢书燕说，有望文生义之嫌，粗读颇有道理，细究则禁不起推敲。

总之，我们没有办法按常法解释木石前盟。笔者隐训发现，林黛玉的本人乃是李士桢李煦父子，李家源自山东姜氏，在1642年满清制造的壬午兵燹中，遭受巨创……

1.1 木石前盟是一桩公案、大案

癞道陪同神僧携带着通灵宝玉去投胎,癞道问道:"你携了这蠢物,意欲何往?"神僧笑道:"你放心,如今现有一桩风流公案,正该了结。这一干风流冤家,尚未投胎入世。趁此机会,就将此蠢物夹带于中,使他去经历经历。"[4](6)众所周知,通灵宝玉衔在贾宝玉的口中,同贾宝玉一同降生,由此可知,神僧口中所谓的公案,便是木石前盟。"公案"是一个多义词,其一指审判案件的桌子;其二是禅宗用语,指前辈祖师的言行范例;其三是指官府审理的纠纷案件,这是最基本的含义。与此相联系,有一类专门描写纠纷案件的小说也叫公案,如《石头孙立》《独行虎》和《圣手二郎》等,多为刑事案件,这种公案小说类似于现在的法制文学。公案小说描写的仍然是公案,故公案实际上还是指纠纷案件。木石前盟作为一桩公案,它既不可能是官衙的案桌,也不可能是禅宗祖师的言行范例,而只能是一桩纠纷案件。

据神僧所说,此案涉及"一干风流冤家",并非仅只神瑛与绛珠两人。绛珠随神瑛下凡时,曹雪芹又说:"因此一事,勾出多少风流冤家来,陪他们去了结此案。"[4](7)看这语气,则恐怕金陵群钗悉数与此案相关,并且他们彼此是"冤家"。我们现在往往把深深相爱而又性格不合的男女恋人称为冤家,其实,冤家的本义乃是仇家。"风流"一词也是多义,并非限于男女之间的风流韵事。

笔者还注意到,神瑛和绛珠下凡,皆须事先到警幻仙子处挂号,此"挂号"并非指今天医院看病挂号,而是一个政治术语。明张居正《明治体以重王言疏》写道:"凡官员应给诰敕,该部题奉钦依手本到阁,撰述官先具稿,送臣等看详改定,誊写进呈,候批红发下,撰述官用关防挂号,然后中书舍人写轴用宝。"[5](38)此处"挂号"的含义,是在皇帝给臣下的命令中加盖关防印信,清朝沿用。可见,警幻的身份不简单,神瑛的身份更不简单,他们两人是什么关系呢?第四十六回脂批写道:"通部情案,皆必从石兄挂号,然各有各稿,穿插神妙。"[4](363)原来,警幻不是别人,正是贾宝玉。这就是说,神瑛侍者、警幻仙子和贾宝玉竟是一人,神瑛(贾宝玉)竟是这桩公案的真正罪魁,所有金陵群钗都被他卷入案中,他究竟是什么人呢?曹雪芹早以女娲氏炼石补天的故事告诉我们,贾宝玉乃是清朝皇帝。

1.2 神瑛侍者乃是中国皇帝

"灵河"一词多义,有实有虚,亦俗亦仙,我们首先想到的是银河。"三生石"原本指男人之间的友谊,后引申为男女之间生死不渝的爱情。两词均抽象而浪漫,若从它们入手,就会被误导。解读这段引文的关键是"赤瑕宫神瑛侍者"和"绛珠草"二词,"神瑛侍者"之"神瑛",乃是"圣印"的谐音词,"圣上的印章"也,玉玺也。"神瑛侍者"即手握玉玺的人,所以,神瑛侍者的真实身份乃是皇帝。"赤瑕"

与"赤夏"谐音,而"赤夏"又系"赤县华夏"的缩写,"赤县"和"华夏"两词皆是中国古称,毛主席诗句中"长夜难明赤县天"之"赤县",就是指中国[6](392)。《三国志》赞美关羽"威震华夏",这"华夏"二字也是指中国[7](232)。"宫"字两义,其一指君王的住处;其二指神仙的居所。故"赤瑕宫神瑛侍者"的隐训含义是:中国皇帝。

神瑛是一位中国皇帝。皇帝有各种,有世袭即位者,有弑君篡位者,有造反称王者;有造福世人者,有祸乱天下者;有为人傀儡者,有枭雄天下者。神瑛属于哪一类?曹雪芹首先用了"造劫历世""造历幻缘"两词来描写他,"造劫"即制造劫难,"历世"即历代、累世,故"造劫历世"是制造累世劫难的意思(贾府自宁荣二公至草字辈贾蓉贾兰,已传五代,清皇自努尔哈赤至雍正也是五代,五代清皇皆造杀孽)。"造历幻缘"之"造历",实乃"造劫历世"之简写,所谓"幻缘",佛教指尘世生活,佛徒相信尘世生活是不真实的,尘世的缘分也不真实,因名之曰幻缘。但曹雪芹显然另有所寓,明朝为中华正统,则大清为伪统;明为真,清为假,则清朝的一切皆为幻缘。神瑛下凡之后就是贾宝玉,贾宝玉是什么人?贾雨村与冷子兴有一段长长的对话,冷子兴最后的结论是"成则王侯败则贼",贾雨村赞同地说"正是此意"。秦钟临死前,鬼使与都判有一段对话,话中透露宝玉是阳间大官,官位之高令都判惊慌。这些信息都一再表明,神瑛(即贾宝玉)是一位皇帝,并且是为祸天下的皇帝。

"赤瑕宫"还有一种解释,"瑕宫"可义释为"玉堂",而"玉堂"常指皇宫。"赤瑕宫"即赤色的皇宫,亦即书名"红楼",明清两代皇宫叫紫禁城。我国皇宫的主色调乃是红、朱或紫,《水浒传》所谓"捣椒红泥墙"是也。故"赤瑕宫神瑛侍者"又是指住在皇宫里的中国皇帝,清军入关,推翻明朝,定都北京,建立清朝,则清朝皇帝就是中国皇帝了,从顺治至溥仪的清朝皇帝,都是代表中国的最高统治者。

1.3 绛珠草乃是朱朝姜氏

再看"绛珠草",脂批特意提醒其中蕴"红"字,又释"绛珠"为血泪,意谓故事之悲惨,实际上,"绛珠草"另有所指。"珠草"是"朱朝"的谐音词,"朱朝"即朱明王朝,指由朱元璋建立的汉族政权明朝,因为国姓为朱,故又称朱朝、朱明或朱国。例如,孔有德和耿仲明在给皇太极的《乞降书》中写道:"为直陈衷曲,以图大业事;照得朱朝至今,主幼臣奸,边事日坏,非一日矣!"[8](380)《乞降书》明确地称明朝为"朱朝"。

"绛"是"姜"的谐音词,这个"姜"是姓氏,李煦的父亲李士桢本姓姜,叫姜士桢,山东昌邑人,他们一家在清军入侵时遭遇灭顶之灾,父兄二人被杀,另有两人失踪,姜士桢夫妇被俘,被迫改姓。"绛珠草"移字为"珠草绛",谐"朱朝姜",意谓明朝姜氏人家。此外,"绛"与"降"也谐音,而"降"可视为"降人"之省,投降的人。

则"绛珠草"意谓原为明朝汉民,后又投降清朝的人。

1.4 姜(李)士桢父子在清朝的遭际

"西方灵河岸"是"几番罹祸难"的谐音词,所以,它的隐训含义不是地名,而是事件,指山东昌邑姜姓人家的遭遇。李(姜)家多次遭难,最严重的有两次,一是1642年的壬午兵燹,四男死亡,一男被俘;二是李煦亏空案,李煦被发遣到打牲乌拉,家人卖身为奴。

"三生石畔"一词借用历史典故,但既不是指友情,也不是指爱情。"三生"是"三圣"的谐音词,而"三圣"又系"三位圣上"之缩写,指顺治、康熙和雍正三代清皇。李士桢被俘之后,做了正白旗佐领李西泉的养子,当时正白旗属多尔衮所有,李士桢是多尔衮的包衣奴才,1651年多尔衮死后遭清算,正白旗被顺治帝收入囊中,李家直接成皇家的包衣奴才,与顺康雍三代帝皇交往密切。他们在顺、康两朝备享荣宠,至雍正上台,则遭遇灭顶之灾。

1.5 姜(李)士桢被俘成为清朝的一员

"甘露"即清洁之水,简称清水,代指清朝。清朝自称水德,建国号清,企图灭亡火德之明朝汉人政权,取而代之。故"甘露""灌溉之恩""甘露之惠"等词,皆指清朝、清朝人的侵略或统治。由于"甘露"并非甘甜的露水,它是清朝特有,林黛玉(李士桢父子)自然无此水可还。

所谓"草胎木质"指平头百姓,封建时代称平头百姓为草民,当下叫草根。姜演姜士桢父子六人在明朝时就是一个草根,康熙《昌邑县志》有姜演传,其中说"生员姜演,贫士",姜演有秀才功名,却并没有做官,非常贫困,可不就是平头百姓吗?草、木和花原本是三样东西,彼此之间虽有关联,但毕竟不是同一事物,曹雪芹却将它们等同视之。曹翁此举用意颇深:其一,他需要"绛珠草"这个词,来隐写姜演一家原本是明朝的普通百姓,却遭遇清朝的灭顶之灾,以谴责清朝政权的非正当性。"珠草"即朱朝,"珠木"就解释不通了。其二,他需要"木石前盟"这个词,来隐写姜演一家的悲惨遭遇,"木石"即"捕羁"或"哺食","草石"就无此表达功能了。其三,"花"即"华",它是汉民和汉政权的简称,曹雪芹通过《葬花吟》《桃花行》和《秋窗风雨夕》等诗词,来隐写清朝给汉人带来的苦难,而林黛玉(李士桢一家)被曹雪芹选定为汉人的代表。如此,则林黛玉既为草,又为木,还为花卉。

"仅修成个女体"意谓林黛玉原本不是女体,而是男体,事实确实如此。山东昌邑姜氏原本是汉民,"汉"即男子汉,在《红楼梦》里,曹雪芹以"男人"作为汉族的一个隐语。林黛玉的本人之一姜士桢被清朝俘虏,改姓李,做了清朝正白旗下的一名包衣奴隶,成为清朝的一分子。李士桢成为清朝女真政权一分子,是被迫的,是他得以生存下来的唯一机会,尽管如此,他心里还是别扭和痛苦的,亡国之恨,毁家之痛,于明朝遗民来说不是轻易能够忘记的,否则也就不会有这部《红楼梦》了。"仅修成个女体"一词就表达了这层意思,林黛玉对女体似有不满。

1.6 李家生活在清国下,做清国的官,拿清朝的俸禄粮饷,成天提心吊胆

"离恨天"在佛经里指"太清天"[9](52),与"大清天"谐音,"大清天"即大清的天下。"蜜青果"之"青果"与"清国"谐音,指大清国,"蜜"与"米"谐音,指粮食。故"蜜青果"即"清国米",大清国的粮食。"灌愁海"之"灌海"与"宦海"谐音,指官场。"愁"与"酬"谐音,指做官的薪酬。故"灌愁海"一词,实由"宦海的薪酬"变隐而来。分析至此,则可知"终日游于离恨天外,饥则食蜜青果为膳,渴则饮灌愁海水为汤"的大意是,李士桢父子生活在清朝的天底下,吃清朝的粮食,做清朝的官,拿清朝的薪酬,总之,依赖清朝生活。后文写林黛玉一无所有,一草一木皆赖贾府供给,就是这个意思。

"五衷郁结一段缠绵不尽之意""甘露之惠"和"以泪还债"。李士桢投降清朝之后,做了清朝的官,跟着满人攻城掠地,侵犯明朝,屠杀汉人,心里应该不是那么好受的,故而"五衷郁结一段缠绵不尽之意"。"甘露之惠"是"悍虏之毁"的谐音词,女真人作为少数民族,于汉人为胡为虏,李士桢一家就毁在他们手里。"以泪还债"意指李士桢父子在清朝官场过得十分痛苦,结局悲惨。

1.7 "木石前盟"的含义

最后,我们来分析"木石前盟",它有两层含义。其一,"木石前盟"是"捕羁难蒙"的谐音词,移字训为"捕羁蒙难",指在1642年清朝进攻山东的壬午兵燹中,山东昌邑姜演一家多人蒙难,次子姜士桢夫妇存活下来,但也被清军捕羁带走了。其二,"木石前盟"是"哺食浅恩"的谐音词,指姜士桢被清朝俘获之后,剃发易服,做清朝的官,拿清皇的俸,由平头草民一跃而为朝廷高官,这应该算是恩情了。当然,相对于姜家的苦难来说,这点恩情算不了什么,何况清朝的官并不好做,故为"浅恩"。另外,李士桢的继配文氏夫人,曾经是康熙帝的奶妈,哺食过康熙皇帝,这应该算是李家对大清皇家的恩情了,当然,这恩情也不大,只能说是"浅恩"。

金陵十二钗的本人大都是朝廷高官,却也是深受清皇迫害之人,他们或被皇帝赐死,或战死疆场,或关押流放,下场凄惨。所以,"木石前盟"普遍适用于金陵群钗,它是一桩地地道道的公案。

1.8 一干风流冤家

木石前盟归根到底是满人征服汉人的战争,是满汉两族盘根错节的恩怨情仇。在这场战争中,固然有满汉双方之间的仇杀,特别是满人对汉人的屠杀,也有满、汉两族各自内部的腥风血雨,如努尔哈赤圈禁杀害舒尔哈齐和褚英,皇太极杀害莽古济,多尔衮杀害豪格等,这是清朝内部的血腥屠杀。在汉族内部,吴三桂、

孔有德等人投敌,反过来屠杀汉人。南明时期为争夺正统,各派之间矛盾丛生,相互攻伐,死伤巨大。没有这场战争,也就没有了这些伤亡,这一切都是拜发动战争的清朝皇帝所赐。所以说,一干风流孽鬼,皆由神瑛(贾宝玉)勾引而来。

林黛玉是朱明汉人的代表,"林黛玉"与"你代朱"谐音,"你代朱"扩展开来是"你代表朱明汉人"。由于林黛玉是朱明汉人的代表,故绛珠(林黛玉)下世之后,神僧说:"如今虽已有一半落尘,然犹未全集。"[4](7)这未到的一方是薛家,他们是清朝的代表,薛宝钗的哥哥名薛蟠,"薛蟠"移字为"蟠薛",与"满国"和"番国"谐音,即"满人的国家""番人的国家"。此处"薛"字与"国"字古音 gui 相谐。汉人与满人两方的矛盾在不同时期有不同表现,战争时期,他们是敌对关系,战后,他们同为清朝属民,但地位有高低,汉人(林黛玉)觉得不平等、不公平,而要求同等的待遇与尊重。第二十二回有一条脂批云:"将薛、林作甄玉、贾玉看书,则不失执笔人本旨矣,丁亥夏,畸笏叟。"[4](173)畸笏叟在 1767 年夏天所作的这条批语,告诉读者应当将薛宝钗与林黛玉,当作甄(真)宝玉和贾(假)宝玉来看待。而《红楼梦》里另有甄宝玉和贾宝玉,曹雪芹又告诉我们,假作真时真亦假。颇令人费解。但读者若已经知道,林黛玉是朱明及其汉人的代表,薛家乃是清朝及满洲人的代表,则此批就不难理解了。

附昌邑壬午兵燹及姜家遭遇:

李士桢生于明万历四十七年(1619),幼治经业,族人皆以远大期之。明末满洲兴起,崇祯十四年(1641)清兵克松山、锦州,十五年(1642)初兵逼京畿。护守山海关的袁崇焕千里回师,清军放弃京城,进入河南、山东等地,连续攻克山东包括昌邑在内的八十八县。崇祯十五年为壬午年,故史称"壬午兵燹"。

壬午年十二月初八日,清兵数万人围昌邑,驻扎于昌邑城东西两侧的文山、西岩山上。昌邑城官僚闻警,聚集邑中文武绅士分守三门,城内百姓为保家卫土纷纷登城参战,"虽牧童稚子,咸奋不畏死",一次次击退清军进攻。血战八昼夜,至十六日夜,昌邑城失陷,县令李萃秀及官绅七十余人皆壮烈而死,城内居民被杀掠一空。在此次兵难中,姜士桢的父亲姜演、兄姜士垿、族人姜惺法、姜恦法等皆壮烈殉难。二十三岁的姜士桢被清军掳去。十六年(1643)初,清军班师辽东,正白旗佐领李西泉认姜士桢为义子,遂改姓李氏。[10](37-38)

注释:

[1]陈振鹏、章培恒主编:《古文鉴赏辞典(下)(第一版)》,上海辞书出版社 2014 年版。

[2]陈戍国点校:《周礼·仪礼·礼记》,岳麓书社2006年版。

[3]马瑞芳:《马瑞芳说红楼》,中国工人出版社2014年版。

[4]〔清〕曹雪芹:《脂砚斋批评本红楼梦》,凤凰出版社2010年版。

[5]吴艳红主编:《明代制度研究》,浙江大学出版社2014年版。

[6]复旦大学历史地理研究所《中国历史地名辞典》编委会编:《中国历史地名辞典》,江西教育出版社1986年版。

[7]文若愚编著:《历史悬案》,中国华侨出版社2015年版。

[8]冯其庸:《逝川集》,青岛出版社2014年版。

[9]〔明〕吴承恩:《西游记校注本1》,中央编译出版社2014年版。

[10]文山诗书社编、王伟波主编:《昌邑历史人物》,东方出版社1998年版。

2. 林如海延师

林黛玉爱哭,常常无缘无故地哭,没日没夜地哭,随心所欲地哭。贾宝玉向她倾诉爱情,她哭;晴雯不给她开门,她哭;桃花飘落,她哭;秋窗风雨,她又哭。而亲妈亲爸先后病亡时,却不见她哭。林黛玉的泪点在哪里?她究竟因何而哭?曹雪芹在第一回已略作交代,林黛玉是以泪还债。至于详情,请读下述文字:

那日,(贾雨村)偶又游至维扬地面,因闻得今岁鹾政点的是林如海。这林如海姓林名海,表字如海,乃是前科的探花,今已升至兰台寺大夫,本贯姑苏人氏,今钦点出为巡盐御史,到任方一月有馀。原来这林如海之祖,曾袭过列侯,今到如海,业经五世。起初时,只封袭三世,因当今隆恩盛德,远迈前代,额外加恩,至如海之父,又袭了一代;至如海,便从科第出身。虽系钟鼎之家,却亦是书香之族。只可惜这林家支庶不盛,子孙有限,虽有几门,却与如海俱是堂族而已,没甚亲支嫡派的。

今如海年已四十,只有一个三岁之子,偏又于去岁死了。虽有几房姬妾,奈他命中无子,亦无可如何之事。今只有嫡妻贾氏生得一女,乳名黛玉,年方五岁。夫妻无子,故爱女如珍,且又见他聪明清秀,便也欲使他读书,识得几个字,不过假充养子之意,聊解膝下荒凉之叹。且说雨村正值偶感风寒,病在旅店,将一月光景方渐愈。一因身体劳倦,二因盘费不继,也正欲寻个合式之处,暂且歇下。幸有两个旧友,亦在此境居住,因闻得鹾政欲聘一西宾,雨村便相托友力谋了进去,且作安身之计。[1](15)

从字面上看,林黛玉家世极好,祖上曾封列侯,父亲又任肥缺,对于普通人而言,林家简直是贵不可言、高不可攀、深不可测,唐朝诗人崔郊咏权贵道:"公子王孙逐后尘,绿珠垂泪滴罗巾。侯门一入深似海,从此萧郎是路人。"[2](223)林家家世虽好,却人丁不旺,身体极差,林如海夫妇先后夭亡,独女黛玉自小体弱多病,形销骨立,风吹吹就倒,偏偏还多愁善感,整日以泪洗面,享年必将不永。实际上,林黛玉既不用为衣食发愁,也无须为婚姻生烦,如此豪贵之家,天下能有几门,谁不想攀附?她唯一需要发愁的是身体。因此,她为了一个贾宝玉而整日以泪洗面根本不值得,天下好男儿多的是,何必在意一顽石?

可是,隐训的结果却完全不是这样子的。林黛玉的本人乃是李煦一家,李家的悲惨遭遇主要有两件,其一是壬午之难;其二是李煦亏空案。前者是在壬午兵燹(公元1642年是壬午年,清军掳掠山东、河南)中,李煦的祖、父两辈四人蒙难,一人被俘。后者则是1723年初,李煦先因亏空帑银被捕和抄家,后又被发现曾参与九子夺嫡而发遣打牲乌拉,客死异乡。

2.1 李家家史血淋淋

林黛玉为什么哭?我们得看看她的家人究竟遭遇到了怎样的事情,林家男主人叫林如海,他姓林名海,表字如海。林如海的嫡妻贾氏生有一女,名叫林黛玉,林如海把她假充养子来教养,另有几房姬妾,无出。李家就这么些人,李家的遭遇就隐写在这些姓名字号里。

"林海"与"罹害"谐音;"如海"与"遇害"谐音,两词的隐训含义相同。

"贾氏"与"家室"谐音,指家属、家眷;"嫡妻"与"的凄"谐音,意为"的确凄惨";"姬妾"与"凄绝"谐音,意为极度凄惨。这些词语告诉读者,在壬午兵燹中,李(姜)士桢虽然幸运地活了下来,但他的家人包括父亲、兄弟、姐妹和其他亲戚,结局却极其凄惨,多人遇害和死难。

"林黛玉"与"你逮住"谐音,移字为"逮住你"。姜士桢夫妻被清军俘虏,带到辽东为奴,被正白旗佐领李西泉收为义子,改姓李,林黛玉被其父"假充养子",即指此。至雍正上台,李煦一家人又被清政府逮捕拍卖。所以,"逮住你"既适用于李士桢,又适用于李煦。

可见,"林海""如海""嫡妻""妻妾"和"林黛玉"等词,皆血淋淋地指明,李家有多人遇害,凄绝异常,这就是林黛玉整日以泪洗面的真正原因。欲知具体情况,让我们继续隐训,看看李(姜)家究竟有哪些人遇害,哪些人被逮。

2.2 壬午兵燹

"贾雨村"。贾雨村是李家遇害的关键人物,他的本人是谁?"贾雨村"与"假玉印"谐音,即假玉玺。我们已知"贾宝玉"是"假玉玺",故"贾雨村"与"贾宝玉"的本人是一样的,即是大清皇帝、大清玉玺或大清王朝,因明朝为正统,清朝为伪统,故贾雨村和贾宝玉两人皆姓"贾(假)"。那么,此处"贾雨村"是哪一个皇帝呢?答案是皇太极,曹雪芹用了三种方式隐写"皇太极":其一,隐写在贾雨村的猖狂做派上。贾雨村在游历到维扬地面之前,他是某府知府,为官十分贪酷,又恃才侮上,同僚们皆侧目而视,上司参劾他生性狡猾,擅篡礼仪,且沽清正之名,而暗结虎狼之属,致使地方多事,民不堪命。可见贾雨村决非谦逊之辈,而系狂妄之徒,他目无法纪,藐视尊长,欺侮同僚,无法无天,简直太猖狂了,猖狂到了极点,意含

"狂""太""极"三字,与"皇太极"谐音。其二,隐写在"龙颜大怒,即批革职"这句话里。皇帝看了参劾贾雨村的奏章,太生气了,即刻下令将贾雨村一撸到底,削职为民。故"龙颜大怒,即批革职"意含"皇""太""气"三字,与"皇太极"谐音。其三,隐写在贾雨村若无其事的态度里。贾雨村虽然心里惭恨,面上却全无一点怨色,竟然装得跟没事人一样,依旧嘻笑自若,他把家眷送回家乡,自己满世界游玩,简直是太无耻了。"太无耻"移字为"无太耻","无"与"亡"同义,故"无太耻"即"亡太耻","亡太耻"与"皇太极"谐音。

"林府""西宾""鹾政"与"林如海"。贾雨村穷病潦倒之时,应聘到鹾政林如海府上做西宾,此事意味深长,请看"林府"和"西宾"两词,"林府"与"壬午"谐音;"西宾"移字为"宾西","宾西"与"兵燹"谐音。"壬午"与"兵燹"两词连缀便是"壬午兵燹"。"鹾政"移字为"政鹾","政鹾"与"侵略"谐音。"林如海"含"林海"和"如海"两词,分别与"罹害"和"遇害"谐音。另"林如海"移字为"海如林",与"逮住你"谐音。

以上隐训表明,在皇太极发起的壬午兵燹侵略行动中,李(姜)家有遇害的,有被逮的。引文中提到贾雨村到了维扬,维扬是扬州的古称,但此处的维扬却既是扬州,又不是扬州,在李煦案中,它是扬州,在壬午兵燹中却不是指扬州。在壬午兵燹中,当释为"未降",即尚未投降,"维扬地面"就是尚未投降清朝的地面。1642年,清军进犯河南山东两省广大地区,凡遇不甘投降而抵抗者,一律虐杀乃至屠城,史称壬午兵燹。

"四世"和"四十"。李(姜)士桢家的灾难发生在公元1642年,这年是壬午年,清军攻入山东,昌邑惨遭屠城。姜演有五个儿子,长子姜士坛、次子姜士桢、三子姜士檩、四子姜士楷、五子姜士横。史载,12月8日清军围城,12月16日昌邑城破,姜演与长子士坛守城,当场被杀,三子姜士檩和四子姜士楷则从此失踪,想必也死于战火了。全城被杀者不计其数,姜演的叔伯子侄中也有多人被杀。姜演次子姜士桢被俘,只有五子士横幸存,姜家死亡四男,被俘一男,女子无计。[3](1)文中"四十"与"四死"谐音。另外,曹雪芹特别指出,李家祖上起初只袭封三世侯爵,至他的父辈又袭封了一世,这就是四世,"四世"亦与"四死"谐音,"四十"和"四世"均意谓"四人死亡"。"列侯"与"烈后"谐音,"烈士后代"也,姜演与长子姜士坛死于抗清,当然算烈士了,李士桢和李煦作为他们的后人,自然是烈士后代。康熙《昌邑县志》卷六《贞烈:壬午兵变城守死难绅衿》有姜演传记,其中写道:"生员姜演,贫士,镗之曾孙,守东南角,城陷被执,索财务刀背交加。演詈骂被杀。"[4](113)姜演拒绝把钱财交给清军,拒不投降,真是刚烈!乾隆《昌邑县志·忠烈》记载姜姓烈士共7人,其中包括李士桢的父亲姜演、大哥姜士坛、堂兄弟姜惺法、姜恂法,这四人皆是姜镗后人,属同一家族。

"一个三岁之子,偏又于去年死了。"所谓"三岁",它与"陷敌"谐音,即一个儿子被俘,这个被俘虏的儿子就是李士桢。因为他被俘之后,加入旗籍,并且随养父改姓李,故不再是汉人,而是女真人,所以就说他死了。绛珠草在受到神瑛甘露之水灌溉后,修成一个女体就是这个意思,指李士桢由汉人变成女真旗人。

2.3 李士桢被俘和中进士

文中提到林如海是姑苏人氏,作为小说人物,我们可以相信林黛玉是苏州人,只是与所谓金陵十二钗矛盾。实际上,其本人不是苏州人氏。所谓"姑苏人氏",它是"俘虏人氏"的谐音词,意即他是战俘出身,曾经做过清军的俘虏。姜士桢被俘之后,因为卖相不错,又知书达礼,被膝下无子的正白旗佐领李西泉看中,收为义子,姜士桢遂改姓李。《昌邑县志》记载:"李士桢,立社本人,字毅可,本姓姜,镗之玄孙。壬午城陷,与室夫人王氏俱归旗下,改今姓。"[3](13)作为李西泉的儿子,李士桢便算是八旗子弟了,得到了招工提干的机遇。1647 年,八旗抢才,李士桢考中进士,其年谱载曰:"一六四七,丁亥,清顺治四年,明永历元年,李士桢二十九岁,八旗抢才,李士桢贡生廷对,以十六名中选,授长芦运判。"[5](22)林如海为"前科探花",指的就是李士桢中进士之事。现在所谓"探花",特指进士第三名,但这是宋代以后的事,"探花"一词最早出现在唐代,是对进士的统称。在唐代,进士榜发布之后,朝廷要专门举行隆重的庆典,活动之一便是在杏花园举行探花宴,事先选择同榜进士中最年轻英俊的两人为探花使,遍游名园,沿途采摘鲜花,然后在琼林苑赋诗,迎接状元到来。宋人魏泰在《秦中岁时记》中写道:"进士及第后,例期集一月,共醵罚钱奏宴局,什物皆请同年分掌,又选最年少者二人探花使,赋诗,世谓之探花郎。"[6](135)李士桢中进士第十六名,少年英俊,也就是唐代意义上的探花郎了。

李士桢中进士是在顺治四年,虽然福临尚未亲政,但他仍具有界定时间的意义,故曹雪芹仍然花费较多笔墨对他的姓名进行了隐写,其基本做法是让贾雨村成为林黛玉的老师,此举含义有二:其一,意味着贾雨村此时就是清朝顺治皇帝,因为他既然做了林黛玉的老师,自然要进林府,"林府"移字为"府林","府林"与"福临"谐音。另外,贾雨村偶感风寒,病卧旅店一个多月,此事表明他最近爱睡、觉多,这"爱睡觉多"四字与"爱新觉罗"谐音。两者结合便是顺治皇帝的姓名"爱新觉罗·福临"。总之,贾雨村此时此地的另一个本人乃是"爱新觉罗·福临",清朝入关后的第一个皇帝。李士桢中进士就是在顺治四年。其二,李士桢为天子门生。封建时代,新晋举人和进士往往视主考官为老师,终身感戴。此种陋习是造成官场朋比为奸的重要原因,自宋太祖开始,皇帝亲自主持殿试,全国进士自此皆为天子门生,不再忠于座主,而忠于皇帝。宋·岳珂《桯史·天子门生》:"卿乃朕自擢,秦桧日荐士,曾无一言及卿,以此知卿不附权贵,真天子门生也。"[7](470) 当然,顺治四年时,福临年仅9岁,尚未亲政,也不具备亲自殿试李士桢等进士的水平。但有一点可以肯定,殿试工作都是以皇帝和朝廷的名义进行的,取录权力掌握在皇帝身边的几个人手里,故新晋进士仍然算天子门生。

林黛玉作为贾雨村的学生表现如何?曹雪芹没写她才比班昭,蕙质兰心啥的,只说她侍汤奉药、守孝尽哀、守制读书,每写到或念到"敏"字时都会设法避开等,可谓孝顺之至,意含"顺至"两字,与"顺治"谐音。此处林黛玉之"顺至",是作为贾雨村的学生的表现,应该算在贾雨村头上,意指贾雨村的本人乃是顺治皇帝。

林如海为前科探花,意为他曾中进士,则他就是"林进士","林进士"与"李桢士"谐音,移字则为"李士桢"。林如海祖上皆恩荫出身,只有他一个出身于科举,曹雪芹为何令他一个例外呢?因为"一个"与"毅可"谐音,"毅可"是李士桢的字。

2.4 李煦案

"鹾政""一月有余""年方五岁"和"五世"。"鹾政"即"盐政",这是李煦生前兼任的一个重要官职,准确地说,李煦担任的是两淮盐政,衙署设于今江苏扬州,文中的"巡盐御史"也即盐政。同时,"盐政"与又"雍正"谐音,也就是说,此时此地的贾雨村,又变成了清朝雍正帝,李煦案爆发于雍正元年。"一月有余"指雍正帝即位仅一月余,就下令查办李煦,可见他对李煦早已不满。"年方五岁"含义之一,指李煦案自发生至最终判决的时间为五年,雍正帝于1722年11月13日取得皇位,一个多月后李煦即遭查办,清朝内务府档案写道:"雍正元年正月初十日,臣衙门奏称:李煦因奏请欲替王修德等挖参,而废其官、革其织造之职。"[8](432) 五年后的1727年曹頫案爆发,发现了李煦新罪证,李煦由经济犯变成政治犯,被判处绞刑,后改绞杀为发遣,73岁高龄的李煦被发遣到东北苦寒之地打牲乌拉,两年后凄惨地死去。曹雪芹提到,林家传至林如海,"业经五世",这"五世"与"五死"谐音,指李(姜)家先后有五个男人死于清朝皇帝之手。

"维扬"。"维扬"是扬州的古称,也是两淮盐政的官署地。

李煦是李煦案的主角,我们来看看作者是如何隐写李煦的姓名字号的吧。李煦姓李名煦,字旭东,又字莱嵩,号竹村。

先看曹雪芹隐写"李煦"的方法吧。他描写道,林黛玉之母一病而终,她侍汤奉药,守孝尽哀,守制读书。又说,林黛玉每念到"敏"字,总是念"密",每写到"敏"字,减一二笔,因为她的母亲名敏,她这是在为母亲避讳。可见林黛玉熟悉礼仪,严守孝礼,"礼"与"李"谐音,"熟"与"煦"谐音,连缀起来便是"李煦"。在"林如海"三字中,镶嵌着"林如"两字,"林如"也与"李煦"谐音。

其次是"旭东"的隐写。林如海曾相助贾雨村复职,林如海是贾雨村的东家,他帮助贾雨村即为东家相助,简称"东助",移字则为"助东","助东"与"旭东"谐音。

再次是"莱篙"的隐写。读者朋友是否注意到,林黛玉是坐船进京的,而薛宝钗如何进京,曹雪芹却没明讲,当然,贾雨村进京也是坐船的,曹雪芹如此写,都有特定目的,于林黛玉而言,坐船进京,意味着"撑篙而来",其中含"来"和"篙"两字,连缀起来是"来篙",其谐音为"莱篙"。

最后看"竹村"的隐写。林黛玉由贾雨村陪着进京,而"雨村"与"竹村"谐音,李煦号"竹村"。后文还提到,贾宝玉与群钗搬进大观园后,林黛玉被安排住在潇湘馆里,潇湘馆遍植竹子,俨然"竹村"。

林黛玉是红楼梦女一号,她的第一本人就是李煦。林黛玉有三个丫环,一名紫鹃,一名雪雁,另一名春纤。其中"紫鹃"与"织绢"谐音,暗示李煦的织造身份;"雪雁"与"巡盐"谐音,暗示李煦曾任两淮盐政;"春纤"与"君遣"谐音,"遭君主发遣流放"之意,李煦晚年被雍正发遣到打牲乌拉。发遣是清朝的一种重要刑罚,将犯人发往边疆地区如宁古塔,给披甲人为奴,比充军更加严厉,多用于政治犯,李煦当年就遭受了这种处罚。林如海已升"兰台寺大夫","兰台寺大夫"是秦汉时官职,即后世之"御史","御史"与"圄死"谐音,指李煦自1723年初被关押,至1729年死于禁所,他是被流放关押而死的。

2.5 支庶不繁

"虽系钟鼎之家,却亦是书香之族。只可惜这林家支庶不盛,子孙有限,虽有几门,却与如海俱是堂族而已,没甚亲支嫡派的。"这句话是有所指的,壬午兵燹之后,姜士桢兄弟五人,三人被杀,自己被俘,只有五弟士模幸存。姜士桢被俘变成李士桢之后,他与姜士模就不再同谱,不再是亲兄弟了。而在继父李西泉这边,也只有自己这一个养子,其余如曹寅的岳父李月桂,也只是李士桢的堂兄弟,且仅有这一个堂兄弟。故曰支庶不繁,并无亲支嫡派。

但曹雪芹的真正用意并非在此,因为李士桢生子六人,且全部长大成人。长子李煦,次子李燿,三子李圻,四子李灿,五子李炆,六子李炜,皆长大成人,为官一方。可见,至李煦这一代,李家可算是支庶繁盛了。曹雪芹的真正用意是讽刺清朝的民族政策,清朝对汉民执行屠杀政策,杀害了不少人,这是一个方面。另一个方面,他们又推行满化政策,如留头不留发,留发不留头,故在清朝的统治下,汉族男人看起来已不再像汉人,而是女真人了,至清末去满剪辫子,仍有许多汉人舍不得,鲁迅先生曾揶揄道:(清国留学生)头顶上盘着大辫子,顶得学生制帽的顶上高高耸起,形成一座富士山。也有解散辫子,盘得平的,除下帽来,油光可鉴,宛如小姑娘的发髻一般,还要将脖子扭几扭,实在标致极了。曹雪芹正是在这个意义上强调林家支庶不繁,并无亲支嫡派,意谓汉国已亡,汉人不汉了。在《红楼梦》里,林黛玉是华夏汉人的代表,正如薛宝钗是女真八旗的象征一样。

注释:

[1]〔清〕曹雪芹:《脂砚斋批评本红楼梦》,凤凰出版社2010年版。

[2]墨香斋译评:《唐诗鉴赏大全》,中国纺织出版社2015年版。

[3]北京曹雪芹学会编:《曹雪芹研究》,(2013年第2辑,总第6辑),中华书局出版社2013年版。

[4]文山诗书社编辑:《昌邑古县志集》,潍坊新闻出版局1996年版。

[5]王利器编著:《李士桢李煦父子年谱——红楼梦与清初史料钩玄》,北京出版社1983年版。

[6]王炎平编:《科举与士林风气》,东方出版社2011年版。

[7]周兴禄:《宋代科举诗词研究》,齐鲁书社2011年版。

[8]冯其庸:《冯其庸文集(第15卷)(曹雪芹家世新考下)》,青岛出版社2011年版。

3. 贾敏之死

林黛玉出身豪门,却身世悲凉,幼年丧母,少年丧父,从此寄人篱下,魂归异乡。可这是用常训法读到的东西,若用隐训法,则贾敏之死与林如海之殁各有所指。贾敏之死代表大明最终灭亡,林如海之殁则指李煦的政治生命终结,霉运开始。前者发生于公元1662年,后者发生于公元1723年,前后相距61年。

3.1 贾敏即大明

贾敏乃是贾母的小女儿,贾母自称,她有四个儿女,唯最爱贾敏。贾敏是林如海的正妻,又是林黛玉的生母,林如海娶有多房妻妾,只有嫡妻生养了这一个女儿,爱如珍宝,当作男孩来教养。贾敏是男性的名字,贾府女孩爱取男名。贾敏告诉林黛玉,外祖母家与别家不同,二舅家生有一个表哥,衔玉而诞,最不喜读书,顽劣异常。曹雪芹对贾敏的描写就只有这寥寥数笔。对于贾敏的性格、爱好、年龄、所患何病等,皆无交代。有读者猜测,贾敏可能嫉妒心极强,她自己身体不好,故生育林黛玉之后便再无生养,而又不让林如海的其他妻妾生养,致使林如海门下凄凉。那么,真相到底如何呢?

真相是,"贾敏"不是人名,而是国名,朝代名。"贾敏"者,"大明"也,明朝也。林黛玉一家的本人乃山东昌邑姜氏,汉人,大明是他们的父母之邦,从这个意义上讲,大明既可以称父,又可以称母。而且,"母"和"父"是谐音词,从隐训的角度来讲,它们的含义相同。因此,贾敏之死于李士桢他们家而言,就是亡国了。

贾雨村提到,甄府的风俗是,女儿皆从男子之名,冷子兴说,贾府上一代姊妹也是如此,这意味着"贾敏"是男子名,这是怎么回事,如何解释?事情是这样的,大明是汉族政权,自然是汉名,"汉"字的含义之一是"男子"。贾母所谓四个儿女,是指女真政权大清国由四大势力组成,分别是女真族、蒙古族、朝鲜和大明,努尔哈赤最先统一女真,接着征服蒙古和朝鲜,最后入主中原,所以,大明是最后被并入大清的势力(朝鲜只是附庸国),所谓最小的女儿即指此。不管是在明朝,还是在清朝,汉人都占绝对多数,清朝统治者除了要求汉人剃发易服外,并没有强制汉人改说满语,相反,倒是满人逐渐改说汉话,所谓贾府"女子"多从男子命名即指此也。大明地域广袤、经济发达、文化先进,当然是清朝统治者的"最爱"。

贾敏既为大明,则如何解释她是林如海"嫡妻"呢?脂批对此有过解释,脂批解释林如海的姓名曰"学海文林",即林如海代表中华文化。既如此,大明当然是中华文化之正统、嫡系,而"嫡妻"恰与"嫡系"谐音。

3.2 贾敏(大明)死亡的时间

既然贾敏即大明,则贾敏之死即意味着大明之亡。明朝灭亡的具体时间是何年何月何日呢?大致有几种标准,其一是崇祯吊死于煤山的日子;其二是永历皇帝朱由榔被吴三桂勒死的日子;其三是台湾郑氏政权延平王郑克塽降清的日子。

曹雪芹采用的是第二个标准,即永历帝朱由榔被杀的日子。他在《红楼梦》里最初用了两句话:"今只有嫡妻贾氏,生得一女,乳名黛玉,年方五岁。""堪堪又是一载的光阴,谁知女学生之母贾氏夫人一疾而终"。前文已经分析过,"黛玉五岁"指李士桢被俘后的 1647 年,"黛玉"是"逮住"的谐音词,从 1642 年被逮,至 1647 年中进士,中间相隔五岁,而命运已是天翻地覆。

依常训法,"堪堪又是一载"指一年整,但依隐训法则完全不同。细心的读者可能记得,娇杏嫁给贾雨村,"又半截",贾雨村的正妻死了,娇杏得为正妻,这"半截"是"半劫"的谐音词,佛教以"劫"计算时间,一劫 30 年,半劫就是 15 年,"又半截"指吴三桂自 1644 年降清,至 1662 年杀死朱由榔,受封平西亲王、兼辖贵州、永镇云贵的时间,前后相距 18 年,在这里,"又半劫"是个约数。而"堪堪又是一载"这个数则很明显是整数,因为其中有"堪堪"两字。所谓"堪堪又是一载",即一整年,一整年又称"期年",而"期年"与"笄年"谐音,"笄年"是女子 15 岁的意思。所以,"堪堪又是一载"指又过了 15 年。从 1647 年算起,至 1662 年吴三桂处死永历帝朱由榔[1](93),刚好 15 年。朱由榔之死,意谓大明彻底灭亡。具体日子是 4 月 25 日(曹雪芹写成"至次日,乃是四月二十六日"),请见第二十七回花朝节饯花活动。

3.3 南明圣上朱由榔

由于林黛玉体弱多病,加上母亲生病亡故,林黛玉常常不能上学,贾雨村闲来无事,每当风和丽日,便出来游历赏鉴山野风光。这日他偶游至郭外,进了智通寺,读到一副对联,见到了一个龙钟老僧正在煮粥。这个情节隐写着一个关键人物,他就是南明最后一个皇帝朱由榔,他的死标志着明朝的最终灭亡。

首先,此处的"雨村"不再隐指清朝皇帝,而是明朝皇帝,"雨村"者,"朱圣"也,"朱氏圣上"也。雨村出来游览赏鉴,意含"雨""游""赏"三字,连缀起来即"雨游赏",与"朱由榔"谐音。

其次,"雨村"乃是朱胄龙种。明朝是朱元璋建立的,明朝皇帝包括南明皇帝,无疑都是朱氏的龙子龙孙,且看"龙钟老僧""煮粥"和"智通寺"三词。"煮粥"与"朱胄"谐音,"胄"指帝王或贵族的子孙,故"朱胄"则意谓朱氏皇帝或贵族的子裔。"龙钟老僧"之"龙钟",与"龙种"谐音,而所谓"龙种",当然是指皇帝的后代子孙。"老僧"与"老圣"谐音,即老圣上,这个老圣上当指明朝的建立者朱元璋。故"龙钟老僧"的意思是"朱元璋皇帝的子孙"。

明史专家估计,至明末,朱元璋子孙多达数十万之众,既如此,则龙钟老僧只是朱明子孙中的一个,究竟是哪一个?且看"智通"二字。"智通"与"继统"谐音,此词表明,那个龙钟老僧不是一个普通人,而是朱明皇帝的子孙,而且不是一般的子孙,是继承明朝皇统的子孙。"智通寺"与"继统死"谐音,意味继统者死了,他是怎么死的呢?

3.4 朱由榔被人从国外抓回杀死

明朝统治中国两百多年,朱元璋子孙极多,继统者也有20余位,那么,"龙钟老僧"是哪一位呢?请看"雨村"和"郭外"两词,"雨村"移字为"村雨","村雨"与"擒住"谐音,此处"雨村"由名词变成了动词。《红楼梦》中许多人名、地名、物名皆是如此,其隐训含义因语境而变,切不可拘泥于一解。"郭外"与"国外"谐音。故"雨村偶至郭外"的意思是,明朝皇统的这位继承者是偶然在国外被人给擒住了。明朝历史上,有两位继统者在境外被人捉住,一是明英宗朱祁镇,他在土木堡之战中失败被擒,做了瓦剌的俘虏。另一位则是永历皇帝朱由榔,他在清军的追击下逃至缅甸,被缅甸新王猛白献给清军将领吴三桂。

那么,红楼梦里的这位究竟是朱祁镇,还是朱由榔呢?再看"智通寺"三字,"智通寺"是"继统死"的谐音词,意指这位在国外被擒住的朱明皇帝被杀了,并且,他的死意味着明朝灭亡。很明显,这位被杀的继统者只能是朱由榔,朱祁镇并未被杀,他后来被瓦剌人放了回来,并再次龙登大宝。

3.5 吴三桂弑君

在第二回贾雨村饭后闲步观景这节文字里,着重描写有三样事物,其一是山环水绕、茂林深竹的山野风光;其二是门巷倾颓、墙垣朽败的废寺;其三是齿落舌钝、既聋且昏的已误人生,那幅"身后有余忘缩手,眼前无路想回头"的门联,横批当为"贪念误人"。所以,总结这节文字,最核心的是"误""山""废"三字,连缀起来是"误山废",其谐音为"吴三桂",吴三桂正是擒住和杀害朱由榔的关键人物。

参观完山寺之后,贾雨村打算到"村肆沽饮三杯",不想巧遇了老朋友冷子兴,冷子兴乃是"都中古董行中贸易的",他已先到酒店喝酒。"沽三杯"与"吴三桂"谐音。"村肆"移字为"肆村","肆村"与"弑君"谐音,臣子杀害君主叫弑。"冷子兴"是"臣子擒"的谐音词,意指朱由榔是被臣子吴三桂所擒。当然,吴三桂当下是

"古董行贸易的",所谓"古董行贸易的",即"古董商",其中镶嵌着"古商"两字,与"胡将"谐音,即当下的吴三桂已是作为胡人的女真将领。但他曾经是明朝的旧臣,崇祯待他不薄。这节文本中还镶嵌着"酒""旧"和"村"几字,连缀起来是"旧(酒)村",它们皆与"旧君"和"旧臣"谐音。

关于朱由榔潜逃国外被抓回,并被吴三桂亲自处死的详情,史家写道:

永历十三年(1659),永历帝按照云南勋阀沐天波的建议,从昆明撤退到永昌(保山县),继而退到腾冲(腾冲县)。吴三桂率领清兵穷追不舍。李定国派靳统武护送永历帝进入缅甸境内。永历到缅甸后,缅王起初对永历帝还可以,为他安置了住处。永历十五年(1661)缅甸发生政变,老王被他的弟弟猛白所杀,猛白自立为王。他为了讨好清廷,巩固自己的政权,毒杀永历帝的臣下42人。康熙元年(1662)二月,缅王猛白作了一番布置,谎称有义兵在缅境要迎驾。永历帝便轻易出行。缅人将永历帝和他的眷属囚禁起来,交给吴三桂派来的卫军将领。吴三桂用弓弦将永历帝和他的儿子勒死在昆明城内逼死坡(后改为币制坡)。李定国想攻打缅甸,忽听永历帝遇难,悲伤过度而死。南明就此结束。[2](480)

贾敏死于第二回,至第十三回秦可卿病死之时,林如海也病死了,这样林黛玉的父亲和母亲就都死了,这为她长住贾府提供了绝妙的借口。其实,借口可以很多,譬如薛宝钗父亲早死,但母亲一直活着,可她们全家一直都住在贾府,不也名正言顺吗?贾敏之死与林如海之亡,完全不是一回事,贾敏之死意谓明朝灭亡了,而林如海之亡,却是李煦案的发生,第二十八回贾宝玉开的药方里详细隐写了此事,故此处从略。

这里再次提醒读者,隐语有完全不同的语法,譬如按照常训法,黛玉与林如海是父女,但按隐训法,则他们是同一人。

注释:

[1] 蔡东藩:《清史通俗演义》,线装书局2014年版。
[2] 李瀚之编:《中国皇帝全传》,当代世界出版社2012年版。

4. 林黛玉进贾府

　　进贾府是林黛玉命运的转折点,她从此长住贾府,再也回不去了,直到泪尽而逝。《林黛玉进贾府》故事情节生动,人物性格饱满,层次结构清晰,是一篇难得一见的佳作,却也有许多无法解决的逻辑悖论:其一是林黛玉的年龄,她出发时约六岁,到贾府时已13,路上竟走了七年,抗日战争都打了一半了,这是蚂蚁迎亲呢,还是乌龟搬家? 其二是贾府与林家不合理的家势差异。林家祖上曾封列侯,贾府祖上曾封二公,似是贾府占优,但林如海探花出身,现任巡盐御史,却比贾赦贾政有出息,巡盐御史更是肥缺。两相平衡,林贾两家本应该是蚂蚱配蝗虫——门当户对。然而,贾府规矩之大,林家望尘莫及,贾府的三等仆妇在黛玉眼中已是不凡,看门人皆华冠丽服,两者为何有如此大的差距? 其三是林黛玉初进贾府,竟然见到的全是女眷,两个亲舅舅都以种种借口拒绝见她,而一同进京的贾雨村却受到热情接待和帮助,如何解释? 其四是林黛玉在贾府住的地方竟然叫碧纱橱,橱中如何住人? 其五是林黛玉进贾府,是到自己的亲外祖母家,她完全可以随意些的,却为何小心得如履薄冰、胆战心惊? 其六是林黛玉六岁才进贾府,她不是要把一生的眼泪用来还债吗,那她进贾府前的眼泪是干吗的? 她为何没一开始就生活在宝玉身边?

　　依照常训法,林黛玉进贾府,是因为亲娘死了,父亲老迈,身体也不好,没有办法照顾她,外祖贾母不放心,派人来接她。恰好此时贾雨村要进京办事,于是,林如海便打发他们师徒一同入京,贾雨村搭了学生的顺风车。而依照隐训法,此处林黛玉的本人是李士桢的妻子文氏夫人,是刚刚生完孩子的年轻母亲,她被接去大清皇宫,是去哺育尚在襁褓中的未来康熙皇帝。具体情况,请看隐训:

4.1 文氏夫人受雇哺育幼君

　　林黛玉进贾府与贾雨村复职,原本是风马牛不相及的两件事情,曹雪芹却瞒天过海,设法将它们搅到了一起,藉收一石多鸟之功:一是嘲讽和贬损贾雨村,丑化大清;二是显示贾府非同寻常的实力,贾府手可通天,绝非寻常京官之家可比;三是隐写了林黛玉进京的背后史实,她是皇家雇去哺育孩子的奶妈兼保姆。

第三回一开篇就写贾雨村准备上京找门子复职,冷子兴告诉他说,你有现成的大关系可用,你东家林如海就是金陵贾府的女婿,完全帮得上你。贾雨村喜出望外,立即回来找林如海商量,书中写道:

次日,面谋之如海。如海道:"天缘凑巧,因贱荆去世,都中家岳母念及小女无人依傍教育。前已遣了男女、船只来接,因小女未曾大痊,故未及行。此刻正思向蒙训教之恩,未经酬报,遇此机会,岂有不尽心图报之理。但请放心,弟已预为筹画至此。已修下荐书一封,转托内兄务为周全协佐,方可稍尽弟之鄙诚。即有所费用之例,弟于内兄信中已注明白,亦不劳尊兄多虑矣。

雨村一面打躬,谢不释口,一面又问:"不知令亲大人现居何职?只怕晚生草率,不敢骤然入都干渎。"如海笑道:"若论舍亲,与尊兄犹系同谱,乃荣公之孙。大内兄……"[1](21-22)

读者朋友请注意"如海""雨村"和"黛玉"三名,及雨村提问如海细答情节。"如海"是"育孩"的谐音词,"雨村"是"育君"的谐音词。"育孩"即是哺育孩子;"育君"意谓哺育幼君;"黛玉"与"代育"谐音,意指代替他人哺育孩子、哺育幼君。将三词的含义综合起来分析可知,某名妇女在替别人哺育孩子,她所哺育的孩子不是普通孩子,而是君王,或是未来的君王。

李士桢家里是否有人曾经哺育过君王呢?答案是肯定的,李士桢继配、李煦生母文氏曾经给康熙帝玄烨做过奶娘。[2](905)再看上述引文最后一段,林如海把贾雨村进京复职之事已预作安排,且十分周全妥帖,但贾雨村不放心,他仍然向林如海提问,打听林如海夫人娘家的情况。林如海便把亲戚的姓名、职务、为人性格及托办安排,细讲了一遍,贾雨村这才放心。这个情节主要包含"提问"和"细讲"两个环节,连缀起来便是"提问细讲",移动一字则为"提讲问细",其谐音便是"李家文氏",亦即李门文氏。另外,贾雨村所提问的事情,实际上是林如海夫人娘家的事情,其中又暗含"夫人"两字,与前"李家文氏"结合,便是"李家文氏夫人"。如此,则红楼梦文本与李家史实榫卯对接,不差分毫了。

4.2 李煦出月那天文氏动身入京

下面来看文氏进京当保姆的时间,与《红楼梦》的描写是否一致,这一点非常关键。文氏究竟是在何年、何月、何日进京的呢?笔者没查到史实,只能根据李煦及康熙的生日,并结合红楼梦文本进行分析了。文氏既然能哺育康熙,那就说明她自己刚刚生过孩子,有产奶能力。从史料上看,康熙出生于1654年农历五月初四,李煦出生于1655年农历正月二十九,康熙比李煦大八个月。这就是说,文氏进京只能是在李煦出生之后的1655年,"1655年"意味着什么呢?意味着林黛玉13岁,为什么这么说呢?因为"林黛玉"是"曾逮住"的谐音词,李士桢与其妻子王氏,曾经在1642年被清军逮住,至1655年,刚好是13年。

那么,文氏是在何月何日进京的呢?林如海说:"出月初二日"。这是一个隐语,不能解释为下个月初二。小孩出生满一个月,俗称满月、出月,雅称弥月。产妇分娩满一个月时,若生的是男孩,便会摆酒庆贺,母亲抱着婴儿出来与亲友见面,亲友则会衷心地祝福,并奉送上一个红包。[3](207)"出月初二日"这个词表明,文氏是在李煦满月时进京的,也就是1655年农历2月29日。"出月初二日"移字为"二出月日初",其谐音是"儿出月日去",意指文氏是在自己儿子出月那日去的北京。

曹雪芹常常将不同的史实,混同隐写在一处,故一词往往有多义,此之谓一击两鸣之法,"出月初二日"就是这么一词,它还有一解。"出月初二日"移字为"月初出二日",其谐音为"国(gui)初出二日",指大清建国初期有两个皇帝,当时,名义上顺治是皇帝,实质则是多尔衮执政。曹雪芹把文氏哺育幼君,同多尔衮执政两件事情混在一起隐写,掩人耳目,大大增加了解读的难度,使他有恃无恐,肆意辱骂清朝皇帝。

4.3 途经正阳门

贾府究竟位于何方?猜北京者有之,猜南京者有之,猜北京和南京两地者亦有之,事虽有因,查无实据。笔者此前已指明系北京,系大清皇宫,却没有指出更具体的地域方位,姜无故实之言,难俘读者之心,曹雪芹对此是显微镜下看细菌——一清二楚,他在林黛玉进贾府的相关情节里,隐写了具体方位和地名。请看下述文字:

自上了轿,进入城中,便从纱窗外瞧了一瞧,其街市之繁华,人烟之阜盛,自与别处不同。又行了半日,忽见街北蹲着两个大石狮子,三间兽头大门,门前列坐着十来个华冠丽服之人。正门却不开,只有东西两角门有人出入。正门之上有一匾,匾上大书"敕建宁国府"五个大字。黛玉想道:"这是外祖之长房了。"[1](22-23)

这段引文看似平常,却隐藏着极其丰富的信息:

丽正门、前门。林黛玉尚未进入贾府,坐在轿子里就已经认出了宁、荣两府的大门,她注意到宁国府"门前列坐着十来个华冠丽服之人。正门却不开"。门前列坐之人是干吗的,他们是贾府的看门人吗?看门人华冠丽服岂不奇怪?正门不开也奇怪,林黛玉可是贾府至亲,如何要走偏门?答案在"丽""正"和"门",及"前"和"门"五字,前者连缀起来是"丽正门",后者连缀起来是"前门"。

正阳门。林黛玉最先看到了宁国府的"正"门,接着又看到了荣国府的正门,正门是关着的,她是从西边角门被抬进荣国府的。贾府正门位于街道北端,这意味着它坐北朝南,朝着太阳的方向,我们国家处于北半球,坐北朝南就是向"阳"。

既是正门,又是向阳门,当然就是正阳门了。

可见,引文中隐藏着"丽正门""前门""正阳门"三个地名,这三个地名其实指同一个地方。"丽正门"是正阳门的前身,它曾是元大都正南门的名称,北京内城九门之一,明朝时沿用,取《周易·离卦》"离,丽也。日月丽乎天,百谷草木丽乎土,重明以丽乎正,乃化天下"之意。史载,至明朝1436年,明英宗朱祁镇大修城垣,对京师九门都进行了维修,"在这次北京城垣和城门的大规模修建中,明朝不仅完善了各门的'楼建之制',而且还将'丽正门''文明门''顺承门''齐化门'和'平则门'五座城门分别更名为'正阳门''崇文门''宣武门''朝阳门'和'阜成门',其余四门则仍然沿用原来的名字。"[4](62-70)至清朝入关定都北京,虽然加以修整壮丽,但"九门之名,则仍旧焉"。虽然官方已将丽正门更名,但民间仍有称其为丽正者,又且正阳门地处紫禁城的正前端,故又被称为前门或大前门。

国门、皇帝专用。在宁国府"正门之上有一匾,匾上大书'敕造宁国府'五个大字",这句话里镶嵌着"国门"两字,它指明了正阳门的独特地位[4](72)。正阳门是明清两朝内城的正南门,也是最雄丽壮观的一座城门,它由城楼、箭楼和瓮城三部分组成。城楼和箭楼均只有一个门洞,专供皇帝御用,是明清两朝皇帝去天坛、先农坛祭祀必经御道。除皇帝之外,其他人是不能走这个门洞的。瓮城东西两侧各有一个门洞,供百姓自由出入。[4](74)

九门、南迁。引文中有"三间兽头大门"一句,必须用隐训法去理解,否则会出问题。其中"兽"和"门"两字连缀起来是"兽门",它们是"九门"的谐音词,正阳门是京师九门之一。"三间"不是指正阳门有三个门洞,正阳门只有一个门洞,"三间"者,"南迁"也,意思是说,虽然老百姓仍然称正阳门为丽正门,但实际上它已经不是原来的丽正门。明成祖重建的北京城比元大都有所扩大,他将内城的正南门向南迁移了0.8公里。故正阳门实际上是"南迁"的丽正门。

前门商业街。林黛玉还注意到,此处街市之繁华,人烟之阜盛自与别处不同,这是因为这里有一个前门商业街。前门商业街发源于明朝,明代北京突破了元代"前朝后市"的定制,在正阳门周围以及南至鲜鱼口、廊房胡同一带形成大商业区,乾隆时期,正阳门前大街就是"百货云集一回的商业汇聚之所"[4](87)。

4.4 落脚福佑寺

林黛玉最先进了外婆和二舅的府邸荣国府,却不走正门,只进了西边角门,至一垂花门前落下,林黛玉扶着婆子的手,进了垂花门。那么,林黛玉最终落脚于什么地方呢?请研究下列文字:

想着,又往西行,不多远,照样也是三间大门,方是荣国府了。却不进正门,只进了西边角门。那轿夫抬进去,走了一射之地,将转弯时,便歇下退出去了。后面的婆子们已都下了轿,赶上前来。另换了三四个衣帽周全十七八岁的小厮上来,复抬起轿子。众婆子步下围随至一垂花门前落下。众小厮退出,众婆子上来打起轿帘,扶黛玉下轿。

林黛玉扶着婆子的手,进了垂花门,两边是抄手游廊,当中是穿堂,当地放着一个紫檀架子大理石的大插屏。转过插屏,小小三间内厅,厅后就是后面的正房大院。正面五间上房,皆雕梁画栋,两边穿山游廊厢房,挂着各色鹦鹉、画眉等鸟雀。台矶之上,坐着几个穿红着绿的丫头,一见他们来了,便忙都笑迎上来,说:"刚才老太太还念呢,可巧就来了。"于是三四人争着打起帘笼,一面听得人回话:"林姑娘到了。"[1](23)

上述引文有两段,先看第一段。

林黛玉已经进了正阳门,如果她一直前往走,则是往皇城和紫禁城的方向,然而,林黛玉被抬进去以后,走了一射之地就转弯了,说明她进了皇城,却没去紫禁城。那她去了哪里呢?请大家注意"西行"与"垂花门"两词,将两词中的"西""花门"三字连缀起来是"西花门",其谐音词为"西华门",林黛玉没去紫禁城,而是去了西华门。

再看抬轿之人,中间换了一批。第一批抬轿人就是贾府派到码头迎接的,为何不让他们直接抬进贾府,而新换一批"衣帽周全"的抬轿人呢?请看"换人"两字,它们是"宦人"的谐音词,在宫中服役的宦官服侍的主要对象是皇帝的女人,故要求宦官们穿戴整齐、衣帽周全。即是说,林黛玉最后是被宦官接进去了,她进了皇城。

再看第二段。

在"林黛玉扶着婆子的手,进了垂花门"这句话里,含有"扶""手""子"三字,连缀起来是"扶手子",谐"福佑寺"。第二段引文中还有"鹦鹉鸟"和"画眉鸟"两词,其中"画眉鸟"与"喇嘛庙"谐音。"鹦鹉鸟"移动一字为"鹉鹦鸟","鹉鹦鸟"与"雨神庙"谐音。

那么,西华门、福佑寺、雨神庙、喇嘛庙这几个词意味着什么呢?清宫专家云:"福佑寺处在明代皇宫建筑群中南海区域内,在明代时为秉笔直房。福佑寺始建于清顺治年间(1644—1661),为清圣祖玄烨(康熙皇帝)避痘处,又传为其幼年的读书处。清雍正元年(1723)建正殿拟分给宝亲王(高宗弘历在皇子时的封号)作为府邸,但弘历并未迁入,高宗乾隆登基后将此处改为喇嘛庙,名为'福佑寺'。"因曾祭祀雨神,故俗称为"雨神庙"。[5](36)

隐训到这里,已经很明显了,此时的林黛玉即李士桢的继配文氏夫人,她在长子李煦出生后仅一个月,就被清朝皇家派人接进宫去,哺育年幼的玄烨小皇子。

当时,大清流行天花,小玄烨为避痘,不是放在紫禁城抚养,而是安置在西华门那边的福佑寺里教养。康熙后来回忆说:"朕幼年时未经出痘,令保姆护视于紫禁城外。父母膝下未得一日承欢。此朕六十年来抱歉之处。"[6](251)

玄烨既然居住在福佑寺里,曹雪芹提到他了吗?答案是肯定的,就在林黛玉被抬进荣国府那段文字里,有三个数据,就是用来隐写玄烨的。用数目字表示清朝皇帝,可以视为现代数字化技术的先声,原则上,任何事物都是可以数字化的。将清朝皇帝数字化,曹雪芹主要依据两条线索,其一是任职顺序,其二是在兄弟中的排行。玄烨是大清入关后的第二个皇帝,排行第三。替林黛玉抬轿者为"三四"人,替她打帘笼的亦是"三四"人,三乘四等于十二,"十二"移字为"二十","二十"与"二日"谐音,"二日"即第二个皇帝。

替林黛玉抬轿的衣帽周全之人,皆"十七八"岁,有"三四"个这种"十七八"的人,那么,三乘四等于十二,十二加十八等于三十。"三十"与"三日"谐音,"日"可视为"日子"之省,故"三日"即"三日子",也就是"三皇子",玄烨是顺治帝的三皇子。

由此可见,曹雪芹不是简单运用数字化技术,他是将数字化技术与隐写技术相结合,使得文字表达更加灵活多变、丰富多彩。在有关雍正、乾隆及其皇子的隐写中,曹雪芹还反复用到上述技术。

既然玄烨在福佑寺中住过,则它就不再是普通宫殿,而是龙殿了,"帘笼"移字为"笼帘","笼帘"与"龙殿"谐音。

4.5 大清

"宁国府"和"荣国"两名在历史上早已存在,"宁国府"始于南宋乾道二年(公元1166年),它是南宋一级地方政府的名称,在被命名为宁国府之前,它被称作宣州、宣城郡、宁国军等,约相当于今安徽省宣城市宣州区。安徽省东南还有一个宁国市,两地相距约45公里。笔者没查到"荣国府",但查到了"荣国"两字的最早出处,据《国语·晋语》和《史记·周本纪》记载,周文王时有一名大臣名荣伯,他是荣国的国君,周厉王时荣国仍存。

曹雪芹改造利用"宁国府"和"荣国府"两词,究竟意味着什么呢?请随笔者隐训。"宁国"与"尼国"谐音,"尼"即比丘尼,指出家的女人,故"尼国"可释为"女人国"。"女人国"又可展训为"女真人的国家"也。薛宝琴在第五十二回提到的"真真女儿国",自然也是指女真政权大清。

"荣国"与"狨国"谐音。所谓"狨",《埤雅》云:"狨轻捷,善缘木,大小类猿,长尾,尾作金色。今俗谓之金线……"[7](118)"狨"为猿猴类动物,俗称为金线猴。据此则"狨国"即为"金线猴国",其中含"金国"或"猴(后)金国"几字,皆为大清先祖所建国名。

可见，所谓"宁国"，即"女真国"；所谓"荣国"，即"金国"或"后金国"，都是隐指大清政权的。曹雪芹在此用了假借汉唐之法，以古喻今，借"宁国府"和"荣国府"隐写大清、大清朝廷和大清皇室。林黛玉进贾府，就是李士桢继配文氏进入清朝皇宫。

"敕建宁国府"之"敕建"，意谓皇帝下令建造。建造都城这类大事，若非皇帝诏命，谁敢定夺？元大都是元世祖忽必烈于至元四年（公元1267年）下令营建的。明朝迁都北京是明成祖朱棣的诏令，故宫的建造始于1406年，1420年正式落成。顺治元年（公元1644年）农历五月初三，摄政王多尔衮统清兵入关，进驻北京，十月初一日，顺治帝御皇极门，昭示天下，"定鼎燕京"。清朝定都北京可能不是年幼的顺治所能为，但最终还得借顺治的敕令而为之，所以，"敕建"名副其实。

注释：

[1]〔清〕曹雪芹：《脂砚斋批评本红楼梦》，凤凰出版社2010年版。

[2]张在湘、蔡万江主编：《潍坊文化通鉴》，山东友谊出版社1992年版。

[3]叶大兵、乌丙安主编：《中国风俗辞典》，上海辞书出版社1990年版。

[4]肖东发主编、邢建华编著：《城楼古景雄伟壮丽的古代城楼》，现代出版社2015年版。

[5]善无畏、邬育伟：《北京百家佛寺寻踪》，新华出版社2012年版。

[6]刘季人编撰：《北京西城文物史迹第一辑（上）》，北京燕山出版社2011年版。

[7]〔清〕徐鼎纂辑、王承略点校/解说：《毛诗名物图说》，清华大学出版社2006年版。

5. 不足之症

　　林黛玉患有不足之症。不足之症是一个中医病症名,民间称先天不足,泛指各种虚症。不足之症分气虚和血虚两种,前者指由元气不足引起的一系列病症,气虚者身体虚弱、面色苍白、呼吸短促、四肢乏力、头晕、动辄汗出、语声低微。气虚是一种多发症,临床上又分为肺气虚、心气虚、脾气虚和肾气虚等。血虚指体内阴血亏损的各种病症,血虚者面色萎黄、眩晕、心悸、失眠、脉虚细等。气与血是密切相关的,气虚可发展为阳虚,血虚可发展为阴虚,严重者则为气血两虚。不足之症的产生不外乎先天不足与后天失调两种原因,先天不足乃是指在母腹中孕育得不好,体质羸弱、抵抗力差。后天失调如受伤大量失血,长期营养不良,以及由肾病、肺病、脾胃或肝病等引起的身体衰弱症状。林黛玉的不足之症属于前者,曹雪芹写道:

　　众人见黛玉年纪虽小,其举止言谈不俗,身体、面庞虽怯弱不胜,却有一段自然的风流态度,便知他有不足之症。因问:"常服何药,如何不急为疗治?"

　　黛玉道:"我自来是如此,从会吃饮食时便吃药,到今未断,请了多少名医,修方配药,皆不见效。那一年,我三岁时,听得说,来了一个癞头和尚,说要化我去出家,我父母固是不从。他又说:'既舍不得他,只怕他的病一生也不能好的。若要好时,除非从此以后总不许见哭声;除父母之外,凡有外姓亲友之人,一概不见,方可平安,了此一世。'疯疯癫癫,说了这些不经之谈,也没人理他。如今还是吃人参养荣丸。"贾母道:"正好,我这里正配丸药呢。叫他们多配一料就是了。"[1](23-24)

　　这是第三回的描写,其他各回补充了一些特征:一是失眠严重;二是咳嗽多梦;三是多疑多惧;四是春分秋分之后必犯嗽疾等。林黛玉身体极差,弱不胜衣,风吹吹就倒,看起来是气血两虚。某些专家断定,林黛玉所患之病乃是肺结核,明显误判,胡乱联系。从字面上看,林黛玉的不足之症很像肺结核,但若细细分析,便会发现她的病症和药物均颇蹊跷:肺结核是传染性疾病,不存在先天之说。而林黛玉的病则是先天的,她从吃饮食时便吃药,即是说,她自呱呱坠地就患上肺结核了,就开始吃药了,这怎么可能? 再看其专用药物人参养荣丸,它在《伤寒论》《金匮要略》和《本草纲目》等中均无记载,很显然是曹雪芹杜撰的方名。现在,人参养荣丸在市面上有售,应当是受《红楼梦》影响而炮制的,它有益气补血之效,却无治疗肺病之功。

第4章已经训解出,进贾府之林黛玉乃是入宫给小玄烨做奶娘之文氏,李士桢的继配,李煦生母。既然文氏能够怀孕生子,又被荣幸地选中为皇子的奶娘,她应该是非常健康的,绝对不会患上所谓不足之症,那么,林黛玉的不足之症及其药物人参养荣丸究竟是怎么回事呢?欲知真相,请看隐训。

5.1 李士桢的不足之症

王梦阮和沈瓶庵两先生曾经分析说,红楼梦的写作运用了分身法和合身术,颇有见地。但他们所举之例却是错误的,甚为滑稽。事实上,红楼梦中的分身法与合身术非常明显,譬如江南甄府与都中贾府,甄宝玉与贾宝玉,他们不是同一家、同一人吗?再譬如林黛玉与薛宝钗,明明是两个人,作者却将她们写在一个册画与判词里,岂非合身术?不过,这还是掩人耳目的表面功夫,真实的分身法与合身术则须隐训才能洞明。以林黛玉而言,她的背后隐藏着李士桢李煦父子、夫妻、子女一家人,她一人扮演着多个角色,这是合身术。当然,扮演李士桢李煦父子夫妻子女几代人的红楼人物,也绝非林黛玉一人,还包括林如海、乌庄头等多人,这是分身法。李士桢和李煦皆有"不足之症",以隐训法来看,林黛玉的所谓病和药,都不是通常意义上的病和药,它们隐指李士桢与李煦两人的政治遭遇,先看李士桢的不足之症。

"林黛玉年纪小"。金陵群钗皆为少女少妇,但基本上不是生理年龄,而多为政治年龄,李家的政治年龄始于壬午兵燹,兵燹当年李(姜)士桢夫妻为清军所俘虏,至1655年文氏进宫当保姆时,是13年。公元1655年时,文氏的生理年龄当时是28岁,李煦在《李鼎蒙允追随哨鹿恩折》中说:"奴才九十三岁之老母,复蒙万岁垂慈讯及,一家老幼叠受圣主天恩。"此折写于康熙59年(1720)10月,同年11月,李煦又上《生母病逝遵遗命具谢恩折》[2](491-492),则文氏逝世于1720年11月,生于公元1628年。其夫李士桢生于1619年,至1655年是37岁。曹雪芹隐写了李家两代近90年的事情,但林黛玉似乎就停留在13岁,贾宝玉13岁,薛宝钗也13岁,可见极具迷惑性。

"举止言谈不俗"。所谓举止言谈不俗,并不是说林黛玉举止不凡、不同流俗,而是指李家作为汉人,发式服装饮食习惯面容等与满人不同,格格不入。

"身体面庞怯弱不胜"。所谓身体面庞怯弱不胜,乃是指李家作为汉人、文官,与满人、八旗兵将相比,显得文弱。且李家新降,又初进皇宫,畏怯胆小在所难免。

"一段自然的风流态度"。所谓一段自然的风流态度,指绛珠与神瑛的那段往事。"绛珠草"乃是明朝山东昌邑的一个姜姓人家,在壬午兵燹中遭受无妄之灾,这场灾难的罪魁祸首是神瑛侍者,亦即清朝皇帝皇太极。这句话的关键是"自然"和"风流"两词,尤其是"风流",它是读者把握《红楼梦》的关键。专家们将此处的"风流"解释为美好的仪态,这是望文生义,正确的理解应该是:不凡的业绩、伟大的行动,古人多有这种用法,如《晋书·刘毅传》:"六国多雄士,正始出风流。"[3](99) 毛泽东诗句"数风流人物"中的"风流",也作此解。李士桢自然没有什么英雄业绩,但他是别人的英雄业绩,换句话说,他是清朝人创造建国伟业的牺牲品,真正风流的是皇太极、多尔衮和尼堪这些清朝贵族。此处所谓"自然",指人的本性,性恶论认为,人的自然性便是纵欲,嵇康在《难自然好学论》中说:"六经以抑引为主,人性以纵欲为欢。抑引则违其愿,纵欲则得自然。然则自然之得,不由抑引之六经;全性之本,不须犯情之礼律。"[4](340) 李士桢之被俘,之成为清朝女真政权的一员,不就是清朝贵族纵欲的结果吗?

所谓"不足之症",它是"不诛之人"的谐音词,意即被清军赦免不杀者,"林黛玉"与"曾贷汝"谐音,意即我大清曾经宽贷了你,没有杀死你,可见,"不足之人"与"林黛玉"有着同样的隐写效果。姜士桢与其妻王氏夫人被清军俘虏,掳往辽东,逃得一死,比他的父亲和兄弟们幸运多了。曹雪芹在此将"林黛玉"作为李家的代表,而非指具体某个人。

"从会吃饮食时便吃药"。有病就得治病,治病当然需要服药,由于林黛玉的年龄是按照李士桢被俘并投降清朝之日起算的,起算之日,她已是"不诛之人",服药也是从那时开始的。故林黛玉说,她从会饮食时便吃药。

"三岁"与"癞头和尚"。林黛玉说,她"三岁"时来了一个"癞头和尚",要化她出家。所谓"三岁",前面已经隐训过了,它不是指年龄,而是"陷敌"的谐音,指李士桢1642年被俘一事。"癞头和尚"即皇太极,因为"和尚"即"僧","僧"与"圣"谐音,指圣上。所谓"癞头",指病人患上了一种疾病,头上长黄癣[5](27-28)。"黄头癣"之"黄"与"皇"谐音,"头"与"太"声母均为 t,故为谐音字,"癣"即"疾"。故"黄头癣"即"皇太疾",与"皇太极"谐音。所谓"出家",不是指去做尼姑或道士,而是离开家乡的意思,癞头和尚要化林黛玉出家,指清军将李士桢夫妻带离昌邑,俘虏到辽东去,公元1642年时,大清皇帝还是皇太极,壬午兵燹也是由他下令发动的。

"人参养荣丸"。林黛玉所服之药名,其中隐藏着大清不杀李士桢夫妻的原因。将"人参养荣丸"的字序调整为"参丸养荣人",其谐音为"清皇要用人",意思是说,皇太极的八旗军没有杀害李士桢夫妻,是因为他们需要人手。实际上,大清军队入侵河南、山东的目的之一,是抢掠人口。因为大清人口本就不多,加上长期战乱,人口大量死伤逃亡,生产遭到严重破坏,皇太极手中的人力资源必定紧张。据史料记载,当时辽东还流行天花,感染者十死其三,人口减损十分严重。为了对付体量庞大的大明王朝,皇太极需要扩军,需要增加军资供应,急需大量劳力,而迅速增加人手的唯一办法就是抢掠,正因为他们需要人手,李士桢夫妇得以活命。所以,林黛玉的"不足之症"并不是病,其所服之"人参养荣丸"也不是药,就如同薛宝钗的病不是病、药不是药一样。林黛玉的病和药都是癞头和尚安排的,到贾府后,贾母下令给林黛玉配食人参养荣丸,可见贾母同癞头和尚是一伙的。贾母给林黛玉配制人参养荣丸,此时的贾母当然是孝庄太皇太后,她需要人手给孙子玄烨当保姆,这个刚进贾府的林黛玉就是玄烨的保姆之一文氏夫人。

5.2 李煦的不足之症

李煦是李士桢的长子,他也患有不足之症,也服食人参养荣丸。不过,他的不足之症与他父亲的不足之症完全不同,他服用的人参养荣丸也与其父服用的完全不同。李煦的"不足之症"与"不足之银"谐音,指李煦在苏州织造和两淮盐政任上,亏空巨额帑银。史载:雍正元年正月初十,"李煦因奏请欲替王修德等挖参,而废其官、革其织造之职,请咨行该地巡抚等严查其所欠钱粮,将李煦之子并办理家务产业之所有在案家人,以及李煦衙门之亲信人等俱行逮捕,查明其家产、店铺、放债银两等,由该巡抚及地方官汇总另奏。"[2](503)审讯表明,李煦亏空帑银达三十八万两之巨,骇人听闻。

李煦服用的"人参养荣丸"又意味着什么呢?将"人参养荣丸"移动字序为"荣参丸养人",它与"雍正皇要银"谐音。1723年初,雍正将李煦及其家人尽行擒拿,却并没有立即处死李煦,而是加以羁押和审讯,榨取其财物。也没有处死他的家人,而是将其家人拍卖,用他们换取银两。

当然,雍正最后并没有放过李煦,1727年,他被"议以斩监候,秋后处决。"随后,雍正又法外施恩,批了个"李煦着宽免处斩,发往打牲乌拉,钦此。"[6](535)打牲乌拉是极其苦寒之地,发遣到打牲乌拉等于判了死刑,果然,两年后李煦便死在了那里。

"嗽"和整夜失眠。林黛玉的病症之一是咳嗽,但曹雪芹特别强调一个"嗽"字,为何?因为"嗽"者"筹"也,李煦之所以欠下巨额债务,是因为他替康熙数次南巡筹集资金之故,李煦与曹寅均曾四次接驾,都因此而欠下巨额债务。当然,李、曹二人所欠债务,并非都花在康熙身上,有不少资金是花在康熙的随行人员身上,这些人个个都有来头,都要花钱打点。但如果没有康熙南巡,这些人也不会来江南,李煦也未必会结识他们,所以,归根结底,曹、李两家都是因为康熙南巡而欠下巨债的。欠下巨债之后,当然得想办法归还,不是又得"筹"钱吗?这是其一。其二,"嗽"与"愁"谐音,指李煦欠下巨债之后,一直非常愁闷。"整夜"与"整劫"谐音,指他发愁了整30年。李煦于1693年初赴任苏州织造,至1723年初被捕,整

30年,期间四次迎驾。估计李煦的这30年,都花在筹钱迎驾和筹钱还债上了。

"黛玉每岁至春分秋分之后,必犯嗽疾"。曹雪芹写道:"黛玉每岁至春分秋分之后,必犯嗽疾,今秋又遇贾母高兴,多游玩了两次,未免过劳了神,近日又复嗽起来,觉得比往常又重,所以总不出门,只在自己房中将养。"[1](354)林黛玉为何总在春分秋分时节犯病呢?从"春分秋分之后"六字中,我们可析出"春秋后"三字,"春秋"是多义词,含义之一是寿命、年龄,如春秋鼎盛(正当壮年)[7](31),"春秋后"则指人的寿命终结死亡。谁寿终死亡了呢?请再看"春分秋分之后"六字,其中有两个"分",加起来是"二分","二分"与"二君"谐音,此处的"二君"指康熙皇帝,康熙是大清入关之后的第二个皇帝,曹雪芹一直用"二龙""二日"和"二分"等词来指代康熙。客观地讲,康熙对李煦、曹寅两人是有深厚感情的,故他在世时对两家是极为照拂的,但雍正对这两家非但没有感情,反而还极为仇视。因此,康熙一死,两家便先后倒了霉,尤其是李煦,他几乎是在雍正上台的第二月便遭到逮捕。所以,"黛玉每岁至春分秋分之后,必犯嗽疾"的意思是,一旦康熙这把保护伞倒下,李煦一直犯愁的事情必然爆发。

5.3 小结

林黛玉的不足之症是先天的,是源于其母国明朝的衰亡和敌国清朝的崛起。李士桢的"不足之症"乃是"不诛之人"的谐音词,指他夫妻俩被清朝俘虏,成为包衣奴才,从而逃过一劫。李士桢的药"人参养荣丸",乃是由"清皇要用人"变隐而来,意指清朝之所以不杀害李士桢夫妻,是因为清朝皇帝急需人手。

李煦的"不足之症"乃是"不足之银"的谐音词,指李煦亏空政府帑银事。李煦的"人参养荣丸"是由"雍正皇要银"变隐而来,意指李煦及其家人之所以能够暂时苟延,乃是雍正皇帝需要他们活着,以便追索赔补亏空的银两。

注释:

[1]〔清〕曹雪芹:《脂砚斋批评本红楼梦》,凤凰出版社2010年版。

[2]王利器编著:《李士桢李煦父子年谱——红楼梦与清初史料钩玄》,北京出版社1983年版。

[3]《文史天地》杂志社编:《历史之魅:词语溯源》,贵州教育出版社2013年版。

[4]冯乔云等编写:《简明伦理学辞典》,四川省社会科学院1985年版。

[5]王光超等编:《常见皮肤病及性病》,人民卫生出版社1959年版。

[6]沈治钧:《红楼梦成书研究》,中国书店2004年版。

[7]徐强主编:《10天轻松用对成语》,辽宁人民出版社2012年版。

6. 黛玉见贾母

贾府是大清宫禁、大清朝廷,则贾母、贾赦夫妇、贾政夫妇、贾宝玉等贾府主子,就不是普通人,他们要么是至高无上唯我独尊的天帝之子,要么是炙手可热烜赫一时的股肱大臣,要么是龙根凤种金枝玉叶的天潢贵胄,最次也该是养尊处优宠冠六宫的粉黛佳丽。可是,依照常训法,我们丝毫也看不出谁是皇帝、谁是皇后、谁是宠姬、谁是宰相、谁是天潢贵胄,我们只知贾宝玉的舅舅王子腾是朝廷重臣,他初任京营节度使,后擢九省统制,奉旨查边,旋升九省都检点,权倾朝野。王爷有六人,其中东平郡王、西宁郡王和南安郡王三王是郡王爵,"坏了事"的义忠亲王是亲王爵,北静王与中顺王爷二人究竟是亲王还是郡王,情况不明。女人里面地位最高的,是贾政的女儿贾元春,因贤孝才德选入宫中,充任女史,不久封为凤藻宫尚书,加封贤德妃,后暴病而亡,抱恨终天。探春远嫁,也做了王妃,但结局似也不妙。

胡适先生和相当一些红学专家认为,贾府是曹府或曹府模特,贾宝玉是曹雪芹自照,其他人则是曹府亲友。事实上,曹寅确实有两个女儿贵为王妃,确实也有李煦这样几门阔亲戚,曹李两家都曾四度迎驾,欠下朝廷巨额债务而遭抄家查办,似乎印证了一损俱损、一荣俱荣的共同结局。真相到底如何呢?请看笔者隐训。为了不过早暴露金陵群钗的真实身份,笔者将隐训限定于贾母等少数几人。

5.1 大清,辽东女真,胡人之国

隐训表明,"宁国府"和"荣国府"皆指大清皇宫或大清朝廷。林黛玉进贾府后,满眼都是亲戚,贾母是外祖母,邢夫人是大舅母,王夫人是二舅母,李纨和凤姐是表嫂,迎春、探春与惜春是表姊妹,还有大舅、二舅、表哥、表弟等一大批。再往后,湘云和宝钗来了,她们也算是八竿子打得着的亲戚,林黛玉还拜薛姨妈为义母,与宝钗、薛蟠便也是姊妹兄弟关系了。总之,贾府满眼都是亲戚,因为这是"满清(亲)"。

李士桢文氏夫妇作为汉人,他们与大清怎么可能是嫡亲?故王熙凤初见林黛玉便说:"况且这通身的气派,竟不像老祖宗的外孙女,竟是个嫡亲的孙女。"[1](24)

外孙女与孙女在血缘上完全平等,并无差别,王熙凤这话暗示林黛玉不是贾府嫡亲,再看曹雪芹的描写:

黛玉方进入房时,只见两个人搀着一位鬓发如银的老母迎上来,黛玉便知是他外祖母。方欲拜见时,早被他外祖母一把搂入怀中"心肝儿肉"叫着,大哭起来。当下地下侍立之人,无不掩面涕泣,黛玉也哭个不住。一时众人慢慢地劝住了,黛玉方拜见了外祖母。此即冷子兴所云之史氏太君,贾赦、贾政之母也。

当下贾母一一指与黛玉:"这是你大舅母;这是你二舅母;这是你先珠大哥的媳妇珠大嫂。"……[1](23)

贾母与林黛玉初次见面的情景如此感人,连笔者也不敢怀疑她们不是至亲骨肉了,怪不得脂砚斋要感叹:一日卖出三千假,三日卖不出一个真。当假被做得比真的还真的时候,人们自然选择相信假的了。军事史上,声东击西之计屡屡得手,原因就在于"声东"做得好、做得真。欲知真相,就得隐训。

"贾母""老母"和"外祖母"。贾母不是李士桢的嫡亲,亦即清朝不是李士桢的母国,李士桢的母国乃是贾敏(大明)。贾敏(大明)亡了,才有贾母,"贾母"者,"假母"也。"老母"与"辽胡"谐音,即"辽东胡人"也,辽东胡人也就是满洲人、女真人。"外祖母"中镶嵌着"外祖"两字,它们与"外族"谐音,亦即异族。古人有言,非我族类,其心必异。"外祖母"即"外族之母",自己的父母死了,被迫以外族为父母,此词寓指作为亡国奴的李家的境遇。

女真人之国。不知读者朋友是否注意到,林黛玉初进贾府,满眼皆是女人,竟无一个男人在场。贾政与贾宝玉在外未回,贾赦在屋内拒绝出来接见,其他男人似也不在场,直到林黛玉在贾母处用餐,贾府上下皆为女性,一个男人的影子也不见,为何?曹雪芹要表达的意思是,这是女真人的国家(亦即所谓"真真女儿国")。

"冷子兴"和"史氏太君"。"冷子兴"展训即为"寒冷地区子弟兴起"之意,满洲人的家乡在辽东,我们汉人眼中的苦寒之地,他们的兴起就是"冷子兴"。"史氏太君"即"史侯氏太君"也,她是史侯家的女儿,"史侯氏太君"中镶嵌着"史侯太君"。"史"与"死"谐音,"侯"与"后"谐音,"太君"即"母亲"。故"史侯太君"即"死后之母"也,指大明灭亡后继起的大清政权。

"舅家"。贾府是林黛玉的舅家,贾赦和贾政分别是黛玉的大舅和二舅,邢夫人和王夫人分别是黛玉的大舅母和二舅母。"大舅"者,"大仇"也;"二舅"者,"尔仇"也,即你的大仇家。俗话说,杀父之仇不共戴天,大清于李家既有杀父之仇,又有灭国之恨,岂非大仇?

"贾赦贾政之母"、"邢夫人"和"王夫人"。"贾赦贾政之母"中含"贾母赦政"

四字,"赦政"与"摄政"谐音,"贾母"即大清,故"贾母赦政"的含义是"大清摄政",亦即大清掌权。"邢氏"是大舅母,"王氏"是二舅母,将"邢""王"两字连缀起来是"邢王",与"清皇"谐音。"邢夫人"与"刑服人"谐音,即"以刑杀服人",亦即霸道。"王夫人"与"王服人"谐音,即"以王道服人"也,亦即王道。王、霸二道代表旧中国封建统治者治国的两种手腕,王道柔,霸道刚,王霸杂用则刚柔相济,清朝统治者也不例外。

"林黛玉"与"你代朱"谐音,即"由你来代表朱明",由林黛玉来代表谁呢?代表大明、代表汉人。林黛玉的母亲是贾敏,而"贾敏"即"大明",汉人政权。然而,曹雪芹把她写死了,明朝虽灭,汉人犹存,总得有人来代表吧,曹雪芹选择林黛玉(李家)担当此任。所以,在此后的文本中,林黛玉代表汉人,与代表满人的薛宝钗争宠,后又发展到满汉一体,合二为一,用脂砚斋的话说是"人却一身"。

5.2 博尔济吉特氏

"贾母"、"王夫人"和"邢夫人"背后的本人是双重的,它们既代表大清,又指代具体人物孝庄皇太后博尔济吉特氏。"博尔济吉特氏"是蒙古族姓氏,即乞颜部孛儿只斤氏。在史书中又被译为包尔之金氏、博尔济吉忒、博尔济锦、孛儿吉德、孛儿吉根、孛儿吉济锦、博罗特、布儿赤金、孛尔吉、包尔积金、包俪赤金等,非常复杂。其含义大致是灰色、灰白色、苍白色、褐色、古铜色、紫色。这个姓氏很奇特,曹雪芹的隐写则更加奇特,请看下述文字:

王夫人因说:"你舅今日斋戒去了,再见罢。只是有一句话嘱咐你。你三个姊妹倒都极好,以后一处念书认字,学针线,或是偶一顽笑,都有尽让的。但我不放心的最是一件:我有一个孽根祸胎,是家里的'混世魔王',今日因庙里还愿去了,尚未回来,晚间你看见便知了。你只以后不要睬他,你这些姊妹都不敢沾惹他的。"

王夫人笑道:"你不知道原故:他与别人不同,自幼因老太太疼爱,原系同姊妹们一处娇养惯了的。若姊妹们有日不理他,他倒还安静些,纵然他没趣,不过出了二门,背地里拿着他两个小幺儿出气,咕唧一会子就完了。若这一日姊妹们和他多说一句话,他心里一乐,便生出多少事来,所以嘱咐你别睬他。他嘴里一时甜言蜜语,一时有天无日,一时又疯疯傻傻,只休信他。"[1](27)

王夫人竟然把自己的亲生儿子叫作孽根祸胎、混世魔王,说他一时甜言蜜语,一时有天无日,一时又疯疯傻傻,嘱咐林黛玉只休信他、睬他,世界上有这种母亲吗?专家们百思不得其解,其实很简单,它是"博尔济吉特"的隐写形式。"博尔"者,"薄儿"也,"鄙薄儿子"也;"济吉特"者,"极奇特"也,王夫人鄙薄儿子的方式非常奇特,她不是批评他顽皮、淘气,而是批评他孽根祸胎、混世魔王,如此鄙薄儿子,王夫人可谓第一人。贾政也鄙薄儿子,方式也极奇特,他断定贾宝玉"将来色鬼无疑"。贾母鄙薄贾赦、贾政的方式也极奇特,邢夫人和贾赦鄙薄贾琏王熙凤的方式均奇特,因为贾母、王夫人夫妻、邢夫人夫妻的主要本人皆是博尔济吉特氏,这是分身术。

关于贾宝玉,曹雪芹以"后人有《西江月》二词,批这宝玉极恰"道:

无故寻愁觅恨,有时似傻如狂。纵然生得好皮囊,腹内原来草莽。潦倒不通世务,愚顽怕读文章。行为偏僻性乖张,哪管世人诽谤!

富贵不知乐业,贫穷难耐凄凉。可怜辜负好韶光,于国于家无望。天下无能第一,古今不肖无双。寄言纨与膏粱:莫效此儿形状

这两首词还是在鄙薄贾宝玉,而且是极奇特、极其彻底的鄙薄,这回鄙薄贾宝玉的人不是母亲,而是后人。一些红学家竟认为是褒扬,张庆善先生写道:"这看来是在嘲讽宝玉,实质是在赞美宝玉,作者用反面文章在赞美宝玉的不同凡俗。"[2](P11)字面确实有此感觉,隐训就完全不是这样了,曹雪芹作此二词的目的之一,是界定顺治与博尔济吉特氏孝庄皇后之间的母子关系。《西江月》以极奇特、极其彻底的方式鄙薄贾宝玉,它仍然是"博尔济吉特"的隐写形式,"博尔"与"薄儿"谐音,"薄尔"意即鄙薄儿子;"济吉特"与"极奇特"谐音,指"后人"鄙薄宝玉的方式极奇特而彻底。贾宝玉是大清皇帝,他当然不是博尔济吉特氏,但他是博尔济吉特氏的"后人""二词(儿子)"。

5.3 孝庄皇后、昭圣皇太后、太皇太后、布木布泰(本布泰)

博尔济吉特是孝庄皇太后的姓氏,顺治皇帝的生母本名布木布泰,又译为本布泰[3](P56),她于天命十年(1625年)嫁给努尔哈赤第八子皇太极为侧福晋,崇德元年(1636年)皇太极在盛京称帝后,受封为永福宫庄妃;崇德三年(1638年)生皇九子福临。崇德八年(1643年),福临即位为顺治帝,尊其母为圣母皇太后,顺治八年(1651年)上徽号曰昭圣皇太后;康熙帝即位后尊其为太皇太后,雍正和乾隆累加谥,最终谥号为孝庄仁宣诚宪恭懿至德纯徽翊天启文皇后。人们对她比较常用的称呼主要有孝庄文皇后、昭圣皇太后、圣母皇太后、太皇太后、布木布泰(本布泰)等,曹雪芹对此均有隐写,先看下述文字:

只见一个丫鬟来回:"老太太那里传晚饭了。"王夫人忙携黛玉从后房门由后廊往西,出了角门,是一条南北宽夹道。南边是倒座三间小小的抱厦厅,北边立着一个粉油大影壁,后有一半大门,小小一所房室。王夫人笑指向黛玉道:"这是你凤姐姐的屋子,回来你好往这里找他来,少什么东西,你只管和他说就是了。"这院门上也有四五个才总角的小厮,都垂手侍立。

王夫人遂携黛玉穿过一个东西穿堂,便是贾母的后院了。于是,进入后房门,已有多人在此伺候,见王夫人来了,方安设桌椅。贾珠之妻李氏捧饭,熙凤安箸,王夫

人进羹。贾母正面榻上独坐,两边四张空椅,熙凤忙拉了黛玉在左边第一张椅上坐了,黛玉十分推让。贾母笑道:"你舅母你嫂子们不在这里吃饭。你是客,原应如此坐的。"黛玉方告了座,坐了。贾母命王夫人坐了。迎春姊妹三个告了座方上来。迎春便坐右手第一,探春左第二,惜春右第二。旁边丫鬟执着拂尘,漱盂,巾帕。李、凤二人立于案旁布让。外间伺候之媳妇丫鬟虽多,却连一声咳嗽不闻。[1](27-28)

上述引文隐写了顺治帝生母若干个称呼,让我们一个个将其训解出来吧:

皇后、皇太后、太皇太后。贾母开饭,王夫人是最后才到的,王夫人到后便开饭。笔者还注意到,王夫人引着黛玉专走后门,她们从后门出,走后廊、后院,从后门入,为何?作者在这里强调两个字"王"和"后",结合起来是"王后",它们与"皇后"谐音。贾府上下皆称贾母为老太太,其中含两个"太"字,与"皇后"结合,可分别形成"皇太后"和"太皇太后"两词。

孝庄。王夫人牵着黛玉的手到贾母处吃饭,行走路线令人十分费解。她们首先从后房门往西走,出角门,由后廊往西,走南北夹道,然后走东西穿堂,至贾母后院后门而入,她们绕着整个荣国府的各座房屋走了整整一圈,感觉又回到了原地。曹雪芹如此写作,只在强调"绕房"两字,因为它们是"孝庄"的谐音词。

昭圣。一个丫环对王夫人说:"老太太那里传晚饭了","传晚饭"的意思是"召人吃晚饭","召人"与"昭圣"谐音。另外,老太太吃饭,李纨捧饭,熙凤安箸,王夫人进羹,迎春、探春及惜春等陪着,显得极为孝敬。实际上,宁荣两府上下对贾母均极孝敬,从无忤逆。因为"孝敬"与"昭圣"谐音。

圣母。贾母是王夫人的婆婆,王夫人是李纨的婆婆,婆婆也就是母亲,"母亲"移字为"亲母","亲母"与"圣母"谐音。清朝历史上有两个圣母皇太后,一是孝庄,二是慈禧,而在曹雪芹的时代,尚只有孝庄一人。

布木布泰(本布泰)。贾母领着黛玉、迎春、探春和惜春四人吃饭,王夫人、李纨和凤姐三人不在此处吃饭,而专管布让,整个场面十分安静,连一声咳嗽都不闻,可见肃穆。"肃穆"与"布木"谐音。祖母仅与孙女和外孙女共进晚餐,为何?因"祖母"也与"布木"谐音。李纨与凤姐"布让","布让"即"布让饭菜给众人"的意思,其中含有"布菜"两字,"布菜"与"布泰"谐音。"布木"与"布泰"结合,便是"布木布泰"。贾母独坐,有李纨和凤姐布让,可见她本人是不给大家布让饭菜的了,"本人不给大家布让饭菜"镶嵌着"本布菜"三字,它们与"本布泰"谐音。

贾母用膳,全府上下竟无一个男人,全是女人,用意何在?这是林黛玉初进贾府的情形,作者借此表明,这是女真人的国家,女真人当权的时代。林黛玉在贾母处用膳,意在表明,李士桢一家仰食于大清,而大清待他们一家也不算薄,为座上宾。

贾母用膳,一人独坐,迎春、探春和惜春等三春两边左右陪坐,这也是隐语。"独坐"者,"辅佐"也。"三春"者,"三君"也,指皇太极、顺治和康熙三位皇帝,孝庄皇太后一生辅佐了他们三代君皇。

5.4 文皇后

孝庄的谥号里有一个"文"字,称文皇后,这是为了与皇太极相配,因为皇太极的谥号里也有一个"文"字,称文皇帝。曹雪芹没忘记孝庄的这个谥号,他隐写道:

贾母便说:"你们去罢,让我们自在说话儿。"王夫人听了,忙起身,又说了两句闲话,方引凤、李二人去了。贾母因问黛玉念何书。黛玉道:"只刚念了'四书'。"黛玉又问姊妹们读何书。贾母道:"读的是什么书,不过是认得两个字,不是睁眼的瞎子罢了!"[1](P28)

王夫人待大家用完晚餐,贾母让她走,王夫人便带着凤、李二人走了。她们走后,请注意,是在王夫人她们走后,贾母与黛玉便相互提问起来,这个情节主要有三个关键字,其一是贾母与黛玉相互提问之"问"字,其二是王夫人之"王"字,其三是走后之"后"字,连缀起来是"问王后","问王后"谐"文皇后"。

附孝庄文皇后生平事迹:

布木布泰(1613-1687年),即孝庄文皇后,明万历四十一年(1613)二月初八日生于蒙古科尔沁部,贝勒赛桑之女,姓博尔济吉特氏。天命十年二月初二嫁给后金国汗努尔哈赤第八子皇太极为侧福晋。皇太极继承汗位后,布木布泰先后为西宫妃、次西宫妃。崇德元年皇太极改元称帝,封其为永福宫庄妃。崇德三年(1638)正月三十日生皇九子福临。福临继位后,她被尊为皇太后,悉心筹划,帮助福临治理国家。顺治十八年(1661)福临去世,其第三子玄烨(即康熙帝)即位,尊布木布泰为太皇太后,在巩固政权、平定"三藩之乱"等重大国事都得到布木布泰支持,因而对其尊敬有加。康熙二十六年(1687)十二月二十五日病逝,享年七十五岁,死后葬于河北省遵化县昭西陵,谥号孝庄文皇后。[4](386-387)

注释:

[1]〔清〕曹雪芹:《脂砚斋批评本红楼梦》,凤凰出版社2010年版。

[2]张庆善等:《红楼梦中人》,中华书局2008年版。

[3]王佩環:《清代后妃宫廷生活》,故宫出版社2014年版。

[4]《沈阳一宫两陵》编纂委员会编:《沈阳故宫志》,辽宁民族出版社2006年版。

7. 两弯似蹙非蹙胃烟眉

林黛玉长得美吗？薛蟠见之酥倒，宝玉见之神魂早荡，曹雪芹形容她"秉绝代姿容，具稀世俊美"。看来，黛玉确实美到了极致。那么，林黛玉究竟长什么样，什么眉？什么目？举手投足什么样？她初见宝玉为何有似曾相识之感？宝玉为何摔玉？"罋罋"是什么意思？林黛玉为何被安排住在碧纱橱里？等等皆是难解之谜。王蒙先生说《红楼梦》是一个"永远的谜语"，通灵宝玉是"一个不通的故事，不合逻辑，不合情理，不合礼数，不合正路，胡打胡闹。"[1](7-8)诚哉斯言！王蒙在完全不用隐训的情况下，竟能瞧出其中蹊跷之端倪，自有其睿智处。但这些问题是有解的，请看隐训。

7.1 "林黛玉赞"隐李煦家史

宝玉初见黛玉，他觉得黛玉与众不同："两弯似蹙非蹙胃烟眉，一双似喜非喜含情目。态生两靥之愁，娇袭一身之病。泪光点点，娇喘微微。闲静时如娇花照水，行动处似弱柳扶风。心较比干多一窍，病如西子胜三分。"[2](29)林黛玉且愁且喜，病而娇媚，心有八窍，可谓奇女。然而，她脉脉含情、娇喘微微却是难解，年仅13岁的病弱之女，如何便开了情窦，动了春心？

此诗各版本有歧义，仅己卯本作"胃"字，其他各本则为"笼""罩"或"冒"字，多数专家采信己卯本，因为它是怡亲王府原抄本，怡亲王府与曹家过从甚密，有迹可循。第二句中的"情"字颇受质疑，周汝昌主张应为"露"字，刘心武先生追随周汝昌之后，肯定"含露目"之说。究竟谁是谁非，只有弄明诗词含义之后，才能判明。依笔者隐训，此诗所写仍是李煦一家遭遇：

"两弯似蹙非蹙胃烟眉"。此语中"两弯"与"两男"谐音；"烟眉"与"战殁"谐音；"胃"与"蹙"连缀为"胃蹙"，与"捐躯"谐音。三词组合的意思是：两男战殁捐躯。显然，它所隐写的，乃是姜家在壬午兵燹中，为保护昌邑城而捐躯的姜演与长子姜士桢两男。在各个版本诸字中，唯有"胃"字能与"蹙"连缀成"捐躯"的谐音词，可见是唯一最准确的版本。其他各版也都能训出"两男战殁"四字来，故也不算错。

"一双似喜非喜含情目"。此句诗中"一双"意即"两个";"含情"与"陷城"谐音,移字为"城陷",意即城市陷落;"喜"与"失"谐音,"目"与"没"谐音,故"喜目"即"失没",意为失踪。三词组合的意思是:两人在城陷时失踪。此句诗指在壬午兵燹中失踪的姜士櫞和姜士楷,他们俩是姜演的第三子和四子,他们在昌邑城陷落之后失踪,从此后便音信全无,应是被杀了。当清军来袭时,昌邑城的守城工作是由县令李萃秀牵头组织当地官绅进行的,各家贡献多少财产、人员,守护什么地方,都是事先报名统筹的,守城者在城陷之后悉数被杀,故容易统计。平民被杀者约十之五六,具体人员数目却无法统计确定,因为从来侵略者皆会烧杀掳掠,烧排在第一位,烧既可以毁尸灭迹,掩盖罪行,又可以防止疫病蔓延,保护侵略者自身。姜士櫞和姜士楷两人皆在城陷之后失踪,从此杳无音讯,可以推定是被清军杀害了。

"态生两靥之愁"。此语中之"之愁"与"之后"谐音。"态生"与"才生"谐音,指仅幸存下来。"两靥"与"两爷"谐音。三词组合的意思是:壬午兵燹之后才生存下来两个爷们。这两人指姜演次子姜士桢和五子姜士㮇两个儿子,姜士桢是在被俘后生存下来的,后改姓李。姜士㮇则留在原地,承继姜家香火。

"娇袭一身之病"。"娇袭"与"绞死"谐音;"一身"与"一人"谐音;"之病"与"议定"谐音。三词组合句意为:议定绞死一人。这个被有关部门议定绞死的人是李煦。

"泪光点点,娇喘微微"。"泪光点点"与"累皇怜念"谐音;"娇喘微微"与"诏转为配"谐音。两句话组合的意思是:劳驾皇上怜悯惦念,下诏将绞刑改为流配。雍正五年,曹頫案发,审理中发现李煦曾经替八皇子允禩购买过5个侍女,八皇子允禩是雍正夺嫡时的劲敌,于是,李煦由经济犯变成政治犯,以奸党论罪,"议以斩监候,秋后斩决"。但是,李煦终究是皇家旧臣,且罪不当死,绞刑明显过重,雍正不得不法外开恩,"李煦着宽免死刑,发往打牲乌拉"。当时,李煦已经是73岁的老人,来日本已无多,被发配到打牲乌拉当然辫子翘得更快,仅2年就呜呼哀哉了。

"闲静时如娇花照水,行动处似弱柳扶风"。"闲静时"和"行动处"两词指人的状态,而诗眼则是"弱柳"和"娇花"四字,连缀起来是"弱柳娇花"。"弱柳"即"嫩柳",嫩柳是惹人宠爱的,故"弱柳娇花"亦即"宠柳娇花"。"宠柳娇花"意味着什么呢?李清照词云:"宠柳娇花寒食近,种种恼人天气。"韩翃诗云:"春城无处不飞花,寒食东风御柳斜。"柳嫩花飞时节,也是祭祀祖宗亲人的寒食节。寒食节亦称禁烟节、冷节、百五节,是每年清明节的前一两天,人们在此期间祭扫、踏青、蹴鞠等。寒食节是一个古老的节日,被称为我国民间第一大祭日。故"闲静时如娇花照水,行动处似弱柳扶风"两语的意思是,姜演、姜士柽、姜士榇、姜士楷和李煦这些人,如今已经是被后人扫墓时祭奠的冢中亡魂了。

"心较比干多一窍"。比干是殷商末帝纣王的叔伯父(一说为庶兄)和大臣,因直言敢谏,有圣人之称,触犯逆鳞,被剖腹剜心而死,纣王剖剜他的借口竟是:我听说圣人的心脏有七窍,您不是圣人吗,让寡人看看如何?就这样把比干杀了。没有一个人的心脏会有七窍,圣人也是人,其心脏当也与他人同,人们之所以认为比干与其他圣人有七窍,不过是一比喻,所以,"心有七窍"系赞人忠贤仁义之语,并非谓人聪明。"心较比干多一窍"意谓李煦是较比干犹为忠贞的贤臣,则雍正之暴应在纣王之上。

"病如西子胜三分"。西子又名西施,本名施夷光,春秋战国时期越国绝色美女,有沉鱼落雁之容,闭月羞花之貌,其一颦一笑,举手投足均惹人怜爱。时吴越争霸,越国一度战败,被迫向吴国称臣纳贡,西施与郑旦等越国美女,被当作贡品送给吴王夫差享用。后人传说,西施主动以身许国,忍辱负重,凭借其绝色姿容赢得吴王宠爱,从而祸乱吴国朝政,令其众叛亲离,帮助越王复国。这当然是扯淡,一个村妇虽然美点,终究是村妇,那有狐媚君王之能?夫差也不是三岁小儿,岂能被一二个女人乱了心智?西施与李家同病相怜的地方在于,他们都是亡国奴,只是因为对敌国尚有些用处,故而留得一命苟延残喘而已。所以,林黛玉与西施都不是心脏病患者,她们所患乃心病,非心脏病。

以上分析表明,林黛玉赞语所描写的,仍然是李士桢一家的苦难遭遇,赞语前两句最恰当的写法应当是"两弯似蹙非蹙胃烟眉,一双似喜非喜含情目"。

7.2 似曾相识故人来

黛玉初见宝玉,大吃一惊,心下想道:"好生奇怪,倒像在那里见过的一般,何等眼熟如此!"[2](28) 宝玉也是如此感觉,他第一眼瞥见黛玉,即脱口而出:"这个妹妹我曾经见过的。"[2](29) 两人初见,怎么会有如此感觉?故贾母批评他胡说,宝玉也承认,他们确实没见过,但觉得面善,就算旧相识了。红学专家解释说,二玉之所以似曾相识,是因为他们的前身绛珠与神瑛有过木石前盟。更有读者以麻省理工学院的小白鼠实验为依据,推测曹雪芹脑部海马回发生了病变,以致时常产生似曾相识的幻觉,并将这种幻觉写进了红楼梦中,煞有介事。

从隐训的角度,林黛玉的本人是李家,贾宝玉所代表的是清玺、清皇和清国,依此而论,林黛玉与贾宝玉早已相见。其一是 1642 年末的壬午兵燹,清皇皇太极派兵攻掠山东,姜家遭遇重创,李(姜)士桢亲眼见识了大清国的威力。次年,李士桢与妻子王氏被清军掳至辽东,正式加入清朝。1644 年,多尔衮率清军入关,随后,顺治帝率文武大臣进驻北京,李士桢当时隶属于多尔衮(庙号成宗,谥号义皇帝)的正白旗,当然也跟着主子过来了。1647年,李士桢入京参加殿试,中进士第16名。这期间,李士桢及其家人都生活于清国,继父李西泉乃多尔衮旗下佐领,或许与某位清皇有过一面之缘也未可知。至1655年初,李士桢继配文氏进京给玄烨做保姆,这至少是李家人第三次入京了,当然,如此面对面相见,这还是第一次。自此之后,李家便是紫禁城里的常客。

所以,依常训法,宝玉与黛玉是初次相见,但若依照隐训法,他们早见过面了,只是尚未有交情而已。

7.3 颦颦

贾宝玉先问黛玉尊名是那两个字,黛玉回答了,宝玉又问字号,黛玉说无,宝玉笑道:"我送妹妹一个妙字,莫若'颦颦'二字极好。"探春便问有何典故,宝玉答道:"《古今人物通考》上说:'西方有石,名黛,可代画眉之墨。'况这林妹妹眉尖若蹙,用取这两个字,岂不两妙!"[2](29) 我们看贾宝玉的解释颠三倒四,风马牛不相及,先说送给妹妹一个字,继之又说"颦颦"二字,岂非矛盾;接着又扯什么《古今人物通考》,什么西方有石,名黛,可代画眉之墨之类,"颦颦"两字与黛石有半毛钱关系吗?真正与"颦颦"相恰的是"林妹妹眉尖若蹙"。

"颦颦"虽然是两个同样的字,但终究是两个字,不是一个字。在古代社会,以两个同样的字为姓名字号者极罕见,像李师师这种姓名是不多见的,不像现代人,爱取双名双姓。曹雪芹之所以替黛玉取"颦颦"为字号,而不是一个"颦"字,是因为"颦颦"两字含义并不相同。第一个"颦"字含义典出西施的故事,《庄子·天运》:"故西施病心而颦其里,其里之丑人见而美之,归亦捧心而颦其里。"此"颦"与"蹙"同义,皱眉,表示怨恨痛苦之状。西施病心者,心病,非心脏病,她所痛苦的是越国之亡,自己做了亡国奴,其蹙眉捧心,乃是"痛心疾首"的形象化表达。李士桢作为林黛玉的本人,作为被俘不杀的"不诛之人",作为亡国奴,他与西施有着同样的痛苦经历。第二个"颦"字,与"贫"谐音,指李煦亏空帑银事,因无银可还,故曰"贫"。

"《古今人物通考》"。历史上并无《古今人物通考》,但以之为线索,可以隐训出一个书名来。"古今"移字为"今古","今古"与"京都"谐音,指京城,京城的另一个称呼是"帝京"。"人物"与"景物"谐音。"通考"是一种史书体裁,相当于"概论",与"略"通用。故从《古今人物通考》中可隐训出《帝京景物略》来。《帝京景物略》有关于黛石的记载:"西堂村而北,曰画眉山,产石,墨色,浮质而腻理。入金宫为眉石,亦曰黛石也。"[3](330) "西堂"与"西方"谐音。曹雪芹隐写此典,意在表明,李士桢一家入宫,犹如黛石入宫,为女真人所用,不过一物而已。林黛玉常自称草木之人,这"草"指姜演一家曾为明朝百姓、草民;"木"字多义,其一与

"墨"谐音,指李士桢一家服务于清朝,犹如金宫中的画眉之墨。

7.4 宝玉摔玉

宝玉三问黛玉,一问读书,二问名号,三问有玉没玉,显然,曹雪芹在强调一个"问"字,因为此处之林黛玉,仍是玄烨保姆文氏。贾宝玉前两问还好,这第三问竟闹出了一场风波,曹雪芹写道:

又问黛玉:"可也有玉没有?"众人不解其语,黛玉便忖度着因他有玉,故问我也有无,因答道:"我没有那个。想来那玉是一件罕物,岂能人人有的。"宝玉听了,登时发作起痴狂病来,摘下那玉,就狠命摔去,骂道:"什么罕物,连人之高低不择,还说'通灵'不'通灵'呢!我也不要这劳什子了!"吓得众人一拥争去拾玉。

贾母急得搂了宝玉道:"孽障!你生气,要打骂人容易,何苦摔那命根子!"宝玉满面泪痕泣道:"家里姐姐妹妹都没有,单我有,我说没趣,如今来了这么一个神仙似的妹妹也没有,可知这不是个好东西。"

贾母忙哄他道:"你这妹妹原有这个来的,因你姑妈去世时,舍不得你妹妹,无法处,遂将他的玉带了去了:一则全殉葬之礼,尽你妹妹之孝心;二则你姑妈之灵,亦可权作见了女儿之意。因此他只说没有这个,不便自己夸张之意。你如今怎比得他?还不好生慎重带上,仔细你娘知道了。"说着,便向丫鬟手中接来,亲与他带上。宝玉听如此说,想一想大有情理,也就不生别论了。[2](29-30)

宝玉为何摔玉?宝玉摔玉有何深意?这恐怕是读者朋友们都想知道的。

通灵宝玉。通灵宝玉简称宝玉,贾宝玉身上所佩带的饰品,系由娲皇氏所炼,经神僧幻化而成,来历不凡,其真实身份乃是清朝玉玺。"通灵"二字解释起来十分费事,留待以后吧,"宝玉"二字容易解释清楚。"宝"字多义,其一是皇帝玺印,与"玺"同,借指帝位,如宝座、荣登大宝、用宝等。《新唐书·车服志》载:"初,太宗刻命玄玺……至武后改诸玺皆为宝。中宗即位复为玺,开元六年,复为宝。"[4](76)玉石是古代社会极尊贵稀罕之物,玺印多为玉质,故又称为玉宝。《宋史·舆服志六》载:"天圣中,章献明肃皇后用玉宝,方四寸九分,厚一寸二分,龙钮。"[5](2399)《清史稿·世祖纪一》载:"甲子,上太祖武皇帝、孝慈武皇后、太宗文皇帝玉册玉宝于太庙。"[6](P65)此两处皆将皇帝印玺称为玉宝。"玉宝"移字为"宝玉"。通灵宝玉既是大清玉玺、皇位,则它当然是唯一的,只有皇帝拥有,其兄弟姊妹亲戚朋友皆不得染指。除开国皇帝之外,玉玺和皇位的取得主要依靠世袭,谁拥有了皇位,谁也就有了玉玺,皇位与玉玺几乎同时诞生,此之谓"衔玉而诞"。在封建时代,立嫡以长不以贤,立子以贵不以长,某些世袭上位的皇帝其实并无治国之德能。曹雪芹借懵懂少年贾宝玉之口,批评通灵宝玉不择人之高低,旨在嘲讽清朝皇位所择非人,清帝非贤明之主。

"命根子"。玉宝是皇位、皇权和江山的象征,谁拥有玉宝、皇位、皇权和江山,谁就可以君临天下、金口玉言,世世代代享受荣华富贵、顶礼膜拜。相反,如果江山治理得不好,丢了皇位和皇权,就有可能遭受吴市吹箫、万众白眼之苦,甚至刀兵加身、死无全尸之祸。所以,对于爱新觉罗家族来说,代表皇位、皇权和江山的玉宝是他们的宝贝命根子,这话一点不假。

"林妹妹"。林黛玉被宝玉和群钗们称为林妹妹,这是为何呢?林黛玉之所以姓林,其一是"林"与"李"谐音;其二是"林海"与"罹害"谐音。且"林妹妹"之"林妹",与"人霉"谐音,移字则为"霉人",隐写李家是倒霉遇害之家。由于"霉人"与"美人"谐音,而金陵群钗个个都是美人,也就意谓她们个个都是霉人。林黛玉与薛宝钗美冠群芳,意为她们两家是最倒霉的两家。

贾母哄宝玉说,林妹妹原本也是有玉的,姑妈去世时做了陪葬品,故现在没有了。读者朋友千万不要上当受骗,以为这些是哄人的假话,这些话一点不假,千真万确。林黛玉的母亲"贾敏"不是指生物学上的母亲,而是政治学意义的母国,"贾敏"与"大明"谐音,即大明朝。大明朝统治中国 200 多年,岂能没有玉宝?

7.5 黛玉住进碧纱橱(陛下处)

至晚间,贾母安排黛玉住宿,她让宝玉搬到暖阁里同她一起住,将碧纱橱腾出来供黛玉使用。谁知宝玉不乐意,他宁可一人住在碧纱橱外大床上,也不愿跟着祖母一起住。这事也蹊跷,贾母为何不让黛玉跟她同住?黛玉是姑娘家,身体又病弱,且父母双亡,不是更有理由与祖母同住吗?

除此之外,笔者发现如下几处亦蹊跷:其一关于宝玉的年龄问题,第五回写道:"那宝玉亦在孩提之间"[2](40),黛玉都 13 岁了,宝玉还是婴孩,则黛玉应当是姐姐,宝玉为何叫她林妹妹?其二是关于宝玉与黛玉是否同床的问题,黛玉进贾府已 13 岁,他们俩应当分床睡的,事实上贾母也是如此安排的,黛玉住碧纱橱里,宝玉住碧纱橱外。但宝玉自己却说:"咱们两个一桌吃,一床睡,长的这么大了。"[2](161)还有黛玉走路的形态,第八回写道:"林黛玉已摇摇的走了进来"[2](69),黛玉一个瘦弱的少女,走起路来应当是轻盈舒缓的,却为何鹅行鸭步?

解决以上悬疑的唯一关键,是必须认识到,林黛玉背后的本人之一,李煦生母文氏乃是康熙帝的乳母,她在康熙帝半岁的时候入宫哺育康熙。作为康熙帝的乳母,她必须与康熙帝同床睡觉,自然住在皇宫。所谓"碧纱橱"即"陛下处",陛下的住处也。康熙即位时还不满 7 周岁,估计仍要吃奶,仍需要保姆教养。此外,李煦和曹寅都是康熙小时的玩伴,他们也可能与康熙同住的。乳娘双乳胀大,走起路来自然有点摇摆。

注释：

[1] 王蒙:《讲说〈红楼梦〉》,人民文学出版社 2014 年版。

[2]〔清〕曹雪芹:《脂砚斋批评本红楼梦》,凤凰出版社 2010 年版。

[3]〔明〕刘侗、于奕正著,孙小力校注:《帝京景物略》,上海古籍出版社 2001 年版。

[4]〔宋〕欧阳修等:《二十五史(全本)新唐书》,新疆青少年出版社 1999 年版。

[5]〔元〕脱脱等:《宋史3》,中华书局出版社 2000 年版。

[6]〔中华民国〕赵尔巽等撰:《清史稿1 卷1-24》,吉林人民出版社 1998 年版。

8. 混世魔王孽根祸胎

贾宝玉是大清玉宝、皇位和国家的象征,这一点已经得到了反复印证。但王夫人骂宝玉是她家里的孽根祸胎混世魔王,贾敏说侄儿极恶读书,后人《西江月》二词更是把他损得一钱不值、猪狗不如,这些都需要一个合理解释。贾宝玉的穿着打扮颇有特色,其中也蕴含深意。

8.1 皇位是爱新觉罗家族的孽根祸胎

"混世魔王"。王夫人口中的"混世魔王"并非骂人之语,其义有二:其一,意指贾宝玉是樊瑞或程咬金式的造反称王者。满人原处辽东一隅,系大明子民,努尔哈赤以甲胄十三副起兵,取明朝而代之,故努尔哈赤等清皇是道地的造反称王者。其二,意指清朝统一了天下,清皇已成天下共主。"混世"之"混",是用武力统一的意思,混齐、混并、混一之"混",皆是此意。《前汉通俗演义》写道:"功业已就,天下已顺,然后呼上帝,示以天命,混齐六合,南面称制,移宝器于将兴,推亡汉于已堕,实神机之至会,风发之良时也。"[1](302)另一清人作品也写道:"臣请及时率兵讨罪,执取暴君混一天下。"[2](2)。故"混世"是"统一世界"的意思,"混世魔王"之"魔王"与"我皇"谐音,故"混世魔王"的意思是"我皇统一了世界"。

"孽根祸胎"。唐曹松诗云:泽国江山入战图,生民何计乐樵苏。凭君莫话封侯事,一将功成万骨枯。明亡清兴一百年,也是一场血与火的人肉盛筵,累累白骨里有满汉各族,也有公子王孙,金陵群钗便是这样一些蒙难者,木石前盟所隐写的乃是汉人牺牲者,金玉姻缘所隐写的则是满人的冤魂。史载,努尔哈赤为巩固汗位,于1609年3月,诛杀了自己的胞弟舒尔哈齐的两个儿子阿尔痛阿、扎萨克图,他原本还要诛杀舒尔哈齐的第2子阿敏,由于皇太极等人的极力恳求,阿敏才逃过一死,但其财产的一半被没收。努尔哈赤还剥夺了舒尔哈齐的一切官位、财物,将其幽禁于暗室。1611年,舒尔哈齐死于狱中,终年48岁。《满文老档》记载了他的死因:"弟贝勒仍不满其兄聪睿恭敬汗之待遇,不屑天赐之安乐生活,遂于辛亥年(万历三十九年)八月十九日卒。"[3](173)这条记载简略而委婉,舒尔哈齐当是被赐死的。褚英是努尔哈赤长子,英勇善战,屡立战功,但心胸狭隘,于万历四十一

(公元 1613)年遭努尔哈赤圈禁,两年后赐死,年仅 36 岁。

皇太极继位,比努尔哈赤有过之而无不及,杀害了更多至亲骨肉。皇太极继位之初,就伙同几大贝勒,残忍地逼迫大妃阿巴亥为努尔哈赤殉葬。公元 1630 年,后金天聪四年,皇太极召集诸贝勒王大臣,宣布阿敏 16 条大罪,阿敏遭囚禁削爵,十年后,死于狱中。莽古尔泰(1587 - 1632)是努尔哈赤第 5 子,富察氏所生,富察氏与二贝勒代善暧昧,遭努尔哈赤幽禁,莽古尔泰为讨好父汗,竟然残忍地杀害亲母,简直是禽兽不如啊!皇太极即位后,性格鲁莽的莽古尔泰跟他不对付,为避免遭皇太极杀害,决定先下手为强,联合同胞姐姐莽古济、弟弟德类格等,密谋杀害皇太极,被莽古济的丈夫琐诺木告发。结果,莽古尔泰与德类格先后"中暴疾不能言而死"。1635 年,冷僧机告发莽古济也曾参与密谋,皇太极大怒,下令将莽古济凌迟处死,并将莽古尔泰长子额必伦处死,其他 5 子废为庶人。屯布禄、爱巴礼两人及其所有亲支兄弟、子侄全部凌迟处死,其他受牵连被杀者达千余人,一时之间,盛京城血腥弥漫,朝野失色。皇太极的嫡长子豪格有意继承汗位,但他的妻子却是姑妈莽古济的二女儿,为不受妻家牵连,他竟杀妻表忠,令人愕然。

顺治、康熙和雍正及以后各帝执政时期,满族人内部这种父子、叔侄、夫妻、手足相残的血案,仍然不断上演,这些血案的发生,归根结蒂都是由皇位之争引起的。所以说,"贾宝玉"是爱新觉罗家族的孽根祸胎。

8.2 天花流行,玄烨意外登基

第三回对贾宝玉的穿戴有两次描写,第一次描写他的室外装束:

头上戴着束发嵌宝紫金冠,齐眉勒着二龙抢珠金抹额;穿一件二色金百蝶穿花大红箭袖,束着五彩丝攒花结长穗宫绦,外罩石青起花八团倭锻排穗褂;蹬着青缎粉底小朝靴。面若中秋之月,色如春晓之花,鬓若刀裁,眉如墨画,眼似桃瓣,睛若秋波。虽怒时而若笑,即瞋视而有情。项上金螭璎珞,又有一根五色丝绦,系着一块美玉。[4](28)

这段描写宝玉着装的文字,隐写了玄烨继位的经过与原因:

"头上戴着束发嵌宝紫金冠"。此句移字并加点为"上头束发嵌宝,着戴紫金冠",其谐音为"上痘遽发传诏,我戴紫金冠"。"上"者,"皇上"也。"痘"者,"痘疮",指天花。"束发"者,"遽发"也,突然发作也。"紫金冠"又名太子盔[5](P626),此处"戴太子盔"指加冕为太子。清史记载,清世祖于顺治 17 年底,感染天花,病势凶猛,行将不起,于 18 年正月初 7 日夜颁诏,令皇三子玄烨继位,诏书云:"太祖太宗创垂基业。所关至重,元良储嗣,不可久虚。朕子玄烨,佟氏所生,八岁岐嶷颖慧,克承宗祧,兹立为皇太子;即遵典制,持服二十七日,释服即皇帝位;特命内大臣索尼、苏克萨哈、遏必隆、鳌拜为辅臣。"[6](109)可见玄烨即位很偶然,很仓促。

"齐眉勒着二龙抢珠金抹额"。此句移字并加点为"眉勒抢珠,着齐金抹二龙额",谐音为"弥勒相助,我即清国二龙位",此处"二龙"指清朝入关后第二代皇帝。"弥勒"即弥勒佛,大清诸帝包括康熙,多笃信佛教,清朝皇帝往往被特称为老佛爷,特别强势的皇太后也被称为老佛爷,此处"弥勒"当指康熙的奶奶孝庄皇太后,让他即位正是孝庄的意思。顺治一度打算由成年的兄弟继位,经汤若望劝解才打消了念头,改由玄烨继位,而汤若望正是秉承了孝庄太后的旨意。

"一件二色金百蝶穿花大红箭袖"。此句移字并加标点为"金百蝶穿花,一件二色大红箭袖","金百蝶穿花"与"清国罹天花"谐音,后金至清初,满清人中间曾经流行天花病。清初著名史家谈迁在《北游录》中写道:"满人不出疹,自入长安,多出疹而殂,始谓汉人染之也。于是民间以疹闻,立逐出都城二十里。而都城外俱满洲赐庄,彼婆人子安所适乎?多茹泪弃婴道侧。或恋一室,不能单外,至毙其子女,见闻交痛……以驾在南海子,禁人南出。"[7](187)"一件二色"与"一连二死"谐音;"大红箭袖"与"大红建酋"谐音,明朝文人贬称努尔哈赤等女真人首领为建酋,因为他们原本是建州女真的首领。"一件二色大红箭袖"即"一连死亡两个建州首领大红人",指董鄂妃与顺治帝夫妻,董鄂妃死后被顺治追认为皇后,生前备极荣宠,是大清朝野的大红人,顺治帝自己自然也是大红人,董鄂妃死于顺治17年农历8月19日,3个月后,顺治帝也病死了。

"束着五彩丝攒花结长穗宫绦"。此句最关键的是"攒花结长"四字,它们是"天花结痂"的谐音词,意为病人奇迹般地战胜天花,逃脱一死了。"束着五彩丝攒花结长穗宫绦"移字并加点为"束攒花结长,五彩穗宫绦着丝",谐音为"吾天花结痂,吾才成功逃脱死(神)"。玄烨一岁左右患天花,竟奇迹地自愈了,但留下一脸麻子。

"外罩石青起花八团倭锻排穗褂"。此句移字并加点为"倭青罩八石排团外起花,穗缎褂",谐音为"我清朝八旗(在)关外(就)起了花疮,畏天花"。史料表明,皇太极和大清高层非常害怕天花,他们采取了许多避痘措施,如崇德元年,八家公议定:"未出痘子的合硕亲王、多罗郡王、多罗贝勒、固山贝子,若有病疾欲互相看望,过九日后问去,如果不是痘子,方可看去。九日内先差人探听消息,莫要讨好,自己看去。"[8](13)《清实录》载崇德六年诏令:"选出过疹痘之王、贝勒,率兵从宣大等处攻略应州、雁门,秣马防御……其未出疹痘之王、贝勒,仍在锦州防御。"[9](410)

"蹬着青缎粉底小朝靴"。此句移字并加点为"着靴小(,)缎登青朝底粉",谐音则为"我虽小,但登清朝帝位",康熙即位时年仅8岁。

以上所写乃是贾宝玉的衣着,隐写于其中的是康熙帝即位的原因、形势和年龄等。清朝自在辽东时期就曾流行天花、畏惧天花,入主中原之后情况变得更糟,年轻的顺治帝尚未出痘,他每年秋冬季节都会出外避痘,但顺治十七年底因为爱妃董鄂氏病死,顺治帝万念俱灰,没有出去避痘,不幸染上天花病亡。弥留之际,顺治遗诏令8岁的皇3子玄烨为太子,继承大统。由玄烨继位原是皇太后孝庄的意思,孝庄通过汤若望劝说顺治帝,理由是玄烨已经出过天花,有利于皇位的稳定,是最佳人选。顺治见汤若望说得有理,便欣然接受了,年仅8岁的玄烨就这样临危受命,接过大清玉宝即位为帝。由于文氏是玄烨的保姆,其长子李煦也被带到宫中抚养,日夜与玄烨为伴,日后更成为康熙的亲信,受到重用。但祸者福所倚,这也为李煦后来杀头抄家埋下了伏笔。

8.3 康熙执政

接着,曹雪芹对贾宝玉的面、色、鬓、眉、眼、睛和表情进行了细致描写,其中隐写的史实则是康熙攻灭南明和南巡安抚汉人两事:

"面若中秋之月"。脂砚斋在此处眉批曰:"此非套满月,盖人生有面扁而青白色者,则皆可谓之秋月也。用满月者不知此意。"[4](28) 中秋之月是圆月,也是满月,形如银盘,但脂批明确指出,此处非满月,而是秋月,意即中秋之满月,不同于一般的满月。真如脂批所言,贾宝玉脸扁而且青白,则他长得既丑又不健康,这与后文的描写是冲突的,"面如中秋之月"究竟何意?"满月"者,谐"满国(gui)"和"番国",指贾宝玉长相似满人、番人。读者朋友或许还记得,薛宝钗的脸和眉,与贾宝玉长得高度一致,薛宝钗"眉不画而翠,脸若银盆",宝玉与宝钗长相雷同,因为他们的本人既同为爱新觉罗氏,又都是满洲人。脂批特别强调"中秋之月",这是提醒我们将此句与贾雨村中秋咏月结合起来分析。贾雨村《中秋咏月》隐写着努尔哈赤以"七大恨"反明事,顺治和康熙继位之后,继承父祖遗志,以夺取明朝江山为己任。林黛玉进贾府,贾宝玉不在家,他外出"还愿"去了,所谓"还愿",也就是还七大恨之怨,还夺取明朝江山之愿。"中秋之月"移字为"中月之秋","中月之秋"谐"中国(gui)之仇",故"面若中秋之月"应训为:(他)长相似中国的仇敌。

"色如春晓之花"。春天是春暖花开季节,也是雨水丰沛的季节,春晓之花沾染了露水,当美艳欲滴,楚楚动人。然而,花季大都短暂,春天是花开时节,也是落花时节,孟浩然《春晓》诗云:"夜来风雨声,花落知多少。"脂砚斋眉批:"'少年色嫩不坚牢',以及'非夭即贫'之语,余犹在心。今阅至此,放声一哭。"[4](28) 脂批表明,春花虽嫩易夭,结局不好。况且,木石前盟已经表明,"露水"乃是不祥之物,它是悍妇之毁,是祸水。所以,"春晓之花"在此意味着被风雨无情打落的花,亦即遭遇无妄之灾的汉人。"花"在红楼梦里首先指汉人,"花"或"华"皆可指华夏民族、汉人,红楼梦第五回写警幻仙境,其中之仙茗美酒,分别名之曰"群芳髓""千红一哭""万艳同悲",可见结局悲惨。花的结局不妙,亦即汉人的结局不妙,都是拜贾宝玉所赐。正确解读"色如春晓之花",须采用移字和谐音诸法。"色如春晓之花"移字为"花如春晓色之",其谐音为"花遇清朝谢死",亦即华人遇清朝而死亡。此句意指清皇乃是制造人间劫难的大恶人。

"鬓若刀裁,眉如墨画"。"鬓若刀裁"移字为"刀鬓若裁",谐音为"刀兵所宰",这句话解释了遇清朝死亡的华人,是被刀兵加身而死的。"眉如墨画"移字则为"眉如画墨",与"殁如花落"谐音。

以上四句隐写康熙执政时期,继续执行灭亡明朝和镇压屠杀汉人政策,许多汉人象姜演父子那样被残酷杀害。康熙初年,南明永历王朝已进入倒计时,1662年4月,永历帝被引渡回昆明,吴三桂残忍地用弓弦勒死了他。南明文武百官、后宫嫔妃和追随人员,全部被处决。康熙在位期间,还平定了三藩之乱与收复台湾,这都是与汉人的战争,汉人因此被杀者难以计数。

"眼似桃瓣,睛若秋波"。这两句话隐写康熙南巡的原因,"眼似桃瓣"移字为"似眼桃瓣",与"四见小伴"谐音,指康熙六次南巡中有四次见到了曹寅和李煦,曹寅和李煦皆是康熙儿时的小伙伴。"睛若秋波"移字为"睛波若仇",与"朕磨若仇"谐音。"磨"字的含义之一是"消耗""消弭";"若"字含义之一是"你""汝"。故"朕磨若仇"的意思是,朕要消弭与你们汉人的仇怨。他一路上拜祭孔庙,拜谒明孝陵,与汉族名儒诗歌唱和等,皆属此也。

"项上金螭璎珞,又有一根五色丝绦,系着一块美玉。"表明,此时的贾宝玉,乃是从天上下凡的神瑛侍者,而戴在他脖子上的美玉也不是别的,而是被女娲娘娘扔在青埂峰下,经神僧幻化而成的通灵宝玉,换句话说,是大清玉玺。

以上隐训表明,此时的贾宝玉,乃是康熙皇帝爱新觉罗·玄烨,"康熙"和"爱新觉罗·玄烨"也是可以隐训出来的:

先看"康熙"的隐写,它隐藏在"虽怒时而若笑"里。怒时而笑,"怒"指情绪激愤,意近"慷"字;"笑"即"喜"。故"怒时而笑"的含义是"慷喜",谐音"康熙"。

再看"玄烨"的隐写,它隐藏在贾宝玉衣饰中的"金"和"缎"等字眼里。宝玉头上戴金抹额、紫金冠;身上穿金百蝶大红衣服、倭缎袄;脚登青缎鞋。另外还有嵌宝、珍珠和五彩丝等物。宝玉穿戴着这些衣饰,通身上下皆是令人目眩的光亮闪耀之物,可总结为两个字"眩烨",谐音"玄烨"。

最后看"爱新觉罗",它的隐写形式是"即瞋视而有情"。瞋视而有情,即发怒时仍然含情脉脉,若非特别多情,焉能如此? 故应隐训为"爱新觉罗"。

8.4 顺治灭明

宝玉回到家里,换了冠带,穿着如下:

头上周围一转的短发,都结成了小辫,红丝结束,共攒至顶中胎发,总编一根大辫,黑亮如漆,从顶至梢,一串四颗大珠,用金八宝坠角,身上穿着银红撒花半旧大袄,仍旧带着项圈、宝玉、寄名锁、护身符等物;下面半露松花撒花绫裤腿,锦边弹墨袜,厚底大红鞋。越显得面如敷粉,唇若施脂,转盼多情,语言常笑。天然一段风骚,全在眉梢,平生万种情思,悉堆眼角。看其外貌最是极好,却难知其底细。[4](28-29)

以上是贾宝玉换成室内装束的模样,先看"头上周围一转的短发,都结成了小辫,红丝结束,共攒至顶中胎发,总编一根大辫,黑亮如漆,从顶至梢,一串四颗大珠,用金八宝坠角",它描写了顺治时期的政治形势与任务。对这段文字进行隐训,须调整顺序:

"红丝结束"。"红丝"亦即"红绳"与"崇祯"谐音。"结束"即"完结""终结""死亡"。"红丝结束"即"崇祯结束",亦即"崇祯死亡"。1644年,李自成农民军攻入北京,崇祯自缢身亡。

"头上周围一转的短发"。此句移字为"一围周头的转上发短",以谐音训之则为"以伪周投敌转向发端"。此处"伪周"指吴三桂,吴三桂于公元1678年于衡阳称帝,建国号周,失败了,故为"伪周",当然这是后来的事。公元1644年,李自成攻入北京,吴三桂投降清朝,导致清朝入主中原,这是满汉形势转换的一个关口,也是历史新时期的一个重要开端。吴三桂原本答应李自成的,后突然投降清朝,故谓"转向"。

"都结成了小辫"。移字为"了都结辫成小",谐训为"僚属皆反清朝"。此句意思是,自从吴三桂投清,清朝入关,原明朝的官僚及其属民开始抗清。

"共攒至顶中胎发"。"顶中"即百会穴,又名天满穴。故"共攒至顶中胎发"即"共攒至天满穴胎发",移字为"攒胎发共天满穴至",谐音为"三大华共殄满雪耻",此处"三大华"指当时大明、大顺和大西三大华族势力;"殄满"者,"歼灭满清"也。故"共攒至顶中胎发"的意思是,大明、大顺与大西三股华人团结御侮,共同殄灭满人雪耻。

"总编一根大辫"。移字为"总编大根(一辫)",其谐音为"重建大明(已残)",此句指崇祯死亡后,汉人在南方重建大明政权,后世称为南明,南明只拥有一个残破的江山,故又称残明。大顺和大西两股义军武装,在国难当头之际,毅然团结在大明的旗帜之下,共同抗敌,真可谓兄弟阋于墙而外御其侮。

"黑亮如漆"。此四字所描写的颜色,与林黛玉之"黛"字义同,它是画眉之墨。黑亮如漆是古代优质墨的颜色,唐朝工匠奚超、奚廷珪父子所造之墨"丰肌腻理,光泽如漆"。墨之所以黑亮,是因为其中含油和胶,《云麓漫钞》云:"迩来墨工以水槽盛水,中列盆碗,燃以桐油,上覆以一碗,专人扫煤,和以牛胶,揉成之,其法甚快便,谓之油烟。或讶其太坚,少以松节油或漆油同取媒,尤佳。"[10](169)曹雪芹用"黑亮如漆"四字,所描述的是南明政权的结局,"漆黑"者,"齐灭"也,一齐灭亡之意,指组成南明的原明、原大顺、原大西几股势力,先后被清军消灭。

"从顶至梢,一串四颗大珠"。此两句写南明从头至尾,共有三帝一王,他们都是朱元璋的后代,所谓"珠子",亦即"朱氏子裔"也,由于他们都是称帝称王之人,故为"大珠子",他们分别是弘光帝朱由崧、绍武帝朱聿键、永历帝朱由榔和鲁王朱以海,这是四个主要以明朝宗室为号召的抗清力量,都先后灭亡了。

"用金八宝坠角"。移字为"用八金坠角宝","宝"与"角"谐音,一字就够了,"金"即"金子",移字为"子金"。故"用八金坠角宝"可进一步训为"用八子金坠角",谐音为"用八旗军追剿"。此句表明,南明抗清力量是被清朝八旗军灭掉的。

8.5 顺治清算多尔衮

再看"身上穿着银红撒花半旧大袄,仍旧带着项圈、宝玉、寄名锁、护身符等物;下面半露松花撒花绫裤腿,锦边弹墨袜,厚底大红鞋。"它隐写了顺治帝清算多尔衮的史实:

"身上穿着银红撒花半旧大袄"。移字为"身上穿旧袄着撒大红银花半",其谐音为"圣上劝旧僚揭发大红人反叛"。此处所谓"大红人"指多尔衮,皇太极死后,多尔衮为皇父摄政王,总揽朝政,权倾天下,风头一时无两,红得发紫。但是,少年顺治痛恨多尔衮,必欲除之而后快,多尔衮甫一薨逝,尸骨未寒,顺治即暗示朝臣揭发他。多尔衮的许多旧僚如济尔哈朗、鳌拜,对多尔衮也早已恨入骨髓,痛彻心扉,只待多尔衮一死,便要清算。但多尔衮执政多年,朝中不乏铁杆盟友,苏克萨哈等一些人起来揭发,却是受了顺治的暗示。

"仍旧带着项圈、宝玉、寄名锁、护身符等物"。此句点明了多尔衮反叛罪行的几条关键证据。"仍旧戴着"移字为"旧仍戴着",谐音为"旧人大揭",即旧人大肆揭发。"项圈"者,"上权"也,皇上的权力;"宝玉"移字为"玉宝",亦即玉玺;"寄名锁"移字为"锁寄名",谐音为"说敕命";"护身符"可谐训为"服圣服",即穿着龙袍。可见,多尔衮的旧人揭发他把持皇权、玉玺,擅发敕命,身服龙袍。史载,公元1651年2月,济尔哈朗等奏称:"皇上因在冲龄,曾将朝政付伊与郑亲王共理。逮后睿亲王独专威权,不令郑亲王预政,遂以伊亲弟豫亲王多铎为辅政叔王,背誓肆行,妄自尊大,以皇上继位尽为己功,又将太宗文皇帝昔日恩养诸王、大臣官兵人等,为我皇上攻城破敌之功全归于己。其所用仪仗、音乐及卫从之人,俱僭拟至尊,盖造府第,亦与宫阙无异……多尔衮显有悖逆之心。臣等从前俱畏威吞声,不敢出言,是以此等情形未曾入告。今谨冒死奏闻,伏愿皇上速加乾断,列其罪状,宣示中外,并将臣等重加处分。"[11](218)

"下面半露松花撒花绫裤腿"。移字为"下面松花撒花半腿露绫裤",谐训为"下面讼王杀王(,)判毁辱(其)陵墓"。下面的人揭发多尔衮杀害肃亲王的罪行,顺治便判决毁掉和污辱多尔衮的陵墓。"王杀王"指摄政王杀害肃亲王。意大利传教士卫匡国《鞑靼战纪》记载云:"顺治帝福临命令毁掉阿玛王(即多尔衮)华丽的陵墓……他们把尸体挖出来,用棍子打,又用鞭子抽,最后砍掉脑袋示众,他的雄伟壮丽的陵墓化为尘土。"[12](218)

"锦边弹墨袜,厚底大红鞋"。"锦边弹墨袜"谐训为"偏信弹墨话",指顺治偏信弹劾多尔衮的话。"厚底大红鞋"移字为"鞋厚底大红",谐训为"皆诉诋大红",此处"大红"仍指多尔衮。上有所好,下必甚焉,由于顺治帝偏信,群臣便投其所好,竞相诉诋多尔衮。

"越显得面如敷粉"。移字为"越得显敷如粉面",谐训则为"也得享叔父份产",即顺治帝打倒多尔衮后,还将多尔衮名下财产没收归己。

"唇若施脂,转盼多情,语言常笑"。谐训为"惩若嗣子,转判多亲,言汝常哮"。指惩罚多尔衮的嗣子多尔博,多尔博被勒令归宗,重回多铎门下。"言汝常哮"指顺治帝对多尔衮极其痛恨,一谈到他就不由得生气咆哮。

以上数句所隐写的,是多尔衮死后被清算事。史载:1650年底,多尔衮死亡,因其膝下无子,便将其亲哥哥多铎的第5子多尔博过继到多尔衮名下,承袭多尔衮的睿亲王爵位,享受三倍于普通亲王的待遇。1651年2月,顺治帝以谋篡大位、独断专行、杀害肃亲王等罪名,下诏削睿亲王爵,撤太庙供享,黜出宗籍,没收财产,多尔博仍回多铎名下。

"天然一段风骚,全在眉梢,平生万种情思,悉堆眼角。看其外貌最是极好,却难知其底细"。主题又变了,前四句"天然一段风骚,全在眉梢,平生万种情思,悉堆眼角",说明贾宝玉"爱情特多",意味着他仍然是"爱新觉罗"氏。"看其外貌最是极好"赞其外貌"好","好"者,"女子"也,女真子也,指宝玉乃是女真人。这个女真人的底细如何呢?请读《西江月》二词。

8.6 嘲讽清皇

后人有《西江月》二词,批宝玉极恰,其词曰:

无故寻愁觅恨,有时似傻如狂。纵然生得好皮囊,腹内原来草莽。潦倒不通世务,愚顽怕读文章。行为偏僻性乖张,哪管世人诽谤!富贵不知乐业,贫穷难耐凄凉。可怜辜负好韶光,于国于家无望。天下无能第一,古今不肖无双。寄言纨绔与膏粱:莫效此儿形状

此词究竟是褒扬还是贬斥?权威观点认为,《西江月》正话反说,表面上批评贾宝玉,实质上却褒奖他是反封建的先锋和斗士,是封建社会的逆臣贰子。此种

解释无疑是阶级论的滥用,仔细阅读便会发现,《西江月》与其他章回的叙写不一致:首先,贾宝玉并非两腹空空,而是满腹经纶,才华出众,考功名如探囊取物,一试而中。其次,贾宝玉亦非不孝,而是极孝,从无忤逆。再次,贾宝玉的性格比较平和,并非特别偏僻乖张。最后,贾宝玉家里豪富,但他没乱花一分钱,"富贵不知乐业"从何说起?他也没贫穷过,所谓"贫穷难耐凄凉"更是无稽之谈。当然,欲知《西江月》的真实含义,还是得看隐训结果:

"《西江月》二词"。词牌名挺多,但曹雪芹选择《西江月》,并且写了两首,却不是邋遢鬼甩鼻涕——任意挥洒,而是导弹打飞机——目标明确。西江月每首二十五字,两首则五十,"五十"者,"吾死"也。"西江月"移字为"月江西",谐训则为"余将死"。"二词"与"儿嗣"谐音,即儿子嗣位。故"《西江月》二词"的隐训含义是:吾将死,儿子嗣位。显然,说这话的是顺治皇帝,努尔哈赤和皇太极生前,均未指定继承人。

"无故寻愁觅恨,有时似傻如狂"。"无故"谐训为"无辜",即无罪;"寻愁觅恨"谐音为"寻仇觅恨",这里指侵略明朝,努尔哈赤以"七大恨"起兵,以报父祖之仇。皇太极、顺治和康熙三帝,继承努尔哈赤遗志,皆以向明朝报仇为理所当然。"似傻如狂"谐训为"嗜杀如狂"。故"无故寻愁觅恨,有时似傻如狂"的隐训含义是:清皇嗜杀如狂,向明朝寻仇觅恨,他们自认无辜,报仇雪耻天经地义。

"纵然生得好皮囊,腹内原来草莽"。"皮囊"指相貌,贾宝玉有一幅"好"皮囊,什么意思?因为"好"字形训则为"女子",亦即女真子弟,所以,贾宝玉"好皮囊"的意思是,他外貌似女真人。"草莽"本义指草丛、草野,但它另有一义,指出没于山林的义军或强盗,义同草泽,《洪秀全演义》第五回写道:"昔刘邦以亭长而定汉基,朱元璋以布衣而奠明祚……天命所属,多在草泽英雄。"[13](35)"腹内原来草莽"指贾宝玉也是草泽英雄,第二回贾雨村与冷子兴的对话就曾隐写,贾宝玉是成王败寇之人。故"纵然生得好皮囊,腹内原来草莽"两句,隐写贾宝玉的本人乃是女真族造反称王者。

"潦倒不通世务,愚顽怕读文章"。"潦倒"的含义之一乃是散漫、不自检束,嵇康《与山巨源绝交书》:"足下旧知吾潦倒粗疏,不切事情。"[14](145)杜甫《戏赠阌乡秦少府短歌》:"今日时清两京道,相逢苦觉人情好。昨夜邀欢乐更无,多才依旧能潦倒。"[15](224)"世务"即谋身治世之事。"愚顽怕读文章"即淘气顽劣,不喜读书。这两句写福临小时的情况,他十分淘气,顽劣不堪。谈迁《北游录》记载云:"朕极不幸,五岁时,先太宗早已晏驾。皇太后生朕一人,又极娇养,无人教训,坐此失学。年至十四,九王薨,方始亲政,阅诸臣奏章,茫然不解。"皇帝看不懂臣子的奏章,这是一个很大的问题,顺治不得不恶补落下的课程:"(朕始)发奋读书,每晨牌至午,理军国大事外,即读至晚。然顽心尚在,多不能记。逮五更起读,天宇空明,始能背诵。计前后诸书,读了九年,曾经呕血。"[16](87)顺治小时不读书,最终还是读书了。

"行为偏僻性乖张,哪管世人诽谤"。"偏僻"的含义之一是偏颇、不公正,元朝无名氏作品《刘弘嫁婢》写道:"你道的差了,天有万物于人,人无一物于天,天甚么偏僻那?"胡蕴玉《中国文学史序》亦写道:"放言倡论,冒为经世之谈;袭貌遗神,流为偏僻之论。"此两例之"偏僻"皆为偏颇、不公正、失公允之意。"乖张"意为偏执、不与众同。故"偏僻"与"乖张"实同义,此处则指顺治作为女真皇帝,他们偏爱、偏袒女真人,歧视汉人。

"富贵不知乐业,贫穷难耐凄凉"。"富贵"者,"胡贵"也,胡人贵族也,爱新觉罗是女真族的贵族,他们不愿安分守己做明朝的顺民,所以是"胡贵不知乐业"。"贫穷"者,"病重"也,顺治帝不知自养,20岁就已经衰弱不堪,顺治17年底,董鄂妃重病逝世,第二年正月初7日,顺治也染天花崩逝,可谓凄凉。

"可怜辜负好韶光,于国于家无望"。此两句写顺治崩逝前的心态,他在宠妃董鄂氏病逝后万念俱灰,国与家他都不再关心了,一心想着出家。他也不再惧怕死亡,故不再出去避痘,因而染上天花而死。顺治夫妻死时非常年轻,一个22岁,一个24岁,岂非"辜负好韶光"?

"天下无能第一,古今不肖无双"。这两句镶嵌着顺治帝的名字,"无能"者,谐"福临"。"不肖"与"不孝"谐音,即"不孝顺";"无双"意为"至"。"不肖无双"即"至不孝顺",其中镶嵌着"顺""至"两字,"顺至"与"顺治"谐音。

分析至此,则第三回的贾宝玉,其背后的本人仍为大清皇帝,包括顺治和康熙,他们与身为乳娘的文氏自然见了面,故从林黛玉的眼中写来。

注释:

[1] 蔡东藩:《前汉通俗演义》,线装书局2014年版。

[2] [清]褚人获编撰:《隋唐演义》,长春出版社2015年版。

[3] 武航宇、明月主编:《元、明、清前期中国北方少数民族法律汇编与研究》,吉林文史出版社2009年版。

[4] [清]曹雪芹:《脂砚斋批评本红楼梦》,凤凰出版社2010年版。

[5] 吴新雷主编:《中国昆剧大辞典》,南京大学出版社2002年版。

[6] [中华民国]赵尔巽选著、许凯标点:《清史稿1卷1-24》,吉林人民出版社1995年版。

[7] 北京市社会科学研究所《北京史苑》编辑部编:《北京史苑第1辑》,北京

出版社 1983 年版。

　　[8]辽宁大大学历史系:《清太宗实录稿本——清初史料丛刊第三种》,辽宁大学历史系 1978 年版。

　　[9]李澍田主编、蒋秀松、张璇如点校摘编:《清实录东北史料全辑 2》,吉林文史出版社 1990 年版。

　　[10]王禹翰编著:《书法常识全知道》,万卷出版公司 2013 年版。

　　[11]章开沅:《清通鉴顺治朝康熙朝》,岳麓书社 2000 年版。

　　[12]本书编委会编著:《紫禁城档案第 5 卷》,西苑出版社 2010 年版。

　　[13]〔清〕黄世仲著、王俊年校点:《洪秀全演义——明清稀见小说坊》,人民文学出版社 2006 年版。

　　[14]臧励和选注:《汉魏六朝文》,崇文书局 2014 年版。

　　[15]王士菁:《杜诗今注》,巴蜀书社 1999 年版。

　　[16]林木陈:《北游集》,香港天马出版有限公司 2012 年版。

9. 小耗偷香芋

红楼梦第十九回后半部"意绵绵静日玉生香"写林黛玉睡午觉，贾宝玉不让睡，说怕她睡出病来，然后软磨硬泡，东拉西扯，生编滥造，想尽一切办法搅扰睡眼蒙胧的林黛玉，直至她睡意全消美梦成空为止。期间，贾宝玉编造了一个小耗偷香芋的故事，整得有鼻子有眼，煞有介事，真是好笑。某专家认定，曹雪芹作此文的目的是要告诉我们，李煦有一个孙女儿叫李香玉；某索隐家则解读为弘晳向朝廷揭发曹妃娘家贪污案……种种猜想穿凿附会、荒唐离奇，却少有人联想到李煦亏空案。真是怪事到处有，红学界特别多！

其实，"意绵绵静日玉生香"情节十分荒谬，作者根本无法自圆其说，完全是一派胡言。譬如说，贾宝玉阻止林黛玉睡觉的理由就很牵强，贾宝玉走进林黛玉卧房时，丫环们都已吃完了中饭自便去了，满屋内静悄悄的。这说明午饭时间已过，早该午睡了，因为姑娘们吃饭速度慢，个别人还会特别慢，等她们都吃完，时间肯定不早了，所以说，林黛玉此时睡觉不算"才吃了饭又睡觉"。何况，今日林黛玉睡午觉是补觉，特事特办，她前儿元妃省亲时耽了觉，需要补回来。

当然，元妃省亲时大家都耽觉了，但宝玉和宝钗及丫头们均无补觉之举，为何独独黛玉需要补觉呢？这又是一个无法解释的问题。再说，林黛玉向以觉少著称，她自己是这样解释的："我这睡不着，也并非今日。大约一年之中，通共也只好睡十夜满足的。"[1](153)林黛玉一年只有十个晚上是睡得最香的，故平时耽误一二日乃至三五日不睡觉，根本就不是问题，为何这次偏偏急着补觉呢？林黛玉爱读书，胸藏锦绣，文采灿然，决非粗俗之人，然而，她竟然面对着心爱的宝玉脱口而出"放屁"二字，岂非荒诞？

林黛玉房中的香气也奇怪，它令人醉魂酥骨，却并不是香饼子、香毬子、香袋子的香，它分明出自林黛玉袖中，可黛玉袖中并无一物。宝玉问黛玉袖中笼有何物？黛玉居然回答说："冬寒十月，谁带什么香？"难道冬寒时节就不用香了吗？既然此香只有袖中有，其他处没有，可见也不是体香，它究竟是什么香呢？竟是一个谜。

总之,"意绵绵静日玉生香"是无法以常训法来解读的,必须用隐训法。隐训表明,此时的贾宝玉乃是雍正帝,而林黛玉则是苏州织造兼两淮盐政李煦。

9.1 李煦,字旭东,竹村,又字莱嵩

"李煦"的隐写。贾宝玉阻止林黛玉睡觉,曹雪芹特别写明两点:其一,"宝玉揭起绣线软帘,进入里间",此后所有重要活动都发生在里间;其二,"宝玉有一搭没一搭的说些鬼话,黛玉只不理。宝玉问他几岁上京,路上见何景致古迹,扬州有何遗迹故事、土俗民风,黛玉只不答……"[1](153-154)宝玉一直没话找话,絮絮叨叨说个没完。两点结合起来的意思是,贾宝玉一直在里间絮絮叨叨。曹雪芹如此描写宝玉,是要把李煦的姓名隐写出来,每到一个重要地方,曹雪芹都会重新隐写李煦的姓名和字号。此处两点,第一点镶嵌着一个"里"字,它与"李"谐音;第二点则蕴含一个"絮"字,与"煦"谐音。两者连缀便是"李煦"。

"李竹村"的隐写。竹村是李煦的字,故李煦又叫李竹村,"李竹村"三字,曹雪芹隐写在下面这段文字里:

黛玉听了,嗤的一声笑道:"你既要在这里,那边去老老实实的坐着,咱们说话儿。"宝玉道:"我也歪着。"黛玉道:"你就歪着。"宝玉道:"没有枕头,咱们在一个枕头上。"黛玉道:"放屁!外头不是枕头?拿一个来枕着。"宝玉出至外间,看了一看,回来笑道:"那个我不要,也不知是那个脏婆子的。"黛玉听了,睁开眼,起身笑道:"真真你就是我命中的天魔星!请枕这一个。"说着,将自己枕的推与宝玉,又起身将自己的再拿了一个来,自己枕了,二人对面倒下。[1](153)

贾宝玉不要外屋的枕头,只要里屋的枕头。一般读者相信,外屋的枕头是婆子睡的,宝玉嫌脏,他只要黛玉枕的枕头,似乎有理,但这是常训含义。隐训表明,曹雪芹的真正用意,是要隐写"李竹村"三字,因为"里屋枕"与"李竹村"谐音。

"李旭东"的隐写。旭东是李煦的第二个字,"李旭东"三字不容易隐写,曹雪芹的做法如下:

宝玉摇头道:"未必,这香的气味奇怪,不是那些香饼子,香毬子,香袋子的香。"黛玉冷笑道:"难道我也有什么罗汉、真人给我些奇香不成?便是得了奇香,也没有亲哥哥、亲兄弟弄了花儿朵儿,霜儿雪儿替我炮制。我有的是那些俗香罢了。"

宝玉笑道:"凡我说一句,你就拉上这么些,不给你个利害,也不知道,从今儿可不饶你了。"说着翻身起来,将两只手呵了两口,便伸手向黛玉膈肢窝内两肋下乱挠。黛玉素性触痒,不禁宝玉两手伸来乱挠,便笑的喘不过气来,口里说:"宝玉,你再闹,我就恼了。"宝玉方住了手,笑问道:"你还说这些不说了?"黛玉笑道:"再不敢了。"一面理鬓笑道:"我有奇香,你有暖香没有?"

宝玉见问,一时解不来,因问:"什么暖香?"黛玉点头叹笑道:"蠢才,蠢才!你有玉,人家就有金来配你,人家有冷香,你就没有暖香去配?"宝玉方听出来。宝玉笑道:"方才求饶,如今更说狠了。"说着,又去伸手。黛玉忙笑道:"好哥哥,我可不敢了。"宝玉笑道:"饶便饶你,只把袖子我闻一闻。"说着,便拉了袖子笼在面上,闻个不住。黛玉夺了手道:"这可该去了。"宝玉笑道:"去,不能。咱们斯斯文文的躺着说话儿。"说着,复又倒下。黛玉也倒下。用手帕子盖上脸。宝玉有一搭没一搭的说些鬼话,黛玉只不理。宝玉问他几岁上京,路上见何景致古迹,扬州有何遗迹故事,土俗民风。黛玉只不答。[1](154)

黛玉口中所说的"亲哥哥""亲兄弟"当然指薛宝钗的哥哥薛蟠,至于"花儿""朵儿""雪儿"和"霜儿"则指薛宝钗服用的冷香丸,它们是冷香丸的关键成分。贾宝玉最怕别人说他与薛宝钗有特殊关系,故林黛玉此言实在是挑衅,宝玉当然生气,便在黛玉隔肢窝和两勒下乱挠,林黛玉最怕触痒,当即求饶。宝玉才停手,黛玉又挑衅说,我有奇香,你有暖香吗？宝玉不解,黛玉解释说,你有玉,人家有金来配你;人家有冷香,你难道没有暖香去配她？宝玉才知黛玉又在挑衅,于是再要挠她,黛玉赶紧求饶,宝玉提出的补偿要求是,让他好好嗅一嗅她的袖子。黛玉无奈,只好让他嗅了,谁知宝玉竟嗅个不停。

总之,"意绵绵静日玉生香"是宝玉与黛玉之间的一场嘴仗,宝玉阻止黛玉睡觉,黛玉以胭脂膏子和冷香丸作武器进行反击,贾宝玉以挠痒、小耗偷香玉进行回击,大获全胜,黛玉虽有小胜,但总体上输了。这场战争发生在里屋,黛玉总体上输了,情节中含"里""总""输"三字,连缀并移字为"里输总",其谐音词为"李旭东"。

"李莱篙"的隐写。莱篙也是李煦的字,曹雪芹对它的隐写可谓煞费苦心。为阻止黛玉歇午,贾宝玉使出了浑身解数,直至于耍赖。第一步,他直接扳着林黛玉的身子推搡,将其唤醒。黛玉醒了,告诉他说,前儿耽觉了,今天要补一补,你先出去逛逛,呆会子过来。谁知宝玉不依,坚持要待在黛玉的屋内不走,黛玉只好由他。第二步,宝玉坚持要躺在黛玉床上,这是很过分的,少男少女岂能同榻而眠,但黛玉仍然不介意,她可能实在太困了,不愿同宝玉争执。第三步,贾宝玉得寸进尺,竟要同黛玉共枕而眠,实在混账,黛玉岂能答应。黛玉让宝玉自己到外间拿一个,宝玉嫌脏,坚持要枕黛玉枕着的枕头,黛玉没法,只好把自己的枕头推给他,自己另拿一个。第四步,贾宝玉闻到一股奇香,系从林黛玉袖中发出的,贾宝玉便拉住林黛玉的袖子查看,欲弄明白她袖中究竟笼着何物,可惜,黛玉袖中并没有笼物。此香既不是柜子里的香气,亦不是衣服上的薰香,更不是香饼子、香毬子、香黛子里的香气,肯定也不是黛玉的体香,因为她袖中有此香,其他处没有。究竟是何香呢？原因不明。贾宝玉抓住黛玉的袖子嗅个没停，黛玉烦了，叫他走，贾宝玉还是赖在床上不走。第五步，贾宝玉仍然没话找话，问黛玉几岁进京的，路上见何景致，家乡扬州有何遗迹故事、土俗民风，黛玉赖得理他。第六步，贾宝玉编造小耗偷香芋的故事，林黛玉信以为真，上当受骗。最后，薛宝钗来了，林黛玉的午觉彻底泡汤。贾宝玉搅觉的整个过程，都是在林黛玉的里间卧房进行的，他赖在屋内不走，赖在床上不起来，赖着嘴巴不停歇。故整个过程含三个关键字："里""赖"和"觉"，连缀起来是"里赖觉"，谐音词则是"李莱篙"。

9.2 对贾宝玉皇帝身份的隐写

此情节里的贾宝玉仍然是大清皇帝、大清玉玺或朝廷，请看下文：

黛玉因看见宝玉左边腮上有钮扣大小的一块血渍，便欠身凑近前来，以手抚之细看，又道："这又是谁的指甲刮破了？"宝玉侧身，一面躲，一面笑道："不是刮的，只怕是才刚替他们淘漉胭脂膏子溅上了一点儿。"说着，便找手帕子要揸拭。黛玉便用自己的帕子替他揸拭了，口内说道："你又干这些事了。干也罢了，必定还要带出幌子来。便是舅舅看不见，别人看见了，又当奇事新鲜话儿去学舌讨好儿，吹到舅舅耳朵里，又该大家不干净惹气。"……"难道我也有什么罗汉、真人给我些奇香不成？"[1](153-154)

贾宝玉嗜食胭脂，为何？因为他是一枚拟人化的玉玺，玉玺当然需要印泥，胭脂代表印泥。"指甲"移字为"甲指"，谐音"下指"。此词表明，胭脂（印泥）是下圣旨时所用的。文中尚有"罗汉"和"真人"两词，不管是罗汉还是真人，他们都是神仙，"神仙"与"圣上"谐音。

下面要探讨的问题是，此时的贾宝玉是清朝那一位皇帝呢？答案是雍正。"意绵绵静日玉生香"整个故事所体现的，是哥哥对妹妹的无限关爱，贾宝玉的动机非常纯正，没有丝毫邪念、淫心，完全是正人君子一个。为何？因为"雍正"者，"拥有正确"也；雍正名胤禛，"胤禛"移字为"禛胤"，其谐音词为"正人"，既为正人君子，当然坐怀不乱。

9.3 林黛玉的奇香

红楼梦中的"香"字往往意味着伤感、伤亡、不幸、痛苦，越香越痛苦不幸。薛宝钗有药曰"冷香丸"，异香异气的。这剂药所隐写的乃是爱新觉罗·褚英被圈禁和处死的史实。而贾宝玉从林黛玉处闻到的所谓奇香，仍不过是姜演一家在壬午兵燹中的悲惨遭遇，隐训如下：

"冬寒十月"。此句后有脂批云："口头语，犹在寒冷之时。"[1](154) 依照批语，则"冬寒十月"并非确指十月，而是指寒冷之时。结合李士桢的情况，则立即就会明白"冬寒十月"的意思了，所谓"冬寒"者，寒冷的季节也。山东昌邑壬午兵燹就发生在冬天,1642年农历12月16日,昌邑城被清军攻破,父兄四人被杀,自己夫妻被俘。既然"十月"不是确指,当另有含义。"十月"与"失国(gui)"谐音,指国境线被攻破,外敌入侵。壬午兵燹就是外敌入侵,清朝早已向明朝宣战,算是外敌了。

"袖香"。曹雪芹一再表明,此香发自袖中,乃是袖香。所谓"袖香",谐音"旧伤",指旧日的伤亡、伤痛。曹雪芹特别指出:"这香的气味奇怪,不是那些香饼子、香毬子、香袋子的香。"[1](154)这句话中有五个"香"字,指在壬午兵燹中,姜家四男死亡,一男被俘之事。这件事对于李煦来说,是家族旧日伤痛。

9.4 耗子偷米果

从表面上看,小耗子精偷香芋故事,赞扬了林黛玉的机智漂亮;但隐训的结果却是,雍正帝谴责李煦一家是贪污国库的狡鼠,《诗经·硕鼠》把不劳而获的统治者比作耗子,后世则以耗子比喻贪官污吏,小耗子精偷香芋故事就是借用了这个典故。

"黛山"和"林子洞"。贾宝玉一开口就说,你们扬州衙门有一件大故事,接着就说到了"黛山"和"林子洞",这是两个关键性隐语,其中暗藏乾坤。"林子洞"含"林"字;又因为它是鼠洞,故又暗含一个"鼠"字,"鼠"与"玉"谐音,而"黛山"含有一个"黛"字,两者连缀便是"林黛玉"的名字,可见,这"黛山"和"林子洞"指林黛玉,也就是李煦。李煦怎么样了呢? 让我们继续隐训这两词。"黛山"与"待斩"谐音,"林子洞"移字为"洞林子",其谐音词为"等领死",即等着领死。雍正上台伊始,李煦案爆发,李煦被擒拿关押,一家人如待宰之羔羊,境遇极其悲惨。

"明日乃是腊八,世上人都熬腊八粥。"[1](154)"明日"即明君,此处指雍正帝,因为"雍正"的字面意思是"拥有正确",故"雍正帝"即"明君"的意思。"熬腊八粥"移字为"熬粥腊八",其谐音词为"要揪老八",此处"老八"指康熙帝第8子允禩,他与雍正争夺皇位,势同水火,雍正上台后第一件事,就是想揪出老八进行报复。由于李煦党附八爷,故成为雍正的眼中钉,必欲除之而后快,被雍正帝第一个清除。

"米有几样? 果有几品?"雍正上台仅一个月余,就拿李煦开刀了,罪名是亏欠国帑。老耗召集群耗商议打劫之法,先派出小耗前去侦察踩点,小耗回来后,老耗问他"米有几样? 果有几品?"老耗的问题含"米"和"果"两个关键词,连缀起来是"米果",移字得"果米","米"即"粮",故"果米"即"果粮","果粮"与"国帑"谐音,国库也。

"香芋""李香玉"。在偷窃米果的行动中,有一个小耗自告奋勇,要去偷香芋。香芋个头很大,最难搬运,大耗尚且难以办到,小耗如何偷法呢? 小耗就说,我自己变成一个香芋,混在香芋堆里,使人看不出、听不见,却暗暗的用分身法搬运,渐渐地就搬运尽了。群耗要求它变一个来看看,结果它一变竟变成了盐课林老爷的小姐林香玉。林香玉是林黛玉吗?按说不是,第二回就讲清了,林黛玉只有一个名字,没有别的字号,贾宝玉便送她"颦颦"两字作字号。所以说,"李香芋"并不是指林黛玉,但林黛玉认为贾宝玉在编派她,可见,这个林香玉就是林黛玉。字面上,耗子精讨论的是偷窃米果的办法,实质上却影射了李煦偷窃国帑的手段,"香芋"移字为"芋香","芋香"与"愚上"谐音,即愚弄皇上也。意思是说,李煦用愚弄皇上的方法偷窃国库。"李香玉"移字为"李玉香","李玉香"与"李愚上"谐音,"李煦愚弄皇上"也。李煦与曹寅两家亏空国帑,是迎驾康熙南巡所致,康熙心里有数,所以,康熙曾经想方设法帮他们俩还账,他也反复催促二人要高度重视,加紧还账,至康熙56年(1717)7月13日,李煦和曹頫向康熙报告,欠款全部还清。康熙非常高兴,加升李煦户部右侍郎衔,以示奖掖。然而,李、曹两家此后仍有债务,且日益增加,至雍正元年拘留审查,仅李煦一家亏空就达38万两之巨,雍正皇帝自然感觉被愚弄了。

"果品有五种:一红枣,二栗子,三落花生,四菱角,五香芋。"[1](155)"果品"移字为"品果",谐音"因果",意指李家败亡的前因后果。"一红枣二栗子"移字为"二栗子枣一红",其谐音为"尔李氏早已红",意谓李氏早已经是清朝的红人。"三落花生"移字为"落花三生",其谐音为"落下丧因",即落下丧亡的原因。"四菱角五香芋"移字为"四角菱芋五香",谐训并加点为"四哥临御,吾殃。"意即四阿哥(指雍正,他是康熙四皇子)即位,我就遭殃了。总起来说,这句话隐写的内容是:李煦是康熙朝红人,这为他的覆亡埋下祸因,四阿哥胤禛临御,李家便开始遭殃。

注释:

[1]〔清〕曹雪芹:《脂砚斋批评本红楼梦》,凤凰出版社2010年版。

10. 贾宝玉药方揭秘

自古红颜多薄命,东施头白尚浣纱。林、薛艳冠群芳,却都疾病缠身,药不离口。两人的病和药都是神僧给的,但薛宝钗服药有效,林黛玉服用无效,可见神僧偏心。林黛玉的病一天天加重,贾宝玉为她开了一个药方,姑称之为贾宝玉药方。可是,仔细研究发现,这个所谓药方十分荒唐:宝玉前面说配药需要 360 两银子,后面又说薛蟠花了一千多两才勉强配成;药方是贾宝玉八、九岁时得到的,此时薛蟠尚未进京,如何向宝玉索求药方?又如何向王熙凤要她头上的珍珠及一块三尺大红库纱?薛蟠好色成性,从未真正爱过一个女人,他对女人只能维持短期的热度,可据宝玉介绍,薛蟠对配药十分有耐心,呆霸王竟变成温存王了。王夫人是宝玉的母亲,宝玉却叫她太太……对于这个荒唐的药方,红学家们的解读更荒唐,他们在药方的标点、断句、药的味数、药名、药方的真假等问题上莫衷一是,纷如乱麻。事实证明,对于这种荒唐的文字,用传统的阅读与研究方法是无济于事的,如果我们仍然坚信《红楼梦》是一部天才之人的天才之作,那就必须使用隐训之法,舍此别无出路。

10.1 荒唐的药方

《红楼梦》对请医用药的记载比较多,对医理的阐释也不少,都比较有趣,引人入胜,但又都荒唐难解。第二十八回记载了贾宝玉所开的一个药方,关于药方的具体内容和要求,请看如下文字:

王夫人又道:"既有了这个名儿,明儿就叫人买些来吃。"宝玉道:"这些药都是不中用的。太太给我三百六十两银子,我给妹妹配一料丸药,包管一料不完就好了。"王夫人道:"放屁!什么药就这么贵?"

宝玉笑道:"当真的呢。我这个方子,比别个不同。这个药名儿也古怪,一时也说不清。只讲那头胎紫河车,人形带叶参,三百六十两不足。龟大的何首乌,千年松根茯苓脂,诸如此类的药都不算为奇,只在群药里算。那为君的药说起来吓人一跳。前儿薛大哥求了我有一二年,我才给了他这个方子。他拿了方子去又寻了二三年,花了上千的银子,才配成了。太太不信,只问宝姐姐。"

宝钗听说,笑着摇手儿道:"我不知道,也没听见。你别叫姨娘问我。"王夫人笑道:"到底是宝丫头,好孩子,不撒谎。"宝玉站在当地,听见如此说,一回身把手一拍,说道:"我说的倒是真话呢,倒说我撒谎。"说着,一回身,只见黛玉坐在宝钗身后抿嘴笑,用手指在脸上画着羞他。

凤姐因在里间屋里看着人放桌子,听如此说,便走来笑道:"宝兄弟不是撒谎,这倒是有的。上日薛大哥亲自和我来寻珍珠,我问他作什么,他说配药。他还抱怨说,不配也罢了,如今哪里知道这么费事。我问他什么药,他说是宝兄弟的方子,说了多少药,我也没工夫听。他说不然我也买几颗珍珠了,只是定要头上戴过的,所以来和我寻。他说:'妹妹就没散的,花儿上也得,掐下来,过后儿我拣好的再给妹妹穿了来。'我没法儿,把两枝珠花儿现拆了给他。还要了一块三尺大红库纱去,乳钵乳了隔面子呢。"

凤姐说一句,那宝玉念一句佛,说:"太阳在屋子里呢!"凤姐说完了,宝玉又道:"太太想,这不过是将就呢。正经按那方子,这珍珠宝石定要古坟里的,有那古时富贵人家装裹的头面,拿了来才好。如今那里为这个去刨坟掘墓?所以只是活人带过的,也可以使得。"[1](227-228)

《红楼梦》是满纸荒唐言,它荒唐在哪里呢?研读了贾宝玉这个药方,你就明白了,它的描述前后矛盾、颠三倒四、莫名其妙、模棱两可,具体来讲,贾宝玉药方有如下几个荒唐之处:

其一,药价究竟是多少?

贾宝玉先向王夫人提出,给他360两银子,他给林妹妹配一料丸药,包管治好她的病。然而,他在后面又说,仅仅人形带叶参这一味就得360两银子以上,薛蟠将药方拿去,花了上千两银子,才勉强配成。明显前后矛盾。

其二,贾宝玉与薛蟠究竟是何时相识的?

贾府位于天子脚下,贾赦和贾珍等,都在朝廷上班。而薛家尚在金陵居住,他是在打死冯渊之后进京的,这是他首次进京,因为文本中有"薛蟠素闻得都中乃第一繁华之地,正思一游"一句[1](37),薛蟠听说京师繁华,未曾亲见,故思一游。周瑞家的是王夫人的陪房,形影不离王夫人左右,但她也是这次方知薛宝钗的热病及冷香丸,可见是初见薛宝钗。在梨香院,宝钗首次目睹通灵玉;也是在梨香院,宝玉第一次听闻金玉相配之说,并第一次见识金锁。由此看来,薛氏兄妹此次进京前,不曾见过贾宝玉。但是,贾宝玉在叙述药方时却说,薛蟠求了他一二年,他才将药方给了他。薛蟠拿到药方后,寻药又二三年,才终于配成了丸药,这就五年了。如此一算,宝玉是在八、九岁左右开这个处方的,那个时候薛蟠与宝玉尚未认识,他是怎样得知宝玉有这个处方的?又是怎样向宝玉讨要处方的?

其三,薛蟠缘何深信不疑?

贾宝玉是在八、九岁时得到药方的,这个药方应该不会出自他自己,而是得自他人。王夫人、宝钗、黛玉等皆不知有此药方,薛蟠是从宝玉处得到的,凤姐则是从薛蟠口中听说的,连大人都不知的药方,儿童贾宝玉是如何得到的?一个八、九岁孩子的药方,又那么费钱费事,薛蟠为何深信不疑,而宝玉又何自信满满?这些问题皆不可思议,更不可思议的是,区区一个药方,薛蟠整整求了宝玉一二年才得到,贾宝玉为何舍不得给他,薛蟠为何如此不屈不挠?

其四,呆霸王怎么变成温存王了?

贾宝玉药方是专治林黛玉这种虚弱之症的,薛姨妈没病,薛宝钗先天结壮,且有神药冷香丸护体,都用不着这药。所以,薛蟠配药当为香菱,因为香菱的血分中有病。据宝玉所说,薛蟠求了他一二年,另又花了二三年时间找药,费了上千的银子。此举说明薛蟠对香菱是相当爱护和体贴的,为了她不计成本和代价。不过,这事甚为蹊跷。薛蟠绰号呆霸王,向以粗鲁野蛮著称,打死人不偿命,完全没有责任感。对女人则是喜新厌旧,成天在外面鬼混,养戏子、喝花酒、搞同性恋、嫖妓,忙得不亦乐乎,何曾把香菱放在心上?薛蟠见香菱生得不俗,就强娶了,但狗改不了吃屎,以他的霸王性格,能够对香菱维持一年的热度都有困难,更不用说长达五年之久了,第十六回就写到,薛蟠娶香菱做妾后,"过了没半个月,也看的马棚风一般了"[1](119),此话从王熙凤口中说出,应该是实话。

其五,贾宝玉与王夫人究竟是什么关系?

贾宝玉与王夫人是母子关系,他应该称王夫人为"母亲"或"妈妈"或"额娘",或单称"母""妈""娘"等。但是,贾宝玉却称王夫人为"太太",这事很奇怪。查字典,"太太"在古时,主要是指官员贵族对妻子的称呼,或用于对他人妻子的尊称。在江南某些地区和甘肃庄浪方言中,"太太"指祖母。所以,贾宝玉称王夫人为太太,有违伦常,莫名其妙。

其六,薛蟠讨要一块三尺大红库纱何用?他是皇商,为何反向凤姐讨要?

王熙凤提到,薛蟠曾向她要了一块三尺大红库纱,说是用乳钵乳了隔面子。本人不解这是何意。笔者想,这是做丸药,可能需要将药材捣碎过筛,库纱可能是用作过筛的工具。如果是这样的话,就又不通了,大红库纱本身就非常精细,织孔非常之小,用于过筛已是不妥,若用乳钵乳了,那织孔就全部封死了,不能当筛用。又丸药都需要装坛,这红纱或许是封坛口之用,但既用于封坛,为什么要用乳钵乳了呢,乳过以后的库纱不是容易腐化变质吗?薛蟠是皇商,皇上日用所需,他们全能供给,连棺材板、螃蟹都有,自然也有各种布匹首饰,何须向凤姐讨要?难道是薛蟠没事找事,想占凤姐便宜,他们可是亲表兄妹。

其七，何首乌为什么是"龟大的"？

何首乌是植物的根部，呈块状，长得比较缓慢，据《本草纲目》记载：何首乌真仙草也，五十年者如拳大，一百年者如碗大，一百五十年者如盆大，二百年者如斗栲栳大。龟与碗、盆的形状相似，大小则处于它们二者之间，曹雪芹为何不直接借用李时珍的说法而另创龟大之说呢？

其八，曹雪芹为什么用"人形带叶参三百六十两不足"这种生硬的表达法？

《红楼梦》是一部文学杰作，文字优美流畅，句型结构简明，意味隽永深邃，体裁丰富多彩，读来令人愉悦。可是，其某些句子却与整体不符，如贾宝玉药方中"人形带叶参三百六十两不足"一句，既生硬费解，又歧义旁出，简直不知所云，不像名家巨匠手笔，颇为蹊跷。

其九，为什么是千年松根茯苓脂（胆或蛋）？

茯苓只能生长在松根上，离开松根便无法成活，所以，"松根茯苓"与"茯苓"是一个物件，有没有"松根"二字，本质上没有区别。茯苓产品按照加工方式的不同，分别称为"茯苓个""茯苓块"或"茯苓片"，没有称为"茯苓脂"的，药书或生活中均无"茯苓脂"这种叫法，故《红楼梦》的某些版本根据茯苓的形状，擅改"茯苓脂"为"茯苓胆"或"茯苓蛋"。

其十，宝石如何入药？

药方中的君药是人们面饰上的珍珠宝石，珍珠磨成粉可以入药，这个是没有问题的。据费振钟先生研究，珍珠确实可以入药："考真珠入药，并不奇怪，真珠'入厥阴肝经，故能安魂定魄'，明目治聋，可知是常用药物。但用古坟里死人头上的真珠总是有点出奇了。《本草纲目》的著者李时珍也特别说明：'凡入药不用首饰及见尸气者，以人乳浸三日，煮过……'，似乎李时珍的时代，医家一般都要用死人头上的珍珠，功效大概比新鲜真珠强。"[2](70) 就算珍珠能入药，宝石如何入药呢？《本草纲目·石部》记载了"宝石"这味药，用于治疗眼翳，其方法是以宝石之珠"拂拭"眼球，吸出尘土。所谓宝石，最基本的就是玉石，玉石坚硬无比，不溶于水，人体无法消化和吸收，不能口服，曹雪芹难道不懂这一点吗？

其十一，林黛玉为何不知好歹？

贾宝玉向王夫人要银子，是为了替林黛玉治病，可是，当贾宝玉把药方说出来，众人都不信时，林黛玉居然也借机羞臊贾宝玉，她这不是狗咬吕洞宾不识好人心吗！林黛玉为人特别敏感，又是绝顶聪明之人，她应该知道宝玉的良苦用心，这次为何竟如此不知好歹呢？

其十二，贾宝玉药方到底是真还是假？

贾宝玉郑重地向大家介绍了自己的药方，王夫人不信，贾宝玉被迫用证据说话。他说薛大哥求他要药方,求了他一二年才给他;得到药方后,薛大哥又花了二三年时间和上千的银子才最终配成丸药。王熙凤当即出来作证,说这个事是真的,薛大哥曾向她要头上的两颗珍珠和一块三尺大红库纱配药,他还说了是宝兄弟的方子。由此看来,贾宝玉的药方是真的,不是胡诌骗人。但是,贾宝玉的药方是他八、九岁的时候开的,或得到的。不管是他自己开的,还是从别人那里抄来的,都不可信,毕竟那时年纪太小,何况这个药方如此古怪和荒唐。所以,当宝玉把药方说出来时,在场之人大多不信。那么,贾宝玉药方究竟是真还是假,就是一个值得玩味的问题了。

10.2 荒唐的解读

曹雪芹创作《红楼梦》之时,他没有给小说断句和标点,如今,如何对贾宝玉药方进行断句和标点,竟成了红学家争论的一个焦点。各个版本的标点和断句异说纷呈,竟有20种之多,仅以人民文学出版社为例,它先后印刷出版了1957年版、1981年版、1990年版、1996年版和2008年版,这五个版本彼此的断句和标点竟皆有差异,其2008年版的标点和断句是:"只讲那头胎紫河车,人形带叶参,三百六十两不足龟,大何首乌,千年松根,茯苓胆……"[3](376) 其余四版的断句和标点分别是:"只讲那头胎紫河车,人形带叶参,三百六十两不足,龟,大何首乌,千年松根茯苓胆(1957年版);只讲那头胎紫河车,人形带叶参,三百六十两不足,龟大何首乌,千年松根茯苓胆(1981年版);只讲那头胎紫河车,人形带叶参,三百六十两不足。龟大何首乌,千年松根茯苓胆(1990年版);只讲那头胎紫河车,人形带叶参——三百六十两不足——龟大何首乌,千年松根茯苓胆(1996年版)"[4](45) 学者们的分歧主要体现在如下几个方面:

第一,药方中含几味药?

多数专家认为,药方群药四味,君药一味,共五味。但相当一些学者将"龟"单列出来作为一味独立的药,使药数增至六味。人民文学出版社2008年版《红楼梦》研究所本,又将"千年松根茯苓胆"分成"千年松根"和"茯苓胆"两味,使药数增至七味。[3](376)

第二,究竟是几足龟?

药方中提到的乌龟究竟是几条足呢?启功等数位学者的意见是"不足龟",即"无足龟"[5](337),吴佩林先生的意见是"三足龟"[6](121),上海古籍1988年版的意见是"四足龟"[7](434),周汝昌先生的意见是"六足龟"[8](223-224)。学者们在提出自己主张的同时,也拿出了各自的证据,似乎都有理。

第三,何为君药,何为群药?

绝大多数学者认为,头胎紫河车等几味是群药,活人或死人面饰的珍珠宝石为君药,独有邓遂夫与蔡义江两人标新立异。按照他们两人的断句和标点,头胎紫河车、人形带叶参、龟大的何首乌和千年松根茯苓胆四味,都是君药,而活人或死人头饰的珍珠宝石倒成了群药了,两种意见完全相左。[9](333)

第四,是"茯苓胆"还是"茯苓脂",亦或是"茯苓蛋"?

绝大多数版本印成"茯苓胆",但也有少量版本印成"茯苓脂",笔者所用凤凰出版社2010年版便印成"茯苓脂",还有学者认为,这两种都是讹误,正确的写法应该是"茯苓蛋"。冯其庸、李希凡先生主编的《红楼梦大辞典》载:"千年松根茯苓胆——中药名。指茯苓。此云茯苓胆者,'胆'为蛋之谐音,指其块状而言。此俗今日尚存,如称山药为'山药蛋'。"[10](114)

第五,"三百六十两"是银子数还是重量?

绝大多数学者认为,"三百六十两"是用于表达人参的价值的,故而,它是银两数。而周汝昌先生则认为,这个数字是指重量,即药方中的人参需要360两。[8](223-224)仅人参就重达十几公斤,加上其他几味药,则至少有六七十公斤,做这么多药丸,林黛玉吃得了吗,能保存吗?

第六,药方是真还是假?

这个药方是贾宝玉随意胡诌的,还是真实存在的呢?对于这个问题,学者们也有两种截然相反的意思。林方直先生认为:"那不是真的药方,作者曾自认'喜则以文为戏,悲则以言志痛',二者往往相辅相成,表面以喜戏形式出现,骨子里却含极悲痛的内容。配药一段好像说说笑笑,宝玉'摇唇鼓舌的自己开心作戏',实际却在庄重地控诉着封建婚姻制度,'一字一咽,一句一啼'地悲戚着'木石姻缘'的被毁灭。"[11](41-50)山东大学的马瑞芳先生素以红学研究著称于世,她的看法是:"宝玉的药方是实际存在还是信口胡诌?我认为药方确实存在。"[12](159-163)

学者们对宝玉药方莫衷一是的解读,反映了当今红楼梦研究的状况,迄今为止,《红楼梦》仍然是一部未解之书。曹雪芹先生早就告诉过我们,《红楼梦》是"满纸荒唐言",所谓荒唐,自然是不合常规,不合常理,思想或言行错误到使人觉得奇怪的程度。仔细阅读《红楼梦》,你会发现,《红楼梦》确实如曹雪芹所言,处处都有自相矛盾、似是而非、模棱两可、有头无尾的毛病。俞平伯先生曾经说过,他越读越糊涂,红学愈昌,红楼愈隐,求深反浅。

对于这种满纸荒唐言,我们如何考证?如何研究?笔者认为,对于"满纸荒唐言"《红楼梦》,如果认为它是一部天才之作,则唯一的出路是隐训。除此而外,没有其他路可走,对待贾宝玉药方也当如此。当然,我们有一个索隐派,他们同考证派红学家一样,至今也没能解读《红楼梦》。之所以如此,是因为隐训是一门高深的艺术,具有严格的规则和程序,只有熟练掌握了隐训的技艺,才能正确地解读

《红楼梦》。

10.3 隐训贾宝玉药方

贾宝玉药方隐写了李煦亏空案,此案实际包括李煦与曹寅两家亏空,最多时亏空达180万两银子,此案产生于康熙晚期,多由两人迎驾康熙南巡欠下的,康熙皇帝心里有数,故多方替两人推脱责任,并想方设法替他们筹资还债。在还债的关键时期,曹寅曹颙父子相继死亡,曹寅继子曹頫年少,全部债务便落到了李煦头上。李煦与曹頫皆不善理财,加上皇子们的勒索,李煦的债务有增无减,令雍正十分恼火。故雍正一上台,便拿李煦开刀,重下杀手,毫不留情。贾宝玉药方最关键的内容是:"头胎紫河车,人形带叶参,三百六十两不足。龟大的何首乌,千年松根茯苓脂……只见黛玉坐在宝钗身后抿着嘴笑,用手指在脸上画着羞他……还要了一块三尺大红库纱去,乳钵乳了隔面子呢……这珍珠宝石定要古坟里的"[1](227-228),这段话里隐藏着雍正、年羹尧和李煦三人。

(1)"千年松根"——年羹尧。

药方里有"千年松根茯苓脂",其中嵌有一个"年"字,即年羹尧之"年"。其中的"根"字与"羹"谐音。"千年"之意为"老",千年的松树还不是"老"树吗?这"老"与"尧"谐音。三者连缀起来便是"年羹尧"。在李煦案中,年羹尧是一个极次要人物,却也是炙手可热的人物,极具象征意义。

(2)"库纱""上用"——雍正。

雍正帝是李煦案的施害主角,给林黛玉开药方的贾宝玉便是雍正帝。"雍正"是清朝入关后第三代皇帝的年号,从公元1723年至1735年,前后共13年。在清朝,每一位皇帝只有一个年号,故常以年号称呼皇帝,"雍正"这个年号是唯一的,作为人名也是唯一的。

"雍正"两字就隐藏在"库纱"二字中,"库纱"乃清朝御用贡品,是专供皇帝使用或支配的最优质纱罗,贮存于内务府仓库,因名库纱。所以,库纱是御用品或朕用品,"朕用"移字为"用朕","用朕"与"雍正"谐音。另外,下文有"上用纱各色一百匹","上用"即"皇上所用",亦即"御用",皇帝自称朕,故又可称之为"朕用"。所以,"库纱"和"上用"两词本质上是一致的,都可以用作"雍正"的隐语。

贾宝玉药方的关键之一是用银极多,薛蟠花了一千多两银子才勉强配成,药方竟以珍珠和宝石入药,这是极费银子的,王夫人也批评儿子"不当家花花的"。这个情节暗含"用银"两字,它们也与"雍正"谐音。

(3)"人形带叶参"——新圣上。

"人形"者,人参的形状也,人参之所以名人参,就是因为其根部形状似人。所谓"带叶参",即新鲜人参,刚刚从地里挖出不久的人参。故"人形带叶参"就是

"新鲜人参"的意思,可缩写为"新参",而"新参"又是"新圣"的谐音。皇帝即圣上,"新圣"者,"新圣上"也,这里指雍正帝。雍正于公元1722年底即位,一个月后李煦案爆发,此时的雍正帝当然还算是新圣上。

(4)"李煦"的隐写。

李煦是李煦案受害主角,曹雪芹以几种方式进行了隐写。首先,它被隐写在林黛玉的性格中,阅读有关林黛玉的情节,你会发现,林黛玉做事同李逵一样,总是输理。譬如说第八回写周瑞家的替薛姨妈送宫花,迎春、探春、惜春、李纨、凤姐及林黛玉各两支,周瑞家的先把宫花送给了迎春她们,最后两支给了林黛玉。林黛玉很不高兴,说不是剩下的也不给她,一点也不领情。宫花是薛姨妈免费送的,总是会有一人最后拿到宫花,不是你林黛玉,就是其他姐妹,何必那么挑理呢?林黛玉怪罪周瑞家的完全没有道理。第二十二回写薛宝钗过生日,贾府安排戏班为她庆生,其中有一个戏子叫龄官,长得酷似林黛玉。王熙凤对众人说,这孩子长得极像一个人,恐怕你们猜不着像谁。宝钗和宝玉都知道凤姐指谁,口中却不敢说。史湘云心无城府,她当即回答说,我知道,她像林姐姐。贾宝玉知道林黛玉多心,赶紧给史湘云递眼色,阻止她说下去。之后,贾宝玉亲自到林黛玉处解释,谁知林黛玉还是生气了,拒绝宝玉进屋,好呆进屋之后,又不听宝玉的解释和劝解。宝玉走后,林黛玉却又绝情地说,这一去,一辈子也别来,也别说话。你看这个林妹妹多么不通情理、多难侍候啊!有一天傍晚,晴雯不知那一根神经搭错了,拒绝黛玉进怡红苑,黛玉大为生气。她不生晴雯的气,却几天不搭理贾宝玉。又譬如贾宝玉开药方这一次,他完全为了林黛玉治病,才开口向母亲要银子配药的,林黛玉不知感恩也就罢了,反而不知好呆,竟然羞臊宝玉,真是狗咬吕洞宾,不识好人心。我们还能找到一些类似的情节,林黛玉皆输了理。这些情节中的林黛玉,其本人皆是李煦,因为"李煦"与"理输"谐音。

其次,它隐写在"太阳在屋子里呢"这句话里。太阳出现在屋子里可能吗?它究竟是肯定王熙凤还是否定?很费解。实际上,曹雪芹的真正用意是表达"李煦"两字,因为"李煦"与"里煦"谐音,而"里煦"即"屋子里的太阳"。

再次,隐写在"理他呢,过一会子就好了"[1](228-229)里。就在贾宝玉药方的下面,作者用了三次"理他呢,过一会子就好",显然是在强调着什么,究竟强调什么呢?这句话的意思是"不理",移字为"理不",它们与"李煦"谐音。可见,曹雪芹的真实目的还是在隐写"李煦"。

(5)"龟大的何首乌"——织造。

读过清史的读者都知道,清朝时期,在苏州、杭州和江宁三处设专局,织造各类衣料、制帛、诰敕、彩缯之物,以供皇家日常之用,及宫廷祭祀颁赏之用。负责这项工作的头目就叫织造,雍正即位之初,李煦为苏州织造,曹頫为江宁织造,孙文成为杭州织造。所以,所谓织造,实际就是皇家服装厂的头,可简称"服头",与"乌头"谐音。

贾宝玉药方里有一味药叫"龟大的何首乌",为什么取这么个药名呢?李时珍在《本草纲目·草部·何首乌》中,分别以"拳""碗""盆""斗栲栳"等物品,来形容五十龄、一百龄、一百五十龄,及二百龄何首乌的大小,并说何首乌年龄越长,个头越大,药用价值越高。曹雪芹舍弃"拳""碗""盆""斗栲栳"这些词,而以"龟"来形容何首乌之大小,主要有两个原因。第一个原因是要强调一个"乌"字,何首乌中本身就含有一个"乌"字,龟即乌龟,其中亦含一个"乌"字。第二个原因是要强调一个"头"字,何首乌中含有一个"首"字,实际上就是"头"的意思。此外,成年乌龟应该比碗大,与盆差不多。若是成年象龟的话,那就与斗栲栳差不多大了。不管怎么说,"龟大"的何首乌,起码是百年以上的珍品了,应该算得上是头等何首乌了。所以,龟大的何首乌,就是头等何首乌的意思,这里就含有一个"头"字。将"头"和"乌"两者连缀便是"乌头",而"乌头"便是"服装之头"的缩写谐音,换成清朝官称就是"织造"。

(6)"头胎紫河车"——头一个被汰裁的包衣。

"头胎"就是第一胎,"紫河车"俗名包衣,女人第一次生孩子的胎衣,便是头胎紫河车。但此处另有所指。在清朝,奴才也被叫作包衣。昭梿《啸亭杂录·汉军初制》云:"雍正中,定上三旗每旗佐领四十,下五旗每旗佐领三十,其不足者,拨内务府包衣隶焉,其制始定。"[13](23) 内务府人员全部来自上三旗,他们都是皇帝的直属包衣,直接为皇帝服务。清朝三大织造,属内务府管辖,织造署的管理人员,包括织造在内,都是皇帝的包衣奴才。

"头胎紫河车"即"头胎包衣",而"头胎包衣"又是"头汰包衣"的谐音,即"第一个被汰裁的包衣"。李煦是雍正皇帝上台后第一个被汰裁的包衣。康熙皇帝于康熙六十一(公元1722)年农历十一月十三日驾崩,胤禛即位,是为雍正。雍正皇帝即位之后,就开始整肃政治当权人物,汰裁了一大批高级官员,第一个出事的人就是李煦。事情的起因是李煦于雍正元年正月初五替王修德等人奏请挖参,而李煦等三大织造早已经拖欠内务府大量售参银,这件事被汇报到雍正帝处,雍正正要办他,他就自己撞到枪口上来了,于是下旨严办,李家上下人等被逮捕,悬赏市卖,李煦本人被捕审讯。[14](111-130)

(7)"千年松根茯苓脂"——送给年羹尧,胡(凤翚)领旨。

据史料记载,李煦亏空国帑银38万两,变卖其家产得12万两赔补,仍亏欠25万余,雍正下令将李煦家人拍卖,由于李煦是旗籍,江苏无人敢买。雍正于是下令将李煦家人及财产赠送给年羹尧。此时,年羹尧正在西北任抚远大将军,于是,具体事宜便由年羹尧的妹夫胡凤翚办理。雍正皇帝不仅将李煦家的人口、房产、土地等,都赏赐给了年羹尧[15](1),在此之前,雍正还把苏州织造及浒墅关税务之职,交给年的妹夫胡凤翚担任,同时,由胡凤翚、查弼纳等负责查明李煦的家产及亏空国帑的具体情况[16](174)。"年"即年羹尧之年,"根"与"羹"谐音,"千年"即"老","老"与"尧"谐音,三者连缀为年羹尧。"松"与"送"谐音。"茯"与"胡"谐音,指胡凤翚。"苓脂"与"领旨"谐音。连缀起来便是:送年羹尧,胡(凤翚)领旨。

(6)"三百六十两不足"——两家亏空一百八十万两。

"三百六十两不足"移字并加点为"两不足,三百六十","两不足"者,"两家亏欠"也,此外的"两"指李煦和曹𬱟两家。"三百六十"与"三倍六十"谐音,"三倍六十"即"一百八十(万)"。有人向康熙揭发曹李两家欠银三百万两,康熙为他们俩开脱,认为只欠了一百八十万两,有御批为证。康熙五十三年八月十三日御批曰:"两淮盐课原疏内,上令曹寅、李煦管理十年,今十年已满,曹寅、李煦逐年亏欠钱粮,共至一百八十馀万两,若将盐务令曹寅之子曹(禹页)、李煦管理,则又照前亏欠矣。此不可仍令管理。先是总督噶礼奏称,欲参曹寅、李煦亏欠两淮盐课银三百万两,朕姑止之。查伊亏欠课银之处,不至三百万两,其缺一百八十馀万两是真。自简用李陈常为运使以来,许多亏欠银两,俱已赔完;并能保全曹寅、李煦家产,商人等皆得免死,前各任御史等亏欠钱粮,亦俱清楚。又,两淮运使一年应得银七万两,李陈常将此项银蠲免一年,止取银五千两,故商人等无不心服也。"[17](124)可见,按照隐训法,"三百六十两不足"不是一句话,而是两句话。

10.4 君药

贾宝玉强调说:"那为君的药,说起来吓人一跳。"他提到的君药有"珍珠""宝石"和"一块三尺大红库纱,乳钵乳了隔面子",贾府何等富贵,别说珍珠宝石,就是更稀罕的物件都见过,君药有何吓人的?具体看隐训吧,王熙凤的本人身份目前不便透露,故此处只解释"珍珠"和"乳钵乳了隔面子"三词:

(1)"珍珠"——无情。

"珍珠"移字为"珠珍",它与"无情"谐音。

(2)"宝石"——曝尸。"宝石"与"曝尸"谐音,清朝顺治与雍正时期,都有过将死人挖出来曝尸的处罚,多尔衮死后,就受到了毁陵鞭尸的处罚。

(3)"乳钵乳了隔面子"——莫给面子。

"钵……隔面子"是"莫给面子"的嵌字谐音词,就是铁面无私,不讲情面的意思。贾宝玉药方提到,珍珠宝石必须是人们戴过的,薛蟠就把凤姐头饰上的珍珠扯了下来,这就叫不留情面。贾宝玉药方还特别强调,随死人入殓的珍珠宝石是最好的。这是不给死人留情面,即连死人也不放过,雍正曾大兴文字狱,在曾静吕留良案中,不仅对吕留良活着的子孙和门徒进行杀戮流放,还将已经死去的吕留良、吕葆中父子开棺戮尸,枭首示众。

可见,所谓"为君的药",实即"为君之要",贾宝玉认为,为君之要是无情,是不留情面。接着,他列举了"薛大哥"和"凤姐"两个不留情面的例子。关于"薛大哥"这个例子,贾宝玉说:"前儿薛大哥求了我有一二年,我才给了他这个方子。他拿了方子去又寻了二三年,花了上千的银子,才配成了。太太不信,只问宝姐姐。"贾宝玉的话表明,这个例子与薛蟠和宝钗两兄妹的本人相关,他们俩的本人是爱新觉罗·褚英和爱新觉罗·尼堪父子,父子中被皇帝无情处死的是爱新觉罗·褚英,例子讲的就是褚英。在"前儿薛大哥求了我有一二年,我才给了他这个方子"这句话里,有"求……一二年"和"方子"两词,"求……一二年"即"囚一二年","方子"即"方死"。褚英死前,被其父圈禁了两年。"花了有上千的银子"这句话里含"有……银"二字,其谐音为"幼鹰",亦即"雏鹰","雏鹰"与"褚英"谐音;"上千"与"上殄"谐音,"皇上殄灭"也,褚英是被皇上努尔哈赤杀害的。另外,句子里还有"一二""子"和"二三"三词,"一"加"二"等于三,"子"与"十"谐音,"二"乘"三"等于"六"。三者连缀便是"三十六",这是褚英被处死时的年龄。褚英这个例子,充分证明了清朝君主的无情。

10.5 结论

隐训至此,贾宝玉药方的内在意蕴,已经被大致揭示出来了,它隐藏的是李煦于公元1723年初,遭雍正汰裁及抄家之事,作者的目的是批判清朝皇帝的无情和不留情面。弄清了药方的内在意蕴,对其进行断句、标点就不成问题了,药名也完全可以确定了。其中有个别的字如"千年松根茯苓脂"之"脂",在人民文学出版社的多个版本里都被写成"胆",当然应当纠正过来。笔者将药方中最有争议的部分断句及标点如下:"头胎紫河车,人形带叶参,三百六十两不足龟大的何首乌,千年松根茯苓脂,诸如此类的药都不算为奇,只在群药里算。那为君的药……"

注释:

[1]〔清〕曹雪芹:《脂砚斋批评本红楼梦》,凤凰出版社2010年版。

[2]费振钟:《悬壶外谈》,浙江摄影出版社1998年版。

[3]中国艺术研究院《红楼梦》研究所校注、曹雪芹:《红楼梦》,人民文学出版社2008年版。

[4]吕鹏:《何来"龟大何首乌"?——宝玉药方标点问题新解》,载《西安外事学院学报》,2013年第4期。

[5]启功、张俊等整理注释、〔清〕曹雪芹:《红楼梦》,中华书局2010年版。

[6]吴佩林:《还原"三百六十两三足龟"》,载《明清小说研究》,2013年第4期。

[7]申孟、王维堤等点校(三家评本)、曹雪芹:《红楼梦》,上海古籍出版社1988年版。

[8]周汝昌:《红楼夺目红》,译林出版社2011年版。

[9]邓遂夫校定:《脂砚斋重评石头记甲戌校本》,作家出版社2000年版。

[10]冯其庸、李希凡编著:《红楼梦大辞典增订本》,文化艺术出版社2010年版。

[11]林方直:《曹雪芹笔下的病症药方》,载《内蒙古大学学报》,1983年第1期。

[12]马瑞芳:《红楼梦风情谭》,商务印书馆2013年版。

[13]蒲坚编著:《中国法制史大辞典》,北京大学出版社2015年版。

[14]张书才:《李煦获罪档案史料补遗》,载《红楼梦学刊》,2002年第2期。

[15]高振田编选:《查弼纳奏报查抄李煦家产及审讯其家人史料》,载《历史档案》,1998年第4期。

[16]中国历史档案馆编:《雍正朝汉文朱批奏折汇编第1册》,江苏古籍出版社1991年版。

[17]故宫博物院明清档案部编:《关于江宁织造曹家档案史料》,中华书局1975年版。

第四卷

薛宝钗本人本事揭秘

薛宝钗一家的本人乃是褚英和尼堪父子。褚英是努尔哈赤的长子,大清早期著名将领,立功颇多,封广略贝勒,曾作为汗位继承人参与国政,前途无可限量。但褚英心智发育滞后,人际关系极糟,为人凶狠残暴,引起兄弟及大臣们恐慌,四大贝勒与五大臣一起参奏他,努尔哈赤将其圈禁,逼其悔悟,谁知他不思悔改,反而变本加厉,努尔哈赤逼不得已将其处死,时年36岁。褚英膝下三子,一子早夭,二子为武将,第三子尼堪最为杰出。爱新觉罗·尼堪战功赫赫,文武全才,因功封为敬谨庄亲王,又曾被多尔衮任命为理政三王,主管礼部与宗人府,1652年农历年底,庄亲王战死于湖南衡阳,年43岁,是清朝在对明军作战中阵亡级别最高的将领。由此可见,薛宝钗的本人一家,虽为清朝宗室,结局也是很悲惨的,曹雪芹是将他们作为清皇残暴的又一个典型例子予以隐写的,目的当然还是为了嘲讽清朝皇帝。

曹雪芹塑造薛宝钗一家,既隐写了褚英与尼堪父子的悲惨遭遇,又以他们为大清和满人的代表,与作为朱明汉人的代表林黛玉相提并论,同为女一号。曹雪芹之所以把薛宝钗写得比林黛玉更优秀,是因为庄亲王父子对清朝的贡献更大,地位也更高。同时,他们都是正经的满人,清朝是满人的政权,满人的地位高于汉人,汉人对此颇有些微词,但又无可奈何。当然,清政府口头上还是宣称满汉一体、满汉平等的,黛玉与宝钗"人却一身""合二为一",就是指满汉一体这件事情。

1. 薛家身份揭秘

薛宝钗是豪商之女,紫微舍人薛公之后,温柔娴静,艳冠群芳,才华横溢,深得下人之心,黛玉有所不及。她与贾宝玉是表姐弟,后来又做了夫妻。她与林黛玉既是结拜姐妹,又是生死情敌。可是,这是假象,真相则是:薛宝钗的本人是两个凶残无比的大男人,杀人如麻,积骨如山,他们自己也不得善终,一个被父亲赐死,另一个毙命于湖南前线。他们分别是清初名将敬谨庄亲王尼堪(1610-1653)及其父亲广略贝勒褚英(1580-1615)。曹雪芹在隐写敬谨庄亲王尼堪和广略贝勒褚英时,采用了分身法和合身术,具体来说,薛宝钗、薛蟠、薛姨妈、薛宝琴、薛蝌和莺儿的本人是同一的——敬谨亲王尼堪、广略贝勒褚英。敬谨亲王尼堪系大清宗室,姓爱新觉罗氏,"尼堪"是他的名字,"亲王"是爵位,"敬谨"是封号,"庄"是谥号,故他的全称是敬谨庄亲王爱新觉罗·尼堪,简称则为庄亲王尼堪、敬谨亲王尼堪或敬谨庄亲王尼堪,其父全称为广略贝勒爱新觉罗·褚英。

曹雪芹写《红楼梦》的主要目的是批评清皇残暴野蛮,敬谨庄亲王是清朝武将的代表,双手沾满汉民的鲜血,自己最终也毙命于前线,可谓善恶果报,他当然是曹雪芹讽刺的对象。但曹雪芹对他们更多的是同情,他们父子其实也是清皇侵略政策的受害者。清朝战死沙场的天潢贵胄极多,曹雪芹之所以选择庄亲王尼堪作为代表,关键在于庄亲王尼堪乃是褚英的第三子。褚英是努尔哈赤的嫡长子,英勇善战,功勋卓著,一度被努尔哈赤立为皇储,执掌国政。然而,由于他心胸狭隘,脾气暴躁,怨天尤人,努尔哈赤闻报震怒,不仅取消了褚英的皇储资格,还将他囚禁于高墙之内,两年后终被处死。俗话说,虎毒不食子,清皇如此残忍地杀死自己的亲儿子,当然是大罪一桩、丑事一件。

1.1 护官符隐"敬谨庄亲王爱新觉罗·尼堪"

贾王史薛四大家族之薛家,即是指敬谨庄亲王尼堪,护官符唱曰:"丰年好大雪,珍珠如土金如铁。"[1](34)这里"雪"是"薛"的谐音,指薛家。薛家之所以姓"薛(血)",曹雪芹选择这个姓氏塑造小说人物,一是因为庄亲王父子的职业,他父子都是杀人如麻的将军,整个家族都嗜血好杀,以军功安身立命,他自己也血洒疆场。"好大雪"者,"好大血"也,移字"大好血",义释即嗜血。真正的将军,见到敌人的血就兴奋,他们的目标就是要让敌人淌血,岳飞壮志饥餐胡虏肉,笑谈渴饮匈奴血,就典型地反映了将军们好杀嗜血的特点。二是因为《红楼梦》的真正书名乃是《皇家血史》,旨在揭露清皇的荒唐、残暴与血腥,薛家之成为四大家族之一也在此。三是因为广略贝勒褚英与其子庄亲王尼堪的死因,父子俩的死因都与"薛"谐音。褚英死于"毒舌",说了太多悖逆之言,"薛"谐"说";庄亲王尼堪则死于削平反抗者的战争,"薛"谐"削"。四是因为薛蟠和薛宝钗乃清朝代表,关于这一点,下文即将讨论。

"珍珠如土金如铁"表明,薛家非常富有,财宝金子特别多,简言之,财金特多。"财金特多"谐"爱新觉罗",这是清朝皇族特有姓氏。

薛家护官符歌词中镶嵌着"珍""金"两字,二字连缀起来是"珍金","珍金"与"敬谨"谐音。"金"即黄金,"黄金"是"王亲"的谐音词,移字则为"亲王",隐尼堪生前的最高爵位。"土"可解释为"干泥",移字则为"泥干","泥干"与"尼堪"谐音。通过以上训解,我们得到了"敬谨亲王尼堪"六字。再加上姓氏,则为"敬谨亲王爱新觉罗·尼堪"。

金陵群钗中,薛宝钗处处以"冷"示人,她姓薛(雪),金簪雪里埋。服食的药物叫冷香丸。为人异常冷静理性,金钏跳井、柳湘莲失踪,她皆不以为意。少言寡语,善于守拙等。她的"冷"自然是因为尼堪的职业,职业军人当然有冷酷的一面。

1.2 薛宝钗的性格与"敬谨"

"敬谨"由"敬"和"谨"两词组成,"敬"有尊敬、敬重、恭敬、敬仰等含义;"谨"有谨慎、谨严、勤谨、谨防、谨小慎微等含义。综合而言,"敬谨"的含义是恭敬、谨慎、庄重的意思,而以恭敬为主。"敬谨"是一个较早出现的汉词,汉朝董仲舒《效事对》中讲:"陛下祭,躬亲斋戒沐浴,以承宗庙,甚敬谨。"[2](1066)明朝冯梦龙《东周列国志》第五十一回:"自是赵盾事成公,益加敬谨。"[3](367)此二处的"敬谨"二字都是恭敬的意思,其一描写皇帝在祭天时的恭敬态度,其二描写赵盾对待君王的恭敬态度。宋朝文天祥在《与赣县许权县书》中写道:"有司敬谨,莫重于狱,后世苟简,几以民命为戏。"[4](499)在这句话里,"敬谨"有恭敬郑重、小心谨慎的意思。

就薛宝钗的性格与态度来看,她堪当"敬谨"二字:

薛宝钗的性格特点之一是对长辈十分恭敬、尊重,总是想方设法讨他们喜欢,让他们高兴。譬如,薛宝钗生日,荣国府替她做寿,贾母因问宝钗爱听何戏,爱吃何物,可随便点,随便要。宝钗则深知贾母老年人,喜热闹戏文,爱吃甜烂之食,便总依贾母素日所喜者说了出来。再譬如,金钏被王夫人逼得跳井自杀,王夫人心里有些难过,宝钗听说后,立马跑去安慰王夫人说:"姨娘是慈善人,固然是这么想。据我看来,他并不是赌气投井。多半他下去住着,或是在井跟前憨顽,失了脚掉下去的。他在上头拘束惯了,这一出去自然要到各处去玩玩逛逛。岂有这样大气的理？纵然有这样大气,也不过是个糊涂人,也不为可惜。"[1](261)当王夫人说,金钏还缺两套寿衣时,薛宝钗二话不说,毫不避忌,当即同意拿出自己的两套新衣裳给金钏做寿衣。某些红学专家说薛宝钗为人特世故,一味讨好当权人物,是一个阴谋家。这是对薛宝钗的误读,薛宝钗绝不是世故之人,她对上下左右人等,一视同仁,从未有高低贵贱之分。赵姨娘和贾环是众恶之人,曾遭到贾母及凤姐公开唾骂,而薛宝钗却能平等待之,尊重有加,赵姨娘由衷地赞叹道:"这是宝姑娘才刚给环哥儿的。难为宝姑娘这么年轻的人,想的这么周到,真是大户人家的姑娘,又展样,又大方。怎么叫人不敬服呢！怪不的老太太和太太成日家都夸他疼他。我也不敢自专就收起来,特拿来给太太瞧瞧,太太也喜欢喜欢。"[1](528)曹雪芹赞扬宝钗是"山中高士晶莹雪"[1](46),她是一个像冰雪一样晶莹洁白的山中高尚之士。脂砚斋也评价说:"宝卿待人接物,不亲不疏,不远不近,可厌之人未见冷淡之态,形诸声色;可喜之人亦未见醴密之情,形诸声色。"[1](165)可见,薛宝钗绝对不是搞阴谋的世故小人,她讨好长辈,完全是由于她的"恭敬"性格。

宝钗性格特点之二是谨慎小心、严肃认真。曹雪芹说她"罕言寡语,人谓藏愚;安分随时,自云守拙。"[1](68)王熙凤评价说:"不干己事不开口,一问摇头三不知"[1](435),薛宝钗轻易不发表意见,这并不意味着她胆小怕事,也不是她明哲保身,而是因为慎重,她做事严肃认真,精益求精,凡事皆小心谨慎。

以上分析表明,薛宝钗最明显的性格特点恰恰就是"敬谨"二字。

1.3 薛蟠的性格特点与"尼堪"

"尼堪"系满语音译,意为"明国""明人""汉人""蛮子"[5](388),俄国古文献学家Н·班蒂什·卡缅斯基指出:"满人称中国人为尼堪"[6](242)。意思很明显,满人对汉人有偏见,认为汉人是野蛮人,"尼堪"的意思既是指汉人,又是指野蛮人,合起来就是南蛮子或汉蛮子。旧时代农村人给小孩子起名,常常往下贱里取,如虎子、牛仔、猪娃、豹儿、强盗等,祈求小孩生命力顽强,好养活。庄亲王取名"尼堪",应该也是这个原因。说到"蛮",《水浒传》中的李逵是最典型的,李逵的"蛮"有三个特点:其一是没见识,没教养;其二是凶狠残忍,不讲理;其三是讲义气,不讲原则。这三个特点在薛蟠身上也很典型。

薛蟠的性格特点之一是蛮不讲理、凶狠残忍。薛蟠出场是在第四回,在那里,薛蟠充分展示了一个蛮横凶狠的纨绔子弟形象。原本是冯渊相中了英莲,从拐子手中买了英莲,交了钱,说好三日后迎娶。谁知拐子既无德行,又无诚信,他将英莲又卖给了金陵薛家。薛家将英莲生拖死拽走了,冯渊获知后,上门讲理,那薛蟠又名呆霸王,岂是讲理的人,他二话没说,下令手下豪奴将冯渊打得稀烂,然后又没事人一样,上京去了。薛蟠的第二个特点是粗俗无教养、没见识。薛蟠不爱读书,也不懂画,居然把"唐寅"错念成"庚黄"。薛蟠作诗更可笑,他同贾宝玉等人一起喝花酒,贾宝玉定下规矩:"如今要说悲、愁、喜、乐四字,都要说出女儿来,还要注明这四字的原故。说完了,饮门杯。酒面要唱一个新鲜时样的曲子;酒底要席上生风一样东西,或古诗、旧对、'四书''五经'成语。"[1](230)轮着薛蟠了,他首先说了女儿的悲愁喜乐四事,他说"女儿悲,嫁了个男人是乌龟。"又说"女儿愁,绣房撺出个大马猴。"接着说"女儿喜,洞房花烛朝慵起。"最后说"女儿乐,一根鸡巴往里戳。"除了第三句话外,余皆粗俗不堪,难以入耳。在座之人皆不满意,罚酒之声不绝于耳。接下来是唱曲,薛蟠唱道:"一个蚊子哼哼哼。"又唱道:"两个苍蝇嗡嗡嗡。"实在是不成曲子,众人忍无可忍,将他喝止,不让他继续唱下去了。[1](231)薛蟠的第三个特点是讲义气。柳湘莲长得帅气,薛蟠很喜欢,要同他搞同性恋,被柳湘莲诱至城外暴打了一顿。这事使薛蟠感觉很丢人,发誓要报复。但后来柳湘莲又救了他,帮他从拐子手中夺回财物,薛蟠很高兴,不仅与柳湘莲冰释了前嫌,又与他结拜成兄弟,回家后即出资为柳湘莲建造房子,帮他成家。尤三姐自刎之后,柳湘莲心灰出家。薛蟠十分思念惋惜,派人四处寻找,连生意也不做了,显得十分义气。

总之,薛蟠的性格特点可用一个"蛮"字概括,满语则为"尼堪"。

1.4 王家亲戚与"亲王"

薛宝钗的母亲姓王,她的姨妈王夫人也姓王,王熙凤是她的舅姑表妹,王熙凤的父亲王子腾是她的舅舅。金陵王家是金陵四大家族之一,它也是薛家最重要的社会关系。薛家虽有百万之富,却并无官位实权。金陵王家就不同了,王子腾初任京营节度使,后擢九省统制,奉旨查边,旋升九省都点检。据王熙凤回忆,他父亲曾主管外交事务,外国进贡的物品,首先送进她王家。可见,王家真正是权倾朝野。贾雨村在审理薛蟠打死冯渊案过程中,"王老爷来拜",这个来拜的王老爷就应该是王子腾或其家人。案件审结之后,王子腾给贾政去了一封信,报告消息,让薛家和荣国府放心。可见,薛蟠打死冯渊案的摆平,王子腾在其中发挥了重要影响力。某些专家竟然认为,薛宝钗没被选进宫去,乃是因为她朝中无人,这是没有根据的,王子腾是她亲舅舅,贾政是她亲姨爹,王子腾和贾政都在朝中做官,王子腾更是权倾朝野,若宝钗说朝中无人,谁敢说自己朝中有人呢?

曹雪芹之所以让薛姨妈姓王,之所以让金陵王家成为薛家最重要的社会关系,原因之一是尼堪的爵位乃是"亲王"。薛母姓王,金陵王家是薛家最重要的亲戚。基于这个事实,我们无论用谐训法还是义训法,都能得到"亲王"两字。尼堪封亲王是在顺治六年(1649),此时姜瓖反叛,尼堪授命为定西大将军,带兵平叛,获胜后进封亲王,后因事两次降为郡王,但都在不久后因功恢复亲王爵。清朝的王爵分两级,郡王和亲王,拥有王爵身份的人本就不多,亲王爵就更少了,非常难得。金陵薛家与金陵王家是亲戚,他们这种社会关系中含"亲"和"王"两字,连缀起来就是"亲王"。另外,"姓王"也与"亲王"谐音。

1.5 薛宝钗的胖、壮与"庄"

尼堪于公元 1652 年农历年底战死于湖南衡阳,清朝为其议谥曰"庄",《清史稿 列传三》称其为"敬谨庄亲王尼堪",曹雪芹则从体质和性格两个方面隐写了尼堪的谥号。细心的读者会发现,薛宝钗的体格有两个特点,一是胖,她是杨玉环式的美女;二是壮,曹雪芹说她"先天结壮"[1](58)。"胖"和"壮"都与"庄"谐音。关于薛宝钗的性格,曹雪芹写她"品格端方"[1](40),贾母赞她"稳重和平"[1](173),赵姨娘赞她"又展样,又大方"[1](528)。脂批云:"盖宝钗之行止,端肃恭严"[1](165)。综合可知,薛宝钗为人比较严肃、端重,用一个字形容就是"庄"。

薛宝钗长得既胖且壮,应该是符合爱新觉罗·尼堪实际情况的,他是一员赳赳武将,亲自到阵前杀敌,若非如此,如何操戈执剑冲锋陷阱?

1.6 "莺儿"隐训即为"褚英"

莺儿是薛宝钗的贴身丫头,薛宝钗把她从家乡带到贾府使唤。莺儿心灵手巧、机智灵活,她听了通灵宝玉上的八个字,便断定它与金锁上的八个字是一对的。莺儿擅长打络子、编花篮等,还颇懂色彩的搭配。然而,这位可爱莺儿的称呼里却隐藏着一位性格暴躁的大男人——褚英,努尔哈赤的嫡长子。

"莺儿"是小名,她的大名叫黄金莺。我们从"莺儿"两字中可以训解出"褚英"两字来。"莺儿"的含义之一是"雏莺",唐朝曹松《驸马宅宴罢》诗云:"学语莺儿飞未稳,放身斜坠绿杨枝。"[7](5317)莺儿还处于牙牙学语、练习飞行的阶段,还飞不稳定,从绿杨枝上斜坠了下来,可见是雏莺。曹寅曾奉康熙之命编刻《全唐诗》,曹氏子孙因此对唐诗颇为精通熟悉,而曹松偏偏又是雪芹的本家,自然格外注意。在曹松的这首诗里,"莺儿"就是"雏莺",而"雏莺"又恰恰谐"褚英"。

1.7 广见博识与"广略贝勒"

广略贝勒是褚英的另一个称呼,褚英广有战功,努尔哈赤因其英勇,赐封号曰"阿尔哈图土门","阿尔哈图土门"是满语音译,汉译则为"广略"。清太宗即位后,改封褚英为广略贝勒,在清朝,被称为广略贝勒者只他一人。曹雪芹对"广略贝勒"四字进行了隐写。

"广略"一词由"广"和"略"两词构成,"广"者,大也,宽也,多也。"略"字多义,其一为巡行、巡视,如略阵、略地等,《左传·隐公五年》载:"公曰,吾将略地焉,遂往陈鱼而观之"[8](3)。《晋书·苻坚载记下》云："融驰骑略阵，马倒被杀，军遂大败。"[9](58)《资治通鉴·后周太祖显德元年》："北汉主知帝自临阵，褒赏张元徽，趣使乘胜进兵。元徽前略陈，马倒，为周兵所杀。"[10](525) 上述三处引文中的"略"字，皆意为巡行、巡视。既然"略"的意思是巡行、巡视，则"广略"则意为巡视和巡行了非常宽广的地方，这一点恰恰是薛家所具有的，薛家是世代皇商，巡视最广，薛姨妈向贾母介绍宝琴说：

"他从小儿见的世面多，跟他父亲四山五岳都走遍了。他父亲是好乐的，各处因有买卖，带着家眷，这一省逛一年，明年又往那一省逛半年，所以天下十停走了有五六停了。"[1](395)

宝琴确实走过很多地方，见过许多名胜古迹，她拣其中十个古迹，作怀古诗十首。那么，薛姨妈的这番话如何训解呢？曹雪芹为何要强调薛小妹到过很多地方呢？他为何强调小妹的父亲是为了"好乐"才去那么多地方的呢？原因是褚英的封号"广略贝勒"。薛姨妈的这段话可概括为四个字："广略为乐"，"广略"就是巡行了很多地方，到过很多地方；"为乐"就是为了快乐。薛父带着一家人走过、看过那么多地方，是为了快乐。"为乐"与"贝勒"谐音，故"广略为乐"即可音训为"广略贝勒"。

1.8 爱新觉罗氏

清朝皇族姓爱新觉罗氏，贾氏即爱新觉罗氏，薛宝钗的原型庄亲王乃是爱新觉罗·努尔哈赤的亲孙子、爱新觉罗·褚英的第三子，故庄亲王也姓爱新觉罗氏。《红楼梦》写贾家，即是写爱新觉罗氏，"爱新觉罗"与"爱性特多"谐音，移字则为"性爱特多"。为了表达"性爱特多"四字，曹雪芹将《红楼梦》的主题定调为"大旨谈情"，他写了特别多人的特别多的性爱和婚姻，如贾宝玉与薛宝钗、林黛玉、袭人、晴雯、金钏等人的爱情，蒋玉菡与袭人、司棋与潘又安、秦钟与智能儿、迎春与孙绍祖、贾琏与尤二姐、柳湘莲与尤三姐、贾珍与尤氏姐妹、平儿与贾琏、平儿与贾宝玉、贾赦与鸳鸯、贾政与赵姨娘、贾瑞与王熙凤、张华与尤二姐、张金哥与长安守备之子、贾环与彩霞、贾芸与林小红、贾蔷与龄官等之间的性爱或婚姻，还有秦可卿的神秘的性爱，贾宝玉与秦钟、蒋玉菡、香怜和玉爱之间的同性爱情，等等。

具体到薛家，首先是薛宝钗、薛蟠和薛姨妈三人进贾府，似乎是奔贾宝玉而来的。薛姨妈早就声明，薛宝钗的金锁只能与有玉的人正配；莺儿也说，金锁上的八个字，与通灵宝玉上的八个字正好是一对。实际等于说，天底下真正能够与薛宝钗相配的人只有一个，那就是贾宝玉。其次是薛宝琴、薛蝌兄妹进贾府，那也是为薛宝琴的爱情婚姻来的。进贾府以后，薛蟠如鱼得水，先后完成了与香菱、金桂的婚事，与宝蟾的性爱，以及与黄金荣等人的同性恋。薛蝌也与邢岫烟定了亲，四兄妹皆有了性爱或感情的归宿。总之一句话,薛家完全是为了爱情婚姻进京的,因为薛家也是爱新觉罗氏。

"爱新觉罗"又与"财金特多"谐音,薛家作为"爱新觉罗"氏,当然就是财产金钱特多的豪富之家。实际上,整个贾府都特别富有,花钱如流水,每个公子小姐们的月例银子,甚至能赶上县太爷的薪水了,因为贾府也是爱新觉罗氏。

《红楼梦》第五十三回写宁荣两府祭祖,祭祖是非常私密的事情,非本族子裔不得参与。然而,薛宝钗和薛宝琴姊妹居然进入贾府宗祠,全程参与和观看了贾府祭祖的过程。曹雪芹写道:"且说宝琴是初次进贾府宗祠,便细细留神打量……让宝琴等姊妹坐了。"[1](417)曹雪芹特意提到薛宝琴姊妹参与了祭祀活动,却只字未提林黛玉和史湘云等人,红学专家们感到迷惑。事情的真相恰恰是,薛宝琴姊妹的本人庄亲王尼堪,正好是大清宗室,当然要参加爱新觉罗氏的祭祖活动。林黛玉和史湘云并非宗室人员,当然不能参加。

在护官符薛家歌谣之后,有脂批说:"紫微舍人薛公之后,现领内府帑银行商,共八房分。"[1](34)这里我们解释一下"紫微舍人薛公之后"吧,我国历史上并无"紫微舍人"一职,此处所谓"紫微舍"与"紫微星"谐音,紫微星即为北斗星,号称斗数之主,古代命相学认为,此星主官位、威权,故又称帝星,命宫主星是紫微的人就是帝王之相。所以,所谓"紫微舍人"应该训解为"紫微星人",亦即拥有帝王命相之人,既然薛家乃薛公之后,也就意味着薛家乃帝王之后,爱新觉罗氏即此等之人。

薛姨妈姓王,王夫人等是薛家亲戚,"王姓"和"王亲"皆与"皇亲"谐音,意谓皇帝家的亲戚也。薛家姓薛,"薛"与"国"字古音gui相谐,薛家与贾府上下皆为亲戚,意含"薛戚"两字,谐训则为"国戚"。"皇亲"与"国戚"相连,即"皇亲国戚"也。

1.9 女真人,胡虏

尼堪、褚英父子既为爱新觉罗氏,则他们当然是满族人,曹雪芹以胡虏和女真蔑称之。当薛家在第四回首次出场时,曹雪芹就说薛蟠是"独根孤种",其中镶嵌着"独"和"孤"两字,连缀起来就是"独孤","独孤"与"胡虏"谐音,隐指庄亲王父子是北方侵略者。另外,曹雪芹又介绍说,薛姨妈只有一"子"和一"女",二字连缀起来是"女子","女子"可展训为"女真子弟",隐指庄亲王乃是女真人,这是假唐借汉法。

贾宝玉是清朝皇帝,庄亲王尼堪是清朝大将,他们才是真正的"同志"。贾宝玉曾说:"女儿是水做的骨肉,男子是泥做的骨肉。我见了女儿便清爽,见了男子便觉浊臭逼人。"[1](17)薛宝钗及其家庭的情况,表明他们是贾宝玉的同志:其一,薛家父亲已经去世,现以薛姨妈为长,女人当家;其二,薛家女儿均强于男儿,宝钗强于薛蟠,宝琴强于薛蝌;其三,贾宝玉不爱读书。薛宝钗也认为,当今没有一个男人读书明理,所以,不仅女儿不必读书,就是男人也不必读书。男人与其读书误事,还不如经商种地,薛家的男人都经商,不读书。

薛宝琴在第五十二回提到,他见过一个真真国女子,专家们纷纷猜测真真国的具体位置,有说是真腊国(柬埔寨),有说是阿拉伯诸伊斯兰国家,也有说是荷兰,皆荒诞无稽。实际上,所谓"真真国女子",其中镶嵌着"女""真""国"和"子"四字,连缀即为"女真国子(弟)",也就是女真人。详细情形,容后条分缕析。

注释:

[1]〔清〕曹雪芹:《脂砚斋批评本红楼梦》,凤凰出版社2010年版。

[2]徐寒主编:《中华私家藏书2》,中国工人出版社2001年版。

[3]〔明〕冯梦龙:《东周列国志》,岳麓书社2014年版。

[4]石大金主编、江西省赣县志编纂委员会编:《赣县志》,新华出版社1991年版。

[5]林恩显:《中国古代和亲研究》,黑龙江教育出版社2012年版。

[6]孙玉华、刘宏、彭文钊主编:《俄语语言文化理论与实践研究》,黑龙江人民出版社2010年版。

[7]周振甫主编:《唐诗宋词元曲全集——全唐诗(第13册)》,黄山书社1999年版。

[8]谭国清主编:《传世文选——古文观止》,西苑出版社2009年版。

[9]邓之诚:《中华二千年史 卷二 两晋及南北朝》,东方出版社2013年版。

[10]〔北宋〕司马光撰:《资治通鉴》,中国华侨出版社2013年版。

2. 薛蟠进京与宝钗待选揭秘

薛蟠进京的目的之一是送妹待选,然而,薛家进驻贾府之后,待选之事便神龙见首不见尾,没了下文。人们纷纷猜测,薛宝钗可能落选了,或说是元春在宫中作祟,令宝钗落选;又或说是曹雪芹忘记交代了。无独有偶,薛家另一位姑娘薛宝琴,为完婚而进京,可是,进京之后,婚事也如泥牛入海,再无消息。欲知事情真相,就得隐训,请看下文:

当下言不着雨村。且说那买了英莲打死冯渊的薛公子,亦系金陵人氏,本是书香继世之家。只是如今这薛公子幼年丧父,寡母又怜他是个独根孤种,未免溺爱纵容些,遂至老大无成。且家中有百万之富,现领着内帑钱粮,采办杂料。这薛公子学名薛蟠,字表文龙,今方五岁,性情奢侈,言语傲慢。虽也上过学,不过略识几字,终日惟有斗鸡走马,游山玩景而已。虽是皇商,一应经济世事,全然不知。不过赖祖父旧日的情分,户部挂虚名,支领钱粮。其余事体,自有伙计、老家人等措办。

寡母王氏乃现任京营节度使王子腾之妹,与荣国府贾政的夫人王氏,是一母所生的姊妹,今年方四十上下年纪,只有薛蟠一子。还有一女,比薛蟠小两岁,乳名宝钗,生得肌骨莹润,举止娴雅。当日有他父亲在日,酷爱此女,令其读书识字,较之乃兄竟高过十倍。自父亲死后,见哥哥不能体贴母怀,他便不以书字为事,只留心针黹、家计等事,好为母亲分忧解劳。近因今上崇诗尚礼,征采才能,降不世出之隆恩,除聘选妃嫔外,凡世宦名家之女,皆报名达部,以备选择为公主郡主入学陪侍,充为才人赞善之职。二则自薛蟠父亲死后,各省中所有的买卖承局、总管、伙计人等,见薛蟠年轻不谙世事,便趁时拐骗起来,京都中几年生意,渐亦消耗。薛蟠素闻得都中乃第一繁华之地,正思一游,便趁此机会,一为送妹待选,二为望亲,三因亲自入部销算旧帐,再计新支,其实则为游览上国风光之意。因此早已打点下行装细软,以及馈送亲友各色土物人情等类,正择日已定起身,不想偏遇见了拐子重卖英莲。[1](36-37)

隐训表明,薛家兄妹的本人乃爱新觉罗·尼堪,薛蟠进京与宝钗待选隐写着公元1644年,清吴联军打败李自成、凯旋入京的史事,"待选"有两义,其一为"凯旋",意指打了胜仗。

2.1 爱新觉罗·尼堪;皇将世家

薛家"有百万之富",意谓薛家财宝金子特别多,"财宝金子特别多"可缩写成"财金特多",谐训则为"爱新觉罗"。

薛蟠的父亲早死,薛蟠年幼无知,不善经营,而各省中所有的买卖承局、总管、伙计人等,便趁时拐骗起来,京都中的生意也逐渐消耗,可见,薛家的财产和银子减少了,不如当年多了。薛家财产此种状况意味着什么呢?薛家财产不如当年了,已经减少了,义含"已""减"两字,连缀起来即为"已减",谐"尼堪","爱新觉罗·尼堪"也,他是清朝著名人物。

既是爱新觉罗·尼堪,则其家世职业就容易确定了,所谓"皇商世家"者,"皇将世家"也,爱新觉罗氏自努尔哈赤开始,便是军将世家,其子孙大都担任军中将领,努尔哈赤、褚英和尼堪祖孙三代皆曾带兵,都是著名将领,他们既是皇亲宗室,又是领兵大将,自然是"皇将"了。

薛宝钗"不以书字为事,只留心针黹、家计等事,好为母亲分忧解劳"什么意思?薛宝钗的本人尼堪当然不会做针线活,一员彪形大将穿针走线岂不笑话。所谓"不以书字为事"之"书",谐"输",指尼堪非常自信,根本不相信自己会打败仗。"针黹家计"谐"阵前佳绩",尼堪一心想着阵前立功,为大清皇帝分忧解劳。

2.2 尼堪生前掌六部、户部、宗人府事

尼堪生前不仅是大将军,也是位高权重的文官,他是清初掌管六部事务的理政三王之一,主管户部和宗人府事。

"现领着内帑钱粮,采办杂料……不过赖祖父旧日的情分,户部挂虚名",这句话隐写尼堪掌管户部事。"内帑"即国库,"杂料"指官署津贴。领着内帑钱粮,采办杂料,指尼堪掌管国库钱粮收支,包括给官员们发饷银、津贴等。尼堪于公元1652年7月,被顺治任命为定远大将军,往征湖南、贵州,此时他仍掌管户部,他作为此时的户部长官,当然只是虚名。尼堪之所以能够位列理政三王,主管户部和宗人府事,自然因为他是宗室成员,是祖父努尔哈赤的孙子。

宗人府是我国明清时期的官署名,是管理皇家宗室事务的专门机构,职务范围包括掌管皇帝九族的宗族名册,按时撰写帝王族谱,记录宗室子女嫡庶、名字、封号、世袭爵位、生死时间、婚嫁、谥号安葬等事。代宗室向皇帝传递陈述请求,引进宗室贤才能人,记录罪责过失,圈禁罪犯及教育宗室子弟等。尼堪掌宗人府事,隐写在薛宝钗的相关情节里,曹雪芹写道:"近因今上崇诗尚礼,降不世出之隆恩,除聘选妃嫔外,凡世宦名家之女,皆报名达都,以备选择为公主郡主入学陪侍,充为才人赞善之职。""才人"本指下品妃子,此处则系"贤才能人"的缩写。"赞善"

本指太子的陪侍左右赞善,此处则指抑恶扬善、教育宗室子弟。这些都是宗人府主管官员的职责,所谓"待选",指等待尼堪最后选择定夺。

2.3 尼堪幼年丧父

努尔哈赤与褚英皆识字不多,整个爱新觉罗家族直至顺治时期,文化水平整体上都不高,这是一个基本事实,薛家所谓"书香继世之家"另有含义。"书香"与"诛相"谐音,移字为"相诛",相互诛杀也。故"书香继世之家"意为世代互相残杀的家族也。爱新觉罗家族上自努尔哈赤下至雍正乾隆,以争夺和巩固皇权为核心,家族内部都有惨烈屠杀,尼堪的父亲褚英就是家族自相残杀的受害者。

薛蟠兄妹"幼年丧父"也是事实,尼堪的父亲爱新觉罗·褚英,是努尔哈赤的嫡长子,汗位继承人,然而,由于性格缺陷,以及兄弟们的觊觎,褚英被其父圈禁并杀害。褚英死于公元1615年,年仅36岁,尼堪生于公元1610年,其时仅有6岁,当然年幼啦!

2.4 女真子弟;胡虏

薛家有一女和一子,各含"女"和"子"字,连缀起来即为"女子",展训则为"女真子弟",意谓薛家乃是女真族人。

女真人是北方民族,属于胡人的范畴,薛蟠"独根孤种"即指此。"独根孤种"含"独孤"两字,"独孤"谐"胡虏"。

薛家父亲死了,只剩寡母,薛蟠不成器,父亲生前就把希望寄托在女儿身上,女儿宝钗果然能体母怀,母女共同管理家庭。这是一个女人当家的家庭,女人强于男人的家庭,它鲜明地反映了贾宝玉的观点:女清男浊,女优男劣。曹雪芹借此欲表达的意思是,这是一个女真族家庭。

2.5 大清;满国;豺豹国

薛蟠"老大无成",言不符实,他当时才15岁,怎么能说"老大"呢? 其实,"老大无成"四字乃隐语,其中"大成"两字,谐"大清";"老无"谐"辽胡",辽东胡人也。

"学名薛蟠"谐"国名国满",移字为"国名满国",展训则为"国名满洲国",国家名叫满洲人的国家。读者请注意,"国"字古音为gui,与"薛"字相谐,如《长恨歌》云:"汉皇重色思倾国,御宇多年求不得。杨家有女初长成,养在深闺人未识。天生丽质难自弃,一朝选在君王侧。回眸一笑百媚生,六宫粉黛无颜色。"诗中"国"与"得""侧""色"相谐。又如李延年《佳人曲》:"北方有佳人,举世而独立。一顾倾人城,再顾倾人国。宁不知倾城与倾国,佳人难再得。"曲中"国"与"得"相谐。这些皆说明,"国"字古音为gui,与"薛"字谐音。

"乳名薛宝钗"移字为"乳名宝钗薛","乳名宝钗薛"谐"辱名豹豺国",把满清称为豺豹之国,当然是侮辱的叫法。自北宋以来,女真人建立的两个政权,皆以军功征服天下，能征善战是他们的突出特征，大金国与大清国皆被当时汉人视为虎狼之人，豺豹之国。虎狼与豺豹是同一级别的猛兽，含义相同，是可以互换的。

由于"薛蟠"隐"满洲国"，"薛宝钗"隐"豺豹国"，所以，他们皆为满人的代表，与林黛玉正相对，林黛玉是大明汉人的代表。

2.6 尼堪与褚英皆暴死

古人取名大都有表字，薛蟠也有表字，但争议也由此而起。笔者所用版本第四回写薛蟠"表字文龙"，另有些版本却写成"表字文起"，第七十九回的题目是"薛文龙悔娶河东狮"，到第八十五回又变成"薛文起复惹放流刑"。可见，这种混乱不仅在脂本中存在，程本中也存在，一些读者怀疑，是誊录错误，或是改写讹误。一些专家认为，薛蟠的表字当为"文龙"，因为它与"蟠"字含义相符，"蟠"是盘旋的意思，恰如龙形。事情当然不会这么简单，《红楼梦》在曹雪芹手里已经历经五次精修细改，脂砚斋点评20余年，脂批提示：它一字不可更，一语不可少，已经非常完美。何况，又经程伟元和高鹗两人多次修改，怎么可能存在这么简单的讹误？

"表字文龙"谐"暴死为龙"，"龙"即皇帝，此句意指为皇帝而暴死；"表字文龙"又可移字为"表字龙文"，谐"暴死龙刎"。前者意谓为皇事而死，后者意谓被皇帝所杀。尼堪父子的死因恰是如此，他们都是暴死，但死因各有不同。尼堪在攻打南明时被杀，殁于皇事；褚英被努尔哈赤囚禁杀害，努尔哈赤是皇帝。

"表字文起"谐"暴死为玺"，意谓因争夺玉玺而暴死。"表字文起"移字为"表字起文"，谐"暴死自刎"，意谓因自刎而暴死。尼堪之父褚英是因为皇位继承问题而死的，死前被父皇囚禁了两年，然后就死于禁地，可能是被勒令自裁的。尼堪战死，归根结蒂还是为了大清江山，为了玉玺。

以上分析表明，"文龙"与"文起"均可隐写尼堪父子死因，故两者皆可用，不算讹误。曹雪芹两词并用，恰恰是为了提醒读者：两词虽迥异，但隐训含义一致。

2.7 尼堪凯旋进北京

薛家为何进京，原因有三："一为送妹待选，二为望亲，三因亲自入部销算旧帐目，再计新支，其实则为游览上国风光。"[1](P37) 所谓"待选"者，"凯旋"也；"望亲"移字为"亲望"，谐"勤王"。"勤王"一词有两义，较为流行的用法是，君王有难，臣下发兵救援。但其最基本的含义是尽力于王事、国事，《左传·僖公二十五年》："狐偃言于晋侯曰：'求诸侯莫如勤王。'"《晋书·谢安传》："夏禹勤王，手足胼胝。"尼堪入京发生于公元1644年，清吴联军打败李自成，清军由关外进入北京，并从此定居北京以为首都。作为清朝皇家将领（皇商），尼堪进京是因为凯旋，打败了明军和李自成义军，率部入京。北京原是大明首都，对于世代居住在东北的大清人而言，北京自然是"上国风光"；作为皇家将领，尼堪自然要到户部领取资金、粮草等。

所以,所谓宝钗待选,不能从字面解释,不能理解为待聘公主郡主陪侍。同样,第四十九回写薛蚪和宝琴兄妹进京,乃为与梅翰林之子的婚姻而来。对于这个情节,我们同样不能从字面去理解,那样是解释不通的。据薛姨妈介绍,宝琴父亲生前已将宝琴许配梅翰林之子,如今父亲去世,母亲养病在家,薛蚪只好亲送妹妹进京完婚。按理说,应该是梅家去金陵接亲,而不是薛家送女上门。再者,薛氏兄妹进贾府,梅家似乎从未来看望过。期间,梅翰林还到贾府来过,事见第七十八回,贾政召宝玉去作诗,受到客人的赞扬,获得了许多礼品。奖励宝玉礼品的人中便有梅翰林。这些情节令人困惑难解。

实际上,所谓"梅翰林",指的是敬谨亲王尼堪战死的史事。"梅翰林"与"殁陷林"谐音,尼堪战死于湖南衡阳府城北,他当时身陷衡阳城北林地的泥沼中,战败身死。

2.8 羞笼红麝串揭秘

不少专家相信,林黛玉与贾宝玉的木石前盟,是被贾元春母女给破坏的,元春支持金玉良缘,证据是元春的端午节礼。第二十八回写到,元妃给贾府诸人送了端午节礼,其中黛玉与迎春、探春和惜春的礼物一样,宝玉与宝钗的礼物一样。宝玉得到的礼物是"上等宫扇两柄、红麝香珠二串,凤尾罗二端,芙蓉簟一领。"而林黛玉得到的礼物"只单有扇子同念珠儿"[1](233)。贾宝玉感到奇怪,他觉得他同黛玉的礼物应该一样,而不是同宝钗一样。专家们由此推断,元妃中意宝钗而非黛玉。王夫人十分厌恶晴雯,而晴雯乃黛之影。故人们想当然地推定,美好的木石前盟,是被元春母女给破坏的。

当然,这是曹雪芹故意制造的效果,真相并非如此。由于元春、黛玉、迎春、探春和惜春诸人的身份尚未揭秘,这里不便多言,只讨论"薛宝钗羞笼红麝串"吧。"薛宝钗羞笼红麝串"是第二十八回的半个标题,具体内容则在回末,其中写道:

宝钗因往日母亲对王夫人等曾提过"金锁是个和尚给的,等日后有玉的方可结为婚姻"等语,所以总远着宝玉。昨儿见元春所赐的东西,独他与宝玉一样,心里越发没意思起来。幸亏宝玉被一个黛玉缠绵住了,心心念念只记挂着林黛玉,并不理论这事。

此刻忽见宝玉笑问道:"宝姐姐,我瞧瞧你的红麝串子?"可巧宝钗左腕上笼着一串,见宝玉问他,少不得褪了下来。宝钗生的肌肤丰泽,容易褪不下来。宝玉在旁看着雪白一段酥臂,不觉动了艳慕之心,暗暗想道:"这个膀子要长在林妹妹身上,或者还得摸一摸,偏生长在他身上。"正是恨没福得摸,忽然想起黛玉另具一种妩媚风流,不觉就呆了,宝钗褪了串子来递与他也忘了接。

宝钗见他怔了,自己倒不好意思的,丢下串子,回身才要走,只见林黛玉蹬着门槛子,嘴里咬着手帕子笑呢。宝钗道:"你又禁不得风吹,怎么又站在那风口里?"林黛玉笑道:"何曾不是在屋里呢?只因听见天上一声叫唤,出来瞧了一瞧,原来是个呆雁。"薛宝钗道:"呆雁在那里呢?我也瞧一瞧。"林黛玉道:"我才出来,他就'忒儿'一声飞了。"口里说着,将手里的帕子一甩,向宝玉脸上甩来,宝玉不防,正打在眼上,"嗳哟"了一声。[1](234)

这段文字把宝钗的羞怯、黛玉的醋劲以及宝玉的多情,刻画得惟妙惟肖。但透过文字表面进行训解,则唯剩"金""玉""羞笼""香珠"等数字而已。"金""玉"相连为"金玉","金玉"与"禁圄"谐音,囚禁也。"羞笼"与"囚笼"谐音,也是囚禁的意思。

贾宝玉收到的"红麝香珠二串",移字为"二串红麝香珠",其谐音为"尔专同舍相诛","同舍"即"同室",一家人也。"同舍相诛"即同室操戈、相煎何急之意。"尔专同舍相诛"意为你专会同室相煎,杀害自己的兄弟子侄。元妃送给宝玉"红麝香珠二串",意在谴责清朝皇帝囚禁杀害自己的亲人。薛宝钗收到"红麝香珠二串",且"羞笼红麝串",则意谓褚英既是清朝皇家同室操戈的推动者,又是牺牲品。当年努尔哈赤圈禁褚英的罪名之一,是褚英企图谋害自己的兄弟,并且,褚英也是被自己的父亲圈禁和杀害的。

2.9 尼堪与褚英的年龄

关于褚英与尼堪的年龄,历史上有记载,曹雪芹当然也没有遗漏。关于敬谨亲王尼堪的年龄,第四回是这样写的:"这薛公子学名薛蟠,字表文龙,今年方十有五岁,性情奢侈……寡母王氏乃现任京营节度王子腾之妹……今年方四十上下年纪,只有薛蟠一子。还有一女,比薛蟠小两岁"[1](37)。这里出现15、40上下和13三个数字,中含"1"、"5"、"4"和"3",我们只需再重新组合一下,便可得到敬谨庄亲王尼堪的年龄,其一是35,其二是43。35岁是尼堪凯旋进入北京的年龄,这一年是公元1644年,尼堪生于公元1610年。8年后,即公元1652年,尼堪战死衡阳府,时年43岁。

关于薛蟠的年龄,不同的版本有不同的描写,有研究者统计,甲戌本写"今年方十有五岁"。而己卯、梦稿、庚辰、舒序四个版本皆写"五岁"。戚序本为"五六岁"。蒙府本则为"年方一十七岁"。列藏本没数字。综合而言,除蒙府本和列藏本外,其余诸本皆有3、5、4三个数字,皆可组合出35岁和43岁。并且,书中有"今年方"和"王氏(亡时)"两词,分别标明尼堪进京与死亡时的年龄,进京时35岁,死亡时43岁。戚序比较特别,它增加了一个"6"字,这个增加是有意义的,因为增加此数字之后,便可组合出"36"来,而这恰好是褚英死时的年龄。从这些数字也可以看出,那些版本是靠谱的,那些版本的《红楼梦》是讹传的了,那个版本是最妙的。戚序虽然是晚出的本子,但它的作者是真正懂得《红楼梦》的,他(们)的修改是非常好的,因此,戚序《红楼梦》是目前为止最好的《红楼梦》版本。

至第四十八回,又写到尼堪的年龄,作者的表达方式是:

至十三日,薛蟠先去辞了他母舅,然后过来辞了贾宅诸人。贾珍等未免又有饯行之说,也不必细述。至十四日一早,薛姨妈、宝钗等直同薛蟠出了仪门。母女两个,四只泪眼,看他去了,方回来。[1](374-375)

这里三个数字,含有"4"和"3",组合起来可得"43"岁,尼堪死亡时的年龄。

第七回所描写的冷香丸,其中隐藏着褚英的死因和年龄。这个处方里有许多数字,几乎都是"12",分别以"两""钱"和"分"为重量单位,故从"两""钱"和"分"三字中可以得到"重量"两字。"重量"与"终年"谐音。而以"两""钱"和"分"为单位的数字皆为"12",三者相加得"36",这是褚英的终年。

附《清史稿》褚英传:

广略贝勒褚英,太祖第一子。岁戊戌,太祖命伐安楚拉库路,取屯寨二十以归。赐号洪巴图鲁,封贝勒。岁丁未,偕贝勒舒尔哈齐、代善徙瓦尔喀部斐悠城新附之众。军夜行,阴晦,纛有光,舒尔哈齐疑不吉,欲班师,褚英与代善持不可。抵斐悠城,收其屯寨五百户,令扈尔汉卫以先行,乌喇贝勒布占泰以万人邀之路。扈尔汉所部止二百人,褚英、代善策马谕之曰:"上每征伐,皆以寡击众,今日何惧?且布占泰降虏耳,乃不能复缚之耶?"众皆奋,因分军夹击,敌大败,得其将常柱、瑚里布,斩三千级,获马五千、甲三千。师还,上嘉其勇,锡号曰阿尔哈图土门,译言"广略"。岁戊申三月,偕贝勒阿敏伐乌喇,克宜罕山城。布占泰与蒙古科尔沁贝勒翁阿岱合兵出乌喇二十里,望见我军,知不可敌,乃请盟。

褚英屡有功,上委以政。不恤众,诸弟及群臣愬於上,上浸疏之。褚英意不自得,焚表告天自诉,乃坐咀呪,幽禁,是岁癸丑。越二年乙卯闰八月,死於禁所,年三十六。明人以为谏上册背明,忤旨被谴。褚英死之明年,太祖称尊号。[2](1282-1283)

注释:

[1]〔清〕曹雪芹:《脂砚斋批评本红楼梦》,凤凰出版社2010年版。

[2]中国文史出版社编:《二十五史(卷15)〈清史稿〉(下)》,中国文史出版社2003年版。

3. 葫芦僧乱判葫芦案揭秘

葫芦僧乱判葫芦案脍炙人口,选入中学课本,深受学生们喜爱。薛蟠狗仗人势,穷凶极恶,肆意妄为,与畜生禽兽何异?贾雨村为保头上乌纱,对恩人之女不施援手,反而徇私枉法,草菅人命,置天理公道于不顾,实乃狗彘不食之徒。门子原本和尚出身,却无悲悯之心,撺掇贾雨村徇情枉法,胡作非为,着实可恶。冯渊酷爱男风,最厌女子,却偏偏因女子而死,真是冤孽相逢。拐子偷拐人女已是罪大恶极,又将被拐之女货卖两家,可谓丧尽天良。小英莲最可怜,既拐又卖,身如漂萍,刚遇情郎,瞬间梦碎,出了狼窝,又入虎口,悲惨之至。

然而,这是假象。笔者以隐训法研读此案,则完全不是这一回事,它讲述的是明清交替之际,吴三桂率明朝边防军投降大清,同大清在一片石共同打败李自成义军的史事。拐子和门子均指吴三桂,他是一个政治投机分子,手握明朝边防劲旅关宁铁骑待价而沽,表面上答应投降大顺,暗中又与大清勾结。英莲指明朝的边防部队,被吴三桂拐去卖给大清,换取高官厚禄。这里的贾雨村乃是指大清朝廷。薛蟠则是清军的代表敬谨亲王尼堪,被他打成重伤而死的冯渊自然是李自成大顺军。第四回前半回重点是李自成及其大顺军,曹雪芹将有关李自成的重要信息,都以隐蔽的方式高度浓缩在这里。

3.1 鸿基

中学历史课本告诉我们,李自成(1606—1645)是明末农民军领袖,曾建立过大顺政权,年号永昌,死于湖北通县九宫山。实际上,李自成不仅叫李自成,他还有几个其他称呼,历史学家写道:"李自成最初的名字叫鸿基,长大以后决心要'自成自立',遂自行改名叫李自成,号鸿基……据有关史料记载,除'自成'和'鸿基'两个名号之外,他至少还有过以下一些名号。(一)黄娃子。据费密《荒书》记载:'自成产时,其父梦一黄衣人入其土窑,故名黄娃子。'……(二)黄来儿。据查继佐《罪惟录·李自成传》记载,李守忠祷于华山,神示之梦曰:吾令破军星子汝。晚举自成,小名黄来儿……根据过去农村的习惯,父母担心孩子难以养大成人,就让孩子到寺庙挂个名。李自成'幼曾为僧',可能就属于这种情况。因而就又有了一个'黄来僧'的乳名。(三)枣儿。据《鹿樵纪闻》卷下《闯献发难》条载:'李自成初名鸿基,小字黄来儿,又字枣儿。'……(四)硙生。冯苏《见闻随笔》载,李自成'小字硙生'。康熙和光绪《米脂县志》都有这种记载……(五)李自晟。李自成进入北京后,曾改名'李自晟',至于李自成在起事造反过程中使用的'闯将''闯王'诸名号,就更是一般人所熟知的了。"[1](57) 可见,李自成名号确实不少,笔者研究发现,这些名号都能从第四回中训解出来。

首先看"鸿基",它隐藏在"冯渊"二字中。"冯渊"与"宏愿"的谐音,"宏愿"与"宏志"同义,宏大的愿望与宏大的志向含义相同,"宏志"与"鸿基"谐音。可见,"冯渊"是一个经过两次加密的隐语。

3.2 黄来儿,黄娃子,黄来僧

贾雨村赴任应天府知府,碰到一个熟人,他现为应天府的看门人,曹雪芹称其为门子。门子与贾雨村有如下一番对话:

这门子忙上来请安,笑问:"老爷一向加官进禄,八九年来就忘了我了?"雨村道:"却十分面善得紧,只是一时想不起来。"那门子笑道:"老爷真是贵人多忘事,把出身之地竟忘了。不记当年葫芦庙里之事了?"雨村听了,如雷震一惊,方想起往事。

原来这门子本是葫芦庙内一个小沙弥,因被火之后,无处安身,欲投别庙去修行,又耐不得凄凉景况,因想这件生意倒还轻省热闹,遂趁年纪蓄了发,充了门子。[2](33)

门子批评贾雨村忘记了他,忘记了出身之地,其中有何寓意呢?贾雨村忘记了出身之地,也就意味着他忘记了自己是从哪儿来的了,意含"忘""来""儿"三字,连缀起来是"忘来儿"三字,谐"黄来儿"。

现在的门子,是当年的小沙弥,也就是说,门子当年与贾雨村相识时还是一个小娃子。故贾雨村忘记了门子,就是忘记了当年的那个小娃子,意含"忘""娃子"三字,连缀起来是"忘娃子",谐"黄娃子"。

贾雨村忘记了门子,就是忘记了来到他面前的人乃是当年的小僧人,意含"忘""来""僧"三字,连缀为"忘来僧",谐"黄来僧"。

3.3 李自成、李闯、闯王、闯将、李枣儿

冯渊看上了英莲,立意娶来做妾,然而,他自我规定了严格的成婚礼仪,立誓再不交接男子,也再不娶第二个,并且三日后方过门。从冯渊娶亲的情节中,我们能够得到一条信息:冯渊自己规定成婚礼仪,自己操办成婚礼仪,信息意含"自""成""礼"三字,连缀为"自成礼",移字训则为"礼自成",谐"李自成"。

李自成曾为闯将,闯王,故又被称为李闯,"闯将""闯王"和"李闯"三词均可

从冯渊的遭遇中可以分析出来。冯渊为自己规定了三日后成婚的礼仪,谁知第二日便有薛蟠闯进来,将英莲抢走,冯渊被打成重伤,三日后死亡。这个过程意含三个关键字:"礼""闯"和"亡",分别可组成"礼闯"和"闯亡",分别谐音"李闯"和"闯王"。"闯将"与"闯王"也谐音。

李自成还名枣儿,枣是陕西特产,对于穷人来说,枣绝对是好东西。枣儿应该是李自成的小名,可能是他父母替他取的。陕西人说话带儿化音,"枣"念成"枣儿",故"李枣儿"实为"李枣",这两字也隐写在冯渊的成婚礼中。冯渊如果当日便将英莲娶走,便不会发生后来的惨剧了,但他偏偏要三日后方过门,结果事情变糟了。故我们可以从冯渊娶亲的情节里得到一条结论:是冯渊自己的成婚礼把事情变糟了,这条结论意含"礼""糟"两字,连缀为"礼糟",音训则为"李枣"。

3.4 猥(wěi)生

李自成又名猥生,"猥生"两字隐藏在哪里呢?请看冯渊,他酷爱男风,最厌恶女子。这意味着冯渊是一个同性恋者,既为同性恋,他当然必定猥亵过年轻后生,这就意含"猥""生"两字,它们与"猥生"谐音。

3.5 银川驿卒

贾雨村在门子的启发下,对薛蟠打死冯渊一案作如下处理:

"至次日坐堂,勾取一应有名人犯,雨村详加审问,果见冯家人口稀疏,不过赖此欲多得些烧埋之费;薛家仗势倚情,偏不相让,故致颠倒未决。雨村便徇情枉法,胡乱判断了此案。冯家得了许多烧埋银子,也就无甚说话了。"[2](36)

从上述引文,我们可以得出一个结论:冯家得了许多银钱,心满意足,不再告状了。这条结论意含"银钱"和"意足"四字,谐训则为"银川"和"驿卒"。熟悉李自成情况的读者当然知道,李自成造反之前,曾是银川驿的一个驿卒,后来驿站被裁撤,李自成失去生活来源,便去当兵,先投官军,后奔义军,从此走上反叛的道路。

3.6 李继迁后裔,影响最大的明末农民军领袖

冯渊"是本地一个小乡宦之子"[2](34),如何理解呢?事实上,李自成家境十分贫穷,童年时给地主放牛,长大后为驿卒,收入极其微薄,糊口都十分勉强,他的父亲绝对不是小乡宦。曹雪芹说他是"一家小乡宦之子",却是另有所指。史料表明,李自成的先祖乃是党项族首领李继迁,《明史·李自成传》:"李自成,陕西米脂李继迁寨人。"[3]明史专家吴晗也说:"李自成,陕西延安府米脂县李继迁寨人。"李继迁寨即今日横山县殿寺镇李继迁村,村下有一洞,传说李自成生于洞中,此洞被当地群众称为"闯王窑"。李继迁村头前有一副对联:日月高悬两帝王,神灵庇佑李继迁,横额是古寨舞台。所谓两帝王,当然指李继迁与李自成。李继迁在世

时只称王,未称帝,他的孙子元昊称帝建立西夏时,追谥李继迁曰神武,庙号太祖,墓号裕陵。李自成两次称王称帝,均以李继迁为太祖。第一次称王于陕西西安,《明史·李自成传》载云:"十七年正月庚寅朔,自成称王于西安,僭号曰大顺,改元永昌,改名自晟。追尊其曾祖以下,加谥号,以李继迁为太祖。设天佑殿大学士。"[3]第二次称帝于北京,《鹿樵纪闻》载云:"甲午申刻,传示次日效天即位,亦多束驮金帛,纷纷而去。乙酉,僭即帝位于武英殿,以李继迁为太祖,追尊七代考妣皆为帝后,立妻高氏为皇后,使牛金星代行效天礼。"[4](158)可见,李自成也自认为李继迁的后代子裔。"乡宦"者,"上皇"也,移字则为"皇上"。由于西夏是小国,故李继迁作为西夏的皇帝,乃是小国的皇上,李自成则是李继迁这个小国皇帝的子裔。

曹雪芹写到了冯渊的年龄,说他"长到十八九岁"[2](34),这句话表面上看是年龄,实质上却是讲李自成的影响力。"长到十八九岁"是"强盗十八九顺"的谐音,意思是说,当时的义军十分之八九都归顺了李自成,李自成是农民起义军中影响力最大的领袖。据史料记载,明末农民战争爆发于明天启和崇祯年间,陕北地区土地贫瘠,又逢旱灾,赋税和徭役却日益加重,人民无法生活,只有铤而走险,陕北最先爆发了农民起义,李自成约于1630年左右加入义军,逐渐成为义军的重要首领之一。义军前期威望最高的当属王嘉胤,中期则以高迎祥为公认首领,后期以李自成、张献忠和罗汝才三人为主。王嘉胤及高迎祥先后牺牲,王自用继承王嘉胤之位,不久病死,李自成招集王自用余部2万人,又在高迎祥牺牲之后继任闯王,实力大增。经过十几年的斗争实践,李自成日益成熟,他吸取李岩等知识分子的意见,实施"行仁义,收人心","据河洛,取天下"的战略,推行"均田免赋""平买平卖"政策,收到了很好的宣传效果。1642年,他除掉罗汝才,将罗汝才的军队控制在自己的手里,至1644年初,李自成军发展至顶峰,拥兵百万,控制着陕西、山西、山东、河南、河北、甘肃、湖北等广大地区,而同时期的张献忠仅有四川一隅之地。为崇祯殉节的明朝官员马世奇曾比较张献忠与李自成二人说:"今闯、献并负滔天之逆,而治献易,治闯难。盖献,人之所畏;闯,人之所附。"[5](331)《明史》也赞李自成云:"不好酒色,脱粟粗粝,与其下共甘苦。"[4]由于李自成具有张献忠、罗汝才等人所不具有的特殊品质,因而更能赢得民心,望风归附的义军也最多。

3.7 第三个皇帝,国号大顺,年号永昌

冯渊娶英莲做妾,但冯渊已经下定决心,不再与男子交接,也不再娶第二个女子,故他与英莲的婚事实际上是他唯一的婚姻,换句话说,这次婚姻是冯渊的大婚,他十分郑重其事。"大婚"与"大顺"谐音,"大顺"即李自成建立的大顺政权。另外,冯渊娶妾被薛蟠搅了,不大顺利,也意含"大顺"两字。

冯渊如此重视和喜爱英莲，却娶其为妾而非妻，乃是因为李自成的农民军极为痛恨官军和官员，故投降于李自成的明朝将领和官员，在大顺政权中的地位均不高，完全处于从属地位，类似于家庭中的妾。

就在英莲与冯渊成婚前夕，薛蟠带领一批豪奴，将英莲生拖死拽而去，换句话说，英莲被抢了，意含"英""抢"两字，连缀为"英抢"，谐"永昌"，"永昌"是李自成大顺政权的年号。

冯渊坚持第三日迎娶，说"第三日"方是好日子，冯渊要"三日"后方过门，冯渊被打之后"三日"死去。有关冯渊的日子都是"三日"，其中有何深意？原来，这"三日"指李自成的皇帝身份。当时世上并存着至少三个皇帝，第一个当然是明朝皇帝，第二个是清朝皇帝，第三个是李自成于崇祯十七年正月建立的大顺政权皇帝。下文还将讨论，此处从略。

3.8 败于一片石，死于九宫山

下面这段文字点出了李自成的结局：

雨村听了，也叹道："这也是他们的孽障遭遇，亦非偶然，不然这冯渊如何偏只看上了这英莲？这英莲受了拐子这几年折磨，才得了个路头，且又是个多情的，若果聚合了，倒是一件美事，偏又生出这段事来。这薛家纵比冯家富贵，想其为人，自然姬妾众多，淫佚无度，未必及冯渊定情于一人。这正是梦幻情缘，恰遇见一对薄命儿女。且不要议论他人，只目今这官司如何剖断才好？"[2](35)

细心的读者朋友或许会发现，在这段不长的文字里，镶嵌着三个"一"，两个"偏"，四个"是"字，实际上，在门子的话中，同样含有多个"一""偏""是"字，如果说"一"和"是"是常用字，多一点不稀奇，则"偏"就多得反常了，两人口中共说出了四个"偏"字。之所以如此，是因为作者有特定用意，"一""偏""是"三字连缀起来是"一偏是"，其谐音词为"一片石"。见到"一片石"这三字，对明史有所了解的读者立马就会想到，这里曾经发生过一起决定吴三桂、大清与大顺三方命运的决定性战役——一片石战役，吴三桂引清军入关，李自成溃败西撤。[6](233-237)

关于冯渊与甄英莲的关系，曹雪芹说他们是"前生冤孽"[2](34)，"孽障遭遇"。"冤孽"这个词既可用于形容亲密的恋人，也指仇家。"孽障"即罪恶、恶行，意谓冯渊与甄英莲彼此都做过以害对方的罪行，相互之间是仇家。故"孽障遭遇"的意思是"仇家相逢"，可缩写为"仇相逢"，移字则为"仇逢相"，"仇逢相"是"九宫山"的谐音词，据历史记载，李自成死于九宫山[6](237)。现在，在湖北省通山县九宫山下牛迹岭，仍有一座李自成墓，属全国重点文物保护单位。

3.9 李自成与明军的情仇

对于甄英莲的真实身份，前文已有论及，她代指明朝军队。李自成作为义军首领和代表,他与明朝军队有宿仇。明朝军队自然要镇压和消灭李自成及其义军,而李自成的义军也誓言要打垮明朝军队,推翻大明王朝,故二者是生死敌人。与此同时,李自成又企图招降明军,尤其是吴三桂率领的关宁军,以共同对付关外的清朝军队。由此可见,李自成对明军与清军的态度是不一样的,对此,曹雪芹写道:

"长到十八九岁上,酷爱男风,最厌女子。这也是前生冤孽,可巧遇见这拐子卖丫头,他便一眼看上了这丫头,立意买来做妾,立誓再不交接男子,也再不娶第二个了,所以三日后方过门。"[2](34)

"酷爱男风"不是指李自成系同恋者,"男风"之"男",谐"南",指汉人,因汉人相对于北方胡人居南方,而被称为南人。李自成祖上虽为西夏羌族,但长期生活于汉族的核心区域,早已经汉化,习惯于汉俗。"男风"之"风",谐"疯",指那些举起义旗造反的英雄豪杰。这些英雄打家劫舍、劫富济贫、蔫恶除奸,在官府看来,自然是疯狂的男人。故"男风"隐指汉族反明势力。

"最厌女子"之"女子",也不是指妇女,而是指满族人,他们是女真人的后裔。李自成的目标是夺取天下,满族人的目标也是夺取天下,所以,他们的利益是根本冲突的,完全不相容。相反,明朝军队则是李自成与满族人双方招降的对象,这甄英莲就是明朝军队,归根结蒂是"男"不是"女"。故冯渊娶英莲,仍未改"酷爱男风,最厌女子"之素志。

3.10 清军将领敬谨亲王尼堪

冯渊是被薛蟠打死的,薛蟠是何方神圣呢?他的本人是清宗室敬谨亲王尼堪,"敬谨亲王尼堪"几个字极难以隐语表达,为了将这几个字隐藏起来,曹雪芹可谓煞费苦心,他将它们拆成"敬谨""亲王"和"尼堪"三个词,并分别以隐语形式隐藏起来,请看下面这句话:

"丰年好大雪,珍珠如土金如铁。"[2](34)

这是护官符中描写薛家的句子,其中隐藏着"敬谨亲王尼堪"六字。

首先看"敬谨"。薛家珍珠如土金如铁,意味着他家轻视珍珠与金子,视钱财如粪土,简写则为"轻珍"或"轻金","轻珍"或"轻金"都与"敬谨"谐音。

其次看"亲王"。"金"即"黄金",移字训则为"金黄","金黄"与"亲王"谐音。

最后看"尼堪"。"土"即是"干泥",我们把河渠中的泥巴捞上来,晒干以后就是土,故"土"可训为"干泥"。用移字法训解"干泥",得"泥干","泥干"与"尼堪"谐音。

再将"敬谨""亲王"和"尼堪"三辞依序连缀起来,就是"敬谨亲王尼堪"。

"薛"即"雪",薛家也就是雪家、冷家,女真人生活于东北苦寒之地,故曹雪芹以"冷""雪渐渐""雪"代之,女真人的兴盛崛起就是"冷子兴"。《红楼梦》中的薛家是女真人的代表和象征,尤其是大清军人的代表和象征。

曹雪芹在提到薛蟠的时候,总说"二日""两日",如"这薛公子原是早已择定日子上京去的,头起身两日前"[2](34),"第二日,他偏又卖与了薛家"等,这个"二日"或"两日"并不是指薛蟠是第二个皇帝,贾雨村才是大清皇帝,曹雪芹明确写道:"至次日坐堂,勾取一应有名人犯,雨村详加审问"[2](36),所谓"次日",也就是第二日,即大清皇帝。明朝立国于公元1368年。大金建立于1616年,1636年改为大清。李自成的大顺政权则迟至1644年元月。故按照政权建立的先后次序,明朝皇帝当然是"第一日",清朝皇帝是"第二日",而李自成的大顺政权为"第三日"。再从崇祯、顺治及李自成三人即位的时间来看,崇祯是在公元1628年即位的,顺治是在1643年即位的,李自成最早即位于1644年。所以,按照当时三位皇帝的即位时间次序来看,也是崇祯第一、顺治第二、李自成第三。

薛蟠早就"择定第二日",也就是选择了为大清皇帝效命,他是为大清服务的军人,所谓"皇商",即"皇将",皇家将领。薛宝钗是金陵十二钗之首,笔者还将重点讨论。

3.11 门子和拐子均为吴三桂

门子有三错,其一,明知拐子拐骗了甄英莲却不告官;其二,将房子租赁给拐子居住,无异于助纣为虐;其三,唆使贾雨村徇情枉法。

拐子亦有三错:其一,他不该拐骗英莲;其二,他不该将拐来的孩子英莲出卖;其三,他不该将英莲货卖两家。

门子和拐子之所以都有三错,是因为他们的原型都是吴三桂。"吴三桂"是"误三回"的谐音,意即错三次。吴三桂原本是替明朝守边的将军,后带领军队投降大清,他确确实实扮演着既是门子,又是拐子的角色。

门子原本为葫芦庙的小沙弥,也就是小和尚,"和尚"原本的含义之一为"师",而中文的"师"又有军队的意思,故"沙弥"可训解为军人。所谓门子,即是看门人,吴三桂原为明朝的看门人,守护山海关,山海关是辽东门户,而辽东乃大清胡虏的巢穴。故"葫芦庙"者,"胡虏巢"也,门子之为门子,他是看守山海关、防御清军入侵的人。吴三桂后又投降大清,为大清守卫西南边疆,仍是看门人。门子被贾雨村"后来到底寻了个不是,远远的充发了才罢。"[2](36)即是指吴三桂为大清镇守云贵之事。

3.12 门子与贾雨村联合打败冯渊

门子教唆贾雨村判薛家赔钱,冯家得钱之后不再告状,一桩人命案子就此了结,这就是所谓葫芦僧乱判葫芦案。这里的"钱"并不是我们平时所理解的金钱,而是"歼"的谐音,"赔钱"则是"陪歼"的谐音,意思是清军帮助吴三桂歼灭李自成。打败李自成是清军与吴三桂的共同事业,故门子对贾雨村说:

"薛家有的是钱,老爷断一千也可,断五百也可,与冯家作烧埋之费。"[2](36)

这里有"一千"和"五百"两词,不能作数量词理解。"一千"是"你歼"的谐音,"五百"是"吾陪"的谐音。意思是说,你吴三桂去歼灭李自成,我们清军作陪,共同歼灭李自成。史载,吴三桂在向多尔衮借兵信中说:"贼锋东指,列郡瓦解,唯山海关独存,而兵弱力单,势难抵挡。今闻大王业已出兵,若及时促兵来救,当开山海关门以迎大王。大王一入关门,则北京指日可定,愿速进兵。"[7](352)多尔衮自然求之不得,当即答应说:"汝等愿为故主复仇,大义可嘉。予领兵来成全其美。先帝时事,在今日不必言,亦不忍言。但昔为敌国,今为一家。我兵进关,若动人一株草、一颗粒,定以军法处死。汝等分谕大小居民勿得惊慌。"接着又与吴三桂约定说:"尔回,可令尔兵以白布系肩为号。不然,同系汉人,以何为辨?恐致误杀。"[8](124)在满吴联军的突然袭击下,李自成农民军土崩瓦解,被迫西撤亡命。

冯渊之死,并不是说敬谨亲王尼堪打死了李自成,而是说,以敬谨亲王尼堪为代表的清军,结束了李自成作为帝皇的政治生命。至于李自成的肉体生命,据说误死于一个湖北农民的农具之下。

注释:

[1]徐松巍、李凤飞、李朋主编:《革命中国历史》,吉林摄影出版社2002年版。

[2]〔清〕曹雪芹:《脂砚斋批评本红楼梦》,凤凰出版社2010年版。

[3]〔清〕张廷玉等撰:《明史(卷三〇九),(列传第一百九十七)·李自成传》,现代教育出版社2011年版。

[4]赵德斌编著:《精神的坐标》,现代出版社2013年版。

[5]宁欣:《中国古代史资料汇编》,北京师大出版社2009年版。

[6]上帝之鹰:《枭雄录(古代中国卷)》,中国长安出版社2015年版。

[7]李治亭主编:《清史》,上海人民出版社2002年版。

[8]郑天挺主编:《清史》,天津人民出版社2011年版。

4. 从黛玉春困发幽情到葬花

第二十六回至第二十七回有几件看似风马牛不相及的事情相继发生,挤到了一起,一是薛蟠为庆生,居然假借贾政之名诳出贾宝玉;二是林黛玉居然被拒于怡红苑门外,眼睁睁看见宝钗与宝玉进去,而自己则欲进不能;三是世间竟然还有一个饯花节,贾宝玉同诸女一同庆祝,恭送花神退位;四是一向谨慎端庄的薛宝钗童心大盛,追捕两只大蝶时竟然碰到密谋,而她竟然急中生智,借追赶黛玉之名金蝉脱壳;五是黛玉葬花,吟诵了一首长长的《葬花吟》,宝玉听后恸倒在山坡之上;六是林黛玉春困发幽情,思念男人了,而当贾宝玉试图同她调情时,她居然委屈地哭了,说宝玉欺负她。从字面读来,这六件事依次发生,除时间上前后相继外,彼此之间似无因果关系。然而,曹雪芹将它们写在一起却是有原因的,依照隐训法,它们几乎隐写着同一件事情,那就是清朝军队的所向披靡直至取得最终胜利,与明朝军队的节节败退直至灭亡。其中薛蟠庆生和宝钗捕蝶隐写清朝的胜利进军,饯花节隐写清朝庆祝明朝灭亡和自己的胜利;黛玉春困幽情、怡红苑被拒与葬花活动,隐写汉人对清朝的怨恨、和对被杀被俘同胞以及祖国灭亡的悼念之情。

4.1 宝钗捕蝶

薛蟠庆生情节复杂,篇幅较大,笔者将另具专文讨论,这里先隐训宝钗捕蝶。

宝钗捕蝶的情节很著名,专家们有很多猜测,这个情节不易理解,其中似乎有阴谋,又似乎没有阴谋。抑薛派断定,此情节充分证明薛宝钗是一个阴谋家,是陷害栽赃林黛玉的幕后黑手,因为文中有"人急造反,狗急跳墙"的句子。可是,当读者反问他们:薛宝钗究竟栽赃林黛玉什么? 林黛玉因此遭到什么打击和损失了吗? 林小红与坠儿究竟有什么见不得人的事儿? 抑薛派便无言以对哑口无言了。是呀,宝钗捕蝶并未导致任何后果,林黛玉毫发未损,林小红只是与贾芸有点小私情而已,能有什么了不得的阴谋呢?

崇薛派则相信,宝钗捕蝶表现了她天真烂漫的少女天性,及其灵活机智的聪明和才情。这个解释也是不通,一是与宝钗稳重、端庄的固定形象不符。宝钗向来沉静庄重,不苟言笑,与姐妹们说笑极有分寸,从不乱开玩笑;二是与宝钗的渊博知识不相符。宝钗是绝顶聪明之人,但她的聪明并不体现在灵活机智上,而是反映在渊博多识与稳重理性上,她是一个智慧型女性,绝不是耍小聪明的人。

阴谋陷害说与天真烂漫说皆不成立,因为两者都只是从字面上解释情节,对于《红楼梦》而言,这样的解释是行不通的。而从隐训角度看,这个情节隐藏着丰富的内容和复杂的思想,此处只讨论与庄亲王尼堪相关的内容。请看下列文字:

"(薛宝钗)刚要寻别的姊妹去,忽见面前一双玉色蝴蝶,大如团扇,一上一下,迎风翩跹,十分有趣。宝钗意欲扑了来玩耍,遂向袖中取出扇子来,向草地下来扑。只见那一双蝴蝶忽起忽落,来来往往,将欲过河。引的宝钗蹑手蹑脚的,一直跟到池边滴翠亭。香汗淋漓,娇喘细细,也无心扑了……"[1](218)

这段引文隐写的是庄亲王尼堪,奉旨带兵镇压大西、大顺两大反清力量的史事。在此之前,作者曹雪芹描写了薛宝钗与林黛玉进怡红苑的不同遭遇,薛宝钗同贾宝玉一同进苑,非常顺利,林黛玉看见他们俩说说笑笑进去了,便也尾随而来,想进入怡红苑玩耍。林黛玉亲眼目睹薛宝钗进苑,是晴雯开的门,按理说,林黛玉应该能够赶上。可是,等到林黛玉到达时,怡红苑大门已关了,林黛玉叫门,偏偏碰到晴雯与碧痕拌嘴,晴雯蛮横地拒绝了黛玉的进苑要求,林黛玉大失所望,气得大泣了一整夜。宝钗进苑"大顺",黛玉进苑"大失(大泣)",分别隐藏着"大顺政权"和"大西政权"两词,"进苑"与"政权"谐音,"大失(大泣)"与"大西"谐音。大顺和大西是清军入关之后最坚决的抵抗力量,也是反清力量的中坚。薛宝钗大顺与林黛玉大失还有一层意蕴:薛宝钗是清军代表,林黛玉是明朝汉人的代表,薛宝钗大顺,而黛玉大泣,意味着清军摧枯拉朽,旗开得胜;而明朝则节节败退,风雨飘摇。尽管如此,清军代表敬谨亲王尼堪还是中了南明军的埋伏,身首异处,血溅当场。上述引文简略地隐写了这些事,其更详细的隐写,则在柳湘莲暴打薛蟠的情节里。

"一双"。"一双"即两个,大顺与大西。

"玉色"。美玉是不褪色的,故"玉色"代表坚贞、坚定,《礼记·玉藻》:"戎容暨暨……山立,时行,盛气颠实扬休,玉色。"郑玄注曰:"色不变也。"孔颖达疏云:"玉色者,军尚严肃,故色不变动,常使如玉也。"[2](573)《楚辞·东方朔》:"邪气入而感内兮,施玉色而外淫。"王逸注云:"淫,润也。言谗邪之言虽自感己志而犹不变,玉色外润而内愈明也。"[3](718)《三国志·魏志·管宁传》:"经危蹈险,不易其节;金声玉色,久而弥彰。"[4](494)这些例子都说明,"玉色"意味着坚定不移、坚贞不屈、持久不变。

"蝴蝶"。将"蝴蝶"两字互换位置则为"蝶蝴",这是移字训法。再用音训法,则"蝶蝴"与"抵胡"相谐,"抵胡"者,抵抗胡人也。满人作为女真人的后裔,属于胡人范畴。大顺和大西两大汉人军事集团,是崇祯自缢后抵抗大清最坚决的两股力量,他们坚持战斗,坚贞不屈,直至最后被消灭为止。

"大如团扇,一上一下,迎风翩跹,十分有趣"。"大如团扇"谐"大檽川陕",指大顺和大西曾盛行于四川陕西一带,李自成和张献忠都是陕西人,义军初燃于陕西四川一带,李自成一片石兵败之后,退回陕西,又被清军击败,才南下湖北的。张献忠前期的重心一直在四川,1644年于成都称帝,也战死于四川西充。张献忠与李自成牺牲之后,大顺军余部主要集中于四川东部,湖北西部,号称夔东十三家。而张献忠余部则分布较广,包括四川、贵州和云南各省。李自成与张献忠未死之时,大顺强于大西,李自成与张献忠既死之后,则完全变了一个样子,大西军成了抗清主力和南明中坚,庄亲王尼堪就是被大西军名将李定国击杀的。"一上一下,迎风翩跹,十分有趣"指大顺与大西余部始终未能整合统一,他们虽然都打着抗清复明的旗号,然都各自为政,缺乏配合与团结,以致被清军一一击破消灭。

宝钗以扇子捕蝶,"扇子"谐"圣旨";"捕蝶"者,捕敌也,指敬谨亲王尼堪奉旨围捕明朝及其他抗清力量。褚英生前就曾攻打明朝,掳掠和屠杀汉人,庄亲王尼堪更是如此。"滴翠亭"移字为"亭翠滴",谐"令摧敌"。故"扇子"、"捕蝶"和"滴翠亭"三词的含义是,圣旨命令敬谨亲王尼堪领兵镇压大西与大顺。史实表明,尼堪生前的主要职责,就是对付大顺和大西军余部,摧毁他们。

俗话说,常在江湖飘,难免要挨刀,能征惯战的尼堪最后竟也战死沙场,"香汗淋漓,娇喘细细"隐写此事。"香汗淋漓"移字为"汗香淋漓",谐"陷湘林地",意为陷身于湖南山林之地。"娇喘细细"移字为"喘娇细细",谐"反遭袭击"。1652年,敬谨亲王尼堪奉旨前往湖南前线剿杀南明李定国部,结果反遭李定国埋伏,陷身于湖南南部,身首异处。相关史实,请读《敬谨庄亲王尼堪传》。

4.2 贾宝玉与群钗过饯花节

第二十七回写众人过饯花节,据曹雪芹描述,饯花节即芒种节,他写道:

至次日,乃是四月二十六日。原来这日未时交芒种节。尚古风俗:凡交芒种节的这日,都要设摆各色礼物,祭饯花神。言芒种一过,便是夏日了,众花皆卸,花神退位,须要饯行。然闺中更兴这件风俗,所以大观园中之人都早起来了。那些女孩子,或用花瓣柳枝编成轿马,或用绫锦纱罗叠成干旄旌幢的,都用彩线系了。每一棵树,每一枝花上,都系上了这些物事。满园中绣带飘飘,花枝招展,更又兼这些人打扮的桃羞杏让,燕妒莺惭,一时也道不尽。[1](218)

芒种节是传统二十四节气之九,时间大约是在阳历6月6日至7日前后,农历则在四月底至五月初这段时间,斯时天气渐暖,大麦、小麦、谷、黍、稷等有芒作物开始进入成熟收割或播种最忙时节。据一个网名"烟云红楼"的朋友说,他苦苦寻找了半年,终于找到了三本旧版的万年历,他从中查找了从顺治元年直至公元1919年之间的芒种节,共有11个年份的农历二十六日这天交芒种节,而未时交芒种的年份则只有康熙四十五年这一个,康熙四十五年是公元1706年。对于这样一个节日,这样一个年头,烟云红楼也说不出什么来。倒是周汝昌有发现,他坚持认为四月二十六日是曹雪芹的生日,也提出了一些证据,但都是一些似是而非的证据,事实上,周汝昌先生根本就解释不了"未时交芒种"及饯花节,同曹雪芹生日之间的必然联系,而且也根本没有史实依据,纯属推测。

那么,这个于四月二十六日未时交芒种节的饯花节,究竟是一个什么节庆呢?笔者研究发现,第二十九回又借张道士之口提到了这一天,但换了个说法:"前日四月二十六日,我这里做遮天大王的圣诞,人也来的少,东西也很干净,我说请哥儿来逛逛,怎么说不在家?"[1](238) 群钗饯花,意在送别;而张道士做圣诞,显然是庆生。无论是遮天大王的圣诞还是饯花节,都没有历史记载,显然都是虚构的,这一天究竟意味着什么呢?让笔者慢慢来隐训分析吧。

"交未时"。未时前与午时相邻,后与申时相接,所以,交未时的时刻,可能属于午时,也可能属于申时。众所周知,古时处决罪犯,定于"午时三刻开斩",此时阳气最盛,阴气即时消散,此时斩杀罪大恶极的罪犯,便有令他们做鬼也不能的意思。午时三刻离未时最近,可谓交未时,这是最有据可查的交未时。

"至次日,乃是四月二十六日"。次日是4月26日,则今日是4月25日,群钗并不是在第二天开饯花会,而是在当天,即4月25日。曹雪芹之所以不提4月25日,而说4月26日,原因就在于4月25日是一个非常敏感的日子。史载,南明末帝朱由榔就在这天被杀害于云南昆明,朱由榔的死标志着明朝的灭亡和清朝的最终胜利[5](1059)。所以,这一天对清朝具有特别重大的意义。

"芒种节"和"花神退位"。"芒种"谐"亡种",亡国亡种之意,指明朝被清朝所灭,女真族的清朝入主中原,汉族亡国亡种。"花神退位"谐"华圣退位",华夏的圣上退位,亦即华夏民族的皇帝退位,言下之意,胡夷之人要登基做皇帝了。

"遮天大王的圣诞"。"遮天"与"则天"谐音,指唐朝的武则天女皇,故"遮天大王的圣诞"可训为"女皇的胜日",又可展训为"女真皇帝的胜日",意指清朝皇帝胜利的日子。贾宝玉即是清朝皇帝,故也可以说4月26日是贾宝玉的生日。但贾宝玉并非曹雪芹,故贾宝玉生日不等于曹雪芹生日,周汝昌猜中其一,却并不知贾宝玉的真实身份。

群钗都参加了饯花会,独林黛玉没去,因为她是明朝的代表,"林黛玉"移字为"黛林玉","黛林玉"谐"代明玉",意即代表明朝玉玺。故在宝钗、探春、凤姐等庆祝胜利的时刻,却是林黛玉伤春悼亡的时刻。

4.3 林黛玉葬花

大家都去饯花,但林黛玉不去,她去后山葬花去了。林黛玉究竟如何葬花,曹雪芹未细写,而全文录了长诗《葬花吟》,《葬花吟》悼花、伤己,诗中有"未若锦囊收艳骨,一抔净土掩风流。质本洁来还洁去,强于污淖陷渠沟。"[1](224)很明显,林黛玉认为水是污淖的,而泥土才是干净的,艳骨当以净土掩埋,而不能任其陷于沟渠。换句话说,大清是污淖丑陋的,大明才是干净正义的。

黛玉葬桃花时,贾宝玉在场,这次饯花节葬花,贾宝玉又闯了来。同黛玉葬桃花前,贾宝玉把花都抛进了水里,他认为水净泥脏。经林黛玉解释之后,他承认水脏,便改为以净土葬花。林黛玉在饯花节这天葬花,贾宝玉也深受感染,恸倒在山坡之上。如此看来,贾宝玉与林黛玉似乎是同心的,好像也是汉人立场。事情之所以如此,是因为贾宝玉有两个本人,其一为清朝皇帝,其一曹雪芹的父亲曹頫,当贾宝玉将花倾进水里时,他是清朝皇帝;当他随同黛玉一起将花葬进净土时,他是汉人曹頫。

4.4 贾宝玉调戏林黛玉

午睡时间,贾宝玉不避嫌疑,跑到潇湘馆找林黛玉玩,恰在此时,林黛玉春困发幽情,口中竟然念道:"每日家情思睡昏昏",贾宝玉听了,不免春心大动,便在窗外问道:"为什么'每日家情思睡昏昏'?"黛玉见问,羞愧难当。接着,贾宝玉让紫鹃倒碗好茶来喝,林黛玉则令紫鹃先倒给自己喝,紫鹃说宝玉是客,应该先给他倒。贾宝玉很高兴,当即笑道:"好丫头,'若共你多情小姐同鸳帐,怎舍得叠被铺床?'"[1](212-213)

林黛玉春困发幽情时所说的"每日家情思睡昏昏",是《西厢记》中崔莺莺想念张生的话,林黛玉念起这句戏词,说明她想男人了,读者朋友自然会联想到,林黛玉想贾宝玉了。贾宝玉对紫鹃说"若共你多情小姐同鸳帐,怎舍得叠被铺床?"贾宝玉自比张生,紫鹃为红娘,林黛玉则为崔莺莺。贾宝玉以为,林黛玉在想他。然而,事实证明,贾宝玉想多了,读者朋友联想错了,林黛玉不是想贾宝玉,她心中另有他人,因为,当贾宝玉念出戏词"若共你多情小姐同鸳帐,怎舍得叠被铺床?"时,林黛玉生气了,哭了,说贾宝玉取笑她。如果林黛玉真的想男人了,如果她心中想念的男人是贾宝玉,那么,当贾宝玉向她调情时,她应当欣喜若狂才对,为何反倒哭了呢?可见,她想念的男人不是贾宝玉。

欲知林黛玉所想何人,首先得看此时林黛玉的本人是谁。林黛玉此时在潇湘馆里,这里凤尾森森,龙吟细细,遍植竹子,简直就是一个竹村,"林"与"李"谐音,"竹村"是李煦的字,可见,此时林黛玉的本人乃是李煦。"潇湘馆"移字为"潇馆湘","潇馆湘"谐"抱怨伤",即抱怨伤害。

其次，我们来分析"每日家情思睡昏昏"这句话。"每日家情思睡昏昏"典出《西厢记》，是崔莺莺想念张生时说的话，"西厢记"移字"厢西记"，"厢西记"谐"伤自己"，林黛玉伤自己什么呢？"张生"谐"姜生"，"姜生"者，姜氏所生也。读者朋友都知道，林黛玉的本人李士桢李煦父子，本为山东昌邑姜氏，他们本应该叫姜士桢和姜煦，由于壬午兵燹，姜士桢被俘，认八旗佐领李西泉为父，改姓李。李煦父子虽然已经改姓，并且做了清朝高官，但对自己的身世，以及家族中被清军杀害的亲人，怎么能够轻易忘记，他难免时时想起，而每当想起家族的苦难，难免要暗暗怪罪大清皇帝。贾宝玉的本人就是大清皇帝，据此我们可以推知，李煦对于清皇还是有所怨恨的，只是敢怒不敢言而已。

4.5 晴雯坚拒林黛玉

薛蟠假装贾政，将贾宝玉骗去喝酒，林黛玉不知内情，为他担惊受怕了一整天。傍晚，贾宝玉回来了，林黛玉来探望，谁知竟被晴雯拒于门外，林黛玉当然委曲得哭了一夜。这个情节发生在贾宝玉的"院"内外，亦即怡红苑门前，林黛玉来时经过沁芳桥。相关人名有贾政、宝玉、宝钗、晴雯、碧痕和林黛玉，此外还提到了"母舅家"。让我们以这些地名和人名为核心，训解这个情节所隐写的事情吧。

"宝玉"和"宝钗"。"宝玉"亦即"玉宝"，指代表皇帝或皇权的玉玺，"贾宝玉"则系清朝玉玺。"宝钗"谐"豹豺"，指清朝军队，他们特别能战斗，可谓豹豺之师。

"沁芳桥"和"贾政"。"贾政"谐"大政"，意即大政方针；又"贾政"谐"假政"，义释则"伪政"，指不被明朝认可的清朝政权的朝政。"沁芳桥"移字为"桥沁芳"，"芳"即花、花卉，"花"谐"华"，而"华"又为"华夏"之省。故"桥沁芳"当训为"诏侵华"，下诏侵略华夏民族之意，这里指清朝侵犯明朝。

"林黛玉"和"母舅家"。"林黛玉"移字为"黛林玉"，谐"代明玉"，即代表明朝的玉玺。林黛玉作为明朝的代表，清朝自然是仇家，"母舅家"谐"母仇家"，这里的"母"指明朝，它是李士桢李煦父子的母国。所以，"母舅家"意指清朝乃是明朝的仇家。

"院"和"怡红苑"。"院"与"怨"谐音，怨恨。"怡红苑"移字为"红苑怡"，"红苑怡"谐"红怨夷"，这里的"红"字意为朱朝汉民，"夷"指满人。故"怡红苑"的意思之一，是汉人怨恨满人。

"晴雯"和"碧痕"。"晴雯"移字为"雯晴"，"雯晴"与"刎亲"谐音，杀害亲人。"碧痕"移字为"痕碧"，"痕碧"谐"恨陛"，亦即痛恨陛下。

"院内"与"院外"。宝钗随同宝玉进到"院内"，而林黛玉却被拦在"院外"，晴雯对宝钗与黛玉两人皆不满，隐训却是，宝钗与黛玉均对宝玉不满，都有怨恨。但宝钗的怨是"内怨",即夷人内部的怨恨;而黛玉的怨却是外怨,是汉人对夷人的怨。宝钗之所以怨,因为她的本人是爱新觉罗·尼堪,尼堪的父亲就是被清皇努尔哈赤下令斩杀的。黛玉之所以怨,因为她的本人系李煦,其祖父和叔伯四人被清朝军队所杀。

注释:

[1]〔清〕曹雪芹:《脂砚斋批评本红楼梦》,凤凰出版社2010年版。

[2]林兆祥编撰:《唐宋花间廿四家词赏析》,中州古籍出版社2011年版。

[3]马继兴:《中国出土古医书考释与研究(下)》,上海科学技术出版社2015年版。

[4]《古今汉语成语词典》编写组编:《古今汉语成语词典》,山西人民出版社1985年版。

[5]顾诚:《南明史》,中国青年出版社1997年版。

5. 柳湘莲暴打薛蟠揭秘

薛宝钗进驻大观园之后，被安排住在蘅芜院，而她本人也被姊妹们称作蘅芜君。之所以如此，乃是因为其本人庄亲王尼堪战死于湖南衡阳，衡阳古称衡州或衡州府，因地处衡山之阳，也称衡阳。"蘅芜"者，衡州府也；"蘅芜院"者，衡府怨也，怨恨衡州府也。曹雪芹将尼堪战死的详细史实，隐写在薛蟠与柳湘莲的有关情节中，"柳湘莲"者，"留湘南"也，指尼堪把生命留在了湖南南部。湘是湖南的简称，因湘江而得名，湘江是湖南境内最大的河流。衡州邻近广东，位于湖南的东南部。

薛蟠与柳湘莲关系的相关情节，集中描写于《红楼梦》第四十七回后半部分至第四十八回前半部分，曹雪芹在这里着重塑造了两个关键人物，一是清军统帅庄亲王尼堪，二是原大西军将领李定国。薛蟠的本人是庄亲王尼堪，柳湘莲的原型是李定国。

5.1 原大西军余部窜扰西南

第四十七回后半部第1段写道：

> 展眼到了十四日，黑早，赖大的媳妇又进来请。贾母高兴，便带了王夫人、薛姨妈及宝玉姊妹等，至赖大花园中坐了半日。那花园虽不及大观园，却也十分齐整宽阔，泉石林木，楼阁亭轩，也有几处惊人骇目的。外面厅上，薛蟠、贾珍、贾琏、贾蓉并几个近族的。很远的也没来，贾赦也没来。赖大家内，也请了几个现任的官长，并几个世家子弟作陪。[1](369)

是赖大请客，不是赖二；是赖大的媳妇来请，不是赖嬷嬷或赖大本人来请，为什么？因为"赖大的媳妇又进来请"是隐语，它使用了嵌字隐法、移字隐法和谐音隐法，其中镶嵌着"大""媳""进""又""来"等字词，将它们连缀起来即为"大媳进又来"，用谐训法翻译过来则是"大西军又来（了）"。大西军是明末农民军首领张献忠的部队，1643年5月，张献忠攻克武昌，改武昌为天授府，以为都城，建制设官，开科取士，自称大西王。1644年，张献忠占领成都，正式建立大西政权，年号大顺。1646年8月，张献忠在四川西充凤凰山被尼堪部射死，大西军遭受重创，一度沉寂下来。1652年初,大西余部与南明永历政权达成联合协议,他们打着联明抗清大旗,在李定国等杰出将领的领导下,接连攻陷贵州、广西、湖南、四川等省的广大地区,重创清军,迫使定南王孔有德举火自焚,震惊大清朝野。

李定国是大西和南明最杰出的将领,公元1644年张献忠称帝,年仅20余岁的李定国受封为安西将军,地位仅次于张献忠及孙可望,是大西政权的第3号人物。归顺南明之后,李定国更是南明的柱石。李定国先后被孙可望及永历朝廷封为安西王、西宁王和晋王。"安西王""西宁王"和"晋王"虽然是三个截然不同的称呼,但从隐语学理解,则具有同一性:"安西王"与"爱西王"谐音;"西宁王"移字则为"宁西王","宁西王"与"溺西王"谐音,溺爱西府王氏也;"晋王"与"珍王"谐音,珍爱王氏也。曹雪芹表达李定国这些封号的方式是:赖府请客,来客大都是荣国府的人——贾母带着王夫人、薛姨妈(薛姨妈也姓王)及宝玉姊妹们来了。薛宝钗和王熙凤是贾宝玉的姨表姊和舅表姊,属于"宝玉姊妹"的范围,自然也来了。薛蟠是薛姨妈的独子,他也来了。换句话说,荣国府王氏自己与妹妹及其儿女,都受邀到了赖府。而邢氏和尤氏却没有来,李纨也没来。这是赖府宾客名单的一个特点,另一个特点是,贾府来客以王字辈居多,贾珍、贾琏和贾宝玉及其姊妹皆为王字辈。

在这段文字里,曹雪芹特意介绍了赖家的花园,将它与大观园进行比较,强调它有好几处惊人骇目的,曹雪芹的用意之一就是强调一个"园"字,"园"与"原"谐音。曹雪芹渲染此物的目的是告诉我们,安西王是"原"大西将领,他们如今已经归顺南明了,原大西政权殁了。邢夫人没来,曹雪芹特意写道:"贾赦也没来",贾赦是贾母的大子,邢夫人是贾母的大媳,"大子"和"大媳"皆谐"大西"。大媳和大子都没来,用隐训法则可解读为"大西殁",即原大西政权亡了。最后两句话"也请了几个现任的官长,并几个世家子弟作陪",其中的"官长"和"世家子弟"两词,标明了李定国的身份:"官长"移字则为"长官","长官"既与"将官"谐音,也与"张官"谐音,李定国既是一名将官,又是一名原张氏政权的官员。"世家子弟"即大西子弟,李定国曾为张献忠的养子,名叫张定国,张献忠死后,他改回原姓。

贾府来客多为"近族"的,"很远的也没来"。"近族"当释为"尽诛",近族人没有都来,就是"没尽诛",没有杀绝。1646年,张献忠被清军射杀,大西政权灭亡,大西军也受到重创,但大西军仍有余部,张献忠的四个干儿子孙可望、李定国、刘文秀和艾能奇都幸存下来了,他们陆续收拾残部,不断壮大力量,最终在云南建立起了巩固的根据地。

第一句话中的"十四日,黑早"也是隐语,用意深远。乍读之下,似乎赖大请客的日子是14日,而实际上是15日。14日已经"黑早",故贾母等人当然是在15日才去赖家花园的,薛蟠、柳湘莲、贾珍诸人也在 15 日才去赖府的。曹雪芹之所以用这种特殊方式表达日期,因为这个日子很敏感,敬谨庄亲王尼堪是在顺治九年(1652)农历 7 月 15 日被任命为西征统帅的,对于其出征的原因、日期和要求,《顺治朝实录》载云:"顺治九年。壬辰。秋七月。庚午朔。……○甲申。中元节遣官祭四祖陵、福陵、昭陵。○命和硕敬谨亲王尼堪为定远大将军。统率大军往征湖南贵州。赐王御服、佩刀、鞍马等物。多罗贝勒巴思汉、吞齐、固山贝子扎喀纳、穆尔祜、公韩岱、固山额真伊尔德、梅勒章京卫正等蟒衣、鞍马、弓矢、刀、带有差。赐王敕曰。兹以逆贼张献忠之余孽孙可望等侵扰湖南。陷民水火。不得不兴师致讨。特命王充定远大将军。统率大军征剿。王膺兹命。一切机宜、与诸将同心协谋而行。毋谓自知、不听人言。毋谓兵强、轻视逆寇。仍严侦探、毋致疏虞。抗拒不服者戮之。倾心归顺者抚之。"[2]顺治 9 年是壬辰年,公元 1652 年,这年 7 月初 1 乃是庚午(干支第 7)日,甲申(干支第 21)日则是 7 月 15 中元节。此条史料表明,清政府是在顺治 9 年公元 1652 年农历 7 月 15 日中元节这天,任命敬谨庄亲王尼堪为定远大将军西征湖南贵州的。庄亲王尼堪的西征大军实际出发的日期当然不是 7 月 15 日,而是 7 月 20 日。[3](293)

5.2 柳湘莲的本人李定国

安西王李定国,字鸿远,小号一纯。让我们看看曹雪芹是怎样表达这些姓名字号的吧。

柳湘莲的秉性之一是萍踪浪迹、居无定所,喜欢远游,这个秉性自然与李定国的职业有关。他是一个职业革命家,先与明军作战,后与清军作战,并且都是流动作战,很少有机会长期待在一个地方。但曹雪芹特意强调柳湘莲的这个秉性,却与其本人的姓名有关。具体来讲,在柳湘莲喜欢远游的性格里含有"李定国"三个字。柳湘莲决意离开,一是受不了薛蟠的纠缠,二是个人爱好。赖尚荣对他说:"方才宝二爷又嘱咐我,才一进门,虽见了,只是人多不好说话,叫我嘱咐你散的时候别走,他还有话说呢。你既一定要去,等我叫出他来,你两个见了再走,与我无干。"[1](369)见到宝玉后,柳湘莲说:"你也不用找我。这个事不过各尽其道。眼前我还要出门去走走,外头逛个三年五载再回来。"[1](370)这些对话表明:柳湘莲离开京城是离定了,其含义有"离定京城"四字,其中"离"与"李"谐音,"京城"与"国"同义,故"离定京城"即"李定国"也。

柳湘莲与薛蟠在远离家乡的地方意外相逢,他帮助薛蟠打败强盗,夺回被抢去的财物。他俩原本是仇人,因此而冰释前嫌,结为异性兄弟。并且,柳湘莲也与贾琏在远处相逢,还因此而定下一桩婚姻。曹雪芹之所以设计这样两个远处相逢的情节,原因之一是李定国字鸿远,"鸿远"与"逢远"谐音,相逢于远处。

柳湘莲之所以与薛蟠结为兄弟,而不是别的,是因为"兄弟"乃"凶地"的谐音,而"湘莲"与"湘南"谐音,薛蟠的原型尼堪即战死于湘南,故曰湘莲(湘南)是薛蟠(尼堪)的兄弟(凶地)。"柳湘莲"者,"留湘南"也,指尼堪把性命丢在了湘南。

柳湘莲最后跟着道士走了,从此杳无音讯,曹雪芹借此表达两层意思。其一,李定国作为革命家,他的阵营屡战屡败,一逃再逃,至再无可逃,他是败逃之士。"道士"者,逃士也,败逃之士也。其二,李定国小号一纯,"一纯"与"已遁"谐音,"已遁"者,已经逃遁也。面对尤三姐的自杀,柳湘莲无以自处,万念俱灰,只好逃遁,跟随道士出家了事。

柳湘莲又叫冷二郎,"冷二郎"者,冷酷儿郎也。由于李定国是革命家、职业军人,专以杀敌为己任,一生毙敌无数,心肠自然冷硬。薛宝钗是一个冷美人,她的原型尼堪恰恰与李定国是一对天敌,都是职业军人,故都是冷酷狠心之人。

5.3 李定国原为大西军将领

关于柳湘莲的出身,曹雪芹写道:

> 柳湘莲原是世家子弟,读书不成,父母早丧,素性爽侠,不拘细事,酷好耍枪舞剑,赌博吃酒,以至眠花卧柳,吹笛弹筝,无所不为。因他年纪又轻,生得又美。不知他身份的人,都误认作优伶一类。[1](369)

"世家子弟"者,西家子弟也,指大西政权的子弟,李定国十岁左右参加张献忠的起义军,并做了张献忠的养子,当然算大西子弟了。"读书不成",李定国作为大西将领,他原本的目标是推翻明朝,夺取大明江山,所谓"读书",即"图朱",图谋夺取朱明江山之意。但是,大西的这个目标没能实现,朱明江山最后落入了大清手中。"父母早丧"指张献忠早丧,李定国既是其养子,又是其臣民。"素性爽侠,不拘细事,酷好耍枪舞剑"符合李定国的情况,毋须赘言。"赌博吃酒"者,移字为"赌吃博仇"也,谐"阻击搏仇",阻击搏杀仇敌也。清军入关之后,李定国无论作为大西将领,还是南明统帅,都处于被追击的状态,故他阻击、搏杀的对象主要是清军。"眠花卧柳"者,与汉人、与王爷同起同卧也,"花"者,华也,华夏汉人也。"柳"者,旒也,王也。旒本为君王冠冕上的珠串,代指君王。张献忠称过帝,李定国经常跟他待一起。后来,他又为南明永历帝服务,跟他也交往频繁,甚至同起同卧。"吹笛弹筝"与"摧敌战阵"谐音,移字则为"战阵摧敌",即在战场上摧毁敌军。

柳湘莲与宝玉关系密切,其中隐藏着什么秘密呢?笔者在前文中已经述及,"宝玉"不仅指人,也指物。作为人,代指皇帝;作为物,它是一块玉玺,代表皇权。请读者注意,曹雪芹在四十八回描写柳湘莲与宝玉的交往时,只写"宝玉"而不提其姓"贾",因为此处的"宝玉"并非大清皇帝,而是南明皇帝朱由榔,李定国是很受朱由榔重用的。"赖尚荣"者,赖皇上重用也。

曹雪芹将薛蟠描写成一个同性恋,作者早在第九回就交代说,薛蟠在贾府家学里搞同性恋,先后把香怜、玉爱和金荣哄到手。在第四十七回,曹雪芹又写道:"因其中有柳湘莲,薛蟠自上次会过一次,已念念不忘;又打听他最喜串戏,且串的都是生旦风月戏文,不免错会了意,误认了他是风月子弟,正要与他相交,恨没个引进,这日可巧遇见,竟觉无可不可。"[1](369) 柳湘莲与薛蟠看起来像鸡友,或者说薛蟠有意作鸡,但作者却另有所指。从性别上讲,薛蟠是一个男人,柳湘莲也是一个男人,他们之间如果有性关系,当然是鸡友。但是,曹雪芹笔下的柳薛关系,却并不是同性恋关系,而是民族关系,或者说,是借性别关系而寓指民族关系。柳湘莲是汉人,或者说南人,薛蟠是女真人(满人),故柳湘莲与薛蟠实际上是南女关系,即南人(汉族)与女真族(满族)之间的关系。

柳湘莲串戏,并不是指真的上台唱戏。"串戏"者,"窜西"也,窜扰于西南地区也。张献忠在世之时,大西政权以四川为重镇,张献忠牺牲之后,大西余部退往贵州和云南,并以云南为中心建立新政权,孙可望为国主,李定国为安西王。他们在逐渐巩固了对云南、贵州及四川部分地区的控制之后,出师广西、广东和湖南等省,给予清朝军队以沉重打击。清军进入中原,由东北而西南,大陆上,西南诸省是他们最后统一的部分。

5.4 李定国两蹶名王

柳湘莲为什么姓柳,关键在于"柳"与"旒"谐音。"旒"即冕旒,君王的冠冕,借指君王、皇位。如南朝沈约《劝农访民所疾苦诏》云:"冕旒属念,无忘夙兴。"[4](480) 唐韩愈《江陵途中寄三学士》诗云:"昨者京师至,嗣皇传冕旒。"[5](586) "柳湘莲"三字实为"旒丧连"的谐音词,移字则为"旒连丧",此处的"旒"指拥有王爵者,"旒连丧"者,王爷连续丧亡也,指定南王孔有德和敬谨庄亲王尼堪,他们俩人都是大清王爷,都在半年内接连被李定国弄死。清黄宗羲写道:"逮夫李定国桂林、衡州之捷,两蹶名王,天下震动,此万历以来全盛之天下所不能有,功垂成而物败之,可望之肉其足食乎! 屈原所以呵笔而问天也!"[6]

曹雪芹在下述两段文字里隐述了李定国焚诛孔有德的史事:

宝玉便拉了柳湘莲到厅侧小书房中坐下,问他这几日可到秦钟的坟上去了。湘莲道:"怎么不去?前日我们几个人放鹰去,离他坟上还有二里。我想今年夏天的雨水勤,恐怕他的坟站不住。我背着众人,走去瞧了一瞧,果然又动了一点子。回家来就便弄了几百钱,第三日一早出去,雇了两个人收拾好了。"

宝玉道:"怪道呢,上月我们大观园的池子里头结了莲蓬,我摘了十个,叫茗烟出去到坟上供他去,回来我也问他,可被雨冲坏了没有?他说,不但不冲,且比上回又新了些。我想着,不过是这几个朋友新筑了。我只恨我天天圈在家里,一点儿做不得主,行动就有人知道,不是这个拦,就是那个劝的,能说不能行。虽然有钱,又不由我使。"湘莲道:"这个事,也用不着你操心,外头有我,你只心里有了就是了。眼前十月初一,我已经打点下上坟的花消。你知道,我一贫如洗,家里是没的积聚,总有几个钱文,随手就光的,不如趁空儿留下这一分,省得到了跟前扎煞手。"[1](370)

两段文字集中讨论为朋友筑坟之事,柳湘莲作为朋友,展示了极高的道德素养。因夏天雨多,他恐怕秦钟的坟墓被冲毁,特意避开众人去看了看,回来便筹钱雇人去收拾。眼看十月初一冥阴节将到,一贫如洗的柳湘莲竟然早早备下了这份钱,以为祭奠秦钟之用。从这两件事足以看出,柳湘莲是一个德友。分析到这里,敏感的读者朋友应该能够体会到,其中隐含着"诛焚孔有德"五个字:"筑坟"是"诛焚"的谐音词;柳湘莲恐怕秦钟的坟被雨冲坏,其中含有"恐"字,"恐"与"孔"谐音;柳湘莲是德友,"德友"移字为"友德",谐"有德"。将这些含义组合起来,便是"诛焚孔有德"。谁焚诛孔有德呢?当然是柳湘莲,也即李定国。李定国此时已归附南明,故已是南明的将领。文中的"茗烟",移字则为"烟茗",而"烟茗"则是"南明"的谐音词;文中"宝玉"指皇帝,南明皇帝。也就是说,李定国受南明皇帝派遣,诛焚了孔有德。

5.5 诱杀庄亲王尼堪

在第四十七回,同性恋者薛蟠纠缠柳湘莲,柳湘莲不胜其烦,将其诱骗至城北苇坑中暴打了一顿。这个情节里隐写了南明李定国诱杀敬谨庄亲王的史事。

据史料记载,定南王孔有德战死,桂林失守,定藩兵马逃入广东。孔有德定藩是当时两广三藩兵马最强的一支,定藩兵败,顺治惟恐广东有失,特敕谕平南王尚可喜、靖南王耿继茂:"切毋愤恨,轻赴广西;倘贼犯广东,尔等宜图万全为上计",等候定远大将军尼堪军至广西后,两藩兵力听从尼堪指挥。[7](711) 可见,顺治帝对敬谨庄亲王极为信任,寄予厚望。敬谨庄亲王西征军始发之日,顺治帝亲送至南苑,反复叮嘱他要小心谨慎,务必取胜归来。11月19日,尼堪军至湖南湘潭县,李定国的军队早在10月30日已占领衡州,此时正在衡州休整,尼堪率兵向衡州进发,于衡山县击败明军1800余人,11月22日尼堪率兵占领衡州城。李定国一方面诈败,一方面在衡州城北埋伏重兵,等待清军到来。11月23日,尼堪领清兵继续追击,结果陷入李定国的埋伏圈,庄亲王奋力苦战,不幸陷入泥沼之中动弹不得,力竭而死,头颅被明军割去报功,终年43(1610—1652)岁。

第四十七回描写薛蟠被诱至城北苇之坑,专家们自然相信,这是北京城北,而实是衡州城北。曹雪芹隐写衡州的方式是薛蟠被狠揍："只听'噗'的一声,颈后好似铁锤砸下来,只觉得一阵黑,满眼金星乱迸……登时便开了果子铺……说着,便取了马鞭过来,从背至胫,打了三四十下。薛蟠酒已醒了大半,觉得疼痛难禁,不禁有'嗳哟'之声……湘莲又掷下鞭子,用拳头向他身上擂了几下……湘莲便又一拳……湘莲又连两拳……湘莲举拳就打。"[1](371) 可见,尽管柳湘莲已经手下留情了,薛蟠还是被狠狠揍了一顿,这"狠揍"一词便是"衡州"的谐音词,它告诉我们,尼堪兵败身死于衡州。对于尼堪的死法,曹雪芹用的词是"苇之坑"、"滚的满身泥水"和"滚的似个泥猪一般"。"苇之坑"是"围之坑"的谐音,被围于泥坑的意思。或者说,他被包围了,最后陷入泥坑中。"猪"者,诛也。尼堪被包围,陷入泥坑中,最后被诛杀。

5.6 遗体回京

第四十八回前半部分写薛蟠因羞见亲友,毅然决然地跟随张德辉外出做生意。在远方,他遭遇强盗打劫,恰被柳湘莲碰到,被他救了,薛蟠感他救命之恩,捐弃前嫌,与柳湘莲结为异性兄弟。这个情节仍然用于隐写尼堪战死衡州府的史实,它补充了第四十七回没有提到的内容:

其一,定远将军。薛蟠出行的态度很坚决,曹雪芹写道:"薛蟠主意已定,那里肯依? 只说:'天天又说我不知世事,这个不知,那个也不学……过两日,我不告诉家里,私自打点了一走,明年发了财回家,那时才知道我呢。'说毕,赌气睡觉去了。"[1](374) 这段话的意思可概括为四个字:"定将远行",移字则为"定远将行",再用音训法则为"定远将军"。

其二,"八百一千银子"。薛蟠坚持要去做生意,薛姨妈不放心他去,既担心外出有危险,又担心他不会做生意折了本。宝钗劝说道,哥哥都这么大了,总不能拘束他一辈子,一半尽人力,一半听天命,"他既说的名正言顺,妈就打谅着丢了八百一千银子,竟交与他试一试。"[1](374) "八百一千银"是"一千八百人(马)"的隐语形式,在衡州大捷中,为引诱尼堪上钩,李定国曾命马进忠、冯双礼率领一千八百人马,与清军在城北香水庵、青草桥一线展开激战,并伴装战败,尼堪追击二十多里,到达演武坪,陷入李定国大军的包围圈。所以,这支一千八百人的队伍之所以能够诱骗尼堪上当,肯定做出了重大牺牲,这种牺牲精神是非常值得我们尊重的,曹雪芹可能也有感于他们的牺牲精神,才特别隐写了下来。历史学家顾诚写道:"李定国派出部将领兵一千八百名详抵一阵,随即后撤。尼堪骄心自用,以为明军不堪一击……主帅尼堪也在混战中当场毙命。"[7](712)

其三,遗体回京与失败原因。庄亲王尼堪衡州失败是由于麻痹轻敌,他的遗体是在第二年送回京城的,曹雪芹写道:"展眼已到十月,因有各铺面伙计内有算年帐要回家的,少不得家内治酒饯行。内有一个张德辉,年过六十,自幼在薛家当铺内揽总,家内也有二三千金的过活,今岁也要回家,明春方来。因说起:'今年纸札、香料短少,明年必是贵的。明年先打发大小儿子上来当铺内照管照管,赶在端阳前,我顺路贩些纸札、香扇来卖。除去关税花销,亦可以剩得几倍利息。'"[1](373-374) "张德辉"者,"将得回"也,指定远将军庄亲王尼堪的遗体被运回京城。那么,庄亲王的遗体是那一天到京城的呢? 年份是"明年",即公元1652年的第二年1653年。月份是"十月"。日期是"过六十","六十"者,移字则为"十六";"过六十"者,"十六日之后"也。在薛蟠与母亲的对话中,他还提到"过两日",加上前面的"过十六",则等于"十八日"。故庄亲王遗体回京的年月日期是:顺治十(1653)年农历十月十八日。《清世祖实录》对尼堪遗体回京作了如下记载:"庚辰。定远大将军和硕敬谨亲王尼堪灵柩自湖南回京。命和硕亲王以下、二品官以上、出郭十里迎。既至、上欲亲临其丧。诸王大臣以彼地出痘、力谏。乃止。"[8] 据世祖实录,顺治十(1653)年冬十月癸亥朔,庚辰是十八日。故尼堪遗体被运回的日期是庚辰日,也就是十月十八日。

张德辉家有"二三千金",这也是一个隐语。"二三千金"移字可为"二三金千",用音训法可得"二三成歼",意思是说,庄亲王尼堪所率领的清军,在衡州之战中,有二三成被歼灭,而不是被全歼。其原因在于,马进忠与冯双礼所率领的两支军队,奉孙可望密令,违背李定国的事先约定,战前已悄悄离开衡州,只剩李定国一支军队孤军奋战,没有办法全歼庄亲王所率领的全部清军。

"纸札""香料"和"明年必是贵的"三词也是隐语,它们说明了尼堪中伏的一个重要原因,"纸札"是"此杀"的谐音词,意即此次屠杀,庄亲王原打算要狠狠屠杀一批南明将士,以收杀一儆百之功效。"香料"移字则为"料香",音训则为"料想"。"明年必是贵的"移字则为"年明必是贵的",音训则为"南明必是溃的"。三词合起来的意思是:庄亲王原来料想,经过此次屠杀,南明政权必然崩溃。这说明庄亲王尼堪相当自负,对于战争的胜利丝毫不曾怀疑过。

其四,庄亲王终年四十三。在第四十七回,作者已经用"打了三四十下"一句话,其中镶嵌着"四""十"和"三"三个数字,连缀起来则是"四十三",尼堪终年就是四十三岁。至第四十八回,作者又写道:"至十三日……至十四日一早",在这里又镶嵌着"四""十"和"三"三字,组合起来还是"四十三"。

5.7 身首异处

读者朋友们都喜爱薛宝琴,薛宝琴小小年纪居然能作怀古诗,且一口气做了十首。然而,薛宝钗却发现事有蹊跷,她发现前八首是史鉴上有根据的,后二首却无考,她建议另做两首真正史鉴上可考的作补充。她的建议被林黛玉阻止了,林黛玉也承认,薛小妹的十首古诗中有两首于史鉴上无考,而是出自两出戏剧。李纨更进一步指出,它们出自《西厢记》和《牡丹亭》。笔者查阅资料后确定,第九首《蒲东寺怀古》所咏唱的乃是张生与崔莺莺的恋爱故事,这个故事最初出自唐朝元稹的《莺莺传》,又名《会真记》,元代戏剧家王实甫据此改编为杂剧《西厢记》。蒲东寺是戏剧中的寺名,本名普救寺,位于蒲郡之东,因又名蒲东寺。小红是崔莺莺的侍女,她帮助撮合了张生与崔莺莺的婚姻。

第十首《梅花观怀古》,出自汤显祖的《牡丹亭》,它描写了杜丽娘与柳梦梅的爱情故事。梅花观是戏剧中的一个地名,寺观,寺中栽有梅花树,因名梅花观。杜丽娘死后葬于梅花树下,柳梦梅旅居该观时,梦见杜丽娘托梦,醒后依言将其躯体救活,二人结为夫妻。诗中的春香是杜丽娘的婢女。

薛宝琴的这两首诗,一首是写林黛玉的,另一首写史湘云,都与庄亲王父子无涉。但之所以由薛小妹来做这些诗,并且勉强凑成"十首",原因在于"十首"乃是"失首"的谐音词。庄亲王战死于湘南之后,被南明兵士割掉脑袋报功,时人彭而述作《四战歌·草场》诗述其事。彭而述原为大明官员,后来降清,任湖南永州道参议等职,往来于湖南、云南各地,对庄亲王尼堪战殁的情况所知甚详,其以"草场"为诗名,说明庄亲王尼堪战殁的具体地点当为衡州城北的草场地区。诗中有"东珠璀璨嵌兜鍪,千金竟购大王头"[9]两句,"东珠"即东北所产珍珠,清朝统治者珍之为宝,用以镶嵌在表示权利和尊荣的冠帽服饰上;兜鍪即战盔。尼堪的战盔上镶嵌着东珠,南明士兵们将他的脑袋连同镶嵌着东珠的战盔一齐割下来,换得千两黄金的奖励。可见,庄亲王确实是身首异处了。

注释:

[1]〔清〕曹雪芹:《脂砚斋批评本红楼梦》,凤凰出版社2010年版。

[2]《清世祖实录(卷六十六)》。

[3]明清史料 甲编 三.

[4]任继愈主编:(清)王先谦编:《中华传世文选——骈文类纂》,吉林人民出版社1998年版。

[5]乾隆御选:《唐宋诗醇》,中国三峡出版社1997年版。

[6]黄宗羲:《行朝录:卷五 永历纪年》。

[7]顾诚:《南明史》,中国青年出版社1997年版。

[8]《清世祖实录(卷七十八)》。

[9]彭而述:《读史亭诗集》卷八《四战歌·草场》。

6. 薛宝钗管理才能揭秘

薛宝钗是一个百科全书式人物,她不仅文才出众,画识超群,针线娴熟,而且深谙管理之道,堪与探春、凤姐、平儿媲美。譬如,分配薛蟠带回来的礼物,黛玉感动得哭了,连心胸偏狭的赵姨娘也特意跑到王夫人那里,把宝钗猛夸了一顿。又如,管理大观园,宝钗提出,承包者应该拿出一部分钱来让未承包者分享;承包收入不走公帐,以园养园,免除不必要的中间环节,公私两便。宝钗的建议博得李纨、探春和平儿的一致赞同,婆子们更是一片喝彩。又如,惜春画大观园,宝钗一番高谈阔论,震慑全场,群钗无有不服。曹雪芹如此塑造薛宝钗,是因为宝钗的本人庄亲王尼堪,不仅是一员叱咤风云的武将,更是一个位高权重的文臣,曾奉命先后掌管六部、礼部和宗人府事,《清史稿·敬谨庄亲王尼堪传》有如下记载:

敬谨庄亲王尼堪,褚英第三子……(顺治)七年,与巽亲王满大海、端重亲王博洛理六部事……八年,复封亲王。又坐不奏阿济格私蓄兵器,降郡王。寻掌礼部。居数月,再复亲王,掌宗人府事。[1](186—187)

另据史料记载:顺治七年二月,摄政王传谕:"各部事务有不须入奏者,付和硕巽亲王、端重亲王、敬谨亲王办理"[2](918)。顺治八年,顺治帝亲政,谕曰:"国家政务,悉以奏朕……诸王议政大臣遇紧要、重要大事,可即奏朕;其诸细务,令理政三王理之。"[3](58)庄亲王尼堪是多尔衮任命的理政三王之一,到顺治亲政初期,尼堪仍为理政三王之一,不久改为理政八王贝勒之一。这些经历和职务是界定尼堪身份的重要史实,曹雪芹当然不会放过,他花了较多笔墨来隐写它们。

6.1 理政三王和理政诸王贝勒(子)

《红楼梦》第五十六回描写贾探春与薛宝钗协助王熙凤、王夫人管理贾府,探春大刀阔斧,兴利除弊,显得泼辣干练。薛宝钗则一改低调内敛的风格,工作大胆而积极。她们的管理范围比较宽泛,包括丫头们的月例、头油脂粉、学里补贴、守夜值班、大观园的开发、负责人员的拣选、迎来送往等事务,关于大观园的开发利用,曹雪芹作如下描写:

探春道:"我因和他们家的女儿说闲话儿,谁知那么个园子,除他们戴的花、吃的笋果鱼虾之外,一年还有人包了去,年终足有二百两银子剩。从那日我才知道,一个破荷叶,一根枯草根子,都是值钱的。"

……

探春因又接说道:"咱们这园子只算比他们的多一半,加一倍算,一年就有四百银子的利息。若此时派出两个一定的人来,也出脱生发银子,自然小器,不是咱们这样人家的事。既有许多值钱之物,一味任人作践,也似乎暴殄天物。不如在园子里所有的老妈妈中,拣出几个本分老诚、能知园圃事的,准派他们收拾料理,也不必要他们交租纳税,只问他们一年可以孝敬些什么。一则园子有专定之人修理,花木自有一年好似一年的,也不用临时忙乱,二则也不至作践,白辜负了东西。三则老妈妈们也可借此小补,不枉年日在园中辛苦。四则亦可以省了这些花儿匠山子匠并打扫人等的工费。将此有余,以补不足,未为不可。"

……

宝钗笑道:"却又来,一年四百,二年八百两,取租的房钱也能置得几间了,薄地也可添几亩了。虽然还有富余的,但他们既辛苦闹一年,也要叫他们剩些,粘补粘补自家。虽是兴利节用为纲,然亦不可太啬。纵再省上二三百银子,失了大体统也不象。所以如此一行,外头帐房里一年少出四五百银子,也不觉得很艰啬了,他们里头却也得些小补。这些没营生的妈妈们也宽裕了,园子里花木,也可以每年滋长蕃盛,你们也得了可使之物。这庶几不失大体。若一味要省时,那里不搜寻出几个钱来。凡有些余利的,一概入了官中,那时里外怨声载道,岂不失了你们这样人家的大体?如今这园里几十个老妈妈们,若只给了这个,那剩的也必抱怨不公。我才说的,他们只供给这个几样,也未免太宽裕了。一年竟除了这个之外,他每人不论有余无余,只叫他拿出若干贯钱来,大家凑齐,单散与园中这些妈妈们。他们虽不料理这些,却日夜也是在园中照看当差之人,关门闭户,起早睡晚,大雨大雪,姑娘们出入,抬轿子,撑船,拉冰床,一应粗糙活计,都是他们的差使。一年在园里辛苦到头,这园内既有出息,也是分内该沾带些的。还有一句至小的话,越发说破了:你们只管了自己宽裕,不分与他们些,他们虽不敢明怨,心里却都不服,只用假公济私的多摘你们几个果子,多掐几枝花儿,你们有冤还没处诉。他们也沾带了些利息,你们有照顾不到,他们就替你照顾了。"

众婆子听了这个议论,又去了帐房受辖治,又不与凤姐儿去算帐,一年不过多拿出若干贯钱来,各各欢喜异常,都齐说:"愿意,强如出去被他搓揉着,还得拿出钱来呢。"那不得管地的听了每年终又无故得分钱,也都喜欢起来,口内说:"他们辛苦收拾,是该剩些钱粘补的。我们怎么好稳坐吃三注?"

宝钗笑道:"妈妈们也别推辞了,这原是分内应当的。你们只要日夜辛苦些,别躲懒纵放人吃酒赌钱就是了。不然,我也不该管这事,你们一般听见,姨娘亲口嘱托我三五回,说大奶奶如今又不得闲儿,别的姑娘又小,托我照看照看。我若不依,分明是叫姨娘操心。你们奶奶又多病多痛,家务也忙。我原是个闲人,便是个街坊邻居,也要帮着些,何况是亲姨娘托我。我免不得去小就大,讲不起众人嫌我。倘或我只顾了小分沽名钓誉,那时酒醉赌博生出事来,我怎么见姨娘?你们那时后悔也迟了,就连你们素日的老脸也都丢了。这些姑娘小姐们,这么一所大花园,都是你们照看,皆因看得你们是三四代的老妈妈,最是循规遵矩的,原该大家齐心,顾些体统。你们反纵放别人任意吃酒赌博,姨娘听见了,教训一场犹可,倘若被那几个管家娘子听见了,他们也不用回姨娘,竟教导你们一番。你们这年老的反受了年小的教训,虽是他们是管家,管的着你们,何如自己存些体统,他们如何得来作践。所以我如今替你们想出这个额外的进益来,也为大家齐心把这园里周全的谨谨慎慎,使那些有权执事的看见这般严肃谨慎,且不用他们操心,他们心里岂不敬服。也不枉替你们筹画进益,既能夺他们之权,生你们之利,岂不能行无为之治,分他们之忧。你们去细想想这话。"

众人听了,都欢声鼎沸说:"姑娘说的很是。从此姑娘奶奶只管放心,姑娘奶奶这样疼顾我们,我们再要不体上情,天地也不容了。"

……

贾母便命人叫李纨、探春、宝钗等也都过来,将礼物看了。李纨收过一边,吩咐内库上人说:"等太太回来看了再收。"贾母因说,"这甄家又与别家不同,上等赏封儿赏男人,只怕展眼又打发女人来请安。预备下尺头。"一语未完,果然人回:"甄府四个女人来请安。"贾母听了,忙命人带进来。[4](437-442)

上述引文所隐写的内容,其中与庄亲王相关的部分,是顺治七年至八年之间的事情,在这段时间里,多尔衮重病逝世,顺治亲政,庄亲王尼堪参理朝政,为理政三王之一。

"薛宝钗"在此处是广略贝勒褚英还是庄亲王尼堪呢?请先看"探春"和"李纨"两名,它们会告诉大家。"探春"与"三君"谐音,"三君"即"三王"。"李纨"移字为"纨李",谐"管理",亦即理政。故"李纨""探春"两名放在一起,即可训为理政三王,既为理政三王之一,则此处的薛宝钗自然是庄亲王尼堪了。另外,"纨李"还与"官吏"谐音,此词告诉我们,理政三王并不是指执掌国柄的君王,而是享受王爵的官员。

"贾府"与"大观园"。探春、李纨和宝钗受托管理贾府与大观园事务,就是管理朝廷大事。"贾府"即大清朝廷,前面已经反复解释了。"大观园"与"大官员"谐音,意指尼堪所担任的乃是朝廷高官、大官。

"二百两银子"和"四百两银子"。引文中提到了三四个数目字,均是隐语。在这里,"百"与"部"谐音。"二百两银子"加"四百两银子",等于"六百两银子",移字为"两六百银子",谐"王六部任职",意即庄亲王在六部任职。尼堪于顺治七年,被多尔衮提议管理六部事,同时被任命的还有巽亲王满达海、端重亲王博洛,时称理政三王。此时多尔衮已经重病,故任命三王辅政,管理一些次要的事务,重大事件还得由多尔衮定夺。同年多尔衮暴亡,顺治亲政。

"二年八百两"。"二年"指尼堪等三王理政的第二年。"八百两"与"八贝王"谐音,移字则为"八王贝(勒)"。原来是三王理政,但到第二年,便变成八王贝勒理政了,《清史稿》载云:"三月壬午,端重亲王博洛、敬谨亲王尼堪以罪降郡王。癸未,命诸王、贝勒、贝子分管六部、理藩院、都察院事。"[5](25)此时,尼堪虽仍为理政王,但只是八个理政王贝勒之一,顺治任命的八个理政王、贝勒或贝子分别是:巽亲王满达海主管吏部、端重亲王博洛主管户部、敬谨亲王尼堪主管礼部、承泽亲王硕塞主管兵部、顺承郡王勒克德浑主管刑部、谦郡王瓦克达主管工部、贝勒喀尔楚浑主管理藩院、贝子务达海主管都察院。

6.2 掌礼部

尼堪"掌礼部",曹雪芹又另外撰写了薛宝钗送礼的情节来进行隐写:

话犹未了,外面小厮进来回说:"管总的张大爷差人送了两箱子东西来,说这是爷各自买的,不在货帐里面。本要早送来,因货物箱子压着,没得拿,昨儿货物发完了,所以今日才送来了。"一面说,一面又见两个小厮搬进了两个夹板夹的大棕箱。

薛蟠一见,说:"嗳哟,可是我怎么就糊涂到这步田地了!特特的给妈和妹妹带来的东西,都忘了没拿到家里来,还是伙计送了来了。"宝钗说:"亏你说,还是特特的带来的才放了一二十天,若不是特特的带来,大约要放到年底下才送来呢。我看你也诸事太不留心了。"薛蟠笑道:"想是在路上叫人把魂吓掉了,还没归窍呢。"说着大家笑了一回,便向小丫头说:"出去告诉小厮们,东西收下,叫他们回去罢。"

薛姨妈同宝钗因问:"到底是什么东西,这样捆着绑着的?"薛蟠便命叫两个小厮进来,解了绳子,去了夹板,开了锁看时,这一箱都是绸缎绫锦洋货等家常应用之物。薛蟠笑着道:"那一箱是给妹妹带的。"亲自来开。母女二人看时,却是些笔、墨、纸、砚,各色笺纸、香袋、香珠、扇子、扇坠、花粉、胭脂等物;外有虎丘带来的自行人、酒令儿、水银灌的打筋斗小小子、沙子灯,一出一出的泥人儿的戏,用青纱罩的匣子装着;又有在虎丘山上泥捏的薛蟠的小像,与薛蟠毫无相差。

宝钗见了,别的都不理论,倒是薛蟠的小像,拿着细细看了一看,又看看他哥哥，不禁笑起来了。因叫莺儿带着几个老婆子，将这些东西连箱子送到园里去，又和母亲、哥哥说了一回闲话儿，才回园里去了。这里薛姨妈将箱子里的东西取出，一分一分的打点清楚，叫同喜送给贾母并王夫人等处，不提。

且说宝钗到了自己房中，将那些玩意儿一件一件的过了目，除了自己留用之外，一分一分配合妥当，也有送笔、墨、纸、砚的，也有送香袋、扇子、香坠的，也有送脂粉头油的，有单送顽意儿的。只有黛玉的比别人不同，且又加厚一倍。一一打点完毕，使莺儿同着一个老婆子，跟着送往各处。

这边姊妹诸人都收了东西，赏赐来使，说见面再谢。惟有林黛玉看见他家乡之物，反自触物伤情，想起父母双亡，又无兄弟，寄居亲戚家中，那里有人也给我带些土物？想到这里，不觉的又伤起心来了。紫鹃深知黛玉心肠，但也不敢说破，只在一旁劝道："姑娘的身子多病，早晚服药，这两日看着比那些日子略好些。虽说精神长了一点儿，还算不得十分大好。今儿宝姑娘送来的这些东西，可见宝姑娘素日看得姑娘很重，姑娘看着该喜欢才是，为什么反倒伤起心来？这不是宝姑娘送东西来倒叫姑娘烦恼了不成？就是宝姑娘听见，反觉脸上不好看。再者这里老太太们为姑娘的病体，千方百计请好大夫配药诊治，也为是姑娘的病好。这如今才好些，又这样哭哭啼啼，岂不是自己遭踏了自己身子，叫老太太看着添了愁烦了么？况且姑娘这病，原是素日忧虑过度，伤了血气。姑娘的千金贵体，也别自己看轻了。"

紫鹃正在这里劝解，只听见小丫头子在院内说："宝二爷来了。"紫鹃忙说："请二爷进来罢。"只见宝玉进房来了，黛玉让坐毕，宝玉见黛玉泪痕满面，便问："妹妹，又是谁气着你了？"黛玉勉强笑道："谁生什么气。"旁边紫鹃将嘴向床后桌上一努，宝玉会意，往那里一瞧，见堆着许多东西，就知道是宝钗送来的，便取笑说道："那里这些东西，不是妹妹要开杂货铺啊？"黛玉也不答言。紫鹃笑着道："二爷还提东西呢。因宝姑娘送了些东西来，姑娘一看就伤起心来了。我正在这里劝解，恰好二爷来的很巧，替我们劝劝。"

宝玉明知黛玉是这个缘故，却也不敢提头儿，只得笑说道："你们姑娘的缘故想来不为别的，必是宝姑娘送来的东西少，所以生气伤心。妹妹，你放心，等我明年叫人往江南去，与你多多的带两船来，省得你满眼抹泪的。"黛玉听了这些话，也知宝玉是为自己开心，也不好推，也不好任，因说道："我任凭怎么没见世面，也到不了这步田地，因送的东西少，就生气伤心。我又不是两三岁的小孩子，你也忒把人看得小气了。我有我的缘故，你那里知道。"说着，眼泪又流下来了。

宝玉忙走到床前，挨着黛玉坐下，将那些东西一件一件拿起来摆弄着细瞧，故意问这是什么，叫什么名子，那是什么做的，这样齐整，这是什么，要他做什么使用。又说这一件可以摆在面前，又说那一件可以放在条桌上当古董儿倒好呢。一味的将些没要紧的话来厮混。

黛玉见宝玉如此,自己心里倒过不去,便说:"你不用在这里混搅了。咱们到宝姐姐那边去罢。"宝玉巴不得黛玉出去散散闷,解了悲痛,便道:"宝姐姐送咱们东西,咱们原该谢谢去。"黛玉道:"自家姊妹,这倒不必。只是到他那边,薛大哥回来了,必然告诉他些南边的古迹儿,我去听听,只当回了家乡一趟的。"说着,眼圈儿又红了。宝玉便站着等他。黛玉只得同他出来,往宝钗那里去了。

……

且说赵姨娘因见宝钗送了贾环些东西,心中甚是喜欢,想道:"怨不得别人都说那宝丫头好,会做人,很大方,如今看起来果然不错。他哥哥能带了多少东西来,他挨门儿送到,并不遗漏一处,也不露出谁薄谁厚,连我们这样没时运的,他都想到了。若是那林丫头,他把我们娘儿们正眼也不瞧,那里还肯送我们东西?"一面想,一面把那些东西翻来覆去的摆弄瞧看一回。忽然想到宝钗系王夫人的亲戚,为何不到王夫人跟前卖个好儿呢。自己便蝎蝎螫螫的拿着东西,走至王夫人房中,站在旁边,陪笑说道:"这是宝姑娘才刚给环哥儿的。难为宝姑娘这么年轻的人,想的这么周到,真是大户人家的姑娘,又展样,又大方,怎么叫人不敬服呢。怪不得老太太和太太成日家都夸他疼他。我也不敢自专就收起来,特拿来给太太瞧瞧,太太也喜欢喜欢。"王夫人听了,早知道来意了,又见他说的不伦不类,也不便不理他,说道:"你自管收了去给环哥顽罢。"赵姨娘来时兴兴头头,谁知抹了一鼻子灰,满心生气,又不敢露出来,只得讪讪的出来了。到了自己房中,将东西丢在一边,嘴里咕咕哝哝自言自语道:"这个又算了个什么儿呢。"一面坐着,各自生了一回闷气。[4](525-528)

这一大篇文字都是讲薛宝钗送礼物的事,礼物是薛蟠买来送给宝钗的,宝钗因此获得了礼物处置权,她又把它们送给宝玉和众位姐妹。"礼物"与"礼部"谐音,宝钗掌管礼物分配,隐训过来的意思是:"敬谨庄亲王掌礼部"。

6.3 掌宗人府

贾母布置惜春画大观园,这么大的工程,惜春哪能搞定,于是大家替她出主意,薛宝钗表现尤其突出:

宝钗道:"我有一句公道话,你们听听。藕丫头虽会画,不过是几笔写意。如今画这园子,非离了肚子里头有几幅丘壑的才能成画。这园子却是象画儿一般,山石树木,楼阁房屋,远近疏密,也不多,也不少,恰恰的是这样。你就照样儿往纸上一画,是必不能讨好的。这要看纸的地步远近,该多该少,分主分宾,该添的要添,该减的要减,该藏的要藏,该露的要露。这一起了稿子,再端详斟酌,方成一幅图样。第二件,这些楼台房舍,是必要用界尺划的。一点不留神,栏杆也歪了,柱子也塌了,门窗也倒竖过来,阶矶也离了缝,甚至于桌子挤到墙里头去,花盆放在帘子上来,岂不倒成了一章笑话儿了。第三,要插人物,也要有疏密,有高低,衣折裙带,手指足步,最是要紧。一笔不细,不是肿了手就是跏了腿,染脸撕发倒是小事。依我看来,竟难的很。如今一年的假也太多,一月的假也太少,竟给他半年的假,再派了宝兄弟帮着他。并不是为宝兄弟知道教着他画,那就更误了事;为的是有不知道的,或难安插的,宝兄弟好拿出去问问那会画的相公,就容易了。"

宝玉听了,先喜的说:"这话极是。詹子亮的工细楼台就极好,程日兴的美人是绝技。如今就问他们去。"宝钗道:"我说你是无事忙,说了一声你就问去。等着商议定了再去。如今且拿什么画?"宝玉道:"家里有雪浪纸,又大又托墨。"

宝钗冷笑道:"我说你不中用!那雪浪纸写字、画写意画儿,或是会山水的画南宗山水,托墨,禁得皴染。拿了画这个,又不托色,又难滃,画也不好,纸也可惜。我教你一个法子,原先盖这园子,就有一张细致图样,虽是匠人描的,那地步方向是不错的。你和太太要了出来,也比着那纸大小,和凤丫头要一块重绢,叫相公矾了,叫他照着这图样删补着立了稿子,添了人物就是了。就是配这些青绿颜色并泥金泥银,也得他们配去。你们也得另爖上风炉子,预备化胶、出胶、洗笔。还得一张粉油大案,铺上毡子。你们那些碟子也不全,笔也不全,都得从新再置一分儿才好。"惜春道:"我何曾有这些画器?不过随手写字的笔画画罢了。就是颜色,只有赭石、广花、藤黄、胭脂这四样。再有,不过是两支着色笔就完了。"

宝钗道:"你怎不早说。这些东西,我却还有,只是你也用不着,给你也白放着。如今我且替你收着,等你用着这个的时候,我送你些。也只可留着画扇子,若画这大幅的也就可惜了的。今儿替你开个单子,照着单子和老太太要去。你们也未必知道的全,我说着,宝兄弟写。"宝玉早已预备下笔砚了,原怕记不清白,要写了记着,听宝钗如此说,喜的提起笔来静听。

宝钗说道:"头号排笔四支,二号排笔四支,三号排笔四支,大染四支,中染四支,小染四支,大南蟹爪十支,小蟹爪十支,须眉十支,大著色二十支,小著色二十支,开面十支,柳条二十支,箭头朱四两,南赭四两,石黄四两,石青四两,石绿四两,管黄四两,广花八两,蛤粉四匣,胭脂十片,大赤飞金二百帖,青金二百帖,广匀胶四两,净矾四两。矾绢的胶矾在外,别管他们,你只把绢交出去叫他们矾去。这些颜色,咱们淘澄飞跌着,又顽了,又使了,包你一辈子都够使了。再要顶细绢箩四个,粗绢箩四个,担笔四支,大小乳钵四个,大粗碗二十个,五寸粗碟十个,三寸粗白碟二十个,风炉两个,沙锅大小四个,新瓷罐二口,新水桶四只,一尺长白布口袋四条,浮炭二十斤,柳木炭一斤,三屉木箱一个,实地纱一丈,生姜二两,酱半斤。"

黛玉忙道:"铁锅一口,铁铲一个。"宝钗道:"这作什么?"黛玉笑道:"你要生姜和酱这些作料,我替你要铁锅来,好炒颜色吃的。"众人都笑起来。宝钗笑道:"你那里知道。那粗色碟子保不住不上火烤,不拿姜汁子和酱预先抹在底子上烤过了,一经了火是要炸的。"众人听说,都道:"原来如此。"

黛玉又看了一回单子,笑着拉探春悄悄的道:"你瞧瞧,画个画儿又要这些水缸箱子来了。想必他糊涂了,把他的嫁妆单子也写上了。"探春"嗳"了一声,笑个不住,说道:"宝姐姐,你还不拧他的嘴?你问问他编排你的话。"宝钗笑道:"不用问,狗嘴里还有象牙不成!"一面说,一面走上来,把黛玉按在炕上,便要拧他的脸。黛玉笑着忙央告:"好姐姐,饶了我罢!颦儿年纪小,只知说,不知道轻重,作姐姐的教导我。姐姐不饶我,还求谁去?"众人不知话内有因,都笑道:"说的好可怜见的,连我们也软了,饶了他罢。"宝钗原是和他顽,忽听他又拉扯前番说他胡看杂书的话,便不好再和他厮闹,放起他来。黛玉笑道:"到底是姐姐,要是我,再不饶人的。"宝钗笑指他道:"怪不得老太太疼你,众人爱你伶俐,今儿我也怪疼你的了。过来,我替你把头发拢一拢。"黛玉果然转过身来,宝钗用手拢上去。宝玉在旁看着,只觉更好,不觉后悔不该令他抿上鬓去,也该留着,此时叫他替他抿去。正自胡思,只见宝钗说道:"写完了,明儿回老太太去。若家里有的就罢,若没有的,就拿些钱去买了来,我帮着你们配。"宝玉忙收了单子。[4](334-335)

"讲"与"掌"谐音。整个过程,薛宝钗讲得最多,她口若悬河,滔滔不绝,侃侃而谈,娓娓道来,其他人几乎插不进嘴。曹雪芹让薛宝钗大讲特讲,目的何在?因为"讲"与"掌"谐音,其中隐藏一个"掌"字。

"众人服"与"宗人府"谐音。薛宝钗的一席长谈,把画画的精髓、注意事项、终南捷径及必备画具,都交代得一清二楚。林黛玉提出过两次质疑,众人也有疑惑,但都被薛宝钗合情合理的解释化解了,众人异口同声地说"原来如此",贾宝玉更是高兴,他将薛宝钗的发言全部笔录了下来,以备使用。所以,在场听讲之人,包括贾宝玉、林黛玉、贾探春、李纨和惜春等,无有不服气的。曹雪芹这样写,原因在于"众人服",与"宗人府"谐音。

"掌"与"宗人府"连缀起来,便是"掌宗人府"。庄亲王曾经掌管宗人府。

注释:

[1]张家林主编:《清史稿/二十五史精编》,中国戏剧出版社2007年版。
[2]戴逸、李文海主编:《清通鉴》,山西人民出版社2000年版。
[3]孟森:《清史讲义》,北京联合出版公司2014年版。
[4]〔清〕曹雪芹:《脂砚斋批评本红楼梦》,凤凰出版社2010年版。
[5]张家林主编:《清史稿/二十五史精编》,中国戏剧出版社2007年版。

7. 冷香丸揭秘

薛宝钗患有一种先天性疾病，发病时须服冷香丸，其他药均不见效。薛宝钗所患之病很奇特，冷香丸则更奇特，稍微有点医学常识和生活经验之人，都会明白这是作者虚构的情节，不能信以为真。然而，宝钗的病和药很奇特，一些专家学者们的解释也很奇特，有位专家居然著文说："宝钗之症属内分泌偏差造成的性欲亢奋。中医认为，性欲来源于肾脏，宝钗肾阴火过盛导致情欲炽烈，此乃第一症状；肾水不足不能上济于心，心火过度炎烧肺金，肺受燥热必有喘嗽，此乃第二症状。"关于冷香丸，这位专家说："针对薛宝钗的'胎里热毒无名之病'辨证施治的冷香丸药方严谨规范，具有很高的专业水平，并得到现代生理学、药理学的支持。"[1] 这篇奇文引经据典、"严谨规范"，显示了"极高的专业水平"，却丝毫也禁不起质疑，宝钗的病是先天的，自小就有，难道她在孩提时就性欲亢奋？冷香丸既然是对症之药，且符合现代生理学和药理学，为何除不了病根呢？可见此说不能成立。事实上，关于薛宝钗的病和药，我们也必须使用隐训法，舍此则无法得到合情合理的结论。

此前的分析已经表明，薛宝钗和薛蟠名下隐写着两人，其一为敬谨庄亲王尼堪，其二为褚英，褚英与尼堪是父子关系。我们已经知道庄亲王尼堪战死于湘南衡阳，本章将讨论褚英之死。曹雪芹作《红楼梦》，重点写顺康雍三朝之事，但对清太祖和太宗两朝的相关事件也有追溯，所以，褚英案件虽然属于太祖朝的事情，但其事影响重大而深远，曹雪芹很重视，还是将它隐写了出来。

前面我们讨论了薛家的姓名，它们都与敬谨庄亲王尼堪有关。但曹雪芹择字造句，往往一石二鸟甚至一举多得，笔者研究发现，薛家母子的姓名，竟也与褚英案密切相关。譬如，薛宝钗的母亲是王氏，王子腾是薛宝钗的亲舅。"王氏"者，"皇室"也，即她（他）是皇室成员。"王子腾"者，"与皇子们有藤蔓关系"也，也就是说，薛蟠和薛宝钗的原型也是皇子或皇孙，他们与皇子们是同一根藤蔓上长出的果子。"亲舅"者，"亲仇"也，意谓皇子们既是她（他）的亲人，又是仇人。褚英固然是被其父亲努尔哈赤杀死的，然褚英之被杀，实由代善、皇太极等四大贝勒和五大臣告讦而成,故四大贝勒和五大臣都是褚英的仇人。四大贝勒皆是努尔哈赤的儿子或侄子,也是褚英的亲、堂兄弟;五大臣大都也与褚英沾亲带故,"亲仇"名副其实。宝钗的丫环叫莺儿,"莺儿"者,"雏莺"也,"雏莺"与"褚英"谐音。薛蟠字文龙,"薛蟠"者,"说反"也,"说逆反之言"也;"薛蝌"者,"说科"也,说逆反之言的科案也;"薛姨妈"与"说亦骂"谐音,它告诉读者,在这里,"薛(说)"当训为"骂"。"说"多义,也是多音字,其一种发音 shui 与薛是谐音的。其含义之一是责备、批评、讽刺,如说东道西、说长道短等;"文龙"移字则为"龙文","龙文"的谐音词是"龙刎","龙"指皇帝,"龙刎"指被皇帝抹脖子杀死,褚英正是被汗王杀害的。"宝钗"者,"胞残"也,同胞相残之意。"宝琴"与"胞侵"谐音,同胞侵陵也。读清史可知,褚英死于诅咒之罪,这是一桩父子兄弟相残的血案。

7.1 宝钗热毒与褚英咀咒

薛宝钗自述了其所患无名之症的特点:"我这是从胎里带来的一股热毒,幸而我先天结壮,还不相干;若吃凡药,是不中用的。"发病时的症状和服药要求是:"也不觉什么,只不过喘嗽些,吃一丸也就罢了。"[2](58)从字面上看,宝钗所患乃是呼吸道疾病,如气管炎、肺炎、肺气肿之类,但实际不是,因为她的病症有如下特点:

其一,无名之症。薛宝钗自小害病,却不知病症的名称,只好以"那种病"称呼。只有一个秃头和尚识得此病,说它是从胎里带来的一股热毒,却仍然不知病名。若是肺病、气管炎类病症,皆是有名称的。

其二,病不伤体。薛宝钗自己介绍说,她发病时并不觉什么,身体没什么痛苦。她先天结壮,此病与身体"不相干"。请读者朋友注意"不相干"三字,其意思是没有联系、没有牵扯、没有干涉。也就是说,她生来身体就棒棒的,虽有这无名之症,身体丝毫不受影响,照样杠杠的。

其三,无药可医。凡药治不了此病,冷香丸是仙方仙药,宝钗发病时,吃一丸就好。尽管如此,冷香丸治标不治本,薛宝钗仍时时发病,可见仙方仙药实际也不管用。

所谓"无名之症"即"胡人之症",胡人野蛮落后、狭隘残忍,常常自相残杀。宝钗的病和药,均与秃头和尚相关,只有秃头和尚能够判定病因,也只有他提供的"海上仙方儿"稍微有点效验。薛宝钗一会儿说秃头和尚,一会儿又说癞和尚,可见此和尚便是一直出没于《红楼梦》各处的那个仙僧。这个仙僧不简单,他一施幻法,便将一块巨石变幻成通灵宝玉;他在黛玉幼时便断定,如果黛玉不出家,她的病便一世都好不了;见了甄英莲,他当即预言此女不祥,必是累及爹娘之物,并说"好防佳节元宵后,便是烟消火灭时"。所有预言皆应验如神。宝钗胸前所佩之金锁,上有"不离不弃,芳龄永继"八字,也是由他提供的,他还预言了金石姻缘等。

总之,薛宝钗同贾宝玉、林黛玉、香菱等人一样,其命运是由秃头和尚决定的,她的病和药当然也是由秃头和尚决定的。关于秃头和尚的真实身份,我们在此前的章节已经作过讨论,他是大清皇帝。"秃头"者,"胡头"也,胡人之头目也。"和尚"者,"僧人"也,谐训为"圣人",在我国旧时代,皇帝被称颂为圣上、圣人。故"秃头和尚"实指作为胡人的清朝皇帝,此处指努尔哈赤。褚英作为努尔哈赤的长子,其命运完全受到努尔哈赤的影响和决定。那么,褚英究竟患了什么病? 努尔哈赤与褚英的病有何关系?

薛宝钗所患的是热毒,"热毒"者,移字则为"毒热",再音训则为"毒舌"。换句话说,薛宝钗的原型褚英患有"毒舌"病。"毒舌"一词时下很流行,但它并不是一个网络新词,古代汉语中就有这个词,成语有赤口毒舌,形容言词恶毒,出口伤人。唐卢仝《月蚀》诗云:"月蚀乌宫十三度,乌为居停主人不觉察,贪向何人家,行赤口毒舌,毒虫头上却吃月,不啄杀。"[3](431) 所谓毒舌病,通俗地讲就是嘴臭,说话特别刻毒。发病时,薛宝钗便会"喘嗽"些,"喘嗽"与"怨毒"谐音。"毒舌"亦即说话"尖刻",褚英就是典型的毒舌。《清史稿·广略贝勒褚英传》云:"褚英意不自得,焚表告天自诉,乃坐咀呪,幽禁,是岁癸丑。越二年乙卯闰八月,死于禁所,年三十六。"[4](7195)《清史稿·太祖本纪》云:"秋闰八月,帝长子褚英卒。先是太祖将授政于褚英,褚英暴伉,众心不附,遂止。褚英怨望,焚表告天,为人所告,自缢死。"[4](6) 褚英因嘴臭,被取消皇太子资格,圈禁于高墙之内,仍不思悔改,仍然诅咒兄弟和父王,被人揭发,努尔哈赤一怒之下赐其自缢。清史专家孙喆从《满文老档》总结褚英的罪状主要有四条:一是作为秉政长子,"毫无均平治理汗父委付大国之心,离间汗父亲自举用恩养之五大臣,使其苦恼"。二是"折磨聪睿恭敬汗爱如心肝之四子",强迫诸弟发誓,不把自己的所作所为告知给父汗。三是扬言即位后,将诛杀与自己为恶的诸弟、诸大臣。四是声称父汗死后,要剥夺赐予诸弟的财帛、马匹。[5](284) 这四条罪状,没有一条出自行为,而全都出自嘴巴,褚英说了太多他不应该说的话,这构成了他的咀咒之罪。

褚英的性格完全是由他父亲一手造成的,1683年,努尔哈赤举兵报仇,开始进行统一女真各部的战争,褚英当时年仅三四岁,从此便跟随父亲过着腥风血雨、刀头舐血的生活,养成了凶残、狭隘、多疑的性格。而努尔哈赤不仅没有进行及时的教育与引导,反而以囚禁和杀害舒尔哈齐父子三人的实际行动,为褚英的凶残、狭隘和多疑做出了实际的表率,而努尔哈赤却将他杀死了事,褚英岂非有点冤枉?

7.2 冷香丸的内里乾坤

关于冷香丸,曹雪芹有大段描写:

宝钗听说,便笑道:"再不要提吃药。为这病,请大夫吃药,也不知白花了多少银子呢。凭你什么名医仙药,总不见一点儿效。后来还亏了一个秃头和尚,说专治无名之症,因请他看了。他说,我这是从胎里带来的一股热毒,幸而我先天结壮,还不相干;若吃凡药,是不中用的。他就说了一个海上方,又给了一包末药作引,异香异气的,不知是那里弄来的。他说,发了时吃一丸就好。倒也奇怪,这倒效验些。"

……宝钗见问,乃笑道:"不问这方儿还好,若问起这方儿,真真把人琐碎死。东西、药料一概都有,现易得的,只难得'可巧'二字。要春天开的白牡丹花蕊十二两,夏天开的白荷花蕊十二两,秋天开的白芙蓉花蕊十二两,冬天开的白梅花蕊十二两。将这四样花蕊,于次年春分这日晒干,和在末药一处,一齐研好。又要雨水这日的雨水十二钱,……"

……宝钗笑道:"所以,那里有这样可巧的雨?便没雨,也只好再等罢了。白露这日的露水十二钱,霜降这日的霜十二钱,小雪这日的雪十二钱。把这四样水调匀,和了丸药,再加蜂蜜十二钱,丸了龙眼大的丸子,盛在旧磁罐内,埋在花根底下。若发了病时,拿出来吃一丸,用十二分黄柏汤送下。"

……宝钗道:"竟好,自他说了以后,一二年间可巧都得了,好容易配成一料。如今从南带至北,现就埋在梨花树下。"周瑞家的又问道:"这药可有名字没有呢?"宝钗道:"有。这也是那癞和尚说下的,叫作冷香丸。"周瑞家的听了点头儿,因又说:"这病发了时,到底觉怎样?"宝钗道:"也不觉什么,只不过喘嗽些,吃一丸也就罢了。"[2](58)

冷香丸药方奇特,闻所未闻,似为游戏笔墨,但若以隐训解之,则简单明了,其中所隐藏的便是褚英案。褚英案除褚英、努尔哈赤外,还有四大贝勒和五大臣两拨关键人物。下面,让我们先把这些关键人物找出来,然后再逐步分析。

(1)四大贝勒。冷香丸含四味很关键的药,它们都是白色的花蕊,分别是春天开的白牡丹花蕊,夏天开的白荷花蕊,秋天开的白芙蓉花蕊,冬天开的白梅花蕊,可总称为"四季白花蕊",移字则为"四花季白蕊",谐训则为"四大子贝勒",其中嵌有"四大子""四大贝勒"两个组合。翻开清初历史,我们知道,四大贝勒是努尔哈赤在肇基时期重用的四个子侄,他们分别是代善、阿敏、莽古尔泰和皇太极,四人并称四大贝勒,其中阿敏是努尔哈赤的侄子,其余三人则是努尔哈赤的儿子。故他们既是努尔哈赤的四个大儿子(侄),又是四个大贝勒(褚英死后,代善等四大贝勒便是努尔哈赤成年的四大子侄)。他们在努尔哈赤手下独当一面,"共议国政,各置官属"[4](2220),天命六年(1621)二月,努尔哈赤命"四大贝勒按月分直,国中一切机务,俱令直月贝勒掌理。"四大贝勒均为著名战将,他们都为大清王朝的建立立下了赫赫功勋。

（2）五大臣。冷香丸提到五个节气：春分、雨水、白露、霜降和小雪，它们是我国传统二十四大节气之五，可统称为"五大节气"。节气也称节令，故"五大节"也称为"五大节令"，"五大节令"谐"五大杰臣"，"节"与"杰"谐音，"令"与"臣"谐音。努尔哈赤有五大杰出的大臣，分别是费英东、何和理、额亦都、扈尔汉和安费扬古，简称五大臣。五大臣皆少年时追随太祖起兵，对大清基业的草创厥功甚伟，努尔哈赤从不掩饰自己对他们的喜爱。五大臣先后去世之后，努尔哈赤甚为怀念，曾到他们的墓前哭道："朕所与并肩友好诸大臣，何不遗一人以送朕老耶！"[4](7339)五大臣生荣死哀，备受尊崇。

四大贝勒和五大臣是努尔哈赤的左膀右臂，"天命元年丙辰春正月壬申朔，上即位，建元天命，定国号曰金。诸贝勒大臣上尊号曰覆育列国英明皇帝。命次子代善为大贝勒，弟子阿敏为二贝勒，五子莽古尔泰为三贝勒，八子皇太极为四贝勒。命额亦都、费英东、何和里、扈尔汉、安费扬古为五大臣，同听国政。"[4](6)四大贝勒和五大臣如此重要，而褚英却与他们不和，褚英是怎么得罪他们的呢？

（3）元子。褚英是努尔哈赤的长子，又是嫡子，他是努尔哈赤元妃佟佳氏所生的第一个孩子，这在古代社会有一个专门的名词叫"元子"。如《书·微子之命》载云："王若曰：猷，殷王元子。"[6](293)这是周成王对微子说话，微子是商王帝乙的长子，与商纣王同父又同母，他原本是庶子，后来母亲封妃，他的地位自然也上升了，成为嫡长子，故周成王称微子为殷元子。《诗·鲁颂·閟宫》："王曰叔父，建尔元子，俾侯于鲁。"[7](221)这句话的意思是，周武王让他的叔父周公旦，立其嫡长子伯禽为鲁国国君。

褚英既是元子，又战功卓著，努尔哈赤曾立其为继承人，执掌国政。《满文老档·太祖》卷三载："聪睿恭敬汗承天眷祐，聚为大国，执掌金政。聪睿恭敬汗思曰：若无诸子，吾有何言，吾今欲令诸子执政。若令长子执政，长子自幼褊狭，无宽宏恤众之心。如委政于弟，置兄不顾，未免僭越，为何使弟执政。吾若举用长子，专主大国，执掌大政，彼将弃其褊心，为心大公乎！遂命长子阿尔哈图图门执政。"[8](328)"阿尔哈图图们"是满语，译为汉语即为"广略贝勒"，褚英英勇善战，曾受此封。这条史料说明一个事实，褚英确实曾被立为储君，并执掌了部分国政，实际履行着清朝第二代君主的部分职责。在宝钗与周瑞家的的对话中，两次用到"两日"和"次……日"，又用到"龙……的丸子"，"丸子"与"元子"谐音，它们都是隐指褚英的。

（4）褚英得罪四大贝勒与五大臣。褚英之被立为储君，诸弟虽然有些羡慕嫉妒恨，但还不至于跟他公开结仇，尤其是五大臣，不管谁做君主，他们都是臣子，绝不会有做君王的可能。让五大臣与四大贝勒联合起来对付褚英，必定有不得已的原因,必定是褚英做了非常过分的事情。褚英究竟做了什么事情呢？请看"十二两""十二钱"和"分……晒干"等词。冷香丸有四味药都是"十二两""十二两"是"食而粮"的谐音词,就是要吃你们的粮食。冷香丸和药的雨、露、霜和雪都是"十二钱""十二钱"者,"使尔钱",就是要使用你们的钱财。"分……晒干"即"分……财产",指褚英意欲分取四大贝勒与五大臣的财产。后金时期政权初建,朝廷给皇室及官员们不是发工资,而是分给一定数量的牛、羊、马、房屋、帐篷和包衣奴才等,地位越高、权力越大,牛羊马等财产就越多。褚英被立为储君之后,他竟然对诸弟和五大臣说,他希望他们把自己的财产分一些给自己。褚英的做法令诸弟不满,也令五大臣感到恐惧。冷香丸是一种丸药,并被埋藏于梨花树下,其中含有何种寓意呢？"梨树"移字为"树梨",谐训则为"树敌";"丸"者,"怨"也。意思是说,褚英对待四大贝勒和五大臣的做法,直接把他们变成了他的敌人,引起了他们的怨恨。

(5)诸弟与诸臣联合起来,轮番向努尔哈赤抱怨。"冷香丸"是"轮上怨"的谐音词,指四大贝勒和五大臣轮番上奏怨辞,埋怨褚英。冷香丸里有一味药引子,它是"一包末药作引,异香异气的,不知是那里弄来的。他说,发了时吃一丸就好。"后文又提到:"和在末药一处,一齐研好"。在第一段引文中镶嵌着"香""药"和"丸"三个关键字,连缀起来是"香药丸","香药丸"是"相约怨"的谐音,指四大贝勒与五大臣在向努尔哈赤告发褚英前,聚在一起商量过,最后达成了一个共同告发的约定。后一句引文里有"和在末药一处,一齐研",移字则为"末药和在一处,一齐研",谐训则为"莫要合在一处,一齐怨",其要表达的意思是,四大贝勒和五大臣相约,莫要混合在一起去抱怨,而是分开来,轮番去抱怨。他们可能认为,这样做的效果更好,能够把褚英告倒。

(6)密探。制作冷香丸,需要"蜂蜜"和"白糖",其中镶嵌着"蜜糖"二字,它们是"密探"的谐音词,意指四大贝勒和五大臣为了揭发褚英的罪行,在褚英身边安排了密探。譬如,努尔哈赤两次往征乌拉都没有带褚英去,褚英很生气,他用巫法诅咒四弟与父亲征战失败,并誓言,如果他们战败了,决不放他们入城。应该说,褚英这事做得很隐秘,可竟然被人告发了,若非密探所为,很难解释。

(7)努尔哈赤对褚英的迥异态度。冷香丸制成后,被"盛在旧磁罐内",吃时用"十二分黄柏汤送下",这两句话表明了努尔哈赤对褚英态度的前后变化。"旧磁罐"是"旧慈惯"的谐音词,意思是说,努尔哈赤对褚英原本是很慈祥,很娇惯的。"十二分黄柏汤"意味着极端残酷,黄柏汤是苦的代名词,意为残酷。"十二分"说明残酷的程度非比寻常,褚英最后被赐死,这还不是十二分残酷吗？

(8)海上方儿。薛宝钗说冷香丸是一个"海上方儿",宋朝钱竽著有《海上方》

一书,《海上方》又名《海上名方》《孙真人海上方》,此外还有《奇效海上仙方秘本》。海上方指仙方,历史上秦始皇和汉武帝均曾派人出海寻找不死仙药,后世便将仙方称为"海上方"。曹雪芹当然知道世上并无仙方,所谓"海上方"不可能是真正的仙方,故《红楼梦》中的"海上方"另有所指,薛宝钗所谓"海上方",周瑞家的称之为"海上方儿",可见,"海上方儿"是全称。"海上方儿"移字则为"方上海儿",谐训则为"皇上害儿",指努尔哈赤谋害褚英。褚英的脾气十分暴躁而顽固,只靠口头是难以说服的,故要彻底治好他的病只有一法,就是杀了他,努尔哈赤就是这么做的。

7.3 "水"和"土"

冷香丸的主要成分之一是水,冷香丸被密封在磁罐里埋进土里,其中有何玄机呢?如果我们将它同贾宝玉及林黛玉关于水与泥的观点进行对照,便会发现作者的真正意图。贾宝玉说过,女儿是水做的骨肉,男人是泥做的骨肉,女儿清爽,男人则浊臭逼人。很明显,在贾宝玉的眼里,泥是脏污的,而水则是干净的。贾宝玉是女真人(满人),他语中的"女儿"指女真人(满人),这是他特别喜欢的。而所谓男人,实指南人,汉人也,相对于女真人,汉人大多居住在南方,故被称为南人。贾宝玉嫌弃男人,就是讨厌汉人。

林黛玉的观点则完全相反,因为林黛玉的原型是汉人。林黛玉看见贾宝玉把花丢进水里,当即指出,虽然目前的水是干净的,但到了有人家的地方,人们将脏水混倒,于是所有的水便都脏了。故她特建了一个花冢,把落花收拾起来,葬进泥土里,它们将来化为泥土,"质本洁来还洁去"。贾宝玉觉得林黛玉所说有理,便也把花埋进土里。请读者朋友注意,这个将花埋进土里的贾宝玉,已经不是那个将花抛进水里的贾宝玉了。贾宝玉有两个原型,其一为大清皇帝,作为大清皇帝,他自然喜爱女真人,觉得他们清爽可爱,而讨厌汉人;其二为曹頫,曹雪芹的父亲,汉人。作为汉人,他讨厌女真人(满人),觉得汉人好。

冷香丸是薛宝钗所服之药,其中含有雨水这日的雨水,白露这日的露水,霜降这日的霜,小雪这日的雪,这些无疑都是清水,能够吃到口里的东西,当然是极干净的东西。所以,水在薛宝钗的眼里有极高的地位,纯洁、干净、美好。而泥则是脏污的,故而,她要将冷香丸装在磁罐里密封好,使之与泥土彻底隔离,不受其污染。薛宝钗如此喜爱水而讨厌泥,因为她的原型褚英乃是女真人(满人)。

总之,作为女真人,贾宝玉与薛宝钗是同志,都持有水清泥污的观点;而作为汉人,贾宝玉与林黛玉是同志,都持有水脏泥净的观点。

7.4 "花"与"十二"

冷香丸的关键成分是花,药方中还有一个诡异的数字"十二",其中有何窍门呢？笔者研究表明，"花"字在《红楼梦》主要有两种隐意：其一指汉人。"花"者，"华"也，华人也，华夏人也，汉人也。在古代中国，居住在中原地区的汉民族自称"华""诸华""中华""夏""中夏"和"诸夏"等，以区别于四夷（东夷、南蛮、西戎和北狄）。如《左传》定公十年载孔子语云："裔不谋夏，夷不乱华。"[9](29) 此处的"华"和"夏"同义，均指中原汉民。又如《左传》襄公十四年载姜戎子驹支语云："我诸戎饮食衣服不与华同，贽币不通，语言不达。"[10](162) 林黛玉《葬花吟》中之"花"，隐训即为"华"，指汉人。

其二也指女真人。在我们汉文化里，自古就有以花喻女人的传统，如"花枝招展""拈花惹草""眠花卧柳"等，《红楼梦》恰巧也用到了这三个成语。曹雪芹用"花"字所指代的女人，并不是指性别上的女人，而是指女真人（满人）。所以，曹雪芹笔下的花，大多不是指花，而是指人，包括汉人和满人（女真人）。冷香丸中的"十二"，分别与"两""钱"和"分"结合着用，故实有三个"十二"，加起来是"三十六"，这恰好是曹雪芹在凡例和第五回中提到的金陵群钗的数字。所以，冷香丸中"十二"和"花"相结合的含义便是指代金陵三十六钗，后文脂批所谓情榜，提及有108人，那是故意误导读者。三十六钗包括满汉两族人，他们都是清朝政权的牺牲者。

薛宝钗以花为药，把花吃进自己的肚子里，可谓是辣手摧花之人，换句话说，她是摧残群钗之人。褚英父子作为清朝将领，他们以杀人为职业，死在他们手里的既有满人，也有汉人。同时，薛宝钗又是金陵三十六钗之一，她自身也是清朝政权的牺牲者。褚英父子自己也死于非命，一个死在自己人手里，一个则为夺取和巩固清朝江山而死，甚为可怜。可见，曹雪芹作《红楼梦》，并不仅仅为了悼念牺牲于清朝刀剑下的汉人，他也深切同情那些冤死的满族人，曹雪芹绝不是一个狭隘的民族主义者，而是一个仁慈的人文主义者。

7.5 丢了皇位

薛宝钗为治病，"也不知花了多少银子钱"，这话也是隐语，"银子"与"印子"谐音，指皇帝的玉玺。褚英犯诅咒之罪被他父亲囚禁杀害，他不仅丢了性命，也使玉玺和皇位与他擦肩而过。他丢了皇位，他的子子孙孙也就与皇位无缘了。

注释：

[1]《薛宝钗的病和冷香丸》，健康报网，2014年12月18日。

[2]〔清〕曹雪芹：《脂砚斋批评本红楼梦》，凤凰出版社2010年版。

[3]程志强编著：《中华成语大词典》，中国大百科全书出版社2003年版。

[4]赵尔巽等：《清史稿》，吉林人民出版社1995年版。

[5]孙喆:《天命王朝》,中国青年出版社2014年版。

[6]〔春秋〕孔子:《尚书》,北方文艺出版社2013年版。

[7]〔春秋〕孔丘编著:《诗经》,北方文艺出版社2013年版。

[8]中国第一历史档案馆编:《明清档案与历史研究——中国第一历史档案馆六十周年纪念论文集》,中华书局1988年版。

[9]张天圣:《孔子民族观与宗教观研究》,经济管理出版社2012年版。

[10]李云泉:《万邦来朝:朝贡制度史论》,新华出版社2014年版。

8. 金钏投井与金玉良姻揭秘

褚英案是一个特别重大的历史事件,是大清朝廷的丑闻,它表明了努尔哈赤的凶残、皇太极的凶残、大清宗室的凶残、满洲人的凶残,所以,大清官史极度淡化这件事情,有关细节皆语焉不详。大清越想掩盖的事情,曹雪芹便越感兴趣,便越要揭露。所以,除冷香丸之外,他又设计了宝钗借扇机带双敲、金钏跳井自杀、金玉姻缘等情节,进一步来隐写此事。

敏感的研究者已经注意到,金钏与宝钗之间存在着某种微妙联系:她们的名字里都含"金"字;金钏姓白,这恰是雪(薛)的颜色;金钏死了,宝钗拿自己的两套新衣替她殓葬。脂批也提醒说:"金钏、宝钗互相映衬,妙!"[1](57) 但若将宝钗与金钏进行仔细对照,便会发现两人其实没有多大共同性,一个是丫环,一个是小姐;一个大字不识,一个学贯古今;一个大大咧咧心无城府,一个沉默寡言城府极深……那么,宝钗与金钏两人究竟是什么关系?金钏投井的真正原因是什么?

8.1 金钏投井

金钏姓白,她的母亲是"白老媳妇",既然母亲是白老的媳妇,她自然就姓白了。白确实是雪(薛)的颜色,但却与雪(薛)无关,曹雪芹如此安排,意在提醒读者:金钏与宝钗之间存在十分特殊的关系。宝钗的隐形人之一褚英结局如何呢?答案在"白金钏"三字。"金钏"移字则为"钏金",谐训为"圈禁",史书上写得明明白白,褚英被其父圈禁,最后死于禁地。"白金钏"者,移字为"白钏金","被圈禁"也。其实,"金钏"两字已经讲明了褚英的死因,无须另加一"白(被)"字,曹雪芹之所以如此做,主要有两个原因,其一是为了提醒读者,金钏与宝钗密切相关;其二是要用作名词,指代被圈禁中的褚英。关于金钏跳井的经过和原因,曹雪芹写道:

只见几个丫头子手里拿着针线,都打盹儿呢。王夫人在里间凉榻上睡着,金钏儿坐在旁边捶腿,也乜斜着眼乱恍。

宝玉轻轻的走到跟前,把他耳上带的坠子一摘。金钏儿睁开眼,见是宝玉。宝玉悄悄的笑道:"就困的这么着?"金钏抿嘴一笑,摆手令他出去,仍合上眼。宝玉见了他,就有些恋恋不舍的。悄悄的探头瞧瞧王夫人合着眼,便自己向身边荷包里带的香雪润津丹掏了一丸出来，便向金钏儿口里一送。金钏儿并不睁眼，只管噙了。

宝玉上来便拉着手，悄悄的笑道："我明日和太太讨你，咱们在一处罢。"金钏儿不答。宝玉又道："不然，等太太醒了，我就讨。"金钏儿睁开眼，将宝玉一推，笑道："你忙什么！'金簪子掉在井里头，有你的只是有你的'，连这句话语难道也不明白！我倒告诉你个巧宗儿，你往东小院子里拿环哥儿同彩云去。"宝玉笑道："凭他怎么去罢。我只守着你。"

只见王夫人翻身起来，照金钏儿脸上就打了一个嘴巴子，指着骂道："下作小娼妇，好好的爷们，都叫你们教坏了。"宝玉见王夫人起来，早一溜烟去了。

这里金钏儿半边脸火热，一声不敢言语。登时众丫头听见王夫人醒了，都忙进来。王夫人便叫玉钏儿："把你妈叫上来，带出你姐姐去。"金钏儿听说，忙跪下哭道："我再不敢了。太太要打骂，只管发落，别叫我出去，就是天恩了。我跟了太太十来年，这会子撵出去，我还见人不见人呢！"

王夫人固然是个宽仁慈厚的人，从来不曾打过丫头们一下。今忽见金钏儿行此无耻之事，此乃平生最恨者，故气忿不过，打了一下，骂了几句。虽金钏儿苦求，亦不肯收留，到底唤了金钏儿之母白老媳妇来领了下去。那金钏儿含羞忍辱的出去。不在话下。[1](246)

这段引文令人费解之处甚多，环哥与丫头彩云（霞）发展恋爱关系，是赵姨娘支持和鼓励的，王夫人和凤姐也是赞成的，金钏为何叫宝玉去拿他们呢？其次，宝玉与丫头们打情骂俏的事天天上演，他在人前与人后从不避讳，例如，第二十五回写他当着王夫人的面与彩霞调情，贾环忍无可忍，断然推倒燃烧着的蜡烛，烫了宝玉一脸的燎泡。但王夫人对宝玉与彩霞调情之事，却视而不见，没有丝毫不满。她为何不能容忍宝玉与金钏做同样的事情呢？再次，宝钗听到金钏跳井的消息时，赶紧跑去安慰王夫人，说金钏是糊涂人，死不足惜，显得异常冷酷。除宝钗之外，黛玉、探春、凤姐、李纨等，无一人来安慰王夫人，岂不怪哉？再次，金钏入殓需要两套新衣服，宝钗当即表示，她有现成未穿的新衣裳，拿两套来就好，不必新做。更奇怪的是，宝钗还说，金钏在生时就穿她的衣裳，两人身量也相对。这事太奇怪了，金钏生前是王夫人的首席大丫头，其地位与平儿、鸳鸯、袭人等相当，绝不会缺衣少食，她怎么会穿宝钗的衣服呢？王夫人为何偏偏要求宝钗拿出两套新衣做金钏的寿衣呢？最令专家们不解的，是金钏所说的一句话："金簪子掉在井里头，有你的只是有你的"。实际上，在金钏案里，真正令王夫人暴怒的，是金钏对宝玉说了这句话，"我倒告诉你个巧宗儿，你往东小院子里拿环哥儿同彩云去。"这句话刺痛了王夫人，为什么？

好，下面就让我们以隐训法披露真相吧。金钏案涉及的主要人物有三：一是宝玉,二是王夫人,三是金钏。宝玉是整个案件的肇始者,他调戏金钏,金钏正在给王夫人捶腿,她自己也来了瞌睡,脑袋瓜子直幌,根本不想搭理宝玉,示意宝玉先出去,可是架不住宝玉反复挑逗,最终睁开眼睛说了几句话,惹怒王夫人,招致王夫人扇耳光,最后投井自杀,而宝玉却一溜烟逃了。所以,宝玉是整个事件的关键,他是导致金钏死亡的第一凶手。但在此处,"宝玉"只是一块代表王权的玉玺,不能把他(它)当作人物来看待。在曹雪芹的隐写法中,很多小说人物,如黛玉的丫头紫鹃、贾母的丫头鸳鸯、凤姐的丫头丰儿、王夫人的陪房周瑞家的、邢夫人的陪房王善保家的、宝玉的亲随茗烟等,其实只起一个词语的作用,我们在运用隐训法揭露真相时,绝不能把他们当人物看,他们只是一个词语,"宝玉"就是如此,它代指后金玉玺。褚英与四贝勒、五大臣及其父的矛盾,归根结蒂因王权而起,如果努尔哈赤不追求立国称汗,褚英不以汗王继承人自居,他们彼此之间就不会有当前的矛盾,褚英也不会因此被囚被杀。

在上述引文中,有"盹儿""坠子"和"金钏儿"三词,它们都是指褚英的,"盹"者,"钝"也,故"盹儿"者,"愚钝之儿"也。褚英没有笼络众人之术,当然是愚钝的。"坠"者,"堕"也,堕落也。"坠子"者,"堕落之子"也。褚英原本是努尔哈赤的重要帮手,深受器重,被选为汗王继承人,但为泄私愤,最后发展到诅咒父亲和诸弟,希望他们打败仗,全然不顾大局,在努尔哈赤看来,褚英已经完全堕落了。"金钏"者,"禁圈"也,圈禁也。金钏姓白,故"金钏儿"者,"白金钏儿"也,"被圈禁的儿子"也。在冷香丸药方里,含有大量"十二"字样,"十二"者,"羁尔"也,就是关押你的意思,褚英被关押圈禁了。

在金钏案中,也有一味药,叫"香雪润津丹",其中镶嵌着"润香丹"三字,谐训则为"冷香丸",其意指四大贝勒和五大臣轮番上奏抱怨,抱怨的结果就是褚英被圈禁。在"金簪子掉在井里头,有你的只是有你的"这句话里,"簪子"是"元子"的谐音词,"金簪子"者,"金元子"也,后金国的嫡长子也,指褚英。"井里"是"禁地"的谐音词,意指圈禁之地。"有你的",移字则为"你有的",再谐训则为"你诱的",即是你引诱的。整句话的意思是,后金国的嫡长子被投入圈禁之地,这完全是由你这块玉玺引诱的,也只有你能够引诱他犯罪。

"王夫人"三字里镶嵌着"王夫",它是"王父"的谐音,移字则为"父王",此处指努尔哈赤,他是褚英的父亲,后金国的缔造者。众所周知,努尔哈赤是在公元1616年才正式立国称汗的,而褚英早在一年前就死了,似乎他生前不可能称努尔哈赤为父王或父汗。但读者朋友须记住一点,《满文老档》及《清史实录》等书,皆以追记者的口吻,称呼未称王的努尔哈赤为聪睿恭敬汗、大英明汗。另外,虽然努尔哈赤是直至公元1616年才正式称汗,向大明宣战,但在其内部,其实早以汗王自居了,其部下和兄弟子侄也都以汗王视之。"王夫人"三字还有一种含义,它是"王不仁"和"王无情"的谐音词,指努尔哈赤不够仁慈,是无情之人,竟然将亲生儿子圈禁而死。

"我倒告诉你个巧宗儿,你往东小院子里拿环哥儿同彩云去",此处"环哥儿",指生活于褚英周围的诸位兄弟,"彩云"是"分财"的隐写形式,使用了移字和谐隐两法。在诸子之间分配财产,是汗王的特权,褚英作为嗣子,擅自夺取父王分配给诸弟的财产,这是对努尔哈赤作为汗王地位的挑战,所以,努尔哈赤十分生气。《满文老档》写道:褚英"毫无均平治理汗父委付大国之公心,离间汗父亲自举用恩养之五大臣。使其苦恼。并折磨聪睿恭敬汗爱如心肝之四子,谓曰:诸弟若不拒兄之言,不将吾之一切言语告与汗父,尔等须誓之。令于夜中发誓。又曰:汗父所赐尔等佳财良马,汗父若死则不赐赍尔等财马矣。又曰:吾即汗位后,将杀与吾为恶之诸弟、诸大臣!"[2](80)可见,令努尔哈赤愤怒的一个重要原因,确实与财产分配有关。不过,引文有费解之处,褚英究竟是要等到父亲死后夺取诸弟的财产,还是不再施恩赐予,似有歧义。因为新君登基,循例是要给兄弟群臣加恩的,褚英可能觉得诸弟的财产已经够多了,故他即位后就不再给诸弟增加财产了。这应该是他内心的真实想法,可他不应该给各位弟弟说,尤其是老父王尚未驾崩,你说这些干吗呢,太幼稚了。

"金钏投井死了",其中嵌有"钏金死"三字,音训就是"圈禁死"。谁圈禁死了呢? 金钏生前穿宝钗的衣服,死后还穿宝钗的衣服,岂不奇怪? 曹雪芹煞费苦心,旨在告诉读者,是宝钗的隐形人褚英死在禁地了。死在井里,即死在禁地,"井"者,禁也。第四十三、四十四回写宝玉祭奠金钏,在井沿上点香,再次提到"井",其意还是强调一个"井(禁)"字。金钏的妹妹叫玉钏,"玉钏"者,移字为"钏玉",再音训则为"圈汝",即圈禁你,与"金钏"同义。

8.2 堆纱法十二支

圈禁是清朝广泛使用的一种刑罚,努尔哈赤首创,专门用于大清宗室犯法有罪者,舒尔哈齐是第一个遭受此刑者,到康熙和雍正时期更加滥用,康熙诸子多半曾遭受此刑。雍正时期,此刑进一步被施用于一些大臣身上,李煦、曹頫都曾遭受此刑。本质上,圈禁是一种限制人身自由的刑罚,就是囚禁。它不同于一般囚禁的地方在于,犯人身份高贵,被单独关押,饮食条件应比一般囚犯好,但要遭受更多的精神羞辱,如雍正强迫允禩允禟改名为阿其那赛斯黑等。曹雪芹对此有较多隐写,第七回是这样写的:

薛姨妈忽又笑道:"你且站住。我有一宗东西,你带了去吧。"说着便叫香菱。帘栊响处,方才和金钏儿顽的那个小女孩子进来了,问:"奶奶叫我做什么?"薛姨妈道:"把那匣子里的花拿来。"香菱答应了,向那边捧了个小锦匣来。

薛姨妈乃道:"这是宫里头做的新鲜样法,堆纱花十二枝。昨儿我想起来,白放着可惜旧了,何不给他们姊妹们戴去。昨儿要送去,偏又忘了。你今儿来的巧,就带了去罢。你家的三位姑娘,每人两支。下剩六枝,送林姑娘两枝,那四枝给了凤哥儿罢。"王夫人道:"留着给宝丫头戴罢,又想着他们作什么。"薛姨妈道:"姨娘不知道宝丫头古怪着呢,他从来不爱这些花儿粉儿的。"

说着,周瑞家的拿了匣子,走出房门,见金钏仍在那里晒日阳。周瑞家的因问他道:"那香菱小丫头子,可就是时常说临上京时买的、为他打人命官司的那个小丫头子?"金钏道:"可不就是。"

正说着,只见香菱笑嘻嘻的走来。周瑞家的便拉了他的手,细细的看了一回,因向金钏儿笑道:"倒好个模样儿,竟有些像咱们东府里蓉大奶奶的品格。"金钏儿笑道:"我也是这么说呢。"周瑞家的又问香菱:"你几岁投身到这里?"又问:"你父母今在何处?今年十几岁了?本处是那里人?"香菱听问,都摇头说:"记不得了。"周瑞家的和金钏儿听了,倒反为叹息伤感一回。[1](59)

首先让我们看看"堆纱花十二支"是啥玩意吧。"花"指人,它既可以指汉人,又可以代指满洲人,这一点不用再多说了。"堆纱"是"摧杀"的谐音词,意为摧残杀害,"堆纱花"就是"摧残杀害人"的意思。"十二支"移字为"支十二",再谐训则为"羁系尔",即关押你(们)。所以,"堆纱花十二支"的意思是,用关押的方法来摧残杀害人。薛姨妈还说,这是"宫里头作的新鲜样法",也就是说,这是清朝皇宫制造的摧残杀害人的新方法,这种新方法就是圈禁。关于圈禁,辞典是这么写的:"禁闭在室内。清代对宗室觉罗犯罪以圈禁折抵服枷罪及徒罪以至军流的处罚方法。据《清会典事例·宗人府·职制》载:应服枷罪的,圈禁一日,抵枷一日;应服徒罪的,依年限多少,圈禁三月到九月;应服军流的,依发配远近,圈禁一年二月到二年六月。"[3](2512)实际上,这种方法古代就有,那时叫禁闭,《晋书·刘颂传》云:"魏氏承之,圈闭亲戚,幽囚子弟。"[4](966)曹丕就曾圈禁过自己的弟弟曹植。但是,清朝却将它发展成一项制度,广泛使用。清太祖先后圈禁了他的弟弟舒尔哈齐,儿子褚英,还杀害了舒尔哈齐的两个儿子。可见,他对宗室是何等残忍。皇太极杀害的兄弟子侄更多,多尔衮囚杀了皇太极的长子豪格,而顺治则又囚杀了阿济格,康熙和雍正两朝囚禁的宗室子弟更多,雍正把与他争夺帝位的兄弟们几乎都囚禁了起来,他还囚禁并杀害了自己的大儿子弘时,手段极端血腥而残忍。

薛姨妈让周瑞家的给迎春、探春、惜春、黛玉、凤姐和贾蓉媳妇诸人送堆纱花,言下之意,迎春、探春、惜春、黛玉、凤姐和贾蓉媳妇等人的隐形人,也遭受了圈禁之刑。那么,为什么由薛姨妈拿出堆纱花来给众人发放呢?并且都发二支呢?"二支"移字则为"支二",再谐训则为"羁尔",关押你。薛姨妈在此时的身份是褚英,她给大家赠送堆纱花,不是说她残害了众人,而是指她与众人同病相怜,"香菱"者,"相怜"也,此处的"香菱"就是一个词语"相怜",而不是一个人物。与薛姨妈最同病相怜的人是谁呢?是东府蓉大奶奶秦可卿,周瑞家的与金钏儿两人都说,香菱"竟有些像咱们东府里蓉大奶奶的品格",读者朋友很容易误读为,香菱与秦可卿两人品格两似,作者的真正用意却是指薛姨妈与秦可卿两者的隐形人同病相怜。

圈禁的对象是大清宗室,迎春、惜春、凤姐和秦可卿的本人都是清朝宗室,探春的原型是清朝准宗室,只有林黛玉例外,她的原型李桢李煦父子不是宗室。所以,曹雪芹将她(他们)安排在最后,周瑞家的最后将两支堆纱花交到黛玉手里,因为她的情况最特殊。

8.3 金玉良姻

薛宝钗的脖子上戴着一块金锁,显得很神秘,读者均相信,这是薛宝钗与贾宝玉婚姻的铁证,贾宝玉最后没有娶林黛玉,而是娶了薛宝钗。当然,这是表面的假象,事实上,所谓金锁,所谓金玉良姻,不过是褚英被圈禁事件的又一隐写形式。请看曹雪芹的描写:

宝钗看毕,又重新翻过正面来细看,口内念道:"莫失莫忘,仙寿恒昌。"念了两遍,乃回头向莺儿笑道:"你不去倒茶,也在这里发呆作什么?"莺儿嘻嘻笑道:"我听这两句话,倒像和姑娘的项圈上的两句话是一对儿。"宝玉听了,忙笑道:"原来姐姐那项圈上也有八个字,我也赏鉴赏鉴"。宝钗道:"你别听他的话,没有什么字。"宝玉笑央:"好姐姐,你怎么瞧我的呢!"宝钗被缠不过,因说道:"也是个人给了两句吉利话儿,所以錾上了,叫天天戴着;不然,沉甸甸的有什么趣儿。"一面说,一面解了排扣,从里面大红袄上将那珠宝晶莹黄金灿烂的璎珞掏将出来。宝玉忙托了锁看时,果然一面有四个篆字,两面八个,共成两句吉谶,亦曾按式画下形相:

宝玉看了,也念了两遍,又念自己的两遍,因笑问:"姐姐这八个字倒与我的是一对。"莺儿笑道:"是个癞头和尚送的,他说必须錾在金器上。"宝钗不待他说完,便嗔他不去倒茶,一面又问宝玉从那里来。

宝玉此时与宝钗就近,只闻一阵阵凉森森甜丝丝的幽香,竟不知是何香气,遂问:"姐姐熏的什么香?我竟从来未闻见过这味儿。"宝钗笑道:"我最怕熏香,好好的衣服熏的烟燎火气的。"宝玉道:"既如此,这是什么香?"宝钗想了一想,笑道:

"是了,是我早起吃了丸药的香气。"宝玉笑道:"什么丸药,这么好闻?好姐姐,给我一丸尝尝。"宝钗笑道:"又混闹了,一个药也是混吃的?"[1](69)

上述引文,着重介绍金锁的来历、镌字、金锁与通灵宝玉的对照,结尾处以异香暗示了其与冷香丸的联系。我们已经讨论冷香丸的秘密,那么,金锁的秘密又是什么,它与冷香丸又有何关系呢?下面,我们以隐训法进行揭秘吧。

首先,莺儿、姐姐。宝钗的常使丫头叫莺儿,她在此处显得异常活跃,似乎是为了让宝玉明白,宝玉与宝钗是天生的一对。这样解读的话,就掉入了曹雪芹设计的陷阱了。"莺儿"即"雏莺","雏莺"与"褚英"谐音。所以,读者在运用隐训法时,不能把"莺儿"当人物看,而应视为一个词语,它告诉我们,宝钗在此处的掩面人乃是褚英。"姐姐"与"贝勒"谐音,褚英是努尔哈赤的儿子,当然是一个贝勒。

其次,癞头和尚。金锁上有八个字,是癞头和尚给的,这个癞头和尚是谁呢?"和尚"即"僧","僧"与"圣"谐音,圣上也。"癞头"与"开头"谐音,意为最初的、第一个等。故"癞头和尚"指第一个皇帝,清朝第一个皇帝当然是清太祖努尔哈赤。

其次,黄金锁、璎珞。和尚给了八个字,嘱咐说,必须錾在金器上。"金器"者,"禁羁"也,关押也。"金锁"者,"禁锁"也,或说"锁禁"也,也是关押的意思。"黄金锁"移字为"金锁黄","禁锁房"也,关押人犯于房中。薛宝钗的金锁挂在她脖子上的璎珞上,"璎珞"者,"颈圈"也,谐"禁圈",亦即圈禁。

金锁上的八个字是癞头和尚送的,和尚并且要求将八个字镌刻在金器上,这意味着金锁是癞头和尚给宝钗的。换句话说,是癞头和尚即努尔哈赤锁禁了褚英。这一点与史实相符,也与我们对金钏投井、冷香丸的分析相符。凑巧的是,薛宝钗与贾宝玉在欣赏完通灵宝玉及黄金锁后,就谈及到宝钗身上的丸药香气,她身上的香药不就是冷香丸吗?

最后,"不离不弃,芳龄永继"。"芳龄永继"与"皇令永羁"谐音,皇上下令永远圈禁。这八个字镌刻在锁上,意味着只要薛宝钗戴着这把锁,则褚英将永远被圈禁着,并且,褚英也一直圈禁到死。

注释:

[1]〔清〕曹雪芹:《脂砚斋批评本红楼梦》,凤凰出版社2010年版。

[2]抚顺市政协文化和文史资料委员会、抚顺清前史研究会编著:《清朝开国历史人物》,辽宁人民出版社2013年版。

[3]李伟民主编:《法学辞海4》,蓝天出版社1998年版。

[4]〔唐〕魏徵编撰:《群书治要文白对照3》,中国文史出版社2014年版。

9. 贾宝玉井台祭金钏揭秘

第四十三回后半部分的题目是"不了情暂撮土为香",是讲贾宝玉偷跑去祭奠白金钏的事。这件事有些蹊跷,颇令人费解,无法正常解释:其一,贾宝玉祭奠之时,明明借了香炉,并把香炉摆放在井台上,点了两星沉速,然而题目却是"撮土为香";其二,贾宝玉既大老远跑去祭奠金钏,表明他对金钏有爱,同时又有愧。然而他对金钏却颇为不恭,只施了半礼,用了极普通的香,茗烟在祭奠时说了番话,他听了竟然发笑,极不严肃。须知死者为大,何况金钏因他而死,贾宝玉也太不尊重金钏了;其三,贾宝玉与茗烟亲如兄弟,做事从来不瞒他,独独这件事令茗烟莫名其妙,连茗烟都不知道宝玉祭奠的是谁,搞得神神秘秘的,而又不解释原因。

笔者以隐训法揭示的真相是:此部文字介绍了努尔哈赤搬迁祖坟的事情,褚英的灵柩也从新宾迁到了辽阳。这部文字混杂着王熙凤过生日与贾宝玉祭金钏两件事情,其背后隐藏着的也是两件完全不挨的史事:爱新觉罗·豪格葬于潘家园与爱新觉罗·褚英迁葬东京陵。本文只讨论贾宝玉祭金钏所隐藏的史事——努尔哈赤迁祖坟。

9.1 迁坟施哀兵之计

《红楼梦》第四十三回从"且说转眼已是九月初二日"至"仍从后门进去,忙忙来至怡红院中",隐写着清朝皇帝迁葬祖坟的史事,第一句话:"且说转眼已是九月初二日,园中人都打听得尤氏办得十分热闹,不但有戏,连耍百戏并说书的男女先儿全有,因而都打点取乐顽耍。"[1](340) 则是这一篇文字的提纲。这里的"九月初二日"是一个隐语,不能把它当日期读。"九月初二日"中镶嵌着"日二初九"四字,音训则为"移二祖柩",即迁移二位祖宗的灵柩。清朝皇室为什么要迁葬祖坟呢?"不但有戏"音训为"胯但诱事",意思是说,努尔哈赤这帮胡虏只是借迁坟诱发事态,捣明朝的乱。那么,努尔哈赤是如何借迁坟诱发事态的呢?请看"连耍百戏并说书的男女先儿全有"这句话,"先儿"即"先生","先生"与"先人"谐音,"男女"移字则为"女男","女男"与"遇难"谐音,故"男女先儿"的隐训含义便是"遇难先人"。"说书"移字则为"书说","书说"与"诉说"谐音。"耍百戏"移字为"百耍戏",音训则为"被杀事"。简言之,努尔哈赤是借迁坟,来宣传其先人遇难被杀之事,以激起女真人的同仇敌忾之情,这是哀兵之计。

9.2 搬迁祖坟

曹雪芹用了许多词来表达搬迁祖坟这层意思,先请阅读下述这段文字:

引文1:李纨又向众姊妹道:"今儿是正经社日,可别忘了。宝玉也不来,想必他只图热闹,把清雅就丢开了。"说着,便命丫环去瞧作什么,快请了来。丫环去了半日,回来说:"花大姐姐说,今儿一早就出门去了。"众人听了,都诧异说:"再没有出门之理。这丫头糊涂,不知说话。"因又命翠墨去。一时翠墨回来说:"可不真出了门了。说有个朋友死了,出去探丧去了。"探春道:"断然没有的事。凭他什么,再没今日出门之理。你叫袭人来,我问他。"[1](340)

这段文字主要讲了贾宝玉社日出门的事,这是一个出人意料的事件,他在不应该出门的日子出门了,文字突出强调了"日"和"出门"两个词,这段文字里有三个"日",若加上第一句话中的那个"日",便有四个"日"字。无独有偶,这段文字里还有四个"出门",若细查整篇文字,便会发现更多的"日"和"出门"。"日"与"出门"两者连缀起来则是"日出门"。"日"与"移"谐音,"出门"与"祖坟"谐音,故"日出门"谐训则为"移祖坟"。

此外,文中还有"袭人""李纨""不会说话"的"丫头""半日""探春"等词。"袭人"者"死人"也。"李纨"者,"纨李"也,"亡灵"也。"不会说话"的"丫环",当然也是指死人,人死后当然不会说话,除非炸尸了。"半日"者,"搬移"也。"探春"者,"搬坟"也。

"贾母""翠墨"和"丫环"等词,则透露了被迁葬坟墓主人的身份。"贾母"与"家墓"谐音,意思是说,被搬迁的坟墓是一个家族墓,没有外人。"翠墨"与"缞墨"谐音,移字则为"墨缞","墨缞"即黑色孝服,《魏书·李彪传》载云:"愚谓如有大父母、父母丧者,皆听终服……其军戎之警,墨缞从役,虽惩于礼,事所宜行也。"[2](469)黑色孝服是子孙为祖父母和父母死亡时穿的特定孝服,这意味着努尔哈赤所迁之坟,都是他的祖父母、父母,或者是他的子侄辈的祖父母及父母,总之是家族至亲的墓葬。据史料记载,公元1621年,努尔哈赤打下辽阳,定为后金的新都,取名东京。公元1624年(后金天命九年)4月1日,他下令将祖父觉昌安、父亲塔克世、伯父礼敦、叔父塔察篇古、胞弟舒尔哈齐、庶弟穆尔哈齐、儿子褚英、侄儿达尔差、妻孝慈高皇后孟古姐姐和大妃富察氏衮代等十数人的坟墓,迁葬至东京辽阳的阳鲁山上,是为东京陵。被迁葬者要么是努尔哈赤的祖父母、父母,要么是皇太极、尼堪、阿敏等人的父或母,都是爱新觉罗的至亲。

"丫环"即"丫头","丫头"与"衙头"谐音,"衙头"专指女真首领的行帐,也指金军统帅。宋沈括《梦溪笔谈·乐律一》云:"凯歌词甚多,皆市井鄙俚之语。余在鄜延时制数十曲,令士卒歌之,今粗记数篇。其一:'先取山西十二州,别分子将打衙头,回看秦塞低如马,渐见黄河直北流。'"[3](69)陆游在其诗《秋夜泊舟亭山下》中注云:"闻房酋行帐为壮士攻,几不免,房语谓酋所在为衙头。"[4](147)笔者体会,"衙头"既指金军头领,又可指头领所在地。"不会说话"的"丫头",即已经死亡的将领。清朝先人祖祖辈辈担任军职,出身行伍,他们也是靠武力崛起于白山黑水的,舒尔哈齐、褚英、穆尔哈齐、达尔差等人,生前均为战将。礼敦和塔察篇古等人,生前也曾为保护及壮大爱新觉罗家族立过武功。

9.3 祖父和父亲两坟是迁葬的主要对象

曹雪芹写道:

引文2:原来宝玉心里有件私事,于头一日就吩咐茗烟:"明日一早要出门,备下两匹马在后门口等着,不要别一个跟着。说给李贵,我往北府里去了。倘或要有人找我,叫他拦住不用找,只说北府里留下了,横竖就来的。"茗烟也摸不着头脑,只得依言说了。今儿一早,果然备了两匹马在园后门等着。

……

二人便上马,仍回旧路。[1](340-342)

上述这段引文中有"两匹马""后门"和"二人便上马,仍回旧路"三个关键词,这是三个最关键的隐语。

"两匹马"。"两匹马"中镶嵌着"两马","两"是数量词,"马"则是"妈""玛"等词的谐音词。满人爷爷的发音是 mafa,音译为玛法;爸爸的发音是 ama,音译为阿玛,两者都含有"玛"的发音。曹雪芹在这里用"两匹马"即是对爷爷和爸爸两者的代称。

"后门"。"后门"实是由"皇后们"缩写变化而来,"后"即"皇后"之省,"门"则是"们"的谐音。

"二人便上马,仍回旧路"。"二人便上马,仍回旧路"可缩写为"二马仍回旧路","二马"当然仍指玛法和阿玛两人,"路"与"窟"谐音,指"墓窟",即墓穴。这就是说,努尔哈赤的爷爷、父亲及其奶奶和母亲的灵柩,最终又被迁回了原来的墓地墓穴。

笔者查阅史料得知:清朝最早的皇家陵园乃是永陵,位于辽宁省新宾满族自治县,陵内葬有努尔哈赤的六世祖猛哥帖木儿、曾祖福满、祖父觉昌安、父亲塔克世,及伯父礼敦、叔父塔察篇古以及他们的福晋。新宾曾为后金最早的都城,名兴京,其在兴京的祖陵相应地被称为兴京陵。后来,清朝又相继建立了东京陵、福陵和昭陵等新陵,故兴京陵又被称为老陵,1659 年尊为永陵。

公元1624年(后金天命九年)4月,努尔哈赤下令将祖父觉昌安、父亲塔克世、伯父礼敦、叔父塔察篇古、胞弟舒尔哈齐、庶弟穆尔哈齐、雅尔哈齐、儿子褚英、侄儿达尔差和众人的福晋,以及努尔哈赤的两个妻子孝慈高皇后孟古姐姐和大妃富察氏衮代等十数人的坟墓,从兴京陵迁至新建的东京陵。努尔哈赤自己是清太祖,他的祖父和父亲则分别被追封为景祖翼皇帝、显祖宣皇帝,他们的福晋自然就是皇后了。清朝顺治十五年(1658)九月壬寅,皇帝又下令将东京陵中景、显二祖并礼敦、塔察篇古及各自的福晋的灵柩,迁回兴京陵安葬。简单地说,就是在顺治十五年,顺治皇帝下令,将努尔哈赤爷爷奶奶辈和伯叔父的男女陵墓,全部迁回新宾老陵。据分析,顺治之所以这么做,是因为有大臣提出,新宾是大清最早的龙兴之地,那里的墓地应该是龙脉之地,能保佑子孙后代。顺治觉得有理,便断然将那些祖宗们又迁了回去。

9.4 东京陵

努尔哈赤将他的父祖和子侄们的灵柩,迁到了辽阳东京陵,东京陵位于辽阳城的东北方向,离城约4公里,请看曹雪芹是怎样隐写的:

引文3:袭人叹道:"昨儿晚上就说了,今儿一早起有要紧的事到北静王府里去,就赶回来的。劝他不要去,他必不依。今儿一早起来,又要素衣裳穿,想必是北静王府里的要紧姬妾没了,也未可知。"……

天亮了,只见宝玉遍体纯素,从角门出来,一语不发,跨上马,一弯腰,顺着街就下去了。茗烟也只得跨马加鞭赶上,在后面忙问:"往那里去?"宝玉道:"这条路是往那里去的?"茗烟道:"这是出北门的大道。出去了冷清清没有可顽的。"宝玉听说,点头道:"正要冷清清的地方好。"说着,越性加了鞭,那马早已转了两个弯子,出了城门。茗烟越发不得主意,只得紧紧跟着。

一气跑了七八里路出来,人烟渐渐稀少,宝玉方勒住马,回头问茗烟道:"这里可有卖香的?"茗烟道:"香倒有,不知是那一样?"宝玉想道:"别的香不好,须得檀、芸、降三样。"茗烟笑道:"这三样可难得。"宝玉为难。

茗烟见他为难,因问道:"要香作什么使?我见二爷时常小荷包有散香,何不找一找。"一句提醒了宝玉,便回手向衣襟上拉出一个荷包来,摸了一摸,竟有两星沉、速,心内欢喜道:"只是不恭些。"再想,自己亲身带的,倒比买的又好些。于是又问炉炭。茗烟道:"这可罢了。荒郊野外那里有?用这些何不早说,带了来岂不便宜。"宝玉道:"糊涂东西,若可带了来,又不这样没命的跑了。"[1](340)

上述四段引文,有数处关键性的隐语,其一为"北府","出北门";其二为"七八里";其三为"檀、芸、降";其四为"沉、速","冷清清的地方"。这几个词语隐写了东京陵的名称、方位和性质。

"北府""出北门"。"北府"即"北静王府",可移字为"府王静北",音训则为"胡王城北",胡人王城的北郊。满人当然是胡人,辽阳当时是努尔哈赤后金政权的都城,名为东京,当然是王城,东京陵位于辽阳城北偏东方向。所以,从辽阳城出发到东京陵,最合适的路径当然是"出北门"。

"七八里"。"七八里"指东京陵距离辽阳城的距离。

"檀、芸、降"。"檀""芸""降"是我国古代的三种常用的熏香,论其珍贵程度,则比不上沉、速两种,明李时珍《本草纲目·木一·沉香》云:"香之等凡三,曰沉,曰栈,曰黄熟是也……其黄熟香,即香之轻虚者,俗讹为速香是矣。"[5](530)曹雪芹用"檀、芸、降"是要表达两个地名,其一是褚英的墓地"东京陵",其二是豪格的墓地"潘家园"。将"檀芸降"三字变换后两字的顺序后则为"檀降芸","檀降芸"既与"东京陵"谐音,也与"潘家园"谐音。

"沉速"。"沉速"与"清墟"谐音,"清"者清朝也,"墟"字的含义之一是"坟墓"。"清墟"即清朝的一座坟墓。

位于王城北郊七八里路,名叫东京陵,是清朝的一座坟墓,清朝皇帝努尔哈赤曾将其父母亲和爷爷奶奶迁葬于此,符合这一特征的地方只有一个,那就是位于辽阳市的东京陵。

9.5 第二陵

再看下述文字,它对东京陵进行了进一步的界定:

引文4:茗烟想了半日,笑道:"我得了个主意,不知二爷心下如何?我想二爷不止用这个呢,只怕还要用别的。这也不是事。如今我们往前再走二里地,就是水仙庵了。"宝玉听了忙问:"水仙庵就在这里,更好了,我们就去。"说着,就加鞭前行,一面回头向茗烟道:"这水仙庵的姑子长往咱们家去,咱们这一去到那里,和他借香炉使使,他自然是肯的。"[1](341)

这段引文里提到了一个地名"水仙庵",有一个数字"二里地",另有一个表示方位的词"往前",这三个词界定了清陵迁出之地。

"往前"。"往前"一词也是多义词,其含义之一是往昔、从前。《汉书·杜钦传》:"钦愚以为宜因章事举直言极谏,并见郎从官展尽其意,加于往前,以明示四方,使天下咸知主上圣明,不以言罪下也。"[6](323)

"水仙庵"。"水仙庵"三字中最关键难解的字是"水",我们在对贾宝玉喜水厌泥的讨论中,已经有过非常细致的分析,"水"指清朝女真人,即清净女儿。"庵"当然是女人修行生活的地方,此处则应训为俺,我们的。故"水仙庵"应训为"俺女真先人"。

"二里地"。"二里地"是一个隐语,须分两步进行训解,第一步用移字法,将

"二里地"变成"里二地",第二步用谐音法,将"里二地"变成"第二陵"。清朝皇家的第一座陵墓是兴京陵,建于1603年。努尔哈赤于1616年称汗建立后金,其第一个王城名叫赫图阿拉,又叫新宾和兴京。觉昌安、塔克世、舒尔哈齐和褚英等,最初都葬在这里,这是第一陵。而辽阳东京陵始建于1624年,算是清朝皇家第二陵了。

9.6 皇帝和已故皇帝

下面这段文字表明贾宝玉是一位皇帝,他的祖上也是皇帝:

引文5:说着早已来至门前,那老姑子见宝玉来了,事出意外,竟像天上掉下个活龙来的一般,忙上来问好,命老道来接马。宝玉进去,也不拜洛神之像,却只管赏鉴。虽是泥塑的,却真有"翩若惊鸿,婉若游龙"之态,"荷出绿波,日映朝霞"之姿。宝玉不觉滴下泪来。[1](341)

引文中有"活龙""泥塑""龙"和"日"诸词,它们都有"皇帝"的意思。

"活龙"。在老姑子眼里,贾宝玉是一条活龙,所谓"活龙",就是还活着的一条龙,也就是还活着的一位皇帝,指努尔哈赤,1624年,努尔哈赤66岁,还活着。

"泥塑"。"水仙庵"既是清朝的第二座皇陵,则其中必然葬有皇帝,事实确实如此,觉昌安和塔克世曾迁葬于此,他们俩在生时虽然不是皇帝,但死后却被追尊为皇帝,觉昌安是翼祖景皇帝,塔克世是显祖宣皇帝。"泥塑"是"已故"的谐音词。"龙"和"日"都代指皇帝。故将"泥塑"与"龙"、"日"结合起来,便是"已故皇帝"的意思。

9.7 抱冤明朝

下面这段文字很动人,但凡讨论过贾宝玉与金钏关系的专家,都认为它是祭奠金钏的,代表了贾宝玉的心声,表面上看确实是这样。但若用隐训法进行分析,则完全是另外的样子:

引文6:茗烟答应着,且不收,忙爬下磕了几个头,口内祝道:"我茗烟跟二爷这几年,二爷的心事,我没有不知道的。只有今儿这一祭祀没有告诉我,我也不敢问。只是这受祭的阴魂,虽不知名姓,想来自然是那人间有一、天上无双的极聪明、极俊雅的一位姐姐妹妹了。二爷心事不能出口,让我代祝:你若芳魂有感,香魂多情,虽然阴阳间隔,既是知己之间,时常来望候二爷,未尝不可。你在阴间保佑二爷来生也变个女孩儿,和你们一处相伴,再不可又托生这须眉浊物了。"说毕,又磕几个头,才爬起来。宝玉听他没说完,便掌不住笑了,因踢他道:"休胡说,看人听见笑话。"[1](341)

这段引文中的"茗烟""二爷""托生这须眉浊物"和"变个女孩儿"等词,都是隐语。

"茗烟"和"二爷"。将"茗烟"二字变换顺序便得"烟茗","烟茗"者"冤魂"也。"二爷"即是两位"爷","爷"是一个多义词,一般指祖父,但也可指父亲,譬如,《木兰词》云:"军书十二卷,卷卷有爷名。"其中的"爷"字就是指父亲。"二爷"实指努尔哈赤的祖父觉昌安和父亲塔克世,他们两人在1583年都是被明军误杀的。父亲和爷爷同时被杀,努尔哈赤很悲伤,也很愤怒,他与弟弟舒尔哈齐联合一些人,于当年即进行统一女真的战争,他当时无力与明朝对抗,但他最终的目的必定是要向明朝雪仇。故在努尔哈赤看来,他的祖父和父亲这两位爷都是冤魂。

"不可又托生这须眉浊物"和"变个女孩儿"。"须眉浊物"指"男人",而"男人"与"南人"谐音,指汉人,明朝人。"托生"作为隐语,它是"依托谋生"的缩写。故"不可又托生这须眉浊物"的意思是,"不可又依托这明朝人生活"。觉昌安和塔克世生前都投靠在明辽东总兵李成梁麾下效命,担任女真建州左卫都指挥等职。换句话说,他们算是明朝的人,依赖明朝生活。所以,努尔哈赤在祭奠自己的祖、父时,祝愿他们下辈子不要再做明朝人了,而要"变个女孩儿",即做个真正的女真人,女真政权统治下的人。

9.8 将父祖灵柩迁回兴京

努尔哈赤将其祖父和父亲辈两代人的坟墓迁葬辽阳,一是打哀兵牌,二是防止敌人破坏。到了清朝的第三代皇帝顺治时期,统治者内部有了不同的看法,他们认为,清朝兴盛的基础和肇始是赫图阿拉,龙兴之地不能丢,于是,他们又将这两代祖宗的坟墓迁了回去。曹雪芹将此事作如下隐写:

引文7:茗烟道:"这便才是。还有一说,咱们来了,还有人不放心。若没有人不放心,便晚了进城何妨?"若有人不放心,二爷须得进城回家去才是。第一老太太,太太也放了心,第二礼也尽了,不过如此。就是家去了看戏吃酒,也并不是二爷有意,原不过陪着父母尽孝道。二爷若单为了这个不顾老太太、太太悬心,就是方才那受祭的阴魂也不安生。二爷想我这话如何?"宝玉笑道:"你的意思我猜着了,你想着,只你一个跟了我出来,回来你怕担不是,所以拿这大题目来劝我。我才来了,不过为尽个礼,再去吃酒看戏,并没说一日不进城。这已完了心愿,赶着进城,大家放心,岂不两尽其道。"茗烟道:"这更好了。"

说着,二人来至禅堂,果然那姑子收拾了一桌子素菜。宝玉胡乱吃了些,茗烟也吃了。

二人便上马,仍回旧路。[1](342)

引文7含有如下一些隐语:"放心""进城""二……马,仍回旧路"。这三个隐语点明了觉昌安和塔克世的灵柩,又被迁回了兴京皇陵。

"进城""放心"。引文7中含有四个"进城"和"放心",这是在有意提醒读者。

"进城"与"兴京"谐音,"放心"与"皇陵"谐音。故"进城""放心"即"兴京皇陵",指赫图阿拉。史载,万历四十四年(1616),努尔哈赤称帝,定都赫图阿拉,天命六年(1621),迁都辽阳。天聪八年(1634),尊赫图阿拉为兴京。

"二……马,仍回旧路"。"二……马"指觉昌安和塔克世两父子,此处,他们代表努尔哈赤的祖父和父亲两代人。"仍回旧路"当然指仍旧回到兴京。据历史记载,他们两代人的灵柩,是在顺治十五年迁回赫图阿拉安葬的。

9.9 褚英墓也随迁到了辽阳

曹雪芹在文中反复提到水仙庵的"姑子",并说她是贾家的"香火"。其实,这"香火"二字也是多义词,含义之一是"后裔",它与"姑子"一样,都是指努尔哈赤的儿子褚英:

引文8:老姑子献了茶。宝玉因和他借香炉。那姑子去了半日,连香供纸马都预备了来。宝玉道:"一概不用,单用个香炉。"便命茗烟捧着炉出至后院中,拣一块干净地方儿,竟拣不出。茗烟道:"那井台儿上如何?"宝玉点头,一齐来至井台上,将炉放下。茗烟站过一旁。宝玉掏出香来焚上,含泪施了半礼,回身命收了去。[1](341)

各种迹象表明,贾宝玉井台祭祀的对象是金钏,证据一,贾宝玉回去以后,让玉钏猜他干什么去了?显得神神秘秘的,而玉钏当时正在垂泪,因为当天也是她可怜姐姐金钏的生日。证据二,林黛玉看了《荆钗记》的《男祭》一出,批评王十朋不通得很,何必要跑到江边祭奠。曹雪芹通过这一幕,暗示宝玉祭祀,乃是祭奠死于井中的金钏。但从隐训的角度分析,则不是这么回事。"姑子""井台儿""拣一块干净地方,竟拣不出""含泪施了半礼"等词句均为关键性隐语。

"姑子"。"姑"与"辜"谐音,意为有罪的。"姑子"即为有罪的儿子,褚英被努尔哈赤囚禁赐死,自然是罪子、辜子。

"井台儿"。"井台儿"即"井圈子",谐训则为"禁圈子",移字则为"圈禁子",展训则为"被圈禁而死的儿子"。

"拣一块干净地方,竟拣不出"。《红楼梦》第二回即讲明了贾宝玉的观点,女似水,男如泥,水净泥脏,女净男脏。实际的意思是,女真人干净正义,明朝汉人脏污阴险。贾宝玉祭奠金钏,认为地上不干净,只有井台上干净,这是再次表明他根深蒂固的观点。曹雪芹虚构这个情节,当然是反复强调,褚英死于女真人之手。

"含泪施了半礼"。作为隐语,"含泪"与"含内"谐音,"半礼"与"搬陵"谐音。故这句话的意思是,将褚英的陵墓包含在内,一同搬到辽阳去。

9.10 宽恕与记仇

褚英死后,努尔哈赤还仇恨他吗?答案在下面这段文字里:

引文9：茗烟起来收过香炉，和宝玉走着，因说道："我已经和姑子说了，二爷还没用饭，叫他随便收拾了些东西，二爷勉强吃些。我知道今儿咱们里头大排筵宴，热闹非常，二爷为此才躲了出来的。横竖在这里清净一天，也就尽到礼了。若不吃东西，断使不得。"宝玉道："戏酒既不吃，这随便素的吃些何妨。"[1](342)

引文9表明，贾宝玉答应茗烟，在庵中用餐，吃素，不吃酒，这"吃素""不吃酒"和"和姑子说了"三词都是隐语。"不吃酒"与"不记仇"谐音，"吃素"与"已恕"谐音，"和姑子说了"，就是跟有罪的儿子说了。简言之，努尔哈赤已经原谅了褚英，不再记仇了，他能够将褚英的灵柩，同其他祖宗的灵柩一起迁葬辽阳，就充分说明了这一事实。

但是，贾宝玉回到贾府后，还是吃酒了，不过，他是"陪着父母尽孝道"。这意味着，努尔哈赤没有忘记杀父、杀祖之仇，对明朝，他永远也不会宽恕，他要战斗到底，为他们向明朝复仇。

注释：

[1]〔清〕曹雪芹：《脂砚斋批评本红楼梦》，凤凰出版社2010年版。

[2]〔宋〕司马光：《司马温公集编年笺注1》，巴蜀书社2009年版。

[3]王洺印译注：《梦溪笔谈译注》，上海三联书店2014年版。

[4]胡传志：《宋金文学的交融与演进》，北京大学出版社2013年版。

[5]〔明〕李时珍：《本草纲目类编中药学》，辽宁科学技术出版社2015年版。

[6]〔汉〕班固原著、(宋)吕祖谦编纂、戴扬本整理：《汉书详节》，上海古籍出版社2007年版。

10. 薛宝钗生日揭秘

贾母的生日究竟是哪一天？她与薛宝钗是同一天生日吗？薛宝钗究竟是多少岁？曹雪芹对这三个问题的描写非常混乱。他在第二十二回写道：

话说贾琏听凤姐儿说有话商量，因止步问是何话。凤姐道："二十一是薛妹妹的生日，你到底怎么样呢？"贾琏道："我知道怎么样！你连多少大生日都料理过了，这会子倒没了主意？"凤姐道："大生日料理，不过是有一定的则例在那里。如今他这生日，大又不是，小又不是，所以和你商量。"

贾琏听了，低头想了半日道："你今儿糊涂了。现有比例，那林妹妹就是例。往年怎么给林妹妹过的，如今也照依给薛妹妹过就是了。"凤姐听了，冷笑道："我难道连这个也不知道？我原也这么想定了。但昨儿听见老太太说，问起大家的年纪生日来，听见薛大妹妹今年十五岁，虽不是整生日，也算得将笄之年。老太太说要替他作生日。想来若果真替他作，自然比往年与林妹妹的不同了。"贾琏道："既如此，比林妹妹的多增些。"

……

谁想贾母自见宝钗来了，喜他稳重和平，正值他才过第一个生辰，便自己蠲资二十两，唤了凤姐来，交与他置酒戏。[1](172-173)

宝钗二十一日生日，后文还提到是"大正月里"[1](176)"况在节间"[1](179)，也就是说，宝钗是正月二十一日生日，还在元宵节期间，15周岁。在这里，宝钗一人过生日，根本没有提及贾母，贾母不像也在这一天生日。然而在第六十二回，探春明确地说："过了灯节，就是老太太和宝姐姐，他们娘儿两个遇的巧。"[1](482)依照此言，则宝钗与贾母的生日都在正月元宵之后。但是，第七十一回却又写道："因今年八月初三日乃是贾母八旬之庆，又因亲友全来，恐筵宴排设不开，便早同贾赦及贾珍、贾琏等商议，议定于七月二十八日起，至八月初五日止，荣、宁两处齐开筵宴。"[1](554)既然宝钗与贾母同月生日，则应该都在正月，贾母怎么又是八月初三呢？既然宝钗是13岁进贾府的，至15岁生日，则应该是她到贾府的第二个生日，怎么又是"才过第一个生辰"呢？既然是正月二十一生日，就不是元宵节了，怎么还说是"节间"呢？曹雪芹这些自相矛盾的描写，把不懂隐语的广大读者搞得晕头转向。下面，笔者试为大家解释。

10.1 贾母为何有两个生日

贾母有两个生日，一在正月，二在八月，什么原因呢？原因在于"贾母"这位老太太在《红楼梦》里有两重身份，其一，贾母即孝庄皇后（皇太后），顺治的亲生母亲，康熙帝的奶奶；其二，贾母即曹頫的祖母孙氏，曹寅的继母，第七十一回所提到的贾母生日，乃是1712年8月，孙氏80岁诞辰，孙氏生于1632年，至1712年80岁。而第二十二回和六十二回提到的贾母生日，却是"家墓新寄"的谐音词，在这里，"贾母"变成了"家墓"，不再指人物。"生日"一词是由"新寄"或"拾金"变隐而来的，指迁坟。据史料记载，我国有一种特殊的丧葬形式，叫拾骨葬，俗称"捡骨"，是一种二次葬的葬礼活动，流行于闽南人、客家族群、中国南方、琉球、东南亚部分地区。拾骨葬最早的记载见于《墨子·节葬》，其中说"楚之南有啖人国者，其亲戚死，朽其肉而弃之，然后埋其骨。"指死者遗体或停于棺木中，或埋于土中，待其腐朽后，再拾其遗骨，盛于小棺木葬之。新中国成立前，有的土家族地区老人去世，用一匹白布裹尸或只穿旧单衣（或旧棉衣），有的用一匹白布作"天桥"，死者成坐式或仰卧式，停尸三日则上山，不用择吉日，不打鼓踏歌，不隆重祭祖。上山时，装死者于白木棺中（不上漆的棺材），埋于土中，谓之"新寄"[2](418)。道教称仙人的遗骨为金骨，人们也常常把自己祖先的遗骨称为金骨，故二次葬又被称为拾金。据资料记载，广西壮族也曾流行二次葬，"二次葬多属于亲属突然死亡或一时找不到好坟地而暂时葬者，数年后条件具备才进行迁葬。迁葬时，选择吉日杀鸡到原墓地去供摆，然后挖墓取出枯骨（俗称'拾金骨'），用柚子叶水洗净、用火烘干，再用红线把人骨按头部、躯干、四肢顺序排列串联起来，最后装入瓷坛（俗称金坛），葬入新坟中。"[3](1107)薛宝钗的所谓"生日"，并不是我们平常所谓的生日，而是属于这种迁葬的"新寄"或"拾金"。"新寄"与"生日"谐音，将"拾金"二字变换字顺为"金拾"，"金拾"也与"生日"谐音。

清朝的发源地在东北古城新宾，那时叫赫图阿拉，那里有爱新觉罗氏的家墓，努尔哈赤的爷爷奶奶、父亲母亲、叔叔婶婶、兄弟和儿子等，死后都葬在那里，这座家墓后来叫永陵。1624年，努尔哈赤定辽阳为新都之后，将家墓迁往辽阳，称东京陵，这是大清第一次搬迁家墓，努尔哈赤的爷爷和父亲是最重要的搬迁对象，"二十一日"就是指他们俩的搬迁。"二十一日"是一个隐语，并非指日期，其谐音为"二日一移"，即两位皇帝的第一次迁移。"二十"与"二日"谐音，指努尔哈赤的爷爷觉昌安和父亲塔克世，他们俩人被后人追尊为景祖翼皇帝和显祖宣皇帝，古代社会称皇帝为太阳（日）。

薛宝钗的原型褚英是努尔哈赤的儿子,他在36岁时被父亲处死,最初也葬在永陵,1624年,努尔哈赤在搬迁家墓的时候,也将儿子褚英墓迁移到了东京陵,从此便再未变动过。而觉昌安与塔克世的陵墓后来又被顺治帝迁回了永陵,这是第二次搬迁。薛宝钗与贾母"二十一日生日",实际上就是指1624年的这一次,褚英墓随同家墓一起搬迁之事。

王熙凤向来独断专行,不太同别人商量,但替宝钗做寿,王熙凤竟不耻下问,向贾琏请教。在这里,"贾琏"也是一个隐语,"贾琏"者,"家殓"也,家族殓葬活动也,也是"家墓迁葬"的意思。

宝钗15岁也应解释一下的。读者朋友须注意,在这里,"15岁"应理解为"及笄之年"。而"及笄"与"拾金"谐音。也就是说,所谓"15岁"或"及笄之年",实是指褚英墓迁葬的年头。

10.2 "二十"与元宵

《红楼梦》第二十二回前半部分,都是描写薛宝钗过生日的,全文反复用到数目字"二十",如"二十一""蠲资二十两""二十两银子""二十一日"等词,其中均含"二十"。曹雪芹还特别虚构了一个情节,戏唱完了,贾母特别喜爱其中一个小旦和小丑,他们一个十一岁,一个九岁,两人年岁相加竟然也是"二十"。除此之外,曹雪芹还运用了较多的"两日""两人"和"两个人"等词。曹雪芹如此写作当然有着特定的表达目的,这些"二十""二日"和"两人"都是指努尔哈赤的祖父觉昌安和父亲塔克世的,由于他们两人后来都被追尊为皇帝,故又是"二日(十)"。努尔哈赤搬迁祖坟,最主要的就是搬迁这两个皇帝的坟墓,因为他们两人死得很冤,他们是被明朝冤杀的。努尔哈赤搬迁他们的坟墓,就是向明朝鸣冤。

正月十五是元宵节,并且也只有这一天是元宵节,元月二十一日不是元宵节,这是人人都清楚的常识。但曹雪芹却明确告诉我们,宝钗的生日还在节间,即还是元宵节。不是曹雪芹不懂常识,他是明知故错,因为"元宵"在这里是隐语,它是"怨嚣"的谐音词,移字则为"嚣怨",叫嚣抱怨的意思。

另外,在王熙凤过生日和贾宝玉井台祭金钏的相关文字里,笔者也仔细分析过,努尔哈赤起兵反明,其关键原因之一是报仇,向杀害他父祖的明朝报仇。他把祖坟从赫图阿拉迁到辽阳,用的是哀兵之计,激励士气,所以,贾母的要求是"热闹",努尔哈赤轰轰烈烈地搬迁坟墓,不怕劳民伤财,不怕耽误时间,这实际上是一次大规模、全方位的军事动员。

宝钗的"生日"由"凤姐"主持,原因何在?原来,"凤姐"移字为"姐凤","姐凤"与"皆封"谐音;凤姐即王熙凤,"王熙凤"者,"皇自封"也,意思是说,觉昌安和塔克世二人作为皇帝,不是真实的,皆是后来追封的,是努尔哈赤自己追封其祖先的结果。

10.3 "戏"与"酒"

贾母为薛宝钗做生日的整个过程,只有两项内容,一是戏,二是酒,除此之外竟没有第三项:

谁想贾母自见宝钗来了,喜他稳重和平,正值他才过第一个生辰,便自己蠲资二十两,唤了凤姐来,交与他置酒戏。

凤姐凑趣笑道:"一个老祖宗给孩子们作生日,不拘怎样,谁还敢争,又办什么酒戏?既高兴要热闹,就说不得自己花上几两。巴巴的找出这霉烂的二十两银子来作东道,这意思还叫我赔上。果然拿不出来也罢了,金的、银的、圆的、扁的,压塌了箱子底,只是勒掯我们。举眼看看,谁不是儿女?难道将来只有宝兄弟顶了你老人家上五台山不成?那些梯己只留于他,我们如今虽不配使,也别苦了我们,这个够酒的?够戏的?"说的满屋里都笑起来。[1](173)

"戏"与"酒"连缀起来是"戏酒","戏酒"与"示仇"谐音,表示仇恨也。可见,"戏酒"与"元宵"的隐训含义相同,都是煽动仇恨、叫嚣报复的意思。

10.4 《西游记》《鲁智深醉闹五台山》《刘二当衣》等

吃了饭点戏时,贾母一定叫宝钗先点。宝钗反复推让,贾母不依,宝钗只好从命,先后点了一个热闹戏《西游记》和《鲁智深醉闹五台山》,凤姐点了《刘二当衣》。其他人也点了戏,但作者没说他们点了什么戏。

《西游记》。为什么点这个戏?因为"西游记"与"尸游记"谐音,努尔哈赤浩浩荡荡搬迁家墓,把祖宗的尸骨从一个地方移到另一个地方,借此向明朝示仇,不就是尸体大游行吗?

《刘二当衣》。王熙凤点的这折戏是滑稽戏,"刘二当衣"四字当然也是隐语。"刘二"移字为"二刘","二刘"的谐音词是"二旒"。"旒"即"旒扆",本为帝王座位后的屏风,借指帝王,故"二旒"者,二位帝皇也,觉昌安与塔克世也。"当衣"是"当移"的谐音词,指遗骨应当迁葬。

《鲁智深醉闹五台山》。宝钗点了《鲁智深醉闹五台山》,接着又引出了《点绛唇》与《寄生草》两折,皆为隐语。"鲁智深醉闹五台山"移字为"鲁智深醉五山台闹";"鲁智深"即"鲁达","鲁达"与"虏鞑"谐音,移字为"鞑虏",指清朝统治者;"醉"与"为"谐音;"五山"与"祖先"谐音;"台"与"大"谐音。故"鲁智深醉闹五台山"当训为"鞑虏为祖先大闹"。

《点绛唇》和《寄生草》。薛宝钗此时的身份当然是褚英,宝玉的身份是努尔哈赤,努尔哈赤搬迁祖坟,将已经死亡的儿子褚英的陵墓也一并迁了出来,除此之外,还有他的伯父礼敦、叔父塔察篇古、兄弟舒尔哈齐等、侄儿达尔察,这些人都为大清的建立贡献了力量,他们主要是作为战将发挥作用的。"点绛唇"与"战将殁"谐音,指已经死亡的将领。"寄生草"移字为"草寄生";"草"与"要"谐音;"寄生"与"拾金"谐音,移字则与"新寄"谐音,指迁葬。故《点绛唇》和《寄生草》两名的意思是,家族中殁亡的将领也要迁葬。

宝钗将《寄生草》念一遍,贾宝玉听了喜欢得不得了,其词曰:

慢揾英雄泪,相离处士家。谢慈悲剃度在莲台下。没缘法,转眼分离乍。赤条条来去无牵挂。那里讨烟蓑雨笠卷单行?一任俺芒鞋破钵随缘化

这段文字原本是描写鲁智深的,他因一拳打死镇关西,逃了出来,躲到赵员外家,不料又遭官府追捕,赵员外介绍他去五台山做和尚。但鲁智深的心在战场上,岂能安分守己做和尚,他醉闹之后,又被打发到东京大相国寺落脚,之后,又因搭救林冲,遭高太尉追捕。总之是萍踪江湖,浪迹天涯,居无定所。贾宝玉此时的身份是努尔哈赤,努尔哈赤作为大清的缔造者,其一生在战争的惊涛骇浪中度过,经常搬家,居无定所,先后将赫图阿拉、辽阳、沈阳定为都城,期间,还曾将祖陵由赫图阿拉迁往辽阳。可见,作为战将,努尔哈赤的经历与鲁智深有几分相似,所以,贾宝玉听了《寄生草》之后,心有同感,十分喜爱,以至拍膝画圈,称赏不已。

给宝钗庆生,由贾母提议,凤姐主持,贾琏参与讨论,宝钗、黛玉、湘云和宝玉数人最活跃。关于"贾母""贾琏"和"凤姐"的含义已经作了分析。接下来,我们来分析宝钗、黛玉和湘云三人。王熙凤在与贾琏对话中,称宝钗为"薛妹妹"、黛玉为"林妹妹"。"妹妹"与"贝勒"谐音;"林"与"陵"谐音;"薛"与"穴"谐音,指睡穴,亦即墓穴。故"薛妹妹"和"林妹妹"皆指诸位贝勒的陵墓。"史湘云"与"死将陵"谐音,指死亡将领的陵墓。故"薛妹妹""林妹妹"和"史湘云"三词的隐语含义相同,皆指爱新觉罗氏的墓穴。

10.5 赤条条来去无牵挂与悟道

大家看戏时,王熙凤说,那个小旦打扮起来很像一个人,宝钗和宝玉立即明白凤姐的意思,但都不敢说,史湘云心直口快,没半点城府,脱口而出说,那个小戏子很像林姐姐。贾宝玉赶紧向湘云使眼色阻止,结果史湘云生了气,林黛玉也生了气,两人都怪罪贾宝玉。贾宝玉是猪八戒照镜子,里外不是人,两头都得罪。他很气愤,想起前几日读过的《南华经》,觉得其中的"山木自寇"和"源泉自盗"讲得极好,他这是惹火烧身,自讨没趣。遂提笔立占一偈,又填了一首《寄生草》便草草睡了,心灰意冷,有了出家之念。袭人劝勉宝玉说,他们既随和,你也随和,岂不大家彼此有趣?宝玉讽刺道:"什么是'大家彼此'!他们有'大家彼此','我是赤条条来去无牵挂'。"[1](176)说完大哭。贾宝玉父母兄弟俱全,男女朋友无数,他为何时时有孤独之感呢?难道他认为与黛玉、湘云真不是一路人?答案是,因为他是大

清皇帝,皇帝古来自称"孤家寡人"。

宝玉占偈,又填《寄生草》,流露出家之念,后来到底出家了,为何？答案还是因为他是皇帝。出家即为僧,"僧"与"圣"谐音,圣上也,皇帝也。

宝玉悟道参禅,黛玉与宝钗、湘云立即出来阻止。宝钗承认是她的"曲子"惹出来的,说这些道书禅机最能移性。黛玉质问道:"宝玉,我问你:至贵者是宝,至坚者是玉。尔有何贵？尔有何坚？"[1](177) 面对质问,贾宝玉无言以对。黛玉接着在宝玉"偈语"之后又续了两句话:"无立足境,是方干净。"宝钗赞成地说,这方是悟彻,而宝玉偈语的"机锋"尚未完全了结。最后,宝玉承认,像黛玉、宝钗这样比他知觉在先的人,尚且未能解悟,他何必去自寻烦恼,于是便笑道:"谁又参禅？不过一时顽话罢了。"四人关系仍复如旧。[1](178)

贾宝玉是大清皇帝,宝钗、黛玉及湘云是丫头(衙头)即臣子,她们嘲笑和阻止他悟道参禅,就是劝勉他不要"无道",不要"采谗"。所谓"偈语"者,"讥语"也;"机锋"者,"讥讽"也。薛宝钗、林黛玉和史湘云的原型,都是大清皇帝或皇权的受害者,他们希望皇帝不要采信谗言,不要做无道昏君,不要好战好杀等。

注释：

[1]〔清〕曹雪芹:《脂砚斋批评本红楼梦》,凤凰出版社2010年版。

[2]马本立主编:《湘西文化大辞典》,岳麓书社2000年版。

[3]西林县地方志编纂委员会编:《西林县志》,广西人民出版社2006年版。

11. 薛蟠女儿歌揭秘

《红楼梦》第二十六回和二十八回描写了薛蟠吃酒闹笑话的事情。第二十六回写薛蟠将"唐寅"误认作"庚黄",遭朋友们耻笑;第二十八回写他胡乱作诗,粗俗不堪,不堪入耳,被众人喝止。表面上,这两个情节嘲讽了纨绔子弟薛蟠的不学无术和愚昧无知,实际上却隐藏着敬谨庄亲王尼堪家的一些重要史事。

11.1 "五月初三日(吾国取胜日)"

薛蟠生日那天,他以贾政的名义,把贾宝玉从潇湘馆里哄了出来,对宝玉说:

A1:"要不是我也不敢惊动,只因明儿五月初三日,是我生日,谁知古董行的程日兴,他不知哪里寻了来这么粗、这么长粉脆的鲜藕,这么大的大西瓜,这么长的一尾新鲜的鲟鱼,这么大的一个暹罗国进贡的灵柏香熏的暹猪。你说,他这四样礼可难得不难得?"[1](213)

听了薛蟠的解释,宝玉才知不是父亲叫他,而是表哥薛蟠要请他赴生日宴,悬着的心这才放了下来。宝玉二话没说,跟着薛蟠享用酒宴去了。这段话中的"五月初三日""这么粗、这么长粉脆的鲜藕""这么大的大西瓜""这么长的一尾新鲜的鲟鱼""这么大的一个暹罗国进贡的灵柏香熏的暹猪"和"程日兴"等,都是隐语,它们是清朝的一个个胜利的日子:

"五月初三日"。表面上看,薛蟠生日是"明儿五月初三日",但令人奇怪的是,薛蟠请客却是在当日(五月初二日),因为贾宝玉当时就跟着薛蟠去吃酒了,连寿礼都没来得及准备。那么,这里边究竟藏着怎样的秘密呢?笔者研究发现,"五月初三"是从"五月初二"变化来的,目的是避开敏感日子,让清朝统治者抓不着把柄。五月初二是多尔衮率清军攻破北京的日子:"五月初二,清军进入北京城。六月,多尔衮与诸王贝勒大臣商议决定,迁都北京(时称燕京)。"[2](453)无独有偶,在第二十七回,作者又以同样的方式,提到了另一个敏感的日子,这个日子本来是"四月二十五",但曹雪芹却写道:"至次日,乃是四月二十六日。原来这日未时交芒种节。"[1](218)"四月二十五日"是什么日子,作者为何要回避它呢?据历史记载:"四月二十五日,朱由榔、朱慈烺和国戚王维恭的儿子被处死。"[3](1059)这个所谓朱由榔,就是南明的永历帝,关于南明永历帝的具体死亡时间,各书记载不一,大致有三种说法,四月二十五日说、四月十五日说和四月八日说:《庭闻录》《狩缅纪事》《皇末造录》卷下、《爝火录》《求野录》等书,皆主四月二十五日说;《小腆纪传》《小腆纪传附考》和《南疆逸史》主四月十五日说;《也是录》主四月初八日说。清初王夫之所著《永历实录》与民初赵尔巽主编的《清史稿》两书,只记月份,不记日期。很显然,《红楼梦》选择相信四月二十五日说:"至次日,乃是四月二十六日。原来这日未时交芒种节。"[1](218) 次日是四月二十六日,则今日应该是四月二十五日,但四月二十五日过于敏感,作者避而不提。从此例可以看出,作者不写五月初二,而写五月初三,目的也是在此。更巧妙的地方还在于,"五月初三日"恰巧与"吾国取胜日"谐音。在这里,曹雪芹并没有把某一天作为清朝胜利的唯一标志,而是把定都北京、打垮大西军、消灭大顺军和活捉永历帝四事,都看作大清胜利的日子。

"这么粗、这么长粉脆的鲜藕"。这件礼物中,"长""粗""鲜藕"三词重要。"藕"即莲藕,刚出泥的新鲜莲藕是白色的,它是莲的根茎,故又名白茎,"白茎"与"北京"谐音。"粗"与"驻"谐音。故"长粗鲜藕"的意思是"长驻北京"。大清自从1644年进入北京城,从此便定都北京,再没搬迁过。

"这么大的大西瓜"。这件礼物的关键是"大西瓜","大西瓜"与"大西垮"谐音,这里的"大西"指张献忠建立的大西政权,它是明朝灭亡后抵抗清军的一支中坚力量,其著名将领有孙可望和李定国,尤其是李定国,英勇善战,定南王孔有德和敬谨亲王尼堪都死在他的手里。

"这么长的一尾新鲜的鲟鱼"。这件礼物里镶嵌着"尾新""鲟鱼"四字,"尾新"与"伪顺"谐音,指李自成建立的大顺政权。"鲟鱼"即"鲟鳇鱼",其中"鱼"与"余"谐音,而"余"即残余之余。"鳇"与"亡"谐音。故"尾新""鱼""鳇"连缀起来的意思是:伪大顺余孽灭亡了。

"这么大的一个暹罗国进贡的灵柏香熏的暹猪"。"暹罗国"即缅甸。"灵柏香"与"邻国献"谐音,缅甸是我们的邻国。"暹猪"与"献朱"谐音,指将南明末帝朱由榔献给清将吴三桂。公元1662年,缅王将永历帝朱由榔君臣后妃25人献给满清,至此,明朝彻底灭亡。

"程日兴"。将"程日兴"后面两字互换位置,则为"程兴日","程兴日"与"清兴日"谐音,意为清朝兴盛的日子。可见,"程日兴"与"五月初三日"隐含的含义完全一致。

"生日"。"生日"与"胜日"谐音,即胜利的日子。故所谓薛蟠的生日,实质上是指清朝在夺取明朝江山过程中所取得的一场场胜利。薛蟠说,他不能独享这么好的礼物,贾宝玉则最配享受这些礼物,因为贾宝玉是大清皇帝,大清皇帝当然是大清胜利的最大受益者。

11.2 清客相公、"唱曲儿的"与"书房"

薛蟠不学无术,居然也有一个大书房,他在书房宴请贾宝玉。贾宝玉要给薛蟠送寿礼,想来想去,居然认为最好的礼物是题字和作画。这事甚为蹊跷,原因有三:其一,宝玉并非名人,他所写所画自然不值钱,算不得好礼物;其二,薛蟠不懂字画,也无特别爱好,给他送字画不是投其所好,送了等于没送;其三,贾宝玉口口声声说,父母的钱物不能当礼物,他难道就没有给人送过钱物?他送给蒋玉菡的汗巾子算不算钱物?请看曹雪芹的描写:

A2:一面说,一面来至他书房里。只见詹光、程日兴、胡斯来、单聘仁等并唱曲儿的都在这里,见他进来,请安的,问好的,都彼此见过了。吃了茶,薛蟠即命人摆酒来。说犹未了,众小厮七手八脚摆了半天,方才停当归坐。宝玉果见瓜藕新异,因笑道:"我的寿礼还未送来,倒先扰了。"薛蟠道:"可是呢,明儿你送我什么?"宝玉道:"我可有什么可送的?若论银钱、吃穿等类的东西,究竟还不是我的,惟有我写一张字,画一张画,才算是我的。"[1](213-214)

正确解读 A2 文字,必须弄清"书房"、写字和画画等词的含义,以及詹光、程日兴、胡来、单聘仁和唱曲儿者的身份。

"书房"。"书房"与"朱亡"谐音,这里的"朱"指朱明王朝。清朝兴起也就是明朝灭亡,明朝皇帝姓朱。故"书房"与"程日兴"的隐语含义正好相对,一亡一兴。

"詹光""程日兴""胡斯来"和"单聘仁"。詹光、程日兴和单聘仁三人是老面孔,早在其他情节出现过,他们都是清客相公,也就是依附于官僚富贵人家帮闲凑趣的无聊文人,胡斯来首次亮相,应该也属此类。"詹光"与"沾光"谐音;"程日兴"中镶嵌着"程兴"二字,它们与"趁金"谐音。"趁金"者,追逐金钱者也;"胡斯来"中镶嵌着"胡来"二字;"单聘仁"与"单骗人"谐音。由此可见,在曹雪芹的眼中,这些清客相公都是一些坏人。正是他们灭亡了明朝,因为他们都是文人,也就是"读书人","读书人"与"图朱人"谐音,即他们是"图谋夺取朱明江山的人"。

薛蟠与贾宝玉在书房中谈书论画,自然也是"读书人",尤其是贾宝玉,要把字画当作寿礼赠给薛蟠。所以,薛、贾两人都是图谋朱明江山的人。

"唱曲儿的"。薛蟠特别提到,来了一个"唱曲儿的"小子,所谓"唱曲儿的",自然是"艺人","艺人"与"夷人"谐音。明末清初,东北满人常被明朝汉人称为"夷""东夷""建夷"等。

A2 显示了曹雪芹的立场:他痛恨取代明朝的满人,骂他们是一伙贪财、胡来、骗人的夷人。

11.3 "五月初三日(吾丧于明)""庚黄(阵亡)""春宫"和"唐寅"

薛蟠听说宝玉要送他字画,便吹起自己曾经看过的一幅画,闹出了一个笑话:

第二十六回写薛蟠过生日请客吃酒,贾宝玉也被邀请去了,但事起突然,宝玉没带生日贺礼,便对薛蟠说,明儿要送他一幅字或画,因为只有这两样东西才是他自己的,才是可以送人的东西。薛蟠听到"画"字,立马来了精神,接茬谈起了自己的见闻,竟引出一个笑话来:

A3:薛蟠笑道:"你提画儿,我才想起来。昨儿我看人家一张春宫,画的着实好。上面还有许多的字,也没细看,只看落的款,是'庚黄'画的。真真的好的了不得!"宝玉听说,心下猜疑道:"古今字画也都见过些,那里有个'庚黄'?"想了半天,不觉笑将起来,命人取过笔来,在手心里写了两个字,又问薛蟠道:"你看真了是'庚黄'?"薛蟠道:"怎么看不真!"宝玉将手一撒,与他看道:"别是这两个字罢?其实与'庚黄'相去不远。"众人都看时,原来是"唐寅"两个字,都笑道:"想必是这两字,大爷一时眼花了也未可知。"薛蟠只觉没意思,笑道:"谁知他'糖银''果银'的。"[1](214)

红学专家们对这个笑话进行了考证,竟考出了它的出处,据明人郑仲夔在《玉麈新谭·清言》卷十"纰漏"条中记载,明朝著名画家文徵明是庚寅年生人,恰与战国时期著名爱国诗人屈原的生日相同,屈原出生于正月庚寅日,估计屈原也是文徵明喜爱和敬重的人,故曾在画上题字曰:"唯庚寅吾以降"。有一个太守自北方来,粗通文墨,对江南画坛又不是太清楚,他向人打听道,谁比文徵明画得好?人们告诉他说,唐伯虎画得最好。太守又问:唐叫什么名字?人们告诉他说,唐伯虎就是唐寅。太守猛然站起身来,恍然大悟道:真是这样,真是这样,怪不得文先生在画上题写"唯唐寅吾以降。"太守把"庚寅"误读为"唐寅",又把"唯唐寅吾以降"误解为"吾只向唐寅一人服输",弄出了大笑话。专家们认定,《红楼梦》中的"庚黄"笑话,就是从郑仲夔编写的这个故事来的。另有专家更考证出,宋朝也有一个唐伯虎,也是颇有才华的文人,巧合的是,唐伯虎的弟弟叫唐庚,文才竟盖过他哥哥。而"唐庚"与"庚黄"在符号学上很接近。据此,专家认为:"我们可以自'庚黄'引发的符号域得出推论,'庚黄'这个符号,它的一面'所指'是一个现场的辛辣笑话,而另一面'能指'却是一个陈迹的辛酸故事。其演变思路或许如下:由唐伯虎联想到唐寅,由唐伯虎联想到宋代唐伯虎,又由宋代唐伯虎联想到其弟弟唐庚,这一线索被作者久久积聚于内心深处的一种情怀情结所激荡所贯彻,于是出现了一种心灵的'误读','唐寅'变成了'唐黄'……再联系曹家史料综合研究,曹雪芹内在的创作动机应是有感于宋代唐伯虎与唐庚的兄弟情深,而自然产生的对

于曹氏家族由来已久的兄弟不和的批判。"[4](288)

这种解读类似于盲人摸象,东拉西扯,胡乱穿凿,看起来有史有据,实际上完全不靠谱。科学研究的关键是要形成完整的证据链,对上述文字的解读,首先要结合薛蟠和贾宝玉的真实身份进行,否则差之毫厘,谬之千里。其次,要从一节文字内部寻找彼此之间的相关性、对应性和故事性。而不能仅凭"庚黄"和"唐寅"两词就任意生发联想。

"庚黄"笑话的关键前提是"五月初三日"。笔者研究发现,"五月初三日"不仅可以隐训为"吾国取胜日",而且还可以作其他解读。"日"与"月"结合为"明",明朝或明军的"明"。"三"与"丧"谐音,"初"与"于"谐音。故"五月初三日"又可解读为"吾丧于明(军)"。明史专家自然清楚,庄亲王尼堪死于南明军李定国之手。而"庚黄"恰巧与"阵亡"谐音,庄亲王就是阵亡于湖南衡州府。

此外,薛蟠还提到"春宫""唐寅""糖银"和"果银"等词,这些也须解读。"春宫"与"进攻"谐音。薛蟠说,他见一张春宫画上有许多字,又读了落款,这意味着他也"读书"了,"读书"者,"图朱"也,图谋朱氏江山也。将"春宫"与"庚黄"两词结合可知,薛蟠的本人是在图谋朱氏江山的进攻战争中阵亡的。

"唐寅"与"糖银"发音相同,它们同为隐语。"唐寅"移字为"寅唐","糖银"移字为"寅糖",它们都与"应当"谐音。"果银"移字为"银果","银果"与"因果"谐音。曹雪芹认为,庄亲王尼堪之死,是他好战嗜杀之因果报应。

11.4 薛蟠女儿歌解码

由薛蟠生日,又引出了冯紫英请客,在冯紫英的宴会上,薛蟠再次闹了笑话,这个笑话所隐藏的史实仍然是关于庄亲王尼堪的:

A4:薛蟠道:"我可要说了。女儿悲——"说了半日,不见说底下的。冯紫英笑道:"悲什么?快说来。"薛蟠登时急的眼睛铃铛一般,瞪了半日,才说道:"女儿悲——"又咳嗽了两声,说道:"女儿悲,嫁了个男人是乌龟。"众人听了都大笑起来。薛蟠道:"笑什么,难道我说的不是?一个女儿嫁了汉子,要当忘八,他怎么不伤心呢?"众人笑的弯腰说道:"你说的很是,快说底下的。"

薛蟠瞪了一瞪眼,又说道:"女儿愁——"说了这句,又不言语了。众人道:"怎么愁?"薛蟠道:"绣房撺出个大马猴。"众人呵呵笑道:"该罚,该罚!这句更不通,先还可恕。"说着便要筛酒。宝玉笑道:"押韵就好。"薛蟠道:"令官都准了,你们闹什么?"众人听说,方才罢了。

云儿笑道:"下两句越发难说了,我替你说罢。"薛蟠道:"胡说!当真我就没好的了!听我说罢:女儿喜,洞房花烛朝慵起。"众人听了,都诧异道:"这句何其太韵?"薛蟠又道:"女儿乐,一根鸡巴往里戳。"众人听了,都扭着脸说道:"该死,该死!快唱了罢。"薛蟠便唱道:"一个蚊子哼哼哼。"众人都怔了,说:"这是个什么曲儿?"薛蟠还唱道:"两个苍蝇嗡嗡嗡。"众人都道:"罢,罢,罢!"薛蟠道:"爱听不听!这是新鲜曲儿,叫作哼哼韵。你们要懒待听,连酒底都免了,我就不唱。"众人都道:"免了罢,免了罢,倒别耽误了别人家。"[1](231-232)

薛蟠的女儿歌确实粗俗可笑,但我们不能一笑了之,曹雪芹没有闲笔,让我们细细解读。

"女儿悲,嫁了个男人是乌龟"。这句话里镶嵌着"女儿""男人"和"乌龟"三个隐语,"女儿"者,"女真健儿"也,满人是由女真发展来的,此处指庄亲王尼堪;"男人"者,"南征"也;"乌龟"者,"不归"也。庄亲王从北京出发南征,死在湖南,故"悲"。

"女儿愁,绣房撺出个大马猴"。这句话中"女儿""绣房"和"猴"是隐语。"女儿"仍指庄亲王尼堪;"绣房"者,"首房"也,"大房"也;"猴"者,"后"也,后代也。庄亲王是褚英的儿子,褚英是努尔哈赤的嫡长子,也就是大房的后代。褚英是清朝的罪人,庄亲王尼堪作为罪人的后代,多少有些难堪,故"愁"。

"女儿喜,洞房花烛朝慵起"。这句话颇有些文采,众人诧异,其中"女儿"、"洞房花烛"和"朝慵起"是隐语。"女儿"仍指尼堪;"洞房花烛"者,"新郎君"也,其中"新君"指皇太极;"朝慵起"移字为"朝起慵","朝起慵"与"朝起用"谐音,指被朝廷起用,尼堪在皇太极统治时是被重用的,到顺治即位时,继续得到重用,故"喜"。

"女儿乐,一根鸡巴往里戳。"这句话里的"女儿""一根鸡巴"和"往里戳"是隐语。"一根鸡巴"是"一跟几爸"的谐音词,意为一直跟着几个叔父作战。满语称"爸""父"为"ma 玛"。"往里戳"者,往关内打仗也。尼堪一直跟着皇太极、阿济格、多尔衮等几个叔父攻打明军。

"一个蚊子哼哼哼"和"两个苍蝇嗡嗡嗡"也是隐语,隐指褚英的三个儿子的情况。"哼哼哼"是病痛者发出的声音,也是对读书人的一种贬斥。褚英的次子名国欢(1597-1624),体质羸弱,长得文秀,只活了28岁,他自幼聪慧好学,知书达礼,深受太祖喜爱。"一个蚊子哼哼哼"就是指褚英的这个文弱多病的儿子。"两个苍蝇嗡嗡嗡"则指其长子杜度和三子尼堪,庄亲王尼堪自然是一位孔武有力的猛将,其实,爱新觉罗·杜度也是一员猛将。杜度初授台吉之职,天命九年(1624)封为贝勒,崇德元年(1636)封安平贝勒,崇德七年(1642)病逝,皇太极听说后为之罢朝,雍正皇帝曾为他立碑纪念。"苍蝇"又名乌蝇、青蝇。"青蝇"与"清人"谐音;"嗡嗡嗡"是青蝇的叫声,十分扰民。"扰民"者"扰明"也,骚扰明朝也。"两个苍蝇嗡嗡嗡"意指爱新觉罗·杜度与爱新觉罗·尼堪这两个满人,就像两只苍蝇一样，不停地骚扰明朝，最后把明朝折腾垮掉。

关于褚英三个儿子的情况，《清史稿》对其长子杜度和三子尼堪介绍得很详细，二子国欢早夭，且无爵，所以没有提及："褚英子三，有爵者二：杜度、尼堪。安平贝勒杜度，褚英第一子。初授台吉……七年六月，薨。病革时，诸王贝勒方集笃恭殿议出征功罪，上闻之，为罢朝。丧还，遣大臣迎奠。雍正二年，立碑旌其功。……敬谨亲王尼堪，褚英第三子。天命间，从伐多罗特、董夔诸部，有功。天聪九年，师伐明，从多铎率偏师入锦、宁界缀明师。崇德元年，封贝子。上伐朝鲜，从多铎逐朝鲜国王李倧至南汉山城，歼其援兵。四年，上伐明，从阿济格等攻塔山、连山。七年，戍锦州。顺治元年四月，从多尔衮入山海关，败李自成，复从阿济格追击至庆都……"[5]很明显，杜度与尼堪确实是两员猛将，他们都是明朝的心腹大患。他们在父亲褚英死后，跟着皇太极、多铎、阿济格和多尔衮等几位叔父，进攻明朝，为大清最终夺取明朝江山立下了汗马功劳。

以上薛蟠的两个笑料，隐写的都是关于庄亲王尼堪的事情，它们告诉我们，庄亲王尼堪是在清朝胜利进军的途中意外阵亡的。褚英膝下有三个儿子，一个文弱，两个孔武，庄亲王尼堪是两个孔武儿子中的一个，以骚扰侵略明朝为己任。这两处的隐写非常简略，点到辄止。这对于我们全面了解敬谨庄亲王尼堪显然是不够的，故曹雪芹又花费大量笔墨，塑造了一个薛蟠与柳湘莲的恩怨情仇故事。

注释：

[1]〔清〕曹雪芹：《脂砚斋批评本红楼梦》，凤凰出版社2010年版。

[2]吴文质、汪清秀、张爽编著：《中国历代军事将领成才故事》，金盾出版社2013年版。

[3]顾诚：《南明史》，中国青年出版社1997年版。

[4]王人恩、陈欢：《薛蟠误读"唐寅"为"庚黄"的深层意蕴新探》，载《红楼梦学刊》，2010年第5期。

[5]〔清〕赵尔巽等：《清史稿》(列传三·诸王二·太祖诸子一)。

12. 冷美人揭秘

金陵薛家系皇商世家,拥有百万之富,曹雪芹写道:薛家"且家中有百万之富,现领着内帑钱粮,采办杂料……虽是皇商……他便不以书字为事,只留心针黹、家计等事,好为母亲分忧解劳……二则自薛蟠父亲死后,各省中所有的买卖承局、总管、伙计人等,见薛蟠年轻,不谙世事,便趁时拐骗起来,京都中几年生意,渐亦消耗"[1](36-37)。薛蟠继承祖业,继续做皇商,可他年幼无知,不懂管理。手下人也不老实,竟然拐骗起来,薛家已经不如当年了。薛宝琴和薛蝌是在第四十九回进贾府的,薛姨妈对贾母介绍说:"他父亲是好乐的,各处因有买卖,带了家眷这一省逛一年,明年又到那一省逛半年,所以天下十停走了有五六停了。"[1](395)宝琴家也是皇商,父亲也死了,留下一个寡母,与宝钗的境遇何其相似。宝琴从小跟随父亲到过许多地方,极为见多识广。据她自己说,她曾见过一个真真国女孩,竟然能做汉文诗。薛宝琴结合自己在各地的见闻,做《怀古诗十首》,吟咏历史。由此可见,薛家女子不仅绝色,且能诗擅文,见多识广,皆非凡胎俗流。

但是,翻阅历史著作和前人笔记,我们找不到薛家这种皇商。在清朝,江宁织造、苏州织造和杭州织造才是朝廷举办的工厂,专门为皇家和朝廷服务,他们身兼采购和生产两种职责。故要说皇商,林黛玉的本人李煦才是真正的皇商。当然,李煦等三大织造基本上是坐商,不是行商,并不像薛家这样到处跑生意。况且,清朝的官办企业都由内务府管理,报销和核实都在内务府进行,与户部没半毛钱关系。所以,象薛家这样的皇商,清朝没有,其他朝代也没有,朝廷所需要的物品,一般都是临时采购,并不由所谓固定的"皇商"供应。

那么,"皇商"究竟是什么意思呢?"皇商"者,"皇将"也,皇上的将领也。敬谨亲王尼堪是世代皇将之家,他祖父努尔哈赤以十三副甲胄举兵,建立后金;其父爱新觉罗·褚英是努尔哈赤的长子,也是后金的主要战将,战功显赫,封广略贝勒;敬谨亲王尼堪也是清朝的开国元勋,历史学家萧一山云:"福临以冲龄践祚,奠定中原,征服华夏,其所以能成大业者,皆群臣襄赞之力也。当时宗室懿亲,僇力行间,栉风沐雨,勤劳佐命者:如豫亲王多铎、肃亲王豪格、英亲王阿济格、郑亲王济尔哈朗、敬谨亲王尼堪、端重亲王博洛、顺承郡王勒克德浑等,其殊勋茂绩,诚可为开国之大人物。"[2](335)敬谨亲王尼堪在清朝开国将领中,功劳是比较大的,排名非常靠前,《清史稿》有他的传记。

12.1 豹豺之家,军功世家

前面我们训解了"薛"字,薛家之所以姓"薛",既与他们的职业相关,因为他们是嗜血之族,皇将之家,薛者,血也;又与他们的死因相关,庄亲王尼堪死于削平反抗者的战争,"薛"者,"削"也。褚英则死于他那张臭嘴,他说了太多悖逆的话,"薛"者,"说"也,"薛蟠"者,"说反"也,说逆反之言也。另外,"薛"与"国"字的古音 gui 相谐,故"薛蟠"可训为"番国""满国"。薛家四兄妹的名字都是隐语,隐藏着有关褚英与庄亲王尼堪的重要信息。

先看"宝钗"。"宝钗"与"豹豺"谐音,豹豺是与虎狼齐名的凶猛动物,凶残的代名词。

次看"宝琴"。"宝琴"与"豹鲸"谐音,在中国古人眼里,鲸也是一种极凶残可怕的动物,同样是凶残的代名词。唐杜甫《溅陂行》:"鼍作鲸吞不复知,恶风白浪何嗟及。"[3](86)《旧唐书·萧铣杜伏威等传论》:"自隋朝维绝,宇县瓜分;小则鼠窃狗偷,大则鲸吞虎据。"[4](514)明何景明《观涨》:"鲸吞鳌横那可测,盘涡骇浪谁能平?"[5](235-236)《三国演义》第六十回:"松观荆州:东有孙权,常怀虎踞;北有曹操,每欲鲸吞。亦非可久恋之地也。"[6](309)清曹寅《广陵载酒歌》:"即今鲸吞作豪举,自古蛇足憎纤苛。"[7](967)这些例子足以证明,鲸是一种极可怕的动物,古人常将它与猛虎相提并论。宝琴既为豹、鲸之族,自然与虎狼无异。

次看"薛蝌"。"薛蝌"与"血渴"谐音,"血渴"移字则为"渴血",此词显然是由岳飞"笑谈渴饮匈奴血"变隐而来,意为嗜血。

可见,"宝钗""宝琴"和"薛蝌"三词的隐训含义,均表明庄亲王尼堪父子乃是如豹子、豺狼、鲸鱼一样凶残的嗜血之人。

最后看"薛蟠"和再看"宝琴"。"薛蟠"与"削反"谐音,意即削平反抗者。"宝琴"与"冒进"谐音。将两词连缀成"薛蟠宝琴",其谐音词"削反冒进",便是敬谨亲王尼堪的死因,他在镇压反抗者的战争中非常勇敢,却由于冒进而陷入大西军李定国的埋伏,毙命于湖南衡州府。

关于薛宝钗的长相,1987版薛宝钗的扮演者张莉是一个尖下巴的美女,越剧电视剧版薛宝钗的扮演者赵海英脸形稍长,李少红版薛宝钗的扮演者李沁和白冰,也都是脸形稍长的美女。这些演员美则美,演技也好,却并不符合曹雪芹的描写,曹雪芹笔下的薛宝钗是"脸若银盆""天生结壮""体丰怯热",即脸形白、圆、大,并且长得特别结实、壮健。曹雪芹还特别提到,薛宝钗的手臂非常粗壮,戴着红麝串轻易褪不下来。曹雪芹如此描写薛宝钗,并不是他的审美有问题,而是因为她的本人乃是一位冲锋陷阵的武将。在水浒英雄里,第一个走上造反道路的武将史进,无疑是逼上梁山的代表,其长相与宝钗相似,"脸似银盘"。这应该不是偶然的,因为薛宝钗恰恰也是清朝豹豻之师的代表。在冷兵器时代,武将的体力相当重要,我们都知道"廉颇老矣,尚能饭否?"的故事,它强调的就是体力。

12.2 艳冠群芳的冷美人

读者朋友都知道,薛宝钗是一个冷美人,往往显得过分理性,近乎无情。薛宝钗的无情与冷酷体现在三件事情上:其一,金钏儿跳井自杀,完全是贾宝玉与王夫人母子导致的,宝钗听说之后,并不同情金钏,她在安慰王夫人时骂金钏是个糊涂人,只要多赏几两银子发送她,就算尽了主仆之谊了。其二,哥哥薛蟠遭柳湘莲暴打,宝钗显得极为冷静,近乎无情,她劝说其母道:"这不是什么大事,不过他们一处吃酒,酒后反脸常情。谁醉了,多挨几下子打,也是有的。况且咱们家的无法无天,也是人所共知的。"[1](372)其三,尤三姐自刎,柳湘莲随道士出家,如此惨剧,宝钗没有表示惋惜和同情,她说:"俗语说的好:'天有不测风云,人有旦夕祸福。'这也是他们前生命定。前儿妈妈为他救了哥哥,商量着替他料理,如今已经死的死了,走的走了。依我说,也只好由他罢了。妈妈也不必为他们伤感了。"[1](524-525)

宝钗的冷还表现在"冷香丸"及其居所环境,对于宝钗的居住环境,曹雪芹写道:"说着,已到了花溆的萝港之下,觉得阴森透骨……及进了房屋,雪洞一般"[1](319)。"雪洞"移字为"洞雪",谐"洞穴",史载,满洲人的祖先肃慎人"冬则穴居",因而被称为"住洞穴的人",满族称洞穴为"yeru"(挹娄),而挹娄恰也是满人的祖先。清史名家孟森写道:"肃慎与女真,古本同音,中间以移殖较繁之所在,就其山川之名而转变,遂为挹娄,为勿吉,勿吉又为靺鞨,唐末仍复女真。故知其名未改。"[8](368-369)

曹雪芹把薛宝钗塑造成为一个冷美人,原因就在于其原型的职业特点,无论是褚英还是尼堪,都是杀人如麻的大将,他们都是军人的典型和代表,冷酷嗜血。同时,褚英和尼堪的结局都很悲惨,因而又都是倒霉之人,所谓"美人"者"霉人"也;所谓"艳冠群芳"者,霉运最甚之人也。

12.3 牡丹与读书

寿怡红群芳开夜宴,姑娘们玩抽花签游戏,第一个抽签的是薛宝钗,曹雪芹写道:

> 宝钗便笑道:"我先抓,不知抓出个什么来。"说着将筒摇了一摇,伸手掣出一签。大家一看,只见签上画着一枝牡丹,题着"艳冠群芳"四字。下面又有镌的小字,一句唐诗,道是:任是无情也动人。[1](495)

"牡丹"。曹雪芹以牡丹譬宝钗,究竟意味着什么呢?笔者也注意到,曹雪芹还将宝钗与杨贵妃相提并论,等量齐观。唐朝诗人李白曾作《清平调》三章,以牡丹花形容杨玉环,但牡丹花在李白的笔下不过是美的代名词,并无其他含义,曹雪芹则显然另有所指。牡丹素有"花中之王""国色天香"之称,唐朝刘禹锡诗云:"庭前芍药妖无格,池上芙蕖净少情。唯有牡丹真国色,花开时节动京城。"[9](297)清朝赵世学在《牡丹富贵说》中提到:牡丹有王者之号,冠万花之首,驰四海之名,终且以富贵称之。但曹雪芹在将牡丹用于薛宝钗时,并不是要告诉我们薛家很富贵。薛家自然是富裕的,但并不贵气,在封建社会,只有高官显宦及天潢贵胄才真正称得上一个"贵"字。如果薛家称得上富贵,则贾、王、史三家更称得上,曹雪芹为何独以"富贵"赋宝钗呢?可见,牡丹之意并不在富贵。"牡丹"与"图丹"和"屠丹"谐音,"丹"与"朱"近义,在隐语学上可互训。故"图丹"即"图朱",意即图谋夺取朱明江山。"屠丹"即"屠朱",意即屠杀朱明统治下的汉人。薛宝钗是"一枝牡丹",音训则为"一直图(屠)丹(朱)",曹雪芹的意思是,褚英与庄亲王尼堪父子一直在图谋朱明江山,一直在屠杀反抗的朱明汉人。

说到"牡丹",不由得想起"读书"。"读书"二字于薛宝钗有两重含义。从情节看,薛宝钗曾经多次劝说贾宝玉读书,在第三十二回,史湘云劝说贾宝玉要多与贾雨村这种读书做官的人交往,贾宝玉立马生气了,要赶史湘云出去,袭人赶紧出来打圆场,她对湘云说:"姑娘快别说这话。上回也是宝姑娘说过一回,他也不管人脸上过的去、过不去,他咳了一声,拿起脚来就走了。这里宝姑娘的话也没说完,见他走了,登时羞的脸通红,说不是,不说又不是。"[1](258)薛宝钗劝贾宝玉读书,此处的"读书"乃是"图朱"和"屠朱"的谐音,意思是图谋朱明江山,屠杀敢于抵抗的汉人。薛宝钗在与林黛玉谈话时,则又表达了另一种读书观:"男人们读书不明理,尚且不如不读书的好,何况你我?连做诗写字等事,这也不是你我分内之事,究竟也不是男人分内之事。男人们读书明理,辅国治民,这便好了。只是如今并听不见有这样的人,读了书,倒更坏了。这是书误了他,可惜他也把书糟塌了,所以竟不如耕种买卖,倒没有什么大害处。"[1](333)此处的"读书"指汉人为参加科举而进行的学术活动,汉人自隋唐以来就实行科举考试,选拔读书人做官理政,明朝也是如此。然而,明朝治理得并不好,尤其是明朝末年,官场的朋党与腐败触目惊心,褚英和尼堪父子作为满人,是瞧不起读书人的,故有此论。所以,表面上看,薛宝钗对于"读书"的态度自相矛盾,实质上并不矛盾,关键是要正确理解。当"读书"被训解为"图朱"和"屠朱"时,它与牡丹(图丹或屠丹)的隐义是一样的。

"艳冠群芳"。薛宝钗长得很美吗?似乎是,又似乎不是,仅从字面解释,薛宝钗的"艳冠群芳"是无法理解的,且是自相矛盾的,证据有两条:其一,仅就长相来讲,她的堂妹宝琴胜过她,贾母甚至有求娶之意,《红楼梦》是这样写的:"贾母因又说及宝琴雪下折梅比画儿上还好,因又细问他的年庚八字并家内景况。薛姨妈度其意思,大约是要与宝玉求配。"[1](395)由于宝琴与梅翰林的儿子早有婚约,只好作罢,可以想见,如果宝琴待字闺中,宝玉所娶的就很可能不是宝钗,而是宝琴。其二,宝钗的长相不符合唐朝之后的审美观。关于薛宝钗的长相,有几个关键词:"先天结壮""脸若银盆""体丰怯热""丰美"。结壮者,结实壮健也。一个女孩子长得结实壮健,难道她是搞健美的?宝钗的脸若"银盆",银盆的形状,白、大、圆,这种脸在任何朝代都不会好看。再说,薛宝钗很胖,以至于手臂上的红麝串轻易褪不下来。笔者很难想象,这样一幅长相会是群钗中最美的,除非群钗都是丑女。

从隐语学角度理解,"艳"是"怨"的谐音,"艳冠群芳"即"怨冠群芳",怨恨盖过任何一个女真人。薛宝钗的原型之一褚英,是努尔哈赤的长子,女真人的后裔满族人,他怨恨四大贝勒和五大臣,也怨恨父亲无情,被人告发,犯了咀呪之罪,最后被处死。另外,"艳冠群芳"还可从字面上训解为"美冠群芳",再音训则为"霉冠群芳",群芳中最倒霉的一个。

"任是无情也动人"。这是一句诗,出自唐罗隐《牡丹花》,全诗如下:"似共东风别有因,绛罗高卷不胜春。若教解语应倾国,任是无情亦动人。芍药与君为近侍,芙蓉何处避芳尘。可怜韩令功成后,辜负秾华过此身。"诗的最后两句用到一个典故,《唐国史补》卷中:"京城贵游,尚牡丹三十馀年矣。每春暮,车马若狂,以不耽玩为耻。执金吾铺官围外寺观种以求利。一本有直数万者。元和末,韩令始至长安,居第有之,遽令斫去,曰:'吾岂效儿女子耶?'"[10](6)韩令当指韩弘,韩弘任过中书令,他在唐朝元和末年回到长安居住。全诗的文字意思是:牡丹也在东风的吹送下开放,原因却与别花不同。它们在春天里盛开,就象那高高卷起的红罗帐。如果牡丹能够说话,它应该能够轰动全国,虽然它是植物,没有人的感情,但人们还是因它而动情。芍药只配做它的近侍,芙蓉只好羞怯地避开它,长到水里去。这么美丽繁盛的花朵,却在韩弘功成身退于长安之时,被他斩断于刀下。罗隐借物抒情感世,表面上写牡丹,实际上却是写杨玉环的不幸遭际。杨玉环受到唐玄宗的宠爱并不是她自愿的,她原本是唐玄宗的儿子寿王李瑁的王妃,昏庸无德的唐玄宗不讲道德伦理,硬抢了去。杨玉环对唐玄宗应该是没有爱的,但也不得不尽力表现来讨好玄宗。杨玉环擅长歌舞,长得又十分美丽,唐玄宗十分喜爱她。但现实是残酷的,安史之乱爆发了,官兵们一致认为,这与杨氏兄妹有关系。于是,昔日备受宠爱的杨国忠与杨玉环,被人处死于马嵬坡,唐玄宗也无力拯救他们。杨玉环的遭遇是令人同情的,她并没有罪,所有一切都是由唐玄宗导致的,最终却由她一个弱女来承担,天道不公啊。千百年来,文人墨客们都同情她,不断地吟咏她的故事和遭遇。

曹雪芹将薛宝钗与杨玉环相提并论,是因为她们有共同的遭遇。薛宝钗的掩面人之一褚英,系努尔哈赤的皇长子,英勇善战,早年深受父王喜爱,曾受命执掌国政,备位东宫。然而,他的地位受到四位弟弟的挑战,他们伙同五大臣一同向他发难,在努尔哈赤面前控告褚英。褚英因此被圈禁,两年后被处死。褚英得罪诸弟及五大臣的根本原因,是他凶狠暴躁及贪婪的性格,他不能笼络人,只会强迫威胁人,他心里只有他自己,从不为他人着想。褚英形成这样的性格,完全是由环境造成的,是他父亲努尔哈赤一手塑造的。努尔哈赤野心勃勃,一心要吞并女真各部,不断发动战争,幼小的褚英从小跟着父亲生存于血雨腥风之中,形成了豺豺的性格,只知战斗和杀戮,而不知温柔与宽容。努尔哈赤没有功夫教育儿子,却在儿子犯错的情况下,不念父子亲情,对儿子断下杀手。褚英固然是无情冷血之人,但他的遭遇还是令人同情的,他是特定时代与环境的牺牲品。

附《清史稿　列传三》敬谨庄亲王尼堪传：

敬谨庄亲王尼堪,褚英第三子。天命间,从伐多罗特、董夔诸部,有功。天聪九年,师伐明,从多铎率偏师入锦、宁界缀明师。崇德元年,封贝子。上伐朝鲜,从多铎逐朝鲜国王李倧至南汉山城,歼其援兵。四年,上伐明,从阿济格等攻塔山、连山。七年,戍锦州。

顺治元年四月,从多尔衮入山海关,败李自成,复从阿济格追击至庆都,进贝勒。复从多铎率师自孟津至陕州,破敌。二年,师次潼关,自成将刘方亮出御,尼堪与巴雅喇纛章京图赖夹击之,获马三百馀。又偕贝子尚善败敌骑,趋归德,定河南,诏慰劳,赐弓一。五月,从多铎克明南都,追获明福王由崧。又攻江阴,力战,克之。师还,赐金二百、银万五千、鞍一、马五。

三年,从豪格西征。时贺珍扰汉中,二只虎、孙守法扰兴安,群寇蜂起。尼堪次西安,自栈道进军,珍自鸡头关迎拒,击歼之,疾驰汉中蹋其垒,贼走西乡,追击於楚湖,至汉阴,二只虎奔四川,孙守法奔岳科寨。十一月,复从豪格入四川,斩张献忠於西充。与贝子满达海分兵定遵义、夔州、茂州、隆昌、富顺、内江、资阳,四川平。五年,师还。偕阿济格平天津土寇,进封敬谨郡王。六年,命为定西大将军,讨叛将姜瓖,屡败敌。破瓖所置巡抚姜辉,其将罗英坛以所部降。多尔衮赴大同招抚姜瓖,承制进尼堪亲王。旋自左卫围大同,瓖将杨振威等斩瓖以降,师还。七年,与巽亲王满达海、端重亲王博洛理六部事。

多尔衮遣尚书阿哈尼堪迎朝鲜王弟,阿哈尼堪启尼堪以章京恩国泰代行,事觉,尼堪坐徇隐,降郡王。八年,复封亲王。又坐不奏阿济格私蓄兵器,降郡王。

寻掌礼部。居数月,再复亲王,掌宗人府事。

孙可望等犯湖南,命为定远大将军,率师讨之。濒行,赐御服、佩刀、鞍马,上亲送於南苑。李定国陷桂林,诏入广西剿贼。十一月,师次湘潭,明将马进忠等遁。师乡衡州,噶布什贤兵击敌衡山县,败敌兵千八百。尼堪督兵夜进,兼程至衡州。诘旦,师未阵,敌四万餘猝至,尼堪督队进击,大破之,逐北二十餘里,获象四、马八百有奇。敌设伏林内,中途伏发,师欲退,尼堪曰:"我军击贼无退者。我为宗室,退,何面目归乎?"奋勇直入,敌围之数重,军失道,尼堪督诸将纵横冲击,陷淖中,矢尽,拔刀战,力竭,殁於阵。十年,丧归,辍朝三日。命亲王以下郊迎,予谥。是役也,从征诸将皆以陷师论罪。

第二子尼思哈,袭。顺治十六年,追论尼堪取多尔衮身后遗财,及不劾尚书谭泰骄纵罪,以阵亡,留爵。十七年,卒,谥曰悼。第一子兰布,袭贝勒。圣祖念尼堪以亲王阵亡,进兰布郡王,仍原号。七年,进亲王。兰布取鳌拜女,八年,鳌拜既得罪,兰布坐降镇国公。十三年,从尚善讨吴三桂於湖南。十七年,卒于军。十九年,追论退缩罪,削爵。子赖士,袭辅国公。乾隆四十三年,高宗以尼堪功著,力战捐躯,进镇国公,世袭。[11](186-187)

注释:

[1]〔清〕曹雪芹:《脂砚斋批评本红楼梦》,凤凰出版社2010年版。

[2]萧一山编:《清代通史1》,华东师范大学出版社2006年版。

[3]王士菁:《杜诗今注》,巴蜀书社1999年版。

[4]中国文史出版社编:《二十五史卷六旧唐书》,中国文史出版社2003年版。

[5]金性尧选注:《明诗三百首》,上海古籍出版社1995年版。

[6]〔明〕罗贯中:《三国演义》,北方妇女儿童出版社2015年版。

[7]许少峰编:《近代汉语大词典上》,中华书局2008年版。

[8]孟森:《明清史讲义》,中华书局1981年版。

[9]司徒博文主编:《中国诗词名句鉴赏辞典》,当代世界出版社2005年版。

[10]蓝保卿、李嘉珏主编:《天上人间富贵花——中国历代牡丹诗词选注》,中州古籍出版社2009年版。

[11]张家林主编:《清史稿/二十五史精编》,中国戏剧出版社2007年版。

附录 红学"三大死结"略解

俗话说,是骡子是马,拉出来溜溜。为了证明隐训法确实是一种科学的研究方法,笔者只好再卖弄一把,用它来解决红学史上公认无法解答的疑难——"三大死结"。

一、红学有所谓"三大死结"

红学有三个无法解决的基本问题,简称红学"三大死结",它是由中国艺术研究院中国文化研究所所长、红学史家刘梦溪先生提出来的,刘先生在其2005年6月出版的学术专著《红楼梦与百年中国》一书中提出,红学有所谓三大死结,一是脂砚何人;二是芹系谁子;三是谁为续书作者。他还断定:"除非发现新的材料,否则这三个死结就将继续下去,谁也休想解开。"[1](401)《红楼梦》前八十回的作者是曹雪芹,这一点是可以确定的,有确切的史料可以证明。而且也有种种迹象表明,曹雪芹是江宁织造曹寅的后人,曹寅在江宁织造任上几度迎驾,落下巨额亏空,为曹家的衰败埋下伏笔,《红楼梦》对此有委婉提及。但曹寅有两个儿子,其一为曹顒,他是曹寅的亲生儿子,曹寅在1712年病逝之后,由曹顒继任江宁织造,三年后曹顒早逝,丢下一家孤儿寡妇。在康熙皇帝的干预下,曹寅的弟弟曹宣第四子曹頫被过继到曹寅名下,并且继任江宁织造,直到公元1727年被撤职查办为止。曹顒死后有一个遗腹子,后来长大成人了,并且做到州同,史有明证。曹頫是否育有儿子,他有几个儿子,各人的情况如何?都无稽可查。我们明知曹雪芹是曹寅的后人,但他究竟是曹寅的儿子还是孙子呢?如果是曹寅的孙子,则他是曹顒的儿子,还是曹頫的儿子呢?学界尚无定论。

脂砚斋是《红楼梦》的第一个评阅者,而且,从脂评的口气和内容来看,脂砚斋与曹雪芹的关系非常亲密,熟知曹家内情,也深知《红楼梦》内容。但脂砚斋究竟是曹家族人、亲戚、妻子、情人,还是曹家的朋友,是男人还是女人?目前学界有各种说法,其一是作者说,认为脂砚斋就是曹雪芹;其二是叔父说;其三是堂兄弟说;其四是史湘云说,周汝昌认为脂砚斋就是史湘云,她后来与贾宝玉即曹雪芹结为了夫妻;其五是舅舅说,认为脂砚斋是曹雪芹的舅舅等,没有定论。

《红楼梦》的版本有两个系统,一是八十回的脂评抄本系统,一是经程伟元、高鹗之手而成的百二十回活字排印系统。脂评抄本系统目前存世的共有十个本子,它们都是在曹雪芹在世时就传抄出来的,最早的甲戌本是在公元1754年面世的,目前仅存十六回。程本系统只有两个本子,程甲本和程乙本,分别面世于乾隆五十六年和五十七年(公元1791年和1792年),程乙本在程甲本的基础上增加了2万多字,对脂本《红楼梦》有较大改动,但都尊重了曹雪芹的精神。程本与脂本相比有三大不同:其一,程本系统都是活字排印的,而脂本都是手抄的;其二,程本将《红楼梦》扩展到百二十回,在曹雪芹原创八十回的基础上又增加了四十回,使《红楼梦》在表面上变成了一个完整的本子;其三,程本删除了前八十回中所有的脂批,其根本原因当然是因为篇幅问题,脂砚斋批语太多,如果将它们全部付印,会大大增加普通购书者的成本,对销售不利。自程本系统问世以后,大行其道,变成了《红楼梦》的通行本,那么,通行本《红楼梦》后四十回究竟是谁写的呢? 对于这个问题目前有几种说法:第一种说法,曹雪芹写出初稿,程伟元和高鹗两人整理和补缀完成;第二种说法,一个无名氏续写了后四十回,并经程伟元和高鹗修改定稿;第三种说法,程伟元找到高鹗续写了后四十回,程伟元仅仅是书商,高鹗才是真正的续作者。

"脂砚何人""芹系谁子"和"谁为续书作者"三个问题,是红学的三个基本和关键问题,对于整个红楼梦研究至关重要。然而,由于资料缺乏,无法解答,于是便变成了"三大死结"。刘梦溪先生还声称,如果找不到新的资料,三大死结将永远持续下去,谁也休想解开。红学三大死结虽然是迟至2005年才正式提出来,但问题由来已久,并且经探索研究多年,学者们上天入地,翻箱倒柜,搜索枯肠,该找的都找了,至今尚无突破性发现,未来也极不乐观。笔者无意中获悉了三大死结的存在,在进行了一番研究之后,发现所谓的红学三大死结其实并非死结,解决这三大问题也无须新的史料,《红楼梦》正文、脂批和程本《红楼梦序》中有现成的答案,白纸黑字,清清楚楚。只是解读这些资料文本须用隐训法,一般方法无济于事。三大问题的答案,首要和关键部分都隐藏在《红楼梦》正文中,解读起来十分复杂而繁琐,本文主要以脂批为据,简略地解答它们。

二、曹雪芹是曹寅的孙子

我们先来讨论曹雪芹与曹寅的关系吧。红学家多怀疑《红楼梦》与曹寅有关,曹雪芹应当是曹寅的子孙,但曹雪芹究竟是曹寅的儿子还是孙子,则不能确定,笔者研究的结论是,曹雪芹乃是曹寅的孙子。

许多处文字表明,《红楼梦》写到了曹寅家事。第一处文字是在第十六回,王熙凤与赵嬷嬷谈到太祖皇帝南巡,贾家、王家都曾预备接驾一次,而"江南的甄家,嗳哟哟,好气派!独他家接驾四次。"[2](121)此回回前批又云:"借省亲事写南巡,出脱心中多少忆昔感今。"[2](116)中国历史上皇帝南巡并不多见,南巡达到四次以上者,可能就只有清朝的康熙和乾隆了,乾隆南巡发生在曹雪芹身后,故《红楼梦》中的太祖皇帝南巡,必定是康熙了。接驾康熙皇帝南巡达到四次的人家,只有苏州的李煦、江宁的曹寅和杭州的孙文虎,他们都生活在江南,联系到《红楼梦》作者的姓氏,我们自然会想到曹寅。

第二处是在第五十二回,此回末尾处"一时只听自鸣钟已敲了四下"后脂批曰:"按:'四下'乃寅正初刻。'寅'此样法,避讳也。"[2](411)自鸣钟敲了四下,那是凌晨四点,刚巧是正寅时刻。古代中国人以时辰计时间,每个时辰相当于两个钟头,常被人们划分为四个时间段,譬如寅时,可划分为:寅初初刻、寅初二刻、寅正初刻和寅正二刻,对应的时间分别是:凌晨3:00—3:30;3:30—4:00;4:00—4:30;4:30—5:00。自鸣钟敲四下之时,脂砚斋称之为寅正初刻没错,但若说曹雪芹利用自鸣钟只为避讳"寅"字则未必。《红楼梦》前八十回有四处用到"寅"字,如第十回太医给秦可卿瞧病,诊断说:"肺经气分太虚者,头目不时眩晕,寅卯间必然自汗,如坐舟中。"[2](85)第十四回王熙凤主持秦可卿丧礼,"那凤姐必知今日人客不少,在家中歇宿一夜,至寅正,平儿便请起来梳洗。"[2](106)第二十六回提到"唐寅"二字。第六十九回尤二姐被王熙凤害死了,什么时候出殡呢?天文生回说:"奶奶卒于今日正卯时,五日出不得,或是三日,或是七日方可。明日寅时入殓大吉。"[2](545)可见,曹雪芹并不避讳"寅"字。依笔者分析,曹雪芹不是不想避讳,但有两个原因促使他放弃避讳:其一,他不敢避讳,《红楼梦》明显是一部反书,一旦被人破解,极有可能给家族和亲友带来预想不到的危险;其二,全书避讳"寅"字,难度很大,只好不避讳。脂砚斋逐回批阅《红楼梦》,当然清楚曹雪芹不避讳"寅"字,曹雪芹不避讳"寅"字,并不说明他不是曹寅的后人,正因为曹雪芹原文不避讳,才需要脂批补充。在《红楼梦》的传播过程中,曹頫(即脂砚斋,后文将会证明)发现,没有人能够真正读懂它,便放下心来,胆子也大了,公然作批隐写曹雪芹与曹寅的关系,虽然与正文冲突,可作为隐语,这是正常现象。

第三处文字是脂批与《红楼梦》正文多次提到的曹寅口头禅"树倒猢狲散"。曹寅生前常说"树倒猢狲散",预言满清政权不会长久。满人作为女真后裔,属于北方胡人,北方胡人政权多不长久,女真政权大金存世仅110多年,远逊汉族的一些长治久安政权,曹寅因有这种预测。《红楼梦》正文中有一处写到"树倒猢狲散",脂批却有四次提到它,尤其是第十三回那处脂批:"'树倒猢狲散'之语,今犹

445

在耳,屈指卅五年矣。哀哉,伤哉,宁不恸杀!"[2](98)这个"卅五年"究竟指那一段时间,其起点和终点各为那一年呢?笔者认为它指曹寅逝世到这条脂批的批注时间,曹寅逝世的年份公元是1712年,此批当作于公元1747年。"树倒猢狲散"既是曹寅的口头禅,则他最后说这句话的时间当然是1712年,35年后自然就是1747年了。

第四处在第二十八回,此处有两条脂批,皆提及西堂:"大海饮酒,西堂产九台灵芝日也。批书至此,宁不悲乎?壬午重阳日。""谁曾经过?叹叹。西堂故事。"[2](230)西堂是曹寅的斋室名。

"树倒猢狲散"作为曹寅的口头禅,西堂作为曹寅的斋室,均载于施瑮的诗句:"廿年树倒西堂(曹寅斋室)闭",施瑮注云:"曹楝亭公(寅)时拈佛语,对坐客云:'树倒猢狲散'。今忆斯言,车桦腹转。"[3](162)显然,施瑮诗中"树倒"即为"树倒猢狲散"之省,他的理解与曹寅不同。

上述信息及线索总结起来就是:《红楼梦》作者姓曹,生活的年代与曹寅子孙相符;正文及脂批提及四次南巡接驾;避"寅"字讳;作者先人有"树倒猢狲散"的口头禅及斋室西堂。这些信息都指向曹寅,一般家讳就避两代,由此看来,曹雪芹要么是曹寅的儿子,要么是曹寅的孙子。那么,曹雪芹究竟是曹寅的儿子还是孙子呢?第二十二回脂批云:"前批书知者寥寥。不数年,芹溪、脂砚、杏斋诸子皆相继别去。今丁亥夏只剩朽物一枚,宁不痛杀!"[2](174)此批提及杏斋。在甲戌本和庚辰本的第十三回有眉批云:"语语见道,字字伤心,读此一段,几不知此身为何物矣。松斋。"[2](98)此批署名松斋,庚辰本第十三回还有一批署名松斋的批注。在蒙府本与戚序本第四十一回,有回前诗一首,批者署名立松轩。笔者仔细研究之后发现,"杏斋""立松轩"和"松斋"三个人名,都是隐写曹雪芹与曹寅关系的隐语。"杏斋"与"孙仔"相谐,"松仔"也与"孙仔"相谐,脂批在这里用到了湖南方言,"仔"即"子"。"立松轩"移字得"立轩松","立轩松"谐"荔轩孙","荔轩"是曹寅的一个号,故"荔轩孙"者,指曹雪芹是曹荔轩的一个孙子。此三名皆暗示,曹雪芹是曹寅的孙子。

三、脂砚斋即曹頫

脂砚斋和畸笏叟是两个非常关键的批者,尤其是脂砚斋,他与曹雪芹的关系似乎非同寻常。如他在第一回中写道:"若云雪芹披阅增删,然则开卷至此这一篇楔子又系谁撰?足见作者之笔狡猾之甚。后文如此处者不少。这正是作者用画家烟云模糊处。观者万不可被作者瞒骗了去,方是巨眼。"[2](6)"能解者方有辛酸之泪,哭成此书。壬午除夕,书未成,芹为泪尽而逝。余偿哭芹,泪亦待尽。每意觅青埂峰,再问石兄,奈不遇癞头和尚何?怅怅!"[2](6)"今而后惟愿造化主再出一芹一脂,是书何幸,余二人亦大快遂心于九泉矣。甲午八月泪笔。"[2](6)脂砚斋在还泪说后作眉批云;"知眼泪还债,大都作者一人耳。余亦知此意,但不能说得出。"[2](7)这些脂批表明,脂砚斋深知曹雪芹写作《红楼梦》内情,也知道曹雪芹逝世的确切日子,并将一芹一脂相提并论。那么,脂砚斋究竟是谁呢?答案是曹頫,依据有五:

第一个依据是"凤姐点戏,脂砚执笔"。很多红学家都讨论过"凤姐点戏,脂砚执笔"这8个字[2](174),一般红学家从这八个字中只能得出这样一个结论:脂砚斋是《红楼梦》中人物,其地位与薛宝钗、林黛玉相当,周汝昌先生断定脂砚斋是史湘云。实际上,在"凤姐点戏,脂砚执笔"8个字中,"点戏"和"执笔"两个词是隐语,不能象表面上这么理解。"凤姐点戏"与本文的主题无关,暂不讨论,这里只讨论"脂砚执笔"。"脂砚"当然是指脂砚斋,"执笔"是"被执"的倒序谐音词,"脂砚执笔"即"脂砚斋被执",它告诉我们,脂砚斋曾经被拘执过,也就是曾经吃过官司坐过牢。在曹寅的子孙中,被拘执过的人有谁?答案是曹頫。在大清刑部于雍正七年七月二十九日致内务府的公函中有如下一段话:"查曹頫因骚扰驿站获罪,现今枷号。曹頫之京城家产人口及江省家产人口,俱奉旨赏给隋赫德……"[4](18)曹頫是雍正5年12月被弹劾关押的,至雍正7年7月,已经被关押了接近两年了,此时还在监狱里,曹頫的家人被赏赐给了隋赫德,并没有被关押。所以,被拘执是曹頫区别于曹寅其他后人的一个标志,这是我们据以判定脂砚斋即曹頫的第一个依据。

第二个依据在第八回,这一回写秦可卿的弟弟秦钟来贾府,与贾宝玉一起上学,贾母因为喜爱秦可卿,便给秦钟送了两样礼物——"一个荷包并一个金魁星",脂砚斋在此有一个眉批:"作者今尚记金魁星之事乎?抚今思昔,肠断心摧。"[2](73)这个眉批的核心是"金魁星"三字,金魁星是个什么东西呢?脂砚斋为何为之肠断心摧呢?魁星是北斗七星之前四星的总称,就象月亮、太阳一样,是一种自然现象,与我们人类社会没有什么关系。但是,我国从古代开始就信奉天人合一,人们都认为天是神仙居住的地方,地是人类居住的地方,地下即阴间是鬼怪居住的地方。天上的神仙与地上的人类有对应关系,皇帝与太阳对应,皇后与月亮对应,大臣与星辰对应。魁星就是一个神仙,主管文章,谁中状元、谁不中状元,它说了算。所谓金魁星,就是用黄金铸成的或镀金的魁星像,请注意,金魁星的全称是"用黄金铸成的或镀金的魁星像",所以,它实际上是一尊金像,含"金像"二字。而在曹頫的仕途生涯中,就曾有一尊影响重大的"金像"。雍正六年,奉命查抄曹頫家产的隋赫德向雍正皇帝报告说:

"江宁织造郎中奴才隋赫德跪奏,为查明藏贮遗迹,奏闻请旨事:窃奴才查得江宁织造衙门左侧万寿庵内藏贮镀金狮子一对,本身连座共高五尺六寸。奴才细查原因,系塞思赫于康熙五十五年遣护卫常德到江宁铸就,后因铸得不好,交与曹頫,寄顿庙中。今奴才查出,不知原铸何意……谨奏。"[5](534)

这件史料证明,曹頫与雍正的死敌塞思赫有往来,塞思赫原名允禟,康熙第九子,他狂热地支持皇八子允禩,雍正即位后将他逐出皇室,并赐辱名塞思赫,可见雍正对他有多么痛恨。曹頫与他有往来,对于雍正来说绝对是不可原谅的,曹頫一家被罪,与此事有绝大关系。金狮子,实即黄金铸造的狮子像,缩写即为"金像",脂批中的金魁星像就是暗示这个金狮子像案件的。

第三个依据在第四十一回,这一回写贾母、宝玉、宝钗和黛玉等参观栊翠庵,妙玉是此庵中的一名尼姑,她们忙着烹茶接待。脂砚斋在此处眉批道:"尚记丁巳春日,谢园送茶乎?展眼二十年矣!丁丑仲春,畸笏。"[2](325)。从脂批时间上推算,此处的丁丑年当是1757年,丁巳年是1737年,中间相差刚好20年。这个脂批好像是说,1737年发生了一次送茶事件,20年后仍然记忆犹新。曹頫为何20年后还记得这次谢园送茶呢?茶叶并非珍贵之物,也并非昂贵之物,甚至于也不是生活必需之物,请人喝茶算不得特别感动人的行动,而且,曹頫与曹雪芹二人关系密切,送一次茶根本算不了什么,曹頫没理由20年后还记得这么一件小事,因此笔者认为,谢园送茶事件背后应该有故事。笔者研究后发现,所谓"谢园送茶"其实是一个隐语,它是"解冤重查"的谐音,将这四个字的后两字换到前面来就是"重查解冤",展开来就是:"重新审查解送龙衣冤案"。这个隐语涉及两个问题,其一是解送龙衣案件,其二是案件重审。解送龙衣事件发生在雍正5年底,雍正皇帝起居注作如下记载:

"山东巡抚塞楞额奏。杭州等三处织造运送龙衣,经过长清县等处,于勘合外,多索夫马程仪、骡价等项银两,请旨禁革一折。奉谕旨:朕屡降谕旨,不许钦差官员人役骚扰驿递。今三处织造差人进京,俱于勘合之外,多加夫马,苛索繁费,苦累驿站,甚属可恶!"[5](528)

清朝那时候有三处织造,分别是苏州织造、江宁织造和杭州织造,它们负责织造皇家服装,包括皇帝穿的所谓龙衣。龙衣织好之后,还得押送进京。雍正五年底,苏、江、杭三处织造人员在押运龙衣途经山东省长清县时,向当地县政府索要银两,被山东巡抚告发到雍正皇帝那里,雍正极为震惊和愤怒。事件发生之后,杭州织造孙文成和江宁织造曹頫被撤职,半个月后,曹頫被抄家,曹頫本人被关押,至雍正7年7月,曹頫仍然被关押着,此后的情形如何?曹頫是否被放出来了?他是何时被放出来的?他是否恢复了工作?等等,我们都不知道,再无可靠的官方史料提到曹頫。周汝昌先生根据《红楼梦》里贾政的情况,以及曹寅亲外孙平郡王的情况,认定曹頫不久被赦免了罪行,放了出来,并且还做了内务府员外郎,这纯属推测,事实并非如此。这一条脂批表明,曹頫认为解送龙衣案件是一个冤案,并且在公元1737年得到了重审,重审的结果如何,曹頫是否因此得到平反并官复原职,我们还是不得而知。雍正皇帝死于1735年8月,雍正死后,乾隆继位,大赦天下,被圈禁的宗室都被释放了出来,并且诏令:"八旗及总管内务府三旗包衣佐领人等在内,凡应追取之侵贪挪移款项,倘本人确实家产已尽,着查明宽免。再,轮赔、代赔、着赔者亦着一概宽免。钦此。"[5](561)曹家债务也被宽免。曹頫是否是在这个时候被释放回家的,我们不得而知。此时曹家有两门阔亲戚福彭与傅鼐,他们皆参与大政。在这个背景下,曹頫的案子得到了重审,他对此事印象深刻,20年后还记得。笔者的这条训解虽无史料支撑,但与曹頫的情况及清朝政局若合符节,应是可信的。

第四个依据在第二十八回,此回写薛蟠请贾宝玉等人喝酒,此处有两条脂批:"大海饮酒,西堂产九台灵芝日也。批书至此,宁不悲乎?壬午重阳日。""谁曾经过?叹叹。西堂故事。"[2](230)。这里的"西堂"是指什么呢?学者们进行了很多的探索,有人说是指曹寅,曹寅把自己的住处命名为"西堂",他自称"西堂扫花行者"。另外,曹寅在江宁织造府的花园、凉亭和水池,也分别叫西园、西亭和西池。所以,学者们相信,所谓西堂故事,当是指脂砚斋怀念自己当年与曹寅在一起用大海喝酒的情景。也有人不同意曹寅有"西堂故事",因为他们相信,曹寅是一个儒者,并且是朝廷重臣,绝对不会那么放纵,决不会用大海喝酒。他们认为"西堂"当是指尤侗(1618—1704年),尤侗晚年号西堂老人,苏州人,曾被顺治誉为"真才子",康熙誉为"老名士",明末清初著名诗人、戏剧家,著有《西堂乐府》和《西堂全集》,曹寅与其有过较多交往。

笔者的研究表明,这里的西堂故事,既不是指与曹寅一起喝酒,也不是与尤侗一起喝酒,而是另有别解。"西堂产九台灵芝日"整句话都是隐语,它是"失两惨舅台禀致日"的谐音,这8个字加上标点符号就是三句话:"失两,惨!舅台禀致日。"翻译过来的意思是:接连失去父亲曹寅、哥哥曹顒两人,我家真惨!多亏舅台李煦把情况禀告给了皇帝。曹寅的妻子李氏是李煦的堂妹,曹家与李家分任江宁织造和苏州织造,又是亲戚,还轮流兼任江淮盐政,关系非同一般。曹寅死于公元1712年农历7月,独子曹顒年仅20岁左右,因为曹寅生前亏欠政府巨额款项,为了帮助曹寅偿还欠款,康熙皇帝任命曹顒继任江宁织造之职。李煦也向康熙上奏,请求代管江淮盐政,以帮助曹寅及自己偿还欠款。李煦的奏折与康熙的朱批摘录如下:

"臣李煦跪奏：

江宁织造曹寅与臣煦俱蒙万岁特旨，十年轮视淮盐……臣思曹寅寡妻幼子，折骨难偿，但钱粮重大，岂容茫无着落。今年十月十三日，臣满一年之差，轮该曹寅接任，臣今冒死叩求，伏望万岁特赐矜全，允臣煦代管盐差一年，以所得余银令伊子并其管事家人，使之逐项清楚，则钱粮既有归着，而曹寅复蒙恩全于身后，臣等子子孙孙永矢犬马之报效矣。伏乞慈鉴。臣煦可胜悚惶仰望之至！

朱批：曹寅与尔同事一体，此所奏甚是。惟恐日久你若变了，只为自己，即犬马不如矣。"[4](7-8)

曹頫接替曹寅担任江宁织造仅三年，又病死了，此时，曹家只剩下曹寅的妻子李氏和曹頫的妻子马氏两个孀妇了，家中再无男丁，有绝门断户的危险。康熙皇帝对曹家的遭遇甚为同情，下令将曹宣的第四子曹頫过继到曹寅门下，以支撑曹家门户。对于曹頫来讲，过继无疑是天降之喜，因为伯父有一份较大的家业，还有一个世袭的官职。曹頫之所以能够得到美差，过继到曹寅门下为子，那是因为李煦的推荐，《内务府奏请将曹頫给曹寅之妻为嗣并补江宁织造折》有如下记载：

"……李煦现在当地，著内务府总管去问李煦，务必在曹荃之诸子中，找到能奉养曹顒之母如同生母之人才好。他们弟兄原也不和，倘若使不和者去做其子，反而不好。汝等对此，应详细考察选择。钦此。本日李煦来称：奉旨问我，曹荃之子谁好？我奏，曹荃第四子曹頫好，若给曹寅之妻为嗣，可以奉养。奉旨：好。钦此，等语。"[4](9)

以上可知，李煦对曹家颇多照顾，而曹頫之所以能够成为江宁织造，也是因为李煦的推荐，对此，曹頫是非常感动的，铭刻于心，所以，他借西堂故事暗示对于舅舅李煦的感激之情。

曹頫继承曹寅与曹顒的织造之职，同时也继承了这个职务带来的债务和麻烦，"脂砚斋"和"畸笏叟"两名作了隐写。"脂砚斋"谐"继冤债"，即继承冤枉债务也，因为曹家的债务主要是由康熙南巡导致的，对于曹家来说，这笔债务来得冤枉；"畸笏叟"谐"继父愁"，即继承了父亲的忧愁，曹寅因为欠下国库巨额银两无法偿还，日夜忧愁而病死。脂砚斋和畸笏叟两名既隐写了曹頫的处境，也界定了曹頫的身分。

曹頫姓曹名頫，另有两个字号，其一是昂友，其二是竹居，这是曹頫区别于他人的重要证据，脂批都作了隐写。"曹頫"两字隐写在曹寅的口头禅"树倒猢狲散"里，脂批三次提及，用意非一。猢狲住于树上，树倒即为巢覆，"巢覆"谐"曹頫"。"昂友"和"竹居"则隐写在"前批书知者寥寥。不数年，芹溪、脂砚、杏斋诸子皆相继别去。今丁亥夏只剩朽物一枚，宁不痛杀！"里[2](174)，此批意谓诸友都别去了,即皆亡故了,意含"友""亡""都""去"四字,其中"亡友"谐"昂友","都去"谐"竹居"。如此一来,曹頫、昂友和竹居三个姓名字号便都有了。

至此,我们可以肯定地说,脂砚斋就是曹頫,他原是曹宣的儿子,后来过继到曹寅的门下,继任江宁织造之职,1727年由于解送龙衣案被撤职查办。乾隆即位之后,案件得到重审。下面,我们来看看曹雪芹是谁的儿子,他与曹頫是什么关系。

四、曹雪芹乃曹頫之子

第一回有一个脂批:"能解者方有辛酸之泪,哭成此书。壬午除夕,书未成,芹为泪尽而逝。余尝哭芹,泪亦待尽。每意觅青埂峰,再问石兄,奈不遇癞头和尚何?怅怅!今而后惟愿造化主再出一芹一脂,是书何幸,余二人亦大快遂心于九泉矣。甲午八月泪笔。"[2](6)学者们对于这条脂批都很熟悉,有过许多讨论,分歧很大,但有一点是大家公认的,即曹雪芹与脂砚斋关系非同一般,非常亲密,脂砚斋对曹雪芹的情况非常了解,对《红楼梦》的创作过程也非常清楚。这里,笔者提请大家注意"一芹一脂"四个字,它们是隐语,它们告诉我们,创作《红楼梦》的只有一芹一旨,曹雪芹是作者,脂砚斋则是第一个注者,他的批注起着补充作用。其他名字如孔梅溪、畸笏叟、松斋、杏斋、立松轩、棠村等,都是曹雪芹和脂砚斋的分身,而不是另有其人,实际上都是有着特定含义的隐语。

从第一回的脂批,我们可以得出结论,曹雪芹与脂砚斋关系密切。下面,我们要进一步确定,脂砚斋与曹雪芹是同辈还是忘年交?若是忘年交,则谁是长辈?谁是晚辈?第十三回有一条脂批回答了这三个问题。这回的回首有一条较长的脂批:"'秦可卿淫丧天香楼',作者用史笔也。老朽因有魂托凤姐贾家后事二件,岂是安富尊荣坐享人能想得到者?其事虽未漏,其言其意,令人悲切感服,姑赦之,因命芹溪删去'遗簪''更衣'诸文,是以此回只十页,删去天香楼一节,少去四五页也。"[2](98)这条脂批也是隐语,所谓删去云云,切莫当真,"遗簪"和"更衣"都有别解。笔者在这里要特别提请读者朋友注意"因命芹溪删去"几字,这个"命"字是命令的意思,这个词不仅证明脂砚斋与曹雪芹的辈份不同,而且表明脂砚斋的辈份高于曹雪芹,脂砚斋是长辈,曹雪芹是晚辈。

那么,脂砚斋与曹雪芹之间是舅甥关系、叔侄关系、父子关系、祖孙关系,还是其他什么关系呢?仔细研究脂批,你会有一种感觉,就是作者似乎有意要告诉读者,他对曹雪芹及《红楼梦》非常了解,除他之外没有第二人比他更了解的,譬如:"知眼泪还债,大都作者一人耳。余亦知此意,但不能说得出。"[2](7)"实点一笔,余谓作者必有。"[2](19)"赦老不见,又写政老。政老又不能见,是重不见重,作者惯用此等章法。"[2](27) "四字是血泪盈面,不得已,无奈何而下。四字是作者痛哭。"[2](27) "如此等语,焉得怪彼世人谓之怪,只瞒不过批书者。"[2](29)……那么,脂砚斋为何对曹雪芹,及曹雪芹所做之事如此熟悉清楚呢?因为知子莫若父,这些脂批就是要告诉我们,他与曹雪芹是父子。

脂砚斋为我们提供了两条暗示。第一条脂批在第十七和十八合回,它们集中描述大观园,贾政叫宝玉为园中的景点题名,还让他说明原因,说出典故和出处,宝玉照办了,他侃侃而谈,贾政听了心里高兴,以儿子为骄傲,但口中却是批评,他批评说:"他未曾作,先要议论人家的好歹,可见就是个轻薄人。"脂砚斋在此批了六个字"知子莫如父"[2](129),贾政对自己的儿子很了解吗?答案是否定的,贾政政务繁忙,没时间与儿孙们打交道,而且,他为人呆板,儿孙们都害怕他,不仅宝玉怕他,贾环更怕他,因此,贾政与儿孙们交流的时间极少,他对于宝玉的所作所为,一无所知,"知子莫如父"对于贾政并不合适,这六字批语另有所指,指什么呢?当然是为了向我们暗示他与曹雪芹的关系,他脂砚斋为什么那么了解曹雪芹和《红楼梦》呢?原因在于他们是父子。

第二条脂批在第四回,这里又有一条脂批"知子莫如父"[2](37),这条脂批是针对薛姨妈与薛蟠之间的母子关系批的,薛姨妈带着儿子薛蟠、女儿宝钗住进娘家,薛蟠早就听说姨父贾政古板严苛,不愿住进贾府,薛姨妈不得不对儿子苦口婆心地劝诫和教育。薛姨妈是女人,她与薛蟠是母子关系,脂砚斋用"知子莫如父"来形容并不恰当,脂砚斋本人对于这一点是清楚的。但这是一个明知故错,它的目的也是为了向读者暗示曹雪芹与脂砚斋之间的父子关系。

更加具体隐写父子关系的隐语,是"芹溪""脂砚斋"和"畸笏叟"三名,它们也是三个隐语。脂砚斋亲切地称曹雪芹为"芹溪","芹溪"者,谐"芹子"。"芹"指曹雪芹,"子"即儿子,儿子曹雪芹。"脂砚"和"脂砚斋"皆含"脂砚"二字,移字即为"砚脂",谐"俺子",即俺的儿子。"畸笏叟"中含"畸笏"二字,移字为"笏畸",谐"頫子","頫"指曹頫,"頫子"即曹頫的儿子,"叟"指老头,曹頫老头的儿子。畸笏叟在脂本中出现较晚,斯时曹頫已经是一个老人了,故称"叟"。

曹雪芹、脂砚斋、畸笏叟、吴玉峰、东鲁孔梅溪和棠村等名,同《石头记》《金陵十二钗》《红楼梦》《情僧录》和《风月宝鉴》一起,隐写了《红楼梦》的内容及创作目的,此处从略。

五、后四十回乃程伟元与高鹗的狗尾续貂

下面我们来讨论《红楼梦》续书的作者问题,所谓《红楼梦》续书作者问题,实际上就是程本系统后四十回的作者是谁的问题。众所周知,程本系统《红楼梦》目

前已经被广大读者接受,成为通行本。它之成为通行本绝对不是出于侥幸,而是因为它是《红楼梦》众多续本中唯一忠实地遵循了曹雪芹创作旨意的本子,在目前尚无人读懂《红楼梦》的情况下论证这一结论相当费事,因此笔者暂不讨论,而将它作为一个前提呈现给读者朋友。由于程本续书忠实于曹雪芹,这说明续书作者是真正读懂了《红楼梦》的。续书作者是谁呢?从程伟元和高鹗二人的序言来看,他们都提出续书是有原稿的。程伟元是这么说的:

"不佞以是书既有百廿卷之目,岂无全璧?爰为竭力搜罗,自藏书家甚至故纸堆中无不留心,数年以来,仅积有廿余卷。一日偶于鼓担上得十余卷,遂重价购之,欣然繙阅,见其前后起伏,尚属接笋,然漶漫不可收拾。乃同友人细加厘剔,截长补短,抄成全部,复为镌板,以公同好,《红楼梦》全书始至是告成矣。"[4](45)

程伟元自称,他读到的《红楼梦》版本上目录里有一百二十回,但内容却只有八十回,他相信《红楼梦》原稿应该有一百二十回,于是,花了数年时间,从藏书家、故纸堆里和鼓担上,共搜集到了30、40卷原稿,他约请朋友,对原稿进行整理和加工,便形成了一百二十回的程本《红楼梦》。高鹗也说:

"今年春,友人程子小泉过予,以其所购全书见示,且曰:'此仆数年铢积寸累之苦心,将付剞劂公同好。子闲且惫矣,盍分任之?'予以是书虽稗官野史之流,然尚不谬于名教,欣然拜诺,正以波斯奴见宝为幸,遂襄其役。"[4](45)

高鹗承认,续写《红楼梦》是程伟元发起的,他是应程伟元之邀而加入的,最后由他们两人合作完成了续作。他同时也说,《红楼梦》续作原稿是程伟元花数年时间搜集来的,他与程伟元只是修改定稿者而已。

那么,事实的真相是不是如此呢?真相当然不是这样的。我们来看看程伟元搜集原稿的过程,他自称后四十卷有约二十几回的内容是从藏书家和故纸堆中得到的,另有十余卷是从鼓担上购得的,这极不可信,既然后四十卷是未定手稿,曹雪芹绝不可能让它们流失出来,这是其一。其二,既然已经流失出来,并且散于各处,那就断难找回。大家想一想,这是一些未定手稿,且"漶漫不可收拾",不成样子,藏书家怎么会保存这种东西呢?人家的故纸堆怎么会让他随意寻找呢?其三,从鼓担上购得《红楼梦》续书手稿更是离奇而荒唐,挑鼓的人怎么会有这些手稿,他又怎么会知道这些手稿能卖钱?程伟元又如何得知这个鼓担有《红楼梦》手稿?其四,更不可信的事情是,程伟元居然找齐了后四十卷的手稿,简直是天方夜谭,令人难以置信。其五,众所周知,曹雪芹《红楼梦》前八十回,全都是以"回"为单位的,但程伟元找回的后四十回手稿,却是以"卷"为单位的,前后明显不一致,这一点表明,后四十回如果真有手稿存在,那也绝对不是曹雪芹的原稿。程伟元和高鹗一口认定是曹雪芹的原稿,反而证明,这些手稿既不是来自曹雪芹,也不是来自他人，而是来自程伟元本人。其六，程伟元说，《红楼梦》原著目录都有一百二十回，我想这应当是谎言。

程伟元的序言里边有隐语，这个隐语就是"馀卷"，按照常理，程伟元应该以"回"为单位来计量手稿，对于这一点他应该是很清楚的，但他坚持以"卷"为单位，这是因为"馀卷"是"余撰"的谐音词，他借此向读者暗示，《红楼梦》后四十回的初稿是程伟元写的，花了数年时间，后来他又邀请高鹗帮他修改。过去，我们都认为，程伟元只是一个商人，他出于赚钱的需要，邀请高鹗续写了后四十回，高鹗才是后四十回的真正作者。现在看来，这个观点是明显错误的，程伟元率先写出后四十回，并且能够邀请高鹗加盟，说明他自身是一个奇才，他真正读懂了《红楼梦》。他的文笔或许不如高鹗，但他的解读能力绝对是超一流的，正因为他准确地理解了前八十回，并续写了后四十回的初稿，高鹗才有可能锦上添花，修改定稿，从这个意义上讲，程伟元的贡献远远大于高鹗。

以上是笔者对"三大死结"的初步简略解答，欲知全部真相，须等揭密《红楼梦》之后，《红楼梦》正文中隐藏着曹寅家事，全部解密，须得数万字，此处从略。

注释：

[1] 刘梦溪：《红楼梦与百年中国》，中央编译出版社2005年版。

[2] 〔清〕曹雪芹：《脂砚斋批评本红楼梦》，凤凰出版社2010年版。

[3] 周汝昌、严中：《江宁织造与曹家》，中华书局2006年版。

[4] 朱一玄编：《红楼梦资料汇编》，南开大学出版社2012年版。

[5] 周汝昌：《红楼梦新证》，中华书局2012年版。

后 记

　　以严谨的可验证的方法做研究,是自然科学的特色和要求,以之研究文学则亘古未有,笔者算是破了天荒了,假如《红楼梦》是一部普通文学作品,笔者也不能这么做。笔者并非中文科班生,亦非"红学"圈中人,学识和名望都不足以服众,而大众对隐训解读又极其陌生,而且已有根深蒂固的成见。迫不得已,笔者学了《皇帝的新装》故事里那个无知的孩子,对着全体读者和学者们大吼:《红楼梦》不是小说,你们都读错了！并且用了20多万言来论证,以彼之道还施彼身。在正常情况下,这20多万言原本是可以省掉的。此时的我肯定像极了"行侠仗义"的唐吉诃德,哈哈哈……但愿这20余万字能促使大家清醒,放弃成见,给予隐训法应有的尊重。

　　学界对于影射比较熟悉,这是一种借此指彼的写作方法,鲁迅的《狂人日记》大家都读过,这是最典型的影射文学,"狂人"影射最先觉醒的革命者。在影射作品里,影射者与被影射者,狂人与革命先锋,他们具有某些相似的行为特征,这样才能达到以此指彼的效果。一些索引家也把《红楼梦》视为影射文学,认为小说人物巧姐影康熙废太子允礽,林黛玉影朱竹垞,薛宝钗影高村江,贾探春影徐健庵,云云。

　　但是,《红楼梦》并非影射作品,蔡元培先生的影射说已被证明是错的。曹雪芹使用的方法是隐写,隐写与影射的差异是非常明显的,影射类似于比喻,一种比较隐晦的比喻。而隐写类似于现代的加密技术,譬如摩尔斯密码,它由点和划组合而成,我们耳朵听到的是时断时续的滴和嗒,而其隐藏的却是文字、数目和字母信息,在滴嗒声与文字信息之间,我们看不到任何相似性。所以,研究或验证红学研究的第一步,就是要掌握我国传统的隐语(谜语)学。

笔者不喜欢诡辩、猜疑与谩骂，但欢迎一切真诚的辩论与验证活动，笔者也会组织专门的辩论和验证活动。验证工作可从语法、文本、史实与逻辑四个方面入手，只有经得起这四重检验的作品，才是真正科学的红学作品，笔者对此有充分的信心。

一些有关《红楼梦》的艺术作品，深受观众和读者喜爱，譬如1987版《红楼梦》电视剧、越剧版《红楼梦》、马瑞芳说红楼梦、周汝昌先生的曹学及刘心武先生的秦学等，实事求是地说，我也很喜欢这些艺术作品，尤其是前二者。但从严格的学术立场上讲，它们都属于创作，不属于研究，它们在学术上都背离了原著，对于这一点，读者和专家应当心里有数。

最后，笔者要感谢在拙著编辑出版过程中，辛勤工作的编辑、审稿、印制的同志们，他们的汗水与辛劳是拙著出版质量的重要保证！笔者还要感谢各派红学家，他们在文本整理、史料挖掘和典故分析方面卓有成效的工作，使我受益匪浅。还有一些不知名的普通学者，他们在网络上发表的零散文章，也给了我很多启发，在此一并表示感谢。

匡小阳 2017 年 12 月 17 日于苏州